Durch Mark und Bein

KATHY REICHS

wurde in Chicago geboren und ist eine von fünfzig zugelassenen forensischen Anthropologen in Kanada und den USA. Nach *Tote lügen nicht, Knochenarbeit* und *Lasst Knochen sprechen* erklomm auch *Durch Mark und Bein* Spitzenplätze der Bestsellerlisten.

KATHY
REICHS

DURCH MARK UND BEIN

ROMAN

Aus dem Amerikanischen
von Klaus Berr

WELTBILD

Die amerikanische Originalausgabe erschien unter dem Titel
Fatal Voyage bei Scribner, New York

Besuchen Sie uns im Internet:
www.weltbild.de

Genehmigte Lizenzausgabe für Verlagsgruppe Weltbild GmbH,
Steinerne Furt, 86167 Augsburg

Übersetzung: Klaus Berr
Umschlaggestaltung: Studio Höpfner-Thoma, München
Umschlagmotiv: Corbis, Düsseldorf
Gesamtherstellung: Clausen & Bosse, Birkstr. 10, 597 Leck
Printed in Germany
ISBN 3-8289-7224-1

2006 2005 2004 2003
Die letzte Jahreszahl gibt die aktuelle Lizenzausgabe an.

Mit Kragenknöpfchen sprengendem Stolz gewidmet:

Kerry Elisabeth Reichs, J.D., M.P.P., Duke University,
Abschlussklasse 2000

Courtney Anne Reichs, B.A., University of Georgia,
Abschlussklasse 2000

Brendan Christopher Reichs, B.A. (cum laude),
Wake Forest University, Abschlussklasse 2000

Hurrraa!

1

Ich starrte die Frau an, die aussah, als würde sie durch die Bäume fliegen. Ihr Kopf war erhoben, das Kinn vorgereckt, die Arme nach hinten gestreckt wie bei der kleinen Chromgöttin auf dem Kühlergrill eines Rolls Royce. Aber die Dame in den Bäumen war nackt, und ihr Körper endete an der Taille. Blutbeschmierte Blätter und Zweige rankten sich um den leblosen Torso.

Ich sah mich um. Bis auf den schmalen Kiesweg, auf dem ich mein Auto abgestellt hatte, gab es nichts als dichten Wald. Bei den Bäumen handelte es sich vorwiegend um Kiefern, und die wenigen Harthölzer waren wie Kränze, die den Tod des Sommers markierten; ihr Laub leuchtete in allen Schattierungen von Rot, Orange und Gelb.

Obwohl es jetzt, Anfang Oktober, in Charlotte noch heiß war, herrschte in dieser Höhe angenehmes Frühherbstwetter. Doch es würde bald kühl werden. Ich holte eine Windjacke vom Rücksitz, stand dann still da und lauschte.

Vogelgezwitscher. Wind. Das Rascheln kleiner Tiere. Dann, in der Entfernung, ein Mann, der einem anderen etwas zurief. Eine gedämpfte Antwort.

Ich band mir die Jacke um die Taille, schloss das Auto ab und machte mich auf den Weg in Richtung der Stimmen. Unter meinen Sohlen raschelten totes Laub und Fichtennadeln.

Nach zehn Metern kam ich an einem sitzenden Mann vorbei, der, die Knie gegen die Brust gedrückt, einen Laptop neben sich, an einem moosbewachsenen Stein lehnte. Ihm fehlten beide Arme, und ein Porzellankännchen ragte aus seiner linken Schläfe.

Auf dem Computer lag ein Gesicht, die Zähne von einer Spange umschlossen, die eine Braue von einem feinen Goldring durchstochen. Die Augen waren offen und die Pupillen geweitet, was dem Gesicht einen Ausdruck der Bestürzung verlieh. Ich musste schlucken und ging schnell weiter.

Nach wenigen Metern entdeckte ich ein Bein, der Fuß noch in einem Wanderstiefel. Das Glied war an der Hüfte abgerissen worden, und ich fragte mich, ob es zu dem Rolls-Royce-Torso gehörte.

Hinter dem Bein saßen nebeneinander und noch in ihren Sitzen angeschnallt zwei Männer, deren Hälse nur noch rote Stümpfe waren. Der eine hatte ein Bein übers andere geschlagen, als würde er eine Zeitschrift lesen.

Ich wanderte tiefer in den Wald hinein, und der Wind trug mir immer wieder zusammenhanglose Rufe zu. Ich musste Äste zurückbiegen und über Felsen und umgestürzte Bäume klettern, um mir einen Weg zu bahnen.

Gepäckstücke und Metallfragmente lagen zwischen den Bäumen. Die meisten Koffer waren aufgeplatzt, der Inhalt lag in zufälligen Mustern verstreut. Kleidungsstücke, Lockenstäbe und Elektrorasierer lagen zwischen Tuben und Fläschchen mit Handcreme, Shampoo, Rasierwasser und Parfum. Eine kleine Reisetasche hatte hunderte von stibitzten Hoteltoilettenartikeln ausgespuckt. Der Geruch von Drogerieprodukten mischte sich mit dem Duft von Kiefern und Bergluft. Aus der Entfernung kam eine Andeutung von Rauch.

Ich bewegte mich in einer tief eingeschnittenen Rinne, durch deren dichtes Blätterdach das Licht nur in Sprenkeln auf den Waldboden fiel. Es war kühl im Schatten, trotzdem stand mir der Schweiß auf der Stirn und klebte mir die Kleidung an die Haut. Mein Fuß verfing sich an einem Rucksack, ich stürzte und riss mir an einem von fallenden Trümmern abgetrennten Ast den Ärmel auf.

Einen Augenblick lag ich mit zitternden Händen da, mein Atem kam in abgehackten Stößen. Obwohl ich gelernt hatte, Emotionen zu unterdrücken, spürte ich, wie Verzweiflung in mir hochstieg. So viele Tote. Lieber Gott, wie viele werden es wohl sein?

Ich schloss die Augen, riss mich zusammen und stand wieder auf.

Eine Ewigkeit später stieg ich über einen verrottenden Baumstamm, umkreiste ein Rhododendrongebüsch, und da ich den entfernten Stimmen noch kein Stückchen näher gekommen zu sein schien, blieb ich stehen, um mich zu orientieren. Das gedämpfte Jaulen einer Sirene sagte mir, dass sich die Einsatzkräfte irgendwo hinter einem Kamm im Osten versammelten.

Wird Zeit, dass du dich ein bisschen besser über die Örtlichkeiten informierst, Brennan.

Aber ich hatte auch keine Zeit gehabt, viele Fragen zu stellen. Normalerweise sind diejenigen, die bei Flugzeugabstürzen oder ähnlichen Katastrophen als Erste zur Stelle sind, zwar voller guter Absichten, aber jämmerlich schlecht darauf vorbereitet, mit einem Unglück dieses Ausmaßes umzugehen. Ich war unterwegs gewesen von Charlotte nach Knoxville und bereits knapp vor der Staatsgrenze, als mich die Bitte erreichte, so schnell wie möglich zu dieser Unfallstelle zu kommen. Ich hatte auf dem I-40 gewendet, war nach Süden in Richtung Waynesville und dann westlich durch Bryson City gefahren, einem kleinen Ort in North Carolina, fast dreihundert Kilometer westlich von Charlotte, über achtzig Kilometer östlich von Tennessee und achtzig nördlich von Georgia. Dann war ich einer geteerten Bezirksstraße bis zu dem Punkt gefolgt, wo die staatliche Zuständigkeit endete, und schließlich über Kies bis zu einem Waldweg des *Forest Service* gefahren, der sich den Berg hochschlängelte.

Ab hier ging ich zu Fuß. Obwohl die Anweisungen, die man mir gegeben hatte, präzise gewesen waren, vermutete ich, dass es eine bessere Route gab, einen kleinen Wirtschaftsweg vielleicht, der einen näher an das angrenzende Tal heranbrachte. Ich überlegte, ob ich zum Auto zurückkehren sollte, beschloss dann aber weiterzugehen. Vielleicht waren diejenigen, die jetzt schon an der Unfallstelle waren, auch zu Fuß durch den Wald marschiert, wie ich es jetzt tat. Der Weg des *Forest Service* hatte ausgesehen, als würde er nur bis zu der Stelle führen, wo ich mein Auto abgestellt hatte.

Nach mühevoller Kletterei die Schluchtflanke hoch klammerte ich mich an den Stamm einer Douglas-Tanne, stellte einen Fuß auf den Rand und stemmte mich auf den Kamm. Als ich mich aufrichtete, starrte ich in die Knopfaugen einer Raggedy Ann. Die Puppe hing kopfüber, ihr Kleid hatte sich in den unteren Zweigen der Tanne verfangen.

Das Bild der Raggedy Ann meiner Tochter blitzte vor mir auf, und ich streckte die Hand nach der Puppe aus.

Halt!

Ich ließ den Arm sinken, denn ich wusste, dass jeder Gegenstand vor der Entfernung kartografiert und registriert werden musste. Erst dann konnte jemand dieses traurige Souvenir einfordern.

Von meiner Position auf dem Bergkamm hatte ich einen klaren Blick auf das, was vermutlich die Hauptabsturzstelle war. Ich sah eine halb in Erdreich und Trümmern vergrabene Turbine und kleinere Teile, die wahrscheinlich Fragmente von Landeklappen waren. Ein Teil des Rumpfs lag mit aufgeplatzter Unterseite da, sodass es fast aussah wie eine Schnittskizze in einem Handbuch für Modellflugzeuge. Durch die Fenster konnte ich Sitze erkennen, einige besetzt, die meisten leer.

Trümmer und Leichenteile bedeckten die Landschaft wie achtlos weggeworfener Müll. Von meinem Standpunkt aus hoben sich die mit Haut bedeckten Körperteile grellbleich von dem Hintergrund aus Waldboden, Eingeweiden und Flugzeugteilen ab. Gegenstände hingen in den Bäumen oder lagen verdreht und verbogen auf Zweigen und Laubwerk. Gewebe. Drähte. Blechteile. Isolierung. Spritzgussplastik.

Die örtlichen Behörden waren bereits zur Stelle, sicherten die Unfallstelle und suchten nach Überlebenden. Ich sah Gestalten, die mit gesenkten Köpfen zwischen den Bäumen umhergingen, und andere, die am äußeren Rand des Schrottfelds Absperrbänder spannten. Sie trugen gelbe Jacken mit der Aufschrift *Swain County Sheriff's Department* auf dem Rücken. Wieder andere wanderten einfach herum oder standen in Gruppen beisammen und rauchten, redeten oder starrten ins Leere.

Auf der mir entgegengesetzten Seite sah ich rote, blaue und gelbe Lichter durch die Bäume blitzen. Dort also musste der Zufahrtsweg sein, den ich nicht gefunden hatte. Ich stellte mir vor, wie schon morgen früh diese Straße verstopft sein würde von Polizeiwagen, Feuerwehrautos, Bergungslastern und den Fahrzeugen von freiwilligen Helfern.

Der Wind drehte sich, und der Rauchgeruch wurde stärker. Ich drehte mich um und sah eine dünne schwarze Rauchsäule hinter dem nächsten Kamm aufsteigen. Mein Magen zog sich zusammen, denn ich war nahe genug am Geschehen, um einen anderen Geruch zu bemerken, der sich unter den scharfen, beißenden Rauchgestank mischte.

Als forensische Anthropologin ist es meine Aufgabe, gewaltsame Todesfälle zu untersuchen. Im Auftrag von *coroners* und *medical examiners*, so genannten MEs, den obersten beamteten Leichenbeschauern der diversen Countys, habe ich hunderte von Brandopfern untersucht, ich kenne also den Geruch von verkohltem Fleisch. In der Nachbarschlucht brannten Menschen.

Ich schluckte und konzentrierte mich wieder auf die Bergungsarbeiten. Einige, die bis jetzt tatenlos herumgestanden hatten, bewegten sich nun über das Gelände. Ich sah einen Deputy des Sheriffs, der sich bückte und den Schrott zu seinen Füßen untersuchte. Er richtete sich wieder auf, und in seiner linken Hand blitzte ein Gegenstand. Ein anderer Deputy hatte angefangen, Trümmer zu einem Haufen zu stapeln.

»Scheiße!«

Ich suchte mir einen Weg nach unten, wobei ich mich an Büschen festhielt und im Zickzack zwischen Felsen und Bäumen hin und her lief, um nicht das Gleichgewicht zu verlieren. Der Abhang war steil, und jedes Stolpern konnte einen Sturz bedeuten.

Zehn Meter vom Talboden entfernt trat ich auf ein Blech, das unter mir wegrutschte, sodass ich durch die Luft segelte wie ein Snowboarder bei einem Sprung. Ich landete hart und kullerte den Abhang hinunter, in meinem Schlepptau eine kleine Lawine aus Kieseln, Ästen, Blättern und Kiefernzapfen.

Um meinen Sturz zu bremsen, grapschte ich nach einem Halt, schürfte mir dabei die Handflächen auf und brach mir ein paar Fingernägel ab, bevor meine Hand etwas Festes traf und die Finger sich darum schlossen. Ich spürte einen Stich im Handgelenk, als mein Körpergewicht und die Wucht der plötzlichen Verzögerung daran zerrten.

Einen Augenblick lang hing ich so da, drehte mich dann zur Seite, zog mich mit beiden Händen hoch und brachte mich in eine sitzende Position. Ohne den Griff meiner Hände zu lockern, schaute ich nach oben.

Der Gegenstand, an den ich mich klammerte, war eine lange Eisenstange, die von einem Felsen an meiner Hüfte hochragte zu einem gekappten Baum etwa einen Meter über mir. Ich stellte die Füße auf, prüfte die Festigkeit des Untergrunds und zog mich in eine aufrechte Position. Dann wischte ich mir die blutigen Hände an der Hose ab, verknotete die Jacke neu und kletterte weiter abwärts.

Am Talboden beschleunigte ich meine Schritte. Obwohl sich meine *terra* alles andere als *firma* anfühlte, war zumindest die Schwerkraft jetzt auf meiner Seite. Am abgesperrten Bereich hob ich das Band und kroch hindurch.

»He, Lady. Nicht so schnell.«

Ich blieb stehen und drehte mich um. Der Mann, der das gesagt hatte, trug eine Jacke des *Swain County Sheriff's Department*.

»Ich gehöre zum DMORT.«

»Was zum Teufel ist DMORT?« Barsch.

»Ist der Sheriff vor Ort?«

»Wer will das wissen?« Das Gesicht des Deputys war starr, sein Mund zu einer harten, schmalen Linie zusammengekniffen. Eine orangefarbene Jagdkappe hatte er tief über die Augen gezogen.

»Dr. Temperance Brennan.«

»Wir brauchen hier keine Ärzte mehr.«

»Ich soll die Opfer identifizieren.«

»Können Sie sich ausweisen?«

Bei derartigen Katastrophen hat jede Regierungsbehörde spezifische Aufgaben. Das *Office of Emergency Preparedness*, OEP, quasi die Aufsichtsbehörde bei Notfalleinsätzen, organisiert und führt das *National Disaster Medical System*, NDMS, den nationalen Dienst für Notfallmedizin, der sich sowohl um medizinische Versorgung wie um Opferidentifikation und den Komplex der Leichenbeschau kümmert, falls Tote in großer Zahl zu beklagen sind.

Um diese Aufgabe erfüllen zu können, hat das NDMS das *Disaster Mortuary Operational Team*, DMORT, also das Leichenbeschauungsteam für den Katastropheneinsatz, und das *Disaster Medical Assistance Team*, DMAT, also das Medizinische Hilfsteam für den Katastropheneinsatz, geschaffen. Bei offiziell erklärten Katastrophen kümmert sich das DMAT um die Bedürfnisse der Lebenden, während das DMORT sich mit den Toten beschäftigt.

Ich zog meinen NDMS-Ausweis aus der Tasche und gab ihn dem Deputy.

Er musterte die Karte und nickte dann in die Richtung des Flugzeugrumpfs.

»Der Sheriff ist bei den Einsatzleitern der Feuerwehr.« Seine Stimme klang brüchig, und er wischte sich mit der Hand über den Mund. Dann senkte er den Blick und ging davon; offensichtlich war es ihm peinlich, dass er Gefühle gezeigt hatte.

Das Verhalten des Deputys überraschte mich nicht. Auch die zähesten und fähigsten Polizisten und Bergungsspezialisten sind mental nie auf ihren ersten »Großen« vorbereitet, so umfangreich ihre Ausbildung und ihre Erfahrung auch sein mögen.

»Große« – Großunfälle, so nennt die *National Transportation Safety Board*, NTSB, die Nationale Verkehrssicherheitsbehörde, solche Abstürze. Ich war mir nicht ganz sicher, welche Bedingungen ein Notfall erfüllen musste, um als »Großer« zu gelten, aber ich hatte bei mehreren mitgearbeitet und wusste eins mit Bestimmtheit: Jeder war ein Horror. Auch ich war nie darauf vorbereitet und spürte wie der Deputy das Entsetzen. Nur hatte ich gelernt, es nicht zu zeigen.

Auf meinem Weg zum Rumpf kam ich an einem Deputy vorbei, der eben eine Leiche zudeckte.

»Nehmen Sie das weg«, befahl ich.

»Was?«

»Decken Sie sie nicht zu.«

»Wer sagt das?«

Ich zeigte auch ihm meine Karte.

»Aber sie liegen alle offen da.« Seine Stimme klang tonlos, wie von einem Computer.

»Alles muss so bleiben, wie es ist.«

»Wir müssen etwas tun. Es wird langsam dunkel. Bären werden diese –«, er suchte nach dem richtigen Wort, »– Leute wittern.«

Ich hatte gesehen, was Bären mit einer Leiche anrichten konnten, und hatte durchaus Verständnis für die Sorgen des Mannes. Trotzdem musste ich ihn stoppen.

»Alles muss fotografiert und registriert werden, bevor man etwas verändern kann.«

Mit schmerzhaft verkniffenem Gesucht knüllte er die Decke mit beiden Händen zusammen. Ich wusste genau, was er empfand. Den Drang, etwas zu tun, ohne recht zu wissen, was. Das Gefühl der Hilflosigkeit inmitten einer überwältigenden Tragödie.

»Bitte geben Sie die Anweisung aus, dass alles genau so bleiben muss. Und dann suchen Sie nach Überlebenden.«

»Das soll wohl ein Witz sein.« Sein Blick wanderte über die Szene um uns herum. »So etwas kann doch niemand überleben.«

»Falls noch irgendjemand am Leben ist, hat derjenige mehr von den Bären zu befürchten als diese Leute hier.« Ich deutete auf die Leiche zu seinen Füßen.

»Und den Wölfen«, fügte er mit dumpfer Stimme hinzu.

»Wie heißt der Sheriff?«

»Crowe.«

»Welcher ist es?«

Er schaute zu einer Gruppe in der Nähe des Rumpfes.

»Da drüben. Groß, grüne Jacke.«

Ich ließ ihn stehen und eilte auf Crowe zu.

Der Sheriff studierte mit einem halben Dutzend Feuerwehrmännern, die, ihren Uniformen nach zu urteilen, aus mehreren Countys kamen, eine Karte.

Trotz gesenkten Kopfes überragte Crowe noch alle anderen. Die Schultern unter der Jacke wirkten breit und hart und ließen auf regelmäßiges Krafttraining schließen. Ich hoffte, dass ich nie mit Sheriff Gebirgsmacho aneinander geraten würde.

Als ich mich näherte, hielten die Feuerwehrmänner inne und schauten in meine Richtung.

»Sheriff Crowe?«

Crowe drehte sich um, und ich sah sofort, dass Machismo hier kein Problem sein würde.

Sie hatte hohe, breite Wangen und eine zimtfarbene Haut. Die Haare, die unter ihrem flachkrempigen Hut hervorlugten, waren kraus und karottenrot. Was mich aber vor allem faszinierte, waren ihre Augen. Die Iris hatte die Farbe des Glases alter Colaflaschen. Betont von orangebraunen Lidern und Brauen und in prägnantem Kontrast zu ihrer dunklen Haut war dieses blasse Grün ganz außerordentlich. Ich schätzte sie auf etwa vierzig.

»Und Sie sind?« Die Stimme war tief und rau und ließ darauf schließen, dass ihre Besitzerin keine Mätzchen duldete.

»Dr. Temperance Brennan.«

»Und Sie haben einen Grund, hier zu sein?«

»Ich gehöre zum DMORT.«

Wieder mein Ausweis. Sie musterte die Karte und gab sie mir dann zurück.

»Ich hörte die Nachricht von dem Absturz auf dem Weg von Charlotte nach Knoxville. Als ich Earl Bliss anrief, den Leiter des Region-Vier-Teams, bat er mich, hierher zu fahren und nachzusehen, ob Sie Hilfe brauchen.«

Ein bisschen diplomatischer formuliert als Earls eigentliche Aussage.

Einige Sekunden erwiderte die Frau überhaupt nichts. Dann wandte sie sich wieder den Feuerwehrmännern zu, sagte ein paar Worte, und die Männer zerstreuten sich. Sie schloss die Lücke zwischen uns und streckte die Hand aus. Ihr Griff konnte Knochen brechen.

»Lucy Crowe.«

»Bitte nennen Sie mich Tempe.«

Sie spreizte die Füße, verschränkte die Arme und betrachtete mich mit ihren Colaflaschen-Augen.

»Ich glaube nicht, dass eine der armen Seelen noch medizinische Hilfe benötigt.«

»Ich bin forensische Anthropologin, keine Ärztin. Sie haben nach Überlebenden gesucht?«

Sie nickte mit einem einfachen Hochreißen des Kopfes, eine Geste, wie ich sie in Indien gesehen hatte. »Ich dachte mir schon, dass so etwas eine Herzensangelegenheit des MEs ist.«

»Das ist allen eine Herzensangelegenheit. Ist das NTSB schon da?« Die Verkehrssicherheitsbehörde war immer ziemlich schnell zur Stelle.

»Sind unterwegs. So ziemlich jede Behörde und jeder Verein auf dem Planeten haben sich angemeldet. MTSB, FBI, ATF, Rotes Kreuz, FAA, *Forest Service*, *Tennessee Valley Authority*, Innenministerium. Würde mich nicht überraschen, wenn der Papst selbst über den Wolf Knob da hinten geritten kommen würde.«

»Innenministerium und *Tennessee Valley Authority*?«

»Der Großteil des Landes hier ist Staatsgrund, ungefähr fünfundachtzig Prozent als Nationalpark, fünf Prozent als Reservat. Wir sind auf dem Big Laurel, wie man die Gegend hier nennt. Bryson City liegt im Nordwesten, dahinter der Great Smoky Mountains National Park. Das Reservat der Cherokee liegt im Norden, das Nantahala Game Land and National Forest im Süden.«

Ich schluckte, um den Druck in meinen Ohren zu lösen.

»Wie hoch sind wir hier?«

»Vierzehnhundert Meter.«

»Ich will Ihnen nicht sagen, wie Sie Ihre Arbeit tun müssen, Sheriff, aber es gibt einige Leute, die Sie vielleicht lieber draußen ha –«

»Den Versicherungsvertreter und den Winkeladvokaten, ich weiß schon. Lucy Crowe lebt zwar auf einem Berg, aber sie kommt auch manchmal runter.«

Das bezweifelte ich nicht. Ich war mir außerdem sicher, dass bei Lucy Crowe niemand eine freche Lippe riskierte.

»Dürfte wahrscheinlich auch gut sein, die Presse draußen zu halten.«

»Wahrscheinlich.«

»Sie haben Recht wegen des MEs, Sheriff. Er wird bald hier sein. Aber der Notfallplan von North Carolina verlangt bei einem ›Großen‹ einen Einsatz des DMORT.«

Ich hörte einen gedämpften Knall, gefolgt von lauten Befehlen. Crowe nahm den Hut ab und fuhr sich mit dem Ärmel über die Stirn.

»Wie viele Feuer brennen noch?«

»Vier. Wir kriegen sie alle gelöscht, aber es ist knifflig. Der Berg ist zu dieser Jahreszeit ziemlich trocken.« Sie klopfte sich mit dem Hut auf einen Schenkel, der so muskulös war wie ihre Schultern.

»Ich bin mir sicher, dass Ihre Teams ihr Bestes geben. Sie haben das Areal gesichert und kümmern sich um die Feuer. Wenn es keine Überlebenden gibt, kann man sonst nichts tun.«

»Für so etwas sind sie eigentlich gar nicht ausgebildet.«

Über Crowes Schulter sah ich, dass ein alter Mann in einer Jacke, die ihn als freiwilligen Helfer auswies, in einem Haufen Schrott stocherte. Ich entschied mich für den taktvollen Weg. »Ich bin mir sicher, Sie haben Ihren Leuten gesagt, dass eine Absturzstelle behandelt werden muss wie der Tatort eines Verbrechens. Nichts darf verändert werden.«

Sie zeigte mir ihr typisches, nach oben gerichtetes Nicken.

»Sie sind wahrscheinlich frustriert, weil sie helfen wollen, aber nicht so recht wissen, wie. Eine Erinnerung kann nie schaden.«

Ich deutete zu dem Stocherer.

Crowe fluchte leise und ging dann mit Schritten wie eine Olympionikin zu dem Freiwilligen. Der Mann ging davon, und gleich darauf war der Sheriff wieder bei mir.

»So etwas ist nie einfach«, sagte ich. »Wenn das NTSB eintrifft, werden sie die Verantwortung für die ganze Operation übernehmen.«

»Ja.«

In diesem Augenblick klingelte Crowes Handy. Ich wartete, während sie sprach.

»Der Nächste, der hiervon Wind bekommen hat und sich ankündigt«, sagte sie und hakte das Handy an den Gürtel. »Charles Hanover, Vorstandsvorsitzender der TransSouth Air.«

Ich war zwar noch nie mit der TransSouth geflogen, hatte aber von ihr gehört, eine kleine regionale Fluggesellschaft, die ungefähr ein Dutzend Städte in den Carolinas, Georgia und Tennessee mit Washington, D. C., verband.

»Ist das eine ihrer Maschinen?«

»Flug 228 verließ mit Verspätung Atlanta mit dem Ziel Washington, D. C. Stand vierzig Minuten auf dem Rollfeld, startete um zwölf Uhr fünfundvierzig. Die Maschine befand sich in einer Höhe von ungefähr fünfundzwanzigtausend Fuß, als sie um ein Uhr sieben von den Radarschirmen verschwand. Mein Büro wurde gegen zwei alarmiert.«

»Wie viele an Bord?«

»Die Maschine war eine Fokker-100 mit zweiundachtzig Passagieren und sechs Mann Besatzung. Aber das ist noch nicht das Schlimmste.«

Ihre nächsten Worte kündigten den Albtraum der kommenden Tage an.

2

»Die Fußballteams der University of Georgia?«

Crowe nickte. »Hanover sagte, dass sowohl die Männer wie die Frauen zu Spielen irgendwo in der Nähe von Washington fliegen wollten.«

»Mein Gott.« Bilder blitzten vor mir auf. Ein abgetrenntes Bein. Ein Gebiss mit Zahnspange. Eine junge Frau in einem Baum.

Plötzlich packte mich die Angst.

Meine Tochter Katy studierte in Virginia, besuchte aber oft ihre Freundin in Athens, der Heimatstadt der University of Georgia. Lija hatte ein Sportstipendium. War es Fußball?

O Gott. Meine Gedanken rasten. Hatte Katy etwas von einer Reise gesagt? Wann waren ihre Semesterferien? Ich widerstand dem Drang, nach meinem Handy zu greifen.

»Wie viele Studenten?«

»Zweiundvierzig Passagiere buchten über die Universität. Hanover glaubt, dass die meisten davon Studenten waren. Neben den Sportlern waren wohl noch Betreuer, Trainer, Freunde und Freundinnen an Bord. Vielleicht ein paar Fans.« Crowe fuhr sich mit der Hand über den Mund. »Das Übliche.«

Das Übliche. Das Herz tat mir weh angesichts so vieler so junger Leute, die den Tod gefunden hatten. Dann kam mir ein anderer Gedanke.

»Die Medien werden sich darauf stürzen wie die Geier.«

»Das war auch Hanovers größte Sorge.« Crowes Stimme triefte vor Sarkasmus.

»Wenn die NTSB übernimmt, wird die sich um die Presse kümmern.«

Und um die Familien, fügte ich nicht hinzu. Auch die würden hier sein, würden jammern und sich in die Arme fallen, und während die einen mit entsetzten Augen einfach nur starren würden, würden andere sofortige Antworten verlangen, ihren unerträglichen Kummer hinter Aggressivität verbergen.

In diesem Augenblick knatterten Rotoren, und wir sahen einen Helikopter, der im Tiefflug über die Bäume herankam. Neben dem Piloten entdeckte ich eine vertraute Gestalt, hinten saß noch eine weitere Silhouette. Der Hubschrauber kreiste zweimal und flog dann in die entgegengesetzte Richtung zu der Stelle, wo ich die Straße vermutete, davon.

»Wo wollen die hin?«

»Wenn ich das wüsste. Wir sind hier oben mit Landeplätzen nicht gerade gesegnet.« Crowe senkte den Blick, setzte den Hut wieder auf und schob sich dabei fast verlegen ihre krausen Haare zurecht.

»Kaffee?«

Dreißig Minuten später betrat der Chief ME, der Oberste Leichenbeschauer des Staates North Carolina, gefolgt vom Vizegouverneur, das abgesperrte Areal. Ersterer trug die übliche Einsatzuniform, bestehend aus Stiefeln und Khakis, Letzterer einen Geschäftsanzug. Ich sah ihnen zu, wie sie sich einen Weg durch die Trümmer bahnten, wobei der Pathologe sich bereits einschätzend umsah, der Politiker jedoch den Kopf gesenkt hielt und sich so dünn wie möglich machte, als würde jeder Kontakt mit seiner Umgebung ihn zum Beteiligten machen und nicht nur zum Beobachter. Sie blieben stehen, der ME sprach mit einem Deputy. Der Mann zeigte in unsere Richtung, und die beiden kamen auf uns zu.

»O Mann. Was für eine fotogene Szenerie.« Crowe sagte das mit demselben Sarkasmus, den sie schon gegen Hanover, den Vorstandsvorsitzenden von TransSouth Air, gerichtet hatte.

Crowe zerdrückte ihren Styroporbecher und knallte ihn in eine Isoliertasche. Ich gab ihr meinen und wunderte mich dabei über die Heftigkeit ihrer Ablehnung. Hatte sie etwas gegen die Politik des Vizegouverneurs, oder gab es einen persönlichen Zwist zwischen Lucy Crowe und Parker Davenport?

Als die Männer dann bei uns waren, zeigte der ME seinen Ausweis. Crowe winkte ab.

»Nicht nötig, Doc. Ich weiß, wer Sie sind.«

Ich wusste es ebenfalls, denn ich hatte mit Larke Tyrell seit seiner Ernennung zum Obersten Leichenbeschauer von North Carolina zusammengearbeitet. Larke war herrschsüchtig und ein Zyniker, aber einer der besten Pathologen des Landes. Obwohl er mit einem unzureichenden Budget und desinteressierten Politikern arbeiten musste, hatte er sein Institut in einem chaotischen Zustand übernommen und daraus eine der besten forensischen Einrichtungen Amerikas gemacht.

Meine eigene Karriere hatte zur Zeit von Larkes Ernennung

noch in den Kinderschuhen gesteckt, und ich hatte eben erst meine Zulassung durch das *American Board of Forensic Anthropology* erhalten. Wir lernten uns durch eine Arbeit kennen, die ich für das *North Carolina State Bureau of Investigation* übernommen hatte und bei der ich die Leichen von zwei Drogendealern, die von kriminellen Bikern ermordet und zerstückelt worden waren, wieder zusammensetzen und identifizieren musste. Ich war eine der Ersten gewesen, die Larke als konsultierende Spezialistin engagiert hatte, und seitdem kümmerte ich mich um die skelettierten, verwesten, mumifizierten, verbrannten und verstümmelten Toten von North Carolina.

Der Vizegouverneur streckte eine Hand aus und hielt sich mit der anderen ein Tuch vors Gesicht. Sein Gesicht hatte die Farbe eines Froschbauchs. Er sagte nichts, als wir uns die Hände schüttelten.

»Schön, dass Sie wieder im Lande sind, Tempe«, sagte Larke, der wie zuvor Crowe mit seinem Händedruck meine Finger schier zermalmte. Langsam beschlichen mich Zweifel am Sinn dieses Händeschüttelns.

Larkes »Im Lande«-Jargon war ein militärischer aus der Vietnam-Zeit, und sein Dialekt war reinstes Carolina. Geboren im Süden, war Larke in einer Familie mit langer Tradition in der Marineinfanterie aufgewachsen, und er selbst hatte zwei Dienstzeiten absolviert, bevor er sich dem Medizinstudium zuwandte. Er sprach und sah aus wie eine Hochglanzversion von Andy Griffith.

»Wann geht's wieder nach Norden?«

»Die Herbstferien beginnen nächste Woche«, erwiderte ich.

Larke kniff die Augen zusammen und ließ den Blick noch einmal über das Areal schweifen.

»Ich fürchte, Quebec muss diesen Herbst ohne seine Anthropologin auskommen.«

Vor einem Jahrzehnt hatte ich an einem Fakultätsaustausch mit der McGill University teilgenommen. Während meiner Zeit in Montreal fing ich an, als Beraterin für das *Laboratoire de Sciences Judiciaires et de Médecine Légale*, Quebecs zentrales kriminologisches und gerichtsmedizinisches Institut, zu arbeiten. Am Ende meines Austauschjahrs hatte die Provinzverwaltung die Notwendigkeit eines dauerhaft für sie arbeitenden forensischen Anthropologen erkannt und deshalb eine Planstelle geschaffen, ein Labor eingerichtet und mich als feste Beraterin engagiert.

Seitdem pendle ich zwischen Quebec und North Carolina hin und her, unterrichte biologische Anthropologie an der UNC-Charlotte und fungiere als Beraterin für zwei Verwaltungsbezirke. Da meine Fälle meistens mit Leichen zu tun haben, die nicht mehr gerade taufrisch sind, hat dieses Arrangement bis jetzt gut funktioniert. Aber es besteht Übereinkunft zwischen beiden Seiten, dass ich für Aussagen vor Gericht oder in Krisensituationen sofort zur Verfügung stehe.

Eine Flugzeugkatastrophe war eindeutig eine solche Krisensituation. Ich versicherte Larke, dass ich meine Oktoberreise nach Montreal absagen würde.

»Wie sind Sie so schnell hierher gekommen?«

Wieder schilderte ich meine Fahrt nach Knoxville und das Telefonat mit dem Leiter des DMORT.

»Ich habe bereits mit Earl gesprochen. Morgen früh wird ein Team von ihm hier sein.« Larke sah Crowe an. »Die Jungs von der NTSB kommen heute Abend an. Bis dahin bleibt alles so, wie es ist.«

»Ich habe diesen Befehl bereits ausgegeben«, sagte Crowe. »Die Gegend ist ziemlich unzugänglich, aber ich stelle noch zusätzliche Wachen auf. Das größte Problem dürften Tiere sein. Vor allem, wenn diese Leichen anfangen zu verwesen.«

Der Vizegouverneur machte ein komisches Geräusch, drehte sich um und taumelte davon. Ich sah, wie er sich gegen einen Berglorbeer stützte und sich übergab.

Larke fixierte uns mit einem ernsten Blick und schaute dabei von Crowe zu mir.

»Ladys, Sie machen einen sehr schwierigen Job unendlich viel einfacher. Worte können gar nicht ausdrücken, wie froh ich über Ihre professionelle Einstellung bin.«

Blickwechsel.

»Sheriff, Sie schauen hier oben nach dem Rechten.«

Blickwechsel.

»Tempe, Sie fahren los und halten ihre Vorlesung in Knoxville. Dann suchen Sie sich zusammen, was Sie an Material brauchen, und melden sich morgen wieder bei mir. Sie werden eine Weile hier sein, also informieren Sie die Universität. Wir kümmern uns um eine Unterkunft für Sie.«

Fünfzehn Minuten später setzte ein Deputy mich bei meinem Auto ab. Ich hatte Recht gehabt, was eine bessere Zufahrtsroute anging. Fünfhundert Meter hinter der Stelle, wo ich geparkt hatte, zweigte ein Wirtschaftsweg von der *Forest-Service*-Straße ab. Der winzige Weg, der früher für den Holztransport benutzt wurde, schlängelte sich um den Berg herum und führte bis auf etwa hundert Meter an die Hauptabsturzstelle heran.

Jetzt säumten Fahrzeuge beide Seiten des Wirtschaftswegs, und auf unserer Fahrt bergabwärts kamen uns Neuankömmlinge entgegen. Bis zum Sonnenaufgang würden Straßen und Wege in der näheren Umgebung verstopft sein.

Kaum saß ich hinter dem Steuer, griff ich zu meinem Handy. Kein Signal.

Ich machte kehrt und fuhr in Richtung Bezirksstraße. Auf dem Highway 74 versuchte ich es dann noch einmal. Das Signal war wieder da, und ich drückte Katys Nummer. Nach viermaligem Läuten sprang der Anrufbeantworter an.

Jetzt hatte ich erst recht ein ungutes Gefühl. Ich hinterließ ihr eine Nachricht und schaltete dann in meinem Kopf das Band mit der Predigt »Spiel jetzt bloß nicht die Idiotenmutter« ein. In der folgenden Stunde versuchte ich mich auf die bevorstehende Präsentation einzustimmen, und das Schlachtfeld, das ich eben verlassen hatte, ebenso zu verdrängen wie das Grauen, das mir am nächsten Tag bevorstehen würde. Konzentrieren konnte ich mich trotzdem nicht. Immer wieder tauchten Bilder von schwebenden Gesichtern und abgetrennten Gliedmaßen vor meinem inneren Auge auf.

Ich versuchte es mit dem Radio. Jeder Sender brachte Berichte über den Absturz. Reporter sprachen ehrfürchtig vom Tod junger Sportler und spekulierten mit getragener Stimme über mögliche Ursachen. Da das Wetter offensichtlich keine Rolle gespielt hatte, kreisten die Hypothesen vorwiegend um Sabotage und technische Defekte.

Als ich hinter Crowes Deputy hermarschiert war, hatte ich am anderen Ende der Unglücksstelle eine Linie von Bäumen mit abgetrennten Spitzen entdeckt. Obwohl ich wusste, dass diese Linie die Absturzrichtung der Maschine markierte, weigerte ich mich, daraus bereits voreilige Schlüsse zu ziehen.

Ich bog auf den I-40 ein, wechselte wohl zum hundertsten Mal den Sender und stieß auf die Stimme eines Reporters, der aus einem Hubschrauber von einem Lagerhausbrand berichtete. Das Geräusch der Rotoren erinnerte mich an Larke, und ich bemerkte, dass ich nicht gefragt hatte, wo er und der Vizegouverneur gelandet waren. Ich beschloss, die Frage im Hinterkopf zu behalten.

Um neun wählte ich noch einmal Katys Nummer.

Wieder keine Antwort. Noch einmal das Band.

Als ich in Knoxville ankam, checkte ich im Hotel ein, rief meinen Gastgeber in der Universität an und aß dann das gegrillte Hähnchen, das ich mir in einem Bojangles-Restaurant am Stadtrand gekauft hatte. Danach rief ich meinen Ehemann, von dem ich getrennt lebe, in Charlotte an und bat ihn, er möge sich um meinen Kater Birdie kümmern. Pete war einverstanden, meinte aber, er würde mir Transport und Futter in Rechnung stellen. Auch er hatte seit Tagen nichts von Katy gehört. Nachdem er mir eine Miniversion meiner eigenen Predigt gehalten hatte, versprach er, er werde versuchen, sie zu erreichen.

Als Nächstes rief ich Pierre LaManche an, meinen Chef im *Laboratoire de Sciences Judiciaires et de Médecine Légale*, um ihm mitzuteilen, dass ich in den nächsten Wochen nicht nach Montreal kommen würde. Er hatte bereits Berichte über den Absturz gehört und meinen Anruf deshalb erwartet. Schließlich rief ich meinen Fakultätsdekan an der UNC-Charlotte an.

Nachdem all diese Verpflichtungen erledigt waren, brachte ich eine Stunde damit zu, Dias auszuwählen und sie in Rundmagazine zu stecken. Danach duschte ich und versuchte es noch einmal bei Katy. Ohne Erfolg.

Ich sah auf die Uhr. Elf Uhr vierzig.

Es geht ihr gut. Sie ist nur Pizza essen gegangen. Oder sie ist in der Bibliothek. Ja. Die Bibliothek. Dort war ich auch sehr oft gewesen, als ich noch studierte.

Ich brauchte sehr lange zum Einschlafen.

Am nächsten Morgen hatte Katy noch immer nicht zurückgerufen und nahm auch nicht ab. Ich probierte Lijas Nummer in Athens. Auch dort bat eine Roboterstimme um eine Nachricht.

Ich fuhr zur einzigen Anthropologiefakultät Amerikas, die sich in einem Football-Stadion befindet, und hielt eine der unkonzentrierteren Vorlesungen meiner Karriere. Der Gastgeber dieser Ringvorlesung erwähnte in seiner Einführung meine Zugehörigkeit zum DMORT und ließ auch die Bemerkung nicht aus, dass ich bei der Bergung der TransSouth Air mitarbeiten würde. Die anschließende Diskussion ging kaum auf meine Vorlesung ein, sondern konzentrierte sich auf den Absturz. Ein Frage-und-Antwort-Spiel, das ewig zu dauern schien.

Als die Zuhörer schließlich zu den Ausgängen drängten, kam eine Vogelscheuche von einem Mann mit Fliege und Strickjacke sowie einer Lesebrille an einer Kette vor der Brust direkt auf das Podium zu. Da wir in einem Fachgebiet mit nur wenigen Mitgliedern arbeiten, kennen die meisten Anthropologen sich untereinander, und man sieht sich immer wieder bei Treffen, Seminaren und Konferenzen. Mit Simon Midkiff hatte ich schon des Öfteren zu tun gehabt, und ich wusste, dass es ein längeres Gespräch geben würde, wenn ich nicht standhaft blieb. Deshalb schaute ich mit Nachdruck auf meine Uhr, packte meine Notizen zusammen und stieg vom Podium herunter.

»Hallo, Simon, wie geht's?«

»Ausgezeichnet.« Seine Lippen waren aufgesprungen, seine Haut trocken und schuppig wie die eines toten Fisches, der in der Sonne liegt. Winzige Venen durchzogen das Weiß seiner von buschigen Brauen überschatteten Augen.

»Wie geht's der Archäologie?«

»Ebenfalls ausgezeichnet. Da man ja von etwas leben muss, arbeite ich an mehreren Projekten für das *Department of Cultural Resources* in Raleigh. Aber den größten Teil meiner Zeit verbringe ich mit dem Organisieren von Daten.« Er lachte schrill und klopfte sich mit der Hand an die Wange. »Sieht so aus, als hätte ich im Verlauf meiner Karriere eine ganz außerordentliche Menge von Daten gesammelt.«

Simon Midkiff hatte 1955 in Oxford promoviert und war dann in die Vereinigten Staaten gekommen, um an der Duke eine Stelle anzunehmen. Aber der archäologische Überflieger publizierte nichts, und so war ihm sechs Jahre später die Ordination verweigert worden. Die University of Tennessee gab Midkiff eine zweite Chance, doch er schaffte wiederum keine Veröffentlichung und wurde auch dort nicht übernommen.

Da es ihm nie gelungen war, eine universitäre Festanstellung zu erreichen, hing Midkiff nun schon seit dreißig Jahren in der akademischen Peripherie herum, betrieb Archäologie auf Vertragsbasis und gab Kurse als Ersatzdozent an Colleges und Universitäten in den Carolinas und Tennessee, wenn dort Lücken gefüllt werden mussten. Er war berüchtigt dafür, Ausgrabungen durchzuführen und auch die verlangten Arbeitsberichte zu schreiben, es dann aber einfach nicht zu schaffen, seine Erkenntnisse und Ergebnisse zu veröffentlichen.

»Ich würde sehr gern mehr davon erfahren, Simon, aber ich fürchte, ich muss los.«

»Ja, verstehe. Was für eine furchtbare Tragödie. So viele, die in so jungen Jahren sterben mussten.« Er schüttelte traurig den Kopf. »Wo genau ist die Absturzstelle eigentlich?«

»Im Swain County. Und ich muss jetzt wirklich dorthin zurück.« Ich wandte mich zum Gehen, aber Midkiff machte einen

Schritt zur Seite und versperrte mir mit einem seiner riesigen Hush Puppys den Weg.

»Wo genau in Swain County?«

»Südlich von Bryson City.«

»Geht das vielleicht noch ein bisschen genauer?«

»Die Koordinaten kann ich Ihnen nicht geben.« Ich verbarg meine Verärgerung nicht.

»Bitte verzeihen Sie mir meine Unverschämtheit. Ich bin gerade mit Ausgrabungen in Swain County beschäftigt, und ich mache mir Sorgen wegen möglicher Schäden am Areal. Wie egoistisch von mir.« Wieder das Kichern. »Entschuldigung.«

In diesem Augenblick kam mein Gastgeber zu uns.

»Darf ich?« Er wackelte mit einer kleinen Nikon.

»Sicher.«

Ich setzte mein schönstes Kodak-Lächeln auf.

»Ist für unser Fakultätsblatt. Die Studenten scheinen so was zu mögen.«

Er dankte mir für den Vortrag und wünschte mir alles Gute für die Bergung. Ich dankte ihm für die Gastfreundschaft, entschuldigte mich bei beiden Männern, nahm meine Dia-Magazine und eilte aus dem Saal.

Bevor ich Knoxville verließ, suchte ich mir ein Sportgeschäft und kaufte mir Stiefel, Socken und drei Khaki-Anzüge, von denen ich einen sofort anzog. In der Drogerie nebenan besorgte ich mir zwei Sets Baumwollunterwäsche. Es war nicht gerade meine Marke, aber sie erfüllten ihren Zweck. Nachdem ich Khakis und Unterwäsche in meiner Reisetasche verstaut hatte, fuhr ich wieder in Richtung Osten.

Die Appalachians, die in den Hügeln Neufundlands ihren Anfang nehmen, verlaufen parallel zur Ostküste von Norden nach Süden und teilen sich in der Nähe von Harpers Ferry, West Virginia, in die beiden Bergketten der Great Smoky Mountains und der Blue Ridge Mountains. Als eine der größten Hochlandregionen der Welt erheben sich die Great Smoky Mountains auf bis zu 2200

Meter am Clingmans Dome an der Grenze zwischen North Carolina und Tennessee.

Eine knappe Stunde hinter Knoxville hatte ich die Tennessee-Städte Sevierville, Pigeon Forge und Gatlinburg passiert und fuhr an der Ostflanke des Dome entlang, der mich wie immer mit seiner surrealen Schönheit beeindruckte. In Äonen von Wind und Regen geformt, durchqueren die Great Smokies den Süden als Abfolge von sanften Tälern und Gipfeln. Die Walddecke ist üppig, und ein Großteil davon ist Naturschutzgebiet. Das Nantahala. Das Pisgah. Das Cherokee. Der Great Smoky Mountains National Park. Das weiche, samtige Grün und der rauchige Dunst, der diesem Hochland seinen Namen gibt, schenken dieser Gegend einen unvergleichlichen Reiz. Eines der schönsten Fleckchen dieser Erde.

Tod und Zerstörung inmitten dieses traumhaften Liebreizes – was für ein grausiger Kontrast.

Kurz hinter Cherokee, schon in North Carolina, rief ich noch einmal bei Katy an. Keine gute Idee. Wieder nur ihr Anrufbeantworter. Wieder hinterließ ich eine Nachricht: *Ruf deine Mutter an.*

Ich versuchte, nicht an die vor mir liegende Arbeit zu denken. Ich dachte an die Pandas im Zoo von Atlanta, den Tabellenstand in der NBA für die Herbstrunde, die Gepäckausgabe im Flughafen von Charlotte. Warum ging es dort immer so langsam?

Ich dachte an Simon Midkiff. Was für ein komischer Kauz. Wie groß war die Chance, dass ein Flugzeug gerade auf seiner Ausgrabungsstätte abstürzen würde?

Da ich kein Radio hören wollte, legte ich eine CD von Kiri Te Kanawa ein und hörte zu, wie die Diva Lieder Irving Berlins sang.

Es war schon fast zwei, als ich mich der Absturzstelle näherte. Zwei Polizeifahrzeuge blockierten jetzt die Bezirksstraße knapp unterhalb der Einmündung der *Forest-Service*-Straße. Ein Mann der Nationalgarde dirigierte den Verkehr, winkte einige weiter den Berg hinauf und schickte andere wieder nach unten. Ich zeigte meinen Ausweis, und der Posten sah auf sein Klemmbrett.

»Ja, Ma'am. Sie sind auf der Liste. Parken Sie auf dem Sammelplatz.«

Er trat beiseite, und ich zwängte mich durch die Lücke zwischen den beiden Polizeiautos hindurch.

Der Sammelplatz, der auch als Treffpunkt dienen würde, war geschaffen worden aus einem Aussichtspunkt mit Wachturm zur Waldbrandkontrolle auf der rechten Seite der Straße und einer kleinen Wiese auf der linken Seite. Die Bergflanke war ein Stück weit abgetragen worden, um die Stellfläche zu vergrößern, und man hatte Kies gestreut, um Schlammbildung bei Regen zu verhindern. Auf diesem Platz würden Besprechungen stattfinden, und auch Angehörige würden dort betreut werden, solange noch keine reguläre Anlaufstelle für die Angehörigen eingerichtet war.

Unmengen von Menschen und Fahrzeugen drängten sich auf beiden Seiten der Straße. Einsatzwagen des Roten Kreuzes. TV-Transporter mit Satellitenschüsseln. Geländewagen. Pick-ups. Ein Gefahrenguttransporter. Ich zwängte meinen Mazda zwischen einen Dodge Durano und einen Ford Bronco, packte meine Tasche und schlängelte mich zwischen den Fahrzeugen hindurch zur Teerstraße.

Als ich gegenüber des Aussichtspunkts herauskam, bemerkte ich am Fuß des Wachturms, vor einem der Rot-Kreuz-Anhänger, einen klappbaren Schultisch. Eine riesige Kaffeemaschine glänzte im Sonnenlicht. Familienangehörige drängten sich um den Tisch, sie lagen sich in den Armen und stützten sich gegenseitig, einige weinten, andere waren starr und stumm. Viele hatten Styroporbecher in der Hand, einige sprachen in ihre Handys.

Ein Priester ging zwischen den Trauernden umher, streichelte Schultern und drückte Hände. Ich sah, wie er sich zu einer älteren Frau hinunterbeugte. Mit seinem krummen Rücken, der Glatze und der Hakennase erinnerte er mich an die Aas fressenden Vögel, die ich auf den Ebenen von Ostafrika gesehen hatte; ein unfairer Vergleich.

Plötzlich dachte ich an einen anderen Priester. Eine andere Totenwache. Die mitfühlende Allgegenwart dieses Mannes hatte mir auch noch die letzte Hoffnung genommen, dass meine Großmutter sich wieder erholen würde. Ich erinnerte mich an den Schmerz dieser Wache, und mein Herz fühlte mit denen, die sich hier versammelten, um auf ihre Toten zu warten.

Reporter, Kameraleute und Tontechniker wuselten an der Steinmauer, die den Aussichtspunkt begrenzte, umher, und jedes Team suchte sich den spektakulärsten Hintergrund für seine Live-Reportage. Wie bei dem Absturz der Swissair-Maschine 1999 in Peggy's Cove, Nova Scotia, würden auch hier eindrucksvolle Panoramen einen großen Raum in jedem Bericht einnehmen, da war ich mir sicher.

Ich hängte mir die Tasche über die Schulter und marschierte hügelabwärts. Ein weiterer Posten der Nationalgarde kontrollierte mich am Anfang des Wirtschaftswegs, der über Nacht in eine zweispurige Kiesstraße verwandelt worden war. Jetzt führte ein Zugangsweg von dieser erweiterten Straße zu der Absturzstelle. Kies knirschte unter meinen Sohlen, als ich durch den frisch geschlagenen Tunnel aus Bäumen ging, und der noch schwache Gestank beginnender Verwesung mischte sich unter den Kieferndufт.

Dekontaminations-Anhänger und Chemieklos säumten Barrikaden, die den Zugang zur Hauptabsturzstelle versperrten, und innerhalb dieser Absperrung war ein Kommandozentrum errichtet worden. Ich sah den vertrauten NTSB-Anhänger mit seiner Satellitenschüssel und dem Generatorenschuppen. Daneben standen Kühllaster, und auf dem Boden lagen Stapel von Leichensäcken. Dieser Kühllaster würde als provisorische Verwahrstelle für die Leichen dienen, bevor sie in ein etwas permanenteres Operations-Leichenschauhaus transportiert wurden.

Schaufelbagger, Kräne, Löschfahrzeuge und Einsatzwagen standen über das Gelände verstreut. Ein einzelner Krankenwagen verriet mir, dass das offizielle Ziel der Operation nun nicht mehr »Suchen und Retten«, sondern »Suchen und Bergen« hieß. Der Zweck des Krankenwagens war nur noch die Versorgung verletzter Helfer.

Lucy Crowe stand innerhalb der Absperrung und sprach mit Larke Tyrell.

»Wie läuft's?«, fragte ich.

»Mein Telefon steht nicht mehr still.« Crowe klang erschöpft. »Gestern Nacht hätte ich das verdammte Ding beinahe ausgeschaltet.«

Über ihre Schulter hinweg konnte ich sehen, wie Suchtrupps in Masken und Tyvek-Overalls sich in geraden Linien, die Augen auf den Boden geheftet, über das Trümmerfeld bewegten. Gelegentlich kauerte sich einer hin, inspizierte einen Gegenstand und markierte dann die Stelle. Hinter dem Team sprenkelten rote, blaue und gelbe Flaggen die Landschaft wie bunte Stecknadeln einen Stadtplan.

Andere Arbeiter in weißen Anzügen waren am Rumpf, der Flügelspitze und den Turbinen beschäftigt, sie fotografierten, machten sich Notizen und sprachen in winzige Diktiergeräte. Blaue Kappen identifizierten sie als Angehörige der NTSB.

»Die ganze Bande ist hier«, sagte ich.

»NTSB, FBI, SBI, FAA, ATF, CBS, ABC. Und natürlich der Vorstandsvorsitzende.«

»Das ist noch gar nichts«, sagte Larke. »Warten Sie noch einen oder zwei Tage.« Er zog einen Latexhandschuh vom Handgelenk zurück und sah auf seine Uhr.

»Die meisten Leute vom DMORT sind bei einer Besprechung im Operations-Leichenschauhaus, Tempe, es bringt also nichts, wenn Sie sich jetzt einen Overall überstreifen. Fahren wir lieber hin.«

Ich wollte etwas einwenden, aber er unterbrach mich.

»Wir gehen gemeinsam zurück.«

Während Larke zur Dekontamination ging, beschrieb Lucy mir den Weg zum Operations-Leichenschauhaus. Es war nicht nötig. Als ich auf der Bezirksstraße unterwegs war, hatte ich bereits entsprechende Aktivitäten bemerkt.

»Die Gebäude des *Alarka Fire Department* liegen ungefähr dreizehn Kilometer stadteinwärts. War früher mal eine Schule. Sie werden Schaukeln und Rutschen sehen und auf der Wiese daneben die Löschfahrzeuge.«

Auf unserem Marsch zurück zum Sammelplatz brachte der ME mich auf den neuesten Stand der Entwicklungen. Einer der wichtigsten Punkte war, dass das FBI einen anonymen Tipp über eine Bombe an Bord erhalten hatte.

»Ein braver Bürger war so freundlich, diese Information auch an CNN weiterzugeben. Die Medien stürzen sich natürlich darauf.«

»Zweiundvierzig tote Studenten machen aus dem hier ein Pulitzer-Ereignis.«

»Es gibt noch eine zweite schlechte Nachricht. Es dürften mehr als zweiundvierzig sein. Wie's aussieht, haben mehr als fünfzig über die UGA gebucht.«

»Haben Sie die Passagierliste gesehen?« Ich brachte die Frage kaum heraus.

»Bei der Besprechung haben sie die bestimmt schon.«

Mir lief es eiskalt den Rücken hinunter.

»O ja«, fuhr Larke fort. »Wenn wir hier Mist bauen, reißt uns die Presse in Stücke.«

Wir trennten uns und eilten zu unseren Autos. Irgendwo unterwegs fuhr ich offensichtlich in einen Empfangsbereich, und sofort piepste mein Handy. Ich stieg auf die Bremse, um das Signal nicht wieder zu verlieren.

Die Nachricht war vor statischem Rauschen kaum zu verstehen.

»Dr. Brennan, hier ist Haley Graham, Katys Zimmergenossin. Ähm. Ich habe Ihre Nachrichten abgehört, vier waren es, glaube ich. Und die von Katys Dad. Er hat auch ein paar Mal angerufen. Na ja, und dann habe ich von dem Absturz gehört, und …« Knistern. *»Na ja, es ist so, dass Katy übers Wochenende weggefahren ist, und ich weiß nicht genau, wo sie ist. Ich weiß, dass Lija unter der Woche ein paar Mal angerufen hat, und ich mache mir Sorgen, weil Katy ja vielleicht zu ihr gefahren sein könnte. Ich bin mir sicher, dass das blöd ist, aber ich dachte mir, ich rufe Sie mal an und frage Sie, ob Sie inzwischen mit ihr gesprochen haben. Na ja …«* Wieder

Knistern. »*Was soll's. Ich klinge wie ein Spinner, aber ich würde mich besser fühlen, wenn ich wüsste, wo Katy ist. Okay. Wiederhören.*«

Ich drückte sofort Petes Nummer. Er hatte noch immer nicht mit unserer Tochter gesprochen. Ich wählte noch einmal. Auch Lija ging noch immer nicht ans Telefon.

Kalte Angst breitete sich in mir aus und drückte mir aufs Brustbein.

Ein Pick-up hupte, damit ich ihm Platz machte.

Während der restlichen Fahrt sehnte ich die bevorstehende Besprechung ebenso sehr herbei, wie ich sie fürchtete, denn ich wusste ganz sicher, wie meine erste Frage lauten würde.

3

Eine der ersten Aufgaben des DMORT bei einer Katastrophe wie dieser ist die Errichtung eines Operations-Leichenschauhauses so nahe an der Unglücksstelle wie möglich. Bevorzugte Räumlichkeiten sind die Institute von *coroners* und *medical examiners*, Krankenhäuser, Leichenhallen, Bestattungsunternehmen, Hangars, Lagerhäuser und Arsenale der Nationalgarde.

Als ich am *Alarka Fire Department* eintraf, das die Leichen aus der TransSouth Air 228 aufnehmen sollte, war der vordere Stellplatz bereits voll, und Mengen von Autos warteten vor der Zufahrt. Ich stellte mich in die Schlange und betrachtete, mit den Fingern aufs Lenkrad klopfend, die Umgebung, während ich langsam vorwärts kroch.

Der Stellplatz hinter den Gebäuden war für die Kühllaster reserviert, die die Opfer hierher transportieren würden. Ich sah zu, wie zwei Frauen mittleren Alters den Zaun mit undurchsichtigen Plastikplatten verkleideten, zum Schutz gegen Fotografen, sowohl Profis wie Amateuren, die mit Sicherheit herbeieilen würden, um die Ruhe der Toten zu stören. Ein Wind riss an den Plastikteilen, während die Frauen versuchten, sie am Maschendraht zu befestigen.

Schließlich erreichte ich den Posten, zeigte ihm meinen Ausweis und durfte mein Auto abstellen. Im Inneren der Halle stellten dutzende von Arbeitern Tische und tragbare Röntgengeräte und -entwickler, Computer, Generatoren und Heißwasserboiler auf. Waschräume und Toiletten wurden geputzt und desinfiziert, ein Pausenraum und Umkleideräume für das Personal wurden eingerichtet. In einer Ecke war ein Konferenzraum abgetrennt worden. In einer anderen entstanden ein Computerzentrum und die Röntgenabteilung.

Die Besprechung lief bereits, als ich eintrat. Die Leute lehnten an den provisorischen Trennwänden und saßen um Klapptische, die man in der Mitte des »Raums« zusammengeschoben hatte. Neonlampen hingen an Drähten von der Decke und warfen ein bläuliches Licht auf angespannte, blasse Gesichter. Ich setzte mich auf einen Stuhl an der Rückwand.

Der Ermittlungsleiter der NTSB, Magnus Jackson, beendete eben einen Überblick über die Befehlsstrukturen dieser Operation. Der EL, wie Jackson genannt wurde, war schlank und zäh wie ein Dobermann, und seine Haut war fast so dunkel. Er trug eine ovale Brille mit Drahtgestell, und seine grau melierten Haare waren zu einer Bürste geschoren.

Jackson beschrieb eben das für die NTSB typische System der »Einsatzteams«. Einen nach dem anderen stellte er die Leiter der verschiedenen Ermittlungsgruppen unter seinem Kommando vor: Struktur, Systeme, Energieversorgung, menschliches Verhalten, Feuer und Explosionen, Meteorologie, Radardaten, Flugschreiber und Zeugenaussagen. Ermittler erhoben sich und winkten, während Jackson die Namensliste verlas, jeder in Kappe und Hemd mit der Aufschrift NTSB in fetten gelben Buchstaben.

Obwohl ich wusste, dass diese Männer und Frauen herausfinden würden, warum die TransSouth Air 228 vom Himmel gefallen war, ließ das hohle Gefühl in meiner Brust nicht nach, und das machte es mir schwer, mich auf irgendetwas anderes als auf die Passagierliste zu konzentrieren.

Doch eine Frage ließ mich plötzlich aufhorchen.

»Wurden der CVR und der FDR schon gefunden?«

»Noch nicht.«

Der *Cockpit Voice Recorder*, der Cockpit-Stimmrekorder, nimmt den Funkverkehr und alle Geräusche im Cockpit auf, darunter auch die Stimmen der Piloten und die Motorengeräusche. Der *Flight Data Recorder*, der Flugdatenschreiber, registriert alle flugrelevanten Daten wie Höhe, Geschwindigkeit und Kurs. Die beiden würden eine wichtige Rolle bei der Bestimmung der Absturzursache spielen.

Als Jackson geendet hatte, sprach der NTSB-Spezialist für Familienangelegenheiten über den *Federal Family Assistance Plan for Aviation Disasters*, den Staatlichen Plan für die Unterstützung von Angehörigen bei Flugzeugkatastrophen. Er erklärte, dass die NTSB als Vermittler zwischen der TransSouth Air und den Familien der Opfer fungieren würde. Im Sleep Inn in Bryson City wurde eben ein solches Unterstützungszentrum eingerichtet, das auch als Sammelstelle für alle für eine Identifikation wichtigen antemortalen Informationen dienen sollte, die Daten also, die Angehörige liefern würden, damit Überreste identifiziert werden konnten. Ich schauderte unwillkürlich.

Als Nächstes stand Charles Hanover auf. Er sah erstaunlich gewöhnlich aus, eher wie ein Apotheker und Angehöriger der Elks denn wie der Vorstandsvorsitzende einer regionalen Fluggesellschaft. Ein nervöser Tick zerrte an seinem linken Auge, ein anderer am Mundwinkel, und die ganze Gesichtshälfte zuckte, wenn beide gleichzeitig in Aktion traten. Es war etwas Gütiges und Trauriges an dem Mann, und ich fragte mich, warum Crowe so ablehnend auf ihn reagiert hatte.

Hanover berichtete, dass TransSouth Air eine kostenlose Telefonnummer für Anfragen aus der Öffentlichkeit eingerichtet habe. Im Angehörigenunterstützungs-Zentrum würden gerade Telefonapparate installiert, und man habe Personal abgestellt, das sich regelmäßig mit den anwesenden Angehörigen treffe und den Kontakt zu denen aufrechterhalte, die nicht hier seien. Für psychologische und spirituelle Betreuung sei ebenfalls gesorgt.

Meine Aufregung wuchs, je länger die Besprechung sich hinzog. Ich kannte das alles bereits, und ich wollte endlich diese Liste sehen.

Ein Vertreter der *Federal Emergency Management Agency*, der Staatlichen Agentur für Notfallmanagement, sprach über Kommunikation. Das Hauptquartier der NTSB, die Kommandozentrale an der Absturzstelle, sei bereits mit dem Operations-Leichenschauhaus verbunden, und die FEMA werde die NTSB bei der Öffentlichkeitsarbeit unterstützen.

Earl Bliss sprach über das DMORT. Er war ein großer, kantiger Mann mit schütteren, pomadisierten und zu einem strengen Scheitel gekämmten Haaren. Schon während der Highschool hatte er an den Wochenenden als Leichenfahrer gearbeitet und sich binnen zehn Jahren sein eigenes Bestattungsinstitut gekauft. Wegen seiner verfrühten Ankunft auf dieser Welt Early genannt, hatte Earl seine gesamten neunundvierzig Jahre in Nashville, Tennessee, verbracht. Wenn er nicht bei Massenunfällen eingesetzt wurde, band er sich gern eine Kordel mit Silberschnalle um den Hals und spielte Banjo in einer Country-and-Western-Band.

Earl erinnerte die Vertreter der anderen Behörden und Organisationen daran, dass jedes DMORT-Team aus Zivilisten mit speziellem Fachwissen bestehe, darunter Pathologen, Anthropologen, Zahnärzte, Fingerabdruckspezialisten, Bestattungsunternehmer, Spezialisten für medizinische Daten, Röntgentechniker, Psychologen sowie Personal für Sicherheit, Verwaltung und generelle Unterstützung.

Eines der zehn regionalen DMORT-Teams sei auf Anforderung der lokalen Behörden für Naturkatastrophen, Flugzeug- und andere Verkehrsunfälle, Brände, Bombenanschläge, Terroristenangriffe und Massenmorde/-selbstmorde aktiviert worden. Earl erwähnte frühere Einsätze. Der Bombenanschlag auf das Murrah Federal Building in Oklahoma City 1995. Die Entgleisung des Amtrak-Zuges in Bourbonnais, Illinois, 1999. Die Unfälle mit Regionalflugzeugen in Quincy, Illinois, 1996 und in Monroe, Michigan, 1997. Korean Air Flug 801 in Guam 1997, Egypt Air Flug 990 in Rhode Island 1999 und Alaska Airlines Flug 261 in Kalifornien 2000.

Ich hörte zu, wie Earl die modulare Struktur des Operations-Leichenschauhauses beschrieb und erklärte, wie die Überreste sie durchlaufen würden. Alle Opfer und persönliche Habseligkeiten würden in der Identifikationsabteilung etikettiert, kodiert, fotografiert und geröntgt. Man würde Katastrophenopfer-Pakete, so genannte KOPs, zusammenstellen, und menschliche Leichen, Leichenteile und Gewebe würden weitergegeben an die Abteilung zur Sammlung postmortaler Daten. Dort würden die Autopsien durchgeführt, wozu auch anthropologische, dentale und Fingerabdrucksuntersuchungen gehörten.

Alle postmortalen Befunde würden in der Identifikationsabteilung computerisiert werden. Auch die Daten, die Angehörige lieferten, würden dort eingegeben werden, und die antemortalen und postmortalen Informationen würden abgeglichen werden. Nach der Analyse würde man die Überreste in einen Lagerbereich bringen, wo sie auf die Freigabe warteten.

Larke Tyrell erhob sich als Letzter. Der Medical Examiner dankte Earl, atmete tief durch und ließ den Blick durch den Raum schweifen.

»Ladys und Gentlemen, wir haben da draußen eine Menge trauernde Familien, die Seelenfrieden suchen. Magnus und seine Jungs werden ihnen dabei helfen, indem sie herausfinden, was dieses Flugzeug vom Himmel geholt hat. Wir werden zu diesem Prozess beitragen, aber unsere Hauptaufgabe ist die Identifikation der Opfer. Etwas zu haben, was man beerdigen kann, beschleunigt die Heilung, und wir werden unser Bestes geben, um jeder einzelnen betroffenen Familie einen Sarg nach Hause schicken zu können.«

Ich erinnerte mich an meinen Marsch durch den Wald und wusste, was viele dieser Särge enthalten würden. In den kommenden Wochen würden das DMORT und die lokalen und staatlichen Behörden alles Erdenkliche tun, um jedes am Schauplatz gefundene Gewebefetzchen zu identifizieren. Fingerabdrücke, medizinische und zahnmedizinische Daten, DNS, Tätowierungen und Familienfotos würden die Hauptinformationsquellen sein, und die Anthropologen des Teams würden einen sehr großen Anteil an diesem Prozess haben. Trotz all unserer Bemühungen war abzusehen, dass einige Särge nur sehr wenig enthielten. Eine abgetrennte Extremität. Eine verkohlte Backenzahnkrone. Ein Schädelfragment. In vielen Fällen würde das, was man nach Hause schicken konnte, nur wenige Gramm wiegen.

»Sobald die Bearbeitung der Unglücksstelle abgeschlossen ist, werden alle Überreste von der provisorischen Sammelstelle für die Leichen hierher gebracht«, fuhr Larke fort. »Wir gehen davon aus, dass der Transport in den nächsten Stunden anläuft. Dann erst beginnt für uns die eigentliche Arbeit. Sie alle wissen, was Sie zu tun haben, also möchte ich Sie nur noch an ein paar wichtige Dinge erinnern, und dann halte ich den Mund.«

»Das wäre das erste Mal.«

Mildes Gelächter.

»Trennen Sie auf keinen Fall persönliche Habe von Opferpaketen, bevor nicht alles vollständig fotografiert und registriert ist.«

Ich dachte an die Raggedy Ann.

»Nicht jedes Opferpaket wird jeden Arbeitsschritt durchlaufen. Aber wenn ein Schritt ausgelassen wird, vermerken Sie das deutlich in den dazugehörigen Unterlagen. Ich will später nicht raten müssen, ob eine Zahnuntersuchung nicht gemacht wurde, weil keine Zähne vorhanden waren oder weil dieser Schritt übersehen wurde. Schreiben Sie etwas auf jedes Blatt in einem Paket. Und sorgen Sie dafür, dass die Information bei der Leiche bleibt. Wir wollen für jede Identifikation eine komplette Dokumentation.

Und noch eins. Wie Sie sicher alle schon gehört haben, hat das FBI einen Anruf bezüglich einer Bombe bekommen. Achten Sie also auf Explosionsspuren. Prüfen Sie Röntgenaufnahmen auf Bombenfragmente und Schrapnelle. Untersuchen Sie Lungen und Trommelfelle auf Druckschäden. Suchen Sie nach Sprenkelungen und Lichtblitzverbrennungen. Sie kennen die Routine ja.«

Larke hielt inne und sah sich in dem Raum um.

»Einige von Ihnen machen so etwas zum ersten Mal, andere sind schon alte Hasen. Ich brauche keinem von Ihnen zu erzählen, wie hart die nächsten Wochen werden. Machen Sie Pausen. Keiner arbeitet mehr als zwölf Stunden pro Tag. Wenn Sie sich überwältigt fühlen, gehen Sie zu einem psychologischen Berater. Das ist kein Zeichen von Schwäche. Diese Leute sind zu Ihrem Wohle da. Nehmen Sie sie in Anspruch.«

Larke steckte seinen Kugelschreiber an den Notizblock in seiner Hand.

»Ich schätze, das ist alles; nun möchte ich noch meinem Personal und Earls DMORT-Leuten dafür danken, dass sie so schnell hierher gekommen sind. Und was den Rest angeht – bitte verschwinden Sie jetzt aus meinem Leichenschauhaus.«

Während der Raum sich leerte, ging ich zu Larke, um ihn nach der Passagierliste zu fragen. Magnus Jackson kam im selben Augenblick zu ihm und nickte mir zur Begrüßung zu. Ich kannte den Ermittlungsleiter von der gemeinsamen Arbeit an einem Flugzeugabsturz vor einigen Jahren und wusste, dass er kein großer Süßholzraspler war.

»Hallo, Tempe«, sagte Larke zu mir und wandte sich dann an Jackson.

»Wie ich sehe, haben Sie ein komplettes Team mitgebracht.«

»Bei dieser Geschichte dürfte es mächtig Druck geben. Bis morgen haben wir knapp fünfzig Leute hier.«

Ich wusste, dass vor Ort nur eine oberflächliche Untersuchung des Wracks stattfinden würde. Waren die Einzelteile erst einmal fotografiert und registriert, würde man sie zu Wiederaufbau und Analyse in eine geeignete Halle bringen.

»Was Neues wegen der Bombe?«, fragte Larke.

»Zum Teufel, das war wahrscheinlich nur ein übler Scherz, aber die Medien stürzen sich darauf wie die Geier. CNN nennt ihn den Blue-Ridge-Bomber, ohne es mit der Geografie allzu genau zu nehmen. ABC hat ihn den Fußball-Bomber getauft, aber das klingt irgendwie nicht so gut.«

»Das FBI kommt mit an Bord?«, fragte Larke.

»Sie sind hier und rütteln schon am Zaun, also wird's wahrscheinlich nicht mehr lange dauern.«

Ich mischte mich ein, da ich einfach nicht länger warten konnte. »Haben wir eine Passagierliste?«

Der ME nahm einen Ausdruck aus seiner Tasche und gab ihn mir.

Ich spürte eine Angst, wie ich sie bis jetzt nur selten erlebt hatte.

Mein Gott, bitte.

Die Welt um mich herum versank, während ich die Namen überflog. Anderson. Beacham. Bertrand. Caccioli. Daignault. Larke sagte etwas, aber seine Worte drangen nicht zu mir durch.

Eine Ewigkeit später gaben meine Zähne die Unterlippe wieder frei, und ich atmete auf.

Weder Katy Brennan Petersons noch Lija Feldman waren auf der Liste.

Ich schloss die Augen und atmete tief durch.

Als ich sie wieder öffnete, sah ich mich fragenden Blicken gegenüber. Ohne jede Erklärung gab ich die Liste zurück, und das Gefühl der Erleichterung wurde bereits überdeckt von schlechtem Gewissen. Meine Tochter war am Leben, aber die Kinder anderer lagen tot auf einem Berg. Ich wollte mich an die Arbeit machen.

»Was soll ich tun?«, fragte ich Larke.

»Earl hat das Leichenschauhaus unter Kontrolle. Fahren Sie zurück und arbeiten Sie bei der Bergung mit. Aber sobald die Transporte beginnen, brauche ich Sie hier.«

Wieder vor Ort, ging ich direkt zu einem Dekontaminations-Anhänger und zog Maske, Handschuhe und Overall an, wodurch ich eher aussah wie eine Astronautin als wie eine Anthropologin. Ich nickte dem Wachposten zu, überwand die Barrikade und begab mich direkt zu der provisorischen Sammelstelle, um mich auf den neuesten Stand bringen zu lassen.

Die genaue Lage jedes beflaggten Gegenstands wurde mit Hilfe einer Technik namens *Total Station* in ein CAD-ähnliches Programm eingegeben. Die Positionen von Flugzeugteilen, persönlicher Habe und menschlichen Überresten würden später auf einem virtuellen Gitternetz grafisch dargestellt und ausgedruckt werden. Da diese Vorgehensweise viel schneller und weniger arbeitsintensiv war als das traditionelle System der Schauplatzmarkierung mit Schnüren und realen Gitternetzen, hatte die Entfernung der Überreste bereits begonnen. Ich eilte hinaus auf das Trümmerfeld.

Die Sonne senkte sich schon über die Baumwipfel, und zarte Schatten überzogen das Schlachtfeld wie ein Spinnennetz. Man hatte Klieg-Scheinwerfer aufgestellt, und der Verwesungsgeruch war stärker geworden. Ansonsten hatte sich in der Zeit, die ich abwesend gewesen war, wenig verändert.

In den nächsten drei Stunden half ich meinen Kollegen beim Etikettieren, Fotografieren und Einpacken von dem, was von den Passagieren von TransSouth Air 228 noch übrig war. Vollständige Leichen, Gliedmaßen und Torsos kamen in große Leichensäcke, Fragmente in kleine. Die Säcke wurden dann hügelaufwärts geschafft und in den Kühllastern gelagert.

Es war warm, und ich schwitzte in Overall und Handschuhen. Fliegenschwärme, die vom verfaulenden Fleisch angezogen wurden, umschwirrten mich. Einige Male hatte ich beim Zusammenkratzen von Eingeweiden oder Hirnmasse mit Übelkeit zu kämpfen. Doch nach einer Weile waren Nase und Bewusstsein abgestumpft. Ich bemerkte gar nicht, dass der Himmel sich rötete und die Scheinwerfer ansprangen.

Dann kam ich zu dem Mädchen. Sie lag mit dem Gesicht nach oben, die Beine waren ab der Mitte der Schienbeine nach hinten gebogen. Ihr Gesicht war bereits angeknabbert, und die nackten Knochen leuchteten rot im Sonnenuntergang.

Ich richtete mich auf, schlang die Arme um den Bauch und holte ein paar Mal tief Luft. Einatmen, ausatmen. Einatmen, ausatmen.

O Gott. War ein Sturz aus dreißigtausend Fuß Höhe denn nicht schon genug? Mussten auch noch wilde Tiere entwürdigen, was übrig blieb?

Diese Kinder hatten getanzt, Tennis gespielt, waren Achterbahn gefahren, hatten ihre E-Mails gelesen. Sie hatten die Träume ihrer Eltern verkörpert. Aber jetzt nicht mehr. Jetzt würden sie nur noch gerahmte Fotos auf geschlossenen Särgen sein.

Ich spürte eine Hand auf meiner Schulter.

»Zeit für eine Pause, Tempe.«

Earl Bliss' Augen spähten mich durch einen Schlitz zwischen Kappe und Maske an.

»Ich bin in Ordnung.«

»Machen Sie eine Pause. Das ist ein Befehl.«

»Okay.«

»Mindestens eine Stunde.«

Auf halbem Weg zur Kommandozentrale der NTSB blieb ich stehen, weil ich das Chaos fürchtete, das ich mit Sicherheit dort vorfinden würde. Ich brauchte Ruhe und Heiterkeit. Leben. Vogelgezwitscher, huschende Eichhörnchen und Luft, die nicht nach Tod stank. Ich machte kehrt und ging auf den Wald zu.

Als ich am Rand des Trümmerfelds entlangging, entdeckte ich eine Lücke zwischen den Bäumen und erinnerte mich daran, dass Larke und der Vizegouverneur auf ihrem Weg vom Hubschrauber an dieser Stelle aus dem Wald gekommen waren. Aus der Nähe konnte ich die Route erkennen, die sie wahrscheinlich genommen hatten. Was früher vielleicht ein Pfad oder ein Bachbett gewesen war, war jetzt eine sich schlängelnde, baumlose Schneise, übersät mit Felsbrocken und gesäumt von Buschwerk. Ich nahm Maske und Handschuhe ab und betrat den Wald.

Der organisierte Tumult an der Unglücksstelle verklang, je tiefer ich eindrang, und die Geräusche des Waldes wurden lauter. Nach dreißig Metern kletterte ich auf einen umgestürzten Sauerbaum, zog die Beine an und schaute zum Himmel hoch. Gelbe und rosa Streifen durchzogen das Rot, während die Nacht den Horizont hochkroch. Bald würde es dunkel sein. Lange konnte ich nicht bleiben.

Meine Gehirnzellen würden sich ein Thema aussuchen.

Das Mädchen mit dem verwüsteten Gesicht.

Nein. Neue Kategorie.

Die Zellen entschieden sich für Lebende.

Katy. Meine Tochter war jetzt über zwanzig und lebte ihr eigenes Leben. Es war natürlich genau das, was ich wollte, aber das Loslassen war trotzdem schwer. Das Kind Katy war durch mein Leben gezogen und wieder verschwunden. Jetzt begegnete ich der jungen Frau Katy, und ich mochte sie sehr gern.

Aber wo ist sie?, fragten die Zellen.

Nächstes Thema.

Pete. Getrennt waren wir bessere Freunde als während unserer Ehe. Gelegentlich sprach er sogar richtig mit mir und hörte aufmerksam zu. Sollte ich ihn um die Scheidung bitten und weiterziehen oder sollte ich es beim Status quo belassen?

Die Zellen wussten keine Antwort.

Andrew Ryan. Ich hatte in letzter Zeit viel an ihn gedacht. Ryan war Detective im Morddezernat der Provinzpolizei von Montreal. Obwohl wir uns schon fast ein Jahrzehnt kannten, hatte ich mich erst im letzten Jahr überreden lassen, ein Techtelmechtel mit ihm anzufangen.

Techtelmechtel. Wie üblich stellten sich mir die Nackenhaare auf. Für Singles über vierzig musste es doch einen besseren Begriff geben.

Die Zellen hatten keinen Vorschlag.

Ganz abgesehen von der Terminologie hatten Ryan und ich es nie geschafft, ein richtige Beziehung auf den Weg zu bringen. Vor unserem ersten offiziellen Rendezvous war Ryan zu einer Undercover-Aktion abgetaucht, und ich hatte ihn monatelang nicht gesehen. Und in Zeiten wie diesen vermisste ich ihn sehr.

Ich hörte Rascheln im Unterholz und hielt den Atem an, um zu horchen. Doch der Wald war still. Sekunden später hörte ich es wieder, diesmal auf der anderen Seite. Die Bewegungen klangen nach einem Tier, das größer war als ein Hase oder ein Eichhörnchen.

Die Gehirnzellen schlugen leise Alarm.

Plötzlich kam mir der Gedanke, dass vielleicht Earl mir gefolgt war. Ich setzte mich auf und schaute mich um. Doch ich war allein.

Eine volle Minute lang rührte sich überhaupt nichts, dann zitterte der Rhododendron rechts neben mir, und ich hörte ein tiefes Knurren. Mit den Augen das Gestrüpp absuchend, glitt ich von dem Baumstamm und stellte mich aufrecht hin.

Augenblicke später hörte ich ein weiteres Knurren, gefolgt von einem schrillen Jaulen.

Die Gehirnzellen alarmierten ihre Kumpels von der limbischen Abteilung, und Adrenalin schoss in jeden Teil meines Körpers.

Langsam bückte ich mich und griff nach einem Stein. Als ich hinter mir Bewegung hörte, drehte ich mich in diese Richtung.

Meine Augen trafen andere Augen, schwarze und glänzende. Gefletschte Lippen über Zähnen, die feucht und glatt im Dämmerlicht glänzten. Zwischen den Zähnen etwas entsetzlich Vertrautes.

Ein Fuß.

Die Zellen bemühten sich um Sinn.

Die Zähne steckten in einem menschlichen Fuß.

Die Zellen stellten Verbindungen her zu kürzlich Erlebtem. Ein angenagtes Gesicht. Die Bemerkung eines Deputys.

O Gott! Ein Wolf? Ich war unbewaffnet. Was sollte ich tun? Drohen?

Das Tier starrte mich an, sein Körper war zottig und ausgezehrt.

Davonlaufen?

Nein. Ich musste mir den Fuß holen. Er hatte einem Menschen gehört. Einer Person mit Familie und Freunden. Ich würde ihn nicht Aasfressern überlassen.

Dann tauchte ein zweiter Wolf auf und stellte sich hinter den ersten. Auch er hatte die Zähne gebleckt, Speichel färbte das Fell um sein Maul herum dunkel. Er knurrte, seine Lippen zitterten. Langsam stand ich auf und hob den Stein.

»Zurück!«

Beide Tiere erstarrten, und der erste Wolf ließ den Fuß fallen. Dann schnupperte er in die Luft, am Boden, wieder in die Luft, senkte den Kopf, hob den Schwanz, machte einen Schritt in meine

Richtung, wich dann ein Stück zur Seite und blieb stehen. Bewegungslos beobachtete er mich. Der andere Wolf folgte. Waren sie unsicher, oder hatten sie einen Plan? Ich wich ein Stück zurück, hörte ein Knacken, und als ich mich umdrehte, sah ich hinter mir noch drei Tiere. Sie schienen mich langsam zu umkreisen.

»Stopp!«

Ich schrie und warf den Stein, der das nächststehende Tier knapp neben dem Auge traf. Der Wolf jaulte, zuckte und wich zurück. Die anderen zögerten einen Augenblick und umkreisten mich dann weiter.

Ich lehnte den Rücken gegen den umgestürzten Baum und bog einen Ast hin und her, um ihn abzureißen.

Der Kreis wurde kleiner. Ich konnte ihr Keuchen hören, ihre Körper riechen. Einer aus der Gruppe machte einen Schritt in den Kreis, dann ein zweiter, dessen Schwanz auf und nieder zuckte. Dann stand er still da und starrte mich an.

Der Ast brach ab, und bei dem Geräusch sprang der Wolf zurück, blieb aber dann wieder stehen und starrte.

Ich packte den Ast wie einen Baseballschläger und schrie: »Haut ab, ihr Aasfresser. Weg da!« Meine Keule schwingend, sprang ich auf den Wolf zu.

Der Wolf wich behände aus, ging ein paar Schritte zurück und fing dann wieder an zu kreisen und zu knurren. Als ich meine Lunge auf den lautesten Schrei vorbereitete, den sie je produziert hatte, kam mir jemand zuvor.

»Verduftet, ihr verdammten Fellknäuel. Ha! Zieht Leine!«

Dann landete ein Geschoss neben dem Leitwolf, gefolgt von einem zweiten.

Der Wolf schnupperte, knurrte, drehte sich dann um und trottete ins Unterholz. Die anderen zögerten kurz und folgten ihm.

Mit zitternden Händen ließ ich den Ast fallen und stützte mich auf den umgestürzten Sauerbaum.

Eine Gestalt in Tyvek-Overall und Maske kam auf mich zugerannt und schleuderte einen dritten Stein in die Richtung der flüchtenden Wölfe. Dann fuhr die Hand hoch und nahm die Maske ab. Obwohl im Zwielicht kaum noch etwas zu sehen war, erkannte ich das Gesicht.

Aber das konnte nicht sein. Es war zu unwahrscheinlich, um wahr zu sein.

4

»Toller Wurf. Hast ausgesehen wie ein Baseballspieler.«

»Der Scheißkerl wollte mir an die Kehle gehen!« Es war beinahe ein Kreischen.

»Sie greifen keine lebenden Menschen an. Sie wollten dich nur von ihrem Abendessen vertreiben.«

»Hat dir das einer von denen persönlich gesagt?«

Andrew Ryan zupfte mir ein Blatt aus den Haaren.

Aber Ryan war undercover irgendwo in Quebec.

»Was zum Teufel treibst du denn hier?« Schon etwas ruhiger.

»Ist das ein Dankeschön, Goldlöckchen? Oder vielleicht wäre Rotkäppchen unter den Umständen angemessener?«

»Danke«, murmelte ich und wischte mir den Pony aus der Stirn. Obwohl ich wirklich dankbar war für die Intervention, wollte ich sie nicht unbedingt als Rettung betrachten.

»Hübsche Frisur.«

Er griff wieder nach meinen Haaren, aber ich wehrte seine Hand ab. Wie immer, wenn unsere Wege sich kreuzten, sah ich nicht unbedingt vorteilhaft aus.

»Ich kratze literweise Gehirnmasse zusammen, ein Wolfsrudel war kurz davor, mich in die Gruppe der Verstümmelten einzureihen, und du hast etwas an meinem Styling-Gel auszusetzen?«

»Gibt es einen Grund, warum du dich allein hier draußen rumtreibst?«

Seine Bevormundung ärgerte mich. »Gibt es einen Grund, warum du überhaupt hier bist?«

Die Falten in seinem Gesicht spannten sich. So hübsche Falten, genau dort, wo sie sein sollten.

»Bertrand war in der Maschine.«

»Jean?«

Die Passagierliste. Bertrand. Es war ein ziemlich häufiger Name, deshalb hatte ich an Ryans Partner gar nicht gedacht.

»Er hat einen Gefangenen überführt.« Ryan zog Luft durch die Nase ein und atmete aus. »Sie wollten in Dulles in eine Air-Canada-Maschine umsteigen.«

»O Gott. O mein Gott. Das tut mir ja so Leid.«

Wir standen stumm da, weil keiner so recht wusste, was er sagen sollte, bis die Stille von einem unheimlichen, vibrierenden Geräusch zerrissen wurde. Kurz darauf folgte ein schrilles Jaulen. Wollten unsere Freunde uns zu einer Revanche herausfordern?

»Gehen wir lieber zurück.«

»Nichts dagegen.«

Ryan öffnete den Reißverschluss seines Overalls, zog eine Taschenlampe aus dem Gürtel, schaltete sie an und hob sie auf Schulterhöhe.

»Nach dir.«

»Moment. Gib mir die Lampe.«

Er gab sie mir, und ich ging zu der Stelle, wo der Wolf aufgetaucht war.

Ryan folgte.

»Wenn du Pilze suchen willst, ist das aber keine gute Zeit dafür.«

In dem gelben Schein sah der Fuß makaber aus, sein Fleisch endete in einer zerfetzten Masse knapp oberhalb des Knöchels. Schatten tanzten in den Löchern und Furchen, die die Fleischfresserzähne hinterlassen hatten.

Ich zog frische Handschuhe aus meiner Tasche, streifte einen über und hob den Fuß auf. Dann markierte ich die Stelle mit dem zweiten Handschuh, den ich mit einem Stein sicherte.

»Sollte er nicht erst kartografiert werden?«

»Wir wissen nicht, wo das Rudel ihn gefunden hat. Außerdem, wenn wir ihn jetzt hierlassen, werden ihn sich die Hündchen erst recht zu Gemüte führen.«

»Du bist der Chef.«

Ich folgte Ryan aus dem Wald hinaus und hielt dabei den Fuß so weit von mir entfernt wie möglich.

Am Kommandozentrum angekommen, ging Ryan in den Anhänger der NTSB, und ich brachte meinen Fund zur Leichensammelstelle. Nachdem ich den Leuten an der Annahme erklärt hatte, woher ich ihn hatte und warum ich ihn mitgenommen hatte, gaben sie ihm eine Nummer, steckten ihn in eine Tüte und schickten ihn in einen der Kühllaster. Und ich machte mich wieder an die Arbeit.

Zwei Stunden später brachte Earl mir einen Zettel: *Melden Sie sich morgen früh um 7 Uhr im Leichenschauhaus. LT.*

Er gab mir eine Adresse und sagte mir, ich solle Feierabend machen. Ich konnte ihn nicht umstimmen.

Ich ging zur Dekontamination, duschte unter kochend heißem Wasser, solange ich es aushielt, und zog dann frische Kleider an. Meine Haut war schweinchenrosa, als ich den Anhänger verließ, aber wenigstens war der Gestank verschwunden.

Als ich, erschöpft wie selten, die Stufen hinunterpolterte, sah ich etwa zehn Meter weiter unten an der Straße Ryan an einem Streifenwagen stehen und mit Lucy Crowe reden.

»Sie sehen fertig aus«, sagte Crowe, als ich zu ihnen kam.

»Bin ganz okay«, erwiderte ich. »Earl hat mich in den Feierabend geschickt.«

»Wie läuft's da draußen?«

»Es läuft.«

Zwischen den beiden kam ich mir vor wie ein Zwerg. Sowohl Ryan wie Crowe waren deutlich über eins achtzig, allerdings schlug sie ihn, was die Schulterbreite anging. Er sah aus wie ein Zehnkämpfer, sie wie eine Gewichtheberin.

Da ich nicht in Stimmung war für eine Unterhaltung, fragte ich nur Crowe nach dem Weg und entschuldigte mich dann.

»Wart mal, Brennan.«

Ich wartete auf Ryan, warf ihm aber einen Blick zu, der

hieß: »Red nicht darüber.« Ich wollte nicht über Wölfe diskutieren.

Im Gehen dachte ich an Jean Bertrand mit seinen Designersakkos, passenden Krawatten, seinem ernsten Gesicht. Bertrand hatte immer den Eindruck vermittelt, er gebe sich zu viel Mühe, er höre zu genau zu, um nur ja keinen wichtigen Hinweis oder eine bedeutsame Nuance zu verpassen. Ich konnte ihn jetzt hören, wie er vom Französischen ins Englische wechselte, in seiner ganz persönlichen Variante des Franglais, wie er über seine eigenen Witze lachte und gar nicht merkte, dass die anderen es nicht taten.

Ich erinnerte mich an meine erste Begegnung mit Bertrand. Kurz nach meiner Ankunft in Montreal war ich zu einer Weihnachtsparty gegangen, die das Morddezernat der SQ veranstaltet hatte. Bertrand war dort, schon leicht angetrunken und erst seit kurzem Andrew Ryans Partner. Der Super-Bulle war damals bereits so etwas wie eine Legende, und Bertrand himmelte ihn unverhohlen an. Am Ende des Abends war diese Heldenverehrung allen peinlich. Vor allem Ryan.

»Wie alt war er?« Ich stellte die Frage, ohne darüber nachzudenken.

»Siebenunddreißig.« Ryan wusste genau, was mir durch den Kopf ging.

»O Gott.«

Wir erreichten die Bezirksstraße und gingen den Hügel hinauf.

»Wen überführte er denn?«

»Einen Kerl namens Rémi Petricelli, unter seinen Freunden als Pepper bekannt.«

Ich kannte den Namen. Petricelli war ein großes Tier bei den Quebec Hells Angels, mit angeblich guten Verbindungen zum organisierten Verbrechen. Die kanadischen und amerikanischen Behörden ermittelten seit Jahren gegen ihn.

»Was trieb Pepper denn in Georgia?«

»Ungefähr vor zwei Monaten endete ein kleiner Drogendealer namens Jacques Fontana als Holzkohle in einem Subaru Outback. Alle Spuren führten zu Pepper, und er beschloss, die Gastfreundschaft seiner Brüder in Dixie in Anspruch zu nehmen. Um es kurz zu machen, Pepper wurde in einer Bar in Atlanta gesehen, die Örtlichen buchteten ihn ein, und letzte Woche beschloss Georgia, ihn auszuliefern. Bertrand sollte ihn nach Quebec zurückschaffen.«

Wir hatten mein Auto erreicht. Auf dem Aussichtspunkt hielt ein Mann im Scheinwerferlicht ein Mikro in der Hand, während eine Assistentin sein Gesicht puderte.

»Was noch einige weitere Leute auf den Plan bringt«, fuhr Ryan mit bleierner Stimme fort.

»Soll heißen?«

»Pepper hatte Einfluss. Falls der beschlossen hatte auszupacken, würden viele seiner Freunde ganz schön in der Scheiße stecken.«

»Ich kann dir nicht folgen.«

»Wahrscheinlich wollten einige mächtige Leute Pepper tot sehen.«

»So sehr, dass sie siebenundachtzig andere Menschen mit dazu umbringen würden?«

»Ohne mit der Wimper zu zucken.«

»Aber das Flugzeug war voller Jugendlicher.«

»Diese Kerle sind keine Jesuiten.«

Ich war zu schockiert, um etwas zu erwidern.

Als Ryan meinen Gesichtsausdruck sah, wechselte er das Thema. »Hunger?«

»Ich muss schlafen.«

»Du musst essen.«

»Ich nehme mir irgendwo einen Burger mit«, log ich.

Ryan trat zurück. Ich schloss meine Tür auf und fuhr davon, zu müde und zu niedergeschlagen, um gute Nacht zu sagen.

Da jedes Zimmer in der Gegend von der Presse und der NTSB besetzt war, hatte man mich in einem kleinen *Bed and Breakfast* am Rand von Bryson City untergebracht. Ein paar Mal bog ich falsch ab und musste zweimal nach dem Weg fragen, bevor ich es fand.

Seinem Namen entsprechend stand High Ridge House auf

einem Hügel am Ende eines langen, schmalen Sträßchens. Es war ein zweistöckiges weißes Farmhaus mit Schnitzereien an Fensterrahmen und Türen sowie den Balken und dem Geländer einer breiten Veranda an der Front und den beiden Seiten. Im Licht der Verandabeleuchtung sah ich hölzerne Schaukelstühle, Übertöpfe aus Weidengeflecht, Farne. Sehr viktorianisch.

Ich stellte mein Auto zu einem halben Dutzend anderer auf einem briefmarkengroßen Parkplatz auf der linken Seite des Hauses und folgte einem Plattenweg, der von metallenen Gartenstühlen flankiert war. Glöckchen bimmelten, als ich die Haustür öffnete. Im Haus roch es nach Möbelpolitur, Haushaltsreiniger und schmorendem Lamm.

Irish Stew ist vermutlich mein Lieblingsgericht. Wie immer erinnerte es mich an meine Großmutter. Zum zweiten Mal in zwei Tagen? Vielleicht schaute das alte Mädchen auf mich herab.

Augenblicke später erschien eine Frau. Sie war mittleren Alters, knapp eins sechzig groß, trug kein Make-up und hatte ihre dichten grauen Haare oben auf dem Kopf zu einer merkwürdigen Wurst zusammengesteckt. Sie trug einen langen Jeansrock und ein rotes Sweatshirt mit der Aufschrift LOBET DEN HERRN quer über der Brust.

Bevor ich etwas sagen konnte, nahm die Frau mich in die Arme. Ich war so überrascht, dass ich nur leicht gebückt dastehen und die Arme wegstrecken konnte, um die Frau nicht mit meiner Tasche oder meinem Laptop zu schlagen.

Nach einer Ewigkeit ließ die Frau mich los und schaute mich mit der Intensität eines Tennisspielers, der in Wimbledon auf den Aufschlag wartet, an.

»Dr. Brennan.«

»Tempe.«

»Was Sie für diese armen toten Kinder tun, ist das Werk des Herrn.«

Ich nickte.

»Der Tod seiner Heiligen ist wertgehalten vor dem Herrn. So heißt es in den Psalmen.«

O Mann.

»Ich bin Ruby McCready, und es ist mir eine Ehre, Sie in High Ridge House beherbergen zu dürfen. Ich habe vor, mich um jeden Einzelnen von Ihnen zu kümmern.«

Ich fragte mich, wer sonst noch hier untergebracht war, sagte aber nichts. Ich würde es bald herausfinden.

»Vielen Dank, Ruby.«

»Geben Sie mir das.« Sie griff nach meiner Tasche. »Ich zeige Ihnen Ihr Zimmer.«

Meine Gastgeberin führte mich vorbei an einem Salon und einem Esszimmer, eine geschnitzte hölzerne Treppe hoch und einen Korridor entlang, von dem zu beiden Seiten geschlossene Türen mit kleinen handgemalten Schildern abgingen. Am Ende machte der Gang einen Knick um neunzig Grad, und wir blieben vor einer einzelnen Tür stehen. Auf dem Schildchen stand *Magnolia*.

»Da Sie die einzige Dame sind, habe ich Ihnen das Magnolia gegeben.« Obwohl wir allein waren, flüsterte Ruby, und ihr Tonfall klang verschwörerisch. »Es ist das einzige mit WC. Ich dachte mir, dass Sie das zu schätzen wissen.«

WC? Wo in der Welt nannte man ein Bad noch Wasserklosett?

Ruby folgte mir ins Zimmer, stellte meine Tasche aufs Bett und fing an, die Kissen aufzuschütteln und die Jalousien herunterzulassen wie ein Page im Ritz.

Bezugsstoff und Tapete erklärten den blumigen Namen. Das Fenster hatte Vorhänge, auf den Tischen lagen Deckchen, und Rüschen schmückten jede Ecke des Zimmers. Der Ahornschaukelstuhl und das Bett waren mit Kissen überhäuft, und in einem Glasschrank standen unzählige Figurinen. Obendrauf saßen Keramikfiguren von Little Orphan Annie und ihrem Hund Sandy, von Shirley Temple im Heidi-Kostüm und von einem Collie, der vermutlich Lassie sein sollte.

Mein Geschmack in Bezug auf Wohnungseinrichtungen tendierte eher zum Schlichten. Zwar hatte ich nicht viel für die kalte Nüchternheit des Modernismus übrig, aber mit Shaker oder Hepplewhite konnte man mich glücklich machen. In einem Zimmer voller Krimskrams dagegen werde ich nervös.

»Es ist ganz reizend«, sagte ich.

»Ich lasse Sie jetzt allein. Abendessen war um sechs, das haben Sie verpasst, aber ich habe noch Stew im Ofen. Wollen Sie eine Schüssel?«

»Nein, vielen Dank. Ich gehe gleich ins Bett.«

»Haben Sie schon gegessen?«

»Ich habe keinen großen Hung –«

»Schauen Sie sich bloß mal an, Sie sind so dünn wie die Brühe in einem Obdachlosenasyl. Sie brauchen doch etwas im Magen.«

Warum machte sich nur jeder Sorgen um meine Ernährung?

»Ich bringe Ihnen ein Tablett rauf.«

»Vielen Dank, Ruby.«

»Sie brauchen sich nicht zu bedanken. Nur noch eins. Wir haben keine Schlösser hier im High Ridge House, Sie können also kommen und gehen, wie Sie wollen.«

Obwohl ich bereits in der Dekontamination geduscht hatte, packte ich meine wenigen Habseligkeiten aus und nahm ein langes, heißes Bad. Wie Vergewaltigungsopfer neigen Leute, die nach Massenunfällen aufräumen, oft dazu, es mit dem Baden zu übertreiben, einfach weil sie das Gefühl haben, Körper und Geist reinigen zu müssen.

Als ich aus dem Bad kam, standen Stew, Schwarzbrot und ein Becher Milch auf dem Tisch. Mein Handy klingelte, als ich eben eine weiße Rübe aufspießte. Da ich fürchtete, dass die Mailbox sich einschalten würde, schnappte ich mir meine Handtasche, leerte den Inhalt aufs Bett und wühlte zwischen Haarspray, Geldbörse, Pass, Terminkalender, Sonnenbrille, Schlüsseln und Make-up. Als ich den Apparat schließlich gefunden hatte, schaltete ich ihn ein und hoffte, dass es Katy war.

Sie war es. Die Stimme meiner Tochter rührte mich so sehr, dass ich Mühe hatte, meine Stimme unter Kontrolle zu halten.

Obwohl sie ziemlich ausweichend war, was ihren Aufenthaltsort anging, klang sie glücklich und gesund. Ich gab ihr die Nummer des High Ridge House. Sie sagte mir, sie sei bei Freunden und würde am Sonntagabend nach Charlottesville zurückkehren. Ich fragte sie nicht, und sie sagte mir auch nichts über das Geschlecht dieser Freunde.

Seife und Wasser und der lang ersehnte Anruf meiner Tochter hatten es geschafft. Mir war fast schwindelig vor Erleichterung, und ich hatte plötzlich einen Bärenhunger. Ich verschlang Rubys Stew, stellte meinen Reisewecker und fiel ins Bett.

Vielleicht war das Haus des Nippes doch nicht so schlecht.

Am nächsten Morgen stand ich um sechs auf, zog saubere Khakis an, putzte mir die Zähne, legte ein wenig Rouge auf und steckte meine Haare in eine Kappe der Charlotte Hornets. Das musste reichen. Als ich nach unten ging, nahm ich mir vor, Ruby wegen der Wäsche zu fragen.

Andrew Ryan saß auf der Bank an einem langen Kieferntisch im Esszimmer. Ich setzte mich auf einen Stuhl ihm gegenüber, erwiderte Rubys fröhliches »Guten Morgen« und wartete, während sie mir Kaffee einschenkte.

»Was machst du denn hier?«

»Ist das alles, was du mich je fragst?«

Ich wartete.

»Der Sheriff hat diese Adresse empfohlen.«

»Vor allen anderen.«

»Es ist nett«, sagte er und wies durchs Zimmer. »Liebevoll.« Er hob seine Tasse zu einer Botschaft über unseren Köpfen: *Jesus ist Liebe* stand für die Nachwelt eingebrannt auf einem dick lackierten Kiefernbrettchen.

»Woher wusstest du, dass ich hier bin?«

»Zynismus macht Falten.«

»Macht er nicht. Wer hat's dir gesagt?«

»Crowe.«

»Was passt dir am Comfort Inn nicht?«

»Es war voll.«

»Wer ist sonst noch hier?«

»Oben sind noch zwei von den NTSB-Jungs und ein Special Agent vom FBI. Was macht die eigentlich so speziell?«

Ich ging nicht darauf ein.

»Ich freue mich schon auf die Männerwirtschaft im Gemeinschaftsbad. Zwei weitere sind noch hier im Erdgeschoss, und soweit ich weiß, drängen sich in einem Extrazimmer im Keller ein paar Journalisten.«

»Wie hast du hier ein Zimmer bekommen?«

Die wikingerblauen Augen schauten unschuldig wie ein Schuljunge. »Muss wohl Glück gewesen sein. Oder vielleicht hat Crowe Beziehungen.«

»Dass du ja nicht auf den Gedanken kommst, mein Bad zu benutzen.«

»Zynismus.«

Ruby kam mit Schinken, Eiern, Bratkartoffeln und Toast. Obwohl mein gewohntes Frühstück aus Müsli und Kaffee besteht, haute ich rein wie ein Rekrut in der Grundausbildung.

Ryan und ich aßen schweigend, und ich machte mir meine Gedanken. Seine Anwesenheit irritierte mich, aber warum? War es sein überbordendes Selbstbewusstsein? Seine bevormundende Haltung? Dass er sich in mein Revier drängte? Die Tatsache, dass ihm vor knapp einem Jahr sein Job wichtiger gewesen war als ich und er aus meinem Leben verschwunden war? Oder die Tatsache, dass er genau dann wieder aufgetaucht war, als ich Hilfe brauchte?

Als ich nach dem Toast griff, fiel mir ein, dass er seine Undercover-Arbeit mit keiner Silbe erwähnt hatte. Mir sollte es recht sein. Ich fragte ihn nicht danach.

»Die Marmelade, bitte.«

Er gab sie mir.

Ryan hatte mir wirklich aus der Patsche geholfen.

Ich schmierte fingerdick Brombeerkonfitüre auf den Toast.

Für die Wölfe konnte Ryan nichts. Und für den Absturz auch nicht.

Ruby goss uns Kaffee nach.

Und der Mann hat eben seinen Partner verloren, um Gottes willen.

Das Mitleid war stärker als die Verärgerung.

»Danke für deine Hilfe bei den Wölfen.«

»Das waren keine Wölfe.«

»Was?« Die Verärgerung meldete sich zurück.

»Es waren keine Wölfe.«

»Dann war es wohl ein Rudel Cockerspaniels.«

»Es gibt keine Wölfe in North Carolina.«

»Crowes Deputy hat von Wölfen gesprochen.«

»Der Kerl kann wahrscheinlich einen Wombat nicht von einem Karibu unterscheiden.«

»Wölfe wurden in North Carolina wieder angesiedelt.« Ich war mir sicher, dass ich das irgendwo gelesen hatte.

»Das sind rote Wölfe, und die sind in einem Reservat im Osten, nicht in den Bergen.«

»Ich nehme mal an, du bist Experte für die Tierwelt North Carolinas.«

»Wie hielten sie ihre Schwänze?«

»Was?«

»Hatten die Tier die Schwänze erhoben oder gesenkt?«

Ich musste überlegen.

»Gesenkt.«

»Ein Wolf streckt seinen Schwanz geradeaus. Ein Kojote hält ihn gesenkt und hebt ihn in die Horizontale, wenn er droht.«

Ich sah das Tier vor mir, wie es schnupperte, dann den Schwanz hob und mich anstarrte.

»Willst du mir sagen, dass das Kojoten waren?«

»Oder wilde Hunde.«

»Gibt es in den Appalachians Kojoten?«

»Kojoten gibt es überall in Nordamerika.«

»Na und?« Ich nahm mir vor, das zu überprüfen.

»Nichts und. Ich dachte mir nur, dass es dich vielleicht interessiert.«

»Es war trotzdem beängstigend.«

»Ja. Aber du hast schon Schlimmeres erlebt.«

Ryan hatte Recht. Der Vorfall mit den Kojoten war zwar Furcht einflößend, aber nicht das Schlimmste, was ich bis jetzt erlebt hatte. Die folgenden Tage waren allerdings gute Anwärter auf dieses Etikett. Jeden wachen Augenblick verbrachte ich bis zu den Ellbogen in zerfetztem Fleisch, trennte vermischte Überreste und setzte Körperteile wieder zusammen. Als Mitglied eines Teams von Pathologen, Zahnärzten und anderen Anthropologen bestimmte ich Alter, Geschlecht, Rasse und Größe, analysierte Röntgenaufnahmen, verglich antemortale und postmortale Skelettmerkmale und interpretierte Verletzungsmuster. Es war eine grausige Arbeit, die noch betrüblicher gemacht wurde durch die Tatsache, dass die meisten der analysierten Opfer so jung waren.

Für einige war der Stress zu viel. Einige bissen die Zähne zusammen und hingen über dem Abgrund, bis Zitteranfälle, Tränen und unerträgliche Albträume die Überhand gewannen. Das waren diejenigen, die umfassende psychologische Betreuung brauchten. Einige packten einfach zusammen und fuhren wieder nach Hause.

Bei den meisten aber passte die Seele sich an, und das Unvorstellbare wurde zum Alltäglichen. Wir distanzierten uns im Geiste und taten, was zu tun war. Jeden Abend, wenn ich einsam und erschöpft im Bett lag, tröstete ich mich mit den Fortschritten des Tages. Ich dachte an die Familien und sagte mir, dass das, was wir taten, sinnvoll war. Wir würden ihnen die Chance geben, dass sie mit dem Tod ihrer Angehörigen fertig werden konnten.

Dann kam Fundstück Nummer 387 auf meinen Arbeitsplatz.

5

Ich hatte den Fuß ganz vergessen, bis ein Bergungshelfer ihn mir brachte.

Seit unserem ersten Frühstück war ich Ryan kaum noch begegnet. Ich stand lange vor sieben auf, verließ das Haus und kehrte erst weit nach Einbruch der Dunkelheit ins High Ridge House zurück, um dort noch schnell zu duschen und ins Bett zu fallen. Wir wechselten nur ein »Guten Morgen« oder »Einen schönen Tag«, und über seine Undercover-Operation oder seine Rolle bei diesen Unfallermittlungen mussten wir erst noch sprechen. Da ein Polizeibeamter aus Quebec in der Maschine gesessen hatte, hatten die kanadischen Behörden darum gebeten, Ryan an dieser Ermittlung teilnehmen zu lassen. Ich wusste nur, dass man dieser Bitte stattgegeben hatte.

Ich verdrängte die Gedanken an Ryan und die Kojoten und leerte den Inhalt der Tüte auf meinen Schreibtisch. In den letzten Tagen hatte ich so viele abgetrennte Gliedmaßen und andere Fortsätze bearbeitet, dass der Fuß nicht mehr makaber wirkte. Und tatsächlich war die Häufigkeit von Verletzungen und Durchtrennungen an Unterschenkeln und Fußknöcheln so hoch, dass sie in der Konferenz an diesem Morgen besprochen worden war. Die Pathologen und Anthropologen waren übereinstimmend der Meinung, dass das Verletzungsmuster beunruhigend war.

Die rein äußerliche Betrachtung eines Fußes zeigt einem nur wenig. Dieser hier hatte verdickte, gelbe Fußnägel, einen großen entzündeten Fußballen und eine seitliche Verlagerung des großen Zehs, was auf einen älteren Erwachsenen hindeutete. Die Größe ließ auf einen weiblichen Erwachsenen schließen. Obwohl die Haut die Farbe von Toast hatte, wusste ich, dass das wenig zu sagen hatte, weil schon eine kurzfristige Aussetzung Fleisch bleichen oder dunkler machen kann.

Ich klemmte die Röntgenbilder an einen Lichtkasten. Im Gegensatz zu vielen Aufnahmen, die ich gesehen hatte, zeigten diese keine in den Fuß eingebetteten Fremdkörper. Ich vermerkte das auf einem Formular im Katastrophenopfer-Paket.

Die Rindenschicht der Knochen war dünn, und an vielen Zehengelenken konnte ich Verformungen sehen.

Okay. Die Dame war alt. Arthritis und Knochenschwund passten zu dem entzündeten Fußballen.

Doch nun entdeckte ich meine erste Überraschung. Das Röntgenbild zeigte winzige weiße Wölkchen in der Umgebung der Zehenknochen und ausgestanzte Defekte an den Rändern der ersten und zweiten Gelenke zwischen Mittelfuß- und Zehenknochen. Ich erkannte die Symptome sofort.

Gicht ist die Folge eines unzureichenden Harnsäurestoffwechsels, der zur Ablagerung von Harnsäurekristallen vor allem in Händen und Füßen führt. An den Gelenken bilden sich Knötchen, und in chronischen Fällen verschleißt sich der darunter liegende Knochen. Der Zustand ist nicht lebensbedrohlich, aber bei den Betroffenen kommt es immer wieder zu Schmerzanfällen und Schwellungen. Gicht ist relativ häufig, wobei neunzig Prozent aller Fälle bei Männern auftreten.

Warum sah ich sie dann bei einer Frau?

Ich kehrte zum Tisch zurück, griff zu einem Skalpell und sah meine zweite Überraschung.

Obwohl Kühlung zu Austrocknung und Schrumpfung führen kann, sah der Fuß anders aus als die Überreste, die ich bis dahin untersucht hatte. Auch in den verkohlten Leichen, die ich analysiert hatte, war das tiefer liegende Gewebe noch fest und rot gewesen. Doch das Fleisch in diesem Fuß war breiig und entfärbt, als hätte etwas die Verwesung beschleunigt. Ich machte mir eine Notiz und nahm mir vor, dazu andere Meinungen einzuholen.

Mit Hilfe meines Skalpells schob ich Muskeln und Sehnen so weit zur Seite, dass ich meinen Greifzirkel direkt an dem größten Knochen, dem Fersenbein, anlegen konnte. Ich maß seine Länge und Breite, dann die Länge eines Mittelfußknochens und schrieb die Maße auf ein Formular im Katastrophenopfer-Paket sowie auf eine Seite in einem Spiralblock.

Dann zog ich meine Handschuhe aus, wusch mich und ging mit dem Notizblock zu meinem Laptop im Pausenraum. Ich rief ein Programm mit dem Namen Fordisc 2.0 auf, gab die Daten ein und bat um eine Klassifikation anhand der beiden Fersenbeinmaße.

Das Programm ordnete den Fuß als männlichen Schwarzen ein, obwohl Typologie und nachfolgende Wahrscheinlichkeiten andeuteten, dass das Ergebnis bedeutungslos war. Ich versuchte einen Männlich-Weiblich-Vergleich unabhängig von der Rasse, und wieder ordnete das Programm den Fuß als männlich ein.

Okay. Vielleicht war der Kerl ja klein gewesen. Atypische Größe könnte die Schwäche der rassischen Klassifikation erklären.

Ich holte das Paket und ging in die Identifikationsabteilung, wo auf Tischen ein Dutzend Computer standen und Kabelbündel sich über den Boden schlängelten. An jedem Terminal arbeitete ein Archivierungsspezialist und gab die Daten ein, die vom Unterstützungszentrum für Angehörige kamen, und die Informationen, die die forensischen Spezialisten lieferten, darunter Fingerabdrücke, Röntgenbefunde, anthropologische und pathologische Erkenntnisse und dentale Details.

Ich entdeckte eine bekannte Gestalt, mit einer halbmondförmigen Lesebrille auf der Nasenspitze, die oberen Zähne in die Unterlippe gegraben. Primrose Hobbs war dreißig Jahre lang Krankenschwester in der Notaufnahme gewesen und hatte sich danach ins Archiv des Presbyterian Hospital in Charlotte versetzen lassen, wo sie anstatt mit Defibrillatoren mit Datensätzen arbeitete. Aber ganz hatte sie die Unfallmedizin nicht hinter sich gelassen. Als ich zum DMORT kam, war sie bereits ein altgedientes Mitglied des Region-Vier-Teams. Sie war über sechzig, geduldig, tüchtig, und sie ließ sich durch absolut nichts aus der Fassung bringen.

»Können wir einen Durchlauf machen?«, fragte ich und zog mir einen Klappstuhl an ihren Tisch.

»Moment mal, Baby.« Primrose tippte weiter, das Gesicht vom Schein des Monitors erhellt. Dann schloss sie eine Datei und wandte sich mir zu.

»Was haben Sie?«

»Einen linken Fuß. Eindeutig alt. Wahrscheinlich männlich. Vielleicht schwarz.«

»Mal sehen, wer einen Fuß braucht.«

DMORT bedient sich eines Software-Pakets namens VIP, das den Bearbeitungsstand von Überresten registriert, alle Daten speichert und den Abgleich von antemortalen und postmortalen Daten erleichtert. Das Programm bearbeitet mehr als 750 Identifikationsmerkmale für jedes Opfer und speichert digitalisierte Daten wie Fotos und Röntgenaufnahmen. Bei jeder eindeutigen Identifikation erzeugt VIP ein Dokument, das alle benutzten Parameter enthält.

Primrose drückte ein paar Tasten, und eine postmortale Tabelle erschien. Die erste Spalte war eine Liste der Fallnummern. Sie bewegte den Cursor seitlich zu einer Spalte mit dem Titel »Nicht geborgene Körperteile« und fuhr diese ab. Bis zu diesem Zeitpunkt waren vier Leichen ohne linken Fuß registriert. Primrose ging die Spalte durch und klickte jede an.

Nummer 19 war ein männlicher Weißer mit einem geschätzten Alter von dreißig. Nummer 38 war eine weibliche Weiße mit einem geschätzten Alter von zwanzig. Nummer 41 war eine afroamerikanische Frau mit einem geschätzten Alter von zwanzig. Nummer 52 war ein männlicher Unterkörper, afroamerikanisch, mit einem geschätzten Alter von fünfundvierzig.

»Die 52 könnte es sein.«

Primrose sprang zu den Spalten mit Größe und Gewicht. Der Gentleman mit der Nummer 52 war schätzungsweise eins fünfundachtzig groß und hundertzwanzig Kilo schwer gewesen.

»Unmöglich«, korrigierte ich mich. »Das ist nicht der Fuß eines Sumo-Ringers.«

Primrose lehnte sich zurück und nahm ihre Brille ab. Einige graue Haare hatten sich aus dem Knoten auf ihrem Kopf gelöst und kräuselten sich an Stirn und Schläfen.

»Bei diesem Unfall spielen Dentaldaten eine größere Rolle als DNS-Analysen, aber ich habe schon einige isolierte Körperteile eingegeben.« Sie ließ die Brille los, die nun an einer Kette um ihren Hals baumelte. »Bis jetzt hatten wir nur wenige Übereinstimmungen. Das bessert sich, je mehr Leichen bearbeitet sind, aber wahrscheinlich müssen Sie auf die DNS-Analyse warten.«

»Ich weiß. Ich hatte nur gehofft, dass wir vielleicht einen Glückstreffer landen.«

»Sind Sie sicher, dass er männlich ist?«

Ich berichtete ihr von der Fordisc-Klassifikation.

»Das Programm nimmt also ihren Unbekannten und vergleicht ihn mit Gruppen, deren Daten gespeichert sind.«

»Genau.«

»Und der Fuß fiel unter die Jungs.«

»Ja.«

»Vielleicht hat der Computer einen Fehler gemacht.«

»Das ist durchaus möglich, da ich mir wegen der Rasse nicht sicher bin.«

»Ist das wichtig?«

»Klar. Einige Populationen sind kleiner als andere. Denken Sie nur an die Mbuti.«

Sie hob ihre grauen Augenbrauen.

»Die Pygmäen des Ituri-Regenwalds«, erklärte ich.

»Wir haben hier keine Pygmäen, Süße.«

»Nein. Aber möglicherweise waren Asiaten an Bord. Einige asiatische Populationen sind kleiner als westliche, und sie haben deshalb auch eher kleine Füße.«

»Nicht so wie meine zierlichen Fünfundvierziger.« Sie hob einen gestiefelten Fuß und lachte.

»Worüber ich mir ziemlich sicher bin, ist das Alter. Die Person war über fünfzig. Sogar deutlich drüber, glaube ich.«

»Schauen wir doch einmal in der Passagierliste nach.«

Sie setzte die Brille wieder auf, drückte auf Tasten, und eine antemortale Tabelle erschien auf dem Bildschirm. Sie war ähnlich wie die postmortale, nur dass die meisten ihrer Kästchen Daten enthielten. Es gab Spalten für Vornamen, Familiennamen, Geburtsdatum, Blutgruppe, Geschlecht, Rasse, Gewicht, Größe und für unzählige andere Parameter. Primrose klickte die Altersspalte an und ließ das Programm die Einträge nach diesem Kriterium sortieren.

TransSouth Air 228 hatte nur sechs Passagiere über fünfzig an Bord gehabt.

»So viele Junge, die der Herr zu sich gerufen hat.«

»Ja«, sagte ich und starrte den Bildschirm an.

Wir schwiegen eine Weile, dann bewegte Primrose den Cursor, und wir beide beugten uns über den Monitor.

Zwei Männer. Zwei Frauen. Alle weiß.

»Sortieren Sie nach Rasse.«

Die antemortale Tabelle zeigte achtundsechzig Weiße, zehn Afroamerikaner, zwei Hispanier und zwei Asiaten unter den Passagieren. Die gesamte Kabinenbesatzung und die beiden Piloten waren weiß. Keiner der Schwarzen war über vierzig. Beide Asiaten waren Anfang zwanzig, wahrscheinlich Studenten. Masako Takaguchi hatte Glück gehabt. Sie war in einem Stück gestorben und bereits identifiziert.

»Ich werde wohl anders an die Sache herangehen müssen. Für den Augenblick können Sie einfach ein geschätztes Alter von fünfzig plus eingeben. Und das Opfer hatte Gicht.«

»Mein Ex hat Gicht. Das einzig Menschliche an dem Mann.« Wieder ein Lachen, direkt aus dem Bauch.

»Mmmm. Könnte ich Sie noch um einen Gefallen bitten?«

»Klar doch, Baby.«

»Schauen Sie bei Jean Bertrand nach.«

Sie fand die Reihe und bewegte den Cursor zur Status-Spalte.

Bis jetzt war Bertrands Leiche noch nicht identifiziert worden.

»Ich komme wieder, wenn ich mehr über das da weiß«, sagte ich und sammelte das Paket für Nummer 387 auf.

Dann kehrte ich zum Fuß zurück und entnahm und etikettierte einen kleinen Knochenzapfen. Falls eine Vergleichsprobe gefunden werden konnte, ein alter Gallenstein etwa oder ein Abstrich, Haare oder Schuppen von einer Bürste oder einem Kamm, könnte eine DNS-Analyse hilfreich bei der Identifikation sein.

Falls nicht, könnte der DNS-Test das Geschlecht bestimmen oder den Fuß mit anderen Körperteilen in Verbindung bringen, und eine Tätowierung oder eine Zahnkrone würde das Opfer eindeutig identifizieren.

Während ich den Beutel wieder verschloss und meine Erkenntnisse in die Akte eintrug, quälten mich Fragen. Hatte der Computer einen Fehler gemacht? Konnte meine ursprüngliche Einschätzung, dass der Fuß einer Frau gehörte, richtig sein? Sehr gut möglich. Das passierte immer wieder. Was war mit dem Alter? Ich war mir sicher, dass dies die Knochen eines älteren Menschen waren, aber niemand in diesem Flugzeug entsprach diesem Profil. Konnte es sein, dass neben der Gicht noch ein anderer pathologischer Befund meine Beurteilung beeinträchtigte?

Und was war mit der fortgeschrittenen Verwesung?

Ich schnitt noch ein zweites Stück aus der höchsten intakten Stelle des Schienbeins, etikettierte es und steckte es in einen Beutel. Falls der Fuß unidentifiziert blieb, würde ich eine präzisere Alterseinschätzung anhand von histologischen Merkmalen versuchen. Aber die mikroskopische Analyse musste warten. Die Objektträger wurden im Institut des ME in Charlotte präpariert, und der Rückstau dort war gigantisch.

Ich packte den Fuß wieder ein, brachte ihn zurück und machte weiter mit dem, was ich in den letzten vier Tagen getan hatte. Stunde um Stunde untersuchte ich Leichen und Leichenteile und erforschte ihre intimsten Details. Ich bemerkte gar nicht, wenn andere kamen und gingen, und sah auch nicht, wie das Tageslicht in den Fenstern hoch über unseren Köpfen langsam verlosch.

Ich hatte jedes Zeitgefühl verloren, als ich zwischendurch einmal den Kopf hob und Ryan sah, der um einen Stapel Fichtensärge am anderen Ende der Halle bog. Er kam zu meinem Tisch, und sein Gesicht war so angespannt, wie ich es noch nie gesehen hatte.

»Wie geht's?«, fragte ich und zog mir die Maske vom Gesicht.

»Das dauert ein verdammtes Jahrzehnt, bis diese Geschichte hier abgeschlossen ist.«

Seine Augen waren dunkel und verschattet, sein Gesicht so bleich wie das Fleisch, das zwischen uns lag. Ich erschrak über die Veränderung. Dann die Erkenntnis: Meine Trauer betraf Fremde, Ryans Schmerz dagegen war persönlich. Er und Bertrand waren fast ein Jahrzehnt lang Partner gewesen.

Ich wollte etwas Tröstendes sagen, aber mit fiel nichts anderes ein als: »Es tut mir sehr Leid wegen Jean.«

Er nickte.

»Alles in Ordnung mit dir?«, fragte ich sanft.

Seine Kiefermuskeln spannten sich an, entspannten sich wieder.

Ich streckte die Hand aus, um seine zu fassen, und wir beide starrten meinen blutigen Handschuh an.

»Halt, Quincy, keine mitfühlenden Gesten.«

Die Bemerkung löste die Spannung.

»Ich hatte Angst, dass du das Skalpell einsteckst«, sagte ich und griff nach dem Instrument.

»Tyrell sagt, du sollst für heute Schluss machen.«

»Aber ich –«

»Es ist acht Uhr. Du bist seit dreizehn Stunden hier.«

Ich schaute auf die Uhr.

»Wir sehen uns in unserem Tempel der Liebe, und dann berichte ich dir vom Stand der Ermittlungen.«

Mein Rücken und mein Nacken schmerzten, und meine Lider fühlten sich an wie mit Sand bestreut. Ich stemmte die Hände in die Taille und bog den Rücken durch.

»Ich könnte dir natürlich auch helfen –«, als ich mich wieder aufrichtete, trafen sich unsere Blicke, und Ryan hob die Augenbrauen, »– dich zu entspannen.«

»Ich schlafe ja schon im Stehen ein.«

»Du musst etwas essen.«

»Mein Gott, Ryan, was soll denn diese Sorge um meine Ernährung? Du bist schlimmer als meine Mutter.«

In diesem Augenblick entdeckte ich Larke Tyrell, der mir zuwinkte. Er deutete auf seine Uhr und fuhr sich mit dem Zeigefinger über die Kehle. Ich nickte und zeigte ihm den hochgereckten Daumen.

Dann sagte ich Ryan, dass ich sein Angebot des Berichts annehmen würde, aber nur dieses, verstaute die Überreste wieder in ihrem Sack, schrieb meine Erkenntnisse in das Katastrophenopfer-Paket und brachte alles zurück. Ich zog den Overall aus, wusch mich und verließ die Halle.

Vierzig Minuten später saßen Ryan und ich bei Hackbraten-Sandwiches in der Küche des High Ridge House. Er hatte sich gerade zum dritten Mal über das Fehlen von Bier beklagt.

»Die Säufer und die Schlemmer verarmen«, erwiderte ich und schüttelte eine Ketchup-Flasche.

»Wer sagt das?«

»Nach Ruby das Buch der Sprüche.«

»Ich will es für ein Hauptverbrechen erklären, Dünnbier zu trinken.« Es hatte abgekühlt, und Ryan trug einen Skipullover, dessen Kornblumenblau gut zu seinen Augen passte.

»Hat Ruby das gesagt?«

»Shakespeare. *Heinrich VI.*«

»Und was willst du damit sagen?«

»Auch Ruby ist autokratisch, wie der König.«

»Erzähl mir von den Ermittlungen.« Ich biss in mein Sandwich.

»Was willst du wissen?«

»Wurden die Black Boxes schon gefunden?«

»Die sind orange. Du hast Ketchup auf dem Kinn.«

»Wurden die Flugdatenschreiber schon gefunden?« Ich wischte mir das Gesicht ab und fragte mich dabei, wie ein Mann gleichzeitig so attraktiv und so lästig sein konnte.

»Ja.«

»Und?«

»Sie wurden ins NTSB-Labor in Washington geschickt, aber ich habe mir eine Kopie der Aufnahme des Cockpit-Stimmrekorders angehört. Die schlimmsten zweiundzwanzig Minuten, die ich je erlebt habe.«

Ich wartete.

»Bei Flughöhen bis zehntausend Fuß sind die Vorschriften der FAA für Cockpit-Unterhaltungen ziemlich streng, und in den ersten acht Minuten sind die Piloten deshalb sehr sachlich. Danach sind sie entspannter, reden mit den Fluglotsen, unterhalten sich über ihre Kinder, ihr Mittagessen, über Golf. Plötzlich gibt es einen Knall, und alles ist anders. Sie atmen schwer und schreien einander an.«

Er schluckte.

»Im Hintergrund hört man zuerst Piepsen, dann Trillern, dann Heulen. Einer aus der Rekorder-Gruppe hat die Geräusche identifiziert, während wir zuhörten. Abschalten des Autopiloten. Zu hohe Geschwindigkeit. Höhenalarm. Anscheinend haben sie es eine Zeit lang geschafft, das Flugzeug zu halten. Man hört das alles und stellt sich vor, wie diese Jungs sich abmühen, um ihr Flugzeug zu retten. Scheiße.«

Er schluckte noch einmal.

»Dann gibt's dieses grässliche kreischende Geräusch. Bodennäherungswarnung. Dann ein lautes Krachen. Und dann gar nichts mehr.«

Irgendwo im Haus wurde eine Tür zugeschlagen, in einer Leitung lief Wasser.

»Du weißt doch, wie es ist, wenn man Naturfilme anschaut? Man zweifelt nicht daran, dass der Löwe die Gazelle schnappt, man hofft aber trotzdem und fühlt sich dann schrecklich, wenn es passiert. So ähnlich ist das. Man hört, wie diese Leute aus der Normalität in einen Albtraum tauchen, man weiß, dass sie sterben werden, und es gibt nichts, was man tun kann.«

»Was ist mit den Flugdaten-Rekordern?«

»Das dauert Wochen, vielleicht Monate. Wie lange der Stimmrekorder noch funktioniert, sagt etwas über die Zerstörungssequenz aus, da die Rekorder keinen Strom mehr bekommen, wenn Turbinen und Generator ausfallen. Aber im Augenblick sagen die Experten nur, dass die Aufzeichnung abrupt während eines scheinbar normalen Flugs abbrach. Das könnte auf eine Katastrophe in der Luft hindeuten.«

»Eine Explosion.«

»Möglich.«

»Bombe oder technischer Defekt?«

»Ja.«

Ich warf ihm einen vernichtenden Blick zu.

»Die Wartungsunterlagen zeigen, dass es bei der Maschine in den letzten beiden Jahren einige kleinere Probleme gab. Normale Teile wurden überarbeitet, und irgendein Schalter wurde zweimal ausgewechselt. Aber die Wartungsspezialisten sagen, dass das alles ziemlich normal ist.«

»Gibt's schon was Neues über den Anrufer?«

»Die Anrufe kamen aus einer Telefonzelle in Atlanta. Sowohl CNN als auch FBI haben Mitschnitte, und die Stimmanalyse wird eben gemacht.«

Ryan nippte an seiner Limonade, verzog das Gesicht und stellte das Glas auf den Tisch.

»Wie steht's bei den Leichenteams?«

»Das bleibt aber unter uns, Ryan. Jede offizielle Verlautbarung muss von Tyrell kommen.«

Ryan machte mit den Fingern eine »Red schon«-Geste.

»Wir finden Penetration und viele Brüche an Unterschenkeln und Knöcheln. Das ist nicht typisch für einen Bodenaufprall.«

Ich dachte an den Fuß, und wieder überkam mich die Verwirrung. Ryan hatte es offensichtlich meinem Gesicht angemerkt.

»Was ist denn, Butterblümchen?«

»Kann ich bei dir was abladen?«

»Schieß los.«

»Aber das klingt ziemlich verrückt.«

»Im Gegensatz zu deinen normal so konventionellen Ansichten.«

Noch ein vernichtender Blick.

»Erinnerst du dich noch an den Fuß, den wir vor den Kojoten gerettet haben?«

Er nickte.

»Er passt zu keinem der Passagiere.«

»Was passt nicht?«

»Vorwiegend das Alter, und in der Hinsicht fühle ich mich ziemlich sicher. Niemand in der Maschine war so alt. Könnte jemand an Bord gegangen sein, ohne auf der Passagierliste zu stehen?«

»Ich kann das mal überprüfen. Beim Militär haben wir uns manchmal in Maschinen mitnehmen lassen, aber bei einem kommerziellen Flug dürfte das ziemlich schwierig werden. Angestellte der Fluglinie fliegen manchmal umsonst. Freiflüge nennt man das. Aber die würden dann auf der Liste stehen.«

»Du warst beim Militär?«

»Im Krim-Krieg.«

Ich ignorierte das.

»Könnte jemand ein Ticket verschenkt haben? Oder verkauft?«

»Man muss einen Ausweis mit Foto herzeigen.«

»Was, wenn der Ticketinhaber eincheckt, seinen Ausweis zeigt und das Ticket dann weitergibt?«

»Ich frage mal nach.«

Ich aß den Rest meiner Pickles.

»Oder könnte jemand eine biologische Probe transportiert haben? Dieser Fuß sieht vergammelter aus als der Rest des Zeugs, das ich untersucht habe.«

Er sah mich skeptisch an. »Vergammelter?«

»Der Gewebezerfall scheint weiter fortgeschritten zu sein.«

»Ist die Verwesungsrate nicht von den Umweltbedingungen abhängig?«

»Natürlich ist sie das.«

Ich tauchte den Rest meines Sandwiches in Ketchup und steckte es mir in den Mund.

»Ich glaube, biologische Proben müssen gemeldet werden«, sagte Ryan.

Ich erinnerte mich an Zeiten, als ich mit Knochen geflogen war und sie als normales Handgepäck mitgeführt hatte. Einmal hatte ich sogar Gewebe in einer Tupperware-Dose transportiert, weil ich von einem Serienmörder hinterlassene Sägespuren untersuchen wollte. Ich war also nicht überzeugt.

»Vielleicht hatten die Kojoten den Fuß von woanders her«, schlug ich vor.

»Von wo zum Beispiel?«

»Einem alten Friedhof.«

»TransSouth Air 228 soll auf einen Friedhof gestürzt sein?«

»Vielleicht nicht direkt drauf.« Ich erinnerte mich an meine Begegnung mit Simon Midkiff und seine Sorge um seine Ausgrabungsstelle, und merkte plötzlich, wie absurd ich klingen musste. Trotzdem ärgerte mich Ryans Skepsis. »Du bist doch der Hundeexperte. Da weißt du doch sicher, dass die Sachen herumschleppen.«

»Vielleicht hat der Fuß im Leben Dinge durchgemacht, die ihn älter aussehen lassen als er tatsächlich ist.«

Ich musste zugeben, dass das möglich war.

»Und verwester.«

»Vielleicht.«

Ich sammelte Servietten und Essutensilien zusammen und trug unsere Teller zum Waschbecken.

»Hör mal, wie wär's denn, wenn wir morgen ins Kojotenwäldchen gehen und nachschauen, ob da jemand die Radieschen von unten anschaut?«

Ich drehte mich um und sah ihn an.

»Wirklich?«

»Alles, was deinem Seelenfrieden förderlich ist, Schätzchen.«

Aber es kam ganz anders.

6

Den folgenden Vormittag brachte ich damit zu, Fleisch vier verschiedenen Individuen zuzuordnen. Fall Nummer 432 stammte aus dem verbrannten Teilstück des Flugzeugrumpfs, das in dem Tal nördlich der Hauptabsturzstelle lag. Im Leichensack fand ich einen relativ intakten Körper, dem nur die Schädeldecke und die beiden Unterarme fehlten. Darüber hinaus enthielt der Sack ein Schädelfragment und einen kompletten rechten Arm, in dessen Trizeps ein Stück eines Unterkiefers eingebettet war. Alles war zu einer verkohlten Masse verschmolzen.

Ich stellte fest, dass die Leiche einer schwarzen Frau Anfang zwanzig gehörte, die zum Zeitpunkt ihres Todes einen Meter achtundsechzig groß gewesen war. Die Röntgenaufnahmen zeigten verheilte Brüche des rechten Oberarmknochens und des Schulterblatts. Ich klassifizierte Nummer 432 als fragmentierte menschliche Überreste, schrieb meine Befunde in die Akte und schickte den Körper weiter zu den Zahnspezialisten.

Das Kopffragment, ein weißer Jugendlicher knapp unter zwanzig, wurde zur Nummer 432A und ging ebenfalls zur dentalen Analyse. Das Kieferfragment gehörte jemandem, der älter war als Nummer 432A, wahrscheinlich einer Frau, und ich gab es als Nummer 432C an die Dentisten weiter. Der Zustand der Knochenentwicklung des einzelnen Arms deutete auf einen Erwachsenen über zwanzig hin. Ich berechnete Unter- und Obergrenzen für die Körpergröße, konnte aber keine Geschlechtszuordnung treffen, da die Maße aller Hand- und Armknochen in den Überlappungsbereich zwischen männlich und weiblich fielen. Den Arm schickte ich als Fallnummer 432D in die Fingerabdrucksabteilung.

Als ich auf die Uhr schaute, war es zwölf Uhr fünfzehn. Ich musste mich beeilen.

Ich sah Ryan durch ein kleines Fenster in der Hintertür des Leichenschauhauses. Er saß auf den Stufen, das eine lange Bein ausgestreckt, das andere angezogen und darauf den Ellbogen gestützt, um auf dem Handy zu telefonieren. Als ich die Tür öffnete, hörte ich, dass er Englisch sprach und seine Stimme erregt klang, und ich nahm an, dass es hier nicht um etwas Berufliches ging.

»Na, so wird's aber sein.«

Er drehte sich kurz um, als er mich sah, und seine Sätze wurden knapp.

»Mach was du willst, Danielle.«

Ich wartete, bis er abgeschaltet hatte, und setzte mich dann neben ihn.

»Tut mir Leid, dass ich mich verspätet habe.«

»Null Problemo.«

Er klappte das Handy zu und steckte es in die Tasche; seine Bewegungen waren steif und ruckartig.

»Probleme an der Heimatfront?«

»Wonach steht dir der Sinn zum Mittagessen? Fisch oder Geflügel?«

»Nette Ausflucht«, sagte ich lächelnd. »Aber so subtil wie 'ne Pressemeute.«

»Die Heimatfront geht dich nichts an. Subtil genug?«

Ich öffnete den Mund, brachte aber kein Wort heraus.

»Es ist nur eine private Meinungsverschiedenheit.«

»Von mir aus kannst du Liebeshändel mit dem Erzbischof von Canterbury haben, aber erspar mir die Vorstellung.« Die Hitze stieg mir in die Wangen.

»Seit wann interessierst du dich für mein Liebesleben?«

»Dein Liebesleben ist mir scheißegal«, blaffte ich.

»Deshalb das Verhör.«

»Was?«

»Lassen wir das.« Ryan streckte die Hand aus, aber ich wich zurück.

»*Du* wolltest mich doch hier treffen.«

»Schau, diese Ermittlung nimmt uns beide ziemlich mit.«

»Aber ich fahre dir nicht so über den Mund.«

»Und ich habe keine Lust, mich tyrannisieren zu lassen«, sagte er und schob sich die Sonnenbrille von der Stirn vor die Augen.

»Tyrannisieren?«, explodierte ich.

Ryan wiederholte seine Frage. »Fisch oder Geflügel?«

»Ach, fisch dir doch dein eigenes Geflügel.«

Ich wirbelte herum und griff nach dem Türknauf, und mein Gesicht brannte vor Wut. Oder war es Demütigung? Oder Kränkung?

Ich stürzte nach drinnen, knallte die Tür zu und lehnte mich dagegen. Vom Parkplatz her hörte ich Motorengeräusche, dann das Quietschen von Bremsen. Ein Kühllaster brachte zwanzig neue Fälle. Ich drehte den Kopf und sah, dass Ryan einen Absatz in den Boden rammte und dann zu seinem Mietwagen ging.

Warum hatte er mich so wütend gemacht? In den Monaten, die er undercover arbeitete, hatte ich sehr viel an den Mann gedacht. Aber da es für mich schon fast Routine war, mich von ihm zu distanzieren, hatte ich nie daran gedacht, dass auch eine andere in sein Leben treten könnte. War das jetzt der Fall? Ich wollte es zwar wissen, aber ich würde ihn bestimmt nicht danach fragen.

Als ich mich wieder umdrehte, stand Larke Tyrell vor mir und musterte mich.

»Sie brauchen ein bisschen Erholung.«

»Ich nehme heute Nachmittag zwei Stunden frei.« Ich hatte um die Pause gebeten, damit Ryan und ich die Gegend absuchen konnten, wo ich den Fuß gefunden hatte. Jetzt würde ich es allein tun müssen.

»Sandwich?« Larke deutete mit dem Kinn in Richtung Pausenraum.

»Gern.«

Minuten später saßen wir an einem der Klapptische.

»Labberiges Baguette und pulverisierte Chips«, sagte er.

»Wie immer.«

»Wie geht's LaManche?« Larke hatte sich etwas ausgesucht, das aussah wie Thunfisch auf Weißbrot.

»So streitsüchtig wie eh und je.«

Pierre LaManche war Direktor des gerichtsmedizinischen Instituts und so Larke Tyrells Pendant im Labor in Montreal. Meine zwei Chefs kannten einander seit Jahren durch ihre Mitgliedschaft in der *National Association of Medical Examiners* und der *American Academy of Forensic Sciences*. Im vergangenen Frühjahr hatte La-Manche einen Herzinfarkt erlitten, hatte sich aber gut erholt und arbeitete bereits wieder.

»Das freut mich sehr.«

Während wir das Zellophan von unseren Broten schälten und

Limodosen aufrissen, dachte ich an seine Ankunft an der Unglücksstelle.

»Kann ich Sie etwas fragen?«

»Natürlich.« Er betrachtete mich eindringlich, und seine Augen glänzten kastanienbraun im Sonnenlicht, das durch ein hohes Fenster hereinfiel.

»Mein Gott, Larke, schauen Sie mich nicht so besorgt an. Es ist doch nur Lieutenant-Detective Ryan, der sich im Augenblick aufführt wie ein Arschloch.«

»Schon bemerkt. Schlafen Sie gut?«

»Wie General Custer nach der Schlacht am Little Bighorn.« Ich zwang mich, nicht die Augen zu verdrehen.

»Was wollten Sie fragen?«

»Als Sie und der Vizegouverneur letzte Woche hier ankamen, wo landete Ihr Hubschrauber da?«

Ich drehte meine Chipstüte um und ließ mir die Krümel auf die Handfläche rieseln.

»Es gibt da ein Haus ein Stückchen westlich der Absturzstelle. Dem Piloten gefiel das Gelände, und deshalb hat er uns dort abgesetzt.«

»Ist dort ein Landeplatz?«

»O nein, nur eine kleine Lichtung. Ich dachte schon, Davenport würde sich in seine Calvin Kleins machen, solche Angst hatte er.« Larke kicherte. »Es war wie eine Szene aus *M*A*S*H*. Triggs beharrte darauf, dass wir umkehren, und der Pilot sagte immer wieder: ›Ja, Sir. Ja, Sir‹, und brachte den Vogel dann genau da runter, wo er wollte.«

Ich schob mir die Chips in den Mund.

»Dann sind wir einfach zur Absturzstelle marschiert. Ich würde sagen, es waren ungefähr fünfhundert Meter.«

»Und dort ist ein Haus?«

»Eine alte Berghütte oder so was Ähnliches. Ich habe nicht sonderlich darauf geachtet.«

»Haben Sie eine Straße gesehen?«

Er schüttelte den Kopf. »Warum wollen Sie das alles wissen?«

Ich erzählte ihm von dem Fuß.

»Einen Friedhof habe ich nicht gesehen, aber es kann ja nichts schaden, da mal ein bisschen herumzustöbern. Sind Sie sicher, dass es Kojoten waren?«

»Nein.«

»Sehen Sie sich vor. Nehmen Sie ein Funkgerät mit und eine chemische Keule.«

»Jagen Kojoten tagsüber?«

»Kojoten jagen, wann sie Lust haben.«

Na toll.

North Carolinas offizieller Baum ist die Sumpfkiefer, die offizielle Blume der Hartriegel. Die Alse, der Salzwasserbarsch und die Östliche Dosenschildkröte tragen ähnliche Ehrentitel. Der Staat rühmt sich wilder Ponys an den Shackleford Banks und der höchsten Hängebrücke Amerikas am Grandfather Mountain. Der Old North State erstreckt sich von den Gipfeln der südlichen Appalachians im Westen über die Hügel des Piedmont zu den Marschen, Stränden und der vorgelagerten Inselbarriere der Ostküste. North Carolina, das heißt Mount Mitchell und die Outer Banks, Blowing Roch und Cape Fear, Linville Gorge und Bald Head Island.

North Carolinas Geografie spaltet seine Bewohner in zwei ideologische Lager. Die Leute aus dem Hochland bevorzugen riskante Sportarten: Mountainbiking, Drachenfliegen, Wildwasserfahrten, Klettern und im Winter Skifahren und Snowboarden. Die weniger Wagemutigen vergnügen sich mit Golf, Antiquitäten, Bluegrass-Musik und Waldwanderungen.

Fans des Tieflands erfreuen sich an salziger Luft, warmem Sand, Fischen im Meer und atlantischen Brechern. Die Temperaturen sind mild. Die Einheimischen besitzen weder Handschuhe noch Winterreifen. Bis auf den gelegentlichen Hai oder einen abtrünnigen Alligator ist die Tierwelt harmlos. Golf ist natürlich auch im Tiefland weit verbreitet.

Zwar versetzt mich die Schönheit schäumender Flüsse, mächtiger Wasserfälle und hoch aufragender Bäume in Ehrfurcht, aber meine Liebe gehört dem Meer. Ich bevorzuge Klimazonen, in denen Shorts und Sommerkleider genügen und man nur eine Schicht braucht. Lieber einen Badeanzug als Wanderausrüstung. Alles in allem bin ich lieber am Strand.

Diese Gedanken gingen mir durch den Kopf, als ich am Rand des Trümmerfelds entlangging. Der Tag war klar, aber windig, der Verwesungsgestank weniger aufdringlich. Die Bergung der Opfer machte gute Fortschritte, und es lagen weniger Leichen herum, aber der Gesamteindruck war relativ unverändert. Gestalten in Schutzanzügen gingen oder krochen zwischen den Wrackteilen herum, allerdings trugen einige jetzt Kappen des FBI.

Ich fand Larkes Öffnung und trat in den Wald. Das Sonnenlicht in dieser Höhe war zwar warm, doch im Schatten war es deutlich kühler. Ich folgte dem Pfad, den ich schon in der letzten Woche gegangen war, und blieb hin und wieder stehen, um zu horchen. Zweige knackten und schabten aneinander, tote Blätter trieben mit leisem Rascheln über den Boden. Über mir hämmerte ein Specht ein Stakkato, hielt inne und wiederholte es dann.

Ich trug eine leuchtend gelbe Jacke, weil ich niemand überraschen wollte, und hoffte, dass die Tommy-Hilfiger-Farben auch die Kojoten abschreckten. Wenn nicht, würde ich die pelzigen Mistkerle mit Reizgas verjagen. Die chemische Keule in meiner Jackentasche hielt ich fest umklammert.

Bei dem umgestürzten Sauerbaum kniete ich mich hin und betrachtete den Boden. Dann stand ich wieder auf und sah mich um. Bis auf den Ast, den ich als Keule benutzt hatte, gab es keinen Hinweis auf mein tierisches Abenteuer.

Ich folgte weiter der schmalen Schneise. Der Pfad war leicht ausgehöhlt, und ich musste aufpassen, um mir nicht an einem unter Blättern versteckten Stein den Knöchel zu verstauchen. Obwohl der Bewuchs hier niedriger war als das umgebende Buschwerk, reichte er mir manchmal bis zu den Knien.

Ich ließ den Blick schweifen, suchte nach Tieren und Hinweisen auf eine Begräbnisstätte. Larkes Hütte bedeutete eine menschliche Behausung, und ich wusste, dass zu alten Gehöften oft auch

Familienfriedhöfe gehörten. Während eines Sommers hatte ich an der Spitze des Chimney Rock eine Ausgrabung geleitet. Eigentlich hatten wir nur die Hütte freilegen wollen, doch dann fanden wir einen winzigen Friedhof, der auf keinem Dokument verzeichnet war. Und auch Klapper- und Mokassinschlangen, wie mir jetzt wieder einfiel.

Ich arbeitete mich voran durch dunklen, kühlen Schatten. Dornen und Zweige rissen an meinen Kleidern, und Insekten stürzten sich auf mein Gesicht. Windstöße brachten Schatten zum Tanzen, Formen veränderten sich. Doch plötzlich und unvermittelt öffnete sich der Wald zu einer kleinen Lichtung. Als ich ins Sonnenlicht trat, hob ein Weißwedelhirsch den Kopf, sah mich an und verschwand dann.

Am anderen Ende der Lichtung stand ein Haus, das mit der Rückseite an einen steilen, über hundert Meter hohen Felsabhang gebaut war. Das Gebäude hatte dicke Fundamentsmauern, Gaubenfenster und ein Spitzgiebeldach mit breitem Gesims. Eine überdachte Veranda verdeckte die Vorderfront, und eine merkwürdige Steinmauer lugte hinter der linken Seite hervor.

Ich winkte. Wartete. Rief etwas. Winkte noch einmal.

Keine fragende Stimme, kein Bellen. Und auch sonst kein begrüßendes Geräusch.

Ich rief noch einmal und hoffte dabei, dass kein Hinterwäldler mich im Fadenkreuz hatte.

Stille.

Mit gemischten Gefühlen ging ich über die Wiese. Obwohl es auf der Lichtung blendend hell war, ließ ich meine Sonnenbrille in der Tasche. Zusätzlich zu ganz normalen Eigenbrötlern beherbergten diese Berge auch rassistische, paramilitärische Typen. Fremde waren nicht gerade willkommen.

Ich sah, dass die Natur das Grundstück zum größten Teil wieder in Besitz genommen hatte. Was früher einmal ein Rasen oder ein Garten gewesen war, war jetzt überwuchert von verkrüppelten Erlen, Sauerbäumen, Schneeglöckchenbäumen und zahlreichen Sträuchern, die ich nicht kannte. Hinter den Büschen mischten sich Espen, Fraser-Magnolien, Pappeln, Ahorn, Eichen und Mastbaumkiefern mit unbekannten Bäumen. Kudzu-Ranken behängten alles mit wirren grünen Netzen.

Als ich zur Vordertreppe ging, bekam ich eine Gänsehaut auf den Armen, und Unbehagen hüllte mich ein wie ein kalter, nasser Schal. Von dem Anwesen ging etwas Bedrohliches aus. Lag es an dem dunklen, verwitterten Holz, den mit Läden verschlossenen Fenstern oder an dem Dschungel der Vegetation, der alles in einem beständigen Halbdunkel hielt?

»Hallo?« Mein Herz schlug schneller.

Noch immer keine Hunde oder Bergbewohner.

Schon ein flüchtiger Blick sagte mir, dass das Haus nicht schnell hochgezogen worden war. Oder erst in letzter Zeit. Der Bau war so solide wie das Newgate-Gefängnis in London. Obwohl ich bezweifelte, dass George Dance die Pläne gezeichnet hatte, hatte sein Erbauer doch das Misstrauen des Architekten gegen Öffnungen zur Welt geteilt. Es gab keine Panoramafenster für spektakuläre Ausblicke auf die Berge, keine Dachfenster, keine Galerien. Mit seinem gemauerten Fundament und seinen dicken, unbehandelten Holzbohlen war es offensichtlich nach rein funktionalen Gesichtspunkten erbaut worden. Ich konnte nicht feststellen, ob es zum letzten Mal am Ende dieses Sommers oder am Ende der letzten Depression benutzt worden war.

Oder ob sich jetzt jemand darin befand und mich durch eine Ritze oder eine Schießscharte beobachtete.

»Ist jemand zu Hause?«

Nichts.

Ich stieg auf die Veranda und klopfte.

Keine Bewegungsgeräusche.

Ich ging zu einem Fenster und spähte durch den Laden. Dunkles Material versperrte den Blick nach drinnen. Ich verdrehte den Kopf, um irgendwie einen Einblick zu bekommen, bis die fedrige Berührung einer Spinne mich zurückschrecken ließ.

Ich stieg die Stufen wieder hinunter, ging auf einem überwucherten Plattenweg um das Haus herum und trat durch einen

Torbogen in einen düsteren kleinen Hof. Er war umgeben von einer knapp zwei Meter hohen Steinmauer, über deren Krone die Zweige von Fliederbüschen hingen; ihre Blätter hoben sich dunkel von den Grün- und Gelbtönen des Waldes dahinter ab. Auf dem feuchten, verkrusteten Boden wuchs nichts außer Moos. Kein Leben schien sich in dem feuchten, dunklen Rechteck halten zu können.

Ich drehte mich dem Haus zu. Eine Krähe kreiste und setzte sich auf einen nahen Ast, eine kleine schwarze Silhouette vor strahlendem Blau. Der Vogel krächzte zweimal, klapperte mit dem Schnabel und senkte dann den Kopf in meine Richtung.

»Sag der Hausherrin, dass ich hier war«, sagte ich mit mehr Selbstbewusstsein als ich hatte.

Die Krähe musterte mich kurz und erhob sich dann in die Luft. Als ich mich wieder umdrehte, sah ich aus dem Augenwinkel heraus ein Flackern, wie Sonnenlicht, das auf eine Glasscherbe fällt. Ich erstarrte. War das eine Bewegung in einem der oberen Fenster gewesen? Ich wartete eine ganze Minute. Nichts rührte sich.

Der Hof hatte nur einen Eingang, und so ging ich den Weg zurück, den ich gekommen war, und schaute mir die andere Seite des Anwesens an. Gestrüpp füllte die Lücke zwischen Waldrand und Haus und endete in verwelkten Stockrosen am Fundament. Ich ging die Fläche ab, fand aber keine Hinweise auf Gräber, weder geöffnet noch intakt. Meine einzige Entdeckung war eine kaputte Metallstange.

Frustriert kehrte ich auf die Veranda zurück, schob die Stange zwischen die Fensterläden und versuchte, sie behutsam aufzuhebeln. Sie gaben nicht nach. Neugierig, wie ich war, stemmte ich kräftiger, wollte aber keinen Schaden anrichten. Das Holz war solide und rührte sich nicht.

Ich schaute auf die Uhr. Zwei Uhr fünfundvierzig. Das hier war sinnlos. Und töricht, falls das Gebäude nicht verlassen war. Wenn Besitzer existierten, waren sie nicht da oder wollten, dass es so aussah. Ich war müde, verschwitzt, und außerdem juckten mich tausend kleine Kratzer.

Und ich musste zugeben, dass das Anwesen mir unheimlich war. Obwohl ich wusste, dass meine Reaktion irrational war, hatte ich das Gefühl, dass dieses Grundstück Böses verströmte. Und so beschloss ich, in der Stadt Nachforschungen anzustellen, ließ die Stange fallen und kehrte zur Absturzstelle zurück.

Auf der Fahrt zurück zum Leichenschauhaus dachte ich über dieses merkwürdige Haus nach. Wer hatte es erbaut? Warum? Was war an dem Anwesen, das mir dieses Unbehagen bereitete?

7

Ryan lauerte mir auf, als ich kurz nach neun am High Ridge House ankam. Ich sah ihn erst, als er sprach.

»Sieht so aus, als hätten wir eine Explosion.«

Die Hand am Türgriff, blieb ich stehen. »Nicht jetzt, Ryan.«

»Jackson wird morgen eine Erklärung abgeben.«

Ich drehte mich in die Richtung der Verandaschaukel. Ryan hatte einen Absatz aufs Geländer gestützt und schaukelte langsam hin und her. Als er an seiner Zigarette zog, beleuchtete ein winziger roter Schein sein Gesicht.

»Ist das sicher?«

»Wie Marias verlorene Unschuld.«

Ich zögerte. Zwar wollte ich das Neueste über die Ermittlungen hören, hatte aber Vorbehalte gegen den Überbringer.

»Es war ein total beschissener Tag, Brennan. Ich möchte mich für mein schlechtes Benehmen entschuldigen.«

Obwohl ich nur wenig Zeit gehabt hatte, darüber nachzudenken, hatte die Konfrontation zur Mittagszeit mich zu einer Entscheidung gebracht. Ich wollte den Kreis der Katastrophen beenden, der meine Beziehung zu Ryan gewesen war. Von jetzt an würde unser Verhältnis ausschließlich beruflich sein.

»Erzähl.«

Ryan klopfte neben sich auf die Schaukel.

Ich ging zu ihm, blieb aber stehen.

»Warum eine Explosion?«

»Setz dich.«

»Wenn das eine Anmache sein soll, kannst du –«

»Es gibt Kraterung und Faserdurchdringungen.«

Im Dämmerlicht der Deckenlampe sah Ryans Gesicht aus, als hätte alles Leben es verlassen. Er inhalierte tief und schnippte dann die Kippe in Rubys Farne. Ich sah Funken durch die Dunkelheit fliegen und hatte dabei den Absturz der TransSouth Air 228 vor Augen.

»Willst du es hören?«

Ich setzte mich auf die Schaukel und stellte meinen Rucksack zwischen uns.

»Was ist Kraterung?«

»Kraterung entsteht dann, wenn ein fester oder ein flüssiger Stoff plötzlich in Gas umgewandelt wird.«

»Wie bei einer Detonation.«

»Ja. Bei einer Explosion schnellt die Temperatur um tausende von Grad in die Höhe, und die entstehende Druckwelle schleudert Gaspartikel mit hoher Geschwindigkeit gegen Metalloberflächen. So haben die Explosionsexperten es erklärt. Sie haben heute bei der Besprechung Dias gezeigt. Sieht fast aus wie eine Orangenschale.«

»Sie haben Kraterung gefunden?«

»Auf Fragmenten haben sie sie entdeckt. Und auch aufgebogene Kanten, was ein weiterer Hinweis ist.«

Er gab der Schaukel einen leichten Schubs.

»Und was ist Faserdurchdringung?«

»Die Spezialisten stellen fest, dass Fasern gewisser Materialien durch andere, unbeschädigte Materialien getrieben wurden. Natürlich sieht man das alles nur unter Hochleistungsmikroskopen. Außerdem finden sie Hitzebrüche und Lichtblitzschmelzungen an den Enden einiger Fasern.«

Noch ein leichtes Schwingen, und mir kam der griechische Salat hoch, den ich nach Verlassen des Leichenschauhauses verschlungen hatte.

»Beweg die Schaukel nicht.«

»Einige von den Vergrößerungen sind erstaunlich.«

Ich zog den Reißverschluss meiner Jacke zu und steckte die Hände in die Taschen. Obwohl die Tage noch warm waren, wurden die Abende bereits frisch.

»Also bedeuten Kraterung und aufgebogene Kanten bei Metall sowie Lichtblitzschmelzung und Faserdurchdringungen eine Explosion. Unsere Verletzungen im unteren Beinbereich passen dazu.«

»Und ebenfalls die Tatsache, dass ein großer Teil des Rumpfs intakt gelandet ist.«

Ich stellte einen Fuß auf, um unsere Bewegung zu stoppen.

»Das alles ergibt eine Explosion.«

»Verursacht wodurch?«

»Bombe. Rakete. Technisches Versagen. Die Explosionsexperten der FAA werden eine chromatografische Analyse durchführen, um herauszufinden, welche Chemikalien vorhanden sind, sowie Radiofotografie und Röntgendiffraktion, um Molekülarten zu identifizieren. Und noch was. Ach ja. Infrarot-Spektrofotometrie. Ich weiß nicht genau, wozu das dient, aber es klingt gut. Das Ganze natürlich nur, wenn sie dem Forensiklabor des FBI den Job entreißen können.«

»Rakete?« Es war das erste Mal, dass ich von dieser Möglichkeit gehört hatte.

»Nicht sehr wahrscheinlich, aber es wurde zur Sprache gebracht. Kannst du dich noch an den Rummel erinnern wegen des Gerüchts, eine Rakete hätte TWA 800 vom Himmel geholt? Pierre Salinger hat seine Eier drauf verwettet, dass die Navy schuld war.«

Ich nickte.

»Und diese Hügel hier sind die Heimat von Milizengruppen. Vielleicht haben sich Eric Rudolphs White-Trash-Kumpel auf dem Waffenmarkt umgesehen und ein neues Spielzeug gekauft.«

Rudolph wurde gesucht in Verbindung mit einer Reihe von

Anschlägen auf Abtreibungskliniken und als Verdächtiger für das Bombenattentat auf die Olympischen Spiele 1996 in Atlanta. Es gab Gerüchte, er habe sich in diese Hügel geflüchtet.

»Hat man schon eine Vorstellung, wo diese Explosion stattfand?«

»Das kann man zu diesem Zeitpunkt noch nicht sagen. Die Dokumentationsgruppe für das Kabineninnere stellt gerade eine Sitzbeschädigungs-Karte zusammen, die helfen wird, die Explosion genau zu lokalisieren.«

Ryan stieß sich mit den Zehen ab, aber ich stoppte die Schaukel mit dem Fuß.

»Unsere Gruppe macht dasselbe mit Wunden und Brüchen. Im Augenblick sieht es so aus, als wären die schlimmsten Verletzungen im hinteren Teil der Maschine passiert.« Die Anthropologen und Pathologen korrelierten die Verteilung der Verletzungen mit der Sitzverteilung. »Was ist mit der Radargruppe?«

»Nichts Unerwartetes. Nach dem Start flog die Maschine vom Flughafen aus in nordöstlicher Richtung nach Athens. Die Flugsicherung von Atlanta ist zuständig bis Winston-Salem, und von dort an übernimmt Washington, die Maschine hat also Atlantas Zuständigkeitsbereich nie verlassen. Das Radar zeigte einen Notruf des Piloten nach zwanzig Minuten und dreißig Sekunden Flugzeit an. Ungefähr neunzig Sekunden später zerbrach das Objekt in zwei Teile und verschwand dann ganz vom Schirm.«

Weit unten am Berg tauchten Scheinwerfer auf. Ryan und ich sahen zu, wie sie durch die Dunkelheit hochgekrochen kamen, in die Zufahrt einbogen und dann auf dem Parkplatz links des Hauses verlöschten. Augenblicke später erschien eine Gestalt auf dem Plattenweg. Als sie vor uns vorbeiging, sprach Ryan sie an.

»Langer Tag?«

»Wer da?« Der Mann hob sich kaum vom schwarzen Himmel ab.

»Andy Ryan.«

»Oh, *bonsoir,* Sir. Ich habe ganz vergessen, dass Sie auch hier untergebracht sind.« Die Stimme klang nach jahrelangem Whiskeykonsum. Vom Besitzer erkannte ich nur eine stämmige Figur und eine Schirmkappe.

»Das Flieder-Duschgel ist meins.«

»Das habe ich respektiert, Detective Ryan.«

»Ich würde Sie auf ein Bier einladen, aber die Bar ist geschlossen.«

Der Mann kam auf die Veranda, zog sich einen Stuhl heran, stellte eine Sporttasche daneben und setzte sich uns gegenüber. Im trüben Licht sah ich eine fleischige Nase und Wangen voller geplatzter Äderchen.

Als er vorgestellt wurde, nahm FBI Special Agent Byron McMahon seine Kappe ab und verbeugte sich in meine Richtung. Ich sah dichte weiße Haare, die ein Mittelscheitel kaum bändigen konnte.

»Das geht auf mich.« McMahon zog den Reißverschluss seiner Tasche auf und holte einen Sechserpack Coors heraus.

»Das Elixier des Teufels«, sagte Ryan und zog eine Dose aus der Plastikhalterung.

»Ja«, stimmte McMahon ihm zu. »Danken wir ihm dafür.« Er wackelte mit einer Dose in meine Richtung.

Ich wollte ein Bier so sehr wie kaum sonst etwas seit langer Zeit. Ich erinnerte mich noch gut an das Gefühl, wie der Alkohol durch meine Adern sickert und in mir die Wärme aufsteigt, während seine Moleküle sich mit meinen vermischen. An die Entspannung und das Wohlbefinden.

Aber ich hatte einiges über mich selbst gelernt. Es hatte Jahre gedauert, aber jetzt wusste ich, dass jede Doppelhelix in mir sich Bacchus verschrieben hat. Obwohl ich mich nach dieser Art von Entspannung sehnte, wusste ich, dass die Euphorie nur vorübergehend sein würde, dass Wut und Selbstverachtung aber lang anhalten würden. Ich konnte nicht trinken.

»Nein, danke.«

»Aber es ist genügend da von dem Zeug.«

»Das ist ja das Problem.«

McMahon lächelte, riss eine Dose aus der Halterung und steckte den Rest wieder in die Tasche.

»Und, was denkt das FBI?«, fragte Ryan.

»Dass irgendein Mistkerl die Maschine vom Himmel geholt hat.«

»An wen denkt das Bureau?«

»Ihre Biker-Kumpels stehen ziemlich hoch oben auf der Liste. Dieser Petricelli war ein fieser kleiner Gangster mit nichts als Scheiße im Hirn, aber er hatte gute Verbindungen.«

»Und?«

»Könnte ein professioneller Anschlag gewesen sein.«

Ein Windstoß brachte Rubys Hängekörbe zum Schwanken, und schwarze Schatten tanzten über Bodenbretter und Geländer.

»Aber es gibt noch ein anderes Szenario. Eine Mrs. Martha Simington saß auf 1A. Vor drei Monaten schloss Haskell Simington eine Lebensversicherung über zwei Millionen für seine Frau ab.«

»Das sind ja ganz neue Perspektiven.«

»Das Geld wäre ein substanzieller Trost für den trauernden Gatten. Ach, und das habe ich ganz vergessen. Das Paar lebt seit Jahren getrennt.«

»Ist Simington so pervers, dass er siebenundachtzig Menschen mit in den Tod reißen würde?« Ryan trank sein Coors aus und warf die leere Dose in McMahons Sporttasche.

»Wir sind gerade dabei, Simington richtig gut kennen zu lernen.« McMahon ahmte Ryan mit seiner leeren Dose nach.

»Hier ist noch 'ne Möglichkeit: Auf 12F saß ein Neunzehnjähriger namens Anurudha Mahendran. Der Junge war ein Auslandsstudent aus Sri Lanka und Torwart der Fußballmannschaft.«

McMahon riss zwei neue Biere aus der Halterung und gab eins Ryan.

»Zu Hause arbeitet Anurudhas Onkel für das Voice of Tigers Radio.«

»Wie in Tamil Tigers?«

»Ja, Ma'am. Der Typ ist ein Großmaul und rangiert auf der

Wunschliste der Regierung für eine tödliche Krankheit mit Sicherheit ziemlich weit oben.«

»Sie verdächtigen die Regierung von Sri Lanka?« Ich war erstaunt.

»Nein. Aber es gibt Extremisten auf beiden Seiten.«

»Wenn du den Onkel nicht umstimmen kannst, halt dich an den Jungen. Schick ihm eine Botschaft.«

Ryan riss das zweite Bier auf.

»Ist vielleicht ziemlich weit hergeholt, aber wir müssen es in Betracht ziehen.«

»Lokale Quellen?«, fragte ich.

»Zwei Landprediger, die hier in der Gegend leben. Der Reverend Isaiah Claiborne schwört, dass der Reverend Luke Bowman die Maschine abgeschossen hat.« Noch einmal das Knacken eines Ring-Pull-Verschlusses. »Die beiden sind rivalisierende Schlangenbeschwörer.«

»Schlangenbeschwörer?«

Ich ignorierte Ryans Frage. »Hat Claiborne etwas gesehen?«

»Er beharrt darauf, dass ein weißer Strahl hinter Bowmans Haus hochschoss, gefolgt von einer Explosion.«

»Nimmt das FBI ihn ernst?«

McMahon zuckte die Achseln. »Das wird sich zeigen. Im Hinblick auf die Flugroute würde die Lage des Hauses passen.«

»Was für Schlangen?« Ryan ließ nicht locker.

»Was Neues über die aufgezeichneten Anrufe?« Ich wechselte das Thema, weil ich nicht weiter auf den spirituellen Eifer unserer Gebirgsnachbarn eingehen wollte.

»Die Anrufe stammten von einem weißen, männlichen Amerikaner ohne erkennbaren Akzent.«

»Das schränkt den Kreis auf wie viele Millionen ein?«

Ich entdeckte eine Bewegung in McMahons Augen, als würde er ernsthaft über die Frage nachdenken.

»Ein paar.«

McMahon trank sein Bier aus, zerdrückte die Dose und fügte sie seiner Sammlung hinzu. Dann stand er auf, wünschte uns beiden einen guten Abend und ging zur Tür. Die Glocke bimmelte, und Augenblicke später ging in einem Fenster im ersten Stock ein Licht an.

Bis auf das Knarzen von Rubys Hängekörben war es nun vollkommen still auf der Veranda. Ryan zündete sich eine Zigarette an und fragte dann: »Hast du deine Kojotenpatrouille gemacht?«

»Ja.«

»Und?«

»Keine Kojoten. Keine ausgebuddelten Särge.«

»Hast du sonst irgendwas Interessantes gefunden?«

»Ein Haus.«

»Wer wohnt dort?«

»Hänsel und Gretel und die böse Hexe.« Ich stand auf. »Woher soll ich denn das wissen?«

»War jemand zu Hause?«

»Keiner ist zur Tür geeilt, um mir Tee anzubieten.«

»Ist das Haus verlassen?«

Ich hängte mir meinen Rucksack über die Schulter und dachte über die Frage nach.

»Ich bin mir nicht sicher. Es gab früher mal einen Garten, aber der ist inzwischen völlig verwildert. Das Haus ist so solide gebaut, dass man nicht sagen kann, ob es instand gehalten wird oder einfach äußerst widerstandsfähig ist.«

Er wartete.

»Eins ist allerdings komisch. Von vorne gesehen, ist das Ding nur eine gewöhnliche ungetünchte Berghütte. Aber hinten gibt es eine gemauerte Einfriedung und einen Hof.«

Ryans Gesicht wurde kurz aprikosenfarben und versank dann wieder in der Dunkelheit.

»Erzähl mir von diesen Schlangenbeschwörern. Gibt es in North Carolina wirklich Schlangenbeschwörer?«

Ich wollte ihm die Bitte eben abschlagen, als die Glocke noch einmal bimmelte. Ich schaute zur Tür und erwartete McMahon, aber es zeigte sich niemand.

»Ein andermal.«

Ich öffnete das Fliegengitter und sah, dass die schwere Holztür einen Spalt offen stand. Ich drückte sie von innen fest zu und prüfte den Griff und hoffte dabei, dass Ryan dasselbe tun würde. Dann stapfte ich hoch in mein Magnolia, denn ich wollte nur noch duschen und ins Bett. Ich war kaum im Zimmer, als es leise klopfte.

Da ich dachte, es sei Ryan, setzte ich meine mürrische Miene auf und öffnete die Tür einen Spalt.

Ruby stand im Gang, und ihr Gesicht sah feierlich und tief zerfurcht aus. Sie trug einen grauen Flanellbademantel, rosa Socken und braune, wie Pfoten geformte Hausschuhe. Die Hände hatte sie auf Brusthöhe gefaltet, die Finger waren fest ineinander verschlungen.

»Ich wollte eben ins Bett gehen.« Ich lächelte.

Sie sah mich besorgt an.

»Ich habe schon gegessen«, fügte ich hinzu.

Sie hob eine Hand, als wollte sie etwas aus der Luft greifen.

»Was ist denn, Ruby?«

»Der Teufel zeigt sich in vielerlei Gestalt.«

»Ja.« Ich wollte unbedingt ins Bad und dann schlafen. »Aber ich bin mir sicher, Sie sind ihm weit voraus.«

Ich streckte die Hand aus, um sie ihr auf die Schulter zu legen, aber sie wich zurück, und ihre Hände fanden wieder zueinander.

»Sie fliegen mit Luzifer im Angesicht des Herrn. Sie lästern Gott.«

»Wer?«

»Sie haben die Schlüssel der Hölle und des Todes. Wie es in der Offenbarung heißt.«

»Ruby, bitte reden Sie in normalem Englisch mit mir.«

»Sie sind fremd hier, Sie können es nicht wissen.«

»Was wissen?« Gereiztheit schlich sich in meine Stimme. Ich war nicht in Stimmung für Gleichnisse.

»Das Böse ist hier.«

Das Bier?

»Detective Ryan un-«

»Böse Männer verhöhnen den Allmächtigen.«

Das führte nirgendwo hin.

Ich packte den Knauf, aber eine Hand schnellte vor und umklammerte meinen Arm. Schwielen kratzten über den Ärmel meiner Nylonjacke.

»Gott hat uns ein Zeichen gesandt.«

Sie kam mir noch näher.

»Den Tod!«

Sanft löste ich die knochigen Finger von meinem Ärmel, drückte dann Rubys Hand und trat zurück. Während die Tür zuschwang, betrachtete ich sie. Ihr kleiner Körper stand starr da, und die Haarwurst wand sich um ihren Kopf wie eine stumpfe, graue Schlange.

8

Der nächste Tag war irgendjemand gewidmet. Christoph Columbus, glaube ich. Gegen Ende des Vormittags hatte er sich in einen Albtraum verwandelt.

Durch Nebel, der so dick war, dass er die Berge völlig verdeckte, fuhr ich zum Leichenschauhaus und arbeitete bis zehn Uhr dreißig. Als ich eine Kaffeepause einlegte, war Larke Tyrell im Aufenthaltsraum. Er wartete, bis ich mir eine Tasse mit Automatenbrühe eingeschenkt und weißes Pulver zugefügt hatte.

»Es gibt etwas, das wir besprechen müssen.«

»Kein Problem.«

»Nicht hier.« Er sah mich lange an. Dieser Blick hatte etwas zu bedeuten, und ich spürte Besorgnis in mir aufsteigen.

»Was ist denn los, Larke?«

Er nahm meinen Arm und führte mich zur Hintertür hinaus.

»Tempe, ich weiß nicht, wie ich das sagen soll.« Er schwenkte seinen Kaffee, und irisierende Wolken trieben über seine Oberfläche.

»Sagen Sie es einfach.« Ich hielt meine Stimme leise und sachlich.

»Es hat eine Beschwerde gegeben.«

Ich wartete.

»Ich komme mir schrecklich dabei vor.« Einen Augenblick lang starrte er noch in seine Tasse, dann schaute er mir in die Augen.

»Es geht um Sie.«

»Um mich?« Ich konnte es kaum glauben.

Er nickte.

»Was habe ich angestellt?«

»Die Beschwerde konstatiert unprofessionelles Verhalten, und zwar so massiv, dass es ausreicht, um die Ermittlungen zu gefährden.«

»Konkret?«

»Betreten der Unfallstelle ohne Befugnis und falsche Behandlung von Beweismitteln.«

Ich starrte ihn ungläubig an.

»Und widerrechtliches Betreten.«

»Widerrechtliches Betreten?« Eine kalte Faust umklammerte meine Eingeweide.

»Haben Sie auf dem Grundstück herumgestöbert, von dem wir gesprochen haben?«

»Das war kein widerrechtliches Betreten. Ich wollte mit den Besitzern sprechen.«

»Haben Sie versucht einzubrechen?«

»Natürlich nicht.«

Ich dachte kurz daran, wie ich versucht hatte, den Fensterladen mit der Metallstange aufzustemmen.

»Und ich war letzte Woche befugt, die Absturzstelle zu betreten.«

»Von wem kam die Erlaubnis?«

»Earl Bliss hat mich hierher geschickt. Das wissen Sie doch.«

»Sehen Sie, genau hier liegt das Problem.« Larke rieb sich mit der Hand übers Kinn. »Zu diesem Zeitpunkt war DMORT noch gar nicht angefordert.«

Ich war verblüfft.

»Inwieweit habe ich Beweismittel falsch behandelt?«

»Ich hasse es, diese Frage überhaupt zu stellen.« Die Hand wanderte wieder ans Kinn. »Tempe –«

»Fragen Sie einfach.«

»Haben Sie Überreste aufgehoben, die noch nicht registriert waren?«

Der Fuß.

»Das habe ich Ihnen doch berichtet.« Bleib ruhig. »Ich habe nach bestem Wissen und Gewissen gehandelt.«

Er sagte nichts.

»Wenn ich den Fuß dort gelassen hätte, wäre er jetzt Kojotenkot. Sprechen Sie mit Andrew Ryan. Er war dabei.«

»Das werde ich tun.«

Larke streckte die Hand aus und drückte meinen Arm.

»Wir klären das schon.«

»Sie nehmen die Beschwerde ernst?«

»Ich habe keine andere Wahl.«

»Warum das?«

»Sie wissen, dass die Pressemeute nach meinem Hintern schnappt. Die werden sich darauf stürzen wie die Bluthunde.«

»Wer hat diese Beschwerde eingereicht?«

»Das kann ich Ihnen nicht sagen.«

Er ließ die Hand sinken und starrte in den Nebel. Der Dunst hob sich jetzt langsam und gab Stück für Stück der Landschaft frei. Als Larke sich wieder umdrehte, lag ein merkwürdiger Ausdruck auf seinem Gesicht.

»Aber ich kann Ihnen sagen, dass einflussreiche Leute damit zu tun haben.«

»Der Dalai Lama? Die Vereinigten Stabschefs?« Wut machte meine Stimme barsch.

»Seien Sie nicht wütend auf mich, Tempe. Diese Ermittlung ist eine riesige Mediensensation. Wenn sich Probleme ergeben, will keiner sie haben.«

»Also schiebt man mir was in die Schuhe für den Fall, dass man einen Sündenbock braucht.«

»So ist das nicht. Ich muss mich einfach nur an die entsprechenden Verfahrensweisen halten.«

Ich atmete tief durch.

»Was passiert jetzt?«

Er sah mir direkt in die Augen, und seine Stimme wurde sanfter.

»Ich werde Sie bitten müssen zu gehen.«

»Wann?«

»Sofort.«

Jetzt war ich es, die in den Nebel starrte.

Mitten am Tag war das High Ridge House verlassen. Ich hinterließ Ruby einen Zettel, auf dem ich ihr dankte und mich für meine abrupte Abreise und meine Barschheit am Abend zuvor entschuldigte. Dann packte ich meine Habseligkeiten zusammen, warf sie in meinen Mazda und fuhr so schnell davon, dass die Reifen Kies verspritzten.

Auf der ganzen Fahrt zurück nach Charlotte bremste und beschleunigte ich ruckartig, jagte mit quietschenden Reifen von Ampel zu Ampel und sprang von Spur zu Spur, als ich dann den Highway erreicht hatte. Drei Stunden lang fuhr ich zu dicht auf und drückte auf die Hupe. Ich redete mit mir selbst, probierte Wörter aus. *Gemein. Verabscheuungswürdig. Fies.* Andere Fahrer mieden meinen Blick und ließen mir viel Platz.

Ich war zugleich wütend und deprimiert. Die Ungerechtigkeit einer anonymen Anschuldigung. Die Hilflosigkeit. Ein Woche lang hatte ich unter brutalen Bedingungen gearbeitet, hatte den Tod gesehen, gerochen, gespürt. Ich hatte alles liegen und stehen lassen, hatte mich ganz dieser Aufgabe gewidmet und war dann entlassen worden wie ein Dienstbote, den man des Diebstahls verdächtigte. Keine Anhörung. Keine Gelegenheit für eine Rechtfertigung. Kein Dankeschön. Pack deine Sachen und verschwinde.

Neben der beruflichen Demütigung war das für mich auch eine persönliche Enttäuschung. Obwohl Larke und ich seit Jahren Freunde waren und er wusste, wie penibel und genau ich in meiner Berufsauffassung war, hatte er mich nicht verteidigt. Larke war kein Feigling. Ich hätte mehr von ihm erwartet.

Das wilde Fahren erfüllte seinen Zweck. Als ich die Außenbezirke von Charlotte erreichte, hatte meine schäumende Wut sich in kalte Entschlossenheit verwandelt. Ich hatte nichts Ungehöriges getan und würde meinen Namen rein waschen. Zuerst würde ich herausfinden, was der eigentliche Grund für diese Beschwerde war, dann würde ich sie widerlegen und meine Arbeit beenden. Und ich würde mir den Ankläger vorknöpfen.

Mein leeres Stadthaus nahm meiner Entschlossenheit den Wind aus den Segeln. Keiner, der mich begrüßte. Keiner, der mich in den Arm nahm und mir sagte, dass alles gut werden würde. Ryan zankte sich mit einer entfernten Danielle, wer auch immer das sein mochte. Er hatte mir gesagt, es gehe mich nichts an. Katy war bei Freunden, deren Geschlecht ich nicht kannte, und Birdie und Pete waren am anderen Ende der Stadt. Ich warf meine Taschen auf den Boden, ließ mich aufs Sofa fallen und heulte.

Zehn Minuten später lag ich still, aber mit bebender Brust da und fühlte mich wie ein Kind nach einem Wutanfall. Ich hatte nichts erreicht, aber ich fühlte mich kraftlos. Ich schleppte mich ins Bad, schnäuzte mich und hörte dann meinen Anrufbeantworter ab.

Nichts, um meine Stimmung aufzuhellen. Ein Student. Telefonverkäufer. Meine Schwester Harry, die aus Texas anrief. Eine Anfrage meiner Freundin Anne: Ob ich mit ihnen essen gehen wolle, da sie und Ted nach London flögen?

Toll. Sie saßen wahrscheinlich bei einem Dinner im Savoy, während ich ihre Nachricht löschte. Ich beschloss, Birdie abzuholen. Wenigstens der würde in meinem Schoß schnurren.

Pete wohnt noch immer in dem Haus, das wir uns fast zehn Jahre lang geteilt hatten. Obwohl es mehrere hunderttausende Dollar wert ist, ist der Zaun mit Holzbrettern repariert, und im Hinterhof lümmelt ein windschiefes Tor, ein Überrest aus Katys Fußball-Jahren. Das Haus ist frisch getüncht, der Rinnstein gereinigt, der

Rasen gemäht, alles von Profis. Eine Zugehfrau hält drinnen alles in Ordnung. Aber bei allem, was über den normalen Unterhalt hinausgeht, ist mein Mann ein Vertreter des Laissez-Faire und der Provisorien. Er fühlt sich nicht verpflichtet, die Immobilienwerte des Viertels zu bewahren. Früher sorgte ich mich immer wegen möglicher Proteste von Nachbarn. Die Trennung hat mir diese Sorge genommen.

Ein braunes Fellgesicht beobachtete mich, als ich auf die Zufahrt einbog. Als ich aus dem Auto stieg, legte es sich in Falten und ließ ein tiefes »Hrrrp!« hören.

»Ist er da?«, fragte ich und knallte die Tür zu.

Der Hund senkte den Kopf, und eine violette Zunge fiel ihm aus der Schnauze.

Ich ging zur Haustür und klingelte. Keine Reaktion.

Ich klingelte noch einmal. An meinem Bund hing noch immer ein Schlüssel, aber ich wollte ihn nicht benutzen. Obwohl wir seit über zwei Jahren getrennt lebten, waren Pete und ich noch immer sehr behutsam, wenn es darum ging, neue Umgangsformen zwischen uns zu entwickeln. Diese Schlüsselbenutzung würde eine Intimität bedeuten, die ich nicht unbedingt implizieren wollte.

Aber es war Donnerstagnachmittag, und Pete war sicher in der Arbeit. Und ich wollte meine Katze.

Ich wühlte eben in meiner Handtasche, als die Haustür aufging.

»Hallo, schöne Fremde. Suchst du einen Platz zum Schlafen?«, sagte Pete und musterte mich von Kopf bis Fuß.

Ich trug noch die Khakis und die Doc Martens, die ich um sechs an diesem Morgen für das Leichenschauhaus angezogen hatte. Pete war makellos gekleidet in einem dreiteiligen Anzug und Gucci-Slippern.

»Ich dachte, du bist in der Arbeit.«

Ich wischte mit den Fingerknöcheln über die Mascaraflecken auf meinen unteren Lidern und warf einen flüchtigen Blick ins Haus. Wenn ich eine Frau entdecken würde, würde ich vor Demütigung sterben.

»Warum *bist* du nicht in der Arbeit?«

Er schaute verstohlen nach links und rechts, senkte die Stimme und winkte mich dann näher, als wollte er mir ein Geheimnis verraten. »Rendezvous mit dem Klempner.«

Ich wollte lieber nicht darüber nachdenken, was so schief gegangen war, dass Mister Heimwerker einen Profi rufen musste.

»Ich bin wegen Birdie hier.«

»Ich glaube, er hat Zeit für dich.« Pete trat einen Schritt zurück. Ich trat in ein Foyer, das vom Lüster meiner Großtante erhellt wurde.

»Wie wär's mit einem Drink?«

Ich durchbohrte ihn mit einem Blick, der Feldspat hätte spalten können. Pete hatte meine oscarreifen Aufführungen mitbekommen und sollte es besser wissen.

»Du weißt, was ich meine.«

»Ein Diet Coke wäre nett.«

Während Pete in der Küche mit Gläsern und Eis klimperte, rief ich die Treppe hoch nach Birdie. Keine Katze. Ich versuchte es im Wohnzimmer, im Esszimmer, im Arbeitszimmer.

Früher einmal hatten Pete und ich gemeinsam in diesen Räumen gewohnt, gelesen, geredet, Musik gehört und uns geliebt. Wir hatten Katy vom Säuglingsalter über die Kindheit bis zur Pubertät behütet und in jedem Abschnitt ihr Zimmer und unser Leben umgestaltet. Durchs Küchenfenster über dem Spülbecken hatte ich das Geißblatt aufblühen und verwelken gesehen, und ich hatte jede Jahreszeit freudig begrüßt. Das waren die märchenhaften Tage gewesen, eine Zeit, in der der amerikanische Traum real und erreichbar erschienen war.

Als Pete jetzt zurückkam, war aus dem eleganten Anwalt ein lässiger Yuppie geworden. Sakko und Weste waren verschwunden, die Krawatte hing ihm locker um den Hals, die Hemdsärmel hatte er bis knapp unter die Ellbogen aufgekrempelt. Er sah gut aus.

»Wo ist Bird?«, fragte ich.

»Seitdem Boyd hier eingezogen ist, beschränkt er sich aufs Oberdeck.«

Er gab mir ein Glas mit der Beschriftung: *Uz tu mums atkal jaiedzer!* »Auf das müssen wir noch einmal trinken!« auf Litauisch.

»Boyd ist der Hund?«

Ein Nicken.

»Deiner?«

»Interessante Frage. Setz dich, und ich erzähle dir Boyds Geschichte.«

Pete holte Knabberbrezeln aus der Küche und setzte sich zu mir auf die Couch.

»Boyd gehört einem gewissen Harvey Alexander Dineen, einem Gentleman, der kürzlich eines Pflichtverteidigers bedurfte. Da er von seiner Verhaftung völlig überrascht wurde und keine Familie hat, hat Harvey mich gebeten, mich um den Hund zu kümmern, bis das Missverständnis mit der Staatsanwaltschaft aufgeklärt ist.«

»Und du hast zugestimmt?«

»Ich nahm es als einen Beweis seines Vertrauens.«

Pete leckte Salz von einer Brezel, biss den großen Bogen ab und spülte mit Bier nach.

»Und?«

»Boyd ist für ein Minimum von zehn und ein Maximum von zwanzig Jahren auf sich allein gestellt. Ich dachte mir, dass er vielleicht Hunger bekommt.«

»Was ist er?«

»Er betrachtet sich selbst als Unternehmer. Der Richter nannte ihn einen Betrüger und Karrierekriminellen.«

»Ich meinte den Hund.«

»Boyd ist ein Chow-Chow. Oder zumindest der größte Teil von ihm. Wir bräuchten einen DNS-Test, um den Rest zu klären.«

Er aß die andere Hälfte der Brezel.

»Na, warst du in letzter Zeit mit irgendwelchen guten Leichen aus?«

»Sehr lustig.« Mein Gesichtsausdruck zeigte ihm wohl, dass es nicht so war.

»Entschuldigung. Muss ziemlich grausig sein da oben.«

»Wir stehen das schon durch.«

Wir unterhielten uns eine Weile, dann lud Pete mich zum Essen ein. Normalerweise lief es so, dass er mich fragte und ich ablehnte. An diesem Tag dachte ich an Larkes Anschuldigungen, an Annes und Teds Abenteuer in London und an meine leere Wohnung.

»Was gibt's denn?«

»Linguine con vongole.«

Eine Spezialität Petes. Muscheln aus der Dose und verkochte Spaghetti.

»Da besorge ich lieber Steaks, während du dich mit dem Klempner herumschlägst. Wenn dann die Leitungen wieder frei sind, können wir das Fleisch grillen.«

»Es ist eine Toilette im ersten Stock.«

»Na und?«

»Es wird gut für Bird sein, wenn er sieht, dass wir auch weiterhin Freunde sind. Ich glaube, er gibt noch immer *sich* die Schuld.«

Typisch Pete.

Boyd kam zum Abendessen zu uns, setzte sich neben den Tisch und nahm den Blick nicht von den Fleischscheiben. Hin und wieder legte er einem von uns beiden eine Pfote aufs Knie, um uns an seine Anwesenheit zu erinnern.

Pete und ich redeten über Katy, über alte Freunde und über alte Zeiten. Er erzählte von einem Prozess, der eben lief, und ich berichtete von einem meiner jüngeren Fälle, einem Studenten, den man neun Monate nach seinem Verschwinden erhängt in der Scheune seiner Großmutter gefunden hatte. Es freute mich, dass wir eine Ebene der Ungezwungenheit erreicht hatten, auf der ein normales Gespräch möglich war. Die Zeit verging wie im Flug, und Larke und seine Beschwerde wichen aus meinen Gedanken.

Nach dem Dessert aus Erdbeeren und Vanilleeis gingen wir mit dem Kaffee ins Arbeitszimmer und schalteten die Nachrichten an. Der Absturz der TransSouth Air war die Titelgeschichte.

Ein Frau mit entschlossenem Gesicht stand auf dem Aussichtspunkt, mit den Great Smoky Mountains als Kulisse, und redete von einem Turnier, an dem vierunddreißig Sportler nie mehr würden teilnehmen können. Sie berichtete, dass die Absturzursache noch immer ungeklärt sei, obwohl man inzwischen mit ziemlicher Sicherheit von einer Explosion in der Luft ausgehen könne. Siebenundvierzig Opfer seien bereits identifiziert, und die Ermittlungen liefen rund um die Uhr.

»Toll, dass sie dir Urlaub gegeben haben«, sagte Pete.

Ich erwiderte nichts.

»Oder haben sie dich in geheimer Mission hierher geschickt?«

Ich spürte ein Zittern in meiner Brust und hielt den Blick auf meine Doc Martens gerichtet.

Pete rutschte näher und hob mit dem Zeigefinger mein Kinn.

»He, Baby, ich mach doch nur Spaß. Alles in Ordnung mit dir?«

»Mir geht's gut.«

»Willst du erzählen, was los ist?«

Anscheinend wollte ich es, denn die Worte sprudelten mir nur so aus dem Mund. Ich erzählte ihm von den Tagen des Blutes, von den Kojoten und meinem Versuch, die Herkunft des Fußes aufzuklären, und von der anonymen Beschwerde und meiner Suspendierung. Ich ließ nichts aus außer Andrew Ryan. Als ich schließlich zum Ende kam, saß ich mit untergeschlagenen Beinen auf der Couch und drückte mir ein Kissen an die Brust. Pete sah mich aufmerksam an.

Einige Augenblicke lang sagte keiner etwas. Die Schuluhr an der Wand tickte laut, und ich fragte mich nebenbei, wer sie wohl aufzog.

Tick-Tack-Tick.

»Na, das hat jetzt gut getan«, sagte ich und streckte die Beine aus.

Pete fasste meine Hand, ohne den Blick von mir abzuwenden.

»Was willst du dagegen unternehmen?«

»Was kann ich denn schon tun?«, fragte ich gereizt und zog meine Hand zurück. Dass ich mir so das Herz ausgeschüttet hatte, war mir schon jetzt peinlich, und mir graute vor dem, was ich wusste, dass kommen würde. Pete hatte immer denselben Rat parat, wenn andere ihn ärgerten: »Die können mich doch alle mal.«

Er überraschte mich.

»Dein DMORT-Kommandant wird die Sache mit dem unbefugten Betreten der Unfallstelle bereinigen. Ansonsten ist der Fuß von zentraler Bedeutung. War jemand dabei, als du das Ding aufgehoben hast?«

»Es war ein Polizist in der Nähe.«

»Einer aus der Gegend?«

Ich schüttelte den Kopf.

»Hat er die Kojoten gesehen?«

»Ja.«

»Kennst du ihn?«

O ja.

Ich nickte.

»Damit sollte das auch geklärt sein. Sag diesem Polizisten, er soll sich mit Tyrell in Verbindung setzen und die Situation erläutern.« Er lehnte sich zurück. »Das widerrechtliche Betreten wird schwieriger.«

»Ich habe nichts widerrechtlich betreten«, sagte ich erregt.

»Wie sicher bist du dir mit diesem Fuß?«

»Ich glaube nicht, dass er zu jemandem auf der Passagierliste gehört. Das war der Grund, warum ich dort herumgesucht habe.«

»Wegen des Alters?«

»Hauptsächlich. Er wirkte aber auch verwester.«

»Kannst du das Alter beweisen?«

»Wie meinst du das?«

»Bist du dir absolut sicher, dass der Besitzer des Fußes alt war?«

»Nein.«

»Gibt es noch andere Untersuchungen, die deine Altersschätzung stützen könnten?« Pete, der Anwalt.

»Ich prüfe die Histologie, sobald die Objektträger fertig sind.«

»Wann wird das sein?«

»Solche Präparationen dauern ewig –«

»Geh gleich morgen hin. Die sollen deine Objektträger vorrangig behandeln. Gib keine Ruhe, bis du die Kragenweite dieses Kerls und den Namen seines Buchmachers kennst.«

»Ich könnte es versuchen.«

»Mach's.«

Pete hatte Recht. Ich hatte mich zu sehr einschüchtern lassen.

»Dann identifiziere den Mann mit dem Fuß und schieb das Ergebnis Tyrell in den Arsch.«

»Wie soll ich das anstellen?«

»Wenn dein Fuß nicht aus der Maschine stammt, dann muss er einem Ortsansässigen gehört haben.«

Ich wartete.

»Fang damit an, dass du herausfindest, wem das Anwesen gehört.«

»Und wie soll ich *das* machen?«

»Hat sich das FBI der Sache schon angenommen?«

»Sie sind an der Ermittlung beteiligt, aber solange es keinen Beweis für Sabotage gibt, haben sie nicht offiziell das Sagen. Außerdem werden sie mir mit meinem augenblicklichen Status kaum mitteilen, was sie denken.«

»Dann finde es selber heraus.«

»Wie?«

»Schau dir im Bezirksgericht die Grundbucheinträge für das Anwesen und die Steuerliste an.«

»Kannst du mir erklären, wie das geht?«

Ich machte mir Notizen, während er redete. Als er geendet hatte, war meine alte Entschlossenheit wieder da. Kein Jammern mehr und kein Selbstmitleid. Ich würde diesen Fuß untersuchen, bis ich jedes Detail aus dem Leben seines Besitzers kannte. Dann würde ich herausfinden, woher er kam, eine wasserdichte Identifikation verfassen und sie Larke Tyrell auf die Stirn klatschen.

»Vielen, vielen Dank, Pete.«

Ich beugte mich zu ihm und küsste ihn auf die Wange. Ohne zu zögern, zog er mich an sich. Bevor ich ausweichen konnte, erwiderte er meinen Wangenkuss, ließ dann seine Lippen zu meinem Hals, meinem Ohr, meinem Mund wandern. Ich roch die vertraute Mischung aus Schweiß und Aramis, und eine Million Bilder explodierten in meinem Hirn. Ich spürte die Arme und die Brust, die ich schon zwei Jahrzehnte kannte, die Arme, die einst nur mich gehalten hatten.

Ich liebte Sex mit Pete. Immer schon, von diesem ersten verzauberten Erdbeben der Liebe in seinem winzigen Zimmer an der Clarke Avenue in Champaign, Illinois, hin zu den späteren Jahren, als die Liebe langsamer und tiefer wurde, eine Melodie, die ich so gut kannte wie die Kurven meines eigenen Körpers. Die Liebe mit Pete war allumfassend. Es war reines Gefühl und totale Loslösung. Ich brauchte das jetzt. Ich brauchte das Vertraute und Tröstende, die Sprengung meines Bewusstsein, das Anhalten der Zeit.

Ich dachte an meine stille Wohnung. Ich dachte an Larke und seine »einflussreichen Leute«, an Ryan und die unbekannte Danielle, an Trennung und Distanz. Dann wanderte Petes Hand zu meinem Busen.

»Die können mich doch alle mal«, dachte ich.

Und dann dachte ich gar nichts mehr.

9

Ich erwachte, weil ein Telefon klingelte. Pete hatte die Vorhänge zugezogen, und es war so dunkel, dass es mehrere Male klingelte, bis ich den Apparat fand.

»Triff mich heute Abend im Providence Road Sundries, und ich kauf dir einen Burger.«

»Pete, ich –«

»Du bist ein zäher Verhandlungspartner. Triff mich im Bijoux.«

»Es ist nicht das Restaurant.«

»Morgen Abend?«

»Ich glaube nicht.«

Die Leitung summte.

»Weißt du noch, als ich den Volkswagen kaputtfuhr, aber unbedingt weiterfahren wollte?«

»Von Georgia nach Illinois ohne Scheinwerfer.«

»Du hast fast tausend Kilometer lang nicht mit mir geredet.«

»Es ist was anderes, Pete.«

»Hat es dir gestern Nacht nicht gefallen?«

Ich hatte es geliebt.

»Darum geht's nicht.«

Ich hörte im Hintergrund Stimmen und sah auf die Uhr. Zehn nach acht.

»Bist du im Büro?«

»Ja, Ma'am.«

»Warum rufst du an?«

»Du wolltest, dass ich dich aufwecke.«

»Oh.« So machten wir das früher immer. »Danke.«

»Kein Problem.«

»Danke, dass du auf Birdie aufgepasst hast.«

»Hat er sich schon gezeigt?«

»Kurz. Schien mir ziemlich gereizt.«

»Der alte Bird hat eben so seine Launen.«

»Hunde mochte Birdie noch nie.«

»Oder Veränderung.«

»Oder Veränderung.«

»Manche Veränderungen sind gut.«

»Ja.«

»Ich habe mich geändert.«

Das hörte ich nicht zum ersten Mal von Pete. Er sagte es nach seinem Techtelmechtel mit einer Gerichtsstenografin vor drei Jahren und dann noch einmal nach einer Episode mit einer Immobilienmaklerin. Den Hattrick hatte ich nicht abgewartet.

»Das war eine schlimme Zeit für mich«, fuhr er fort.

»Ja. Für mich auch.«

Ich legte auf, und während ich mich ausgiebig duschte, dachte ich darüber nach, was zwischen uns schief gelaufen war. Pete war immer da gewesen, wenn ich Rat, Trost oder Unterstützung gebraucht hatte. Er war mein Sicherheitsnetz gewesen, die Ruhe, die ich nach einem Tag der Stürme suchte. Die Trennung war verheerend gewesen, aber sie hatte in mir auch eine Stärke zu Tage gefördert, von der ich nie gewusst hatte, dass ich sie besaß.

Oder je genutzt hätte.

Während ich mich abtrocknete und die Haare in ein Handtuch wickelte, betrachtete ich mich im Spiegel.

Frage: Was hatte ich mir letzte Nacht gedacht?

Antwort: Ich hatte überhaupt nicht gedacht. Ich war wütend gewesen, verletzt, verwundbar und allein. Und ich hatte seit langem keinen Sex mehr gehabt.

Frage: Würde es wieder passieren?

Antwort: Nein.

Frage: Warum nicht?

Antwort: Warum nicht? Ich liebte Pete noch immer. Ich liebte ihn, seit ich ihn zum ersten Mal gesehen hatte, barfuß und mit nacktem Oberkörper auf den Stufen der juristischen Bibliothek. Ich liebte ihn, als er wegen Judy, dann wegen Ellen log. Ich liebte ihn, als ich vor zwei Jahren meine Sachen packte und ging.

Und offensichtlich fand ich ihn noch immer sehr sexy.

Meine Schwester Harry liebt drastische Ausdrücke. Saublöd ist so einer. Ich liebe Pete und ich finde ihn sexy, dachte ich, aber ich bin doch nicht saublöd. *Deshalb* wird es nicht noch einmal passieren.

Ich wischte den Dampf vom Spiegel und erinnerte mich an das alte Ich, das mich damals aus eben diesem Spiegel heraus angeblickt hatte. Meine Haare waren blond gewesen, als wir hier einzogen, und sie fielen mir lang und gerade auf die Schultern. Jetzt sind sie kurz, und ein Blondchen bin ich auch keins mehr. Aber es schleichen sich die ersten grauen Haare ein, und bald werde ich wohl die Clairol-Brauntöne ausprobieren. Die Falten um meine Augen sind mehr und tiefer geworden, aber das Fleisch am Kinn ist noch fest, und meine Oberlider sind geblieben, wie sie waren.

Pete sagte immer, mein Hintern sei das Beste an mir. Auch der ist an Ort und Stelle geblieben, was inzwischen allerdings Arbeit kostet. Doch im Gegensatz zu vielen meiner Altersgenossinnen besitze ich keine Spandex-Trikots und hatte noch nie einen persönlichen Trainer. Ich habe kein Laufband, keine Tretmaschine, kein Heimfahrrad. Ich besuche keine Aerobic- oder Kickbox-Kurse und habe seit über fünf Jahren an keinem organisierten Lauf mehr teilgenommen. Ich gehe ins Fitnessstudio in T-Shirts und FBI-Shorts, die an der Taille mit einer Kordel gehalten werden. Ich jogge oder schwimme, arbeite mit Gewichten und gehe dann wieder. Wenn es schön ist, laufe ich draußen.

Ich versuche auch, mehr auf das zu achten, was ich esse. Täglich Vitamine. Rotes Fleisch nicht öfters als dreimal pro Woche. Junk Food nicht öfters als fünfmal.

Ich wollte mir eben den Slip anziehen, als mein Handy klingelte. Ich rannte ins Schlafzimmer und schnappte mir den Apparat.

»Wohin bist du denn verschwunden?«

Ryans Stimme traf mich völlig unerwartet. Ich stand da, den Slip in der einen Hand, das Handy in der anderen, und brachte keinen Ton heraus.

»Hallo?«

»Ich bin hier.«

»Wo hier?«

»Ich bin in Charlotte.«

Eine Pause entstand. Ryan redete als Erster wieder.

»Diese ganze Geschichte ist ein absoluter Blöd –«

»Hast du mit Tyrell gesprochen?«

»Kurz.«

»Hast du ihm die Kojoten-Episode beschrieben?«

»In lebhaften Farben.«

»Und was hat er gesagt?«

»Vielen Dank. Sir.« Ryan ahmte den Südstaatenakzent des ME nach.

»Das ist nicht auf Tyrells Mist gewachsen.«

»Irgendwas stimmt nicht an dieser Sache.«

»Wie meinst du das?«

»Ich bin mir nicht sicher.«

»Was stimmt nicht?«

»Tyrell war ziemlich nervös. Ich kenne ihn erst seit einer Woche, aber einen nervösen Eindruck hat er mir bis jetzt nicht gemacht. Er weiß, dass du mit Überresten nicht unsachgemäß umgegangen bist, und er weiß, dass Earl Bliss dich letzte Woche dorthin bestellt hat.«

»Wer steckt also hinter der Beschwerde?«

»Ich weiß es nicht, aber ich habe auf jeden Fall vor, es herauszufinden.«

»Das ist nicht dein Problem, Ryan.«

»Nein.«

»Wie stehen die Ermittlungen?« Ich wechselte das Thema.

Ich hörte, wie ein Streichholz angerissen wurde, und dann ein tiefes Einatmen.

»Simington sieht allmählich ziemlich viel versprechend aus.«

»Der Kerl mit der hoch versicherten Frau?«

»Da gibt's noch Besseres. Der frisch gebackene Witwer besitzt eine Straßenbaufirma.«

»Und?«

»Leichter Zugang zu Plastik-X.«

»Plastik-X?«

»Plastiksprengstoff. Das Zeug wurde in Vietnam benutzt, aber jetzt wird es an zivile Firmen für den Einsatz am Bau, in Bergwerken und bei Abrissen verkauft. Sogar Farmer bekommen es, um Baumstümpfe aus dem Boden zu sprengen.«

»Werden Sprengstoffe denn nicht streng kontrolliert?«

»Ja und nein. Die Vorschriften für den Transport sind strenger als die für Lagerung und Einsatz. Wenn zum Beispiel ein Highway gebaut wird, braucht man einen Spezialtransporter mit Begleitfahrzeugen und eine vorgeschriebene Route, die dicht befahrene Straßen meidet. Aber wenn das Zeug erst mal vor Ort ist, wird es in einer mobilen Stahlkammer mit der Aufschrift SPRENGSTOFF in großen Buchstaben irgendwo auf einer Wiese gelagert. Die Firma heuert irgendeinen alten Zausel als Wächter an und bezahlt ihm einen Minimallohn, vorwiegend um die Versicherungsbedingungen zu erfüllen. Solche Stahlkammern können aufgebrochen oder woanders hingeschafft werden, oder sie verschwinden einfach.«

Ryan zog an seiner Zigarette und atmete aus.

»Das Militär muss über jede Unze Plastiksprengstoff Rechenschaft ablegen, aber Bautrupps müssen nicht so präzise Buch führen. Sagen wir, ein Sprengmeister bekommt zehn Stangen, verwendet Dreiviertel von jeder und schiebt sich den Rest in die eigene Tasche. Das merkt kein Mensch. Jetzt braucht der Kerl nur noch einen Zünder, und er ist im Geschäft. Oder er verkauft das Zeug auf dem schwarzen Markt. Für Sprengstoff besteht immer Nachfrage.«

»Angenommen, Simington hat sich Sprengstoff unter den Nagel gerissen, hätte er ihn an Bord bringen können?«

»Anscheinend ist das nicht sonderlich schwer. Terroristen haben Plastiksprengstoff flach gedrückt bis zur Stärke eines Bündels Geldscheine und ihn in ihre Brieftaschen gesteckt. Wie viele Wachmänner kontrollieren die Scheine in deiner Brieftasche? Und heutzutage gibt es elektronische Zünder, die nicht größer sind als eine Armbanduhr. Die libyschen Terroristen, die die PanAm 103 über Lockerbie sprengten, schmuggelten das Zeug im Gehäuse eines Kassettenrekorders an Bord. Simington hätte also durchaus einen Weg finden können.«

»O Gott.«

»Außerdem habe ich Neuigkeiten aus *la belle province.* Am Anfang dieser Woche wurden ein paar Hausbesitzer argwöhnisch wegen eines Ferrari, der in ihrer Straße parkte. Offensichtlich stehen in diesem Teil Montreals Sportwagen, die über hunderttausend Dollar kosten, normalerweise nicht über Nacht herum. Und das Ganze erwies sich als nützlicher Tipp. Die Polizei fand den Besitzer, einen gewissen Alan ›der Fuchs‹ Barboli, mit zwei Kugeln im Kopf im Kofferraum. Barboli war Mitglied der Rock Machine und hatte Verbindungen zur sizilianischen Mafia. Carcajou hat den Fall übernommen.«

Opération Carcajou war eine Behörden übergreifende Einsatztruppe zur Bekämpfung der illegalen Motorradbanden in der Provinz Quebec. Ich hatte bei einer Mordserie bei ihr mitgearbeitet.

»Denkt Carcajou, dass Barboli eine Rache für Petricelli war?«

»Oder Barboli hatte mit dem Anschlag auf Petricelli zu tun, und die großen Jungs bereinigen jetzt die Zeugenliste. Falls es überhaupt ein Anschlag war.«

»Wenn Simington sich Sprengstoff besorgen konnte, hätten die Hells Angels bestimmt kein Problem damit gehabt.«

»Für die wäre das nicht mehr Aufwand als bei McDonald's einen Cheeseburger zu kaufen. Hör mal, warum kommst du nicht wieder zurück und sagst diesem Tyrell –«

»Ich will hier erst noch ein paar Knochenproben untersuchen, um meine Altersschätzung zu bekräftigen. Wenn der Fuß nicht aus dem Flugzeug stammt, wäre der Vorwurf unsachgemäßer Behandlung irrelevant.«

»Ich habe deine Zweifel wegen des Fußes vor Tyrell erwähnt.«

»Und?«

»Und nichts. Er hat es abgetan.«

Wieder spürte ich den Zorn in mir aufsteigen.

»Hast du schon einen nicht registrierten Passagier aufgetrieben?«

»Nee. Hanover schwört, dass Freiflüge streng reglementiert sind. Ohne Papiere kein Flug. Die Angestellten von TransSouth Air, die wir befragt haben, haben die Behauptungen ihres Vorstandsvorsitzenden bestätigt.«

»Irgendjemand, der Körperteile transportiert haben könnte?«

»Keine Anatomen, Anthropologen, Fußpflegerinnen, orthopädische Chirurgen oder Vertreter für korrektive Fußbekleidung. Und Jeffrey Dahmer fliegt heutzutage nicht mehr.«

»Sehr witzig, Ryan.«

Ich zögerte.

»Wurde Jean schon identifiziert?«

»Er und Petricelli gehören noch immer zu den Vermissten.«

»Sie finden ihn bestimmt.«

»Ja.«

»Bist du in Ordnung?«

»Alles klar. Was ist mit dir? Fühlst du dich nicht einsam so ganz allein?«

»Ich bin okay«, sagte ich und starrte das Bett an, in dem ich eben noch gelegen hatte.

North Carolina hat ein zentralisiertes Leichenbeschauer-System mit einem Hauptinstitut in Chapel Hill und regionalen Labors in Winston-Salem, Greenville und Charlotte. Wegen seiner geografischen Lage und seiner räumlichen und technischen Möglichkeiten wurde das Institut in Charlotte mit dem Namen *Mecklenburg County Medical Examiner* für die Bearbeitung von Proben ausgewählt, die im Operations-Leichenschauhaus in Bryson City entnommen wurden. Von Chapel Hill wurde ein Labortechniker ausgeliehen, und ein provisorisches Histologielabor wurde eingerichtet.

Der *Mecklenburg County Medical Examiner* gehört zum *Harold R. »Hal« Marshall County Services Center*, das sich am Stadtrand zwischen Ninth und Tenth Street zu beiden Seiten der College Street erstreckt. Der Gebäudekomplex war früher ein Sears-Gartencenter. Obwohl eine architektonische Waise, ist es modern und funktional.

Aber Hals Standort könnte bedroht sein. Nachdem der Grund, auf dem das Center steht, jahrelang verschmäht wurde, hat er jetzt, mit seinen Wohnanlagen, Läden und Bistros in der Nachbarschaft, das Interesse von Stadtentwicklern gefunden, die meinen, er sei für eine kommerzielle Mischnutzung geeigneter als für die Beherbergung von Bezirksdienststellen, Parkplätzen und einem Leichenschauhaus. Es kann gut sein, dass bald goldene American-Express-Karten, Cappuccino-Läden und Fanclubs der Hornets und Panthers dort den Ton angeben, wo früher Skalpelle, Bahren und Autopsietische regierten.

Zwanzig Minuten nachdem ich mir endlich den Slip angezogen hatte, bog ich auf den MCME-Parkplatz ein. Auf der anderen Seite der College Street standen Klapptische, an denen Obdachlose mit Hot Dogs und Limonade versorgt wurden. Auf dem Moosstreifen zwischen Bürgersteig und Rinnstein wurden auf Decken kostenlos Schuhe, Hemden und Socken angeboten. Einige

Mittellose schlenderten herum, denn sie hatten weder Ziel noch Eile.

Ich schloss das Auto ab, ging zu dem niederen Ziegelgebäude und wurde eingelassen. Nachdem ich die Damen an der Rezeption begrüßt hatte, meldete ich mich bei Tim Larabee, dem Leichenbeschauer des Mecklenburg County. Er führte mich zu einem Computer, der für die Bearbeitung von Absturzopfern reserviert war, und klickte den Fall Nummer 387 an. Es war vermutlich eine Verletzung der Bedingungen meiner Suspendierung, aber dieses Risiko musste ich eingehen.

Die DNS-Analyse wurde im Forensiklabor von Charlotte-Mecklenburg durchgeführt, und die Ergebnisse lagen noch nicht vor. Aber die Histologiepräparate war fertig. Die Proben, die ich den Knöchel- und Fußknochen entnommen hatte, waren in Scheiben von weniger als hundert Mikron Dicke geschnitten, präpariert, eingefärbt und auf Objektträger gelegt worden. Ich holte sie und setzte mich an ein Mikroskop.

Ein Knochen ist ein Miniaturuniversum, in dem Geburt und Tod unaufhörlich passieren. Die Grundeinheit ist das Osteon, das aus konzentrischen Knochenringen, einem Kanal, Osteozyten, Gefäßen und Nerven besteht. In lebendigem Gewebe werden Osteone geboren, ernährt und schließlich durch neue Einheiten ersetzt.

Wenn man Osteone vergrößert und unter polarisiertem Licht betrachtet, ähneln sie winzigen Vulkanen mit zentralen Kratern und Flanken, die sich zum Flachland des Primärknochens hin erstrecken. Die Anzahl der Vulkane erhöht sich mit dem Alter, wie auch die Zahl der verlassenen Calderas. Indem man die Dichte dieser Merkmale bestimmt, kommt man zu einer Altersschätzung.

Zuerst suchte ich nach Hinweisen auf Anomalien. Im Querschnitt eines langen Knochens können Ausdünnungen des Schafts, eine Wellenform seines inneren oder äußeren Randes oder abnorme Ablagerung von Lamellen-Knochengewebe auf Probleme hindeuten, darunter Bruchheilungen oder ungewöhnlich schneller Knochenumbau. Derartige Anomalien konnte ich nicht feststellen.

Froh darüber, dass eine realistische Altersschätzung möglich war, stellte ich die Vergrößerung auf einhundert und schob ein kariertes Mikrometer ins Okular. Das Gitternetz enthielt einhundert Quadrate, wobei die Seitenlänge jedes Quadrats einem Millimeter auf der Ebene des Knochenquerschnitts entsprach. Einen Objektträger nach dem anderen untersuchte ich die Miniaturlandschaften und zählte und notierte sorgfältig die Charakteristika innerhalb jedes Quadrats. Als ich damit fertig war und meine Daten in die entsprechende Formel eingegeben hatte, hatte ich meine Antwort.

Der Besitzer des Fußes war mindestens fünfundsechzig, wahrscheinlich sogar näher an siebzig gewesen.

Ich lehnte mich zurück und dachte über dieses Ergebnis nach. Niemand auf der Passagierliste erreichte auch nur annähernd dieses Alter. Welche Möglichkeiten blieben dann?

Erstens: An Bord war ein nicht registrierter Passagier gewesen. Ein Siebzigjähriger mit einem Freiflug? Ein blinder Passagier im Rentenalter? Unwahrscheinlich.

Zweitens: Ein Passagier hatte einen Fuß an Bord gebracht. Ryan hatte gesagt, sie hätten niemand gefunden, dessen Biografie auf ein Interesse an Leichenteilen hingedeutet hätte.

Drittens: Der Fuß hatte mit TransSouth Air 228 nichts zu tun.

Woher stammte er dann?

Ich zog eine Visitenkarte aus meiner Brieftasche, las die Nummer und wählte.

»Swain County Sheriff's Department.«

»Lucy Crowe bitte.«

»Wer spricht dort?«

Ich nannte meinen Namen und wartete. Augenblicke später hörte ich ihre raue Stimme.

»Wahrscheinlich sollte ich mit Ihnen überhaupt nicht reden.«

»Sie haben es also gehört.«

»Ich habe es gehört.«

»Ich könnte versuchen zu erklären, aber ich glaube, ich verstehe die Situation selbst nicht.«

»Ich kenne Sie nicht gut genug, um mir selber ein Urteil zu bilden.«

»Aber *warum* reden Sie dann mit mir?«

»Reines Bauchgefühl.«

»Ich arbeite daran, diese Sache aufzuklären.«

»Das wäre gut. Wegen Ihnen ist hier die Hölle los.«

»Inwiefern?«

»Ich hatte eben einen Anruf von Parker Davenport.«

»Dem Vizegouverneur?«

»Höchstpersönlich. Hat mir befohlen, Sie von der Unfallstelle fern zu halten.«

»Hat er nichts Wichtigeres, über das er sich den Kopf zerbrechen sollte?«

»Anscheinend sind Sie ein ganz heißes Thema. Mein Deputy nahm heute Morgen einen Anruf entgegen. Ein Kerl wollte wissen, wo Sie wohnen und wo Sie hier bei uns übernachten.«

»Wer war das?«

»Wollte seinen Namen nicht nennen und legte auf, als mein Deputy darauf bestand.«

»War er von der Presse?«

»Das merken wir ziemlich schnell.«

»Sie könnten etwas für mich tun, Sheriff.«

Ich hörte nur das Knistern der Leitung.

»Sheriff?«

»Ich höre.«

Ich beschrieb den Fuß und die Gründe für meine Zweifel an einem Zusammenhang mit dem Absturz.

»Könnten Sie die Vermisstenliste des Swain und der angrenzenden Countys überprüfen?«

»Haben Sie noch andere Charakteristika neben dem Alter?«

»Eins sechzig bis eins achtundsechzig groß, mit schlechten Füßen. Wenn die DNS-Ergebnisse kommen, kann ich Ihnen das Geschlecht sagen.«

»Zeitrahmen?«

Trotz des Erhaltungszustands des weichen Gewebes entschied ich mich für breite Parameter.

»Ein Jahr.«

»Ich weiß, dass wir hier in Swain einige haben. Ich suche mir die mal raus. Und ich schätze, ein paar Anfragen könnten auch nichts schaden.«

Nach dem Gespräch verschloss ich den Objektträgerbehälter und brachte ihn dem Techniker zurück. Auf der Fahrt nach Hause brannten Fragen in meinem Hirn, angefacht von Gefühlen der Wut und der Demütigung.

Warum verteidigte Larke Tyrell mich nicht? Er wusste, wie engagiert und ernsthaft ich arbeitete, wusste, dass ich eine Ermittlung nie manipulieren würde.

Konnte Parker Davenport Tyrells »einflussreiche Leute« sein? Larke war ein vereidigter Beamter. Konnte es sein, dass der Vizegouverneur Druck auf seinen Obersten Leichenbeschauer ausübte? Warum?

Konnte Lucy Crowes Einschätzung Davenports zutreffend sein? War der Vizegouverneur nur auf sein Image bedacht, und wollte er mich für seine Öffentlichkeitsarbeit missbrauchen?

Ich erinnerte mich an seinen Auftritt an der Unfallstelle, wie er sich ein Taschentuch vor den Mund hielt und den Blick senkte, um sich das Blutbad nicht ansehen zu müssen.

Oder war ich es, die er nicht ansehen wollte? Ein unangenehmes Gefühl stieg in mir auf, und ich versuchte, das Bild zu löschen. Es half nichts. Mein Gehirn war wie ein Computer ohne Löschtaste.

Ich dachte an Ryans Rat. An Petes. Beiden sagten dasselbe.

Ich rief die Auskunft an und wählte dann die erhaltene Nummer. Ruby meldete sich nach dem zweiten Läuten.

Ich nannte meinen Namen und fragte, ob Magnolia noch zu haben sei.

»Das Zimmer ist leer, aber ich habe es einem der Gäste aus dem Keller angeboten.«

»Ich möchte es gern wiederhaben.«

»Man sagte mir, Sie seien endgültig abgereist. Die Rechnung wurde auch bereits bezahlt.«

»Ich zahle für eine Woche im Voraus.«

»Muss Gottes Wille sein, dass der andere noch nicht eingezogen ist.«

»Ja«, antwortete ich mit einer Begeisterung, die ich nicht empfand. »Gottes Wille.«

10

Charlotte ist ein Musterbeispiel für eine Stadt mit multipler Persönlichkeit, sozusagen eine Sibylle der Städte. Es steht für den New South, den neuen Süden, und ist stolz auf seine Wolkenkratzer, seinen Flughafen, seine Universität, die NBA Hornets, die NFL Panthers und die NASCAR-Rennen. Als Sitz der Zentralen der Bank of America und der First Union beherbergt es das zweitgrößte Finanzzentrum der USA. Es ist die Heimat der University of North Carolina – Charlotte. Und es sehnt sich danach, eine Weltstadt zu sein.

Charlotte ist aber auch eine nostalgische Reminiszenz an den Old South, den alten Süden. In seinem wohlhabenden südöstlichen Quadranten stehen stattliche Villen und ordentliche Bungalows, geschmückt mit Azaleen, Hartriegel, Rhododendron, Judasbäumen und Magnolien. Es gibt hier verwinkelte Straßen, Schaukelstühle auf Veranden und mehr Bäume pro Quadratkilometer als in jeder anderen Stadt dieser Erde. Im Frühling ist Charlotte ein Kaleidoskop aus Rosa, Weiß, Violett und Rot, im Herbst erstrahlt es in Gelb und Orange. An jeder Ecke steht eine Kirche, und die Leute besuchen sie auch. Die Erosion des guten alten Südstaatenlebens ist beständiges Gesprächsthema, aber dieselben Leute, die sie beklagen, lassen den Aktienmarkt nicht aus den Augen.

Ich wohne in Sharon Hall, ein Anwesen aus der Jahrhundertwende im eleganten alten Viertel Myers Park. Das einst so repräsentative georgianische Stadthaus war bis Mitte der Fünfzigerjahre ziemlich baufällig geworden und schließlich einem örtlichen College gestiftet worden. Mitte der Achtziger wurde das ein Hektar große Anwesen von einem Bauträger erworben, restauriert und renoviert und in einen Komplex aus modernen Eigentumswohnungen verwandelt.

Während die meisten Eigentümer ihre Wohnungen im Haupthaus oder einem der neu hinzugebauten Flügel haben, liegt meine in einem winzigen Gebäude am westlichen Rand des Grundstücks. Historische Quellen deuten darauf hin, dass das Häuschen als Anbau zum Wagenschuppen begann, aber kein Dokument sagt etwas über seine ursprüngliche Funktion. In Ermangelung einer besseren Bezeichnung nennt man es einfach den Annex.

Auch wenn die Wohnung ziemlich eng ist, so sind meine beiden Stockwerke doch hell und sonnig, und meine kleine Terrasse ist perfekt für Geranien, eine der wenigen Blumensorten, die meine gärtnerliche Zuwendung überleben. Seit dem Zerbrechen meiner Ehe ist der Annex mein Zuhause, und ich fühle mich sehr wohl dort.

Der Himmel war von einem entschlossenen Blau, als ich durchs Tor einbog und am Rand des Grundstücks entlang fuhr. Die Petunien und Ringelblumen rochen nach Herbst, und ihr Duft mischte sich mit dem Aroma trocknender Blätter. Die Sonne wärmte die Ziegelmauern der Gebäude der Hall und die Umfassungsmauer.

Als ich um den Annex herumkam, sah ich Petes Porsche neben meiner Veranda stehen, und Boyds Kopf lugte auf der Beifahrerseite heraus.

Der Hund stellte die Ohren auf, als er mich bemerkte, zog kurz die Zunge ein und ließ sie dann wieder aus der Schnauze hängen.

Durchs Heckfenster konnte ich Birdie in seinem Reisekäfig sehen. Mein Kater sah nicht so aus, als wären ihm die Transportmodalitäten angenehm.

Als ich neben Petes Auto parkte, kam er um das Haus herum.

»Mein Gott, bin ich froh, dass ich dich noch erwischt habe.« Er machte ein besorgtes Gesicht.

»Was ist denn los?«

»Die Strickfabrik eines Kunden ist in Flammen aufgegangen, und ich muss schnell mit ein paar Experten dorthin, bevor irgendwelche Möchtegern-Feuerinspektoren alles vermasseln.«

»Wo ist das?«

»Indianapolis. Ich hatte gehofft, du würdest Boyd für ein paar Tage nehmen.«

Die Zunge verschwand, kam wieder heraus.

»Ich fahre jetzt gleich wieder nach Bryson City.«

»Boyd liebt die Berge. Er wäre dir ein toller Begleiter.«

»Schau ihn dir an.«

Boyds Schnauze ruhte jetzt am Fensterrand, und Sabber lief am Lack der Tür hinunter.

»Er könnte dich beschützen.«

»Ein bisschen sehr optimistisch, was?«

»Nein, wirklich. Harvey mochte keine unerwarteten Besucher, und er hat Boyd darauf trainiert, Fremde zu wittern.«

»Vor allem solche in Uniform.«

»Die Guten, die Bösen, die Hässlichen, sogar die Schönen. Boyd macht da keinen Unterschied.«

»Gibt es denn keinen Zwinger, wo du ihn unterbringen kannst?«

»Der ist voll. Und mein Flug geht in einer Stunde.«

Pete hatte sich nie geweigert, wenn ich mit Birdie Hilfe brauchte.

»Flieg nur. Ich kümmere mich darum.«

»Bist du sicher?«

Pete drückte mir beide Arme. »Du bist meine Heldin.«

Im Großraum Charlotte gibt es dreiundzwanzig Zwinger. Ich brauchte eine Stunde, um herauszufinden, dass vierzehn ausgebucht waren, fünf meine Anrufe nicht entgegennahmen, zwei keine Hunde über fünfundzwanzig Kilo akzeptierten und zwei ohne persönliche Vorführung keine Hunde aufnahmen.

»Und jetzt?«

Boyd hob den Kopf, legte ihn schief und leckte dann weiter meinen Küchenboden.

Verzweifelt machte ich noch einen letzten Anruf.

Ruby war nicht so pingelig. Für drei Dollar pro Tag war der Hund willkommen, und er musste sich auch nicht vorher vorstellen.

Mein Nachbar nahm Birdie, und der Chow-Chow und ich machten uns auf den Weg.

Halloween hat seine Wurzeln in dem heidnischen Fest Samhain. Man feierte Samhain am Winteranfang und dem keltischen Neujahrstag, der Zeit also, in der der Vorhang zwischen der Welt der Lebenden und der der Toten am dünnsten ist und Geister die Gefilde der Sterblichen durchstreifen. Feuer wurde gelöscht und neu entfacht, und die Menschen verkleideten sich, um die unfreundlichen Verstorbenen zu verscheuchen.

Obwohl es noch zwei Wochen waren bis zu diesem Feiertag, waren die Einwohner von Bryson City schon mit großem Engagement bei der Sache. Ghule, Fledermäuse und Spinnen waren allgegenwärtig. In Vorgärten hatte man Vogelscheuchen und Grabsteine aufgestellt, und Skelette, schwarze Katzen, Hexen und Gespenster baumelten an Bäumen und Verandalampen. Aus jedem Fenster der Stadt grinste ein ausgehöhlter Kürbis. Ein paar Autos hatten ziemlich realistische Nachbildungen menschlicher Füße, die ihnen aus dem Kofferraum ragten. Eine gute Zeit, um eine echte Leiche zu beseitigen, dachte ich mir.

Um fünf hatte ich Boyd in einem Gehege hinter High Ridge House und mich selbst in Magnolia untergebracht. Dann fuhr ich zum Büro des Sheriffs.

Lucy Crowe telefonierte, als ich ihre Tür öffnete. Sie winkte mich ins Büro, und ich setzte mich auf einen von zwei Stühlen. Ihr Schreibtisch füllte den kleinen Raum fast ganz aus, und er sah aus wie etwas, auf dem ein konföderierter General militärische Befehle abgefasst hatte. Auch ihr Stuhl war antik, braunes Leder mit Messingknöpfen, aus der linken Armlehne quoll allerdings die Polsterung.

»Hübscher Schreibtisch«, sagte ich, nachdem sie aufgelegt hatte.

»Ich glaube, er ist aus Esche.« Die meerschaumgrünen Augen waren noch genauso verblüffend wie bei unserer ersten Begegnung. »Er wurde vom Großvater meines Vorgängers geschreinert.«

Sie lehnte sich zurück, und der Stuhl quietschte musikalisch.

»Erzählen Sie mir, was ich verpasst habe.«

»Es heißt, Sie haben den Ermittlungen geschadet.«

»Manchmal hat man eben eine schlechte Presse.«

Ihr Kopf zeigte das bereits bekannte Aufwärtsnicken. »Was haben Sie?«

»Der Fuß, den ich gefunden habe, ist mindestens fünfundsechzig Jahre lang über diese Erde gewandert. Keiner in der Maschine hatte dieses Privileg. Ich muss einwandfrei nachweisen, dass er kein zum Absturz gehöriges Beweisstück war.«

Der Sheriff öffnete eine Aktenmappe und breitete den Inhalt auf der Schreibunterlage aus.

»Ich habe drei Vermisste. Es waren vier, aber einer ist wieder aufgetaucht.«

»Schießen Sie los.«

»Jeremiah Mitchell, männlicher Schwarzer, zweiundsiebzig Jahre. Verschwand vor acht Monaten aus Waynesville. Nach Angaben von Stammgästen des Mighty High Tap verließ Mitchell die Bar gegen Mitternacht, um schwarz gebrannten Schnaps zu kaufen. Das war am fünfzehnten Februar. Zehn Tage später meldete sein Nachbar ihn als vermisst. Seitdem wurde er nicht mehr gesehen.«

»Keine Familie?«

»Niemand bekannt, Mitchell war ein Einzelgänger.«

»Warum die Besorgnis des Nachbarn?«

»Mitchell hatte seine Axt, und der Kerl wollte sie zurück. Ging ein paar Mal zu seinem Haus, hatte schließlich keine Lust mehr zu warten und kam her, um zu sehen, ob Mitchell in der Ausnüchterungszelle saß. Da er das nicht tat, meldete der Nachbar ihn als vermisst, weil er glaubte, dass die Polizei ihn vielleicht aufspürt.«

»Ihn und seine Axt.«

»Ein Mann ist nichts ohne sein Werkzeug.«

»Größe?«

Sie fuhr mit dem Finger eine der Seiten entlang.

»Eins fünfundsechzig.«

»Passt. War er mit dem Auto unterwegs?«

»Mitchell war ein starker Trinker, ging immer zu Fuß. Die Leute glauben, dass er sich verlief und an Unterkühlung starb.«

»Wen haben Sie sonst noch?«

»George Adair.« Sie las von einem anderen Blatt ab. »Männlicher Weißer, siebenundsechzig. Lebte in Unahala, verschwand vor zwei Wochen. Die Frau sagte, er sei mit einem Kumpel zum Angeln gegangen und nie zurückgekehrt.«

»Was sagt der Kumpel?«

»Sei eines Morgens aufgewacht und Adair sei nicht mehr im Zelt gewesen. Habe noch einen Tag gewartet, dann zusammengepackt und sei nach Hause gefahren.«

»Wohin ging dieser Angelausflug?«

»An den Little Tennessee.« Sie drehte sich um und zeigte auf eine Stelle auf einer Karte an der Wand. »Oben in den Nantahala Mountains.«

»Wo ist Unahala?«

Ihr Finger bewegte sich ein Stück nach Nordwesten.

»Und wo ist die Absturzstelle?«

Ihr Finger bewegte sich kaum.

»Wer ist der dritte Kandidat?«

Als sie sich wieder umdrehte, sang der Stuhl noch eine Strophe.

»Daniel Wahnetah, neunundsechzig, ein Cherokee aus dem Reservat. Erschien nicht zum Geburtstag seines Enkels am siebenundzwanzigsten Juli. Die Familie meldete ihn am sechsundzwanzigsten August als vermisst, weil er auch zu seiner eigenen Feier nicht auftauchte.« Ihr Blick wanderte die Seite entlang. »Keine Angaben über die Größe.«

»Die Familie hat einen ganzen Monat gewartet?«

»Bis auf den Winter verbringt Daniel den größten Teil seiner Zeit in den Wäldern. Er hat eine Reihe von Lagern und wandert fischend und jagend von einem zum andern.«

Sie lehnte sich zurück, und ihr Stuhl quietschte eine Melodie, die ich nicht kannte.

»Sieht aus wie Jesse Jacksons Regenbogenkoalition. Wenn es einer dieser Jungs ist, brauchen Sie nur noch die Rasse eindeutig zu bestimmen, und Sie haben Ihren Mann.«

»Das ist alles?«

»Die Leute hier bleiben gern zu Hause. Sterben lieber in ihren Betten.«

»Finden Sie raus, ob einer von den Männern Fußprobleme hatte. Oder ob sie Schuhe zu Hause gelassen haben. Sohlenabdrücke könnten nützlich sein. Und denken Sie an DNS. Ausgefallene Haare, gezogene Zähne. Sogar eine Zahnbürste kann hilfreich sein, wenn sie nicht ausgewaschen oder von anderen benutzt wurde. Wenn's vom Opfer selbst nichts gibt, könnten wir mit einer Vergleichsprobe von einem Blutsverwandten arbeiten.«

Sie schrieb mit.

»Und seien Sie diskret. Wenn der Rest der Leiche noch irgendwo da draußen liegt und jemand für den Tod verantwortlich ist, wollen wir denjenigen nicht auf den Gedanken bringen, das zu vollenden, was die Kojoten begonnen haben.«

»Daran hätte ich jetzt gar nicht gedacht«, entgegnete sie mit kreidiger Stimme.

»'tschuldigung.«

Wieder die Kopfbewegung.

»Sheriff, wissen Sie, wem ein Anwesen ungefähr fünfhundert Meter westlich der Absturzstelle gehört? Ein Haus mit einem ummauerten Garten?«

Sie sah mich mit Augen wie hellgrüne Murmeln an.

»Ich wurde in diesen Bergen geboren und bin seit fast sieben Jahren hier Sheriff. Bis Sie aufkreuzten, hatte ich keine Ahnung, dass es da oben außer Kiefern noch was gibt.«

»Ich nehme nicht an, dass wir einen Durchsuchungsbefehl bekommen und uns im Innern mal umsehen könnten.«

»Nehmen Sie es nicht an.«

»Ist es nicht komisch, dass niemand dieses Anwesen kennt?«

»Die Leute bleiben für sich.«

»Und sterben in ihren Betten.«

Ich fuhr zum High Ridge House zurück und machte mit Boyd einen langen Spaziergang. Beziehungsweise er machte ihn mit mir. Der Chow-Chow war aufgekratzt, er beschnupperte und taufte jede Pflanze und jeden Stein am Weg. Ich genoss die Strecke hügelabwärts und den Anblick der Berge, die sich im Weichzeichnerdunst zum Horizont hin wellten wie auf einem Gemälde von Monet. Die Luft war kühl und feucht, es roch nach Kiefern und Lehm und Spuren von Rauch. In den Bäumen zwitscherten die Vögel, die sich für die Nacht vorbereiteten.

Der Lauf hügelaufwärts war eine andere Geschichte. Boyd, noch immer voller Elan, zerrte an der Leine wie Wolfsblut bei seinen Schlittenfahrten durch Alaska. Als wir sein Gehege erreicht hatten, war mein Arm abgestorben, und meine Waden brannten.

Ich schloss eben das Gatter, als ich Ryans Stimme hörte.

»Wer ist dein wuscheliger Freund hier?«

»Boyd. Und er ist sehr gefährlich.« Ich war noch immer außer Atem, und die Wörter kamen ziemlich abgehackt.

»Trainierst du Extremwandern mit Hund?«

»Schlaf gut, Junge«, sagte ich zu dem Hund.

Boyd interessierte sich nur für kleine braune Dinger, die aussahen wie versteinertes Dörrfleisch.

»Du redest mit Hunden, aber nicht mit deinem alten Partner?«

Ich drehte mich um und schaute ihn an.

»Na, wie geht's, Kleiner?«

»Komm bloß nicht auf den Gedanken, mich hinter den Ohren zur kraulen. Mir geht's gut. Und selbst?«

»Großartig. Wir waren nie Partner.«

»Wie läuft's mit deiner Altersbestimmung?«

»Ich hatte Recht.«

Ich kontrollierte das Schloss und drehte mich dann wieder zu ihm um.

»Sheriff Crowe hat drei ältere Vermisste. Was Neues über das Hexenhäuschen?«

»Gar nichts. Kein Mensch weiß, dass das Haus überhaupt existiert. Wenn das irgendjemand benutzt, dann muss er sich rein und raus beamen. Entweder das, oder die Leute reden nicht darüber.«

»Ich sehe mir die Steuerlisten an, sobald das Gerichtsgebäude morgen früh aufmacht. Crowe recherchiert weiter wegen der Vermissten.«

»Morgen ist Samstag.«

»Verdammt.« Ich vermied es, mir auf die Stirn zu schlagen.

Meine Suspendierung durch Larke hatte mich so sehr beschäftigt, dass ich die Wochentage vergessen hatte. Öffentliche Gebäude sind an Wochenenden geschlossen.

»Verdammt«, sagte ich noch einmal und wandte mich dann dem Haus zu. Ryan ging neben mir her.

»Wir hatten heute eine interessante Besprechung.«

»Und?«

»Die NTSB hat vorläufige Schadensdiagramme erstellt. Komm morgen in die Zentrale, und ich hole sie dir auf den Bildschirm.«

»Wird meine Anwesenheit dir keine Probleme bereiten?«

»Stimmt. Eigentlich muss ich verrückt sein.«

Die Ermittlung belegte inzwischen einen großen Teil der Umgebung von Bryson City mit Beschlag. Oben am Big Laurel wurde weiter im Kommandozentrum der NTSB und der provisorischen Leichenlagerstelle gearbeitet. Die Opferidentifikation im Leichenschauhaus im *Alarka Fire Department* machte Fortschritte, und im Sleep Inn am Veterans' Boulevard war ein weiteres Unterstützungszentrum für Angehörige eingerichtet worden.

Zusätzlich hatten die Bundesbehörden Räumlichkeiten im *Bryson City Fire Department* angemietet und dem FBI, der NTSB, dem ATF und anderen Organisationen zur Verfügung gestellt. Um zehn am nächsten Vormittag saßen Ryan und ich in einer der winzigen Kabinen, die sich im Obergeschoss aneinander reihten wie Bienenwaben. Zwischen uns saßen Jeff Lowery von der NTSB-

Gruppe für Dokumentation des Kabineninneren und Susan Katzenberg von der Strukturengruppe.

Während Katzenberg das vorläufige Boden-Trümmer-Diagramm ihrer Gruppe erklärte, hielt ich Ausschau nach Larke Tyrell. Obwohl ich mich bei den Bundesbehörden befand und so Larkes Verbot eigentlich nicht verletzte, wollte ich keine Konfrontation.

»Hier ist das Trümmerdreieck. Die Spitze ist die Aufprallstelle, die Trümmerstrecke erstreckt sich entlang der Flugbahn fast sechseinhalb Kilometer nach hinten. Das entspricht einem parabolischen Abstieg aus vierundzwanzigtausend Metern, angefangen bei ungefähr sechseinhalb Kilometern pro Minute Steigflug bis hin zu einem Absturz vertikal nach unten.«

»Ich habe Leichen bearbeitet, die in fast zwei Kilometern Entfernung vom Haupttrümmerfeld geborgen wurden«, sagte ich.

»Die Druckhülle zerbrach mitten in der Luft, sodass Körper während des Fluges herausflogen.«

»Wo waren die Flugschreiber?«, fragte ich.

»Sie wurden, zusammen mit Teilen des hinteren Rumpfs, etwa auf der Hälfte der Trümmerstrecke gefunden.« Sie deutete auf den Bildschirm. »In der F-100 sitzen die Schreiber im drucklosen Rumpf hinter dem hinteren Druckschott. Die stürzten ziemlich früh ab, als nämlich im hinteren Teil etwas explodierte.«

»Das Trümmermuster ist also vereinbar mit einer Desintegrationssequenz in der Luft?«

»Ja. Alles ohne Flügel, das heißt ohne aerodynamische Auftriebserzeugung, fällt in einer ballistischen Flugbahn, wobei schwerere Teile länger horizontal fliegen.«

Sie deutete auf eine große Anhäufung von Markierungen und fuhr dann mit dem Finger die Trümmerstrecke entlang.

»Die Trümmer, die als Erste auf dem Boden auftrafen, waren kleine, leichte Teile.«

Sie schob ihren Stuhl vom Computer zurück und wandte sich Ryan und mir zu.

»Ich hoffe, das hilft Ihnen weiter. Ich muss los.«

Als sie gegangen war, übernahm Lowery. Der Schein des Monitors vertiefte die Falten in seinem Gesicht, als er sich über die Tastatur beugte. Er gab Befehle ein, und eine neue Grafik erschien, die aussah wie ein Seurat in Grundfarben.

»Zuerst haben wir allgemeine Richtlinien zur Beschreibung der geborgenen Sitze und Sitzeinheiten erarbeitet.«

Er zeigte auf die Farben in der Grafik.

»Sitze mit minimaler Beschädigung sind hellblau gekennzeichnet, solche mit mäßigen Schäden dunkelblau und solche mit schweren Schäden grün. Sitze, die als ›zerstört‹ klassifiziert werden, sind gelb, solche mit der Klassifikation ›fragmentiert‹ rot.«

»Was bedeuten diese Kategorien?«, fragte ich.

»Hellblau bedeutet, dass Beine, Rückenlehne, Schale und Armlehnen sowie das Haltesystem der Sicherheitsgurte intakt sind. Dunkelblau heißt, dass es bei einer dieser Komponenten kleinere Schäden gibt. Grün bedeutet, dass sowohl Brüche wie Verformungen vorhanden sind. Gelb deutet darauf hin, dass bei dem Sitz mindestens zwei der fünf Komponenten gebrochen sind oder fehlen, und rot bedeutet Schäden an drei oder mehr Komponenten.«

Die Grafik zeigte eine Flugkabine mit Toilette, Kombüse und Schränken hinter dem Cockpit, acht Sitzen in der ersten Klasse und achtzehn Reihen im Hauptteil mit jeweils zwei Sitzen an Backbord und drei an Steuerbord. Hinter der letzten Reihe mit jeweils zwei Sitzen auf beiden Seiten befanden sich weitere Kombüsen und Toiletten.

Jedes Kind hätte dieses Muster interpretieren können. Die Farben wechselten von vorn nach hinten von einem kühlen Blau zu einem flammenden Rot, was bedeutete, dass die Sitze knapp hinter dem Cockpit größtenteils intakt, die in der Mittelkabine schon stärker beschädigt und die hinter den Tragflächen größtenteils zerstört waren. Die größte Rotkonzentration fand sind im hintersten linken Teil der Kabine.

Lowery drückte ein paar Tasten, und eine neue Grafik zeigte sich.

»Dies zeigt die Verteilung der Passagiere auf die Sitze, obwohl die Maschine nicht voll besetzt war und die Leute sich vielleicht woanders hingesetzt haben. Der Cockpit-Stimmrekorder deutet darauf hin, dass der Pilot das ›Bitte Anschnallen‹-Zeichen nicht ausgeschaltet hatte, das heißt, die meisten Passagiere dürften mit umgeschnallten Sicherheitsgurten auf ihren Sitzen gesessen haben. Der Stimmrekorder deutet außerdem darauf hin, dass der Pilot den Flugbegleitern die Erlaubnis gegeben hatte, mit dem Kabinenservice zu beginnen, sie hätten also überall sein können.«

»Werden Sie je eindeutig feststellen können, wer saß und wer nicht?«

»Geborgene Sitze werden nach Hinweisen auf Rückhalteaktivität der Gurte untersucht, also Belastung des Gurts, Risse und Schnitte am Gurt, benutzerbezogene Deformationen. Mit Hilfe der Daten von medizinischen und anthropologischen Gruppen werden wir versuchen, Sitzschäden mit Körperfragmentierungen in Verbindung zu bringen.«

Ich hörte aufmerksam zu und wusste, dass auch die Leichen kodiert sein würden, so wie die Sitze. Grün: intakte Leiche. Gelb: zertrümmerter Schädel oder Verlust einer Extremität. Blau: Verlust von zwei Extremitäten mit oder ohne zertrümmertem Schädel. Rot: Verlust von drei oder mehr Extremitäten oder völlige Durchtrennung der Leiche.

»Die Autopsieberichte werden uns außerdem zeigen, wo Passagiere mit Materialpenetrierungen und mit Verbrennungen durch Hitze oder Chemikalien in der Kabine gesessen hatten«, fuhr Lowery fort. »Wir versuchen darüber hinaus die Links-Rechts-Verteilung von Verletzungen mit der Links-Rechts-Verteilung von Sitzdeformationen in Beziehung zu setzen.«

»Und was zeigt Ihnen das?«, fragte Ryan.

»Ein hohes Maß an Übereinstimmung würde bedeuten, dass die Passagiere während eines Großteils der Absturzsequenz sitzen geblieben waren. Eine geringe Übereinstimmung würde bedeuten, dass sie entweder nicht auf den ihnen zugewiesenen Sitzen saßen oder dass sie ziemlich früh in der Sequenz von ihren Sitzen getrennt wurden.«

Mir lief es kalt über den Rücken, als ich an die letzten grausigen Minuten dieser Passagiere dachte.

»Die Ärzte werden uns auch Daten über Verletzungen der vorderen und der hinteren Körperseite geben, was wir mit Deformationen an Front und Rückseite der Sitze in Beziehung setzen.«

»Warum?«

Ryan.

»Man geht davon aus, dass die Vorwärtsbewegung des Flugzeugs zusammen mit der Schutzwirkung des Sitzes im Rücken des Benutzers vorwiegend in Verletzungen der Körpervorderseite resultieren.«

»Es sei denn, der Passagier wird vom Sitz getrennt.«

»Genau. Darüber hinaus werden bei Abstürzen mit Vorwärtsschub nach vorne gerichtete Sitze auch in der Vorwärtsrichtung deformiert. Bei einem Zerbrechen in der Luft muss es nicht zu diesem Muster kommen, da Teile des Flugzeugs vor dem Aufprall durch die Luft getrudelt sein können.«

»Und?«

»Von den bis jetzt geborgenen Sitzen zeigen über siebzig Prozent feststellbare Deformationen auf der Längsschiff-Ebene. Davon wurden jedoch weniger als vierzig Prozent in Vorwärtsrichtung deformiert.«

»Bedeutet eine Zerstörung während des Fluges.«

»Daran besteht kein Zweifel. Susans Gruppe arbeitet noch an der Art und Weise des Zerbrechens. Sie versuchen die exakte Versagenssequenz zu rekonstruieren, aber es ist ziemlich klar, dass es ein plötzliches, katastrophisches Ereignis in der Luft gegeben hatte. Das bedeutet, dass Teile des Rumpfs vor dem Aufprall taumelten. Ich bin ein bisschen überrascht, dass es zwischen den einzelnen Abteilungen nicht größere Unterschiede gibt, aber solche Dinge halten sich nie ans Lehrbuch. Klar ist jedoch, dass die Sitze in jeder Abteilung beinahe identische Aufprallbelastungen zeigen.«

Er drückte ein paar Tasten, und die erste Grafik erschien wieder.

»Es gibt auch kaum noch einen Zweifel daran, wo die Explosion passierte.« Er deutete auf einen feurig roten Punkt im linken hinteren Teil der Kabine.

»Eine Explosion muss nicht unbedingt eine Bombe bedeuten.«

Als wir uns umdrehten, sahen wir Magnus Jackson am Eingang der Kabine stehen. Er sah mich lange an, sagte aber nichts. Der Bildschirm hinter uns leuchtete in Regenbogenfarben.

»Das Raketen-Szenario hat neue Plausibilität erhalten«, sagte Magnus.

Wir warteten.

»Wir haben jetzt drei Zeugen, die behaupten, sie hätten ein Objekt in den Himmel schießen sehen.«

Ryan legte den Arm über seine Stuhllehne. »Ich habe mit den Reverends Claiborne und Bowman gesprochen, und ich würde deren vereinten IQ ungefähr im Bereich der Bärenraupe einstufen.«

Ich fragte mich, woher Ryan Bärenraupen kannte, sagte aber nichts.

»Die Beschreibungen und der angegebene Zeitpunkt ist bei allen drei Zeugen praktisch identisch.«

»Wie ihr genetischer Code«, witzelte Ryan.

»Sind diese Zeugen bereit, sich einem Lügendetektortest zu unterziehen?«

»Die glauben wahrscheinlich, dass eine Mikrowelle ihnen die Genitalien verschmort«, sagte Ryan.

Jackson zeigte den Anflug eines Lächelns, aber mich regten Ryans Witze langsam auf.

»Sie haben Recht«, sagte Jackson. »In den ländlichen Gegenden hier oben gibt es einen gesunden Argwohn gegenüber Behörden und Wissenschaft. Die Zeugen verweigern sich einem Polygrafentest mit der Begründung, die Behörden könnten die Technik benutzen, um ihr Gehirn zu manipulieren.«

»Ihnen Upgrades verpassen?«

Jackson lächelte knapp. Dann musterte der Ermittlungsleiter mich noch einmal und ging ohne ein weiteres Wort.

»Können wir zu der Sitzgrafik zurückkehren?«, fragte ich.

Lowery gab ein paar Befehle ein, und die Grafik erschien wieder.

»Können Sie die Grafik mit den Sitzschäden darüber legen?«

Wieder ein paar Tasten, und der Seurat legte sich über die erste Grafik.

»Wo saß Martha Simington?«

Lowery deutete auf die erste Reihe in der ersten Klasse: »1A.«

Hellblau.

»Und der Austauschstudent aus Sri Lanka?«

»Anurudha Mahendran – 12F, kurz vor der rechten Tragfläche.«

Dunkelblau.

»Wo waren Jean Bertrand und Rémi Petricelli?«

Lowerys Finger wanderte zur letzten Reihe auf der linken Seite. »23 A und B.«

Feuerrot.

»Die Explosionsstelle.«

11

Nach der Besprechung gingen Ryan und ich in den Hot Dog Heaven zum Mittagessen und sahen dabei den Touristen am Great Smoky Mountain Railroad Depot zu. Das Wetter war freundlicher geworden, und um halb zwei am Nachmittag lag die Temperatur um die fünfundzwanzig Grad. Die Sonne schien, der Wind war kaum ein Flüstern. Spätsommer im Land der Cherokee, *Indian Summer* eben.

Ryan versprach, sich nach den Fortschritten bei der Opferidentifikation zu erkundigen, und ich versprach, mit ihm an diesem Abend zum Essen zu gehen. Als er davonfuhr, fühlte ich mich wie eine Hausfrau, deren Kinder in den Nachmittagsunterricht gegangen waren: viele langweilige Stunden, bis die Truppen zurückkehrten.

Ich fuhr zum High Ridge House und machte mit Boyd wieder einen Spaziergang. Auch wenn der Hund sich sehr freute, war der

Ausflug doch eigentlich für mich. Ich war unruhig und nervös und brauchte körperliche Bewegung. Crowe hatte nicht angerufen, und ich konnte erst am Montag wieder ins Gerichtsgebäude. Da ich zum Leichenschauhaus keinen Zutritt mehr hatte und bei den Kollegen eine *persona non grata* war, waren meine Recherchen in Bezug auf den Fuß zum Stillstand gekommen.

Danach versuchte ich zu lesen, aber um halb vier hielt ich es nicht mehr aus. Ich schnappte mir Handtasche und Schlüssel und setzte mich ins Auto, um irgendwohin zu fahren.

Ich hatte Bryson City kaum verlassen, als ich ein Hinweisschild auf das Cherokee-Reservat sah.

Daniel Wahnetah war Cherokee. Hatte er zur Zeit seines Verschwindens im Reservat gelebt? Ich wusste es nicht mehr.

In fünfzehn Minuten war ich dort.

Das Volk der Cherokee hatte einst über fast dreihundertfünfzigtausend Quadratkilometer Nordamerikas geherrscht, darunter über Teile von jetzt acht Staaten. Im Gegensatz zu den Prärieindianern, die bei den Produzenten von Western so beliebt sind, lebten die Cherokee in Holzhütten, trugen eine Art Turban und übernahmen europäische Kleidungsgewohnheiten. Mit Sequoyas Alphabet wurde ihre Sprache in den 1820ern transkribierbar.

1838 wurden die Cherokee, in einem der infamsten Beispiele für Verrat in der modernen Geschichte, aus ihren Behausungen vertrieben und in einem Todesmarsch mit dem Namen *Trail of Tears*, Zug der Tränen, fast zweitausend Kilometer nach Westen, nach Oklahoma, deportiert. Die Überlebenden des Marsches wurden bekannt als die *Western Band Cherokee*, die westlichen Cherokees. Die *Eastern Band Cherokee*, die östlichen also, sind die Nachkommen derjenigen, die sich damals versteckten und in den Smoky Mountains blieben.

Während ich an Hinweisschildern für das *Oconaluftee Indian Village*, das *Museum of the Cherokee Indian* und für die Freiluftaufführung der Cherokee-Tragödie *Unto These Hills* vorbeifuhr, empfand ich meinen gewohnten Zorn über die Arroganz und die Grausamkeit eines offenkundigen Schicksals. Obwohl natürlich auch profitorientiert, waren diese zeitgenössischen Unternehmungen auch Versuche, ein kulturelles Erbe zu retten, und demonstrierten die Hartnäckigkeit eines Volkes, dem meine edlen Vorfahren, die Pioniere, so übel mitgespielt hatten.

Plakattafeln priesen Harrah's Casino und das Cherokee Hilton an und waren zugleich ein Beweis dafür, dass Sequoyas Nachfahren seinen Hang zu kulturellen Anleihen teilten.

Ebenso das Zentrum des Ortes, wo Geschäfte für T-Shirts, Leder, Messer und Mokassins sich den Platz mit Geschenk- und Andenkenläden, Süßigkeitenshops, Eisdielen und Fast-Food-Läden streitig machten. The Indian Store. The Spotted Pony. The Tomahawk Mini-Mall. The Buck and Squaw. Tipis zierten Dächer, Totempfähle flankierten Eingänge. Eingeborenenkitsch der Extraklasse.

Nach erfolgloser Suche entlang des Highway 19 fand ich schließlich einen kleinen Parkplatz an einer Nebenstraße, einige Blocks vom Zentrum entfernt. Eine Stunde lang mischte ich mich unter die Touristenhorden, die Bürgersteige und Geschäfte bevölkerten. Ich bewunderte echte Cherokee-Aschenbecher, -Schlüsselanhänger, -Rückenkratzer und -Gongs. Ich inspizierte authentische Holztomahawks, Keramikbüffel, Acryldecken und Plastikpfeile und staunte über das beständige Bimmeln der Kassen. Hatte es in North Carolina überhaupt je Büffel gegeben?

Na, wer spielt da jetzt wem übel mit?, dachte ich, als ich einen Jungen sah, der sieben Dollar für einen Kopfschmuck aus Neonfedern zahlte.

Trotz des allgegenwärtigen Kommerzes genoss ich diese Flucht aus meiner normalen Welt: Frauen mit Bissspuren an den Brüsten. Kleine Mädchen mit vaginalen Abschürfungen. Penner mit dem Bauch voller Frostschutzmittel. Ein abgetrennter Fuß. Ein Kopfschmuck aus Gänsefedern ist mir lieber als Gewalt und Tod.

Darüber hinaus war es eine Erleichterung, den emotionalen Morast verwirrender Beziehungen verlassen zu können. Ich kaufte Postkarten. Erdnussbutter-Schoko-Creme. Einen kandierten Apfel. Meine Probleme mit Larke Tyrell und meine Verwirrung wegen Pete und Ryan wichen zurück in ein anderes Universum.

Als ich am Boot Hill Leather Shop vorbeikam, fiel mir plötzlich etwas ein. Neben Petes Bett hatte ich Slipper stehen sehen, die Katy ihm geschenkt hatte, als sie sechs Jahre alt war. Ich würde ihm Mokassins kaufen als Dank dafür, dass er mich aufgeheitert hatte.

Oder was immer er mit mir angestellt hatte.

Während ich in Körben wühlte, kam mir ein zweiter Gedanke: Vielleicht würde echt imitierte indianische Fußbekleidung Ryan ein wenig über den Verlust seines Partners hinwegtrösten. Okay. Zwei Fliegen mit einer Klappe.

Pete war einfach. Vierundvierzig bedeutete bei Mokassins large. Aber was für eine Schuhgröße hatte Ryan?

Ich verglich eben Größen und überlegte mir, ob einem eins neunzig großen Irisch-Kanadier aus Nova Scotia wohl extra large passen würde, als in meinem Hirn plötzlich eine Reihe von Synapsen funkten.

Fußknochen. Soldaten in Südostasien. Formeln für die Unterscheidung asiatischer Überreste von denen schwarzer und weißer Amerikaner.

Könnte es funktionieren?

Hatte ich die nötigen Maße genommen?

Ich packte schnell ein großes und ein extragroßes Paar, zahlte und rannte zum Parkplatz. So schnell wie möglich wollte ich zu meinem Spiralnotizbuch ins Magnolia zurück.

Ich lief eben auf mein Auto zu, als ich einen Motor hörte, den Kopf hob und einen schwarzen Volvo direkt auf mich zukommen sah. Zuerst erkannte ich die Gefahr nicht, aber das Auto kam weiter auf mich zu. Schnell. Zu schnell für einen Parkplatz.

Mein mentaler Computer. Geschwindigkeit. Richtung.

Beweg dich!

Ich wusste nicht, in welche Richtung ich mich werfen sollte. Ich sprang nach links und knallte auf den Boden. Sekunden später rauschte der Volvo an mir vorbei und bespritzte mich mit Erde und Kies. Ich spürte einen Luftzug, hörte, wie dicht neben mir ein Gang gewechselt wurde, und Auspuffdämpfe füllten meine Lunge.

Das Motorengeräusch wurde schwächer.

Ich lag flach auf der Erde und hörte mein Herz hämmern.

Mein Verstand schaltete sich wieder ein. Schau hoch!

Als ich den Kopf drehte, fuhr der Volvo eben um eine Ecke. Die Sonne stand tief und schien mir direkt in die Augen, und so konnte ich nur einen äußerst flüchtigen Blick auf den Fahrer erhaschen. Er saß vornübergebeugt, und eine Kappe verdeckte einen Großteil seines Gesichts.

Ich drehte mich um und setzte mich auf, wischte mir Erde von der Kleidung und sah mich um. Ich war allein auf dem Parkplatz.

Dann richtete ich mich auf zitternden Beinen auf, warf Handtasche und Päckchen auf den Rücksitz, setzte mich hinters Steuer und verriegelte die Türen. Dann saß ich erst einmal da und massierte mir die schmerzende Schulter.

Was zum Teufel war das eben gewesen?

Auf der Rückfahrt zum High Ridge House ging ich die Szene immer und immer wieder durch. Fing ich langsam an zu spinnen, oder hatte gerade jemand versucht, mich zu überfahren? War der Fahrer betrunken gewesen? Blind? Blöd?

Sollte ich den Vorfall melden? Und wem? Crowe? McMahon?

War mir die Silhouette vertraut vorgekommen? Ich dachte automatisch »er«, aber war es wirklich ein Mann gewesen?

Ich beschloss, Ryan beim Abendessen nach seiner Meinung zu fragen.

Etwas später in Rubys Küche kochte ich mir Tee und trank ihn langsam. Als ich dann im Magnolia war, hatten meine Nerven sich wieder ein wenig beruhigt, und meine Hände zitterten nicht mehr. Ich rief in der Universität in Charlotte an, obwohl ich kaum davon ausgehen konnte, dass jemand abhob. Meine Assistentin meldete sich nach dem ersten Läuten.

»Was machen Sie denn an einem Samstag im Institut?«

»Arbeiten benoten.«

»Schön. Ich weiß Ihren Fleiß sehr zu schätzen, Alex.«

»Übungen benoten gehört zu meinem Job. Wo sind Sie?«

»Bryson City.«

»Ich dachte, Sie wären dort oben fertig. Ich meine, dass Ihre Arbeit fertig ist. Ich meine ...« Sie verstummte, wusste offensichtlich nicht so recht, was sie sagen sollte.

Ihre Verlegenheit sagte mir, dass die Nachricht meiner Suspendierung die Universität bereits erreicht hatte.

»Das erkläre ich, wenn ich zurück bin.«

»Na gut.« Lahm.

»Hören Sie, haben Sie das Institutsexemplar meines Buchs zur Hand?«

»86 oder 98?«

Ich war Herausgeberin eines Buchs über forensische Techniken, das zu einem Standardwerk in diesem Bereich geworden war, vorwiegend wegen der exzellenten Arbeiten der Autoren, die ich dafür hatte verpflichten können. Es enthielt allerdings auch einige Kapitel von mir selbst. Nach acht Jahren war eine zweite, stark überarbeitete Ausgabe herausgekommen.

»Das erste.«

»Moment.«

Sekunden später war sie wieder da.

»Was brauchen Sie?«

»Es gibt ein Kapitel über Populationsunterschiede im Fersenbein. Schlagen Sie das mal auf.«

»Hab's.«

»Wie hoch ist der Prozentsatz korrekter Klassifikation beim Vergleich von mongoliden, schwarzen und weißen Fußknochen?«

Eine längere Pause entstand. Ich stellte mir vor, wie sie mit gerunzelter Stirn, die Brille weit vorn auf der Nase, den Text überflog.

»Knapp unter achtzig Prozent.«

»Nicht so toll.«

»Aber warten Sie mal.« Noch eine Pause. »Das kommt daher, weil Schwarze und Weiße sich nicht so gut unterscheiden lassen.

Die Mongoliden konnten mit einer Präzision von dreiundachtzig bis neunundneunzig Prozent abgegrenzt werden. Das ist nicht so schlecht.«

»Okay. Geben Sie mir die Maßeliste durch.«

Mir wurde flau im Magen, als ich sie mir notierte.

»Können Sie jetzt nachschauen, ob es eine Tabelle gibt mit den unstandardisierten, kanonischen Unterscheidungs-Funktionskoeffizienten für Indianer, Schwarze und Weiße?« Ich brauchte diese Zahlen für den Vergleich mit Koeffizienten, die ich von dem unbekannten Fuß ableiten würde.

Pause.

»Tabelle vier.«

»Können Sie mir den Artikel faxen?«

»Sicher.«

Ich gab ihr Primrose Hobbs' Namen und die Faxnummer des Operations-Leichenschauhauses in Bryson City. Dann legte ich auf und suchte mir meine Notizen zu Fall Nummer 387 zusammen.

Als ich eine weitere Nummer wählte und nach Primrose Hobbs fragte, sagte mir eine Stimme, dass sie nicht hier sei, fragte mich aber auch, ob ich ihre Nummer im Riverbank Inn wolle.

Auch Primrose nahm nach dem ersten Läuten ab. Das war wirklich mein Glückstag.

»He, Süße, wie geht's denn?«

»Gut, Primrose.«

»Lassen Sie sich von diesen Verleumdungen nicht unterkriegen. Gott tut, was er tun will, und er weiß, dass das alles Quatsch ist.«

»Lass ich mich auch nicht.«

»Eines Tages setzen wir uns zusammen, spielen ein paar Runden Karten und lachen über die ganze Geschichte.«

»Ich weiß.«

»Wobei ich allerdings sagen muss, Tempe Brennan, für eine so gescheite Frau sind Sie die beschissenste Kartenspielerin, mit der ich je an einem Tisch gesessen habe.« Sie lachte ihr tiefes, kehliges Lachen.

»Ja, ich kann das wirklich nicht sehr gut.«

»Da haben Sie Recht.«

Noch einmal das Lachen.

»Primrose, darf ich Sie um einen Gefallen bitten?«

»Was immer Sie wollen, Süße.«

Ich erzählte ihr eine knappe Version der Geschichte mit dem Fuß, und Primrose versprach, am frühen Sonntagvormittag ins Leichenschauhaus zu gehen. Sie würde das Fax lesen, mich anrufen, und ich würde sie dann anleiten, die fehlenden Maße des Fußes zu nehmen. Sie machte noch eine Bemerkung über die Vorwürfe gegen mich und schlug gewisse anatomische Stellen vor, in die Larke Tyrell sie sich stecken könne.

Ich dankte ihr für ihre Loyalität und legte auf.

Ryans Wahl fürs Abendessen war Injun Joe's Chili Joint. Meine Wahl war das Misty Mountain Café, welches Feinschmeckerküche mit einem großartigen Ausblick auf den Balsam Mountain und das Maggie Valley vereinte. Als eine sachliche Diskussion das Patt nicht auflösen konnte, warfen wir eine Münze.

Das Misty Mountain sah eher aus wie eine Skihütte denn wie ein Café, ein Blockhaus mit hohen Decken, offenen Kaminen und viel Glas. Bei unserer Ankunft erfuhren wir, dass erst in neunzig Minuten ein Tisch zur Verfügung stehe, uns aber auf der Terrasse sofort Wein serviert werden könne.

Bei Joe bekamen wir sofort einen Platz. Ich verliere, sogar wenn ich gewinne.

Schon ein Blick sagte mir, dass *le joint* eine andere Klientel bewirtete als *le café*. Ein halbes Dutzend Fernseher zeigten ein College-Football-Spiel, und Männer in Schirmkappen standen an der Bar. Paare und Gruppen saßen an Tischen und in Nischen, alle in Jeans und Stiefeln, und die meisten sahen aus, als hätten eine Rasur oder ein Haarschnitt in ihrer jüngeren Vergangenheit keine Rolle gespielt. Neben den Einheimischen sah ich auch Touristen in grellfarbenen Windjacken und ein paar Gesichter, die ich von der Ermittlung her kannte.

Zwei Männer arbeiteten hinter der Bar, zapften Bier, füllten Eis in Gläser und gossen Schnaps darüber aus Flaschen, die vor einem verschmierten Spiegel standen. Beide hatten blasse Haut und glatte braune Haare, die hinten zu einem Pferdeschwanz zusammengebunden und oben von einem Stirnband gehalten wurden. Keiner von beiden sah nach *injun*, nach Indianer, aus, und sie kauften auch nicht bei Armani ein. Der eine trug ein T-Shirt, das für Johnson's Brown Ale warb, das des anderen propagierte eine Gruppe namens Bitchin' Tits.

Auf einer Bühne im Hintergrund, gegenüber einem Billardtisch und ein paar Flippern, machte eine Band ihren Soundcheck, dirigiert von einer Frau in brauner Lederhose und einem Make-up wie Glenn Close als Cruella. Alle paar Sekunden hörte man das verstärkte Klopfen ihrer Finger aufs Mikro, dann zählte sie von eins bis vier. Doch das war kaum lauter als der Lärm der Fernseher und das Klicken und Bimmeln der Flipper.

Trotzdem sah die Band so aus, als hätte sie genug Verstärkerleistung, um Buenos Aires zu erreichen. Ich schlug vor zu bestellen.

Ryan ließ den Blick durch den Raum schweifen und hob die Hand. Eine etwa vierzigjährige Frau mit aufgedonnerter Frisur und Solariumsbräune kam an unseren Tisch. Ein Plastikschildchen identifizierte sie als Tammi. Mit einem i.

»Wasollsnsein?« Tammi hielt Bleistift über Block.

»Kann ich die Speisekarte haben?«, fragte ich.

Tammi seufzte, holte zwei Speisekarten von der Bar und knallte sie auf den Tisch. Dann schaute sie mich mit bedrohlicher Geduld an.

Klick. Klick. Klick. Bimmel. Bimmel. Bimmel.

Ich brauchte nicht lange für meine Entscheidung. Injun Joe bot neun Arten von Chili an, vier Burger, einen Hot Dog und Bergler-Hackbraten.

Ich verlangte einen Climbingbear Burger und ein Diet Coke.

»Ich habe gehört, ihr macht hier ein Killer-Chili.« Ryan zeigte Tammi eine Menge Zähne.

»Das Beste überhaupt.« Tammi zeigte Ryan noch mehr.

Klopf. Klopf. Klopf. Klopf. Eins. Zwei. Drei. Vier.

»Muss schwer sein, so viele Leute gleichzeitig zu bedienen. Wie machst du das nur?«

»Mit viele Charme.« Tammi reckte ihr Kinn und streckte eine Hüfte vor.

»Wie ist das Walkingstick Chili?«

»Scharf. Wie ich.«

Mir kam die Galle hoch.

»Das nehm ich. Und eine Flasche Carolina Pale.«

»Bin gleich wieder bei dir, Cowboy.«

Klick. Klick. Klick. Klick. Bimmel. Bimmel. Bimmel. Bimmel. Bimmel.

Ich wartete, bis Tammi außer Hörweite war, was bei dem Lärm bereits nach zwei Schritten der Fall war.

»Gute Wahl.«

»Man sollte sich unter die Einheimischen mischen.«

»Heute Morgen hattest du aber an den Einheimischen noch einiges auszusetzen.«

»Man muss den Finger am Puls des gemeinen Mannes haben.«

»Vor allem der Frau.« *Klopf. Klopf.* »Cowboy.«

Tammi kam mit dem Bier, dem Coke und einer Million Kilometer Zähne an den Tisch. Ich lächelte sie in die Küche zurück.

»Gibt's was Neues seit heute Morgen?«, fragte ich, nachdem sie verschwunden war.

»Sieht so aus, als wäre Haskell Simington doch kein so heißer Tipp. Offensichtlich ist der Kerl Milliarden schwer, eine Versicherung über zwei Millionen für seine Frau ist also nicht so ungewöhnlich. Und außerdem hat er die gemeinsamen Kinder als Begünstigte eingesetzt.«

»Das ist alles?«

Ryan wartete den nächsten Soundcheck ab.

»Die Strukturengruppe berichtet, dass zwei Drittel des Flugzeugs bereits vom Berg heruntergeschafft wurden. Die Maschine wird jetzt in einem Hangar in der Nähe von Asheville wieder zusammengesetzt.«

Klopf. Klopf. Klopf. Eins. Kreisch. Zwei. Drei. Vier.

Ryans Blick wanderte zu einem Fernseher hinter meinem Kopf.

»Das ist alles?«

»Das ist alles.«

Nach drei Schiedsrichterpfiffen war Tammi wieder da.

»Ich habe dir extra Käse draufgetan«, gurrte sie und bückte sich tief, um Ryan einen spektakulären Einblick in ihren Ausschnitt zu geben.

»Ich liebe Käse.« Ryan schenkte ihr wieder ein blendendes Lächeln, und Tammi hielt die Stellung.

Klopf. Klopf. Eins. Zwei. Drei. Vier.

Ich starrte Tammis Busen böse an, und sie entfernte ihn aus meinem Gesichtsfeld.

»Ist das alles?«

»Ketchup.« Ich nahm eine Fritte in die Hand.

»Wurde über meinen Besuch in der Zentrale heute Vormittag geredet?«

Als ich meinen Burger in die Hand nahm, klebte eine Nabelschnur aus Käse am Teller.

»Special Agent McMahon meinte, du siehst gut aus in Jeans.«

»Ich habe McMahon überhaupt nicht gesehen.« Vom Brötchen regneten klebrige Klumpen auf das käsige Verbindungsband.

»Aber er hat dich gesehen. Zumindest von hinten.«

»Was denkt das FBI über meine Suspendierung?«

»Ich kann nicht für das ganze Bureau sprechen, aber ich weiß, dass McMahon kein großer Freund des Vize deines Staates ist.«

»Ich weiß ja nicht sicher, ob Davenport hinter der Beschwerde steckt.«

»Ob oder ob nicht, McMahon hat jedenfalls nichts für ihn übrig. Er nannte Davenport einen hirnlosen Hinternputzer.« Ryan löffelte sich Chili in den Mund, spülte es mit Bier hinunter. »Wir Iren sind im Herzen alle Dichter.«

»Dieser hirnlose Hinternputzer kann dich aber nach Kanada zurückschicken.«

»Wie war dein Nachmittag?«

»Ich war im Reservat.«

»Hast du Tonto gesehen?«

»Woher habe ich gewusst, dass du das fragen würdest?«

Ich griff in meine Tasche und zog die Mokassins heraus.

»Ich wollte dir etwas aus meiner Heimat schenken.«

»Als Buße dafür, wie du mich in letzter Zeit behandelt hast?«

»Ich habe dich wie einen Kollegen behandelt.«

»Ein Kollege, der dir gern die Zehen lecken würde.«

In meinem Bauch kribbelte es.

»Mach das Päckchen auf.«

Er tat es.

»Klasse.«

Er legte das rechte Bein auf das linke und tauschte einen Boot gegen einen Mokassin. Eine toupierte Tussi hörte auf, das Etikett von ihrem Coors zu zupfen und sah ihm zu.

»Von Sitting Bull selbst gemacht?«

»Sitting Bull war Sioux. Die wurden wahrscheinlich von Wang Chou Lee gemacht.«

Er tauschte die Schuhe am anderen Fuß. Die Tussi tippte ihre Begleiterin mit dem Ellbogen an.

»Du solltest sie hier vielleicht nicht tragen.«

»Aber natürlich tue ich das. Sie sind ein Geschenk von einer Kollegin.«

Er packte die Boots in die Mokassinschachtel und wandte sich wieder seinem Chili zu.

»Hast du irgendwelche interessanten Eingeborenen getroffen?«

Eigentlich wollte ich Nein sagen. »Wenn man's genau nimmt, schon.«

Er sah mich mit Augen an, die so blau waren, dass er in einem finnischen Dorf nicht aufgefallen wäre.

»Oder genauer, möglicherweise.«

Ich berichtete ihm den Vorfall mit dem Volvo.

»Mein Gott, Brennan. Wie schaffst du –«

»Ich weiß. Wie ich es schaffe, immer in solche Situationen zu geraten. Meinst du, ich sollte mir deswegen Sorgen machen?« Ich hoffte, er würde Nein sagen.

Bimmel. Bimmel. Bimmel. Bimmel.

Klopf. Klopf. Eins. Zwei. Drei. Vier.

Chili.

Bier.

Gesprächsfetzen.

»Die Dekonstruktivisten sagen uns, dass nichts real ist, aber ich habe in meinem Leben eine oder zwei Binsenwahrheiten erkannt. Die erste ist: Wenn du von einem Volvo angegriffen wirst, nimm es ernst.«

»Ich bin mir nicht sicher, ob der Typ mich wirklich überfahren wollte. Vielleicht hat er mich einfach nicht gesehen.«

»Hast du das in dem Augenblick auch gedacht?«

»Ich hatte das Gefühl, er wollte.«

»Zweite Binsenwahrheit: Erste Volvo-Eindrücke sind meistens richtig.«

Wir beendeten unsere Mahlzeit, und Ryan war eben auf der Toilette, als ich Lucy Crowe eintreten und zur Bar gehen sah. Sie war in Uniform und bewaffnet und sah Furcht einflößend aus.

Ich winkte, aber Crowe bemerkte mich nicht. Ich stand auf und winkte noch einmal, und eine Stimme bellte: »Du versperrst die Sicht. Hock dich auf deinen Arsch oder schieb ihn beiseite.«

Ich ignorierte die Aufforderung und wedelte mit beiden Armen. Crowe sah mich, nickte und hielt den Zeigefinger in die Höhe. Während ich mich wieder setzte, gab der Zapfer ihr ein Glas und beugte sich dann vor, um ihr etwas zuzuflüstern.

»He, Knackarsch!«

Eine missachtete Dumpfbacke ist nie nett. Ich ignorierte ihn weiter, und er hörte nicht auf zu sticheln.

»He, du mit der Windmühlennummer.«

Dumpfbacke wollte eben noch eins drauflegen, als er sah, dass der Sheriff in meine Richtung kam. Da besann er sich eines Besseren, kippte sein Bier und konzentrierte sich wieder auf das Spiel.

Ryan und Crowe kamen gleichzeitig an meinen Tisch. Der Sheriff bemerkte Ryans Schuhe und sah dann mich an.

»Er ist Kanadier.«

Ryan sagte nichts, sondern setzte sich einfach wieder.

Crowe stellte ihr 7Up auf den Tisch und setzte sich ebenfalls.

»Dr. Brennan hat eine Geschichte zu erzählen«, sagte Ryan und zog seine Zigaretten aus der Tasche.

Ich warf ihm einen eisigen Blick zu. Lieber hätte ich zehn Steuerprüfungen über mich ergehen lassen, als Crowe die Sache mit dem Volvo zu erzählen.

Sie hörte zu, ohne mich zu unterbrechen.

»Haben Sie die Autonummer?«

»Nein.«

»Können Sie den Fahrer beschreiben?«

»Er trug eine Kappe.«

»Was für eine?«

»Konnte ich nicht erkennen.« Ich spürte, wie ich rot wurde vor Verlegenheit.

»War jemand in der Nähe?«

»Nein. Ich habe nachgesehen. Hören Sie, die Sache hätte auch ein Versehen sein können. Vielleicht war es ein Junge, der mit Daddys Volvo Kavaliersstarts üben wollte.«

»Glauben Sie das wirklich?« Die Sellerie-Augen fixierten mich.

»Nein. Ich weiß es nicht.«

Ich legte die Hände auf die Tischplatte, zog sie zurück und wischte mir verschüttetes Bier auf die Jeans.

»Während ich im Reservat war, fiel mir etwas ein, das uns vielleicht weiterhilft«, sagte ich, um das Thema zu wechseln.

»Ja?«

Ich skizzierte kurz die Fußknochenforschung und erklärte, wie die Maße zur Bestimmung der Rasse benutzt werden konnten.

»Damit kann ich vielleicht Ihre Regenbogenkoalition auseinanderdröseln.«

»Ich rede morgen mit Daniel Wahnetahs Verwandten.«

Sie ließ das Eis in ihrem 7Up klirren.

»Aber ich habe was Interessantes über George Adair herausgefunden.«

»Den vermissten Angler?«

Ein Crowe-Nicken.

»Adair war im letzten Jahr zwölfmal bei seinem Arzt. Sieben dieser Besuche waren wegen Halsproblemen. Die anderen fünf wegen Schmerzen in den Füßen.«

»Na toll.«

»Es kommt noch besser. Adair ist noch keine Woche verschwunden, da macht die trauernde Witwe schon einen Ausflug nach Las Vegas, und zwar mit ihrem Nachbarn.«

Ich wartete, bis sie ihr 7Up ausgetrunken hatte.

»Der Nachbar ist George Adairs bester Freund.«

»Und Anglerkollege?«

»Genau.«

12

Am nächsten Morgen schlief ich bis acht, fütterte Boyd und genehmigte mir dann eine Überdosis von Rubys Gebirgsfrühstück. Meine Gastgeberin hatte sich mit dem Hund angefreundet, und die Lesung des Tages lobte die Fische im Meer und die Vögel unter dem Himmel und alles, was auf Erden kreucht. Ich fragte mich, ob Boyd zu dem gehörte, was auf Erden kreucht.

Ryan war noch nicht aufgetaucht, als ich das Esszimmer verließ. Entweder war er schon sehr früh weggegangen, schlief aus oder hatte keine Lust auf die ländlichen Kalorienbomben. Als wir am vergangenen Abend gegen elf aus dem Injun Joe's zurückkehrten, hatte er mir sein gewohntes Angebot gemacht. Ich hatte ihn auf der Veranda sitzen gelassen, wo er ohne mich schaukeln konnte.

Ich stieg eben wieder hoch in mein Magnolia, als mein Handy klingelte. Es war Primrose, die vom Operations-Leichenschauhaus aus anrief.

»Sie müssen ja mit den Vögeln aufgestanden sein.«

»Waren Sie schon draußen?«, fragte sie.

»Noch nicht.«

»Es ist ein toller Morgen zum Frühaufstehen.«

»Haben Sie das Fax bekommen?«

»Natürlich. Habe die Beschreibungen und Diagramme studiert und jedes Maß genommen.«

»Sie sind großartig, Primrose.«

Ich nahm jetzt zwei Stufen auf einmal, rannte in mein Zimmer und schlug meine Notizen für den Fall Nummer 387 auf. Nachdem ich mir die neuen Maße notiert hatte, verglichen wir Primroses Daten mit denen, die ich bereits gesammelt hatte.

»Ihre Maße weichen nur höchstens einen Millimeter von meinen ab«, sagte ich. »Sie sind gut.«

»Darauf können Sie Gift nehmen.«

Da ich nun sicher sein konnte, dass keine Messfehler das Ergebnis verfälschen würden, dankte ich ihr und fragte sie, wann ich den Artikel abholen könne. Sie schlug vor, ich solle sie in zwanzig Minuten auf dem Parkplatz treffen. Ihrer Meinung nach kam ein Betreten des Leichenschauhauses für mich im Augenblick noch nicht in Frage.

Primrose hatte anscheinend Ausschau nach mir gehalten, denn kaum war ich vom Highway abgebogen, kam sie aus der Hintertür des Leichenschauhauses und überquerte, eine Plastiktüte in der einen, ihren Stock in der anderen Hand, den Parkplatz.

Unterdessen näherte sich mir der Wachposten, las mein Kennzeichen und schaute auf seinem Klemmbrett nach. Dann schüttelte er den Kopf, hob die Hand zum Stopp-Zeichen und bedeutete mir mit der anderen, ich solle wenden. Primrose ging zu ihm und sagte ein paar Worte.

Der Posten gestikulierte weiter und schüttelte den Kopf. Primrose stellte sich dicht vor ihn und sagte noch einmal etwas, eine alte schwarze Frau zu einem jungen schwarzen Mann. Der Posten verdrehte die Augen, verschränkte dann die Arme vor der Brust und sah zu, wie sie auf mein Auto zuging, ein Fünf-Sterne-General in Stiefeln, Arbeitshose und Oma-Dutt.

Sie stützte sich auf ihren Stock und reichte mir die Tüte durchs Fenster. Ihr Gesicht war kurz ernst, doch dann erhellte ein Lächeln ihre Augen, und sie klopfte mir auf die Schulter.

»Denken Sie sich nichts wegen dieser Geschichte, Tempe. Sie haben nichts von den ganzen Sachen getan, und das werden die sehr bald einsehen.«

»Danke, Primrose. Sie haben Recht, aber es ist schwer.«

»'türlich ist es das. Aber ich schließe Sie in meine Gebete ein.«

Ihre Stimme war so tröstend wie ein Brandenburger Konzert.

»Unterdessen nehmen Sie jeden Tag wie er kommt. Jeden beschissenen Tag wie er verdammt noch mal kommt.«

Damit drehte sie sich um und ging davon.

Es war so ziemlich das erste Mal, dass ich Primrose Hobbs hatte fluchen hören.

Zurück in meinem Zimmer, zog ich den Artikel heraus, blätterte zu Tabelle vier, gab die Maße ein und rechnete.

Der Fuß fiel in die Kategorie Indianer.

Ich benutzte eine zweite Funktion und rechnete noch einmal.

Dieses Ergebnis rückte den Fuß ein wenig näher an die Gruppe der Amerikaner afrikanischer Herkunft, doch die Klassifikation blieb amerikanischer Eingeborener.

George Adair war weiß, Jeremiah Mitchell war schwarz. So viel zu dem vermissten Angler und dem Mann, der sich die Axt seines Nachbarn geliehen hatte.

Wenn Daniel Wahnetah nicht ins Reservat zurückgewandert war, dann sah es so aus, als hätte ich den Besitzer des Fußes gefunden.

Ich schaute auf die Uhr. Zehn Uhr fünfundvierzig. Spät genug.

Der Sheriff war nicht im Büro. Nein, sie würden sie nicht zu Hause anrufen. Nein, sie würden mir ihre Piepser-Nummer nicht geben. Ob es ein Notfall sei? Sie würden ihr die Nachricht weiterleiten, dass ich angerufen hatte.

Verdammt. Warum hatte ich mir Crowes Piepser-Nummer nicht geben lassen?

In den nächsten Stunden tat ich Nebensächliches, Arbeiten, die weniger zielgerichtet waren, sondern nur Spannung abbauten. Behaviouristen nennen das Ersatzhandlung.

Zuerst Wäschewaschen, darunter auch Slips im Waschbecken. Danach sortierte und organisierte ich den Inhalt meiner Aktentasche, löschte nicht mehr gebrauchte Dateien auf meinem Laptop, brachte mein Scheckbuch auf den neuesten Stand und ordnete Rubys Glastiersammlung neu. Ich rief bei meiner Tochter, meiner Schwester, meinem Gatten an.

Pete antwortete nicht, und ich nahm an, dass er noch in Indiana war. Katy antwortete ebenfalls nicht, und ich stellte lieber keine Vermutungen an. Harry hielt mich dreißig Minuten lang am Telefon. Sie kündige gerade ihren Job, habe Schwierigkeiten mit ihren Zähnen und treffe sich mit einem Mann namens Alvin aus Denton. Oder war es Denton aus Alvin?

Ich probierte eben die Signaltonvarianten meines Handys aus, als aus dem Hinterhof plötzlich ein komisches dumpfes Bellen zu mir heraufdrang, wie von einem Hund aus einem Bela-Lugosi-Film. Ich spähte durch das Fliegengitter und sah Boyd in der Mitte seines Geheges sitzen; er hatte den Kopf zurückgeworfen, und ein Jaulen stieg ihm aus der Kehle.

»Boyd.«

Er hörte auf zu heulen und sah sich um. Vom Fuß der Anhöhe drang eine Sirene herauf.

»Ich bin hier oben.«

Der Hund stand auf und legte den Kopf schief. Dann glitt ihm die dunkelrote Zunge aus der Schnauze.

»Schau hoch, Junge.«

Er legte den Kopf auf die andere Seite.

»Hoch!« Ich klatschte in die Hände.

Der Chow-Chow drehte sich um, lief zum Ende des Geheges, setzte sich und stimmte sein Liebeslied an den Krankenwagen wieder an.

Das Erste, was einem an Boyd auffällt, ist sein unproportional großer Kopf. Jetzt wurde deutlich, dass das Schädelvolumen des Hundes nichts mit seiner Intelligenz zu tun hat.

Ich schnappte mir Jacke und Leine und lief nach draußen.

Es war noch warm, aber am Himmel zogen Wolken mit dunklem Zentrum auf. Wind riss an meiner Jacke und trieb Blätter und Kiefernnadeln über den Kiesweg.

Diesmal gingen wir zuerst bergauf, Boyd natürlich vorneweg, und er hechelte und kläffte, da ihm das Halsband die Kehle abdrückte. Schnuppernd und spritzend rannte er von Baum zu Baum, während ich in das unter uns liegende Tal hinunterschaute. So genoss jeder von uns den Berg auf seine Art.

Wir waren etwa einen halben Kilometer gegangen, als Boyd plötzlich stehen blieb und den Kopf hob. Sein Rückenfell stellte sich auf, die Schnauze öffnete sich halb, und ein Knurren drang tief aus seiner Kehle, ein Ton, der ganz anders klang als das Sirenenimitat.

»Was ist denn, Junge?«

Der Hund ignorierte meine Frage, sprang los, dass es mir die Leine aus der Hand riss, und rannte in den Wald.

»Boyd!«

Ich stampfte auf und rieb mir die Handfläche.

»Verdammt!«

Ich konnte ihn zwischen den Bäumen hören, er bellte wie ein Wachhund auf einem Schrottplatz.

»Boyd, komm zurück!«

Das Bellen ging weiter.

Mindestens einen der Kreuchenden auf dieser Erde verfluchend, verließ ich den Weg und folgte dem Lärm. Nach zehn Metern fand ich ihn. Er rannte hin und her und kläffte den Stamm einer Weißeiche an.

»Boyd.«

Doch er rannte und kläffte weiter und schnappte nach dem Baum.

»BOYD!«

Er blieb schlitternd stehen und schaute in meine Richtung.

Hunde haben eine starre Gesichtsmuskulatur, was sie unfähig macht zu einem Gesichtsausdruck. Sie können weder grinsen noch die Stirn runzeln noch spöttisch schauen. Trotzdem machten Boyds Augenbrauen eine Bewegung, die deutlich seinen Zweifel ausdrückte.

Bist du verrückt?

»Boyd, sitz!« Ich zeigte mit gestrecktem Zeigefinger auf ihn.

Er schaute die Eiche an, dann mich und setzte sich. Ohne den Finger zu senken, ging ich zu ihm und hob die Leine auf.

»Komm, du Kläffer«, sagte ich, tätschelte ihm den Kopf und zerrte ihn dann zum Weg zurück.

Boyd drehte den Kopf und jaulte die Eiche an, wandte sich dann wieder mir zu und zeigte den Trick mit den Augenbrauen.

»Was ist denn?«

Hrrrp. Hrrp. Hrrp.

»Okay. Zeig's mir.«

Ich ließ ihm etwas Leine, und er zerrte mich auf den Baum zu. Einen halben Meter davor bellte er und rannte im Kreis, seine Augen glänzten vor Aufregung. Ich teilte die Vegetation mit dem Fuß.

Ein totes Eichhörnchen lag in den Gänsedisteln, seine Augenhöhlen waren leer, und braunes Gewebe umhüllte seine Knochen wie ein dunkles, ledriges Leichentuch.

Ich schaute den Hund an.

»Und deswegen regst du dich so auf?«

Er ließ sich auf die Vorderpfoten fallen und streckte den Hintern in die Luft. Dann stand er auf und hoppelte zwei Schritte zurück.

»Es ist tot, Boyd.«

Er legte den Kopf schief, und die Augenbrauen rotierten.

»Na komm, du Super-Spürhund.«

Der Rest des Spaziergangs war ereignislos. Boyd fand keine weiteren Leichen mehr, und hügelabwärts schafften wir eine viel bessere Zeit. Als wir um die letzte Kurve kamen, sah ich überrascht, dass ein Streifenwagen mit dem Schild des *Swain County*

Sheriff's Department auf den Türen unter den Bäumen des High Ridge House stand.

Lucy Crowe stand auf dem Verandatreppchen, ein Dr. Pepper in einer Hand, ihren Hut in der anderen. Boyd lief schwanzwedelnd und mit einer Zunge, die ihm aus der Schnauze hing wie ein violetter Aal, sofort zu ihr. Der Sheriff legte den Hut auf das Geländer und kraulte dem Hund das Fell. Boyd leckte ihr die Hand, rollte sich dann auf der Veranda zusammen, legte die Schnauze auf die Vorderpfoten und schloss die Augen. Boyd der Furcht Einflößende.

»Netter Hund«, sagte Crowe und wischte sich die Hand am Hosenboden ab.

»Ich passe für ein paar Tage auf ihn auf.«

»Hunde sind gute Begleiter.«

»Hm.«

Sie hatte ja noch nie mit ihm zu tun gehabt.

»Ich habe mich mit der Familie Wahnetah unterhalten. Daniel ist noch immer nicht zurück.«

Ich wartete, bis sie einen Schluck von ihrer Limo getrunken hatte.

»Sie sagen, er sei ungefähr eins siebenundsechzig groß gewesen.«

»Hat er über seine Füße geklagt?«

»Anscheinend hat er nie über irgendetwas geklagt. Redete nicht viel, war am liebsten allein. Aber ich habe etwas anderes erfahren, das interessant ist. Einer von Daniels Lagerplätzen war am Running Goat Branch.«

»Wo ist der Running Goat Branch?«

»Nur ein kurzes Stück von Ihrem ummauerten Hof entfernt.«

»Im Ernst?«

»Im Ernst.«

»War er dort, als er verschwand?«

»Die Familie war sich nicht sicher, aber das war die erste Stelle, wo sie nachgesehen haben.«

»Ich habe auch etwas Interessantes«, sagte ich mit wachsender Aufregung.

Ich berichtete ihr von der Klassifizierung anhand der Unterscheidungsfunktionen, die den Fuß einem Indianer zuordnen.

»Können Sie jetzt einen Durchsuchungsbefehl bekommen?«, fragte ich.

»Mit welcher Begründung?«

Ich zählte die Gründe an den Fingern ab.

»Ein älterer Indianer wird in Ihrem County als vermisst gemeldet. Ich habe einen Körperteil, der diesem Profil entspricht. Dieser Körperteil wurde in der Nähe einer Örtlichkeit gefunden, die die vermisste Person häufig besuchte.«

Sie zog eine Augenbraue hoch und zählte dann ihre Argumente auf.

»Ein Körperteil, der vielleicht oder vielleicht auch nicht mit einer Flugzeugkatastrophe zu tun hat. Ein alter Mann, der vielleicht oder vielleicht auch nicht tot ist. Ein Anwesen, das vielleicht oder vielleicht auch nicht mit beiden Situationen in Verbindung steht.«

Die Vermutung einer Anthropologin, die vielleicht oder vielleicht auch nicht eine Brut des Satans ist. Ich sagte es nicht.

»Dann lassen Sie uns wenigstens zu diesem Lagerplatz gehen und ein bisschen herumschauen«, drängte ich.

Sie überlegte kurz und sah dann auf ihre Uhr.

»Das können wir tun.«

»Geben Sie mir fünf Minuten.« Ich deutete auf Boyd.

Sie nickte.

»Komm, Junge.«

Er hob den Kopf und bewegte die Augenbrauen.

Plötzlich machte es klick. Das tote Eichhörnchen. Mein Beruf bringt es mit sich, dass ich eine ungewöhnlich feine Nase für Verwesungsgeruch habe, und doch hatte ich nichts gerochen. Boyd dagegen war schon durchgedreht, als er noch zehn Meter entfernt war.

»Könnte der Hund mitkommen?«, fragte ich. »Er ist zwar kein ausgebildeter Leichenspürhund, aber Aas wittert er ziemlich schnell.«

»Er kommt hinten rein.«

Ich öffnete die Tür und pfiff. Boyd kam gerannt und sprang in den Fond.

Elf Tage waren seit dem Absturz der TransSouth Air vergangen. Alle Überreste waren ins Leichenschauhaus gebracht worden, die letzten Wrackteile wurden eben abtransportiert. Die Bergung stand kurz vor dem Abschluss, und die Veränderung war offensichtlich.

Die Bezirksstraße war wieder geöffnet, nur an der Abzweigung in den Waldweg des *Forest Service* stand noch ein Sheriff's Deputy. Die Angehörigen der Opfer und die Presse waren verschwunden, und am Aussichtspunkt standen nur noch ein paar Fahrzeuge.

Crowe stellte den Motor ab, wo die Straße endete, ungefähr einen Kilometer nach der Abzweigung zur Unfallstelle. Rechts erhob sich ein großer Granitfelsen. Sie klemmte sich ein Funkgerät an den Gürtel, überquerte den Weg und ging an der Bergseite entlang, die Augen immer auf den Waldrand gerichtet.

Ich nahm Boyd an die Leine und folgte ihr, wobei ich ihn so kurz wie möglich hielt. Nach fünf Minuten bog der Sheriff links ab und verschwand die Böschung hoch zwischen den Bäumen. Ich ließ Boyd etwas mehr Leine, und er zerrte mich hinter sich her.

Zuerst ging es steil bergauf, dann folgte ein Stück flaches Gelände und schließlich ein Abhang hinunter in ein Tal. Je weiter wir uns von der Straße entfernten, desto dichter wurde der Wald, und alles sah für mich gleich aus. Crowe aber erkannte die Orientierungspunkte, die die Wahnetahs ihr genannt hatten. Sie fand den Pfad, den sie beschrieben hatten, und auch den schmalen Kiesweg, der ihn kreuzte. Ich wusste nicht, ob es der Wirtschaftsweg war, der am Trümmerfeld vorbeiführte, oder ein ähnlicher.

Es dauerte vierzig Minuten, bis Crowe Daniels Hütte gefunden hatte, die zwischen Buchen und Kiefern an einem kleinen Bach stand. Ich wäre wahrscheinlich daran vorbeigegangen.

Das Lager sah aus, als wäre es hastig an einem Nachmittag errichtet worden. Die Hütte war aus Holz, der Boden nackte Erde und das Dach aus Wellblech, das vorne ein Stück vorstand als Schutz für eine behelfsmäßige Bank neben der Tür. Ein Holztisch und eine zweite Bank standen links vor der Hütte, ein Baumstumpf rechts. Hinter dem Unterschlupf sah man einen Haufen aus Flaschen, Dosen, Reifen und anderem Abfall.

»Was meinen Sie, wie die Reifen hierher gekommen sind?«, fragte ich.

Crowe zuckte die Achseln.

Vorsichtig öffnete ich die Tür einen Spalt und spähte hinein. Im Dämmerlicht erkannte ich eine Koje, einen Gartenstuhl aus Aluminium und einen Klapptisch, auf dem ein Campingkocher und einige Plastikteller und -becher standen. Angelzeug, ein Eimer, eine Schaufel und eine Laterne hingen an rostigen Nägeln. Kerosindosen lagen auf dem Boden. Das war alles.

»Hätte der alte Mann sein Angelzeug hier gelassen, wenn er vorgehabt hätte weiterzuziehen?«

Noch ein Achselzucken.

Da wir beide keinen richtigen Plan hatten, beschlossen wir, uns aufzuteilen. Crowe suchte das Bachufer ab, während ich den umgebenden Wald durchstreifte. Mein Begleiter schnupperte und pinkelte zufrieden.

Zurück bei der Hütte, band ich Boyd an ein Tischbein, zog die Tür ganz auf und sicherte sie mit einem Stein. Die Luft im Inneren roch nach Schimmel, Kerosin und Muskateller. Tausendfüßler wuselten, wenn ich Gegenstände verrückte, und einmal stakste ein Weberknecht meinen Arm hoch. Ich fand keinerlei Hinweise darauf, wohin Daniel Wahnetah gegangen oder wann er aufgebrochen war. Oder warum.

Crowe kam zurück, als ich im Abfallhaufen stocherte. Nachdem ich auf Zehenspitzen durch dutzende von Weinflaschen, Crackerschachteln und Dinty-Moore-Rindfleischkonservendosen gestakst war, gab ich auf und ging zu ihr.

Bäume flüsterten im Wind. Blätter segelten in einer farbenfrohen Regatta über den Boden, und eine Ecke des Wellblechs hob und senkte sich mit einem scharrenden Geräusch. Obwohl die Luft sich dick und schwer anfühlte, war alles um uns herum in Bewegung.

Crowe wusste, was ich dachte. Ohne ein Wort zog sie einen kleinen Atlas mit Spiralfeder aus ihrer Jacke und blätterte darin.

»Zeigen Sie mir das Anwesen«, sagte sie und gab mir das Buch.

Die Karte, die sie aufgeschlagen hatte, zeigte den Teil des Swain County, in dem wir uns befanden. Anhand der Höhenlinien, der Bezirksstraße und der Wirtschaftswege lokalisierte ich die Absturzstelle. Dann schätzte ich die Position des Hauses mit der Einfriedung und deutete auf die Stelle.

»Hier.«

Crowe studierte die Topografie in der Umgebung meines Fingers.

»Und Sie sind sicher, dass sich dort ein Gebäude befindet?« Ich hörte Zweifel in ihrer Stimme.

»Ja.«

»Das ist kaum mehr als ein Kilometer.«

»Zu Fuß?«

Sie nickte, allerdings langsamer als sonst.

»Soweit ich weiß, gibt es in dieser Richtung keinen Weg, also gehen wir einfach quer durchs Gelände.«

»Sie finden hin?«

»Ich finde hin.«

Eine Stunde lang bahnten wir uns einen Weg durch Bäume und Unterholz, wanderten bergauf und bergab auf einem Pfad, der für Crowe offensichtlich erkennbar, für mich aber unsichtbar war. Schließlich stießen wir an einer uralten Kiefer mit knorrigem Stamm auf einen Weg, den sogar ich sah.

Wir kamen zu einer hohen Mauer, an die ich mich von meinem letzten Besuch her zu erinnern glaubte. Ich schärfte alle Sinne, als wir an den moosbewachsenen Steinen entlanggingen. Ein Eichelhäher krächzte schrill und gellend, und meine Haut schien sich zu straffen. Hier war etwas. Das wusste ich.

Boyd schlich schnuppernd umher und schien meine Anspannung nicht zu bemerken. Ich wickelte mir die Leine um die Hand und packte sie fester.

Nach wenigen Metern knickte die Mauer im Neunzig-Grad-Winkel ab. Crowe bog um die Ecke, und ich folgte, die Leine so fest umklammert, dass meine Fingernägel in die Handfläche stachen.

Nach drei Vierteln der Mauer hörten die Bäume auf. Crowe blieb am Waldrand stehen, und Boyd und ich schlossen auf.

Links vor mir sah ich eine weitere ummauerte Einfriedung, und dahinter erhob sich die Felswand. Jetzt kannte ich mich wieder aus. Wir hatten uns dem Anwesen von hinten genähert, das Haus lag, mit der Rückseite an der Felsflanke, vor uns. Die Mauer, an der wir entlanggegangen waren, umschloss ein größeres Areal, das ich bei meinem ersten Besuch nicht bemerkt hatte. Der Hof befand sich innerhalb dieser größeren Einfriedung.

»Verdammt.« Crowe griff sich an den Gürtel und löste den Sicherheitsriemen ihres Pistolenhalfters.

Sie rief, wie ich es getan hatte. Rief noch einmal.

Augen und Ohren aufs Äußerste gespannt, näherten wir uns dem Haus und stiegen die Stufen hoch. Die Läden waren noch immer geschlossen, die Vorhänge noch immer zugezogen. Ich hatte dasselbe mulmige Gefühl wie bei meinem ersten Besuch.

Crowe stellte sich seitlich neben die Tür und deutete hinter sich. Als Boyd und ich hinter ihr standen, klopfte sie. Wieder keine Antwort.

Sie klopfte noch einmal, stellte sich vor. Stille.

Crowe hob den Kopf und sah sich um. »Keine Telefonleitungen. Keine Stromleitungen.«

»Handy und Generator.«

»Könnte sein. Oder das Haus ist verlassen.«

»Wollen Sie den Hof sehen?«

»Nein, ohne Durchsuchungsbefehl will ich das nicht.«

»Aber Sheriff –«

»Ohne Durchsuchungsbefehl kein Betreten.« Sie sah mich an, ohne zu zwinkern. »Gehen wir. Ich spendiere Ihnen ein Dr. Pepper.«

In diesem Augenblick fing es an zu nieseln. Ich hörte, wie die Tropfen leise auf das Verandadach klatschten, und ich spürte, wie Frustration in mir aufwallte. Sie hatte Recht. Es war ja alles nur eine Vermutung. Aber jede Zelle meines Körpers sagte mir, dass wir irgendetwas Wichtiges dicht vor uns hatten. Etwas Böses.

»Darf ich mit Boyd um das Grundstück herumgehen? Nur um zu sehen, ob ihm etwas einfällt.«

»Solange Sie außerhalb der Mauer bleiben, habe ich nichts dagegen. Ich suche unterdessen nach einem Zufahrtsweg. Wenn Leute hierher kommen, müssen sie es mit dem Auto tun.«

Fünfzehn Minuten lang durchstreiften Boyd und ich das Unterholz westlich des Hauses, so wie ich es beim ersten Mal auch schon getan hatte. Der Hund zeigte keine Reaktion. Obwohl ich inzwischen befürchtete, dass der Eichhörnchenfund ein Glückstreffer gewesen war, beschloss ich, noch einen letzten Versuch zu wagen, und zwar am Waldrand entlang bis zu seinem Ende an der zweiten Mauer. Das wäre Neuland.

Wir waren etwa sieben Meter von der Mauer entfernt, als Boyd plötzlich den Kopf hochriss. Sein Körper spannte sich an, die Rückenhaare stellten sich auf. Er schnupperte in die Luft und knurrte dann auf eine Art, wie ich es nur einmal gehört hatte, tief, wild und gemein. Dann sprang er los und bellte und lechzte wie ein Besessener.

Ich stolperte, konnte ihn kaum halten.

»Boyd. Stopp!«

Ich spreizte die Füße und packte die Leine mit beiden Händen. Der Hund zerrte weiter, ich sah seine angespannten Muskeln und die Vorderläufe, die Zentimeter über dem Boden strampelten.

»Was ist denn, Junge?«

Wir wussten es beide.

Ich zögerte, und mein Herz klopfte. Dann wickelte ich die Leine von meiner Hand und ließ sie los.

Boyd rannte zur Mauer und fing an einer Stelle etwa zwei Meter südlich der hinteren Ecke wild zu bellen an. Ich sah, dass der Mörtel an dieser Stelle aus der Mauer bröckelte und etwa ein Dutzend Steine herausgebrochen waren, sodass zwischen Erdboden und dem Mauerfundament eine Lücke klaffte.

Ich lief zu dem Hund, kauerte mich neben ihn und inspizierte das Loch. Die Erde war feucht und verfärbt. Als ich einen herausgebrochenen Stein umdrehte, sah ich etwa ein Dutzend winziger brauner Gegenstände.

Ich wusste sofort, was Boyd gefunden hatte.

13

Am Montag ging ich nicht ins Gerichtsgebäude von Swain County. Stattdessen überquerte ich die Berge in westlicher Richtung nach Tennessee, und am späten Vormittag war ich knapp fünfzig Kilometer nordwestlich von Knoxville und näherte mich der Einfahrt zum *Oak Ridge National Laboratory.* Der Tag war feucht und trüb, und meine regelmäßig hin- und herklickenden Scheibenwischer hielten mir auf der beschlagenen Windschutzscheibe zwei Fächer frei.

Durch das Seitenfenster sah ich eine Frau und ein kleines Kind, die am Ufer einer Lagune Schwäne fütterten. Mit zehn Jahren hatte ich einen Zusammenstoß mit einem hässlichen Entlein gehabt, das es mit einer Spezialeinheit der Marines hätte aufnehmen können. Ich fragte mich, ob es so klug war, was sie da taten.

Nachdem ich an einem Wachhaus meinen Ausweis gezeigt hatte, fuhr ich über einen riesigen Parkplatz zum Empfangszentrum. Mein Ansprechpartner wartete auf mich, trug mich in die Besucherliste ein, und wir stiegen in mein Auto. Nach hundert Metern wurden meine neue ORNL-Erkennungsmarke und mein Nummernschild ein drittes Mal kontrolliert, bevor ich durch das Tor in dem Maschendrahtzaun, der das Gelände umgab, fahren durfte.

»Ziemlich strenge Sicherheitsvorkehrungen. Ich dachte, das hier gehört zum Energieministerium.«

»Tut es auch. Der Großteil unserer Arbeit beschäftigt sich

mit Energiesparen, Computern und Robotik, biomedizinischen Schutzmaßnahmen und Umweltschutz und medizinischer Radioisotopenentwicklung. Die Sicherheitsvorkehrungen sind dazu da, das geistige Eigentum und die Hardware des Energieministeriums zu schützen. Außerdem haben wir einen Hochfluss-Isotopenreaktor auf dem Gelände.«

Laslo Sparkes war Mitte dreißig, trug aber bereits einen kräftigen Bauch vor sich her. Er war klein, ging leicht gebeugt und hatte ein rundes Gesicht mit Aknenarben auf den Wangen.

Oak Ridge, 1943 in nur drei kurzen Monaten errichtet, hatte als Wunderbaby des Zweiten Weltkriegs begonnen. Tausende starben in Europa und Asien, und Enrico Fermi und seinen Kollegen war auf einem Squash-Platz unter den Tribünen des Football-Stadions der University of Chicago gerade die Kernspaltung gelungen. Oak Ridges Auftrag war sehr einfach gewesen: Baut die Atombombe.

Laslo dirigierte mich durch ein Labyrinth enger Straßen. Biegen Sie hier rechts ab. Links. Links. Rechts. Bis auf die Größe sah der Komplex aus wie eine Wohnsiedlung in der Bronx.

Laslo deutete auf ein dunkles Ziegelgebäude, das für mich nicht zu unterscheiden war von den vielen anderen dunklen Ziegelgebäuden.

»Parken Sie hier«, sagte er.

Ich fuhr auf den Parkplatz und stellte den Motor ab.

»Ich bin Ihnen wirklich sehr dankbar, dass Sie so kurzfristig Zeit für mich hatten.«

»Sie waren für mich da, als ich Sie damals um Hilfe bat.«

Vor Jahren hatte Laslo Knochen für seine Diplomarbeit in Anthropologie gebraucht, und ich hatte ihm einige Proben gegeben. Dann waren wir während seiner Dissertation in Kontakt geblieben und auch in den zehn Jahren, die er nun schon als Forscher in Oak Ridge arbeitete.

Laslo wartete, bis ich einen kleinen Kühlbehälter aus dem Kofferraum geholt hatte, und führte mich dann in das Gebäude und eine Treppe hoch in sein Labor. Das Zimmer war klein und fensterlos und voll gestopft mit alten Stahlschreibtischen, Computern, Druckern, Kühlschränken und unzähligen Maschinen, die blinkten und summten. Glaskolben, Wasserbehälter, Edelstahlinstrumente und Schachteln mit Gummihandschuhen drängten sich auf den Arbeitsflächen, darunter stapelten sich Kartons und Plastikkübel.

Laslo führte mich zu einem Tisch an der Rückwand und streckte die Hand nach dem Kühlbehälter aus. Ich gab ihn ihm, er zog eine Plastiktüte heraus, zog das Klebeband ab und schaute hinein.

»Dann erzählen Sie noch mal«, sagte Laslo und schnupperte an der Tüte.

Während ich von meinem Ausflug mit Lucy Crowe berichtete, schüttete Laslo Erde aus der Tüte in einen Glasbehälter. Dann fing er an, meine Informationen in ein leeres Formular einzutragen.

»Wo haben Sie die Probe entnommen?«

»Ich habe an der Stelle gesammelt, die mein Hund anzeigte, unter der Mauer und unter den Steinen, die herausgebrochen waren. Ich dachte mir, dass dort die Erde am geschütztesten sein würde.«

»Gut gedacht. Normalerweise fungiert die Leiche als Schutz für die Erde, aber Steine haben dieselbe Wirkung.«

»Stellt Regen ein Problem dar?«

»In einer geschützten Umgebung binden die schweren, schleimartigen Sekretionen, die bei anaerober Fermentation entstehen, die Erde, sodass durch Regen induzierte Verdünnungsfaktoren insignifikant sind.«

Er klang, als würde er aus einem seiner Artikel im *Journal of Forensic Sciences* vorlesen.

»Bitte in einfachen Worten. Das ist absolut nicht mein Fachgebiet.«

»Sie haben den Verwesungsfleck entdeckt.«

»Na ja, genau genommen mein Hund.« Ich deutete auf einen Plastikkolben. »Die Puppen haben mich auf die Spur gebracht.«

Laslo nahm das Gefäß aus der Kühltasche, schraubte den Deckel ab und schüttete sich einige Kokons auf die Hand. Jeder sah aus wie ein winziger Football.

»Also hat bereits Madenwanderung stattgefunden.«

»Falls der Fleck wirklich von Verwesung herrührt.« Ich hatte die ganze Nacht Zeit gehabt, mir über Boyds Entdeckung den Kopf zu zerbrechen. Obwohl ich mir ziemlich sicher war, dass seine Nase und mein Instinkt Recht hatten, wollte ich Beweise.

»Madenpuppen lassen eindeutig auf das Vorhandensein einer Leiche schließen.« Er ließ die Kokons wieder in den Behälter gleiten. »Ich glaube, Ihr Hund hatte den richtigen Riecher.«

»Können Sie feststellen, ob es ein Tier war?«

»Die Menge der volatilen Fettsäuren wird uns sagen, ob die Leiche über fünfzig Kilo schwer war. Nur sehr wenige Säugetiere werden so groß.«

»Was ist mit Jagen? Ein Hirsch oder ein Bär könnte so groß sein.«

»Haben Sie Haare gefunden?«

Ich schüttelte den Kopf.

Wenn ein Organismus stirbt, interessieren sich sofort Aasfresser, Insekten und Mikroben dafür, wobei ihn die einen von außen anfressen, die anderen von innen, bis nur noch Knochen übrig sind. Das nennt man Verwesung.

Ruby würde den Prozess schlicht »Staub zu Staub« nennen, doch eigentlich ist er sehr viel komplizierter.

Muskelgewebe, das vierzig bis fünfzig Prozent eines menschlichen Körpers ausmacht, besteht aus Protein, das wiederum aus Aminosäuren besteht. Nach dem Tod entstehen bei der Fermentation von Fetten und Proteinen durch Bakterieneinwirkung volatile Fettsäuren, so genannte VFS. Bei fortschreitender Fäulnis sickern Flüssigkeiten aus dem Körper, die diese VFS transportieren. Todesermittler nennen diese Mischung Suppe.

Laslos Forschung konzentrierte sich auf die mikrobische Ebene, das heißt, er untersuchte die organischen Komponenten, die in der Erde unter und um eine Leiche enthalten sind. In jahrelanger Arbeit hatte er eine Beziehung zwischen dem Verfallsprozess und der VFS-Produktion nachgewiesen.

Ich sah ihm zu, wie er Erde durch ein Edelstahlsieb schüttete.

»Wonach genau suchen Sie in der Erde?«

»Ich benutze keine Erde, sondern Erdlösung.«

Offensichtlich hatte er meinen verständnislosen Blick gesehen.

»Die flüssige Komponente zwischen den Erdpartikeln. Aber zuerst muss ich sie reinigen.«

Er wog die Probe.

»Wenn Körperflüssigkeiten in die Erde sickern, wird das organische Material an die Partikel gebunden. Ich kann keine chemischen Extraktoren für das Trennen verwenden, weil sie die volatilen Fettsäuren aus dem verwesenden Körper zum Teil auflösen würden.«

»Und so die Messung verfälschen würden.«

»Genau.«

Er schüttete die Erde in ein Zentrifugenröhrchen und gab Wasser hinzu.

»Ich verwende entionisiertes Wasser in einem Verhältnis von zwei zu eins.«

Das Röhrchen kam eine Minute lang in einen Rüttler, um die Lösung zu mischen. Dann stellte er es in eine Zentrifuge und schloss den Deckel.

»Die Temperatur in der Zentrifuge liegt konstant bei fünf Grad. Ich zentrifugiere vierzig Minuten lang und filtere dann die Probe, um alle noch verbliebenen Mikroorganismen zu entfernen. Danach ist es einfach. Ich kontrolliere den pH-Wert, gebe Methansäure hinzu und stecke das Ding in den Gaschromatografen.«

»Wie wär's mit einem Schnellkurs?«

Laslo schloss die Vorbereitungen ab, deutete dann zu einem Tisch, und wir setzten uns.

»Okay. Wie Sie wissen, sehe ich mir die Produkte des Muskel- und Fettzerfalls, die so genannten volatilen Fettsäuren, an. Sind Sie vertraut mit den vier Stadien der Verwesung?«

Anthropologen und Todesermittler unterscheiden bei Leichen vier Stadien: frisch, gebläht, verwest und skelettiert.

Ich nickte.

»Bei einer frischen Leiche ist kaum eine Veränderung der VFS festzustellen. Im zweiten Stadium bläht sich der Körper wegen der anaerobischen Fermentation, die vorwiegend im Darm stattfindet, auf. Dies verursacht Hautrisse und das Austreten von Fermentationsnebenprodukten, die reich sind an Buttersäure.«

»Buttersäure?«

»Die volatilen Fettsäuren umfassen einundvierzig verschiedene organische Verbindungen, zu denen auch die Buttersäure gehört. Buttersäure, Methansäure, Essigsäure, Propionsäure, Valeriansäure, Kapronsäure und Heptan sind in der Erdlösung feststellbar, weil sie wasserlöslich sind. Zwei davon, die Methansäure und die Essigsäure, kommen in der Natur zu häufig vor, um uns von Nutzen zu sein.«

»Methansäure ist diejenige, die bei Ameisenbissen die Schmerzen verursacht, nicht?«

»Genau. Kapronsäure und Heptan werden in relevanten Mengen nur in den kälteren Monaten gefunden. Propion-, Butter- und Valeriansäure sind meine Lieblinge. Sie werden von einer verwesenden Leiche freigesetzt und in spezifischen Verhältnissen in der Erdlösung abgelagert.«

Ich kam mir vor wie im Grundkurs Biochemie.

»Da Butter- und Propionsäure von anaeroben Bakterien im Darm produziert werden, ist ihr Pegel während der Blähphase höher.«

Ich nickte.

»Im dritten Stadium gibt es deshalb einen starken Anstieg aller VFS-Formationen.«

»Ja. Und am Beginn der vierten Phase ein starkes Absinken.«

»Kein Fleisch, keine Bakterien.«

»Die Suppenküche ist geschlossen.«

Die Zentrifuge hinter uns summte leise.

»Außerdem habe ich herausgefunden, dass alle Fettsäurewerte kurz nach der Madenwanderung am höchsten sind.«

»Wenn Larven die Leiche verlassen, um sich zu verpuppen.«

»Ja. Bis zu diesem Punkt schränkt die Anwesenheit von Insekten das Austreten von Körperflüssigkeiten in die Erde eher ein.«

»Tritt die Verpuppung nicht nach ungefähr vierhundert AGT ein?«

AGT bedeutet »akkumulierte Gradtage« und ergibt sich aus der Summe der durchschnittlichen Tagestemperaturen.

»Mit einer gewissen Abweichung. Was uns aber zu einem wichtigen Punkt bringt. Die VFS-Produktion ist abhängig von der Temperatur. Deshalb kann sie benutzt werden zur Bestimmung der seit dem Tod verstrichenen Zeit.«

»Weil eine Leiche für alle gegebenen akkumulierten Gradtage dieselben Mengen an Propion-, Butter- und Vareliansäure produziert.«

»Genau. Deshalb kann das VFS-Profil eine Schätzung der ZST liefern.« ZST ist die Abkürzung für »Zeit seit Tod«.

»Haben Sie die Daten des Wetterdienstes bekommen?«

Er ging zu einem Regal und kehrte mit einem Ausdruck zurück.

»Das ging erstaunlich schnell. Normalerweise dauert es viel länger. Aber wir haben ein kleines Problem. Für eine wirklich präzise ZST-Schätzung brauche ich drei Dinge. Erstens die spezifischen Fettsäurenverhältnisse.«

Er deutete auf einen mit dem Gaschromatografen verbundenen Computermonitor.

»Die kriegen wir gleich. Zweitens, die Daten des Wetterdienstes für die Stelle, wo die Leiche gefunden wurde.«

Er hielt den Ausdruck in die Höhe.

»Drittens, Informationen über Gewicht und Zustand der Leiche. Aber eine Leiche haben Sie ja nicht – im Keller.« Er grinste.

Ich erwiderte das Grinsen.

»Zwei Variablen sind wichtig: die Feuchtigkeitsmenge in der Erde und das Gewicht des Körpers vor der Verwesung. Da jeder ein unterschiedliches Verhältnis von Fett- und Muskelgewebe besitzt, gehe ich, wenn ich keine Leiche habe, von einem Standardgewicht von fünfundsiebzig Kilo aus und benutze dann einen Korrekturfaktor. Wir können doch mit einiger Sicherheit davon ausgehen, dass Ihr Verstorbener zwischen fünfzig und einhundertfünfzig Kilo wog, oder?«

»Ja. Aber wenn wir das tun, erweitert sich unser Zeitrahmen, nicht?«

»Leider. Haben Sie vorläufig schon mal über den Daumen gepeilt?«

Da die Freisetzung von volatilen Fettsäuren nach 1285 akkumulierten Gradtagen plus oder minus 110 aufhört, ist es möglich, zu einer groben Zeitschätzung zu kommen, indem man 1285 durch die durchschnittliche Tagestemperatur des Tages, an dem die Leiche gefunden wurde, teilt. Ich hatte das für Lucy Crowe gemacht. Die Durchschnittstemperatur in Bryson City hatte gestern achtzehn Grad betragen, was eine maximale ZST von einundsiebzig Tagen ergab.

»Das wäre der Zeitpunkt, an dem die Skelettierung abgeschlossen war, und VFS wären dann nicht mehr festzustellen.«

Laslo sah auf die Uhr an der Wand.

»Mal sehen, wie genau Sie waren.«

Er stand auf, filterte die Erdlösung, verwirbelte sie und stellte das Röhrchen in den Gaschromatografen. Nachdem er die Kammer verschlossen und das Gerät entsprechend eingestellt hatte, wandte er sich wieder mir zu.

»Das dauert jetzt ein paar Minuten. Kaffee?«

Als wir ins Labor zurückkehrten, zeigte der Monitor eine Reihe von Spitzen in verschiedenen Farben und eine Liste der Komponenten und ihrer Konzentrationen.

»Jede Kurve zeigt die Konzentration einer flüchtigen Fettsäure pro Gramm des Trockengewichts der Erde. Zuerst korrigiere ich im Hinblick auf Verdünnung und Erdfeuchtigkeit.«

Er drückte ein paar Tasten.

»Jetzt kann ich die AGT für jede VFS berechnen.«

Er fing mit der Buttersäure an.

»Siebenhundert akkumulierte Gradtage.«

Nun stellte er die entsprechenden Berechnungen auch für die anderen Säuren an. Mit einer Ausnahme bewegten sich alle AGT im Bereich zwischen 675 und 775.

»Jetzt werde ich mit Hilfe der Daten des Wetterdienstes die Zahl der Tage bestimmen, die nötig sind, um 675 bis 775 akkumulierte Gradtage zu erreichen. Kann sein, dass wir später korrigieren müssen, falls die Temperaturmessungen an der Leichenfundstelle von den offiziell aufgezeichneten Daten abweichen. Normalerweise weiß ich das gerne im Voraus, aber ein großes Problem ist es nicht.«

Wieder drückte er ein paar Tasten. Ich hielt den Atem an.

»Einundvierzig bis achtundvierzig Tage. Das ist Ihre Zeitspanne. Nach Ihrer Berechnung wäre die Skelettierung nach einundsiebzig Tagen abgeschlossen gewesen.«

»Das heißt, der Tod trat vor sechs bis sieben Wochen ein.«

Er nickte. »Aber vergessen Sie nicht, dass dieser Zeitrahmen auf einem geschätzten, nicht auf einem tatsächlichen Lebendgewicht basiert.«

»Und dass zu der Zeit, als der Fleck produziert wurde, die Leiche noch Fleisch besaß und der Verwesungsprozess im Gange war.«

Er nickte.

»Aber Sie haben ja keine Leiche.«

»Vor allem keine im Keller.«

Ich fuhr direkt zu Lucy Crowes Büro. Es hatte aufgehört zu regnen, aber über den Bergen drängten sich tief hängende, dunkle Wolken, die aussahen, als würden sie gleich den nächsten Guss bringen.

Crowe saß hinter ihrem Bürgerkriegs-Schreibtisch und aß ein Würstchen im Maismantel. Als sie mich sah, wischte sie sich die Brösel vom Mund und warf dann das Holzstöckchen und die Tüte in hohem Bogen in den Abfalleimer am anderen Ende des Raums.

»Zwei Punkte«, sagte ich.

»Direkt ins Netz. Keine Rahmenberührung.«

Ich legte ihr die Ausdrucke auf den Tisch und setzte mich. Eine ganze Minute lang studierte sie, die Ellbogen auf den Tisch gestützt, die Finger an den Schläfen, die VFS-Profile. Dann hob sie den Kopf.

»Ich weiß, dass Sie mir das erklären werden.«

»Volatile Fettsäuren.«

»Bedeutet?«

»Dass innerhalb dieser Mauer ein Körper verwest ist.«

»Wessen?«

»Die VFS-Verhältnisse legen eine Zeit seit dem Tod von sechs bis sieben Wochen nahe. Daniel Wahnetah wurde Ende Juli zum letzten Mal gesehen und Anfang August als vermisst gemeldet. Jetzt haben wir Oktober. Rechnen Sie mal nach.«

»Mal angenommen, ich akzeptiere diese Prämisse, was ich nicht unbedingt tue, wie kam Wahnetahs Fuß dann zur Absturzstelle?«

»Wenn Boyd die Verwesung roch, dann konnten das auch die Kojoten. Wahrscheinlich haben sie den Fuß unter der Mauer herausgezerrt. Wo das Fundament zerbröckelt ist, ist Platz.«

»Und den Rest haben sie dort gelassen?«

»Wahrscheinlich konnten sie nicht mehr abreißen.«

»Und wie kam Wahnetah in diesen ummauerten Hof?«

Ich zuckte die Achseln.

»Und wie starb er?«

»Das herauszufinden ist Arbeit des Sheriffs. Ich kümmere mich nur um die wissenschaftlichen Aspekte.«

Irgendwo auf dem Gang säuselte Hank Williams den *Long-Gone Lonesome Blues*. Statisches Rauschen ließ den Song klingen, als käme er aus einer anderen Ära.

»Reicht das jetzt für einen Durchsuchungsbefehl?«, fragte ich.

Der Sheriff studierte das Papier noch einmal eine volle Minute lang. Schließlich hob sie den Kopf und schaute mir mit ihren wunderbaren Augen direkt in die meinen. Dann griff sie zum Telefon.

Als ich das Büro des Sheriffs wieder verließ, regnete es leicht. Scheinwerfer, Ampeln und Neonschilder glitzerten und schimmerten in der frühen Abenddämmerung. Die Luft roch schwer nach Stinktier.

Hinter dem High Ridge House lag Boyd, die Schnauze auf den Pfoten, in seiner Hundehütte und starrte die Regentropfen an. Er hob den Kopf, als ich ihn rief, und sah mich an, als wollte er sagen, ich solle etwas dagegen tun. Als er merkte, dass ich keine Anstalten machte, seufzte er laut und ließ den Kopf wieder sinken. Ich füllte seine Schüssel und ließ ihn weiter über seine feuchte Welt meditieren.

Im Haus war es still. Zum langsamen *Tick-Tick-Tick* von Rubys Wanduhr stieg ich die Treppe hoch. Aus keinem der Zimmer kam ein Laut.

Als ich an meinem Ende des Gangs um die Ecke bog, sah ich zu meiner Überraschung, dass die Tür zum Magnolia einen Spaltbreit offen stand. Ich schob sie ganz auf. Und erstarrte.

Alle Schubladen in meinem Zimmer waren durchwühlt, das Bett abgezogen. Meine Aktentasche war ausgeleert worden, Papiere und Schnellhefter lagen auf dem Boden verstreut.

In meinem Kopf dröhnte nur ein einziges Wort.

Nein. Nein. Nein.

Ich warf meine Handtasche aufs Bett, lief zum Kleiderschrank und riss die Tür auf.

Mein Laptop stand noch hinten in der Ecke, genau dort, wo ich ihn hingestellt hatte. Während ich ihn herausholte und einschaltete, schossen mir Fragen durch den Kopf.

Was war in dem Zimmer? Was war in dem Zimmer? Was war in dem Zimmer?

Eine schnelle mentale Inventur. Autoschlüssel. Kreditkarten. Führerschein. Pass. Das alles hatte ich bei mir gehabt.

Warum? Warum? Warum?

Als der Computer hochgefahren war, kontrollierte ich ein paar Dateien. Es schien alles in Ordnung zu sein.

Ich ging ins Bad und spritzte mir kaltes Wasser ins Gesicht. Dann schloss ich die Augen und spielte ein Kinderspiel, von dem ich wusste, dass es mich beruhigen würde. Stumm sagte ich mir den Text des ersten Songs vor, der mir in den Sinn kam. *Honkey Tonk Woman.*

Die Auszeit mit Mick und den Stones funktionierte. Etwas ruhiger kehrte ich ins Zimmer zurück und sammelte die Papiere auf.

Ich ordnete noch immer, als es klopfte. Ich öffnete, und Andrew

Ryan stand vor mir. Er hatte zwei Schokoriegel in der rechten Hand.

Ryan ließ den Blick über das Chaos schweifen.

»Was war denn hier los?«

Ich sah ihn nur an, denn ich traute meiner Stimme nicht.

»Fehlt irgendwas?«

Ich schluckte.

»Das Einzige von Wert war der Computer, und der ist noch da.«

»Damit ist ziemlich ausgeschlossen, dass dich jemand beklauen wollte.«

»Außer der Eindringling wurde gestört.«

»Sieht aus, als hätte er das Zimmer durchwühlt, weil er etwas Bestimmtes suchte.«

»Oder aus reiner Boshaftigkeit.«

Warum?

Wir aßen unsere Schokoriegel und dachten über mögliche Erklärungen nach. Keine klang überzeugend. Die beiden wahrscheinlichsten waren die, dass jemand nach Geld gesucht hatte oder dass jemand mich wissen lassen wollte, dass er oder sie mich nicht mochte.

Als Ryan wieder gegangen war, stapelte ich die restlichen Ordner aufeinander und ging dann ins Bad, um mir eine Wanne einlaufen zu lassen. Als ich den Duschvorhang zurückzog, bekam ich den nächsten Schock.

Rubys Keramikfigur der Orphan Annie lag mit zertrümmertem Gesicht und zerschmetterten Gliedern in der Wanne. Sandy baumelte mit einer behelfsmäßigen Henkerschlinge um den Hals am Duschkopf.

Wieder rasten meine Gedanken, meine Hände zitterten. Diese Botschaft hatte nichts mit Geld zu tun. Da mochte mich jemand ganz offensichtlich wirklich nicht.

Plötzlich erinnerte ich mich an den Volvo. War diese Episode eine Drohung gewesen? Und war dieser Einbruch eine zweite? Ich kämpfte gegen den Impuls an, zu Ryans Zimmer zu laufen.

Mir fiel ein, dass die Tür nicht abschließbar war. Ich überlegte, ob ich Boyd zu mir holen sollte. Wer wäre dann bedroht?

Als ich eine Stunde später im Bett lag und mein Verstand wieder einigermaßen logisch arbeitete, dachte ich darüber nach, warum ich auf diese Verletzung meiner Privatsphäre so heftig reagiert hatte. War es Wut oder Angst gewesen, was mich so aufgebracht hatte? Auf wen sollte ich wütend sein? Was sollte ich fürchten?

Der Schlaf kam lange nicht.

14

Als ich am nächsten Morgen nach unten kam, befragte Ryan Ruby wegen des Einbruchs in meinem Zimmer. Byron McMahon saß ihm gegenüber und schenkte seine Aufmerksamkeit abwechselnd der Befragung und einem Trio Spiegeleier.

Ruby hatte nur einen Kommentar.

»Die Diener des Satans sind unter uns.«

Ich ärgerte mich über ihre Nonchalance gegenüber dem Durchwühlen meiner persönlichen Habe.

»Wurde etwas gestohlen?«, fragte McMahon. Gut. Das FBI beschäftigte sich mit meinem Fall.

»Ich glaube nicht.«

»Haben Sie jemand geärgert?«

»Ich fürchte, mein Hund hat es. Hunde bellen.« Ich erzählte, was Annie und Sandy passiert war.

Ryan sah mich verwundert an, sagte aber nichts.

»Das hier ist nicht gerade Los Alamos. Hier kann jeder aus und ein gehen.« McMahon spießte sich Bratkartoffeln auf die Gabel. »Was haben Sie denn sonst noch in den letzten Tagen getrieben? Ich habe Sie schon eine Weile nicht gesehen.«

Ich erzählte ihm von dem Fuß und dem Haus mit dem ummauerten Hof und endete mit dem VFS-Profil, das ich tags zuvor bekommen hatte. Von meinem augenblicklichen Status bei den Ermittlungen erzählte ich ihm nichts, das sollte er schon selber herausfinden. Während ich berichtete, löste sein Grinsen sich langsam auf.

»Crowe will einen Durchsuchungsbefehl?«, fragte er, ganz cooler Bulle.

Ich wollte eben antworten, als mein Handy die Ouvertüre von Wilhelm Tell spielte. Die Männer sahen sich an, als ich den Knopf drückte.

Der Anruf kam von Laslo Sparkes in Oak Ridge. Ich hörte ihm zu, dankte ihm und schaltete aus.

»Hat Rossini angerufen?«, fragte Ryan.

»Ich habe die Signaltonvarianten ausprobiert und vergessen, es wieder umzustellen.« Ich stach mein Ei an, und Dotter spritzte auf den Tisch. »Dass *du* ein Opernfan bist, hätte ich mir nicht gedacht.«

»Ganz schön schlagfertig.« McMahon nahm sich eine Scheibe Toast.

»Es war der Anthropologe aus Oak Ridge.«

»Lass mich raten. Er hat die Suppe analysiert, und die vermisste Leiche ist Fidel Castro.«

Sollte das witzig sein? Ich ignorierte ihn und richtete meine Antwort direkt an McMahon.

»Er hat etwas gefunden, als er die restliche Erde filterte.«

»Und was?«

»Hat er nicht gesagt. Nur, dass es eventuell hilfreich sein könnte. Er will in Bryson City vorbeischauen, wenn er gegen Ende der Woche nach Asheville fährt.«

Ruby kam herein, räumte die Teller ab, ging wieder.

»Und du gehst jetzt ins Gerichtsgebäude?« Ryan.

»Ja.« Angespannt.

»Klingt nach Detektivarbeit.«

»Irgendjemand muss es ja tun.«

»Es kann nicht schaden, wenn man weiß, wem das Anwesen gehört.« McMahon trank seine Tasse aus. »Nach der Morgenbesprechung muss ich nach Charlotte, um irgendein Arschloch zu befragen, das behauptet, er hätte Informationen über eine Miliz hier in Swain. Ansonsten würde ich mitkommen.«

Er zog eine Karte aus seiner Brieftasche und schob sie mir hin.

»Wenn die Leute im Gerichtsgebäude unkooperativ sind, schwenken Sie die da. Manchmal kann das Kürzel Wunder wirken.«

»Danke.« Ich steckte die Karte ein.

McMahon entschuldigte sich und ließ mich mit Ryan und drei leeren Tassen allein.

»Was meinst du, wer dein Zimmer durchwühlt hat?«

»Ich weiß es nicht.«

»Warum?«

»Vielleicht hatten sie es auf mein Duschgel abgesehen.«

»Ich würde das nicht auf die leichte Schulter nehmen. Wie wär's, wenn ich mich ein bisschen umhöre, ein paar Fragen stelle?«

»Du weißt doch, dass das nichts bringt. Solche Sachen werden nie gelöst.«

»Ich würde die Leute wissen lassen, dass jemand neugierig ist.«

»Ich rede mit Crowe.«

Als ich aufstand, fasste er mich am Arm.

»Willst du Unterstützung im Gerichtsgebäude?«

»Für den Fall, dass der Archivar mich mit einer Waffe bedroht?«

Er senkte kurz den Kopf, sah mich dann wieder an.

»Willst du *Gesellschaft* im Gerichtsgebäude?«

»Musst du denn nicht zur NTSB-Besprechung?«

»McMahon kann mir ja berichten. Aber ich habe eine Bedingung.«

Ich wartete.

»Stell dein Handy um.«

»Klar doch, Cowboy«, sagte ich.

Das *Swain County Administration Building and Courthouse*, das Gerichts- und Verwaltungszentrum des Bezirks, ist ein Neubau, der seinen Vorgänger 1982 ersetzt hatte. Es ist ein rechteckiges Betongebäude mit einem flachgiebeligen Dach aus rotem, feuerverzinktem Blech am Ufer des Tuckasegee River. Obwohl ihm der Charme des alten, kuppelgeschmückten Gerichtsgebäudes an der Ecke Everett und Main abgeht, ist es hell, sauber und funktionell.

Die Steuerverwaltung befindet sich im Erdgeschoss, gleich hinter der gefliesten, achteckigen Eingangshalle. Als Ryan und ich eintraten, schauten vier Frauen von ihren Computern auf, zwei hinter einem Tresen direkt vor uns, zwei hinter einem Tresen zu unserer Linken.

Ich erklärte, was wir wollten. Frau Nummer drei deutete auf eine Tür in der Rückwand des Raums.

»Grundbuchabteilung«, sagte sie.

»Anscheinend bewahren sie hier die Verschlusssachen auf«, sagte Ryan, als ich die Tür öffnete.

Nach dem Eintreten standen wir vor einer weiteren Theke, die von einer großen, schlanken Frau mit kantigem Gesicht bewacht wurde. Es erinnerte mich an das alte Bild meines Vaters von Stan Musial.

»Kann ich Ihnen helfen?«

»Wir würden uns gern den Kataster-Übersichtsplan anschauen.«

Die Frau hielt sich die Hand vor den Mund, als hätte diese Bitte sie überrumpelt.

»Den Katasterplan?«

Mich beschlich das Gefühl, dass sie eine solche Anfrage noch nie gehabt hatte. Ich zog Byron McMahons Karte aus der Tasche, ging zu der Theke und gab sie ihr.

Madame Musial starrte die Karte mit aufgerissenen Augen an. »Ist das, ähm, das richtige FBI?«

Als sie mich anschaute, nickte ich.

»Byron?«

»Der Name wird in unserer Familie vererbt.« Ich lächelte gewinnend.

»Haben Sie eine Waffe?«

»Nicht hier.« Und auch sonst nirgendwo, aber warum sollte ich die Illusion zerstören?

»Hat das etwas mit dem Flugzeugabsturz zu tun?«

Ich beugte mich zu ihr. Sie roch nach Minze und einem zu stark parfümierten Shampoo. »Wonach wir suchen, könnte für die Ermittlung von grundlegender Bedeutung sein.«

Hinter mir hörte ich, wie Ryan von einem Fuß auf den anderen trat.

»Ich heiße Dorothy.« Sie gab mir die Karte zurück. »Ich hole Ihnen den Plan.«

Dorothy ging zu einem Kartenschrank, zog eine etwa fünf Zentimeter hohe Schublade heraus, entnahm ihr ein großes Blatt und breitete es auf der Anrichte aus.

Ryan und ich beugten uns über die Karte. Indem wir uns an Stadtgrenzen, Straßen und anderen topografischen Merkmalen orientierten, fanden wir den Abschnitt, in dem sich das Haus mit dem Hof befand. Dorothy beobachtete uns von ihrer Seite des Tresens, wachsam wie ein Ägyptologe, der einen Papyrus herzeigt.

»Jetzt hätten wir gern die Karte für den Abschnitt sechs-zwei-eins, bitte.«

Dorothy lächelte, um anzudeuten, dass sie bei einer so wichtigen Operation natürlich gern behilflich sei, ging zu einem anderen Schrank und brachte uns das Dokument.

Am Anfang meiner Karriere als Anthropologin, als ich eine Zeit lang archäologisch arbeitete, hatte ich viele Stunden über topografischen Karten zugebracht und wusste deshalb, wie Symbole und Geländezeichen zu interpretieren waren. Diese Erfahrung war mir jetzt nützlich. Anhand von Höhenlinien, Bächen und Straßen fanden Ryan und ich die Stelle mit dem Haus.

»Abschnittskarte sechs-einundzwanzig, Parzelle vier.«

Ich hielt den Finger auf die Stelle und hob den Kopf. Dorothys Gesicht war nur Zentimeter von meinem entfernt.

»Wie lange dauert es, bis Sie die Steuerdaten für dieses Anwesen herausgesucht haben?«

»Ungefähr eine Minute.«

Anscheinend machte ich ein verblüfftes Gesicht.

»Swain County ist nicht so rückständig, wie man denkt. Wir haben Computer.«

Dorothy ging in die hinterste Ecke ihres »sicheren« Bereichs und zog Plastikhüllen von einem Monitor und einer Tastatur. Ryan und ich warteten, während sie die Hüllen penibel zusammenfaltete, auf ein Regal über ihrem Kopf legte und dann den Computer startete. Als das Programm lief, gab sie einige Befehle ein. Sekunden vergingen. Schließlich tippte sie die Steuernummer ein, und der Monitor füllte sich mit Informationen.

»Wollen Sie einen Ausdruck?«

»Bitte.«

Sie zog die Hülle von einem Hewlett-Packard-Tintenstrahldrucker, der meinem allerersten sehr ähnlich war. Wieder warteten wir, bis sie die Hülle zusammengelegt und verstaut, ein Blatt Papier aus einer Schublade geholt und in den Einzug gesteckt hatte.

Schließlich drückte sie auf einen Knopf, der Drucker fing an zu surren, das Papier wurde eingezogen und dann wieder ausgeworfen.

»Ich hoffe, das hilft Ihnen weiter«, sagte sie und gab mir das Blatt.

Der Ausdruck lieferte uns eine vage Beschreibung des Grundstücks und seiner Gebäude, den Schätzwert, den Namen des Besitzers und die Postadresse sowie die Adresse, an die die Steuerbescheide geschickt wurden.

Enttäuscht gab ich Ryan das Blatt.

»H&F Investment Group, LLP«, las er laut. »Die Postadresse ist ein Postfach in New York.«

Er sah mich an.

»Was zum Teufel ist die H&F Investment Group?«

Ich zuckte die Achseln.

»Was ist LLP?«

»*Limited liability partnership*«, sagte ich. »Gesellschaft mit beschränkter Haftung.«

»Sie könnten es in der Abteilung für Besitzurkunden versuchen.«

Wir sahen beide Dorothy an. Ein Hauch von Rosa färbte ihre Wangen.

»Sie könnten dort das Datum nachschlagen, wann H&F das Anwesen kaufte, und den Namen des Vorbesitzers.«

»Die haben das dort?«

Sie nickte.

Die Abteilung für Besitzurkunden fanden wir gleich um die Ecke. Das Archiv befand sich hinter der obligatorischen Theke, die durch eine mit Latten versehene Doppelschwingtür unterteilt wurde. Regale an den Wänden und frei stehende Schränke enthielten Bücher, die hunderte von Jahren zurückreichten. Die neueren waren rot und quadratisch, und die Nummern standen in Goldlettern auf den Rücken. Ältere Bände waren reich verziert, wie ledergebundene Erstausgaben.

Es war wie eine Schatzsuche, bei der uns jede Urkunde tiefer in die Vergangenheit führte. Wir erfuhren Folgendes:

Die H&F Investment Group war eine Gesellschaft mit beschränkter Haftung, die in Delaware registriert war. Das Eigentumsrecht an der Steuerparzelle Nummer vier war im Jahr 1949 von einem Edward E. Arthur an die Gesellschaft gegangen. Die Beschreibung des Anwesens war charmant, aber nach modernen Maßstäben ein wenig ungenau. Ich las sie Ryan vor.

»Das Grundstück beginnt an einer Texaseiche auf einer kleinen Anhöhe, der Ecke des Staatsgrundes 11807, und erstreckt sich über neunzig Ruten bis zur Bellingford-Grenzlinie, dann mäandernd an Bellingfords Grenze entlang zu einer Kastanie auf der Grenzlinie der Parzelle S. Q. Bakers –«

»Woher hatte Arthur das Anwesen?«

Ich übersprang den Rest der Beschreibung und las weiter.

»Willst du den Abschnitt über die ›erstgenannte Vertragspartei‹ hören?«

»Nein.«

»… nachdem ihm das Land urkundlich übertragen wurde von Victor T. Livingstone und Frau J. E. Clampett, per Datum des 26. März 1933 und verzeichnet im Besitzurkundenbuch Nummer 52, Seite 315, in den Archiven von Swain County, North Carolina.«

Ich ging zu dem entsprechenden Regal und zog den älteren Band hervor.

Arthur hatte das Anwesen von einem Victor T. Livingstone im Jahr 1933 gekauft. Livingstone hatte es offensichtlich von Gott gekauft, denn für die Zeit davor gab es keine weiteren Eintragungen mehr.

»Wenigstens wissen wir jetzt, wie die glücklichen Hausbesitzer rein- und rauskamen.«

Sowohl die Besitzurkunde Livingstones wie die Arthurs beschrieben einen Zufahrtsweg.

»Oder rein- und rauskommen.« Ich war noch immer nicht überzeugt, dass das Anwesen wirklich verlassen war. »Als ich mit Crowe dort war, fand sie einen Pfad, der von dem Haus zu einem Wirtschaftsweg führte. Die Einmündung des Pfads wird versperrt von einem behelfsmäßigen, mit Kudzu überwucherten Tor. Als sie mir den Eingang zeigte, war ich total verblüfft. Da könnte man eine Million mal dran vorbeigehen oder -fahren, ohne es zu sehen.«

Ryan sagte nichts.

»Und jetzt?«

»Jetzt warten wir auf Crowes Durchsuchungsbefehl.«

»Und in der Zwischenzeit?«

Ryan grinste, und seine Augenwinkel warfen Fältchen.

»In der Zwischenzeit reden wir mit dem Staatsanwalt des großen Staates Delaware und schauen, was wir über die H&F Investment Group herausfinden können.«

Ich teilte mir mit Boyd ein Baguette-Sandwich mit Pommes Frites auf der Veranda des High Ridge House, als unten an der Straße Lucy Crowes Streifenwagen auftauchte. Ich sah zu, wie sie in die Zufahrt einbog. Boyd starrte weiter das Sandwich an.

»Freizeit mit Hund?«, fragte sie, als sie die Stufen erreicht hatte.

»Er behauptet, ich hätte ihn vernachlässigt.«

Ich hielt ihm eine Scheibe Schinken hin. Er legte den Kopf schief und nahm sie vorsichtig mit den vorderen Zähnen. Dann senkte er den Kopf, ließ den Schinken fallen, leckte ihn zweimal und verschlang ihn dann. Nach wenigen Sekunden lag seine Schnauze wieder auf meinem Knie.

»Sie sind wie Kinder.«

»Mhhm. Haben Sie den Durchsuchungsbefehl bekommen?«

Boyds Augen verfolgten die Bewegungen meiner Hand, immer wachsam, ob ich Fleisch oder Fritten für ihn bereithielt.

»Ich hatte ein offenes Gespräch mit dem Amtsrichter.«

»Und?«

Sie seufzte und nahm ihren Hut ab.

»Er sagt, es reicht nicht.«

»Hinweise auf eine Leiche?« Ich war schockiert. »Daniel Wahnetah könnte in diesem Hof verfaulen, während wir hier miteinander reden.«

»Kennen Sie den Ausdruck Scheißwissenschaft? Ich schon. Der wurde mir heute Vormittag mindestens ein Dutzend Mal an den Kopf geworfen. Ich glaube, der alte Frank gründet demnächst seine eigene Selbsthilfegruppe. Die Anonymen Opfer der Scheißwissenschaft.«

»Ist der Kerl ein Idiot?«

»Er wird nie nach Schweden fahren, um sich einen Preis abzuholen, aber er ist einigermaßen vernünftig.«

Boyd hob den Kopf und blies Luft durch die Nase. Ich ließ meine Hand sinken, er schnupperte zuerst daran und leckte sie dann.

»Sie vernachlässigen ihn schon wieder.«

Ich bot ihm eine Scheibe Ei an. Boyd ließ sie zu Boden fallen, leckte sie, beschnupperte sie, leckte sie noch einmal und ließ sie dann auf der Veranda liegen.

»Ich mag auch keine Eier in Baguette-Sandwiches«, sagte Crowe zu Boyd. Der Hund bewegte leicht ein Ohr, um zu zeigen, dass er sie gehört hatte, aber den Blick hielt er fest auf meinen Teller gerichtet.

»Es kommt noch schlimmer«, fuhr Crowe fort.

Warum auch nicht?

»Es hat zusätzliche Beschwerden gegeben.«

»Über mich?«

Sie nickte.

»Von wem?«

»Der Richter wollte mir das nicht mitteilen. Aber wenn Sie nur in die Nähe der Absturzstelle, des Leichenschauhauses oder von Daten, Gegenständen oder Familienangehörigen, die mit dem Absturz in Verbindung stehen, kommen, muss ich Sie wegen Behinderung der Justiz verhaften. Dazu gehört auch das Anwesen mit dem ummauerten Hof.«

»Was zum Teufel geht denn hier eigentlich vor?«

Crowe zuckte die Achseln. »Ich bin mir nicht sicher. Aber bei dieser Ermittlung sind Sie weg vom Fenster.«

»Darf ich in die öffentliche Bibliothek gehen?«, blaffte ich.

Der Sheriff kratzte sich im Genick und stellte einen Fuß auf die unterste Stufe. Unter ihrer Jacke sah ich eine Waffe im Halfter.

»Irgendwas stimmt hier ganz und gar nicht, Sheriff.«

»Ich höre.«

»Gestern wurde mein Zimmer durchwühlt.«

»Theorien?«

Ich erzählte ihr von den Keramikfiguren in der Badewanne.

»Nicht gerade eine Freundschaftsbekundung.«

»Vielleicht hat ja nur Boyd jemanden geärgert«, sagte ich hoffnungsvoll, glaubte aber selber nicht daran.

»Bellt er viel?«

»Eigentlich nicht. Ich habe Ruby gefragt, ob er Lärm macht, wenn ich weg bin. Sie sagt, er jault ein bisschen, aber sonst ist er ganz normal.«

»Und was sagt Ruby zu der Sache?«

»Die Diener des Satans.«

»Vielleicht haben Sie etwas, das jemand will.«

»Es wurde nichts gestohlen, aber alle meine Akten wurden im Zimmer verstreut. Es war der reinste Saustall.«

»Hatten Sie sich Notizen zu diesem Fuß gemacht?«

»Die hatte ich nach Oak Ridge mitgenommen.«

Sie sah mich volle fünf Sekunden an und nickte dann, wie sie es immer tat.

»Dadurch wird die Geschichte mit dem Volvo noch ein bisschen suspekter. Sie müssen auf sich aufpassen.«

O ja.

Crowe bückte sich, wischte über ihre Stiefelspitze und schaute dann auf die Uhr.

»Ich will mal sehen, ob ich den Staatsanwalt dazu bringen kann, ein bisschen mehr Druck zu machen.«

In diesem Augenblick tauchte Ryans Mietwagen im Tal auf. Das Fenster an der Fahrerseite war offen, und seine Silhouette wirkte dunkel im Innenraum des Autos. Wir sahen zu, wie er den Hügel hochfuhr und dann in die Auffahrt einbog. Augenblicke später kam er mit abgespanntem, verkniffenem Gesicht den Plattenweg entlang.

»Was ist denn los?«

Ich hörte, wie Crowes Hut ihren Oberschenkel streifte.

Ryan zögerte kurz und sagte dann: »Es gibt noch immer keine Spur von Jeans Leiche.«

Ich sah nacktes Elend in seiner Miene. Und mehr noch. Ein selbst auferlegtes Schuldgefühl. Die Überzeugung, dass sein Fehlen in der Partnerschaft dazu geführt hatte, dass Bertrand in dieser Maschine saß. Detectives ohne Partner sind in ihren Ermittlungsmöglichkeiten eingeschränkt. Deshalb werden sie eher für Kurierdienste eingesetzt.

»Sie finden ihn schon noch«, sagte ich leise.

Ryan stand da, den Rücken steif, die Nackenmuskeln angespannt, und ließ den Blick über den Horizont schweifen. Nach einer vollen Minute schüttelte er sich eine Zigarette aus der Packung und zündete sie an, indem er die Flamme mit beiden Händen schützte.

»Und wie war dein Nachmittag?« Er klappte das Feuerzeug wieder zu.

Ich erzählte ihm von Crowes Besprechung mit dem Amtsrichter.

»Dein Fuß könnte eine Sackgasse sein.«

»Wie meinst du das?«

Er blies Rauch aus der Nase und zog dann etwas aus seiner Jackentasche.

»Das da hat man ebenfalls gefunden.«

Er faltete ein Papier auf und gab es mir.

15

Zuerst starrte ich völlig verwirrt das Papier nur an, und dann begriff ich allmählich.

Ryan hatte mir eine auf einem Farbdrucker produzierte Fotomontage gegeben. Es waren drei Bilder, von denen jedes ein Stück Plastik zeigte. Auf dem ersten konnte ich die Buchstaben *B-I-O-G-E-F-A-H* erkennen. Auf dem zweiten den verstümmelten Begriff: *-abor-Servic-*. Das rote Symbol auf dem dritten Bild sprang mich förmlich an. Ich hatte es schon oft im Institut gesehen und erkannte es sofort.

Ich schaute Ryan an.

»Das ist ein Biogefahr-Behälter.«

Er nickte.

»Der in den Flugpapieren nicht verzeichnet war.«

»Nein.«

»Und jeder glaubt, dass er einen Fuß enthielt.«

»Die Meinungen gehen in diese Richtung.«

Boyd stupste meine Hand an, und ich hielt ihm abwesend den Rest meines Sandwiches hin. Er schaute mich an, wie um sich zu versichern, dass das kein Versehen war, schnappte sich dann die Beute und trollte sich. Offensichtlich wollte er eine gewisse Distanz zwischen uns schaffen, für den Fall, dass es doch ein Missverständnis sein sollte.

»Sie geben also zu, dass der Fuß nicht zu einem Passagier gehört?«

»Nicht unbedingt. Aber sie stehen dieser Möglichkeit aufgeschlossener gegenüber.«

»Was bedeutet das in Bezug auf den Durchsuchungsbefehl?«, fragte ich Crowe.

»Hilfreich ist es nicht.«

Sie trat von der Treppe zurück, stand dann mit gespreizten Füßen da und setzte ihren Hut wieder auf.

»Aber unter dieser Mauer stinkt irgendwas, und ich habe vor, herauszufinden, was.«

Sie zeigte uns ihr Sheriff-Crowe-Nicken, drehte sich um und ging den Plattenweg entlang. Augenblicke später sahen wir ihren Streifenwagen langsam den Hügel hinunterfahren.

Ich spürte Ryans Blick und wandte mich wieder ihm zu.

»Warum hat der Amtsrichter den Durchsuchungsbefehl verweigert?«

»Anscheinend ist der Kerl ein Verfechter der Theorie, dass die Erde eine Scheibe ist. Außerdem will er mich wegen Behinderung der Justiz verhaften lassen, falls ich auch nur eine Hautschuppe abstoße.« Meine Wangen brannten vor Wut.

Boyd überquerte mit gesenkter Schnauze und baumelndem Kopf die Veranda. Als er die Schaukel erreichte, beschnupperte er mein Bein, setzte sich dann und schaute mich mit hängender Zunge an.

Ryan nahm einen letzten Zug aus seiner Zigarette und schnippte sie auf den Rasen. Boyds Blick schnellte zur Seite und richtete sich dann wieder auf mich.

»Was hast du über H&F herausgefunden?«

Ryan war in sein »Büro« gegangen, um in Delaware anzurufen.

»Ich dachte mir, dass die Anfrage vielleicht ein bisschen zügiger bearbeitet wird, wenn sie vom FBI kommt, deshalb habe ich McMahon gebeten, dort anzurufen. Ich bin den ganzen Nachmittag in der Wiederaufbau-Halle, aber ich kann ihn heute Abend fragen.«

Wiederaufbau. Das Zusammensetzen des Flugzeugs, wie es vor dem Unfall gewesen war. Ein völliger Wiederaufbau verlangt einen ungeheuren Aufwand an Zeit, Geld und Arbeitskraft, wovon die NTSB sehr wenig hat. Er wird nicht bei jedem Großunfall gemacht, sondern nur, wenn das öffentliche Geschrei es verlangt. Bei

TWA 800 war ein Wiederaufbau gemacht worden, weil die Briten es mit der PanAm 102 gemacht hatten und die NTSB sich nicht gern übertrumpfen ließ.

Bei fünfzig toten Studenten war der Wiederaufbau ein Muss.

In den vergangenen zwei Wochen hatten Lastwagen die Wrackteile der TransSouth Air 228 über die Berge in einen angemieteten Hangar auf dem Flughafen von Asheville transportiert. Die Teile wurden entsprechend ihrer Positionen an der Fokker-100 auf Gitternetzen aufgelegt. Teile, die nicht mit spezifischen Abschnitten des Flugzeugs in Verbindung gebracht werden konnten, wurden anhand ihres Strukturtyps sortiert. Nicht identifizierbare Teile wurden nach ihrer Fundstelle sortiert.

Wenn dann jedes Teilchen katalogisiert und einer Reihe von Tests unterzogen war, würden sie auf einem Rahmen aus Holz und Draht wieder zusammengefügt werden. Mit der Zeit würde so ein Flugzeug Gestalt annehmen, wie in einer rückwärts laufenden Zeitlupe, in der sich Millionen von Fragmenten zu einem wieder erkennbaren Objekt zusammenfügen.

Ich war bei anderen Abstürzen in solchen Wiederaufbau-Hallen gewesen und konnte mir die mühselige Prozedur deshalb vorstellen. In diesem Fall würde es etwas schneller gehen, weil die TransSouth Air 228 sich nicht in den Boden gerammt hatte. Sie war in der Luft zerbrochen und dann in großen Trümmern zur Erde getaumelt.

Aber sehen konnte ich das alles nicht. Man hatte mich verbannt. Anscheinend stand mir die Verzweiflung deutlich ins Gesicht geschrieben.

»Ich kann die Besprechung auch ausfallen lassen.« Ryan legte mir die Hand auf die Schulter.

»Ich bin okay.«

»Was hast du heute Nachmittag vor?«

»Erst bleibe ich hier sitzen und beende mein Mittagessen mit Boyd. Dann fahre ich in die Stadt und kaufe Hundefutter, Rasierer und Shampoo.«

»Stehst du das durch?«

»Vielleicht kriege ich Schwierigkeiten, die mit der Doppelklinge zu finden. Aber ich bleibe hartnäckig.«

»Du kannst einem ganz schön auf die Nerven gehen, Brennan.«

»Siehst du. Mir geht's gut.«

Ich schaffte ein schwaches Lächeln.

»Geh zu deiner Besprechung.«

Als er verschwunden war, gab ich Boyd die letzten Pommes.

»Irgendwelche Lieblingsmarken?«, fragte ich.

Er antwortete nicht.

Ich vermutete, dass Boyd außer gekochten Eiern so ziemlich alles fraß.

Gerade stopfte ich Sandwich- und Pommes-Hüllen in die braune Einkaufstüte, als Ruby aus der Tür geschossen kam und mich am Arm packte.

»Kommen Sie! Kommen Sie schnell!«

»Was ist –«

Sie zerrte mich von der Schaukel und ins Haus. Boyd trottete hinter mir her und schnappte nach meinen Jeans. Ich war mir nicht sicher, ob es Rubys Drängen war, was ihn so erregte, oder die Tatsache, dass er eine verbotene Zone betreten durfte.

Ruby zerrte mich direkt in die Küche, wo ein Bügelbrett mit einer Levi's darauf stand. Darunter sah ich einen Weidenkorb, der überquoll vor zerknitterter Wäsche. Sauber gebügelte Kleidung hing an jedem Schranktürknauf.

Ruby deutete auf einen kleinen Schwarzweißfernseher auf einer Anrichte gegenüber dem Bügelbrett. Ein Laufband am unteren Rand des Bildschirms kündigte wichtige Nachrichten an. Ein Sprecher verlas mit grimmigem Gesicht und ernster Stimme die Meldung. Obwohl der Empfang schlecht war, hatte ich keine Schwierigkeiten, die Gestalt hinter seiner linken Schulter zu erkennen.

Meine Umgebung versank. Ich registrierte nur noch die Stimme und das verschneite Bild.

»… aus Insider-Kreisen verlautete, dass eine Anthropologin entlassen wurde und Ermittlungen im Gange sind. Noch wurde

keine Anklage erhoben, und es ist nicht klar, ob die Absturzermittlungen beeinträchtigt oder die Opferidentifikation in Mitleidenschaft gezogen wurden. Dr. Larke Tyrell, der Oberste Leichenbeschauer von North Carolina, hatte auf Anfrage keinen Kommentar. In anderen Nachrichten …«

»Das sind Sie, nicht?«

Ruby brachte mich in die Wirklichkeit zurück.

»Ja«, sagte ich.

Boyd hatte aufgehört, durch die Küche zu rennen, und beschnupperte den Boden unter dem Waschbecken. Er hob den Kopf, als ich sprach.

»Was sagt er da?« Rubys Augen waren groß wie Frisbees.

Etwas in mir machte *klick*, und ich brauste auf.

»Es ist ein Missverständnis. Ein verdammtes Missverständnis.« Es war meine Stimme, schrill und barsch, obwohl ich die Worte nicht bewusst ausgesprochen hatte.

Plötzlich wurde es heiß in der Küche, der Geruch nach Dampf und Weichspüler machte die Luft stickig. Ich drehte mich um und stürzte zur Tür.

Boyd rannte hinter mir her, und seine Pfoten flogen über den Teppich, als wir den Korridor entlangliefen. Ruby musste wohl denken, ich sei vom Satan besessen.

Als ich die Autotür öffnete, sprang Boyd hinten hinein, setzte sich auf den Rücksitz und steckte den Kopf in die Lücke zwischen den Vordersitzen. Ich hatte nicht die Willenskraft, ihn zu stoppen.

Ich setzte mich hinters Steuer und atmete ein paar Mal tief durch, weil ich hoffte, so eine Seite in meinem Bewusstsein umzublättern. Mein Herzschlag normalisierte sich. Ich bekam ein schlechtes Gewissen wegen meines Ausbruchs, aber ich brachte es nicht über mich, in die Küche zurückzukehren, um mich zu entschuldigen.

Boyd wählte genau diesen Augenblick, um mein Ohr zu lecken.

Wenigstens zieht der Chow-Chow meine Integrität nicht in Zweifel, dachte ich.

»Fahren wir.«

Während der Fahrt nach Bryson City beantwortete ich Anruf um Anruf auf meinem Handy; jeder kam von einem Reporter. Nach sieben »Kein Kommentar« schaltete ich es aus.

Boyd wechselte zwischen seinem Platz in der Mitte und dem linken hinteren Fenster hin und her und reagierte mit demselben tiefen Knurren auf Autos, Fußgänger und andere Tiere. Nach einer Weile hörte er auf, jedem zu demonstrieren, was für ein Kerl er war, und starrte nur friedlich nach draußen, während die Bilder und die Geräusche der Berge an uns vorbeizogen.

Ich fand alles, was ich brauchte, in einem Ingles-Supermarkt am Südrand der Stadt. Herbal Essence und Gillette Good News für mich, Kubbles N'Bites für Boyd. Ich spendierte ihm sogar noch eine Schachtel Milkbone-Jumbos.

Ein wenig aufgeheitert, weil ich die Rasierer bekommen hatte, beschloss ich, einen Ausflug zu machen.

Knapp fünf Kilometer hinter Bryson City wird aus der Everett Street eine Panoramastraße, die sich über dem Nordufer des Lake Fontana durch den Great Smoky Mountains National Park windet. Offiziell heißt dieser Highway Lakeview Drive. Die Einheimischen nennen ihn nur die Straße nach Nirgendwo.

In den 1940ern führte eine zweispurige Teerstraße von Bryson City an den Flüssen Tuckasegee und Little Tennessee vorbei zum Deal's Gap in der Nähe der Staatsgrenze von Tennessee. Da man erkannte, dass das Aufstauen des Lake Fontana den Highway überfluten würde, versprach die TDA eine neue Straße entlang des Nordufers. 1943 wurde mit den Bauarbeiten begonnen, und sogar ein vierhundert Meter langer Tunnel wurde noch gegraben. Dann hörte plötzlich alles auf, und Swain County saß da mit einer Straße, einem Tunnel nach Nirgendwo und mit verletztem Stolz, weil es in der universellen Ordnung der Dinge so wenig zählte.

»Willst du eine Spazierfahrt machen, Junge?«

Boyd zeigte seine Begeisterung, indem er mir die Schnauze auf die rechte Schulter legte und meine Wange leckte. Eine Sache, die ich an ihm sehr bewunderte, war sein liebenswürdiges Wesen.

Die Fahrt war schön und der Tunnel ein perfektes Denkmal für staatliche Torheit. Boyd gefiel es, von einem Ende zum anderen zu laufen, während ich in der Mitte stand und ihm zuschaute.

Obwohl mich der Ausflug etwas aufheiterte, war meine Stimmungsverbesserung nur von kurzer Dauer. Kurz nachdem ich den Nationalpark wieder verlassen hatte, gab mein Motor ein merkwürdiges Klingeln von sich. Drei Kilometer vor der Stadtgrenze klingelte er noch einmal, krachte heftig und verlegte sich dann auf ein andauerndes lautes, ratschendes Geräusch.

Ich fuhr aufs Bankett, schaltete den Motor ab, legte die Arme ums Lenkrad und stützte die Stirn darauf. Meine vorübergehende Aufheiterung ging nun wieder unter in Verzagtheit und Angst.

War dies eine normale Panne, oder hatte sich jemand an meinem Auto zu schaffen gemacht?

Boyd legte mir die Schnauze auf die Schulter, wie um anzudeuten, dass auch er diese Frage beunruhigend und nicht völlig paranoid fand.

Ein paar Minuten lang saßen wir so da, bis Boyd plötzlich knurrte, ohne den Kopf zu heben. Ich ignorierte ihn, weil ich annahm, er habe ein Eichhörnchen oder einen Chevy entdeckt. Doch plötzlich sprang er auf und kläffte dreimal laut, in einem Mazda ein beeindruckendes Geräusch.

Als ich den Kopf hob, sah ich einen Mann, der sich von der Straße her meinem Auto näherte. Er war klein, vielleicht eins achtundfünfzig, und hatte straff nach hinten gekämmte dunkle Haare. Er trug einen schwarzen, maßgeschneiderten Anzug, der aber wahrscheinlich Anfang der Sechziger neu gewesen war.

Am Auto hob der Mann die Hand, um an die Scheibe zu klopfen, zog sie aber wieder zurück, als Boyd noch einmal kläffte.

»Ganz ruhig, Junge.«

Auf der anderen Straßenseite sah ich einen alten Pick-up mit geöffneter Fahrertür auf dem Bankett stehen. Der Transporter sah leer aus.

»Wollen wir doch mal hören, was der Gentleman zu sagen hat.«

Ich kurbelte das Fenster ein Stück herunter.

»Sind Sie krank, Ma'am?« Die Stimme war tief und volltönend und klang, als würde sie aus einem viel mächtigeren Körper kommen. Der Mann hatte eine Hakennase und intensiv blickende dunkle Augen, und er erinnerte mich an jemanden, ich wusste allerdings nicht, an wen. Boyds Tonfall hörte man an, dass er an Caligula dachte.

»Mein Getriebe ist im Eimer.« Ich hatte zwar keine Ahnung, ob das stimmte, aber es klang, als wüsste ich Bescheid.

»Kann ich Ihnen helfen?«

Boyd knurrte argwöhnisch.

»Ich bin auf dem Weg in die Stadt. Es wäre für mich kein Problem, Sie bis zu einer Werkstatt mitzunehmen.«

Plötzlich machte es *klick*. Der Mann sah aus und klang wie Johnny Cash im Kleinformat.

»Wenn Sie eine Werkstatt kennen, die Sie empfehlen können, dann rufe ich an und bestelle einen Abschleppwagen.«

»Ja, natürlich. Da ist eine ein Stückchen weiter oben an der Straße. Ich habe die Nummer in meinem Handschuhfach.«

Boyd äußerte wieder sein Missfallen.

»Pscht.« Ich griff nach hinten und streichelte ihm den Kopf.

Der Mann ging zu seinem Auto, suchte darin herum und kam dann mit einem Blatt dünnen gelben Papiers zurück. Ich hielt mein Handy so, dass er es deutlich sehen konnte, kurbelte das Fenster noch ein Stückchen weiter herunter und nahm das Papier.

Das Formular sah aus wie der Durchschlag einer Reparaturrechnung. Die Handschrift war fast unleserlich, aber der Briefkopf identifizierte die Werkstatt als P & T Auto Repair und nannte eine Adresse und eine Telefonnummer in Bryson City. Ich versuchte, den Kundennamen zu entziffern, aber die Schrift war zu verschmiert.

Als ich mein Handy einschaltete, zeigte mir der Monitor, dass ich elf Anrufe verpasst hatte. Ich ging sie durch, kannte aber keine der Nummern. Dann wählte ich die Nummer der Werkstatt.

Als sich jemand meldete, schilderte ich meine Situation und bat um einen Abschleppwagen.

Wie ich zahlen wolle?

Visa.

Wo ich sei?

Ich beschrieb die Stelle.

Ob ich eine Mitfahrgelegenheit hätte?

Ja.

Ich solle das Auto stehen lassen und zur Werkstatt kommen. Der Abschleppwagen werde das Fahrzeug innerhalb einer Stunde holen.

Ich sagte der Stimme, dass P & T von jemand empfohlen worden sei, der zufällig vorbeigekommen sei, und dass dieser Mann mich zu der Garage fahren werde. Dann las ich die Nummer der Rechnung vor und hoffte, dass P oder T sie aufschreiben würde.

Danach kurbelte ich das Fenster ganz herunter, lächelte Johnny Cash an und wählte noch einmal. Mit lauter Stimme hinterließ ich Lieutenant-Detective Ryan eine Nachricht, in der ich ihm meinen vermutlichen Aufenthaltsort nannte. Dann sah ich Boyd an. Er ließ den Mann im dunklen Anzug nicht aus den Augen.

Ich kurbelte das Fenster hoch und nahm meine Handtasche und die Einkaufstüte.

»Schlimmer kann's kaum noch kommen.« Boyd vollführte seinen Augenbrauentrick, blieb aber stumm.

Im Pick-up klemmte ich die Einkaufstüte hinter den Sitz, setzte mich in die Mitte und überließ Boyd den Fensterplatz. Als unser Samariter die Tür zuknallte, streckte der Hund den Kopf hinaus und verfolgte seinen Gang zur Fahrerseite. Einen Moment später fuhr ein Pick-up mit einem Paar Weimaraner auf der Ladefläche vorbei, und die zogen Boyds Aufmerksamkeit auf sich. Als er aufstehen wollte, drückte ich ihn wieder in den Sitz.

»Das ist ein guter Hund, Ma'am.«

»Ja.«

»Mit einem so großen Kerl in Ihrer Nähe wird Sie niemand belästigen.«

»Wenn er den Beschützer spielt, kann er ziemlich gemein werden.«

Wir fuhren schweigend. Nach einer Weile meldete mein Retter sich zu Wort.

»Ich habe Sie im Fernsehen gesehen, nicht?«

»Wirklich?«

»Ich mag die Stille nicht, und deshalb schalte ich den Kasten ein, wenn ich allein zu Hause bin. Ich achte nicht sehr darauf, schaue nur ab und zu hin. Es ist fast so, als hätte man Gesellschaft.«

Er grinste als Eingeständnis seiner Torheit.

»Aber Gesichter kann ich mir sehr gut merken. Bei meinem Beruf ist das sehr hilfreich.«

Er deutete auf mich. Mir fiel auf, dass seine Hand grau und unnatürlich glatt war, als wäre das Fleisch stark an- und dann wieder abgeschwollen, ohne sich allzu sehr an seine ursprüngliche Form zu erinnern.

»Ich bin mir sicher, dass ich Sie heute gesehen habe.« Die Hand kehrte zum Lenkrad zurück. Die Adleraugen schauten von der Straße zu mir und wieder zurück. »Sie haben mit der Absturzermittlung zu tun.«

Ich lächelte. Entweder er hatte dem Bericht nicht zugehört, oder er war einfach nur höflich.

Er streckte mir die Hand hin.

»Bowman mein Name.«

Wir gaben uns die Hand. Sein Griff war wie Stahl.

»Temperance Brennan.«

»Das ist ein mächtiger Name, junge Dame.«

»Danke.«

»Sind Sie ein Kneipengegner?«

»Wie bitte?«

»Ich gehöre zu denen, die berauschende Getränke als die Hauptursache für Verbrechen, Armut und Gewalt in dieser großartigen Nation sehen. Schnaps ist die größte Bedrohung für die Familie, die Luzifer je hervorgebracht hat.«

Plötzlich sagte mir der Name Bowman etwas.

»Sind Sie Luke Bowman?«

»Bin ich.«

»Der Reverend Luke Bowman?«

»Sie haben von mir gehört?«

»Ich wohne bei Ruby McCready im High Ridge House.« Es war unwichtig, erschien mir aber auch unbedenklich.

»Schwester McCready gehört nicht zu meiner Herde, aber sie ist eine gute Frau. Führt ein gutes, christliches Haus.«

»Gibt es eigentlich auch einen Mr. McCready?« Diese Frage beschäftigte mich schon eine ganze Weile, ich hatte mich aber nie getraut zu fragen.

Jetzt blieben die Augen auf der Straße. Sekunden vergingen. Ich dachte schon, er würde gar nicht antworten.

»Ich werde diese Frage auf sich beruhen lassen, Ma'am. Es ist besser, wenn Schwester McCready die Geschichte so erzählt, wie sie es für richtig hält.«

»Wie heißt denn Ihre Kirche?«

»Eternal Light Holiness-Pentecostal House of God.« Das Heiligkeits-Pfingst-Haus Gottes zum Ewigen Licht. O je.

Die südlichen Appalachians sind die Heimat einer fundamentalistisch christlichen Sekte mit dem Namen *Church of God with Signs Following*, die Kirche Gottes, die den Zeichen folgt. Man nennt sie auch *Holiness Church*, die Heiligkeitskirche. Inspiriert von bestimmten Bibelstellen suchen ihre Anhänger die Kraft des Heiligen Geistes, indem sie ihre Sünden bereuen und ein gottesfürchtiges Leben führen. Nur dann wird der Gläubige gesalbt und dadurch in die Lage versetzt, den Zeichen zu folgen. Zu diesen Zeichen gehören das Sprechen in Zungen, das Austreiben von Dämonen, Krankenheilung, der Umgang mit Schlangen und die Einnahme giftiger Substanzen.

In dichter besiedelten Gegenden gründen Prediger ortsfeste Gemeinden. In anderen begeben sie sich auf Rundreisen. Die Gottesdienste dauern Stunden, und es kann vorkommen, dass der Priester im Hauptteil Strychnin trinkt oder mit giftigen Schlangen hantiert. Der Ruhm der Gottesmänner und ihre Anhängerschaft wachsen je nach ihrem rhetorischen Geschick und ihrer Immunität gegen Gifte. Jedes Jahr stirbt jemand.

Jetzt ergab die entstellte Hand einen Sinn. Bowman war mehr als einmal gebissen worden.

Einige Blocks hinter dem Supermarkt, in dem ich eingekauft hatte, bog Bowman links ab und dann rechts in eine gefurchte Seitenstraße. P & T Auto Repair lag zwischen einer Glaserei und einer Reparaturwerkstatt für Haushaltsgeräte. Der Reverend fuhr auf den Hof und stellte den Motor ab.

Die Werkstatt war ein rechteckiges Gebäude aus blauem Aluminium mit einem Büro an einem Ende. Durch die offene Tür konnte ich eine Registrierkasse, eine Theke und drei Köpfe mit Schildmützen erkennen.

Das andere Ende des Gebäudes beherbergte die Werkstatt, in der ein zerbeulter Chevy mit offenen Türen auf einer Hebebühne stand. Das Auto sah aus, als würde es gleich abheben.

Ein alter Pinto und zwei Pick-ups standen vor dem Büro. Einen Abschleppwagen sah ich nirgends.

Als Bowman ausstieg, gab Boyd einen Laut von sich, der mir sagte, dass er nicht den Pinto anknurrte. Ich folgte seinem Blick und sah einen schwarz-braunen Hund, der in der Bürotür lag. Er sah aus wie ein reinrassiger Pitbull.

Boyd fletschte die Zähne. Sein Körper spannte sich an, das Knurren wurde tiefer.

Verdammt. Warum hatte ich die Leine nicht mitgenommen?

Ich packte Boyds Halsband, öffnete die Tür, und wir sprangen gemeinsam heraus. Bowman kam mit einem Stück Seil zu uns.

»Hatte das hinten drin«, sagte er. »Flush kann ziemlich launisch sein.«

Ich dankte ihm und machte das Seil am Halsband fest. Boyd starrte weiter gebannt auf den anderen Hund.

»Ich halte ihn sehr gerne, während Sie mit dem Mechaniker reden.«

Ich sah Boyd an. Er starrte Flush an und dachte wohl an Flankensteaks.

»Danke. Das dürfte nicht verkehrt sein.«

Ich überquerte den Hof, trat durch die Tür und umkreiste

Flush. Ein Ohr zuckte, aber er sah nicht hoch. Vielleicht sind Pitbulls so ruhig, weil sie wissen, dass sie alles töten können, was sie provoziert. Ich hoffte, dass auch Boyd still und auf Distanz blieb.

Das Büro hatte die übliche geschmackvolle Werkstatteinrichtung. Ein Kalender mit einem Foto des Grand Canyon und Abreißblätter für jeden Monat. Ein Zigarettenautomat. Eine Glasvitrine mit Taschenlampen, Karten und einem Sortiment von Auto-Accessoires. Drei Küchenstühle. Ein Pitbull.

Zwei Stühle waren von älteren Männern besetzt. Auf dem dritten saß ein Mann mittleren Alters in ölfleckiger Arbeitskluft. Die Männer verstummten, als ich eintrat, aber keiner stand auf.

Da ich annahm, dass der Jüngere entweder P oder T war, stellte ich mich vor und fragte nach dem Abschleppwagen.

Er antwortete, er sei schon auf dem Weg und müsse in zwanzig Minuten zurück sein. Mein Auto werde er sich ansehen, sobald er mit dem Chevy fertig sei.

Wie lange das dauern werde?

Das konnte er mir nicht sagen, bot mir aber seinen Stuhl an, falls ich warten wollte.

Die Luft im Büro roch nicht gut. Nach Benzin, Öl, Zigarettenrauch, alten Männern und Hund. Ich zog es vor, draußen zu warten.

Ich kehrte zu Luke Bowman zurück, dankte ihm für seine Freundlichkeit und nahm meinen Hund wieder an mich. Boyd stemmte sich gegen sein Halsband, jede Faser seines Körpers war auf den Pitbull ausgerichtet. Flush schlief entweder oder stellte sich tot und wartete darauf, dass der Chow-Chow sich näherte.

»Sie kommen allein zurecht?«

»Mein Auto wird jeden Augenblick hier sein. Und ein Detective ist ebenfalls unterwegs hierher. Wenn es länger dauern sollte, kann er mich zurück zum High Ridge House fahren. Aber noch einmal vielen Dank. Sie waren mein Lebensretter.«

Wieder klingelte mein Handy. Ich kontrollierte die Nummer und ignorierte den Anruf. Bowman sah mir zu. Er schien noch nicht gehen zu wollen.

»Schwester McCready beherbergt einige von den Leuten, die mit der Absturzermittlung zu tun haben, nicht?«

»Einige wohnen dort, ja.«

»Dieser Absturz ist eine üble Geschichte.« Er kniff sich in die Nase und schüttelte dann den Kopf.

Ich sagte nichts.

»Weiß man inzwischen, was die Maschine vom Himmel geholt hat?«

Anscheinend hatte er meinem Gesicht etwas angemerkt.

»Sie kennen meinen Namen nicht von Ruby McCready, oder, Miss Temperance?«

»Er wurde bei einer Besprechung genannt.«

»Allmächtiger.«

Die dunklen Augen schienen einen Augenblick lang noch dunkler zu werden. Dann senkte er den Kopf, hob die Hand und massierte sich die Schläfen.

»Ich habe gesündigt, und mein Retter will, dass ich beichte.«

O Mann.

Als Bowman den Kopf wieder hob, waren seine Augen feucht. Seine Stimme klang brüchig, als er den nächsten Satz sagte.

»Und der Herrgott hat Sie als meine Zeugin geschickt.«

16

Als wir dann wieder im Transporter saßen, brauchte Luke Bowman eine volle halbe Stunde, um mir sein Herz auszuschütten. In dieser Zeit bekam ich vier Anrufe von Reportern. Schließlich schaltete ich das Handy wieder ab.

Während Bowman redete, kam mir der Begriff »Behinderung der Justiz« in den Sinn. Es fing wieder an zu regnen. Ich sah zu, wie fette Tropfen sich durch den Film auf der Windschutzscheibe schlängelten und die Pfützen auf dem Hof sprenkelten. Boyd lag zusammengerollt zu meinen Füßen, offensichtlich war er zu der Überzeugung gekommen, dass es besser war, Flush in Frieden zu lassen.

Mein Auto kam an, wie ein aus Seenot geborgener Kahn rollte es hinter dem Abschleppwagen her. Bowman fuhr mit seiner merkwürdigen Erzählung fort.

Der Kombi auf der Hebebühne wurde abgesenkt und kam zu dem Pinto und den Pick-ups. Der Mann in der ölfleckigen Kleidung öffnete die Fahrertür meines Mazda und schob ihn mit der Hand am Lenkrad in die Werkstatt. Dann öffnete er die Motorhaube und bückte sich darunter.

Bowman redete, Absolution suchend, weiter.

Schließlich war seine Geschichte zu Ende, und er hatte den Platz in der Nähe seines Gottes wiedererlangt. Als der Reverend aufhörte zu reden, fuhr Ryan auf den Parkplatz.

Ryan stieg aus, und ich kurbelte mein Fenster herunter und rief ihn zu uns. Er bückte sich und legte die Unterarme aufs Türblech des Pick-ups.

Ich stellte Bowman vor.

»Wir kennen uns bereits.« Feuchtigkeit glitzerte auf Ryans Haaren wie ein Heiligenschein.

»Der Reverend hat mir eben eine interessante Geschichte erzählt.«

»Wirklich?« Die Eisbergaugen musterten Bowman.

»Vielleicht ergibt sich daraus etwas, das Ihnen weiterhilft, Detective. Vielleicht auch nicht. Aber bei Gott, es ist die volle Wahrheit.«

»Spüren Sie die Reitgerte des Teufels, Bruder?«

Bowman sah auf die Uhr.

»Diese nette Dame wird es Ihnen erzählen.«

Er drehte den Zündschlüssel, und Boyd hob den Kopf. Als Ryan einen Schritt zurücktrat und die Tür öffnete, streckte sich der Chow-Chow und sprang mit leicht verärgerter Miene heraus.

»Noch einmal vielen Dank.«

»Es war mir ein Vergnügen.« Er sah Ryan an. »Sie wissen ja, wo ich zu finden bin.«

Ich sah zu, wie der Pick-up mit Wasser spritzenden Reifen vom Hof rumpelte.

Bowmans Glaubensrichtung war mir bis dahin unbekannt gewesen. Warum hatte er mir diese Geschichte erzählt? Aus Angst? Aus schlechtem Gewissen? Weil er auf Nummer sicher gehen wollte? Und woran dachte er jetzt? Ans ewige Leben? An Reue? Oder an die Schweinskoteletts, die er sich fürs Abendessen aufgetaut hatte?

»Wie steht's mit deinem Auto?« Ryans Frage holte mich ins Jetzt zurück.

»Wenn du Boyd hältst, gehe ich nachschauen.«

Ich lief in die Werkstatt, wo P oder T noch immer unter meiner Motorhaube steckte. Er meinte, dass das Problem vielleicht an einer Wasserpumpe liege und dass er es morgen sicher wisse. Ich gab ihm meine Handy-Nummer und sagte ihm, ich wohne bei Ruby McCready.

Als ich zum Auto zurückkehrte, saßen Ryan und Boyd bereits drin. Ich wischte mir die Feuchtigkeit aus den Haaren und stieg ein.

»Würde eine kaputte Wasserpumpe ein lautes Geräusch machen?«, fragte ich.

Ryan zuckte die Achseln.

»Warum bist du schon so früh aus Asheville zurück?«

»Es hat eine neue Entwicklung gegeben. Hör zu, ich treffe mich mit McMahon zum Abendessen. Dabei kannst du uns ja mit Bowmans Märchen unterhalten.«

»Ich will aber erst den Hund abliefern.«

Ich hoffte, wir gingen nicht ins Injun Joe's.

Wir gingen nicht dorthin.

Nachdem ich Boyd in sein Gehege hinter dem High Ridge House gesperrt hatte, fuhren wir zum Bryson City Diner. Das Lokal war lang und schmal wie ein Eisenbahnwaggon. Die vordere Wand säumten verchromte Sitznischen, jede mit einem Gewürzständer, einem Serviettenhalter und einer winzigen Musikbox. Vor der raumlangen Chromtheke auf der anderen Seite waren Hocker in genau gleichen Abständen an den Boden genietet. Rote Kunstlederpolster. Kuchenteller mit Plastikabdeckungen. Kleiderständer an der Tür.

Mir gefiel der Laden. Keine Prahlerei mit einer Aussicht auf die Berge oder mit geschmacklichen Ethno-Erlebnissen. Keine verwirrende Abkürzung. Keine fehlerhafte Schreibweise aus Stabreimgründen. Es war ein Diner, und sein Name versprach nichts anderes.

Sogar für die Verhältnisse hier in den Bergen waren wir fürs Abendessen früh dran. An der Theke saßen ein paar Gäste, die übers Wetter schimpften oder sich über Probleme in der Arbeit unterhielten. Als wir eintraten, hoben die meisten den Kopf.

Oder redeten sie über mich? Während wir zu der Sitznische in der Ecke gingen, spürte ich Blicke im Rücken, glaubte zu sehen, dass Männer sich anstießen und auf mich deuteten. Oder bildete ich mir das nur ein?

Kaum hatten wir Platz genommen, kam eine Frau mittleren Alters in weißer Schürze und rosa Kleid an unseren Tisch und gab uns handgeschriebene Speisekarten in Plastikhüllen. Der Name »Cynthia« war über ihrer linken Brust auf die Schürze gestickt.

Ich entschied mich für Schmorfleisch. Ryan und McMahon nahmen den Hackbraten.

»Getränke?«

»Eistee bitte. Ungesüßt.«

»Für mich auch.« McMahon.

»Limonade.« Ryan machte ein ausdrucksloses Gesicht, aber ich wusste, was er dachte.

Cynthia sah mich lange an, nachdem sie unsere Bestellungen aufgenommen hatte, und steckte sich dann den Bleistift hinters Ohr. Sie ging hinter die Theke, riss das Blatt vom Block und spießte es auf einen Draht über der Durchreiche.

»Zwei sechs und eine vier«, bellte sie, drehte sich dann um und sah mich noch einmal an.

Wieder flammte meine Paranoia auf.

Ryan wartete, bis Cynthia die Drinks gebracht hatte, dann sagte er McMahon, dass ich eine Aussage von Bowman hätte.

»Was zum Teufel hatten Sie denn mit Bowman zu schaffen?« Betroffenheit schwang in seiner Stimme mit. Ich fragte mich, ob es so war, weil er sich um meine Sicherheit sorgte oder weil er wusste, dass eine Einmischung in die Ermittlung meine Verhaftung bedeuten konnte.

»Mein Auto hatte eine Panne. Bowman hat mich mitgenommen. Fragen Sie nicht, warum ihn das darauf brachte, mir sein Herz auszuschütten.«

Ich zog einen Strohhalm aus seiner Hülle und stieß ihn in den Eistee.

»Wollen Sie die Geschichte hören?«

»Erzählen Sie.«

»Wie's aussieht, bekriegen sich die Reverends Bowman und Claiborne schon eine ganze Weile wegen seelsorgerischer Einflusssphären. Die *Holiness*-Bewegung ist nicht mehr das, was sie mal war, und die Pfaffen sind gezwungen, um eine immer geringer werdende Schar von Anhängern zu konkurrieren. Da muss man schon ein guter Entertainer sein.«

»Jetzt noch mal von vorn. Wir reden hier von Schlangen, nicht?«

Ich nickte.

»Was haben Schlangen mit Heiligkeit zu tun?«

Diesmal ignorierte ich Ryans Frage nicht.

»Die *Holiness*-Jünger interpretieren die Bibel wörtlich und zitieren spezifische Passagen, die zum Umgang mit Schlangen auffordern.«

»Was für Passagen?« Ryans Stimme triefte vor Häme.

»›In meinem Namen werden sie Dämonen austreiben; in neuen Zungen werden sie reden; Schlangen werden sie aufheben, und wenn sie etwas Tödliches getrunken haben, wird es ihnen nicht schaden.‹ Das Evangelium nach Markus, Kapitel sechzehn, die Verse siebzehn und achtzehn.«

Ryan und ich starrten McMahon an.

»›Siehe, ich habe euch die Macht gegeben, auf Schlangen und Skorpione zu treten, und über alle Gewalt des Feindes; und er wird euch keinen Schaden zufügen.‹ Lukas, Kapitel zehn, Vers neunzehn«, fuhr McMahon fort.

»Woher wissen Sie das?«

»Wir tragen alle Gepäck mit uns herum.«

»Ich dachte, Sie haben Ingenieurwesen studiert.«

»Habe ich auch.«

Ryan kehrte wieder zu den Schlangen zurück.

»Sind die Schlangen irgendwie gezähmt? Sind sie daran gewöhnt, dass man mit ihnen hantiert, oder wurden ihnen die Giftzähne gezogen oder das Gift entnommen?«

»Offensichtlich nicht«, sagte McMahon. »Sie benutzen Diamantklapperschlangen und Mokassinschlangen, die sie in den Hügeln fangen. Einige Hantierer sind schon gestorben.«

»Ist das nicht illegal?«

»Schon«, sagte McMahon. »Aber in North Carolina ist das Hantieren mit Schlangen nur ein Vergehen und wird kaum verfolgt.«

Cynthia brachte unser Essen und ging wieder. Ryan und ich salzten und pfefferten. McMahon begoss alles auf seinem Teller mit Bratensoße.

»Fahren Sie fort, Tempe«, sagte er.

»Ich versuche, die Geschichte zu rekonstruieren, so gut ich kann.«

Ich probierte eine grüne Bohne. Sie war perfekt, süß und fettig nach stundenlangem Schmoren mit Zucker und ausgelassenem Speck. Gesegnetes Dixie. Ich aß noch ein paar mehr.

»Obwohl Bowman es in seiner Befragung durch die NTSB leugnete, war er an diesem Tag doch vor seinem Haus. Und er hat etwas aufsteigen lassen.«

Ich hielt inne, um ein Stück Fleisch zu essen. Es war ähnlich gut wie die Bohnen.

»Aber keine Raketen.«

Die Männer warteten, während ich noch ein Stück Fleisch aufspießte und schluckte. Kauen war kaum nötig.

»Das ist wirklich gut.«

»Was hat er aufsteigen lassen?«

»Tauben.«

Ryan hielt mit seiner Gabel mitten in der Bewegung inne.

»Vögel?«

Ich nickte. »Anscheinend vertraut der Reverend auf Spezialeffekte, um seine Gläubigen bei der Stange zu halten.«

»Taschenspielertricks?«

»Er betrachtet es eher als Theater für den Herrn. Auf jeden Fall behauptet er, er hätte an dem Nachmittag, als die TransSouth Air 228 abstürzte, Experimente gemacht.«

Ryan forderte mich mit einer Bewegung seiner Gabel zum Weiterreden auf.

»Bowman arbeitete an einer Predigt über die Zehn Gebote. Er hatte vor, Tonmodelle der Gesetzestafeln zu schwenken und dann Moses nachzuahmen, der die Originale vor Zorn über den Abfall der Hebräer von ihrem Glauben zerstörte. Zum Abschluss wollte er die Dinger zu Boden schleudern und die Gemeinde zur Bußfertigkeit ermahnen. Wenn sie dann um Vergebung baten, wollte er ein paar Hebel umlegen, und die Tauben würden in einer Rauchwolke aufsteigen. Er meinte, das würde seine Wirkung nicht verfehlen.«

»Das haut einen wirklich vom Stuhl«, sagte Ryan.

»Und mehr ist nicht dran an seinem sensationellen Geständnis? Er war im Hinterhof und hat mit Tauben und Rauch gespielt?«

»Das ist seine Geschichte.«

»Macht der so etwas öfter?«

»Er liebt das Spektakel.«

»Und bei der Befragung log er, weil er nicht riskieren wollte, dass seine Schäfchen herausfinden, dass er sie auf den Arm nimmt.«

»Das behauptet er. Aber dann habe der Allmächtige ihm auf die Schulter geklopft, und er bekam Angst, seine Seele zu verlieren.«

»Oder Angst, in den Knast zu müssen.« Ryans Häme war noch beißender geworden.

Ich aß meine grünen Bohnen zu Ende.

»Die Geschichte ergibt sogar einen Sinn«, sagte McMahon. »Die anderen Zeugen, darunter Claiborne, gaben an, sie hätten etwas in den Himmel steigen sehen. Wenn man die notorische Unzuverlässigkeit von Augenzeugen in Betracht zieht, könnten Tauben und Rauch durchaus passen.«

»Die NTSB hat die Raketentheorie sowieso schon ziemlich ausgeschlossen.«

»Ach so?«

»Aus einer ganzen Reihe von Gründen.«

»Nennen Sie mir einen.«

»Es gibt innerhalb eines Zehn-Kilometer-Radius um das Trümmerfeld keinen einzigen Hinweis auf ein Geschoss.«

McMahon häufte sich Kartoffelbrei auf eine Gabel voll Hackbraten.

»Und es ist keine Verzwilligung festzustellen.«

»Was ist Verzwilligung?«

»Im Wesentlichen geht es dabei um das Aufbrechen der kristallinen Struktur von Metallen wie Kupfer, Eisen oder Stahl. Verzwilligung erfordert Kräfte, die größer sind als achttausend Meter pro Sekunde. Und das bedeutet typischerweise einen militärischen Explosivstoff. Sachen wie RDC oder C4.«

»Und diese Verzwilligung ist nicht vorhanden?«

»Bis jetzt wurde nichts gefunden.«

»Und das heißt?«

»Die üblichen Bestandteile von Rohrbomben, also Sachen wie Schießpulver, Gelatine- oder schwach brisantes Dynamit, sind nicht stark genug. Sie erzeugen nur Kräfte von eintausend Metern pro Sekunde. Das erzeugt nicht genügend Druck, um eine Verzwilligung auszulösen, aber genug, um sich verheerend auf ein Flugzeug auszuwirken. Das Fehlen von Verzwilligung schließt also eine Detonation nicht aus.« Er schob sich die Gabel in den Mund. »Und Hinweise auf eine Explosion gibt es Unmengen.«

In diesem Augenblick klingelte Ryans Handy. Er hörte zu und antwortete dann in knappem Französisch. Obwohl ich verstand, was er sagte, ergaben seine Worte ohne das, was in Quebec gesagt wurde, keinen Sinn.

»Die NTSB ist also noch nicht sehr viel weiter als letzte Woche.

Irgendetwas ist innerhalb des Rumpfs im hinteren Teil der Maschine explodiert, aber sie haben keine Ahnung, was oder warum.«

»Das kommt ungefähr hin«, stimmte McMahon zu. »Allerdings wurde der reiche Ehemann aus dem Kreis der Verdächtigen ausgeschlossen. Wie's aussieht, ist der Kerl ein Kandidat fürs Priesteramt. Hat letztes Jahr der Humane Society eine Viertelmillion Dollar gespendet, als er seine verlorene Katze wiederbekam.«

»Und der Junge aus Sri Lanka?«

»Der Onkel ist in Sri Lanka weiter auf Sendung, und es hat keine Drohungen, öffentlichen Erklärungen oder sonst irgendetwas von irgendjemandem da unten gegeben. Das alles sieht aus wie eine Sackgasse, aber wir recherchieren weiter.«

»Wurde die Ermittlung inzwischen an das FBI übergeben?«

»Nicht offiziell. Aber bis Terrorismus endgültig ausgeschlossen ist, gehen wir nicht von hier weg.«

Ryan beendete sein Telefongespräch und suchte nach einer Zigarette. Sein Gesicht hatte einen Ausdruck, den ich nicht interpretieren konnte. Ich dachte an unseren Wortwechsel wegen Danielle und sagte lieber nichts.

McMahon hatte diese Bedenken nicht.

»Was ist los?«

Nach einer Pause: »Pepper Petricellis Frau ist verschwunden.«

»Hat sie sich aus dem Staub gemacht?«

»Vielleicht.«

Ryan zündete sich die Zigarette an und suchte dann auf dem Tisch nach einem Aschenbecher. Da er keinen fand, steckte er das Streichholz in seinen Süßkartoffelbrei. Wir schwiegen betreten, bis Ryan weiterredete.

»Ein Crack-Junkie namens André Metraux wurde gestern in Montreal wegen Drogenbesitzes verhaftet. Da er keine Lust hatte, lange von seinen Pharmazeutika getrennt zu sein, bot Metraux Informationen gegen Haftverschonung an.«

Ryan nahm einen tiefen Zug, blies den Rauch durch die Nase aus.

»Metraux schwört, er habe Pepper Petricelli am letzten Samstagabend in einem Steak-House in Plattsburgh, New York, gesehen.«

»Das ist unmöglich«, platzte es aus mir heraus. »Petricelli ist tot…« Meine Stimme verklang bei dem letzten Wort.

Ryan ließ den Blick langsam durch den Diner schweifen und richtete ihn dann auf mich. In seinen Augen sah ich nackte Qual.

»Vier Passagiere sind noch nicht identifiziert, darunter Bertrand und Petricelli.«

»Die glauben doch nicht – o Gott, was *glauben* sie denn?«

Ryan und McMahon wechselten Blicke. Mein Herzschlag beschleunigte sich.

»Was ist es denn, was ihr mir nicht sagen wollt?«

»Nur keine Paranoia. Wir verheimlichen dir nichts. Du hattest einen schweren Tag, und wir dachten, das hat auch Zeit bis morgen.«

Ich spürte, wie sich der Zorn in mir zu einem Knoten zusammenballte.

»Erzählt es mir«, sagte ich mit sachlicher Stimme.

»Tyrell war heute bei der Morgenbesprechung, um eine aktualisierte Trauma-Tabelle zu präsentieren.«

Ich fühlte mich elend, weil ich ausgeschlossen war, und blaffte deshalb: »Es gibt *doch* eine neue Geschichte.«

»Er sagt, er hat Überreste, die zu keinem auf der Passagierliste passen.«

Zu überrascht, um etwas zu sagen, starrte ich ihn an.

»Nur vier Passagiere sind noch vermisst. Alle waren im hinteren linken Teil des Flugzeugs. Ihre Sitze waren so gut wie pulverisiert, es ist also zu erwarten, dass es ihren Benutzern nicht viel besser erging.«

Ryan zog noch einmal an der Zigarette, blies den Rauch aus.

»22 A und B waren von männlichen Studenten besetzt. Bertrand und Petricelli saßen dahinter in Reihe 23. Tyrell behauptet, er habe Gewebe, das zu keinem der vierundachtzig bereits identifizierten Passagiere passt und auch zu keinem dieser vier.«

»Was ist das für Gewebe?«

»Ein Schulterfragment mit einer großen Tätowierung.«

»Jemand hätte sich die Tätowierung kurz vor dem Flug machen lassen können.«

»Ein Teilstück eines Unterkiefers mit einer komplizierten Brücke.«

»Fingerabdrücke«, fügte McMahon hinzu.

Ich brauchte einen Augenblick, um das zu verdauen.

»Was bedeutet das?«

»Es könnte eine Menge bedeuten.«

McMahon suchte Blickkontakt mit Cynthia und verlangte die Rechnung.

»Vielleicht haben die Biker-Jungs einen Ersatzmann besorgt, und Petricelli hat tatsächlich am letzten Wochenende in New York ein Porterhouse-Steak genossen.« Ryans Stimme klang wie gehärteter Stahl.

»Worauf willst du hinaus?«

»Wenn Petricelli nicht in dieser Maschine war, dann kann das zwei Dinge bedeuten. Entweder wurde Bertrand mit Geld oder Gewalt dazu überredet, die Seiten zu wechseln ...«

Ryan nahm einen letzten Zug und steckte die Kippe ebenfalls in den Kartoffelbrei.

»... oder Bertrand wurde ermordet.«

Als ich etwas später in meinem Zimmer war, genehmigte ich mir ein heißes Bad und meiner Haut eine Talkumpuderbehandlung. Nur mäßig entspannt, aber nach Geißblatt und Flieder duftend, setzte ich mich ins Bett, nahm die Knie an die Brust, zog die Decke darüber und schaltete mein Handy ein. Ich hatte siebzehn Anrufe verpasst. Da mir keine der Nummern bekannt war, löschte ich die Nachrichten und erledigte einen Anruf, den ich aufgeschoben hatte.

Obwohl die Herbstferien zu Ende waren und das Semester tags zuvor wieder begonnen hatte, hatte ich, nachdem ich den Verwesungsfleck unter der Hofmauer gefunden hatte, eine Urlaubsverlängerung beantragt. Ich hatte es zwar nicht ausdrücklich gesagt, der Annahme meines Dekans, ich sei noch immer mit der Opferidentifikation beschäftigt, aber auch nicht widersprochen. In gewisser Weise war ich es ja noch.

Doch die Medienhysterie des heutigen Tages hatte in mir gewisse Befürchtungen aufkeimen lassen. Ich atmete tief durch, blätterte zu Mike Perrigios Nummer und drückte auf »Wählen«. Es klingelte siebenmal, und ich wollte eben wieder auflegen, als eine Frau sich meldete. Ich fragte nach Mike. Eine lange Pause entstand. Im Hintergrund hörte ich Lärm, das Weinen eines Kindes.

Als Mike an den Apparat kam, war er brüsk, fast kalt. Für Vertretungen bei meinen Lehrveranstaltungen sei gesorgt. Ich solle mich in regelmäßigen Abständen melden. Freizeichen.

Ich starrte noch immer mein Handy an, als es wieder klingelte.

Die Stimme war total unerwartet.

Larke Tyrell fragte, wie es mir gehe. Er habe gehört, ich sei wieder in Bryson City. Ob ich mich mit ihm am nächsten Tag treffen könne? Um neun Uhr im Angehörigenunterstützungs-Zentrum? Gut, gut. Ich solle auf mich aufpassen.

Wieder starrte ich das kleine schwarze Gerät an und wusste nicht so recht, ob ich mich niedergeschlagen oder aufgemuntert fühlen sollte. Mein Chef in der Universität hatte den Medienwirbel offensichtlich mitbekommen. Das konnte nur schlecht sein. Aber Larke Tyrell wollte mit mir reden. Hatte der Oberste Leichenbeschauer sich vielleicht auf meine Seite geschlagen? Hatte dieses andere fremde Gewebe ihn vielleicht davon überzeugt, dass die große Fuß-Kontroverse nichts mit Absturzopfern zu tun hatte?

Ich zog an der Kette der Nachttischlampe. Als ich dann in zikadenzirpender Stille dalag, hatte ich das Gefühl, dass meine Probleme sich jetzt endlich lösen würden. Ich war zuversichtlich, dass ich von jeder Schuld freigesprochen würde, und machte mir weder Gedanken um den Treffpunkt noch den Zweck des Treffens.

Das war ein Fehler.

17

Das Erste, was ich sah, als ich die Augen aufschlug, war ein Blatt Papier, das auf dem Fransenteppich lag.

Der Wecker zeigte sieben Uhr zwanzig.

Ich schlug die Decke zurück, holte das Papier und überflog den Text. Es war ein Fax mit einer Liste von sechs Namen.

Zitternd in Slip und T-Shirt las ich den Kopf: *Büro des Generalstaatsanwalts von Delaware. Empfänger: Special Agent Byron McMahon. Betreff: H&F, LLP.*

Es war die Liste der Teilhaber von H&F. McMahon hatte sie am Abend zuvor offensichtlich vergessen und sie mir später unter der Tür durchgeschoben. Ich las die Namen. Keiner sagte mir etwas.

Durchgefroren steckte ich das Fax in die Außentasche meiner Computertasche, lief auf Zehenspitzen ins Bad und stieg unter die Dusche. Als ich nach dem Shampoo greifen wollte, erlebte ich die erste Niederlage des Tages.

Verdammt. Ich hatte die Tüte mit meinen Einkäufen in Luke Bowmans Pick-up vergessen.

Ich füllte meine leere Shampoo-Flasche mit Wasser und traktierte meine Haare mit einer schaumarmen Wäsche. Nachdem ich sie geföntund Make-up aufgetragen hatte, zog ich Khakis und eine weiße Bluse an und kontrollierte mein Aussehen im Spiegel.

Die Frau, die mir entgegenblickte, sah einigermaßen ordentlich, aber ein bisschen zu lässig aus. Ich streifte noch eine Strickjacke über, die ich oben zuknöpfte, wie Katy es mir eingeschärft hatte. Wollte doch nicht aussehen wie ein Trottel.

Ich schaute mich noch einmal an. Modisch, aber geschäftsmäßig. Ich eilte nach unten.

Da ich zu angespannt war für ein Frühstück, stürzte ich nur einen Kaffee hinunter, fütterte Boyd mit den Resten aus der Alpo-Tüte, musste vor Nervosität noch einmal aufs Klo und holte dann meine Tasche. Auf der Schwelle der Haustür hielt ich plötzlich jäh inne.

Ich hatte kein Fahrzeug.

Gut aussehend, aber mit Panik im Herzen stand ich auf der Schwelle, als die Tür plötzlich aufsprang und ein etwa siebzehnjähriger Junge herausgerannt kam. Sein Schädel war rasiert bis auf einen schmalen Streifen blau gefärbter Haare von der Stirn bis zum Nacken. Nase, Augenbrauen und Ohrläppchen protzten mit mehr Metall als ein Harley-Shop.

Der junge Mann ignorierte mich, stürmte die Stufen hinunter und verschwand hinter dem Haus.

Sekunden später tauchte Ryan auf und blies in eine dampfende Tasse.

»Was ist los, Butterblümchen?«

»Wer war denn dieser Junge?«

»Der Nieten-Schlumpf?« Er nahm einen vorsichtigen Schluck. »Rubys Neffe Eli.«

»Irres Styling. Ryan, ich bitte dich zwar nicht gerne, aber ich habe in zwanzig Minuten ein Treffen mit Tyrell, und mir ist eben erst wieder eingefallen, dass ich kein Auto habe.«

Er steckte die Hand in die Tasche und warf mir seine Schlüssel zu.

»Nimm meins. Ich fahre mit McMahon.«

»Bist du sicher?«

»Du stehst nicht im Mietvertrag. Also lass dich nicht verhaften.«

In der Vergangenheit wurden die Angehörigenunterstützungs-Zentren immer in der Nähe der jeweiligen Unfallstellen eingerichtet, um den Transport von Daten und Unterlagen zu erleichtern. Doch man sah davon ab, als Psychologen erkannten, wie belastend diese Nähe zum Ort des Todes für die Angehörigen war.

Das AUZ für TransSouth Air 228 befand sich im Sleep Inn in Bryson City. Zehn Zimmer waren dafür hergerichtet worden, indem man Betten und Kleiderschränke durch Schreibtische, Stühle, Telefone und Laptops ersetzt hatte. Hier waren die antemortalen Daten gesammelt, Besprechungen abgehalten und die Familien über Identifikationen informiert worden.

Das war jetzt alles zu Ende. Bis auf zwei hatten alle Zimmer, in denen es bis vor kurzem noch von trauernden Angehörigen, NTSB-Personal, ME-Datensammlern und Vertretern des Roten Kreuzes gewimmelt hatte, ihre ursprüngliche Funktion zurückerhalten.

Auch die Sicherheitsvorkehrungen waren nicht mehr so, wie sie einmal gewesen waren. Als ich auf den Parkplatz fuhr, sah ich Journalisten, die sich unterhielten und aus Styroporbechern tranken und offensichtlich auf eine Sensationsmeldung warteten.

So beschäftigt war ich mit meinem pünktlichen Eintreffen, dass mir gar nicht in den Sinn kam, ich könnte die Sensation sein.

Dann schulterte ein Kameramann seine Minicam.

»Da ist sie.«

Andere Kameras kamen hoch. Mikrofone schossen mir entgegen. Verschlüsse klickten wie Steinchen in einem Motorrasenmäher.

»Warum haben Sie die Überreste entfernt?«

»Haben Sie Katastrophenopfer-Pakete manipuliert?«

»Dr. Brennan …«

»Stimmt es, dass in Fällen, die Sie bearbeitet haben, Beweismittel fehlen?«

»Doktor …«

Blitzlichter blendeten mich. Mikrofone wurden mir ans Kinn, an die Stirn, an die Brust gestoßen. Körper drängten sich an mich, bewegten sich mit mir, wie ein Gewirr aus Algen, das an meinen Gliedern hängt.

Ich schaute stur geradeaus, mied jeden Augenkontakt. Mein Herz hämmerte, während ich mich vorwärts schob, ein Schwimmer, der sich ans Ufer kämpft. Die Entfernung bis zum Hotel kam mir ozeanisch, unüberwindbar vor.

Plötzlich spürte ich eine starke Hand an meinem Arm, und ich war in der Lobby. Ein Staatspolizist verriegelte die Glastür und starrte die Meute draußen böse an.

»Alles in Ordnung, Ma'am?«

Ich traute meiner Stimme zu wenig, um etwas zu erwidern.

»Hier entlang, bitte.«

Ich folgte ihm zu einer Reihe von Aufzügen. Während der Fahrt nach oben stand der Polizist mit gefalteten Händen und abgespreizten Füßen da. Ich hatte weiche Knie und versuchte, Ordnung und Ruhe in meine Gedanken zu bekommen.

»Wie hat die Presse hiervon Wind bekommen?«, fragte ich.

»Das weiß ich nicht, Ma'am.«

Im zweiten Stock ging der Beamte zu Zimmer 201 und stellte sich mit dem Rücken an die Wand neben der Tür.

»Die Tür ist nicht verschlossen.« Er richtete seinen Blick auf etwas, das nicht ich war.

Ich atmete einmal tief durch, drehte den Knauf und trat ein.

Hinter einem Tisch vor der gegenüberliegenden Wand saß der zweitmächtigste Mann des Staates North Carolina. Von einer Million Gedanken, die mir in diesem Augenblick durch den Kopf schossen, blieb nur einer hängen: Parker Davenports Hautfarbe hatte sich seit unserer ersten Begegnung am Tag des Unfalls deutlich gebessert.

Links vom Vizegouverneur saß Dr. Larke Tyrell, rechts von ihm Earl Bliss. Der ME schaute mich an und nickte. Der Leiter des DMORT wich meinem Blick aus.

»Dr. Brennan, bitte setzen Sie sich.« Der Vizegouverneur deutete auf einen Stuhl direkt vor dem Tisch.

Während ich mich setzte, lehnte sich Davenport zurück und verschränkte die Finger auf seiner Weste. Der Ausblick hinter ihm war spektakulär, eine Postkartenansicht der Smoky Mountains in einer Explosion von Herbstfarben. Ich musste die Augen gegen das grelle Sonnenlicht zusammenkneifen und merkte, dass ich im Nachteil war. Wäre Tyrell der Verantwortliche gewesen, hätte ich gewusst, dass die Sitzverteilung Taktik war. Bei Davenport war ich mir nicht sicher, ob er so klug war.

»Möchten Sie Kaffee?«, fragte Davenport.

»Nein, danke.«

Als ich mir Davenport genauer anschaute, hatte ich Schwierigkeiten, mir vorzustellen, wie er sich so lange in einem öffentlichen Amt hatte halten können. Er war weder groß noch klein, weder dunkel noch blond, weder glatt noch runzlig. Seine Haare und seine Augen waren von einem unbestimmbaren Braun, und seine Redeweise war flach und ohne Modulation. In einem System, das seine Führer nach Aussehen und Eloquenz wählt, war Davenport eigentlich kein ernsthafter Bewerber. Kurz gesagt, Davenport prägte sich nicht ein. Die Leute wählten ihn und vergaßen ihn dann wieder.

Der Vizegouverneur löste die Finger voneinander, untersuchte seine Handflächen und sah mich an.

»Dr. Brennan, mir sind einige sehr beunruhigende Behauptungen zu Ohren gekommen.«

»Ich bin froh, dass wir uns hier treffen, um diese Sache aufzuklären.«

»Ja.« Davenport beugte sich über den Tisch und öffnete eine Akte. Links davon lag eine Videokassette. Niemand sagte etwas, als er ein Blatt herauszog und überflog.

»Ich möchte gern sofort zur Sache kommen.«

»Ich bitte darum.«

»Haben Sie vor dem Eintreffen von Vertretern der NTSB oder des Leichenbeschauers am vierten Oktober die Absturzstelle betreten?«

»Da ich in der Gegend war, bat Earl Bliss mich, vorbeizukommen.« Ich sah den Leiter der DMORT an. Er hielt den Blick auf seine Hände im Schoß gerichtet.

»Hatten Sie den offiziellen Auftrag, dorthin zu gehen?«

»Nein, Sir, aber –«

»Haben Sie sich fälschlich als offizielle Vertreterin des NDMS ausgegeben?«

»Nein, Sir, das habe ich nicht.«

»Haben Sie sich in die Such- und Bergungsbemühungen der lokalen Behörden eingemischt?«

»Auf gar keinen Fall!« Ich spürte, wie mir die Hitze den Hals hoch und ins Gesicht stieg.

»Haben Sie Deputy Anthony Skinner befohlen, eine Schutzhülle von einem Absturzopfer zu entfernen, obwohl Sie wussten, dass die Gefahr von Raubtierfraß bestand?«

»Das ist die übliche Vorgehensweise.«

Ich wandte mich Earl und Larke zu. Keiner der beiden erwiderte meinen Blick. Bleib ruhig, sagte ich mir selber.

»Es wird behauptet, dass Sie sich über eben diese *übliche Vorgehensweise* hinweggesetzt hätten«, Davenport betonte meine Formulierung, »indem Sie Überreste vor einer Dokumentation vom Fundort entfernt haben.«

»Das war eine außergewöhnliche Situation, die sofortiges Eingreifen verlangte. Ich handelte nach bestem Wissen und Gewissen, wie ich Dr. Tyrell bereits erklärt habe.«

Davenport beugte sich vor, und sein Ton wurde hart.

»War der Diebstahl dieser Überreste ebenfalls eine Handlung nach bestem Wissen und Gewissen?«

»Was?«

»Das Fundstück, um das es hier geht, befindet sich nicht mehr im Leichenschauhaus.«

»Darüber weiß ich nichts.«

Die langweiligen braunen Augen verengten sich.

»Tatsächlich.«

Davenport nahm die Kassette, ging zu einer TV/Video-Anlage und schob sie in den Rekorder. Als er den Abspielknopf drückte, erschien eine gespenstisch graue Szene auf dem Bildschirm, und ich wusste sofort, dass es ein Überwachungsband war. Ich erkannte den Highway und die Einfahrt zum Parkplatz des Leichenschauhauses.

Wenige Sekunden später kam mein Auto ins Bild. Ein Wachposten winkte mich weg. Primrose tauchte auf, redete mit dem Posten, kam mit ihrem Stock zum Auto gehumpelt und gab mir eine Tüte. Wir wechselten ein paar Worte, dann klopfte sie mir auf die Schulter, und ich fuhr davon.

Davenport drückte auf »Stopp« und spulte das Band zurück. Als er zu seinem Stuhl zurückkehrte, sah ich die beiden anderen Männer an. Beide musterten mich mit undurchdringlichen Mienen.

»Lassen Sie mich zusammenfassen«, sagte Davenport. »Nach

einer höchst irregulären Folge von Ereignissen ist das fragliche Fundstück, das Sie angeblich Kojoten entrissen haben, jetzt verschwunden.«

»Was hat das mit mir zu tun?«

Davenport nahm ein anderes Papier zur Hand.

»Am frühen Sonntagmorgen entfernte die Datentypistin Primrose Hobbs ein menschliches Gewebeteil mit der Fallnummer 387 aus einem Kühlanhänger, in dem in Arbeit befindliche Fälle aufbewahrt wurden. Dann ging sie zur Aufnahmeabteilung und entnahm das Katastrophenopfer-Paket, das zu diesen Überresten gehörte. Später an diesem Vormittag wurde Miss Hobbs dabei beobachtet, wie sie Ihnen auf dem Parkplatz des Leichenschauhauses ein Paket übergab. Diese Transaktion wurde aufgenommen, und wir haben das Band eben gesehen.«

Davenport durchbohrte mich mit seinem Blick.

»Die Überreste und das Paket sind jetzt verschwunden, Dr. Brennan, und wir glauben, dass Sie sie haben.«

»Ich würde Ihnen dringend raten, mit Miss Hobbs zu sprechen.« Meine Stimme war wie Eis.

»Das haben wir natürlich als Allererstes versucht. Leider ist Miss Hobbs diese Woche nicht zur Arbeit gekommen.«

»Wo ist sie?«

»Das ist unklar.«

»Ist sie aus Ihrem Hotel ausgezogen?«

»Dr. Brennan, ich weiß, dass Sie eine staatlich geprüfte forensische Anthropologin von internationalem Ansehen sind. Mir ist bewusst, dass Sie Dr. Tyrell bereits in der Vergangenheit als Beraterin zur Seite gestanden haben, wie auch anderen Leichenbeschauern weltweit. Wie man mir sagte, sind Ihre Referenzen untadelig. Dies macht Ihr Verhalten in dieser Angelegenheit umso verwirrender.«

Davenport wandte sich seinen Beisitzern zu, als suche er Unterstützung.

»Wir wissen nicht, warum Sie so besessen sind von diesem Fall, aber es ist klar, dass Ihr Interesse weit über das hinausgeht, was beruflich oder moralisch vertretbar wäre.«

»Ich habe nichts Unrechtes getan.«

Nun meldete sich zum ersten Mal Earl zu Wort.

»Ihre Absichten mögen ja ehrbar sein, Tempe, aber unerlaubtes Entfernen eines Leichenteils zeugt von einem sehr schlechten Urteilsvermögen.«

Er senkte den Blick und wischte sich ein nicht existentes Staubkörnchen von der Hose.

»Und es ist illegal«, ergänzte Davenport.

Ich sprach den Leiter des DMORT direkt an. »Earl, Sie kennen mich. Sie wissen, dass ich so etwas nie tun würde.«

Bevor Earl antworten konnte, tauschte Davenport das Blatt in seiner Hand durch einen braunen Umschlag aus und schüttelte zwei Fotos heraus. Er sah das größere kurz an, legte es auf den Tisch und schob es mir dann mit einem Finger zu.

Einen Augenblick lang hielt ich es für einen Witz.

»Das sind Sie, Dr. Brennan, nicht?«

Ryan und ich aßen Hot Dogs gegenüber des Great Smoky Mountain Railroad Depot.

»Und Lieutenant-Detective Andrew Ryan aus Quebec.« Er sprach es *Quwie-beck* aus.

»Inwiefern ist das relevant, Mr. Davenport?« Obwohl mein Gesicht brannte, bemühte ich mich um eine eisige Stimme.

»Wie ist Ihre Beziehung zu diesem Mann?«

»Detective Ryan und ich arbeiten seit Jahren zusammen.«

»Aber gehe ich recht in der Annahme, dass Ihre Beziehung über das rein Berufliche hinausgeht, oder etwa nicht?«

»Ich habe nicht die Absicht, Fragen über mein Privatleben zu beantworten.«

»Verstehe.«

Davenport schob das zweite Foto über den Tisch.

Ich war zu verblüfft, um etwas zu sagen.

»Aus Ihrer Reaktion schließe ich, dass Sie den Herren kennen, der neben Detective Ryan abgebildet ist?«

»Jean Bertrand war Ryans Partner.« Schockwellen rasten durch jede Zelle meines Körpers.

»Ist Ihnen bewusst, dass gegen diesen Bertrand im Zusammenhang mit dem Absturz der TransSouth Air ermittelt wird?«

»Worauf wollen Sie denn hinaus?«

»Dr. Brennan, eigentlich sollte es unnötig sein, dass ich so deutlich werde. Ihr …«, er täuschte Unentschlossenheit wegen der Wortwahl vor, »… Kollege hat Verbindungen zu einem Hauptverdächtigen. Sie selbst haben sich …«, wieder die Suche nach dem richtigen Wort, »… unberechenbar verhalten.«

»Ich habe nichts Unrechtes getan«, wiederholte ich.

Davenport legte den Kopf schief und verzog den Mund, doch es war weder ein Lächeln noch eine Grimasse. Dann seufzte er, wie um anzudeuten, was für eine Belastung diese Sache doch für alle sei.

»Vielleicht war, wie Mr. Bliss andeutet, Ihr einziges Vergehen das einer Fehleinschätzung. Aber bei Tragödien dieser Größenordnung, mit einer so starken Medienpräsenz und so vielen trauernden Angehörigen, ist es von äußerster Wichtigkeit, dass alle Beteiligten auch nur den Anschein von Fehlverhalten vermeiden.«

Ich wartete. Davenport schob seine Papiere zusammen.

»Berichte über vermutetes Fehlverhalten werden an das *National Disaster Medical System*, das *American Board of Forensic Anthropology* und an die Ethikkommission der *American Academy of Forensic Sciences* übermittelt. Der Dekan Ihrer Universität wird ebenfalls informiert werden.«

Kalte Angst durchzuckte mich.

»Stehe ich in dem Verdacht, ein Verbrechen begangen zu haben?«

»Wir müssen jede Möglichkeit in Betracht ziehen, und zwar sorgfältig und unparteiisch.«

Mir platzte der Kragen. Ich sprang auf und ballte die Fäuste.

»An diesem Treffen ist nichts unparteiisch, Mr. Davenport, und Sie haben nicht die Absicht, mich fair zu behandeln. Ebenso wenig wie Detective Ryan. Irgendetwas stimmt hier nicht, stimmt ganz und gar nicht, und es sieht aus, als müsste ich für irgendjemand als Sündenbock herhalten.«

Tränen brannten mir hinter den Lidern. Es ist das grelle Licht, sagte ich mir. Wage es nicht zu weinen!

»Wer hat aus diesem Treffen eine PR-Aktion gemacht?«

Rote Flecken traten auf Davenports Wangen, was in seinem merkmalslosen Gesicht komisch aussah.

»Ich habe keine Ahnung, woher die Presse von diesem Treffen wusste. Aus meinem Büro kam der Hinweis nicht.«

»Und das Überwachungsfoto? Aus welcher Quelle stammt das?«

Davenport antwortete nicht. Es war totenstill im Zimmer.

Ich öffnete die Fäuste wieder und atmete tief durch. Dann durchbohrte ich Davenport mit meinem Blick.

»Ich erfülle meine Pflichten gewissenhaft und anhand moralischer Grundsätze und aus Sorge um die Lebenden wie die Toten, Vizegouverneur Davenport.« Ich hielt meine Stimme sachlich. »Ich weiche nicht von vorgeschriebenen Verfahrensweisen ab. Dr. Tyrell weiß das, und Mr. Bliss weiß es ebenso.«

Mein Blick wanderte zu Larke, aber er schaute weg. Earl starrte weiter seine Hose an. Ich wandte mich wieder an Davenport.

»Ich weiß nicht, was hier gespielt wird oder warum, aber ich werde es herausfinden.«

Ich zeigte mit dem Finger auf ihn, um jedes einzelne Wort zu betonen.

»Ich. Werde. Es. Herausfinden.«

Damit drehte ich mich um, verließ das Zimmer und schloss leise die Tür. Der Polizist folgte mir den Korridor entlang, im Aufzug nach unten und dann durch die Hotellobby.

Auf dem Parkplatz wiederholte sich die Situation von vorhin. Obwohl meine Begleitung eine Flanke schützte, wurde ich auf allen anderen bestürmt. Kameras surrten, Mikrofone schnellten vor, Blitzlichter blendeten. Fragen kamen aus allen Richtungen. Mit gesenktem Kopf und vor der Brust verschränkten Armen schob ich mich vorwärts und kam mir dabei bedrängter vor als von dem Kojotenrudel.

Vor Ryans Auto hielt der Polizist den Ansturm mit ausgebreiteten Armen zurück, während ich aufschloss und die Tür öffnete.

Dann drängte er die Meute ab, ich bekam freie Fahrt und schoss auf den Highway.

Beim Fahren kühlte mein Gesicht sich ab, und der Puls normalisierte sich, aber eine Million Fragen trudelten mir durch den Kopf. Wie lange wurde ich schon beschattet? Konnte dies die Verwüstung meines Zimmers erklären? Wie weit würden sie gehen? Warum?

Würden sie es weiter tun?

Wer waren »sie«?

Mein Blick schnellte zum Rückspiegel.

Wo in Gottes Namen war dieser Fuß? Hatte ihn wirklich jemand gestohlen? Und wenn, zu welchem Zweck?

Woher wussten sie, dass er verschwunden war? Wer hatte den Fuß am Montag gewollt? Warum?

Wo war Primrose Hobbs?

Das Büro des Vizegouverneurs hatte normalerweise nicht viel mit einer solchen Katastrophenuntersuchung zu tun. Warum hatte Davenport ein so großes Interesse daran?

Konnte es wirklich sein, dass ich wegen eines Verbrechens angeklagt wurde? Sollte ich mir einen Anwalt besorgen?

Ich war so vertieft in diese Fragen, dass ich fuhr wie ein Roboter, meine Umgebung zwar wahrnahm und darauf reagierte, aber keine Eindrücke bewusst aufnahm. Ich weiß nicht, wie weit ich schon so gefahren war, als ein lautes Jaulen meinen Blick wieder zum Rückspiegel zog.

Ein Streifenwagen hing an meiner Stoßstange, und seine Scheinwerfer blitzten wie ein Stroboskop.

18

Ich bremste und fuhr aufs Bankett. Der Streifenwagen folgte.

Verkehr rauschte vorbei, normale Menschen unterwegs zu normalen Orten.

Ich starrte in den Rückspiegel, als die Tür des Streifenwagens aufging und Lucy Crowe ausstieg. Sie setzte den Hut auf und rückte ihn sorgfältig zurecht; sie wollte mir wohl zeigen, dass dies kein Freundschaftsbesuch war. Ich überlegte, ob ich aussteigen sollte, beschloss dann aber sitzen zu bleiben.

Crowe sah groß und stark in ihrer Sheriffsuniform aus, als sie zu meinem Wagen kam. Ich öffnete die Tür.

»Morgen«, sagte sie und zeigte mir ihr umgekehrtes Nicken.

Ich nickte zurück.

»Neues Auto?« Sie spreizte die Füße und stemmte die Hände in die Hüften.

»Ausgeliehen. Das meine hat eine ungeplante Auszeit genommen.«

Da Crowe weder meine Papiere verlangte noch die üblichen Fragen stellte, nahm ich an, dass es sich nicht um eine Verkehrskontrolle handelte. Ich fragte mich, ob sie mich verhaften wollte.

»Ich habe etwas, das Sie wahrscheinlich nicht gern hören werden.«

Das Funkgerät an ihrem Gürtel knisterte, und sie drehte an einem Regler.

»Daniel Wahnetah ist gestern Abend wieder aufgetaucht.«

Ich wagte kaum, die Frage zu stellen.

»Lebendig?«

»Sehr. Klopfte gegen sieben bei seiner Tochter an der Tür, aß mit der Familie zu Abend, ging dann nach Hause. Die Tochter hat mich heute Morgen angerufen.« Wegen des Verkehrslärms redete sie laut.

»Wo war er in den drei Monaten?«

»In West Virginia.«

»Was hat er dort getan?«

»Das hat sie mir nicht verraten.«

Daniel Wahnetah war nicht tot. Ich konnte es nicht glauben.

»Etwas Neues über George Adair oder Jeremiah Mitchell?«

»Kein Sterbenswörtchen.«

»Keiner von beiden entspricht auch so richtig dem Profil.« Meine Stimme war angespannt.

»Schätze, das bringt Sie nicht sehr weiter.«

»Nein.«

Obwohl ich mir nie gestattet hatte, es auszusprechen, hatte ich doch geglaubt, dass der Fuß Wahnetah gehörte. Jetzt war ich wieder ganz am Anfang.

»Aber ich freue mich für die Familie Wahnetah.«

»Das sind gute Leute.«

Sie sah, wie meine Hände mit dem Steuer spielten.

»Ich habe von dem Fernsehbericht gehört.«

»Mein Handy klingelte so oft, dass es jetzt aus ist. Ich komme eben von einem Treffen mit Parker Davenport, und vor dem Sleep Inn gab es eine unschöne Szene mit verrückten Presseleuten.«

»Davenport.« Sie stützte einen Ellbogen aufs Autodach. »Ein richtiges Früchtchen vom Lande.«

»Was meinen Sie damit?«

Sie schaute die Straße hoch, dann wieder zu mir. In ihrer Fliegerbrille spiegelte sich die Sonne.

»Wussten Sie, dass Parker Davenport nicht weit von hier geboren wurde?«

»Nein, das wusste ich nicht.«

Sie schwieg einen Augenblick, anscheinend versunken in Erinnerungen, die nur die ihren waren.

»Ich vermute mal, Sie mögen den Mann nicht.«

»Sagen wir einfach, dass ich sein Poster nie über mein Bett hängen würde.«

»Davenport sagte mir, dass der Fuß verschwunden ist, und beschuldigte mich, ihn gestohlen zu haben.« Ich musste innehalten, um meine Stimme zu beruhigen. »Außerdem sagte er, dass eine Datentypistin, die mir half, den Fuß auszumessen, ebenfalls verschwunden ist.«

»Um wen geht's da?«

»Um eine ältere schwarze Dame namens Primrose Hobbs.«

»Ich werde mich mal umhören.«

»Ich weiß, dass das alles Blödsinn ist«, sagte ich. »Aber ich verstehe einfach nicht, warum es Davenport auf mich abgesehen hat.«

»Parker Davenport hat schon immer gern sein eigenes Süppchen gekocht.«

Ein Laster ratterte vorbei und schickte einen Schwall heiße Luft in unsere Richtung. Crowe richtete sich auf.

»Ich bin unterwegs zu unserem Bezirksstaatsanwalt, mal sehen, ob ich ihn nicht dazu überreden kann, ein bisschen Dampf wegen dieses Durchsuchungsbefehls zu machen.«

Plötzlich fiel mir etwas ein. Obwohl Larke Tyrell widerrechtliches Betreten angeführt hatte, als er mich von den Ermittlungen ausschloss, war das Haus mit dem ummauerten Hof heute nicht zur Sprache gekommen.

»Ich habe die Besitzer ausfindig gemacht.«

»Ich höre.«

»Das Anwesen gehört seit 1949 einer Investmentgruppe mit dem Namen H&F. Davor war es im Besitz eines Edward E. Arthur und davor eines Victor T. Livingstone.«

Sie schüttelte den Kopf. »Das ist weit vor meiner Zeit.«

»Ich habe eine Liste der H&F-Teilhaber in meinem Zimmer. Ich könnte sie Ihnen in Ihr Büro bringen, nachdem ich mich wegen meines Autos erkundigt habe.«

»Ich muss am Fontana vorbeischauen, wenn ich beim Staatsanwalt fertig bin. Wir haben dort einen Typen, der meint, er sei Fox Mulder und habe einen Alien gefunden.« Sie sah auf ihre Uhr. »Gegen vier dürfte ich zurück sein.«

Fiebrig vor Nervosität fuhr ich zum High Ridge House zurück. Um die Anspannung etwas zu lösen, bot ich Boyd einen Waldlauf an. Außerdem hatte ich den Eindruck, ich sollte mein Frühstück nachholen. Da er nicht nachtragend war, nahm er die Einladung begeistert an.

Der Weg war noch feucht vom gestrigen Regen, und unsere Füße machten leise platschende Geräusche auf dem schlammigen Kies. Boyd keuchte, und seine Lefzen schwabbelten. Eichelhäher und Spatzen waren die einzigen anderen Lebewesen, die die Stille störten.

Das Panorama war wieder ein impressionistisches Gemälde, eine endlose Weite aus Tälern und Hügeln, die schimmernd im Licht einer strahlenden Vormittagssonne lagen. Aber der Wind hatte sich über Nacht gedreht und an Schärfe gewonnen. Immer wenn wir in den Schatten kamen, spürte ich den Winter und die kürzer werdenden Tage.

Die Anstrengung beruhigte mich, aber nicht sehr. Als ich die Treppe zum Magnolia hochstieg, spürte ich beim Gedanken an den Eindringling vom Montag Beklemmung in der Brust. Doch jetzt war meine Tür geschlossen, meine Habe intakt.

Ich duschte und zog frische Kleidung an. Als ich das Handy einschaltete, klingelte es in meiner Hand. Mit steifen Fingern drückte ich auf den Knopf. Noch ein Journalist. Ich legte auf und wählte Petes Nummer.

Wie gewöhnlich war nur sein Anrufbeantworter dran. Obwohl ich sehr gern eine Meinung zu meiner juristischen Situation gehört hätte, wusste ich, dass es sinnlos war, seine anderen Nummern zu versuchen. Pete hatte zwar sowohl Autotelefon wie Handy, aber bei beiden war meistens der Akku leer. Falls er es wirklich einmal schaffte, sein Handy aufzuladen, dann vergaß er, es einzuschalten, oder ließ es auf einem Armaturenbrett oder einer Kommode liegen.

Frustriert suchte ich mir McMahons Fax heraus, steckte es in meine Handtasche und ging nach unten.

Ich machte mir eben ein Eiersalat-Sandwich, als Ruby mit einem blauen Plastikwäschekorb in den Händen rückwärts durch die Schwingtür der Küche kam. Sie trug eine weiße Bluse und eine falsche Perlenkette, dazu Jogginghose, Socken und Slipper, und ihr Dutt sah aus wie frisch lackiert. Ihre Erscheinung deutete auf einen morgendlichen Ausflug hin, gefolgt von einem Kleiderwechsel von der Taille abwärts.

»Kann ich was für Sie tun?«, fragte sie.

»Ist schon okay.«

Sie stellte den Korb ab und ging mit gegen die Fersen klatschenden Slippern zum Spülbecken.

»Das mit Ihrem Zimmer tut mir wirklich Leid.«

»Ich hatte ja nichts Wertvolles drin.«

»Da muss jemand eingedrungen sein, während ich auf dem Markt war.« Sie nahm ein Geschirrtuch zur Hand, roch daran. »Manchmal frage ich mich, was aus der Welt noch wird. Der Herr –«

»So was passiert eben.«

»In diesem Haus wurde noch nie etwas gestohlen.« Sie knüllte das Geschirrtuch zusammen und wandte sich mir zu. »Ich kann es Ihnen nicht verdenken, dass Sie verärgert sind.«

»Aber mein Ärger richtet sich nicht gegen Sie.«

Sie atmete schnell ein, öffnete den Mund, schloss ihn wieder. Ich hatte den Eindruck, dass sie eigentlich etwas sagen wollte, es sich dann aber anders überlegte, weil sie unsicher war, wie eine solche Offenbarung sich auf ihr Leben auswirken würde. Gut. Ich war viel zu nervös für mitfühlendes Zuhören.

»Kann ich Ihnen etwas zu Trinken bringen?«

»Haben Sie Limonade?«

Sie warf das Geschirrtuch in den Korb und ging zum Kühlschrank. Sie holte einen Plastikkrug heraus, füllte ein Glas und stellte es neben mein Sandwich.

»Und dann noch diese Fernsehgeschichte und alles.«

»In meiner ganzen Schulzeit war ich nie so populär.«

Ich lächelte, denn Ruby sollte nicht sehen, wie aufgeregt ich war. Doch anscheinend sah das so verkrampft aus, wie es sich anfühlte.

»Das ist nicht lustig. Sie dürfen nicht zulassen, dass man so mit Ihnen umspringt.«

»Ich kann die Medien nicht kontrollieren, Ruby.«

Sie holte einen Papierteller, legte mein Sandwich darauf.

»Plätzchen?«

»Gerne.«

Sie legte drei Oreos dazu und sah mir dann direkt in die Augen.

»Selig seid ihr, wenn sie euch schmähen und verfolgen und alles Arge wider euch reden und damit lügen.«

»Die Leute, die wichtig sind, wissen, dass diese Anschuldigungen falsch sind.« Ganz ruhig bleiben.

»Dann ist es vielleicht nötig, dass Sie jemand anderen kontrollieren.«

Sie stemmte sich den Korb in die Taille und ging hinaus, ohne sich noch einmal umzudrehen.

In der Hoffnung auf eine etwas sachlichere Unterhaltung ging ich nach draußen, um mit Boyd zu essen. Ich wurde nicht enttäuscht. Der Chow-Chow verschlang die Plätzchen und sah mir dann kommentarlos zu, wie ich mein Sandwich aß und mir meine Möglichkeiten überlegte.

Als ich in der Werkstatt ankam, erfuhr ich, dass das Problem an meinem Auto nur geringfügig war; allerdings musste eine neue Pumpe eingesetzt werden. Der abwesende Buchstabe, entweder P oder T, war offensichtlich nach Asheville gefahren und versuchte, dort das Teil zu bekommen. Vorausgesetzt, dass er Erfolg hatte, könnte die Reparatur eventuell bis zum folgenden Nachmittag beendet sein.

Eventuell. Mir fiel auf, dass der Chevy, der Pinto und die Pick-ups noch immer genau am selben Fleck standen wie tags zuvor.

Ich schaute auf die Uhr. Halb drei. Crowe würde noch nicht zurück sein.

Und jetzt?

Ich fragte nach einem Telefonbuch und erhielt eine eselsohrige und nach Benzin stinkende Ausgabe von 1996. Ich brauchte zwei Hände, um das Ding aufzuschlagen.

Es gab zwar keinen Eintrag für das *Eternal Light Holiness-Pentecostal House of God*, aber ein L. Bowman an der Swayney Creek Road war vorhanden. P oder T kannte zwar den Weg bis zur Abzweigung, konnte mir aber keine weiterführenden Informationen liefern. Ich dankte ihm und ging zu Ryans Auto.

Ps oder Ts Anweisungen folgend, fuhr ich aus der Stadt hinaus. Wie er gesagt hatte, ging die Swayney Creek Road vom Highway

19 zwischen der Ela und der Bryson City Street ab. Ich hielt an einer Tankstelle an, um nach Bowmans Haus zu fragen.

Der Tankwart war ein Junge von etwa sechzehn Jahren mit fettigen schwarzen Haaren, die er in der Mitte gescheitelt und hinter die Ohren geschoben hatte. Weiße Schuppen sprenkelten den Scheitel wie Schneeflocken einen schlammigen Bach.

Der Junge legte seinen Comic weg und linste mich mit zusammengekniffenen Augen an, als wäre er lichtempfindlich. Dann griff er nach einer Zigarette in einer Metallschale mit gewelltem Rand, nahm einen tiefen Zug und deutete mit dem Kinn in die Richtung der Swayney Creek Road.

»Ungefähr drei Kilometer Richtung Norden.« Rauch quoll mit der Antwort aus seinem Mund.

»Auf welcher Seite?«

»Suchen Sie nach einem grünen Briefkasten.«

Beim Hinausgehen spürte ich zusammengekniffene Augen in meinem Rücken.

Die Swayney Creek Road war eine schmale Asphaltzunge, die gleich nach der Abzweigung vom Highway steil nach unten führte. Etwa fünfhundert Meter ging es abwärts, dann wurde die Straße eben und führte durch ein langes Stück Nadelmischwald. Auf der einen Seite floss ein Bach mit so klarem Wasser, dass ich die Steine auf dem Grund sehen konnte.

Solange ich nach Norden fuhr, gab es kaum Hinweise auf Besiedelung. Dann bog die Straße nach Osten ab, und ich sah vor mir eine Öffnung zwischen den Bäumen und auf der rechten Seite einen grünen Briefkasten. Als ich näher herankam, sah ich den Namen »Bowman« auf eine Holztafel geschnitzt, die an zwei kurzen Ketten unter dem Briefkasten hing.

Ich bog auf den Feldweg ein, fuhr langsam weiter und hoffte, dass ich den richtigen Bowman gefunden hatte. Kiefern, Fichten und Tannen ragten hoch über mir auf und ließen nur wenige Strahlen Sonnenlicht durch. Nach fünfzig Metern stand Bowmans Haus zwischen den Bäumen wie ein einsamer Posten, der den Waldweg bewachte.

Der Reverend lebte in einem verwitterten Holzbungalow mit einer Veranda auf der einen und einem Schuppen auf der anderen Seite. In beiden stapelte sich genug Feuerholz, um damit ein mittelalterliches Schloss zu heizen. Grell türkisfarbene Markisen beschirmten die Fenster zu beiden Seiten der Haustür und sahen im Dämmerlicht so deplatziert aus wie McDonald's goldene Bögen an einer Synagoge.

Der »Vorhof« lag im Schatten und war mit einer dicken Schicht aus Laub und Nadeln bedeckt. Von einem kiesbestreuten Rechteck am Ende des Waldwegs führte ein Kiesweg über den Vorhof zur Tür.

Ich parkte neben Bowmans Pick-up, stellte den Motor ab und schaltete mein Handy ein. Bevor ich aussteigen konnte, ging die Haustür auf, und der Reverend erschien auf der Schwelle. Wieder war er schwarz gekleidet, als wollte er sich selbst an die Feierlichkeit seiner Berufung erinnern.

Bowman lächelte nicht, aber seine Gesichtszüge entspannten sich, als er mich erkannte. Ich stieg aus dem Auto und ging den Weg entlang. An den Rändern wuchsen kleine braune Pilze.

»Tut mir Leid, Sie zu stören, Reverend Bowman. Aber ich habe meine Einkaufstüte in Ihrem Auto vergessen.«

»Ja, das haben Sie. Sie steht in der Küche.« Er trat zur Seite. »Bitte kommen Sie rein.«

Ich drückte mich an ihm vorbei in einen düsteren Raum, in dem es stark nach verbranntem Speck roch.

»Darf ich Ihnen etwas zu trinken anbieten?«

»Nein, danke. Ich kann nicht lange bleiben.«

»Bitte setzen Sie sich.«

Er deutete in ein kleines, mit Möbeln voll gestelltes Wohnzimmer. Die Stücke sahen aus, als hätte er einen ganzen Ausstellungsraum aufgekauft und sie dann genau wie dort wieder aufgestellt. Nur enger zusammen.

»Danke.«

Ich saß auf einer Eckcouch aus braunem Velours, Teil einer noch immer in Plastikhüllen steckenden Dreiergruppe. Obwohl es draußen kühl war, waren die Fenster geöffnet, und die perfekt zur Sitzgarnitur passenden braun karierten Vorhänge bauschten sich im Luftzug nach innen.

»Ich hole Ihnen Ihre Sachen.«

Er verschwand, eine Tür wurde geöffnet, und die gedämpften Stimmen, das Bimmeln und der Applaus einer TV-Spielshow drangen heraus. Ich sah mich um.

Es gab keinen einzigen persönlichen Gegenstand in dem Zimmer. Keine Hochzeits- oder Schulabschlussfotos. Keinen einzigen Schnappschuss von Kindern am Strand oder einem Hund mit einem Partyhütchen. Die einzigen Bilder waren die von Personen mit Heiligenschein. Ich erkannte Jesus, und von einem anderen glaubte ich, dass es Johannes der Täufer war.

Nach einigen Minuten kehrte Bowman zurück. Der Plastiküberzug knisterte, als ich mich erhob.

»Vielen Dank.«

»Es war mir ein Vergnügen, Miss Temperance.«

»Und noch einmal danke für gestern.«

»Ich habe sehr gerne geholfen. Peter und Timothy sind die besten Mechaniker in der Gegend. Ich bringe meinen Transporter seit Jahren zu ihnen.«

»Reverend Bowman, Sie leben schon lange hier, nicht?«

»Mein ganzes Leben.«

»Wissen Sie irgendetwas über ein Blockhaus mit einem ummauerten Hof in der Nähe der Absturzstelle?«

»Ich erinnere mich, dass mein Daddy von einem Lager dort in der Gegend in der Nähe des Running Goat Branch erzählte, aber nie von einem Blockhaus.«

Mir fiel plötzlich etwas ein. Ich stemmte mir die Tüte auf die linke Hüfte, holte McMahons Fax heraus und gab es Bowman.

»Kennen Sie irgendeinen dieser Namen?«

Er faltete das Blatt auf und las es. Ich musterte ihn eingehend, sah aber keine Veränderung in seiner Miene.

»Tut mir Leid.«

Er gab mir das Fax zurück, und ich steckte es wieder in meine Handtasche.

»Haben Sie je von einem Mann namens Victor Livingstone gehört?«

Bowman schüttelte den Kopf.

»Edward Arthur?«

»Ich kenne einen Edward Arthur, der in der Nähe von Sylva lebt. War früher bei *Holiness*, verließ die Bewegung aber schon vor Jahren. Bruder Arthur behauptete, er wäre von George Hensley persönlich zum Heiligen Geist geführt worden.«

»George Hensley?«

»Der Erste, der mit Schlangen hantierte. Bruder Arthur behauptete, er hätte Reverend Hensley während dessen Zeit im Grasshopper Valley kennen gelernt.«

»Verstehe.«

»Bruder Arthur muss inzwischen fast neunzig sein.«

»Er lebt noch?«

»So sicher wie das Amen in der Kirche.«

»Und er war ein Mitglied Ihrer Gemeinde?«

»Er gehörte zu den Schäfchen meines Vaters, und fromm war er wie kein anderer, der Gottes Luft atmete. Die Armee veränderte ihn. Nach dem Krieg blieb er noch ein paar Jahre beim Glauben und hörte dann einfach auf, den Zeichen zu folgen.«

»Wann war das?«

»Um 48 oder 49. Nein. Das stimmt nicht.« Er hob einen knotigen Finger. »Der letzte Gottesdienst, den Bruder Arthur besuchte, war die Totenfeier für Schwester Edna Farrell. Ich erinnere mich noch daran, weil Papa für die Erneuerung des Glaubens dieses Mannes gebetet hatte. Ungefähr eine Woche nach dem Begräbnis stattete Papa Bruder Arthur einen Besuch ab und sah sich plötzlich der Mündung eines Gewehrlaufs gegenüber. Danach gab er es auf.«

»Wann starb Edna Farrell?«

»1949.«

Edward Arthur hatte sein Land der H&F-Investorengruppe am 10. April 1949 verkauft.

19

Ich fand Edward Arthur in einem kleinen Gemüsegarten hinter seiner Blockhütte. Er trug ein kariertes Wollhemd über einem Jeans-Overall und einen zerfledderten Strohhut, der aussah, als hätte er früher einem Gondoliere gehört. Er hielt inne, als er mich sah, grub dann aber weiter um.

»Mr. Arthur?«, fragte ich.

Der alte Mann stieß weiter seine Mistgabel in die Erde und trat mit zittrigem Fuß darauf. Er hatte so wenig Kraft, dass die Zinken kaum ins Erdreich drangen, aber er wiederholte die Bewegungen immer und immer wieder.

»Edward Arthur?« Ich redete lauter.

Er antwortete nicht. Mit leisem Klicken stieß der Spaten an die Erde.

»Mr. Arthur, ich sehe, dass Sie beschäftigt sind, aber könnte ich Ihnen ein paar Fragen stellen?«

Ich setzte ein, wie ich hoffte, aufmunterndes Lächeln auf.

Arthur richtete sich auf, so gut er konnte, und ging zu einem mit Steinen und toten Pflanzen beladenen Schubkarren. Als er sein Hemd auszog, sah ich dünne Arme und Hände, die übersät waren mit Leberflecken von der Größe von Limabohnen. Er vertauschte die Gabel mit einer Hacke und schwankte zu der Reihe zurück, an der er gearbeitet hatte.

»Mr. Arthur, ich möchte mit Ihnen über ein Anwesen in der Nähe des Running Goat Branch reden.«

Nun sah er mich zum ersten Mal an. Seine Augen waren verklebt und rot gerändert und die Iriden so blass, dass sie fast farblos wirkten.

»Ich glaube, Sie haben in dieser Gegend ein Grundstück besessen, nicht?«

»Warum kommen Sie zu mir?« Sein Atem klang keuchend, als würde Luft durch einen Filter angesaugt.

»Es geht mir um die Leute, die Ihr Land gekauft haben.«

»Sind Sie vom FBI?«

»Nein.«

»Gehören Sie zu den Unfall-Leuten?«

»Ich habe an der Ermittlung mitgearbeitet, aber jetzt nicht mehr.«

»Wer hat Sie geschickt?«

»Niemand hat mich geschickt, Mr. Arthur. Ich habe Sie über Luke Bowman ausfindig gemacht.«

»Warum haben Sie Ihre Fragen dann nicht Luke Bowman gestellt?«

»Reverend Bowman wusste nichts über Ihr Grundstück, außer dass es früher vielleicht einmal ein Lagerplatz war.«

»Das hat er gesagt, was?«

»Ja, Sir.«

Arthur zog ein papageiengelbes Taschentuch aus einer Tasche und wischte sich damit übers Gesicht. Dann ließ er die Hacke fallen und kam, mit einem Rücken so rund wie dem eines Gänsegeiers, zu mir gehumpelt. Als er vor mir stand, sah ich, dass ihm dicke weiße Haare aus Nase, Ohren und Nacken sprossen.

»Über den Sohn kann ich nicht viel sagen, aber Thaddeus Bowman war ein Halunke, wie es noch keinen auf dieser Erde gegeben hat. Hatte über vierzig Jahre lang ein Halleluja-Haus.«

»Aber Sie waren doch einer von Thaddeus Bowmans Anhängern?«

»Bis ich merkte, dass Dämonenaustreiben und in Zungen Reden nur Hokuspokus ist.«

Arthur räusperte sich und spuckte den Schleim auf die Erde.

»Verstehe. Sie haben Ihr Grundstück nach dem Krieg verkauft?«

Er fuhr fort, als hätte ich nichts gesagt.

»Thaddeus hat mich immer gedrängt zu bereuen, aber ich war mit anderen Dingen beschäftigt. Der verdammte Trottel wollte nicht akzeptieren, dass ich weg bin, bis ich ihm die Mündung meines Gewehrs vor die Fresse hielt.«

»Mr. Arthur, ich bin hier, um Sie nach dem Grundstück zu fragen, das Sie von Victor Livingstone gekauft haben.«

»Hab von Livingstone kein Grundstück gekauft.«

»Im Grundbuch steht, dass 1933 das Besitzrecht von Livingstone an Sie überging.«

»1933 war ich neunzehn. Da hab ich geheiratet.«

Dieses Gespräch schien nirgendwohin zu führen.

»Kannten Sie Victor Livingstone?«

»Sarah Masham. Sie starb im Kindbett.«

Seine Antworten waren so unzusammenhängend, dass ich mich fragte, ob er senil war.

»Die vier Hektar waren das Hochzeitsgeschenk. Da gibt's ein Wort dafür.«

Die Falten um seine Augen wurden vor Konzentration noch tiefer. »Mitgift. So heißt das Wort. Es war ihre Mitgift.«

»Was war ihre Mitgift?«

»Sie fragen doch nach dem Land am Running Goat oder?«

»Ja, Sir.«

»Sarahs Daddy hat es uns geschenkt. Und dann starb sie.«

»Victor Livingstone war der Vater Ihrer Frau?«

»Sarah Masham Livingstone. Das war meine erste Frau. Wir waren drei Jahre verheiratet, als sie starb. War noch nicht mal achtzehn. Ihr Daddy war so verzweifelt, dass er auch starb.«

»Das tut mir sehr Leid, Mr. Arthur.«

»Damals bin ich weg von hier und hab mich mit George Hensley in Tennessee eingelassen. Er hat mich auf die Schlangen gebracht.«

»Was ist mit dem Grundstück am Running Goat passiert?«

»Ein Kerl aus der Stadt kam zu mir und fragte mich, ob er es mieten könne, um dort einen kleinen Lagerplatz zu betreiben. Ich wollte mit dem Land ja nichts zu tun haben, also sagte ich Ja, warum nicht. Sah für mich aus wie leicht verdientes Geld.«

Wieder räusperte er sich und spuckte.

»Es war ein Lagerplatz?«

»Die kamen zum Fischen und zum Jagen hierher, aber wenn Sie mich fragen, war es für die vor allem ein Versteck vor ihren Weibern.«

»Gab es dort ein Haus?«

»Die haben da mit Zelten und Lagerfeuern und allem kampiert, bis ich das Blockhaus baute.« Er schüttelte den Kopf. »Schon komisch, was einige Trottel unter Spaß verstehen.«

»Wann haben Sie das Blockhaus gebaut?«

»Vor dem Krieg.«

»Hatte es einen ummauerten Hof?«

»Was für eine Scheißfrage ist denn das?«

»Haben Sie eine Steinmauer errichtet und einen Hof gebaut?«

»Wollte doch kein verdammtes Camelot bauen.«

»Sie haben das Land 1949 verkauft?«

»Könnte stimmen.«

»In dem Jahr, in dem Sie sich mit Thaddeus Bowman zerstritten.«

»Ja.«

»Luke Bowman erinnerte sich, dass Sie die Gemeinde seines Vaters gleich nach dem Tod von Edna Farrell verließen.«

Wieder vertieften sich die Runzeln.

»Wollen Sie mir da was unterschieben, Lady?«

»Nein, Sir.«

»Edna Farrell war eine gute christliche Frau. Die hätte Besseres verdient gehabt.«

»Hätten Sie etwas dagegen, mir zu sagen, wer das Lager kaufte?«

»Hätten Sie etwas dagegen, mir zu sagen, warum Sie sich in meine Angelegenheiten mischen?«

Ich änderte schleunigst meine Einschätzung dieses Edward Arthur. Weil er alt und schweigsam war, hatte ich angenommen, dass er auch geistig nicht mehr ganz auf der Höhe war. Aber der Mann vor mir war vorsichtig und gerissen wie Kasparow. Ich beschloss, mit offenen Karten zu spielen.

»Ich habe mit der Ermittlung nichts mehr zu tun, weil man mir vorwirft, mich unvorschriftsmäßig verhalten zu haben. Dieser Vorwurf ist falsch.«

»Ah, ja.«

»Ich glaube, dass mit diesem Blockhaus etwas nicht stimmt, und ich will wissen, was. Die Information könnte mir helfen, meinen Namen reinzuwaschen, aber ich habe das Gefühl, man wirft mir Knüppel zwischen die Beine.«

»Waren Sie dort?«

»Nicht drinnen.«

Er öffnete den Mund, aber ein Windstoß erfasste seinen Hut und trieb ihn davon. Lila Lippen öffneten sich über einem zahnlosen Gaumen, und ein vogelscheuchendünner Arm schnellte vor.

Ich rannte los, überholte den Hut und stoppte ihn mit dem Fuß. Dann wischte ich ihn ab und brachte ihn Arthur.

Der alte Mann zitterte, als er das Wagenrad wieder an sich nahm und an die Brust drückte.

»Wollen Sie Ihr Hemd, Sir?«

»Wird langsam kalt«, erwiderte er und ging auf den Schubkarren zu.

Nachdem er sein Hemd zugeknöpft hatte, half ich ihm, sein Werkzeug einzusammeln und zusammen mit dem Schubkarren in einem Schuppen hinter dem Blockhaus zu verstauen. Erst als er die Tür schloss, wiederholte ich meine Frage.

»Wer hat Ihr Land gekauft, Mr. Arthur?«

Er ließ das Vorhängeschloss einschnappen, zog zweimal daran und drehte sich dann zu mir um.

»Von diesem Grundstück sollten Sie sich lieber fern halten, junge Dame.«

»Ich verspreche Ihnen, Sir, ich werde da nie alleine hingehen.«

Arthur betrachtete mich so lange, dass ich schon dachte, er würde nicht antworten. Dann kam er so nahe, dass sein Gesicht ganz knapp vor meinem war.

»Prentice Dashwood.«

Er spuckte das »Prentice« mit solcher Wucht, das Speichel mir aufs Kinn spritzte.

»Prentice Dashwood hat Ihr Land gekauft?«

Er nickte, und die wässrigen alten Augen verdüsterten sich.

»Der Teufel höchstpersönlich«, zischte er.

Als ich in Crowes Büro anrief, erfuhr ich von einem Deputy, dass der Sheriff noch immer in Fontana sei. Ich saß einen Augenblick lang da, klopfte mit den Schlüsseln aufs Lenkrad und starrte Arthurs Blockhütte an.

Dann ließ ich den Motor an und fuhr vom Parkplatz.

Obwohl sich am Himmel fette, schwarz-grüne Wolken zusammenballten, fuhr ich mit offenem Fenster, sodass der Wind mir ins Gesicht blies. Ich wusste, dass schon sehr bald Böen die Bäume peitschen und Regen auf den Teer und die Bergflanke prasseln würde, aber im Augenblick fühlte die Luft sich einfach gut an.

Auf dem Highway 19 fuhr ich zurück nach Bryson City. Drei Kilometer vor der Stadt sah ich ein kleines hölzernes Hinweisschild und bog auf einen Kiesweg ein.

Das Riverbank Inn lag fünfhundert Meter weiter unten an diesem Weg, am Ufer des Tuckasegee River. Es war ein einstöckiges, gelbes Stuckgebäude im Ranch-Stil der Fünfziger. Die sechzehn Zimmer breiteten sich links und rechts eines Büros in der Mitte aus, jedes mit eigenem Eingang vorne und einer Veranda hinten. Ein Halloween-Kürbis aus Plastik grinste neben jeder Tür, und an einem Baum neben dem Haupteingang hing ein elektrisches Skelett.

Den Charme des Inns machte offensichtlich seine Lage und nicht die Architektur oder die Dekoration aus.

Als ich vor dem Büro parkte, sah ich nur zwei andere Fahrzeuge, einen roten Pontiac Grand Am mit Nummernschild aus Alabama und einen blauen Ford Taunus aus North Carolina. Die Autos standen vor den Zimmern vier und sieben.

Als ich an dem Skelett vorbeiging, stöhnte es laut auf und ließ dann ein schrilles mechanisches Lachen hören. Ich fragte mich, wie oft Primrose diese Geschmacklosigkeit ertragen musste.

Der Empfangsbereich des Motels war ähnlich eingerichtet wie das High Ridge House. Ein Glöckchenstrang über der Tür, Chintzvorhänge, Astkiefer. Ein Holztäfelchen hieß mich willkommen und stellte die Besitzer als Ralph und Brenda Stover vor. Auf der Empfangstheke grinste noch ein Kürbis.

Ein Mann in einem Trikot der Redskins saß neben dem Grinsemonster und blätterte in einer Ausgabe der *PC World*. Er hob den Kopf, als die Glöckchen bei meinem Eintreten bimmelten, und lächelte mich an. Ich nahm an, dass es Ralph war.

»Kann ich Ihnen helfen?« Ralph hatte schüttere blonde Haare, und seine Haut war rosig und glänzend.

»Ich bin Dr. Tempe Brennan«, sagte ich und streckte die Hand aus.

»Ralph Stover.«

Als wir die Hände schüttelten, bimmelte sein Notfall-Armband wie die Glöckchen an der Tür.

»Ich bin eine Freundin von Primrose Hobbs«, sagte ich.

»Ja?«

»Mrs. Hobbs wohnt doch seit zwei Wochen bei Ihnen?«

»Ja.«

»Sie arbeitet bei der Absturzermittlung.«

»Ich kenne Mrs. Hobbs.« Ralphs Lächeln blieb unverändert.

»Ist sie hier?«

»Ich kann in ihrem Zimmer anrufen, wenn Sie wollen.«

»Bitte.«

Er wählte, wartete, legte wieder auf.

»Mrs. Hobbs antwortet nicht. Wollen Sie ihr eine Nachricht hinterlassen?«

»Ich nehme an, sie ist noch nicht ausgezogen.«

»Mrs. Hobbs ist noch registriert.«

»Haben Sie sie heute gesehen?«

»Nein.«

»Wann haben Sie sie zum letzten Mal gesehen?«

»Ich kann unmöglich sämtliche Gäste im Auge behalten.«

»Mrs. Hobbs war seit Sonntag nicht mehr in der Arbeit, und ich mache mir Sorgen um sie. Könnten Sie mir bitte ihre Zimmernummer sagen?«

»Es tut mir Leid, aber das kann ich nicht.« Das Lächeln wurde breiter. »Das gehört zu unseren Grundsätzen.«

»Sie könnte krank sein.«

»Das Zimmermädchen würde mir einen kranken Gast melden.«

Ralph war so höflich wie ein Polizist bei einer Verkehrskontrolle. Okay. Höflich kann ich auch.

»Das ist wirklich wichtig.« Ich legte ihm die Hand leicht aufs Handgelenk und sah ihm in die Augen. »Können Sie mir sagen, was für ein Auto Mrs. Hobbs fährt, damit ich nachsehen kann, ob es auf ihrem Parkplatz steht?«

»Nein, das kann ich nicht.«

»Können wir gemeinsam zu ihrem Zimmer gehen?«

»Nein.«

»Können Sie nachsehen, während ich hier warte?«

»Nein, Ma'am.«

Ich zog meine Hand zurück und probierte es anders.

»Würde Mrs. Stover sich daran erinnern, wann sie Mrs. Hobbs zum letzten Mal gesehen hat?«

Ralph faltete die Hände und legte sie auf die Zeitschrift. Die Haare auf seinen Unterarmen wirkten auf der schweinchenrosa Haut weiß und borstig.

»Sie stellen dieselben Fragen, die die anderen auch schon gestellt haben, und meine Frau und ich werden Ihnen dieselben Antworten geben. Ohne offiziellen Durchsuchungsbefehl werden wir kein Zimmer öffnen und keine Informationen über Gäste herausgeben.« Seine Stimme klang ölig glatt.

»Was für andere?«

Ralph atmete in ironischer Nachsicht tief ein.

»Kann ich Ihnen sonst noch in irgendeiner Weise behilflich sein?«

Nun ließ ich meine Stimme so scharf klingen wie ein Skalpell.

»Wenn Primrose Hobbs wegen Ihrer Grundsätze zu Schaden kommt, dann werden Sie sich wünschen, Sie hätten nie einen Hotelmanagement-Kurs besucht.«

Ralph Stovers Augen verengten sich, aber das Lächeln blieb.

Ich zog eine Visitenkarte aus meiner Tasche und schrieb meine Handy-Nummer darauf.

»Falls Sie Ihre Meinung ändern sollten, rufen Sie mich an.«

Ich drehte mich um und ging zur Tür.

»Einen schönen Tag noch, Ma'am.«

Ich hörte Umblättern, das Klimpern des Armbands.

Ich gab tüchtig Gas, brauste vom Parkplatz, raste ein Stück den Highway hoch und fuhr nach etwa fünfzig Metern aufs Bankett. Falls meine Menschenkenntnis mich nicht täuschte, würde die Neugier Ralph Stover zu Primroses Zimmer treiben. Und zwar sofort.

Ich schloss hastig das Auto ab, lief zur Zufahrt des Riverbank Inn zurück und schlug mich in den Wald. Dann lief ich parallel zu dem Kiesweg, bis ich einen guten Blick auf das Motel hatte.

Meine Intuition hatte mich nicht getäuscht. Ralph ging zielstrebig zu Zimmer vier. Er schaute sich nach links und rechts um, schloss dann die Tür auf und schlüpfte hinein.

Minuten vergingen. Fünf. Zehn. Mein Atem normalisierte sich. Der Himmel verdüsterte sich, und der Wind frischte auf. Hoch über mir bogen und neigten sich Kiefernwipfel wie Ballerinas, die Armübungen *sur les pointes* machten.

Ich dachte an Primrose. Obwohl wir uns seit Jahren kannten, wusste ich nur sehr wenig über die Frau. Sie war geschieden und hatte irgendwo einen Sohn. Darüber hinaus war ihr Leben für mich ein unbeschriebenes Blatt. Warum? Hatte sie mir nichts erzählen wollen, oder hatte ich mir nie die Mühe gemacht, sie zu fragen? Hatte ich Primrose behandelt wie so viele, mit denen wir in Kontakt kommen, die uns die Post bringen, unsere Berichte tippen, unsere Häuser putzen, während wir unsere eigenen Interessen verfolgen und die ihren nicht beachten?

Vielleicht. Aber ich kannte Primrose gut genug, um eins zu wissen: Sie würde nie eine Arbeit unbeendet lassen.

Ich wartete. Ein Blitz zuckte aus einer auberginefarbenen Wolke und erhellte ihr Inneres wie eine Millionen-Watt-Arterie. Donner grollte. Das Gewitter war nicht mehr weit entfernt.

Schließlich kam Stover wieder heraus, zog die Tür zu, rüttelte am Knauf und lief dann den Fußweg entlang. Als er wieder in seinem Büro war, umkreiste ich, die Bäume als Deckung nutzend, das

Motel in sicherer Entfernung. Auf der einen Seite hatte ich die Rückfront des Hotels, auf der anderen den Fluss. Ich ging zwischen den Bäumen hindurch bis zu einer Stelle, wo ich meinte, direkt auf die Rückseite von Nummer vier zu sehen, blieb dort stehen und horchte.

Wasser, das über Steine rauschte. Äste, die im Wind raschelten. Das Pfeifen eines Zugs. Klappen, die in meiner Brust arbeiteten. Donner, der immer lauter wurde. Und häufiger.

Ich schlich bis zum Waldrand und spähte hinaus.

Eine Reihe hölzerner Veranden säumte die Rückfront des Hotels, an jedes Geländer war eine schmiedeeiserne Nummer genagelt. Wieder hatten mich meine Instinkte nicht getäuscht. Nur fünf Meter Rasen trennten mich noch von Zimmer vier.

Ich atmete tief ein, rannte über den Rasen und sprang in zwei Schritten die vier Stufen zur Veranda hinauf. Dann hastete ich über die Veranda und zog an der Fliegengittertür. Sie öffnete sich mit lautem Knarzen. Der Wind hatte sich plötzlich gelegt, und das Geräusch schien die gewitterschwere Luft zu zerreißen. Ich erstarrte.

Stille.

Ich schlüpfte zwischen Fliegengitter und innere Tür, drückte die Stirn ans Glas und spähte hinein. Grün-weißer Baumwollstoff versperrte mir die Sicht. Ich drehte am Knauf. Kein Glück.

Leise schloss ich das Fliegengitter wieder, ging zum Fenster und probierte es dort. Wieder Baumwollstoff.

Als ich eine Lücke zwischen unterem Fensterrand und -rahmen bemerkte, drückte ich meine Handflächen an den Rand und schob. Winzige weiße Flöckchen rieselten mir an den Händen herab.

Ich schob noch einmal, und das Fenster ruckelte ein paar Zentimeter nach oben. Wieder erstarrte ich. Im Geist hörte ich eine Alarmsirene, sah Ralph, der mit einer Smith&Wesson aus dem Büro gestürzt kam.

Dennoch schob ich die Finger in die Lücke.

Was ich tat, war illegal. Das wusste ich. In Primroses Zimmer einzudringen war in meiner augenblicklichen Situation genau das

Falsche. Aber ich musste mich versichern, dass mit ihr alles in Ordnung war. Falls sich herausstellte, dass dem nicht so war, musste ich wissen, dass ich alles getan hatte, um ihr zu helfen.

Und um ehrlich zu sein, musste ich es auch für mich selbst tun. Ich musste herausfinden, was es mit diesem Fuß auf sich hatte. Ich musste Primrose finden und diesen Männern beweisen, dass sie sich irrten.

Ich stellte mich breitbeinig hin und drückte. Das Fenster öffnete sich noch ein Stückchen weiter.

Ich hörte das erste *Patta-patta-patt*, und fette Tropfen klatschten auf die Holzdielen. Münzgroße Flecken sprenkelten den Boden um meine Stiefel herum, wurden immer mehr und verschmolzen miteinander.

Ich drückte das Fenster noch ein paar Zentimeter hoch.

In diesem Augenblick brach das Gewitter los. Blitze zuckten, Donner krachte, und der Regen war der reinste Sturzbach, der die Veranda in eine schimmernde Fläche verwandelte.

Ich ließ vom Fenster ab und drückte mich gegen die Wand, weil ich hoffte, dass der Dachüberhang mir ein wenig Schutz bieten würde. Binnen Sekunden waren meine Haare tropfnass, Wasser triefte mir von Ohren und Nase. Meine Kleidung klebte an meinem Körper wie Pappmaché an einem Drahtgestell.

Millionen von Tropfen stürzten vom Dach und der Veranda. Sie spritzten auf den Rasen, vereinigten sich dort und liefen in winzigen Bächen zwischen den Halmen hindurch. In der Dachrinne über meinem Kopf bildeten sie einen reißenden Fluss. Wind peitschte Blätter gegen die Hauswand und meine Beine und trieb andere über den Boden. Er brachte den Geruch von Erde und Holz mit sich und von zahllosen Wesen, die sich in Höhlen und Nestern verkrochen.

Zitternd, den Rücken an den Stuck gedrückt, die Hände unter den Achseln, stand ich da und wartete. Ich sah zu, wie Tropfen sich an einem Spinnennetz aufreihten, immer mehr wurden und das Gespinst schließlich durchbogen. Auch sein Schöpfer schaute zu, ein kleines braunes Knäuel auf einem der äußeren Fäden.

Inseln wurden geboren. Kontinentalplatten verschoben sich. Arten verschwanden für immer vom Angesicht dieser Erde.

Plötzlich klingelte mein Handy, und das Geräusch war so unerwartet, dass ich beinahe von der Veranda gesprungen wäre.

Ich drückte auf den Knopf.

»Kein Kommentar«, kreischte ich, weil ich einen Reporter erwartet hatte.

Ein Blitz schoss direkt in die Baumspitzen. Donner krachte.

»Wo zum Teufel sind Sie?«, fragte Lucy Crowe.

»Das Gewitter hat mich überrascht.«

»Sind Sie im Freien?«

»Sind Sie wieder in Bryson City?«

»Ich bin noch immer am Fontana Lake. Soll ich noch einmal anrufen, wenn Sie wieder ein Dach über dem Kopf haben?«

»Das könnte eine Weile dauern.« Ich hatte nicht die Absicht, ihr zu sagen, warum.

Crowe redete mit jemand anderem, meldete sich dann wieder.

»Ich fürchte, ich habe noch mehr schlechte Nachrichten für Sie.«

Im Hintergrund hörte ich Stimmen, das Knistern eines Polizeifunkgeräts.

»Wie's aussieht, haben wir Primrose Hobbs gefunden.«

20

Während ich mich mit unserem geschätzten Vizegouverneur und seinen Freunden unterhielt, hatten die Besitzer eines Bootshafens eine Leiche gefunden.

Wie sie es gewohnt waren, standen Glenn und Irene Boynton bei Tagesanbruch auf und bewältigten den morgendlichen Ansturm, verliehen Ausrüstung, verkauften Köder und füllten Kühltaschen mit Eis, Sandwiches und Getränkedosen. Als Irene nach draußen ging, um ein Boot zu kontrollieren, das am Abend zuvor erst spät zurückgegeben worden war, erregte eine merkwürdige

Wasserkräuselung ihre Aufmerksamkeit, und sie ging ans Ende der Anlegestelle. Als die Frau ins Wasser spähte, sah sie entsetzt zwei lidlose Augen, die sie anstarrten.

Crowes Beschreibung folgend, fand ich den Fontana Lake und dann den schmalen Kiesweg, der zum Hafen führte. Der Regen hatte nachgelassen, aber die Bäume trieften noch immer. Durch Pfützen zockelte ich auf den See zu, und meine Reifen spritzten Schlamm und Wasser hoch.

Als der Bootshafen in Sicht kam, sah ich ein Bergungsfahrzeug, einen Krankenwagen und zwei Streifenwagen, die den Parkplatz in oszillierendes rotes, blaues und gelbes Licht tauchten. Der Bootshafen lag an der entfernten Seite des Parkplatzes. Er bestand aus einem baufälligen Gebäude, das zugleich Mietbüro, Tankstelle und Gemischtwarenladen war und von dessen beiden Enden schmale Holzpiers ins Wasser ragten. Ein Luftsack knatterte an einer Ecke des Gebäudes im Wind, und seine leuchtenden Farben flatterten fröhlich, was ein krasser Gegensatz zu der grausigen Szene am Boden war.

Ein Deputy befragte ein Paar in kurzen Jeans und Windjacken auf dem südlichen Pier. Ihre Körper wirkten angespannt, ihre Gesichter hatten die Farbe von blassem Kitt.

Crowe stand auf den Stufen zum Büro und redete mit Tommy Albright, einem Krankenhauspathologen, der gelegentlich auch Autopsien für den Leichenbeschauer durchführte. Albright war faltig und dürr, und die schütteren weißen Haare hatte er sich quer über den Schädel gekämmt. Er machte schon seit dem Präkambrium Y-Schnitte, aber ich hatte noch nie mit ihm gearbeitet.

Albright sah mich kommen und streckte die Hand aus.

Wir schüttelten uns die Hände. Ich nickte Crowe zu.

»Soweit ich weiß, kannten Sie das Opfer.«

Albright deutete mit dem Kopf in die Richtung des Krankenwagens. Die Türen standen offen, darin war ein glänzend weißer Sack auf einer Klappbahre zu erkennen. Ausbuchtungen sagten mir, dass der Leichensack bereits belegt war.

»Wir haben sie herausgezogen, kurz bevor das Gewitter losbrach. Wollen Sie mal kurz einen Blick darauf werfen?«

»Ja.«

Nein! Ich wollte es nicht tun. Wollte nicht hier sein. Wollte Primrose Hobbs' leblosen Körper nicht identifizieren.

Wir gingen zum Krankenwagen und stiegen hinten ein. Trotz geöffneter Türen war der Geruch deutlich wahrnehmbar. Ich schluckte schwer.

Albright zog den Reißverschluss auf, und der Geruch überwältigte uns, eine Ekel erregende Mischung aus brackigem Schlamm, Algen, Seegetier und verwesendem Gewebe.

»Ich schätze, sie war drei oder vier Tage im Wasser. Sie ist nicht allzu schlimm angefressen.«

Ich hielt den Atem an und schaute in den Sack.

Es war Primrose Hobbs, und sie war es auch wieder nicht. Ihr Gesicht war aufgequollen, die Lippen geschwollen wie die tropischer Fische in einem Aquarium. Die dunkle Haut hatte sich an Stellen abgelöst, was die helle Unterseite ihrer Epidermis sichtbar machte und ihrem Körper ein fleckiges Aussehen gab. Fische oder Aale hatten die Lider abgefressen und an Stirn, Wangen und Nase genagt.

»Todesursache dürfte kein großes Problem sein«, sagte Albright. »Natürlich wird Tyrell eine volle Autopsie wollen.«

Primroses Handgelenke waren mit Isolierband gefesselt, und eingebettet in ihren Hals konnte ich einen dünnen Draht erkennen.

Ich schmeckte Galle, schluckte schwer.

»Erdrosselt?«

Er nickte. »Der Mistkerl hat ihr den Draht um den Hals gelegt und ihn dann hinten mit irgendeinem Hilfsmittel zugedreht. Sehr effektiv, um die Luftröhre zu durchtrennen.«

Ich hielt mir die Hand vor Nase und Mund und beugte mich tiefer. Unregelmäßige Linien durchfurchten eine Seite von Primroses Hals, Kratzspuren deuteten darauf hin, dass sie mit ihren gefesselten Händen um ihr Leben gekämpft hatte.

»Sie ist es«, sagte ich und sprang aus dem Krankenwagen. Ich brauchte Luft. Kilometer und Ozeane frischer Luft.

Ich eilte zum Wasserende des leeren Piers und stand dort einige Augenblicke mit um die Taille gelegten Armen da. In der Entfernung jaulte ein Boot, wurde lauter, dann wieder leiser. Wellen plätscherten unter meinen Füßen. Frösche quakten im Schilf am Ufer. Das Leben ging weiter, blind gegen den Tod einer seiner Kreaturen.

Ich dachte an Primrose, sah sie vor mir, wie sie bei unserer letzten Begegnung über den Parkplatz des Leichenschauhauses gehumpelt kam. Eine zweiundsechzigjährige Frau mit einem Krankenschwesterndiplom, Gewichtsproblemen, einem guten Händchen für Karten und einer Vorliebe für Rhabarber-Streuselkuchen. Na also. Ich wusste doch etwas über meine Freundin.

Meine Brust hob und senkte sich ein paar Mal.

Beruhige dich.

Ich holte einmal tief Luft.

Denk nach.

Was konnte Primrose getan, gewusst oder gesehen haben, das ihr ein so grausames Ende bescherte? War sie wegen Ihres Kontakts mit mir umgebracht worden?

Wieder überkam mich ein Zittern. Ich schnappte nach Luft.

Oder übertrieb ich meine Rolle? War ihr Tod Zufall gewesen? Wir Amerikaner sind die weltweit führenden Produzenten von Tötungsdelikten. War Primrose Hobbs nur wegen ihres Autos gefesselt und stranguliert worden? Das ergab keinen Sinn. Nicht angesichts der Garotte und des Isolierbands. Das war ein geplanter Mord gewesen, und sie war das beabsichtigte Opfer. Aber warum?

Ich drehte mich um, als ich Türenknallen hörte. Die Sanitäter stiegen in den Krankenwagen. Sekunden später sprang der Motor an, und das Fahrzeug zockelte den Kiesweg entlang.

Leb wohl, alte Freundin. Wenn ich dies über dich gebracht habe, dann, bitte, bitte, verzeihe mir. Meine Unterlippe zitterte, und ich biss kräftig darauf.

Du weinst jetzt nicht. Aber warum nicht? Warum Tränen der Trauer für einen guten und freundlichen Menschen zurückhalten?

Ich schaute über den See hinaus. Der Himmel wurde wieder klar, und die Kiefern am anderen Ufer hoben sich blauschwarz vom ersten zarten Rosa des Sonnenuntergangs ab. Mir fiel noch etwas anderes ein.

Primrose Hobbs hatte Sonnenuntergänge geliebt. Jetzt starrte ich den Himmel an und weinte, bis ich wütend wurde. Mehr als wütend. Ich spürte einen heißen, roten Zorn in mir brennen.

Fach ihn an, Brennan. Nutze ihn.

Ich schwor mir, Antworten zu finden, atmete dann noch einmal tief durch und kehrte zu Crowe und Albright zurück.

»Was für ein Auto fuhr sie?«, fragte ich.

Crowe warf einen Blick auf ihren Spiralblock.

»Einen blauen Honda Civic. Vierundneunziger. Kennzeichen von North Carolina.«

»Er steht nicht am Riverbank Inn.«

Crowe sah mich merkwürdig an.

»Das Auto könnte inzwischen schon unterwegs nach Saudi-Arabien sein«, sagte Albright.

»Ich habe Ihnen gesagt, dass das Opfer mir bei meinen Ermittlungen half.«

»Darüber will ich noch mit Ihnen reden.« Crowe.

»Haben Sie hier irgendwas gefunden?«

»Wir suchen noch.«

»Reifenspuren? Fußabdrücke?« Kaum dass ich die Frage ausgesprochen hatte, wusste ich, dass sie dumm war. Der Regen hatte mit Sicherheit alle Spuren beseitigt.

Crowe schüttelte den Kopf.

Ich sah mir die Pick-ups und Geländefahrzeuge an, die Fischer und Bootsausflügler hier abgestellt hatten. Zwei Fünf-Meter-Aluminiumboote mit Außenbordmotor dümpelten an ihren Haltetauen.

»Gibt's hier auch feste Liegeplätze für Bootsbesitzer?«

»Das ist eine reine Bootsvermietung.«

»Das heißt, dass jeden Tag viele Leute kommen und gehen. Eine ziemlich belebte Stelle, um eine Leiche abzuladen.«

»Die Mietboote müssen bis acht Uhr abends zurückgebracht werden. Danach wird's hier anscheinend ziemlich ruhig.«

Ich deutete auf das Paar mit den kittbleichen Gesichtern. Es war jetzt allein auf dem Pier, stand mit den Händen in den Taschen da und wusste offensichtlich nicht so recht, was es tun sollte.

»Sind das die Besitzer?«

»Glenn und Irene Boynton. Sie geben an, dass sie jeden Tag bis gegen elf Uhr hier sind und am nächsten Morgen um sechs wieder herkommen. Sie wohnen ein Stückchen weiter oben an der Straße.«

Crowe deutete auf den Kiesweg.

»Sie behaupten, nachts auf Autos zu achten. Haben Angst, dass Jugendliche sich an ihren Booten zu schaffen machen. Und beide haben in den letzten drei Tagen weder etwas gesehen noch etwas gehört. Was immer das bedeuten mag. Ein Mörder würde es wohl nicht gerade an die große Glocke hängen, wenn er vorhat, an einem Pier eine Leiche abzuladen.«

Die Sellerieaugen überflogen die Szene und kehrten dann zu mir zurück.

»Aber Sie haben Recht. Eine komische Stelle ist das schon. Einen knappen Kilometer weiter oben gibt es eine kleine Straße, die bis ans Ufer führt. Wir glauben, dass sie dort ins Wasser geworfen wurde.«

»Zwei, drei Tage erscheinen mir ein bisschen lang, um von der Strömung nur bis hierher getragen zu werden«, ergänzte Albright. »Kann sein, dass sie ein bisschen gedümpelt hat.«

»Gedümpelt?«, blaffte ich, entsetzt über seine Gefühllosigkeit.

»'tschuldigung. Ein alter Flößerbegriff. Bezieht sich auf verhakte Stämme.«

Ich hatte beinahe Angst, die nächste Frage zu stellen.

»Wurde sie sexuell missbraucht?«

»Sie ist vollständig bekleidet, die Unterwäsche war an Ort und Stelle. Ich werde nach Spermaspuren suchen, aber ich glaube eher nicht.«

Dann standen wir stumm in der hereinbrechenden Dämmerung da. Die Piers hinter uns knarzten im Wellenschlag. Eine kühle Brise wehte vom Wasser her und brachte den Geruch von Fisch und Benzin mit sich.

»Warum erdrosselt jemand eine alte Dame?« Ich hatte zwar laut gesprochen, doch die Frage galt eigentlich nur mir, nicht meinen Gesprächspartnern.

»Warum tun diese Perverslinge irgendwas?«, erwiderte Albright.

Ich ließ die beiden stehen und ging zu Ryans Auto. Der Krankenwagen und das Bergungsfahrzeug waren verschwunden, aber die Streifenwagen standen noch an ihrem Platz und warfen blaue Lichtblitze über den schlammigen Parkplatz. Einen Augenblick saß ich nur da und starrte die unzähligen Fußabdrücke an, die die Sanitäter, die Bergungstechniker, die Polizei, der Pathologe und ich selbst hinterlassen hatten. Primroses letzte Katastrophenszenerie.

Ich drehte den Zündschlüssel, und Tränen liefen mir über die Wangen, als ich nach Bryson City zurückfuhr.

Als ich später an diesem Abend meinen Anrufbeantworter abhörte, war auch eine Nachricht von Lucy Crowe dabei. Ich rief sie zurück und erzählte ihr alles, was ich über Primrose Hobbs wusste, wobei ich mit unserem Treffen am Sonntagvormittag auf dem Parkplatz des Leichenschauhauses endete.

»Und der Fuß und die dazugehörigen Unterlagen sind jetzt verschwunden?«

»Das hat man mir gesagt. Primrose war vermutlich die letzte Person, die das Zeug gesehen hat.«

»Parker Davenport hat Ihnen gesagt, sie hätte die Entnahme notiert. Hat sie auch die Rückgabe vermerkt?«

»Gute Frage.«

»Erzählen Sie mir von den Sicherheitsbestimmungen.«

»Das DMORT-Personal und die Leute des ME haben Kennkarten, wie auch die Leute Ihrer Abteilung und der Stadtpolizei von Bryson City, die im Sicherheitsbereich arbeiten. Ein Posten kontrolliert die Kennkarten am Tor, und im Leichenschauhaus selbst gibt's eine Anwesenheitsliste, in die jeder sein Kommen und Gehen eintragen muss. Außerdem kommt jeden Tag ein farbkodierter Aufkleber auf Ihre Kennkarte.«

»Warum?«

»Für den Fall, dass es jemand schafft, die Kennkarte zu kopieren, kann er nicht wissen, welche Farbe an welchem Tag dran ist.«

»Was ist nach Feierabend?«

»Inzwischen dürften deutlich weniger Leute im Leichenschauhaus arbeiten, vorwiegend Datentypistinnen und Computerspezialisten, vielleicht noch ein wenig medizinisches Personal. Nachts sollte außer einem Ihrer Deputies oder einem Uniformierten aus Bryson City niemand dort sein.«

Ich dachte an den Vizegouverneur mit seiner Videokassette.

»Am Tor gibt es eine Überwachungskamera.«

»Was ist mit den Computern?«

»Jeder befugte Nutzer hat ein Passwort, und nur eine begrenzte Anzahl von Leuten kann Daten eingeben oder löschen.«

»Angenommen, Hobbs hat den Fuß zurückgebracht, wo wäre er dann hingekommen?«

»Am Ende jedes Tages kommt alles in Kühllaster mit den Bezeichnungen *Unbearbeitet*, *In Arbeit* oder *Identifiziert*. Fälle werden mit einem Computer-Suchsystem lokalisiert.«

»Wie schwer wäre es, da einzudringen?«

»Highschool-Jungs haben sich ins Pentagon gehackt.«

Im Hintergrund hörte ich eine Unterhaltung, wie Stimmen, die durch ein Wurmloch in unser Universum drangen.

»Sheriff, ich glaube, Primrose Hobbs wurde wegen dieses Fußes ermordet.«

»Das Ding könnte natürlich auch eine biologische Probe sein.«

»Eine Frau untersucht ein Objekt, das Gegenstand einer Kontroverse ist, das Objekt verschwindet, und drei Tage später wird die Frau tot aufgefunden. Wenn da keine Verbindung besteht, dann muss das schon ein sehr großer Zufall sein.«

»Wir betrachten die Sache aus jedem Blickwinkel.«

»Haben Sie herausgefunden, warum niemand sie als vermisst meldete?«

»Offensichtlich werden Teile der Ermittlungen jetzt nach Charlotte verlegt. Als Hobbs am Montag nicht zur Arbeit erschien, nahmen ihre Kollegen an, sie sei dorthin versetzt worden. Die Leute in Charlotte dachten sich, sie sei noch in Bryson City. Sie hatte die Angewohnheit, ihren Sohn immer am Samstag anzurufen, also hatte auch er keine Ahnung, dass etwas nicht stimmte.«

Ich dachte an Primroses Sohn. War er verheiratet? Vater? In der Armee? Schwul? Standen Mutter und Sohn sich nahe? Gelegentlich macht meine Arbeit mich zur Überbringerin der schrecklichsten Nachrichten, die es im Leben gibt. Ein einziger Besuch kann Familien erschüttern, Lebensläufe für immer ändern. Pete hatte mir erzählt, dass in den Tagen des Vietnamkriegs die meisten Offiziere sich lieber dem Feind stellten, als mitten in Amerika eine Familie zu besuchen, um eine Todesnachricht zu überbringen. Das konnte ich sehr gut verstehen.

Ich stellte mir das Gesicht des Sohns vor, zuerst verständnislos, dann verwirrt. Schließlich das Begreifen und mit ihm Qual, Trauer, der Schmerz einer offenen Wunde. Ich schloss die Augen und teilte einen Augenblick lang mit ihm diese erdrückende Verzweiflung.

»Ich habe im Riverbank Inn vorbeigeschaut.«

Crowes Stimme holte mich in die Wirklichkeit zurück.

»Nach dem Hafen bin ich dorthin gefahren, um mich mit Ralph und Brenda zu unterhalten«, sagte sie. »Sie gaben zu, Hobbs seit Sonntag nicht mehr gesehen zu haben, aber sie fanden nichts Merkwürdiges daran. Während ihres Aufenthalts war sie zweimal ohne Erklärung verschwunden, und so nahmen sie an, dass sie wieder weggefahren war.«

»Wohin?«

»Sie dachten sich, sie würde ihre Familie besuchen.«

»Und?«

»Ihr Zimmer deutet auf etwas anderes hin. Alle Toilettenartikel waren noch da, Zahnbürste, Zahnseide, Gesichtscreme, all die Dinge, die eine Frau mitnimmt, wenn sie wegfährt. Ihre Kleider hingen noch im Schrank, der Koffer lag leer unter dem Bett. Ihre Arthritismedikamente standen auf dem Nachtkästchen.«

»Handtasche? Autoschlüssel?«

»Nichts in der Richtung. Sieht so aus, als hätte sie das Zimmer allein verlassen, aber nicht vorgehabt, über Nacht wegzubleiben.«

Crowe hörte zu, als ich ihr von meinem Besuch im Riverbank Inn berichtete, wobei ich nichts ausließ außer meine einbrecherischen Absichten.

»Was meinen Sie, warum Ralph in ihr Zimmer ging?«, fragte ich.

»Ihre Intuition könnte richtig gewesen sein. Aus Neugier. Vielleicht weiß er aber auch mehr, als er sagt. Vielleicht wollte er etwas herausholen. Ich weiß da noch nichts Genaueres, aber wir werden Mister Stover im Auge behalten. Wir werden auch mit jedem reden, der das Opfer kannte, und nach Zeugen suchen, die sie nach ihrem Verschwinden vielleicht noch gesehen haben. Sie kennen das Verfahren ja.«

»Sich die üblichen Verdächtigen vorknöpfen.«

»Im Swain County sind das nicht so viele.«

»Gab es irgendwas in dem Zimmer, das einen Hinweis darauf liefern könnte, wohin sie wollte? Eine Adresse? Eine Karte? Ein Maut-Ticket?«

Die Leitung summte.

»Neben dem Telefon haben wir zwei Nummern gefunden.«

Als sie die Zahlen vorlas, verkrampfte sich mein Magen.

Die erste Nummer war die des High Ridge House. Die zweite die des Handys an meinem Gürtel.

Eine Stunde später lag ich im Bett und versuchte, zu sortieren und zu bewerten, was ich wusste.

Tatsache: Der mysteriöse Fuß gehörte nicht Daniel Wahnetah. Möglichkeit: Der Fuß stammte von einer Leiche in dem ummauerten Hof. Der Fleck auf der Erde enthielt volatile Fettsäuren. Irgendetwas war dort verwest. Möglichkeit: Der Fuß stammte aus der TransSouth Air 228. In der Nähe des Wracks waren Reste eines Biogefahr-Behälters und auch andere problematische Körperteile gefunden worden.

Tatsache: Der Fuß und sein Dossier waren verschwunden. Möglichkeit: Primrose Hobbs hatte das Material behalten. Möglichkeit: Primrose Hobbs hatte das Material zurückgebracht, und es war dann von jemand anderem entnommen worden.

Tatsache: Die Überreste von Jean Bertrand und Pepper Petricelli waren noch nicht identifiziert worden. Möglichkeit: Keiner der beiden Männer war in der Maschine gewesen. Möglichkeit: Sowohl der Detective wie sein Gefangener waren an Bord, aber ihre Leichen waren von der Explosion pulverisiert worden.

Tatsache: Jean Bertrand war jetzt ein Verdächtiger.

Tatsache: Ein Zeuge behauptete, Pepper Petricelli in Upstate New York gesehen zu haben. Möglichkeit: Bertrand war umgedreht worden. Möglichkeit: Bertrand war ermordet worden.

Tatsache: Ich wurde beschuldigt, Beweismittel gestohlen zu haben. Möglichkeit: Man traute mir nicht mehr wegen meiner Beziehung zu Andrew Ryan, Bertrands Partner bei der SQ. Möglichkeit: Ich wurde als Sündenbock benutzt, weil man verhindern wollte, dass ich weiter an der Ermittlung mitarbeitete. Aber an welcher Ermittlung – der bezüglich des Absturzes oder der bezüglich des Hauses mit dem ummauerten Hof? Möglichkeit: Ich war in Gefahr. Jemand hatte versucht, mich zu überfahren, jemand hatte mein Zimmer verwüstet.

Angst schnürte mir die Kehle zu. Ich hielt den Atem an, lauschte. Stille.

Tatsache: Primrose Hobbs war ermordet worden. Möglichkeit: Ihr Tod war eine willkürliche Gewalttat. Wahrscheinlicher: Ihr Tod hatte mit dem verschwundenen Fuß zu tun.

Tatsache: Edward Arthur erhielt das Anwesen am Running Goat Branch durch seine Heirat mit Sarah Livingstone im Jahr 1933. Er vermietete es als Lagerplatz, baute dann eine Blockhütte und verkaufte das Grundstück schließlich 1949 an einen Mann namens Prentice Dashwood, doch ins Grundbuch wurde als Besitzer die

H&F Investment Group, LLP eingetragen. Arthur hatte weder Steinmauern noch einen Hof gebaut. Wer war Prentice Dashwood?

Ich schaltete das Licht ein, holte McMahons Fax aus Delaware und eilte mit zitternden Lippen ins Bett zurück. Als ich dann wieder unter der Decke lag, las ich die Namen noch einmal.

W. G. Davis, F. M. Payne, C. A. Birkby, F. L. Warren; P. H. Rollins, M. P. Veckhoff.

Der einzige Name, der mir entfernt bekannt vorkam, war Veckhoff. Ein Mann aus Charlotte namens Pat Veckhoff war sechzehn Jahre lang Abgeordneter des Senats von North Carolina gewesen. Im vergangenen Winter war er plötzlich gestorben. Ich fragte mich, ob es eine Verbindung zu diesem M. P. Veckhoff auf der Liste gab.

Ich schaltete das Licht wieder aus, legte mich hin und suchte nach Verbindungen zwischen den Dingen, die ich wusste. Es war sinnlos. Immer wieder störten Bilder von Primrose meine Konzentration.

Primrose an ihrem Computer, die Brille auf der Nasenspitze. Primrose 1997 am Schauplatz eines Flugzeugabsturzes in Kingston, North Carolina. Primrose mir gegenüber an einem Kartentisch. Primrose in Charlotte. Die Cafeteria des Presbyterian Hospital. Ich aß eine vegetarische Pizza mit Erbsen und Spargel aus der Dose. Ich wusste noch, dass mir die Pizza nicht schmeckte, aber nicht mehr, warum ich mich dort mit Primrose getroffen hatte.

Primrose in einem Leichensack.

O Gott, warum?

War sie, als Teil eines komplexen Plans, gezielt ausgesucht, ausgeforscht, beschattet und dann überwältigt worden? Oder war sie ein Zufallsopfer? Steckte irgendein kranker Impuls eines Perversen dahinter? Der erste blaue Honda? Die vierte Frau, die das Einkaufszentrum verlässt? Die nächste Schwarze? War ihr Tod Teil des Plans gewesen, oder war nur etwas schief gegangen, außer Kontrolle geraten, was dann nicht mehr rückgängig zu machen war?

Gewalt gegen Frauen ist kein modernes Phänomen. Die Knochen meiner Schwestern durchziehen Geschichte und Vorgeschichte. Das Massengrab in Cahokia. Der »heilige Cenote« in Chichén Itzá. Das eisenzeitliche Mädchen im Moor, die Haare kurz geschoren, die Augen verbunden, die Hände gefesselt.

Frauen sind darauf programmiert, vorsichtig zu sein. Geh schneller, wenn du Schritte hörst. Schau durchs Guckloch, bevor du die Tür öffnest. Steh in einem leeren Aufzug dicht beim Alarmknopf. Fürchte die Dunkelheit. War Primrose nur ein weiteres Glied in der langen Kette willkürlich ausgesuchter weiblicher Opfer?

Wem wollte ich da etwas vormachen? Ich kannte den wahren Grund. Hatte keinen Zweifel.

Primrose Hobbs war ermordet worden, weil sie eine Bitte erfüllt hatte. Meine Bitte. Sie hatte ein Fax empfangen, Maße genommen und mir Daten geliefert. Sie hatte mir geholfen, und indem sie das tat, war sie für irgendjemand zur Bedrohung geworden.

Ich hatte sie in die Sache mit hineingezogen, und dieser Jemand hatte sie deswegen umgebracht. Schuldbewusstsein und Trauer lasteten wie ein schweres Gewicht auf meiner Brust.

Aber inwiefern hatte Primrose eine Bedrohung dargestellt? Hatte sie etwas entdeckt, das ich nicht wusste? Hatte sie die Bedeutung dieser Entdeckung erkannt, oder war sie sich ihrer nicht bewusst gewesen? Hatte man sie zum Schweigen gebracht wegen dem, was sie wusste, oder wegen etwas, von dem jemand befürchtete, sie könnte es herausfinden?

Und was war mit mir? War auch ich eine Bedrohung für einen mordlustigen Verrückten?

Meine Gedanken wurden unterbrochen von einem leisen Jaulen von draußen. Ich warf die Decke zurück, zog Jeans und ein Sweatshirt und meine Bootsschuhe an. Dann schlich ich auf Zehenspitzen durch das stille Haus und zur Hintertür hinaus.

Boyd saß neben seiner Hundehütte und streckte die Schnauze in den Nachthimmel. Als er mich sah, sprang er auf und wackelte mit dem ganzen hinteren Teil seines Körpers. Dann stürzte er zum

Zaun und richtete sich auf. Auf die Vorderpfoten gestützt, reckte er den Hals und jaulte ein paarmal kurz auf.

Ich langte über den Zaun und kraulte ihm die Ohren. Aufgeregt vor Freude schleckte Boyd mir die Hand.

Als ich das Gehege betrat und ihn an die Leine nahm, geriet er völlig aus dem Häuschen, drehte sich im Kreis und wirbelte Dreck hoch.

»Immer mit der Ruhe.« Ich deutete mit dem Zeigefinger auf seine Schnauze. »Das ist gegen die Regeln.«

Mit baumelnder Zunge und tanzenden Augenbrauen schaute er mich an. Ich führte ihn über den Hof und ins Haus.

Kurz darauf lagen wir in der Dunkelheit, Boyd auf dem Teppich neben meinem Bett. Ich hörte, wie er mit einem Seufzen die Schnauze auf die Vorderpfoten legte.

Mit meiner Hand auf seinem Kopf schlief ich ein.

21

Am nächsten Morgen wachte ich früh auf und fühlte mich kalt und leer, wusste aber nicht so recht, wieso. Dann stürzte es auf mich ein wie eine schwere, schreckliche Woge.

Primrose war tot.

Die schmerzvolle Mischung aus Verlust und Schuldgefühlen war beinahe lähmend, und ich lag lange still und wollte mit der Welt nichts zu tun haben.

Dann stieß Boyd mit der Schnauze an meine Hüfte. Ich drehte mich um und kraulte ihm das Ohr.

»Hast ja Recht, Junge. Selbstmitleid bringt niemand etwas.«

Ich stand auf, zog mir etwas an und schlich mit Boyd hinaus für einen Waldlauf. In meiner Abwesenheit tauchte ein Zettel mit einer Nachricht auf meinem Schreibtisch auf. Ryan würde noch einen weiteren Tag mit McMahon verbringen und sein Auto deshalb nicht brauchen. Neben dem Zettel lag der Schlüssel, den ich ihm am Abend auf seinen Schreibtisch gelegt hatte.

Als ich mein Handy einschaltete, sah ich, dass ich fünf Nachrichten hatte. Vier Journalisten und P & T. In der Werkstatt rief ich an, die anderen löschte ich unbeachtet.

Die Arbeit am Auto würde länger dauern als erwartet. Morgen sollte das Auto fertig sein.

Aus »könnte« war »sollte« geworden. Das ermutigte mich.

Aber was jetzt?

Tief aus meiner Vergangenheit tauchte ein Gedanke auf. Der liebste Zufluchtsort eines bekümmerten oder ruhelosen kleinen Mädchens. Es konnte nicht schaden, und vielleicht entdeckte ich ja etwas Nützliches.

Und ich wäre wenigstens für ein paar Stunden anonym und unerreichbar.

Nach Toast und Frosted Flakes fuhr ich zur Marianna Black Public Library, einem einstöckigen Backsteingebäude an der Ecke Everett und Academy. Zwei Skelette aus Pappkarton flankierten den Eingang der öffentlichen Bibliothek, jedes mit einem Buch in der Hand.

Ein großer, dürrer schwarzer Mann mit mehreren Goldzähnen saß an der Empfangstheke am Haupteingang. Neben ihm arbeitete eine ältere Frau, sie befestigte eine Kette mit orangefarbenen Kürbissen über ihren Köpfen. Beide drehten sich um, als ich eintrat.

»Guten Morgen«, sagte ich.

»Guten Morgen.« Der Mann zeigte mir einen ganzen Mund voll kostbaren Metalls. Seine Kollegin mit den lila Haaren beäugte mich argwöhnisch.

»Ich möchte mir gern ältere Ausgaben des Lokalblatts anschauen.« Ich lächelte entwaffnend.

»Der *Smoky Mountain Times*?«, fragte Madame Bibliothekarin und legte ihren Tacker weg.

»Ja.«

»Wie weit zurück?«

»Haben Sie noch Material aus den Dreißigern und Vierzigern?«

Ihre Stirn legte sich noch tiefer in Falten. »Die Sammlung beginnt 1895. Damals hieß die Zeitung noch *Bryson City Times*. Ein

Wochenblatt. Die älteren Ausgaben sind natürlich auf Mikrofilm. Die Originale können Sie nicht einsehen.«

»Mikrofilm reicht mir.«

Mister Bibliothekar fing an, Bücher zu öffnen und zu stapeln. Mir fiel auf, dass seine Fingernägel poliert waren und seine Kleidung makellos.

»Das Gerät steht in dem Raum mit den nicht mehr unterzubringenden Büchern hinter der Genealogieabteilung. Sie können immer nur einen Kasten auf einmal haben.«

»Vielen Dank.«

Madame Bibliothekarin öffnete einen von zwei Metallschränken hinter der Theke und zog einen kleinen grauen Kasten heraus. »Ich erkläre Ihnen besser die Maschine.«

»Das ist nicht nötig. Ich komme schon zurecht. Mit Mikrofilmbetrachtern kenne ich mich aus.«

Ich sah ihren Ausdruck, als sie mir den Kasten gab. Eine Unbefugte stöbert in ihrem Heiligtum. Ihr schlimmster Albtraum.

Ich setzte mich an die Maschine und las die Beschriftung des Kastens: *1931–1937*.

Ein Bild von Primrose blitzte vor mir auf, und Tränen nahmen mir die Sicht.

Hör auf. Kein Trauern.

Aber warum war ich hier? Was war mein Ziel? Hatte ich eins oder verkroch ich mich hier nur?

Nein. Ich hatte ein Ziel.

Ich war noch immer überzeugt, dass dieses Haus mit ummauertem Hof im Zentrum meiner Probleme stand, und ich wollte mehr über die Leute erfahren, die mit diesem Haus zu tun gehabt hatten. Arthur hatte mir gesagt, er habe das Land einem Prentice Dashwood verkauft. Doch von diesem Namen und denen auf McMahons Fax abgesehen, wusste ich nicht so recht, wonach ich suchen sollte.

In Wahrheit hatte ich wenig Hoffnung, irgendetwas Nützliches zu finden, mir waren einfach die Ideen ausgegangen. Und ich musste etwas wegen der gegen mich erhobenen Vorwürfe unternehmen.

Nach Charlotte konnte ich erst zurückkehren, wenn mein Auto repariert war, und jede andere Form der Nachforschung war für mich verboten. Zum Teufel. Die Geschichte sollte einen doch etwas lehren.

Pete hatte in seiner Zeit in Uniform ein Poster in seinem Büro hängen gehabt, einen Leitspruch, der von Armeeanwälten befolgt wurde, die mit dem militärischen System nicht viel am Hut hatten: *Unentschlossenheit ist der Schlüssel zur Flexibilität.*

War die Maxime gut genug für Offiziersjuristen des *United States Marine Corps*, dann sollte sie auch gut genug für mich sein. Ich würde mir alles anschauen.

Ich fädelte den Film ein und spulte ihn durch den Betrachter. Die Maschine hatte noch eine Handkurbel und war vermutlich vor dem ersten Flug der Gebrüder Wright in Kitty Hawk gebaut worden. Immer wieder wurden Text und Bilder unscharf. Schon nach wenigen Minuten spürte ich, wie ich Kopfschmerzen bekam.

Ich blätterte Spule um Spule durch, und musste für jede einen Abstecher zur Rezeption machen. Am Ende der 1940er hatte Madame Bibliothekarin ein Einsehen und ließ mich ein halbes Dutzend Kästen auf einmal mitnehmen.

Ich überflog Artikel über Wohltätigkeitsveranstaltungen, Autowaschanlagen, Kirchenfeste und lokale Dramen. Die gemeldeten Verbrechen waren meist geringfügig, Verkehrsvergehen, trunkenheitsbedingtes und anstößiges Verhalten, Diebstahl und Vandalismus. Geburten, Todesfälle und Hochzeiten wurden verkündet, Basare in Garagen und Scheunen angepriesen.

Der Krieg hatte in Swain County viele Opfer gefordert. Von 42 bis 45 füllten ihre Namen und Fotos die Seiten. Jeder Gefallene war einen längeren Artikel wert.

Einige Bürger schafften es allerdings, in ihrem Bett zu sterben. Im Dezember 1943 war das Hinscheiden von Henry Arlen Preston eine Titelgeschichte. Preston hatte sein Leben lang im Swain County gelebt, als Anwalt, Richter und nebenberuflicher Journalist. Seine Karriere wurde in leuchtenden Farben und sehr detailliert beschrieben, wobei die Höhepunkte eine Amtszeit in Raleigh als Senator des Staates und die Veröffentlichung eines zweibändigen Werks über die Vögel des westlichen North Carolina waren. Preston war im Alter von neunundachtzig Jahren gestorben und hinterließ eine Witwe, vier Kinder, vierzehn Enkel und dreiundzwanzig Urenkel.

In der Woche nach Prestons Tod berichtete die *Times* über das Verschwinden von Tucker Adams. Ein knapper Einspalter auf der sechsten Seite. Kein Foto.

Diese obskure kleine Meldung berührte mich. War Adams heimlich Soldat geworden und dann als einer der vielen Unbekannten in Übersee umgekommen? War er zurückgekehrt, hatte seine Nachbarn mit Geschichten aus Frankreich oder Italien überrascht und dann sein normales Leben weitergeführt? War er von einer Klippe gestürzt? Nach Hollywood durchgebrannt? Obwohl ich nach einem Folgeartikel suchte, wurde über Tuckers Verschwinden nicht weiter berichtet.

Die wilde Landschaft hatte ebenfalls ihre Opfer gefordert. Im Jahr 1939 verließ eine Frau namens Hilda Miner ihr Haus, um ihrer Enkelin einen Erdbeerkuchen zu bringen. Sie kam nie dort an, und die Kuchendose wurde neben dem angeschwollenen Tuckasegee River gefunden. Man nahm an, dass Hilda ertrunken war, ihre Leiche wurde jedoch nie gefunden. Ein Jahrzehnt später fiel Dr. Sheldon Brodie, ein Biologe an der Appalachian State University, demselben Gewässer zum Opfer. Am Tage nachdem die Leiche des Professors ans Ufer gespült worden war, fiel, so wurde damals vermutet, Edna Farrell ins Wasser. Wie Miners wurde auch Farrells Leiche nie gefunden.

Ich lehnte mich zurück und rieb mir die Augen. Was hatte der alte Mann über Farrell gesagt? Sie hätte Besseres verdient gehabt. Von wem? Und Besseres in welcher Hinsicht? Bezog er sich auf die Tatsache, dass ihre Leiche nie gefunden worden war? Oder war er unzufrieden mit der Qualität von Thaddeus Bowmans Trauergottesdienst?

1959 wurde ein vierundsiebzigjähriger Cherokee namens Charlie Wayne Tramper ein Opfer der örtlichen Fauna. Zwei Wochen nach seinem Verschwinden fand man Charlie Waynes Flinte in einem abgelegenen Tal des Reservats. Bärenspuren und -kot deuteten auf die Todesart hin. Der alte Mann wurde mit vollem Stammeszeremoniell beerdigt.

Ich hatte Opfer von Bärenangriffen bearbeitet und wusste, was von Charlie Wayne übrig geblieben war. Ich verdrängte das Bild wieder.

Die Liste der Unfälle, die Mutter Natur zuzuschreiben waren, setzte sich fort. 1972 entfernte sich ein vierjähriges Mädchen von einem Lagerplatz im Maggie Valley. Am folgenden Tag wurde die kleine Leiche aus einem See gezogen. Im nächsten Winter erfroren zwei Skilangläufer, als ein Blizzard sie überraschte. 1986 ging ein Obstfarmer namens Albert Odell auf Morchelsuche und kehrte nie zurück.

Ich fand keinen Hinweis auf Prentice Dashwood, das Arthur-Anwesen oder auf die Teilhaber der H&F Investment Group. Das Einzige, was zumindest annähernd in diese Richtung wies, war im Mai 1959 eine Doppelseite über einen schweren Autounfall auf dem Highway 19. Sechs Verletzte, vier Tote. Fotos zeigten einen Trümmerhaufen. Dr. Anthony Allen Birkby, achtundsechzig, aus Cullowhee, starb drei Tage später an seinen vielfältigen Verletzungen. Der Name war zwar nicht gerade ungewöhnlich, aber immerhin wurde auf McMahons Fax ein C. A. Birkby erwähnt.

Zur Mittagszeit pochte mein Kopf, und mein Blutzucker war auf einen Pegel abgesunken, der lebensbedrohlich war. Ich zog einen Müsliriegel aus meiner Handtasche, schälte verstohlen die Hülle ab und kaute leise, während ich meine x-te Spule in den Betrachter fädelte.

Die Ausgaben aus jüngeren Jahren waren noch nicht auf Mikrofilm, und gegen Mitte des Nachmittags konnte ich endlich zu richtigen Zeitungen wechseln. Aber das Kopfweh blieb; aus einer leichten Unpässlichkeit hatte sich ein heftiger Schmerz entwickelt, der Stirn-, Schläfen- und Hinterhauptslappen umtoste und in einem Epizentrum hinter meinem rechten Auge pochte.

Die letzten Meter. Jetzt noch mal volle Kraft. Lass dir den Sieg nicht mehr nehmen.

Scheiße.

Ich blätterte in den diesjährigen Ausgaben, überflog Schlagzeilen und Fotos, als mir plötzlich ein Name ins Auge stach. George Adair. Der vermisste Angler.

Der Bericht über Adairs Verschwinden war sehr detailliert, nannte die genaue Zeit und den Ort seines Angelausflugs, beschrieb sein Aussehen und zählte sogar einzeln auf, was er getragen und bei sich hatte, bis hin zu seinem Highschool-Ring und seiner Plakette des heiligen Blasius.

Wieder blitzte ein Bild aus der Kindheit auf. Der Priester unserer Gemeinde. Das Segnen der Hälse am Tag des heiligen Blasius. Wie ging die Legende gleich wieder? Blasius hatte angeblich ein Kind vor dem Ersticken an einer Fischgräte gerettet. Die Plakette ergab so einen Sinn. Crowe hatte gesagt, dass Adair Halsprobleme hatte.

Adairs Begleiter war interviewt worden, wie auch seine Frau, seine Freunde, sein früherer Arbeitgeber und sein Priester. Neben dem Artikel war ein grobkörniges Foto abgedruckt, der Anhänger um seinen Hals war darauf gut zu erkennen.

Wer war Crowes andere vermisste Person gewesen? Ich zermarterte mir das pochende Hirn. Jeremiah Mitchell. Februar. Ich ging fast acht Monate zurück und suchte nun gründlicher. Kleine Dinge fügten sich plötzlich zu einem Bild zusammen.

Über Jeremiah Mitchells Verschwinden wurde nur in einem kurzen Absatz berichtet. Am 15. Februar verließ ein zweiundsiebzigjähriger männlicher Schwarzer das Mighty High Tap und wurde seitdem nicht mehr gesehen. Jeder, der Informationen besitze, bla, bla, bla.

Alte Gewohnheiten sterben nur langsam aus, dachte ich und spürte, wie Wut in mir hochkochte. Ein weißer Mann wird vermisst: Riesenartikel. Ein schwarzer Mann wird vermisst: ein paar Zeilen auf Seite siebzehn. Vielleicht lag es auch an der Stellung im Leben: George Adair hatte Arbeit, Freunde, Familie. Jeremiah war ein arbeitsloser Alkoholiker, der allein lebte.

Aber Mitchell hatte einmal Familie gehabt. Ein Folgeartikel erschien Anfang März, wieder nur ein Absatz, der um Informationen bat und den Namen seiner Großmutter mütterlicherseits erwähnte, eine gewisse Martha Rose Gist. Ich starrte den Namen an. In welchem der alten Jahrgänge hatte ich ihn gelesen?

Ich kehrte wieder zu den Kästen zurück und ließ die Mikrofilme wochenweise an mir vorbeirauschen. Die Todesanzeige erschien am 16. Mai 1952, zusammen mit einem Nachruf auf der Kulturseite. Martha Rose Gist war eine in der Gegend berühmte Töpferin gewesen. Zu dem Artikel gehörte ein Foto einer schön dekorierten Keramikschüssel, aber keins der Künstlerin.

Verdammt!

Ich schaute mich um, um sicher zu gehen, dass dieser Raum auch wirklich leer war, und schaltete mein Handy ein. Sechs Nachrichten. Ich ignorierte sie, wählte Crowes Nummer und dämpfte dabei die Wähltöne mit meiner Jacke.

»Sheriff Crowe.«

Ich machte mir nicht die Mühe, meinen Namen zu nennen.

»Kennen Sie Sequoya?«, fragte ich in einem lauten Flüstern.

»Sind Sie in einer Kirche?«

»In der Bibliothek von Bryson City.«

»Wenn Iris Sie erwischt, reißt sie Ihnen die Lippen ab und schiebt sie in ihren Reißwolf.«

Ich nahm an, dass Iris der Drachen mit den lila Haaren war, den ich an der Rezeption kennen gelernt hatte.

»Sequoya erfand ein Alphabet für die Cherokee-Sprache. Wenn Sie lang genug hier in der Gegend bleiben, wird Ihnen irgendjemand einen Aschenbecher kaufen, der mit den Symbolen verziert ist«, sagte sie.

»Wie lautete Sequoyas Familienname?«

»Warum wollen Sie das wissen?«

»Das sage ich Ihnen gleich.«

»Guess.«

»Wie?«

»Der Name war Guess. Oder Gist, abhängig von der Transkription. Also warum?«

»Jeremiah Mitchells Großmutter mütterlicherseits war Martha Rose Gist.«

»Die Töpferin?«

»Ja.«

»Verdammt.«

»Sie wissen, was das heißt?«

Ich wartete nicht auf Ihre Antwort. »Mitchell war zum Teil Cherokee.«

»Das ist eine Bibliothek!« Iris' Worte versengten mir die Wange.

Ich hob den Zeigefinger.

»Legen Sie sofort auf!« Sie sprach so laut, wie ein Mensch es tun kann, ohne die Stimmbänder zu benutzen.

»Gibt es im Reservat eigentlich eine eigene Zeitung?«

»Die *Cherokee One Feather.* Und ich glaube, im Museum gibt es ein Stammes-Fotoarchiv.«

»Muss Schluss machen.« Ich unterbrach die Verbindung und schaltete das Gerät ab.

»Ich muss Sie bitten, die Bibliothek zu verlassen.« Die Hände in die Taille gestemmt, stand Iris da, die Gestapo-Beschützerin des geschriebenen Wortes.

»Soll ich die Kästen zurückbringen?«

»Das wird nicht nötig sein.«

Ich brauchte drei Etappen, um zu finden, was ich suchte. Der Abstecher in die Redaktion des *Cherokee One Feather*, die sich im Gemeindezentrum des Stammes befand, zeigte mir, dass die Zeitung erst seit 1966 existierte. Es hatte zwar einen Vorläufer gegeben, *The Cherokee Phoenix*, doch die Macher der gegenwärtigen Zeitung besaßen davon weder Fotos noch alte Ausgaben.

Die *Cherokee Historical Association* hatte Fotos, doch die meisten waren Werbebilder für das Freilufttheater *Unto These Hills*.

Fündig wurde ich dann im *Museum of the Cherokee Indian*, das gleich auf der anderen Straßenseite lag. Als ich meine Bitte vorbrachte, führte man mich in ein Büro im Obergeschoss, gab mir Baumwollhandschuhe und ließ mich in ihrem Foto- und Zeitungsarchiv stöbern.

Nach einer Stunde hatte ich die Information, die ich suchte.

Martha Rose Standingdeer wurde 1889 an der Qualla Boundary geboren. Im Jahr 1908 heiratete sie John Patrick Gist und gebar im Jahr darauf eine Tochter, Willow Lynette.

Mit siebzehn heiratete Willow einen gewissen Jonas Mitchell in der *AME Zion Church* in Greenville, South Carolina. Das Hochzeitsfoto zeigte ein zartes Mädchen in einem Glockenhut mit Schleier und einem Empirekostüm und mit einem Strauß Margariten in der Hand. Neben ihr steht ein Mann, dessen Haut viel dunkler ist als die seiner Braut.

Ich betrachtete das Foto. Obwohl hager und unscheinbar, wirkte Jonas Mitchell auf merkwürdige Art anziehend. Heutzutage hätte er wohl für Benetton Modell stehen können.

Willow Mitchell gebar Jeremiah 1929 und starb im folgenden Winter an Tuberkulose. Nach diesem Jahr fand ich keine Meldungen mehr über Jonas oder seinen Sohn.

Ich lehnte mich zurück und überdachte, was ich erfahren hatte.

Jeremiah Mitchell war zumindest zur Hälfte Indianer. Er war zweiundsiebzig Jahre alt, als er verschwand. Der Fuß musste der seine sein.

Doch sofort schrillten meine deduktiven Alarmglocken. Die Zeitangaben passten nicht zusammen.

Mitchell war im Februar verschwunden. Das VFS-Profil hatte ein postmortales Intervall von sechs bis sieben Wochen ergeben, was den Todeszeitpunkt in den Zeitraum von Ende August bis Anfang September legte.

Vielleicht hatte Mitchell die Nacht nach dem Mighty High Tap überlebt. Vielleicht hatte er einen Ausflug gemacht, war dann zurückgekehrt und sechs Monate später an Unterkühlung gestorben.

Einen Ausflug?

Ein zweiundsiebzigjähriger Alkoholiker ohne Geld und Auto?

So was kommt vor.

Mhhm. Im Sommer an Unterkühlung sterben?

Ratlos saß ich da, frustriert von einer Million Fakten, die ich nicht in Einklang bringen konnte.

In der Hoffnung, dass Bilder meinem Kopfweh etwas zuträglicher wären, wandte ich mich dem Fotoarchiv zu.

Wieder erregten Kleinigkeiten meine Aufmerksamkeit.

Ich hatte fünfzig oder sechzig Aktenordner durchgeblättert, als eine Schwarzweißaufnahme mein Interesse weckte. Ein blumengeschmückter Sarg. Trauernde, einige in weiten, breitschultrigen Anzügen, andere im traditionellen Cherokee-Kostüm. Ich drehte sie um. Auf einem gelben Aufkleber stand in ausgebleichter Tinte: *Charlie Wayne Trampers Begräbnis. 17. Mai 1959.* Der alte Mann, der verschwunden und von einem Bär getötet worden war.

Ich ließ den Blick über die Gesichter wandern und blieb bei zwei jungen Männern hängen, die etwas abseits standen. Ich war so überrascht, dass mir die Luft wegblieb.

Obwohl das Gesicht damals vierzig Jahre jünger war, war es für mich unverkennbar. 1959 musste er Ende zwanzig gewesen sein und war eben erst aus England gekommen. Ein Professor der Archäologie an der Duke. Ein akademischer Superstar, der am verblassen war.

Warum war Simon Midkiff auf Charlie Wayne Trampers Beerdigung gewesen?

Mein Blick wanderte nach rechts, und diesmal war meine Überraschung deutlich hörbar. Simon Midkiff stand Schulter an Schulter mit einem Mann, der später zum Vizegouverneur aufsteigen sollte.

Parker Davenport.

War er es wirklich? Ich starrte das Gesicht an. Ja. Nein. Dieser Mann war viel jünger und dünner.

Ich zögerte, schaute mich um. Seit über einem halben Jahrhundert hatte diesen Ordner niemand mehr in der Hand gehabt. Ich stahl ja nichts. Ich würde das Bild in ein paar Tagen zurückbringen, und niemand hätte einen Nachteil davon.

Ich steckte das Foto in meine Handtasche, gab den Ordner zurück und eilte ins Freie.

Draußen rief ich die Auskunft von Raleigh an, bat um die Nummer des *Department of Cultural Heritage* und wartete dann, bis ich verbunden wurde. Als eine Stimme sich meldete, fragte ich nach Carol Burke. Innerhalb von Sekunden hörte ich ihre Stimme.

»Carol Burke.«

»Carol, Tempe Brennan hier.«

»Gutes Timing. Ich wollte eben für heute Schluss machen. Hast du vor, mal wieder einen Friedhof aufzubuddeln?«

Neben anderen Pflichten ist das *North Carolina Department of Cultural Resources* verantwortlich für die Bewahrung des kulturellen Erbes. Wenn Bau- und Erschließungsprojekte, für die nationale oder bundesstaatliche Gelder, Genehmigungen, Lizenzen oder Ländereien erforderlich sind, geplant werden, dann ordnen Carol und ihre Kollegen Besichtigungen und Ausgrabungen an, um festzustellen, ob historische oder prähistorische Stätten bedroht sind. Ob Straßenbau, Flughafenerweiterungen oder Abwasserkanäle – ohne ihre Freigabe gibt es keinen Spatenstich.

Carol und ich kannten uns aus den Tagen, als ich noch vorwiegend als Archäologin arbeitete. Zweimal hatten Bauträger aus Charlotte mich engagiert, um ihnen bei der Lokalisierung historischer Friedhöfe behilflich zu sein. Carol hatte beide Projekte beaufsichtigt.

»Diesmal nicht. Ich brauche Informationen.«

»Ich werde mir Mühe geben.«

»Ich interessiere mich für die Ausgrabungsstätte, an der Simon Midkiff für euch arbeitet.«

»Gegenwärtig?«

»Ja.«

»Im Augenblick arbeitet er überhaupt nicht für uns. Zumindest soweit ich das weiß.«

»Dann gräbt er nicht im Swain County?«

»Ich glaube nicht. Warte mal.«

Als sie zurückkehrte, war ich zu Ryans Auto gegangen und hatte die Tür geöffnet.

»Nee. Midkiff hat seit mehr als zwei Jahren nicht mehr für uns gearbeitet und wird es auch in der nächsten Zukunft nicht tun, weil er uns immer noch einen Bericht über seinen letzten Auftrag schuldig ist.«

»Danke.«

»Wenn nur alle Anfragen, die ich bekomme, so einfach wären.«

Kaum hatte ich die Verbindung unterbrochen, klingelte mein Handy. Ein Journalist des *Charlotte Observer.* Eine Erinnerung an meine fortdauernde traurige Berühmtheit. Ich schaltete kommentarlos ab.

In meinem Schädel pulsierten tausend Adern. Nichts ergab einen Sinn. Warum hatte Midkiff gelogen? Warum waren er und Davenport bei Trampers Begräbnis gewesen? Kannten sie sich damals schon?

Ich brauchte ein Aspirin. Ich brauchte ein Mittagessen. Ich brauchte einen objektiven Zuhörer.

Boyd.

Nachdem ich zwei Aspirin geschluckt hatte, holte ich den Hund, und wir machten uns auf den Weg. Boyd hockte auf dem Beifahrersitz und streckte den Kopf zum Fenster hinaus, er hatte die Schnauze erhoben und bewegte sie schnuppernd, um auch noch den schwächsten Geruch einzusaugen. Als ich in der Schlange vor dem Burger King Drive-In stand und ihn beobachtete, dachte ich zuerst an das Eichhörnchen, dann an die Mauer des Hauses mit dem Hof. Was genau hatte sein früherer Besitzer ihm zu finden beigebracht?

Plötzlich kam mir eine Idee. Ein Ort zum Picknicken und zum Überprüfen von Namen.

Der Friedhof von Bryson City liegt auf dem Schoolhouse Hill, mit Blick auf den Veterans Boulevard auf der einen Seite und hinunter in ein Bergtal auf der anderen. Die Fahrt dauerte sieben Minuten. Boyd verstand die Verzögerung nicht und leckte und schnupperte immer wieder an der Essenstüte. Als ich vor dem Friedhof parkte, war das Pappkartontablett so durchweicht, dass ich es mit beiden Händen tragen musste.

Boyd zerrte mich von Stein zu Stein, pinkelte einige an und scharrte dann mit seinen Hinterläufen die Grasnarbe auf. Schließlich blieb er vor einer Säule aus rosafarbenem Granit stehen, drehte sich um und jaulte.

Sylvia Hotchkins
Betrat diese Welt am 12. Januar 1945.
Verließ diese Welt am 20. April 1968.
Viel zu früh ging sie von uns, im Lenz ihres Lebens.

68 war für uns alle ein schweres Jahr, Sylvia.

Da ich mir sicher war, dass sie nichts gegen ein bisschen Gesellschaft hatte, hockte ich mich an den Fuß einer Eiche, die Sylvias Grab beschattete, und befahl Boyd, sich neben mich zu setzen.

Als ich einen Burger aus der Tüte zog, sprang er auf.

»Sitz.«

Er setzte sich. Ich wickelte den Burger aus und gab ihn ihm. Er stand auf, zerlegte ihn in seine Einzelteile und fraß dann hintereinander das Fleisch, das Brötchen und die Salat-Tomaten-Garnitur. Danach starrte er mit ketchupverschmierter Schnauze meinen Whopper an.

»Sitz.«

Er setzte sich. Ich schüttete Fritten auf das Gras, und er nahm sie vorsichtig auf, damit sie nicht zwischen die Halme sanken. Ich wickelte meinen Whopper aus und steckte einen Strohhalm in mein Getränk.

»Jetzt hör mal zu.«

Boyd hob kurz den Kopf und konzentrierte sich dann wieder auf seine Fritten.

»Aus welchem Grund ging Simon Midkiff zum Begräbnis eines vierundsiebzigjährigen Cherokee, der von einem Bär getötet wurde?«

Beide aßen wir und dachten darüber nach.

»Midkiff ist Archäologe. Vielleicht hat er über die Eastern Band

Cherokee geforscht. Vielleicht war Tramper sein Führer und seine historische Quelle. – Okay. Das klingt einleuchtend.«

Ich biss ein Stück ab, kaute, schluckte.

»Warum war Parker Davenport dort?«

Boyd schaute mich an, ohne den Kopf von den Fritten zu heben.

»Davenport ist hier in der Gegend aufgewachsen. Wahrscheinlich kannte er Tramper.«

Boyds Ohren zuckten nach vorne, dann wieder zurück. Er fraß seine letzten Fritten und starrte dann meine an. Ich warf ihm ein paar hin.

»Vielleicht hatten Tramper und Davenport gemeinsame Freunde im Reservat. Oder vielleicht bastelte Davenport damals bereits an seiner politischen Karriere.«

Ich warf Boyd noch ein halbes Dutzend Fritten hin, und er stürzte sich sofort darauf.

»Nächste Frage. Kannten Davenport und Midkiff sich damals schon?«

Boyd hob den Kopf. Seine Augenbrauen tanzten, und die Zunge hing ihm aus der Schnauze.

»Wenn ja, woher?«

Er legte den Kopf schief und schaute mir zu, wie ich meinen Burger aufaß. Ich warf ihm den Rest meiner Fritten hin, und er fraß sie, während ich mein Diet Coke trank.

»Und jetzt kommt das Wichtigste, Boyd.«

Ich sammelte die Einwickelpapiere ein und knüllte sie mit den Überresten der Tüte zusammen. Als Boyd kein Essen mehr sah, legte er sich auf die Seite, seufzte laut und schloss die Augen.

»Midkiff hat mich angelogen. Davenport will meinen Kopf auf einem Pfahl sehen. Gibt es da eine Verbindung?«

Boyd hatte keine Antwort.

Ich lehnte mich an die Eiche und genoss die Wärme und das Licht. Das Gras roch frisch gemäht, das Laub trocken und von der Sonne gedörrt. Irgendwann stand Boyd auf, drehte sich viermal und legte sich dann wieder neben mich.

Kurz darauf kam ein Mann mit einem Collie an einem Stück Seil über die Hügelkuppe. Boyd setzte sich auf und bellte den Hund an, doch ohne jede Aggressivität. Die spätnachmittägliche Sonne stimmte Frau wie Hund sanft. Ich nahm seine Leine und stand auf.

In der Abenddämmerung schlenderten wir zwischen den Grabsteinen umher. Obwohl ich keinen Namen von der H&F-Liste entdeckte und auch keine Dashwoods, fand ich doch Steine mit vertrauten Namen. Thaddeus Bowman. Victor Livingstone und seine Tochter Sarah Masham Livingstone. Enoch McCready.

Ich dachte an Luke Bowmans Worte und fragte mich, was wohl den Tod von Rubys Gatten 1986 verursacht hatte. Anstelle von Antworten fand ich immer nur neue Fragen.

Aber ein Rätsel war gelöst. Eine vermisste Person gefunden. Ich wollte eben den Friedhof verlassen, als ich in der südlichsten Ecke auf eine schmucklose Grabplatte stieß. Sie trug nichts als die schlichte Inschrift:

Tucker Adams
1871–1943
R. I. P.

22

Nachdem ich den Friedhof verlassen hatte, fuhr ich zum High Ridge House, brachte Boyd in sein Gehege und ging in mein Zimmer. Zu dem Zeitpunkt wusste ich noch nicht, dass es der hektischste Telefonabend seit der Junior Highschool werden würde.

Ich hatte mein Handy kaum wieder eingeschaltet, als Pete anrief.

»Na, wie geht's dem großen B?«

»Genießt Fauna und Fressalien der Berge. Bist du wieder in Charlotte?«

»Hänge noch hier in Indiana fest. Strapaziert er deine Geduld?«

»Boyd hat eine einzigartige Lebensauffassung.«

»Was gibt's Neues?«

Ich erzählte ihm von Primrose.

»Ach, Baby, das tut mir wirklich Leid. Bist du in Ordnung?«

»Alles okay«, log ich. »Aber es kommt noch mehr.«

Ich fasste das Gespräch mit Davenport kurz zusammen und zählte die Anschuldigungen auf, die der Vizegouverneur gegen mich vorbringen wollte.

»Klingt ganz nach Mister Maxi-Manipulator.«

»Versuch nicht, mich mit juristischem Fachchinesisch zu beeindrucken.«

»Das muss doch politisch motiviert sein. Kannst du dir vorstellen, warum?«

»Er mag meine Frisur nicht.«

»Ich schon. Hast du was Neues über den Fuß herausgefunden?«

Ich berichtete ihm von der histologischen Altersschätzung, der rassischen Klassifizierung und erzählte ihm dann von dem früher vermissten Daniel Wahnetah und dem immer noch vermissten Jeremiah Mitchell.

»Mitchell klingt nach dem aussichtsreichsten Kandidaten für den Fuß.«

Ich erwähnte das Foto von Charlie Wayne Trampers Beerdigung und meinen Anruf in Raleigh.

»Warum sollte Midkiff dir vorlügen, er würde gerade eine Ausgrabung machen?«

»Er mag meine Frisur nicht. Soll ich mir einen Anwalt besorgen?«

»Du hast einen.«

»Danke, Pete.«

Der Nächste war Ryan. Er und McMahon hatten lange gearbeitet, würden bei Tagesanbruch in die Wiederaufbauhalle zurückkehren und hatten sich deshalb in Asheville ein Zimmer genommen.

»Hast du Probleme mit deinem Telefon?«

»Die Medien wittern das große Geschäft, deshalb hatte ich es ausgeschaltet. Außerdem habe ich einen großen Teil des Tages in der Bibliothek verbracht.«

»Was herausgefunden?«

»Das Leben in den Bergen ist schwer für alte Leute.«

»Was meinst du damit?«

»Ich weiß auch nicht. Wie's aussieht, ertrinken oder erfrieren hier in der Gegend viele Alte, oder sie enden als Teil der Nahrungskette. Also mir ist das Flachland lieber. Wie laufen die Ermittlungen?«

»Die Chemiker finden komische Spuren.«

»Sprengstoff?«

»Nicht unbedingt. Ich erzähl's dir morgen. Wurden Bertrand und Petricelli schon gefunden?«

»Nein.«

An diesem Punkt meldete sich Lucy Crowe auf der zweiten Leitung, und ich schaltete um. Sie hatte wenig zu berichten und keinen Durchsuchungsbefehl.

»Die Staatsanwältin will ohne solidere Indizien den Amtsrichter nicht noch einmal bedrängen.«

»Was zum Teufel wollen diese Leute? Miss Scarlett in der Bibliothek, eine brennende Kerze in der Hand?«

»Sie findet Ihre Argumente widersprüchlich.«

»Widersprüchlich?«

»Das VFS-Profil sagt, dass irgendetwas im Sommer gestorben ist. Mitchell verschwand im Februar. Madam Staatsanwältin ist überzeugt, dass der Fleck von einem Tier stammt. Sagt, man kann nicht über einen Bürger herfallen, nur weil er in seinem Hinterhof Fleisch reifen lässt.«

»Und der Fuß?«

»Absturzopfer.«

»Was Neues über den Mord an Primrose?«

»Wie's aussieht, ist Ralph Stover kein Einfaltspinsel. Der Herr hatte eine Firma in Ohio und hält eine ganze Reihe von Patenten für Mikrochips. 86 machte Ralph nach einem Herzanfall eine Verwandlung durch. Er verkaufte die Firma für eine Riesensumme und kaufte sich das Riverbank. Seitdem ist er Landmotelbesitzer.«

»Vorstrafen?«

»Zwei Fahrten unter Alkoholeinfluss in den Siebzigern, ansonsten ist er sauber.«

»Ergibt das für Sie einen Sinn?«

»Vielleicht hat er zu viele Wiederholungen von *Newhart* gesehen und davon geträumt, Wirt zu sein.«

Der Nächste, der anrief, war mein Freund aus Oak Ridge. Laslo Sparkes fragte mich, ob ich am Vormittag Zeit hätte. Wir verabredeten uns für neun Uhr. Gut. Vielleicht hatte er neue Ergebnisse von der Erdprobe.

Der letzte Anruf kam vom Dekan meiner Fakultät. Als Erstes entschuldigte er sich für seine Barschheit am Donnerstagabend.

»Mein Dreijähriger hatte unser Kätzchen in den Trockner gesteckt, nachdem es in die Toilettenschüssel gefallen war. Meine Frau hatte das arme Ding gerade gerettet, und alle waren hysterisch. Die Kinder weinten. Meine Frau weinte und versuchte, die Katze wieder zu beleben.«

»Schrecklich. Wie geht's ihm?«

»Der kleine Kerl hat's überlebt, aber ich glaube, er sieht nicht mehr allzu gut.«

»Das wird schon wieder.«

Eine Pause entstand. Ich konnte seinen Atem am Hörer hören.

»Nun, Tempe, eine schonende Art gibt es nicht, also sage ich es einfach geradeheraus. Der Rektor hat mich heute zu sich bestellt. Er hat eine Beschwerde wegen Ihres Verhaltens bei der Absturzermittlung erhalten und beschlossen, Sie bis zu einer gründlichen Untersuchung des Falls zu suspendieren.«

Ich blieb still. Nichts, was ich in Bryson City tat, hatte mit der Universität etwas zu tun, aber ich stand auf ihrer Gehaltsliste.

»Natürlich mit vollen Bezügen. Er sagt, er glaube kein Wort von dem Ganzen, aber er habe keine andere Wahl.«

»Warum nicht?« Ich kannte die Antwort bereits.

»Er fürchtet negative Publicity und hat das Gefühl, die Universität schützen zu müssen. Offensichtlich kümmert sich der Vizegouverneur persönlich um den Fall und macht ziemlichen Druck.«

»Und wie jeder weiß, wird die Universität von der Regierung finanziert.« Meine Hand verkrampfte sich um das Telefon.

»Ich habe jedes Argument vorgebracht, das mir einfiel. Aber er ließ sich nicht umstimmen.«

»Danke, Mike.«

»Sie sind natürlich in der Fakultät jederzeit wieder willkommen. Sie könnten Beschwerde einlegen.«

»Nein. Ich werde diese ganze Geschichte erst einmal klären.«

Danach vollzog ich meine allabendliche Routine mit Seife, Zahnpasta, Oil of Olaz und Handcreme. Sauber und eingecremt schaltete ich das Licht aus, kroch unter die Decke und schrie so laut ich konnte. Dann zog ich die Knie an die Brust und fing zum zweiten Mal in zwei Tagen zu weinen an.

Es war Zeit, aufzugeben. Ich bin kein Feigling, aber ich musste der Realität ins Auge sehen. Erreicht hatte ich rein gar nichts. Ich hatte nichts entdeckt, das überzeugend genug war, um einen Durchsuchungsbefehl zu rechtfertigen, hatte bei dem Haus mit dem ummauerten Hof kaum etwas gefunden, hatte es mir mit der Presse verdorben. Ich hatte aus einem Archiv etwas gestohlen und beinahe einen Einbruch verübt.

Das war die ganze Sache nicht wert. Ich könnte mich beim Vizegouverneur entschuldigen, das DMORT verlassen und zu meinem normalen Leben zurückkehren.

Mein normales Leben.

Was war mein normales Leben? Autopsien. Exhumierungen. Massenunfälle.

Man fragt mich immer wieder, warum ich so einen morbiden Beruf gewählt habe. Warum ich mit Verstümmelten und Verwesten arbeite.

Nach langem Nachdenken habe ich erkannt, welche Möglichkeiten ich habe. Ich will den Lebenden wie den Toten dienen. Die Toten haben das Recht, identifiziert zu werden. Sie haben einen Anspruch darauf, dass ihre Geschichten zu einem Ende gebracht werden und sie ihren Platz in unserer Erinnerung einnehmen können. Wenn sie durch die Hand eines anderen starben, haben sie außerdem das Recht, dass derjenige zur Verantwortung gezogen wird.

Auch die Lebenden verdienen unsere Unterstützung, wenn der Tod eines anderen ihr Leben verändert: die Eltern, die verzweifelt auf Nachrichten über ein verschwundenes Kind hoffen. Die Familien, die auf Überreste von Angehörigen aus Iwo Jima oder Chosin oder Hué warten. Die Dörfler, die an einem Massengrab in Guatemala oder Kurdistan trauern. Die Mütter und Ehemänner und Geliebten und Freunde, die benommen an einem Aussichtspunkt in den Smoky Mountains stehen. Sie haben ein Recht auf Informationen, Erklärungen, und sie haben einen Anspruch darauf, dass Mörder zur Rechenschaft gezogen werden.

Für diese Opfer und für diese Trauernden entlocke ich Knochen posthume Geschichten. Die Toten werden tot bleiben, was immer ich auch tue, aber es muss Antworten und Verantwortlichkeit geben. Wir können nicht in einer Welt leben, die die Vernichtung von Leben ohne Erklärungen und ohne Konsequenzen akzeptiert.

Natürlich würde eine Verletzung der beruflichen Ethik meine forensische Karriere beenden. Wenn der Vizegouverneur seinen Willen durchsetzte, würde das für mich ein Berufsverbot bedeuten. Ein Fachgutachter mit zweifelhaftem Leumund, der vor Gericht aussagt, ist in jedem Kreuzverhör Freiwild. Wer würde denn einem Gutachten von mir trauen?

Langsam gewann Wut in mir die Oberhand über Selbstmitleid. Ich wollte mich nicht von unbegründeten Vorwürfen und Anspielungen aus der Forensik vertreiben lassen. Ich konnte nicht aufgeben. Ich musste beweisen, dass ich Recht hatte. Das schuldete ich mir selbst. Und mehr noch schuldete ich es Primrose Hobbs und ihrem trauernden Sohn.

Aber wie?

Was sollte ich tun?

Ich warf mich im Bett herum und kam mir vor wie diese Spinne im Regen. Meine Welt wurde angegriffen von Kräften, die stärker waren als ich, und mir fehlte die Macht, sie zusammenzuhalten.

Schließlich döste ich ein, doch der Schlaf brachte keine Erholung.

Wenn ich erregt bin, verschmilzt mein Hirn Gedanken zu psychodelischen Collagen. Die ganze Nacht lang quälten mich wirre Traumfetzen.

Ich war im Operations-Leichenschauhaus und sortierte Leichenteile. Ryan lief vorbei. Ich rief ihm zu und fragte ihn, was mit dem Fuß passiert sei. Er blieb nicht stehen. Ich wollte ihm nachlaufen, aber meine Füße bewegten sich nicht. Immer wieder rief ich ihm nach, streckte die Hand nach ihm aus, aber er entfernte sich immer weiter.

Boyd rannte, mit einem toten Eichhörnchen in der Schnauze, auf einem Friedhof herum.

Willow Lynette Gist und Jonas Mitchell posierten für ein Hochzeitsfoto. In ihrer Hand hatte die Cherokee-Braut den Fuß, den ich den Kojoten entrissen hatte.

Richter Henry Arlen Preston hielt einem alten Mann ein Buch hin. Der Mann ging weg, aber Preston folgte und beharrte darauf, dass er das Buch annehme. Der alte Mann drehte sich um, und Preston ließ das Buch fallen. Boyd schnappte es und rannte damit einen langen Kiesweg hinunter. Als ich ihn einholte und ihm den Gegenstand wegnahm, war es kein Buch mehr, sondern eine Steinplatte mit dem eingravierten Namen »Tucker Adams« und der Jahreszahl 1943, dem Jahr, in dem beide gestorben waren, der eine ein prominenter Bürger, der andere ein Unbekannter.

Simon Midkiff saß auf einem Stuhl im Büro der P & T-Werkstatt. Neben ihm hockte ein Mann mit langen grauen Zöpfen und einem Cherokee-Stirnband.

»Warum sind Sie hier?«, fragte mich Midkiff.

»Ich habe kein Auto«, erwiderte ich. »Es hat einen Absturz gegeben. Viele Leute kamen dabei um.«

»Ist Birkby tot?«, fragten die grauen Zöpfe.

»Ja.«

»Hat man Edna gefunden?«

»Nein.«

»Dann wird man mich auch nicht finden.«

Das Gesicht des Grauzopfs verwandelte sich in das Gesicht Ruby McCreadys und dann in Primrose Hobbs aufgedunsene Fratze.

Ich schrie und schrak aus den Kissen hoch. Mein Blick schnellte zum Wecker. Halb sechs.

Obwohl es kühl war im Zimmer, war mein Rücken feucht von Schweiß, und meine Haare klebten mir am Kopf. Ich warf die Decke zurück und lief auf Zehenspitzen ins Bad, um ein Glas Wasser zu trinken. Ich stand vor dem Spiegel und rollte mir das Glas über die Stirn.

Dann ging ich ins Schlafzimmer zurück und schaltete das Licht ein. Die Dunkelheit kurz vor Tagesanbruch machte das Fenster undurchsichtig. Frostkristalle überzogen die Glasränder wie ein Spinnennetz.

Ich zog meinen Trainingsanzug und Socken an und holte mir einen Schreibblock. Nachdem ich mehrere Blätter in drei gleiche Streifen zerrissen hatte, fing ich an, meine Traumbilder aufzuschreiben.

Henry Arlen Preston. Der Fuß der Kojoten. Der alte Mann mit den Zöpfen und dem Stirnband. War das Charlie Wayne Tramper gewesen? Ich schrieb den Namen hin und dahinter ein Fragezeichen. Edna Farrell. Tucker Adams. Birkby. Jonas und Willow Mitchell. Ruby McCready. Simon Midkiff.

Daneben schrieb ich, was ich über jeden Einzelnen wusste.

Henry Arlen Preston: gestorben 1943. Alter neunundachtzig. Anwalt, Richter, Journalist. Familienmensch.

Der Fuß der Kojoten: älterer Mann. Indianischer Herkunft. Größe ungefähr eins fünfundsiebzig. Im letzten Sommer gestorben. In der Nähe des Arthur/H&F-Anwesens gefunden. Ein TransSouth-Passagier?

Charlie Wayne Tramper: Cherokee. Gestorben 1959. Alter vierundsiebzig. Bärenangriff. Midkiff und Davenport waren bei der Beerdigung.

Edna Farrell: gestorben 1949. Anhängerin der *Holiness*-Kirche. Ertrunken. Leiche wurde nie gefunden.

Tucker Adams: geboren 1871. Verschwand und starb 1943.

Anthony Allen Birkby: gestorben 1959. Autounfall. Ein C. A. Birkby auf der Liste der H&F-Teilhaber.

Jonas Mitchell: Afro-Amerikaner. Heiratete Willow Lynette Gist. Vater von Jeremiah Mitchell.

Willow Lynette Gist: Tochter von Martha Rose Gist, einer Cherokee-Töpferin. Mutter von Jeremiah Mitchell. Gestorben an TB 1930.

Obwohl er im Traum nicht vorgekommen war, schrieb ich auch einen Streifen für Jeremiah Mitchell. Afro-Amerikaner/Cherokee. Geboren 1929. Einzelgänger. Verschwand letzten Februar.

Ruby McCready: quicklebendig. Ehemann Enoch, gestorben 1986.

Simon Midkiff: Doktortitel in Oxford, 1955. An der Duke von 1955 bis 1961. An der University of Tennessee 1961 bis 1968. War 1959 bei Trampers Beerdigung. Kannte Davenport (oder war zumindest bei derselben Beerdigung). Log in Bezug auf eine Ausgrabung für das *Department of Cultural Resources.*

Als ich damit fertig war, breitete ich die Streifen auf dem Tisch aus und studierte sie. Dann begann ich, sie anhand verschiedener Kriterien zu sortieren, wobei ich mit dem Geschlecht anfing. Die Stapel waren sehr unterschiedlich, der kleinere umfasste nur Edna Farrell, Willow Lynette Gist und Ruby McCready. Ich schrieb noch einen Zettel für Martha Rose Gist. Nichts schien die Frauen zu verbinden.

Als Nächstes sortierte ich nach Rasse. Charlie Wayne Tramper und die Gist-Mitchell-Sippe kamen auf einen Stapel, zusammen mit dem Fuß. Ich skizzierte ein Diagramm und zog eine Linie zwischen Jeremiah Mitchell und dem Fuß.

Das Alter. Wieder verblüffte mich die hohe Zahl älterer Menschen. Henry Arlen Preston hatte es zwar geschafft, im Bett zu sterben, was für einen angesehenen Richter wohl auch angemessen war, doch einigen anderen auf der Liste war dieser Luxus nicht vergönnt gewesen. Tucker Adams, zweiundsiebzig. Charlie Wayne Tramper, vierundsiebzig, Jeremiah Mitchell, zweiundsiebzig. Ich schrieb noch einen Zettel für den vermissten Angler, George Adair, siebenundsechzig. Alle waren sie alt.

Das Fenster wechselte die Farbe von Schwarz zu Zinngrau. Ich beschloss, nach den Geburtsdaten zu sortieren. Nichts. Dann probierte ich die Sterbedaten.

Richter Henry Arlen Preston starb 1943. Nach seinem Grabstein starb Tucker Adams ebenfalls 1943. Ich erinnerte mich an den langen Artikel über Preston und an die knappe Meldung über Adams' Verschwinden knapp eine Woche später. Ich legte ihre Streifen nebeneinander.

Birkby starb 1959. Charlie Wayne Tramper starb 1959. Wann war der Unfall, an dessen Folgen Birkby starb? Im Mai. Im selben Monat verschwand Charlie Wayne.

Hm?

Auch diese beiden Zettel legte ich nebeneinander.

Edna Farrell starb 1949. War nicht am Tag zuvor irgendjemand ertrunken?

Sheldon Brodie, Professor der Biologie an der Appalachian State University. Brodys Leiche war gefunden worden. Farrells nicht.

Ich schrieb einen Zettel für Brodie und legte ihn neben Edna Farrells.

Ich starrte diese drei Zettelpaare an. Ergab das ein Muster? Jemand wird getötet oder stirbt, und innerhalb von Tagen kommt es zu einem weiteren Todesfall? Starben die Leute in Paaren?

Ich begann eine Liste mit Fragen.

Edna Farrells Alter?

Die zuvor Ertrunkene. Erdbeerkuchen. Alter? Datum?

Tucker Adams' Todesursache?

Jeremiah Mitchell, Februar. George Adair, September. Die anderen?

Das Zimmer hatte inzwischen die Farbe der aufgehenden

Sonne, und durch das geschlossene Fenster hörte ich Vogelgezwitscher. Ein Lichtrechteck fiel auf den Tisch und beleuchtete meine Fragen und die hingekritzelten Notizen.

Ich starrte die Streifenpaare an und hatte dabei das Gefühl, dass da noch etwas anderes war. Etwas, das in der Collage unterzubringen mein Unterbewusstsein noch keine Zeit gehabt hatte.

Laslo saß über ein üppiges Südstaaten-Frühstück gebeugt, als ich im Everett Street Diner ankam. Ich bestellte Pekan-Pfannkuchen, Saft und Kaffee. Während des Essens erzählte er mir von einer Konferenz in Asheville, die er anschließend besuchen wolle. Ich berichtete ihm, dass es Crowe nicht gelungen war, einen Durchsuchungsbefehl zu erhalten.

»Dann sind die guten alten Jungs also skeptisch«, sagte er und gab der Kellnerin mit einem Nicken zu verstehen, dass er fertig war.

»Und die Mädchen. Wir reden hier von einer Staatsanwältin.«

»Dann dürfte das hier auch nicht weiterhelfen.«

Er zog einen Umschlag aus seiner Aktentasche und gab ihn mir. Während ich las, schenkte die Kellnerin uns frischen Kaffee ein. Als ich zu Ende gelesen hatte, hob ich den Kopf.

»Im Wesentlichen bestätigt der Bericht das, was Sie mir am Montag schon gesagt haben.«

»Ja. Bis auf den Abschnitt über die Konzentrationen von Kapronsäure und Heptan.«

»Die Schlussfolgerung, dass sie ungewöhnlich hoch erscheinen.«

»Ja.«

»Was hat das zu bedeuten?«

»Erhöhte Pegel langkettiger VFS bedeuten normalerweise, dass die Leiche Kälte ausgesetzt war oder eine Periode verringerter Insekten- und Bakterienaktivität durchmachte.«

»Ändert das Ihre Einschätzung der Zeit seit dem Tod?«

»Ich glaube noch immer, dass die Verwesung im Spätsommer begann.«

»Was ist dann die eigentliche Bedeutung?«

»Ich bin mir nicht sicher.«

»Ist das ein häufiger Befund?«

»Eigentlich nicht.«

»Toll. Das wird die Ungläubigen bekehren.«

»Vielleicht hilft das ja weiter.«

Nun zog er ein kleines Plastikröhrchen aus der Aktentasche.

»Ich fand dies, als ich den Rest Ihrer Erdprobe durchsiebte.«

Der Behälter enthielt ein winziges weißes Stückchen, nicht größer als ein Reiskorn. Ich schraubte den Deckel ab, ließ mir den Gegenstand auf die Hand gleiten und untersuchte ihn genau.

»Das ist ein Fragment einer Zahnwurzel«, sagte ich.

»Das habe ich mir auch gedacht, deswegen habe ich es mit nichts behandelt, nur die Erde abgebürstet.«

»O Mann.«

»Das habe ich mir auch gedacht.«

»Haben Sie es sich unter dem Mikroskop angesehen?«

»Ja.«

»Wie sieht die Pulpahöhle aus?«

»Randvoll.«

Laslo und ich unterschrieben Beweismitteltransfer-Formulare, und ich steckte das Röhrchen und den Bericht in meine Aktentasche.

»Könnte ich Sie noch um einen letzten Gefallen bitten?«

»Natürlich.«

»Falls mein Auto fertig ist, könnten Sie mir helfen, das Auto zurückzubringen, das ich jetzt fahre, und mich dann zu der Werkstatt bringen, in der meines repariert wird?«

»Kein Problem.«

Als ich bei P & T anrief, war ein automobiles Wunder geschehen: Die Reparatur war abgeschlossen. Laslo folgte mir zum High Ridge House, setzte mich bei P & T ab und fuhr dann zu seiner Konferenz. Nach einer kurzen Diskussion mit einem der Anfangsbuchstaben über Pumpen und Schläuche bezahlte ich die Rechnung und setzte mich hinters Steuer.

Bevor ich das Werkstattgelände verließ, schaltete ich mein

Handy ein, klickte mich durch die einprogrammierten Nummern und drückte dann »Wählen«.

»Forensiklabor des *Charlotte-Mecklenburg Police Department.*«

»Ron Gillman bitte.«

»Wer spricht?«

»Tempe Brennan.«

Sekunden später war er am Apparat.

»Die berüchtigte Dr. Brennan.«

»Sie haben es also schon gehört.«

»O ja. Dürfen wir hier Ihnen die Fingerabdrücke abnehmen und Sie in die Verbrecherkartei aufnehmen?«

»Sehr lustig.«

»Na ja, wahrscheinlich nicht. Ich will überhaupt nicht fragen, ob an der Sache irgendetwas dran ist. Kriegen Sie die Geschichte geklärt?«

»Ich versuche es. Kann sein, dass ich Sie um einen Gefallen bitten muss.«

»Schießen Sie los.«

»Ich habe da ein Zahnfragment, für das ich ein DNS-Profil brauche. Dann brauche ich einen Vergleich dieses Profils mit dem einer Knochenprobe vom TransSouth-Air-Absturz, das Sie bereits angefertigt haben. Könnten Sie das tun?«

»Ich wüsste nicht, warum nicht.«

»Wie schnell?«

»Ist es dringend?«

»Sehr.«

»Dann ziehe ich es vor. Wann können Sie mir die Probe bringen?«

Ich schaute auf meine Uhr.

»Um zwei.«

»Ich rufe jetzt gleich in der DNS-Abteilung an und mache alles klar. Bis um zwei dann.«

Ich drehte den Zündschlüssel und reihte mich in den Verkehr ein. Ich hatte noch ein paar Dinge zu erledigen, bevor ich Bryson City verließ.

23

Diesmal war der lila Drache alleine.

»Ich muss nur noch ein paar Details auf Mikrofilm nachprüfen«, sagte ich und strahlte sie mit meinem gewinnendsten Lächeln an.

Ihr Gesicht zeigte eine *ménage à trois* der Gefühle: Überraschung, Argwohn und Unnachgiebigkeit.

»Es wäre sehr hilfreich, wenn ich mehrere Spulen auf einmal mitnehmen könnte. Sie waren in der Hinsicht doch gestern schon so freundlich.«

Ihr Gesicht wurde etwas weicher. Laut aufseufzend ging sie zu dem Metallschrank, zog sechs Kästen heraus und stellte sie auf die Theke.

»Vielen herzlichen Dank«, flötete ich.

Als ich zu dem Raum mit dem Lesegerät ging, hörte ich einen Stuhl knarzen, und ich wusste, dass sie sich verrenkte, um mir nachzuschauen.

»Handys sind in der Bibliothek streng verboten!«, zischte sie mir nach.

Im Gegensatz zu meinem ersten Besuch ließ ich die Spulen jetzt durchrasen und machte mir nur Notizen zu ganz bestimmten Themen.

In weniger als einer Stunde hatte ich, was ich brauchte.

Tommy Albright war nicht zu sprechen, aber eine schleppende Frauenstimme versprach, ihm meine Nachricht auszurichten. Der Pathologe rief zurück, bevor ich den Stadtrand von Bryson City erreicht hatte.

»1959 starb ein Cherokee namens Charlie Wayne Tramper nach einem Bärenangriff. Würde eine so alte Akte noch existieren?«

»Vielleicht, vielleicht auch nicht. Das war vor unserer Zentralisierung. Was wollen Sie wissen?«

»Erinnern Sie sich an den Fall?« Ich konnte es kaum glauben.

»O ja. Ich habe in dem gestochert, was von dem alten Knaben noch übrig war.«

»Was war das?«

»Ich habe ja schon einige Bärenopfer gesehen, aber Tramper war der schlimmste. Diese kleinen Mistkerle haben ihn in Stücke gerissen. Und den Kopf fortgeschleppt.«

»Der Schädel wurde nicht gefunden?«

»Nein.«

»Wie haben Sie ihn identifiziert?«

»Die Frau hat sein Gewehr und die Kleidung wiedererkannt.«

Ich fand den Reverend Luke Bowman in seinem vorderen Garten, wo er abgebrochene Äste einsammelte. Bis auf eine schwarze Windjacke war er genauso gekleidet wie bei unseren früheren Begegnungen.

Bowman sah zu, wie ich mein Auto neben seinem Pick-up abstellte, und kam dann zu mir. Wir sprachen durch das offene Fenster.

»Guten Morgen, Miss Temperance.«

»Guten Morgen. Ein schöner Tag für Gartenarbeit.«

»Ja, Ma'am, das ist er.« Rindenstücke und trockene Blätter hingen an seiner Jacke.

»Kann ich Sie etwas fragen, Reverend Bowman?«

»Natürlich.«

»Wie alt war Edna Farrell, als sie starb?«

»Ich glaube, Schwester Farrell war knapp achtzig.«

»Erinnern Sie sich an einen Mann namens Tucker Adams?«

Er kniff die Augen zusammen und fuhr sich mit der Zungenspitze über die Oberlippe.

»Adams war ebenfalls schon älter, starb 1943«, ergänzte ich.

Die Zunge verschwand, und er zeigte mit knotigem Finger auf mich. »Natürlich erinnere ich mich. Ich war zehn Jahre alt, als der alte Knabe von seiner Farm verschwand. Ich half bei der Suche mit. Bruder Adams war blind und halb taub, deshalb hat sich die ganze Gemeinde daran beteiligt.«

»Wie kam Adams ums Leben?«

»Alle nahmen an, dass er einfach im Wald starb. Wir haben ihn nie gefunden.«

»Aber auf dem Friedhof auf dem Schoolhouse Hill gibt es ein Grab für ihn.«

»Dort liegt niemand. Schwester Adams hat den Stein ein paar Jahre nach dem Verschwinden ihres Mannes aufstellen lassen.«

»Vielen Dank. Sie haben mir sehr geholfen.«

»Ich sehe, die Jungs haben Ihr Auto wieder zum Laufen gebracht.«

»Ja.«

»Ich hoffe, sie haben nicht zu viel verlangt.«

»Nein, Sir. Es erschien mir angemessen.«

Ich bog direkt hinter Lucy Crowe auf den Parkplatz des *Sheriff's Department* ein. Sie stellte ihren Streifenwagen ab und wartete dann, bis ich den Motor ausgeschaltet und meine Aktentasche vom Rücksitz geholt hatte. Ihr Gesicht sah erschöpft und freudlos aus.

»Harter Vormittag?«

»Ein paar Idioten haben im Country Club einen Golfwagen geklaut und ihn einen Kilometer die Conleys Creek Road hoch abgestellt. Zwei Siebenjährige haben ihn gefunden und sind damit gegen einen Baum gefahren. Der eine hat ein gebrochenes Schlüsselbein, der andere eine Gehirnerschütterung.«

»Waren die Diebe Teenager?«

»Wahrscheinlich.«

Wir unterhielten uns im Gehen.

»Was Neues über den Hobbs-Mord?«

»Einer meiner Deputies hatte am Sonntagvormittag Wachdienst. Er erinnert sich, gesehen zu haben, wie Hobbs das Leichenschauhaus gegen acht betrat, und er erinnert sich auch an Sie. Der Computer zeigt, dass sie den Fuß um neun Uhr fünfzehn entnommen und um zwei wieder zurückgebracht hat.«

»So lange hat sie ihn nach dem Gespräch mit mir behalten?«

»Offensichtlich.«

Wir stiegen die Stufen hoch und ließen uns zuerst die äußere Tür und dann ein gefängnisähnliches Gittertor öffnen. Ich folgte Crowe einen Gang entlang und dann durch ein äußeres Arbeitszimmer in ihr Büro.

»Nach der Anwesenheitsliste hatte Hobbs das Leichenschauhaus um zehn nach drei verlassen. Ein Beamter der Stadtpolizei von Bryson City hatte an diesem Tag die Nachmittagsschicht. Er erinnert sich nicht, sie weggehen gesehen zu haben.«

»Was ist mit der Überwachungskamera?«

»Eine tolle Geschichte.«

Crowe zog ihr Funkgerät vom Gürtel und legte es auf einen Aktenschrank. Dann setzte sie sich in ihren Sessel. »Das Ding fiel am Sonntagnachmittag gegen zwei aus und blieb bis Montagmorgen kaputt.«

»Hat irgendjemand Hobbs nach Verlassen des Leichenschauhauses gesehen?«

»Nein.«

»Haben Sie in ihrem Zimmer etwas gefunden?«

»Die Dame liebte offensichtlich Post-its. Telefonnummern. Zeiten. Namen. Viele Notizen, fast alles hat mit ihrer Arbeit zu tun.«

»Primrose verlegte immer ihre Brille, trug sie deshalb an einer Kordel um den Hals. Sie redete sich ein, dass sie furchtbar vergesslich sei.« Ich spürte eine kalte Stelle in meiner Brust. »Irgendeinen Hinweis darauf, wohin sie am Sonntagnachmittag wollte?«

»Kein Wort.«

Ein Deputy trat ein und legte ihr ein Papier auf den Tisch. Sie warf einen flüchtigen Blick darauf und schaute dann mich wieder an.

»Ich sehe, Ihr Auto läuft wieder.«

Mein Mazda war in Swain County Tagesgespräch.

»Ich bin auf dem Weg nach Charlotte, aber bevor ich fahre, möchte ich Ihnen noch ein paar Dinge zeigen.«

Ich gab ihr das entwendete Foto von Trampers Begräbnis.

»Erkennen Sie jemand?«

»Verdammt. Parker Davenport, unser verehrter Vizegouverneur.

Die halbe Portion sieht aus, als wäre er erst fünfzehn.« Sie gab mir das Foto zurück. »Was hat das zu bedeuten?«

»Ich bin mir nicht sicher.«

Nun gab ich ihr Laslos Bericht und wartete, bis sie ihn gelesen hatte.

»Dann hatte die Staatsanwältin also Recht?«

»Oder ich hatte Recht.«

»Ach so?«

»Wie wär's mit diesem Szenario? Jeremiah Mitchell starb, nachdem er das Mighty High Tap im Februar verlassen hatte. Seine Leiche wurde in einem Kühlschrank oder einer Gefriertruhe aufbewahrt, später wieder herausgeholt und dort draußen abgelegt.«

»Warum?« Sie gab sich Mühe, sich ihre Skepsis nicht anmerken zu lassen.

Ich zog die Notizen heraus, die ich mir in der Bibliothek gemacht hatte, atmete tief durch und fing an.

»Henry Arlen Preston starb hier im Jahr 1943. Drei Tage später verschwand ein Farmer namens Tucker Adams. Er war zweiundsiebzig. Adams Leiche wurde nie gefunden.«

»Was hat das zu –«

Ich hob die Hand.

»1949 ertrank ein Biologieprofessor namens Sheldon Brodie im Tuckasegee River. Einen Tag später verschwand Edna Farrell. Sie war etwa achtzig. Ihre Leiche wurde nie gefunden.«

Crowe nahm einen Kuli in die Hand, drückte die Spitze auf die Schreibunterlage und ließ ihn dann durch die Finger wirbeln.

»1959 starb Allen Birkby an den Folgen eines Autounfalls auf dem Highway 19. Zwei Tage nach dem Unfall verschwand Charlie Wayne Tramper. Tramper war vierundsiebzig. Seine Leiche wurde gefunden, aber sie war stark verstümmelt, der Kopf fehlte. Die Identifikation beruhte ausschließlich auf Indizien.«

Ich sah sie an.

»Das ist alles?«

»An welchem Tag verschwand Jeremiah Mitchell?«

Crowe legte den Kuli weg, öffnete eine Schublade und zog eine Akte heraus.

»Am fünfzehnten Februar.«

»Martin Patrick Veckhoff starb am zwölften Februar in Charlotte.«

»Im Februar sterben viele Leute. Es ist ein beschissener Monat.«

»Der Name ›Veckhoff‹ steht auf der Liste der H&F-Teilhaber.«

»Die Investmentgruppe, der das Anwesen in der Nähe des Running Goat Branch gehört?«

Ich nickte.

»Und Birkby ebenfalls.«

Sie lehnte sich zurück und rieb sich einen Augenwinkel. Ich zog Laslos Fund aus der Tasche und legte ihn auf den Schreibtisch.

»Laslo Sparkes hat das in der Erde gefunden, die wir in der Nähe der Mauer des Running-Goat-Hauses eingesammelt haben.«

Sie betrachtete das Röhrchen, nahm es aber nicht in die Hand.

»Es ist ein Zahnfragment. Ich bringe es zu einem DNS-Test nach Charlotte, um herauszufinden, ob es zu dem Fuß passt.«

Ihr Telefon klingelte. Sie ignorierte es.

»Sie müssen sich eine Vergleichsprobe von Mitchell besorgen.«

Sie zögerte einen Augenblick. »Ich kann es mal versuchen.«

»Sheriff.«

Die Kiwi-Augen bohrten sich in meine.

»Das hier kann größer sein als Jeremiah Mitchell.«

Drei Stunden später überquerten Boyd und ich auf der Fahrt nach Norden auf dem Interstate 85 die Little Rock Road. In der Entfernung erhob sich die Skyline von Charlotte wie Kandelaber-Kakteen in der Sonora-Wüste.

Ich zeigte Boyd die Glanzpunkte. Den riesigen Phallus der Konzernzentrale der Bank of America. Das spritzenschlanke Bürogebäude am Square mit seinem runden, grünen Dach und der hohen Antenne mitten darauf, in dem sich der Charlotte City Club befand. Den Musikbox-Umriss des One First Union Center.

»Schau dir das an, Boyd. Sex and Drugs and Rock 'n' Roll.«

Boyd spitzte die Ohren, sagte aber nichts.

Während Charlottes Umgebung Kleinstadtgemütlichkeit ausstrahlt, ist das Zentrum eine Großstadt aus poliertem Stein und Spiegelglas, und seine Haltung gegenüber dem Verbrechen ist entsprechend. Das *Police Department* von Charlotte-Mecklenburg befindet sich im *Law Enforcement Center*, einem gigantischen Betongebäude an der Ecke Fourth und McDowell. Das CMPD beschäftigt ungefähr neunzehnhundert Polizisten und vierhundert zivile Mitarbeiter. Es unterhält ein eigenes Forensiklabor, das nur noch von dem des SBI übertroffen wird. Nicht schlecht für eine Bevölkerung von sechshunderttausend.

Ich verließ den Expressway, fuhr quer durchs Zentrum und bog auf den Besucherparkplatz des LEC ein.

Beamte betraten und verließen das Gebäude, alle in dunkelblauer Uniform. Boyd knurrte leise, als einer nahe am Auto vorbeiging.

»Siehst du das Emblem auf der Schulterklappe? Das ist ein Hornissennest.«

Boyd gab ein jodelähnliches Geräusch von sich, drückte aber die Nase weiter ans Fenster.

»Während des Revolutionskrieges stieß General Cornwallis in Charlotte auf so schlagkräftige Widerstandszentren, dass er die Gegend ein Hornissennest nannte.«

Kein Kommentar.

»Ich muss jetzt da rein, Boyd. Du kannst nicht mit.«

Boyd war damit nicht einverstanden und stand auf.

Ich versprach, in weniger als einer Stunde zurück zu sein, gab ihm meinen letzten Müsliriegel, öffnete das Fenster einen Spalt und stieg aus.

Ron Gillman fand ich in seinem Eckbüro im vierten Stock.

Ron war ein großer Mann mit silbernen Haaren und einem durchtrainierten Körper, der auf Basketball oder Tennis hindeutete. Sein einziger Makel war eine Lauren-Hutton-Lücke zwischen seinen oberen Schneidezähnen.

Er hörte zu, ohne mich zu unterbrechen, als ich ihm meine Theorie über Mitchell und den Fuß erzählte. Als ich geendet hatte, streckte er die Hand aus.

»Lassen Sie mal sehen.«

Er setzte sich eine Hornbrille auf und betrachtete das Fragment, indem er das Röhrchen von einer Seite zur anderen drehte. Dann griff er zum Telefon und sprach mit jemand in der DNS-Abteilung.

»Alles geht schneller, wenn die Anfrage von hier kommt«, sagte er und legte auf.

»Schnell wäre gut.«

»Ich habe mich bereits über Ihre Knochenprobe informiert. Die Analyse ist gemacht, und das Profil ist in der Datenbank abgespeichert, die wir für die Absturzopfer eingerichtet haben. Wenn wir von dem da Resultate bekommen« – er deutete auf das Röhrchen –, »geben wir die ebenfalls ein und suchen nach Übereinstimmungen.«

»Ich kann Ihnen gar nicht sagen, wie dankbar ich Ihnen dafür bin.«

Er lehnte sich zurück und verschränkte die Hände hinter dem Kopf.

»Sie sind irgendjemand böse in die Quere gekommen, Dr. Brennan.«

»Sieht so aus.«

»Haben Sie auch eine Ahnung, wem?«

»Parker Davenport.«

»Dem Vizegouverneur.«

»Genau dem.«

»Wodurch haben Sie den denn verärgert?«

Ich hob die Hände und zuckte die Achseln.

»Es ist schwer, Ihnen zu helfen, wenn Sie so verschlossen sind.«

Hin- und hergerissen, schaute ich ihn an. Lucy Crowe hatte ich meine Theorie anvertraut. Aber das war im Swain County. Das hier war mein Zuhause. Ron Gillman war Leiter des zweitgrößten Forensiklabors des Staates. Die Truppe wurde zwar von der Stadt finanziert, Geld kam aber auch aus nationalen Quellen, die in Raleigh verwaltet wurden.

Wie beim *medical examiner.* Wie bei der Universität.

Ach, was soll's.

Ich erzählte ihm eine verkürzte Version dessen, was ich Lucy Crowe erzählt hatte.

»Sie glauben also, dass der M. P. Veckhoff auf Ihrer Liste der Staatssenator Pat Veckhoff aus Charlotte ist?«

Ich nickte.

»Und dass Pat Veckhoff und Parker Davenport in irgendeiner Form miteinander zu tun haben?«

Ich nickte noch einmal.

»Davenport und Veckhoff. Der Vizegouverneur und ein Staatssenator. Das ist heftig.«

»Henry Preston war Richter.«

»Wo ist die Verbindung?«

Bevor ich antworten konnte, erschien ein Mann in der Tür. Über der Brusttasche seines Labormantels war der Name »Krueger« eingestickt. Gillman stellte Krueger als technischen Leiter der DNS-Abteilung vor. Er untersuchte zusammen mit einem anderen Analytiker alle DNS-Beweismittel, die in das Institut kamen. Ich stand auf, und wir gaben uns die Hände.

Gillman gab Krueger das Röhrchen und erklärte ihm, was ich wollte.

»Wenn etwas da ist, finden wir es«, sagte er und reckte den Daumen in die Höhe.

»Wie lange?«

»Wir müssen reinigen, verstärken und alles genau dokumentieren. In vier oder fünf Tagen kann ich Ihnen vielleicht mündlich Bescheid sagen.«

»Das wäre toll.« Achtundvierzig Stunden wären toll.

Krueger und ich unterschrieben Beweismitteltransfer-Formulare, und er verschwand mit der Probe. Ich wartete, während Gillman einen Anruf entgegennahm. Als er aufgelegt hatte, stellte ich ihm eine Frage.

»Kannten Sie Pat Veckhoff?«

»Nein.«

»Parker Davenport?«

»Ich bin ihm mal begegnet.«

»Und?«

»Er ist populär. Die Leute wählen ihn.«

»Und?«

»Er kann einem wahnsinnig auf die Nerven gehen.«

Ich zeigte ihm das Foto von Trampers Beerdigung.

»Das ist er. Aber das ist lange her.«

»Ja.«

Er gab mir das Bild zurück.

»Und wie lautet Ihre Erklärung für das alles?«

»Ich habe keine.«

»Aber Sie werden eine finden.«

»Das werde ich.«

»Kann ich helfen?«

»Ja, es gibt etwas, das Sie für mich tun können.«

Boyd fand ich zusammengerollt in Müslikörnern, und er schlief fest. Beim Geräusch des Schlüssels sprang er auf und bellte. Als er merkte, dass das kein Überraschungsangriff war, stemmte er die Vorderpfoten auf die beiden Vordersitze und wackelte mit dem Hintern. Ich stieg ein, und er leckte mir Make-up von der Wange.

Vierzig Minuten später hielt ich vor der Adresse, die Gillman für mich herausgefunden hatte. Obwohl das Anwesen nur zehn Minuten von der Innenstadt und fünf Minuten von meiner Wohnung in Carol Hall entfernt lag, hatte ich so lange gebraucht, um mich durch das Straßenchaos der diversen Queens Roads zu kämpfen.

Charlottes Straßennamen sind ein Spiegel der schizoiden Persönlichkeit dieser Stadt. Einerseits war die Methode der Straßenbenennung sehr einfach: Hatte man einmal einen würdigen Namensgeber gefunden, blieb man dabei. Die Stadt hat eine Queens Road, eine Queens Road West und eine Queens Road East. Sharon Road, Sharon Lane, Sharon Amity, Sharon View und

Sharon Avenue. Schon oft stand ich an den Kreuzungen Rea Road und Rea Road, Park Road und Park Road. Es gab auch einen gewissen biblischen Einfluss: Providence Road, Carmel Road, Sardis Road.

Andererseits taugte offensichtlich keine Bezeichnung für mehr als ein paar Kilometer. Straßennamen ändern sich nach Lust und Laune. Aus der Tyvola wird Fairview, dann Sardis. An einem Punkt erreicht die Providence Road eine Kreuzung, an der man auf der Providence bleibt, wenn man scharf nach rechts abbiegt; fährt man geradeaus, kommt man auf die Queens Road, aus der kurz danach die Morehead wird; biegt man links ab, kommt man ebenfalls auf die Queens Road, die sofort in die Selwyn übergeht. Der Billy Graham Parkway wird zur Woodlawn und dann zur Runnymede. Aus der Wendover sprießt die Eastway.

Die Queens-Geschwister sind bei weitem die Schlimmsten. Gästen und Neuankömmlingen gebe ich immer eine Faustregel mit auf den Weg: Wenn ihr auf irgendetwas geratet, das Queens heißt, schaut, dass ihr wieder runterkommt. Ich bin mit diesem Prinzip immer gut gefahren.

Marion Veckhoff lebte in einem großen Steinhaus im Tudor-Stil an der Queens Road East. Der Stuck war cremefarben, das Balkenwerk dunkel, und jedes der Fenster im Erdgeschoss war mit einem Gitterwerk aus Blei eingefasst. Eine sauber gestutzte Hecke umsäumte das Grundstück, leuchtend bunte Blumen drängten sich in Beeten vor und neben dem Haus. Zwei riesige Magnolien füllten den Vorgarten beinahe aus.

Eine perlenbehängte Dame in Pumps und einem türkisfarbenen Hausanzug goss die Stiefmütterchen zu beiden Seiten eines Weges, der den Vorgarten teilte. Ihre Haut war blass, die Haare hatten die Farbe von Ginger Ale.

Mit einer Warnung an Boyd stieg ich aus und verriegelte die Tür. Ich rief, aber die Frau schien mich nicht zu bemerken.

»Mrs. Veckhoff?«, wiederholte ich im Näherkommen.

Sie wirbelte herum und bespritzte meine Schuhe mit ihrem Schlauch. Ihre Hand zuckte, und das Wasser besprühte den Rasen.

»O Gott. Ach du meine Güte. Das tut mir schrecklich Leid.«

»Das ist doch überhaupt kein Problem.« Ich wich der Pfütze aus, die sich auf den Steinplatten bildete. »Sind Sie Mrs. Veckhoff?«

»Ja, meine Liebe. Sind Sie Carlas Nichte?«

»Nein, Ma'am. Ich bin Dr. Brennan.«

Ihre Augen blickten kurz ins Leere, als würde sie einen Terminkalender irgendwo hinter meiner linken Schulter konsultieren.

»Habe ich einen Termin vergessen?«

»Nein, Mrs. Veckhoff. Ich würde Ihnen nur gerne ein paar Fragen über Ihren Gatten stellen.«

Sie richtete den Blick wieder auf mich.

»Pat war sechzehn Jahre lang Staatssenator. Sind Sie Journalistin?«

»Nein, das bin ich nicht. Vier Amtszeiten sind eine ziemliche Leistung.«

»Das öffentliche Amt hat ihn viel zu wenig zu Hause sein lassen, aber er liebte es.«

»Wohin fuhr er denn immer?«

»Vorwiegend nach Raleigh.«

»War er je in Bryson City?«

»Wo liegt das, meine Liebe?«

»In den Bergen.«

»Oh, Pat liebte die Berge, fuhr dorthin, sooft er konnte.«

»Haben Sie Ihren Gatten begleitet?«

»O nein, nein. Ich habe Arthritis, und …« Sie hielt inne, als wäre sie unsicher, wohin der Gedanke sie führen könnte.

»Arthritis kann sehr schmerzhaft sein.«

»Ja, das ist sie. Und diese Ausflüge waren für Pat ja eigentlich Zeiten, die er mit den Jungs verbrachte. Haben Sie etwas dagegen, wenn ich zu Ende gieße?«

»Ich bitte Sie.«

Ich ging neben ihr her, während sie sich an den Stiefmütterchen entlang bewegte.

»Mr. Veckhoff fuhr mit Ihren Söhnen in die Berge?«

»O nein. Pat und ich haben eine Tochter. Sie ist jetzt verheiratet. Er fuhr mit seinen Kumpels dorthin.« Sie lachte, ein Geräusch irgendwo zwischen einem Würgen und einem Schluckauf. »Er sagte, er müsse zwischendurch von seinen Frauen weg, um wieder Pep in die Knochen zu bekommen.«

»Er fuhr mit anderen Männern in die Berge?«

»Diese Jungs standen sich sehr, sehr nahe, waren alles Freunde aus der Schulzeit. Sie vermissen Pat ganz furchtbar. Auch Kendall. Ja, wir werden alle alt … « Wieder verklang ihre Stimme.

»Kendall?«

»Kendall Rollins. Er war der Erste, der abtreten musste. Kendall war ein Dichter. Kennen Sie sein Werk?«

Ich schüttelte den Kopf. Meine Ruhe war nur äußerlich, denn mein Herz hämmerte wie verrückt. Der Name »Rollins« stand auf der H&F-Liste.

»Kendall starb mit fünfundfünfzig an Leukämie.«

»Das ist sehr jung. Wann war das, Ma'am?«

»1986.«

»Wo wohnten Ihr Gatte und seine Freunde in den Bergen?«

Ihr Gesicht spannte sich an, und das Komma aus Haut unter ihrem linken Auge zuckte.

»Sie hatten eine Art Berghütte. Warum fragen Sie mich das alles?«

»Vor einigen Wochen ist in der Nähe von Bryson City ein Flugzeug abgestürzt, und jetzt versuche ich, so viel wie möglich über ein Anwesen in der Nähe herauszufinden. Ihr Gatte könnte einer der Besitzer gewesen sein.«

»Diese schreckliche Sache mit all diesen Studenten?«

»Ja.«

»Warum müssen junge Menschen sterben? Ein junger Mann kam um, als er zum Begräbnis meines Mannes fliegen wollte. Dreiundvierzig Jahre alt.« Sie schüttelte den Kopf.

»Wer war das, Ma'am?«

Sie wandte den Blick ab.

»Er war der Sohn von einem von Pats Freunden. Er lebte in Alabama, und deshalb habe ich ihn nie kennen gelernt.«

»Kennen Sie seinen Namen?«

»Nein.«

Sie hielt den Blick noch immer abgewandt.

»Kennen Sie die Namen der anderen, die zu dieser Berghütte fuhren?«

Sie schraubte an der Spritzdüse herum.

»Mrs. Veckhoff?«

»Pat redete nie über diese Ausflüge. Und ich bedrängte ihn nicht. Da er so viel in der Öffentlichkeit stand, brauchte er seine Privatsphäre.«

»Haben Sie je von der H&F Investment Group gehört?«

»Nein.« Sie drehte mir weiter den Rücken zu und beschäftigte sich mit ihrem Schlauch, ich sah aber die Anspannung in ihren Schultern.

»Mrs. Veck –«

»Es ist spät. Ich muss jetzt hineingehen.«

»Ich würde gern herausfinden, ob Ihr Mann an diesem Anwesen beteiligt war.«

Sie drehte den Schlauch zu, warf ihn auf den Rasen und eilte den Weg hoch.

»Vielen Dank, dass Sie für mich Zeit hatten, Ma'am. Es tut mir Leid, dass ich Sie so lange aufgehalten habe.«

Sie öffnete die Tür halb und drehte sich dann, eine geäderte Hand auf dem Knauf, noch einmal um. Aus dem Haus hörte man leise die Glocken von Westminster.

»Pat sagte immer, ich rede zu viel. Ich habe es abgestritten und gesagt, ich sei einfach freundlich zu den Leuten. Jetzt glaube ich, dass er wahrscheinlich Recht hatte. Aber wenn man immer nur alleine ist, wird man einsam.«

Die Tür schloss sich, und ich hörte, wie innen ein Riegel vorgeschoben wurde.

Das ist schon okay, Mrs. Veckhoff. Ihre Antworten waren Blödsinn, aber ein charmanter Blödsinn. Und sehr informativ.

Ich zog eine Karte aus meiner Handtasche, schrieb meine Privatadresse und -telefonnummer darauf und steckte sie zwischen Tür und Stock.

24

Es war schon nach acht, als mein erster Besucher ankam.

Nachdem ich Mrs. Veckhoff verlassen hatte, kaufte ich mir in der Roasting Company ein gegrilltes Hühnchen und holte dann Birdie vom Nachbarn ab. Wir drei teilten uns den Vogel, wobei Birdies Schwanz hin- und herschnellte wie ein Staubwedel, sooft Boyd in seine Richtung kam. Ich kratzte gerade die Teller im Spülbecken ab, als ich ein Klopfen hörte.

Pete stand an der Hintertür, einen Strauß Margeriten in der Hand. Als ich die Tür öffnete, verbeugte er sich und streckte mir die Blumen hin.

»Im Namen meines hündischen Genossen.«

»Nicht nötig, aber gern gesehen.« Ich hielt die Tür auf, und er ging an mir vorbei in die Küche.

Boyd kam sofort gelaufen, als er Petes Stimme hörte, legte die Schnauze auf die Vorderpfoten, streckte den Hintern in die Höhe und begann dann, durch die Küche zu tollen. Pete klatschte in die Hände und rief seinen Namen. Boyd drehte nun völlig durch, er bellte und rannte im Kreis herum. Birdie ergriff die Flucht.

»Stopp. Er zerkratzt mir den Boden.«

Pete setzte sich an den Tisch, und Boyd kam zu ihm.

»Sitz.«

Mit tanzenden Augenbrauen starrte Boyd Pete an. Pete klopfte dem Hund auf den Hintern, und Boyd setzte sich und legte seinem Herrchen die Schnauze aufs Knie. Pete kraulte ihn mit beiden Händen an den Ohren.

»Hast du ein Bier?«

»Nur Limonade.«

»Auch gut. Wie seid ihr beiden miteinander ausgekommen?«

»Sehr gut.«

Ich öffnete eine Limonadenflasche und stellte sie ihm hin.

»Seit wann bist du zurück?« Pete bückte sich und kippte die Flasche so, dass Boyd trinken konnte.

»Heute. Wie lief's in Indiana?«

»Die Brandstiftungsermittler dort hatten von Tuten und Blasen keine Ahnung. Aber das eigentliche Problem war der Schadenssachverständige der Versicherung des Dachdeckers. Sein Klient arbeitete mit einem Schneidbrenner genau an der Stelle des Daches, wo das Feuer ausbrach.«

Er wischte die Flaschenöffnung mit der Hand ab und trank.

»Dieses Arschloch kannte den Grund und den Ursprung. Wir kannten den Grund und den Ursprung. Er wusste, dass wir Bescheid wussten, aber seine offizielle Haltung war die, dass eine zusätzliche Untersuchung nötig sei.«

»Geht die Sache vor Gericht?«

»Kommt darauf an, was die Gegenseite bietet.« Wieder senkte er die Flasche, und Boyd schlabberte. »Aber es war gut, mal eine Zeit lang diesen Hundeatem nicht zu riechen.«

»Du liebst doch diesen Hund.«

»Aber nicht so sehr wie dich.« Er grinste mich leicht vertrottelt an.

»Hmmm.«

»Irgendwelche Fortschritte bei deinen DMORT-Problemen?«

»Vielleicht.«

Pete sah auf seine Uhr.

»Ich möchte gern alles darüber hören, aber im Augenblick bin ich fix und fertig.«

Er trank die Flasche aus und stand auf.

»Ich glaube, ich mach mich mit meinem Hund jetzt mal auf die Socken.«

Ich schaute den beiden nach, sah, wie Boyd um Petes Beine herumtänzelte. Als ich mich umdrehte, spähte Birdie vom Gang in die Küche herein, die Füße jedoch so gestellt, dass er sofort flüchten konnte.

»Endlich bin ich dich los«, rief ich ihm nach. Doch eigentlich war ich beleidigt. Der verdammte Hund hatte sich kein einziges Mal umgedreht.

Birdie und ich sahen uns eben *Der große Schlaf* an, als es zum zweiten Mal klopfte. Ich trug nur noch T-Shirt, Slip und meinen alten Flanellbademantel. Der Kater lag auf meinem Schoß.

Ryan stand auf der Schwelle, sein Gesicht wirkte in der Verandabeleuchtung aschfahl. Ich verzichtete auf meine übliche Begrüßung. Er würde mir früh genug sagen, warum er in Charlotte war.

»Woher weißt du, dass ich hier bin?«

Er ignorierte meine Frage.

»Verbringst du den Abend allein?«

Ich deutete mit dem Kopf nach hinten. »Bacall und Bogart sind im Wohnzimmer.«

Ich öffnete ihm die Tür, wie ich es für Pete getan hatte, und er schob sich an mir vorbei in die Küche. Ich roch Zigarettenrauch und Schweiß und nahm an, dass er aus Swain County direkt hierher gefahren war.

»Ob sie wohl was dagegen haben, wenn ich einen Vierer draus mache?« Seine Worte waren unbeschwert, doch ich sah seinem Gesicht an, dass sein Herz es nicht war.

»Die sind flexibel.«

Er folgte mir ins Wohnzimmer, und wir setzten uns an die entgegengesetzten Enden der Couch. Ich schaltete den Fernseher aus.

»Bertrand wurde identifiziert.«

Ich wartete.

»Vorwiegend anhand von Zähnen. Und einigen anderen …« Sein Adamsapfel zuckte. »… Fragmenten.«

»Petricelli?«

Er schüttelte den Kopf, ein kurze, angespannte Geste.

»Sie saßen genau an der Explosionsstelle, es kann also gut sein, dass Petricelli pulverisiert ist. Was sie von Bertrand noch fanden, lag zwei Täler von der Absturzstelle entfernt.« Seine Stimme klang spröde und zitterig. »In einem Baum.«

»Hat Tyrell die Leiche schon freigegeben?«

»Heute Morgen. Ich bringe ihn am Sonntag nach Montreal.«

Ich wollte ihm die Arme um den Hals legen, meine Wange an seine Brust drücken, ihn streicheln. Ich rührte mich nicht.

»Die Familie will eine zivile Feier, deshalb hat die SQ das Begräbnis für Mittwoch angesetzt.«

Ich zögerte nicht.

»Ich komme mit.«

»Das ist nicht nötig.« Er rang die Hände. Seine Fingerknöchel waren hart und weiß wie Kiesel.

»Jean war auch mein Freund.«

»Es ist eine lange Reise.«

Seine Augen glitzerten. Er zwinkerte, lehnte sich zurück und fuhr sich mit den Händen übers Gesicht.

»Willst du, dass ich mitkomme?«

»Was ist mit deinem Zoff mit Tyrell?«

Ich erzählte ihm von dem Zahnfragment, hielt den Rest aber noch zurück.

»Wie lange dauert die Analyse?«

»Vier oder fünf Tage. Es gibt also keinen Grund, warum ich hier bleiben müsste. Willst du, dass ich mitkomme?«

Er sah mich an, und an seinen Mundwinkeln bildeten sich Fältchen.

»Ich habe das Gefühl, du kommst sowieso mit.«

Da Ryan wusste, dass er die nächsten Tage mit der Organisation des Transports von Bertrands Sarg und mit Besprechungen mit McMahon in der FBI-Zentrale zubringen würde, hatte er sich ein Zimmer im Adams Park Hotel am Stadtrand gebucht. Vielleicht hatte er auch andere Gründe. Ich fragte ihn nicht.

Am Tag darauf recherchierte ich die Namen auf der H&F-Liste und erfuhr dabei nur eins: Außerhalb meines eigenen Labors waren meine ermittlerischen Fähigkeiten beschränkt.

Ermutigt von meinem Erfolg in Bryson City, brachte ich einen Vormittag in der Bibliothek mit alten Ausgaben des *Charlotte Observer* zu. Obwohl nur ein mittelmäßiger Politiker, war Staatssenator Pat Veckhoff ein vorbildlicher Bürger gewesen. Ansonsten fand ich nichts.

Das Internet lieferte mir ein paar Hinweise auf das Werk von

Kendall Rollins, dem Dichter, den Mrs. Veckhoff erwähnt hatte. Das war alles. Davis. Payne. Birkby. Warren. Es waren ziemlich gebräuchliche Namen, die mich nur in Labyrinthe nutzloser Informationen führten. Die Telefonbücher von Charlotte listeten dutzende von ihnen auf.

An diesem Abend lud ich Ryan zum Abendessen in den Selwyn Pub ein. Er wirkte zurückgezogen und gedankenverloren. Ich bedrängte ihn nicht.

Am Sonntagnachmittag brachte ich Birdie zu Pete, und Ryan und ich flogen nach Montreal. Jean Bertrands Überreste reisten unter uns in einem glänzenden Metallsarg.

Am Dorval Airport erwarteten uns ein Leichenbestatter mit zwei Gehilfen und vier uniformierte Beamte der *Sûreté du Québec*. Gemeinsam begleiteten wir die Leiche in die Stadt.

Der Oktober kann in Montreal großartig sein, wenn Kirchtürme und Wolkenkratzer an einen frischen, blauen Himmel stoßen und der Berg in leuchtenden Farben brennt. Er kann aber auch grau und freudlos sein, mit Regen, Graupel oder sogar Schnee.

An diesem Sonntag flirtete die Temperatur mit dem Gefrierpunkt, und dunkle, schwere Wolken hingen über der Stadt. Die Bäume waren kahl und schwarz, Gärten und Parks mit Reif überzogen. Mit Säcken verhüllte Büsche standen Wache vor Wohnhäusern und Geschäften, florale Mumien, die man gegen die Kälte eingewickelt hatte.

Es war nach sieben, als wir Bertrand beim Begräbnisinstitut Urgel Bourgie in St. Lambert ablieferten. Danach trennten sich unsere Wege, er wurde zu seiner Eigentumswohnung im Habitat gebracht, ich zu meiner in Centre-ville.

Bei meiner Ankunft warf ich meine Reisetasche aufs Bett, schaltete die Heizung ein, kontrollierte den Anrufbeantworter und dann den Kühlschrank. Ersterer war voll, das Signallämpchen blinkte wie verrückt. Letzterer war leer, nur grelle weiße Wände und verschmierte Glaseinsätze.

LaManche. Isabelle. Vier Telefonverkäufer. Ein Student der McGill. LaManche.

Ich holte mir eine Jacke und Handschuhe aus dem Schrank im Gang und ging zu Le Faubourg, um Lebensmittel einzukaufen.

Als ich zurückkehrte, war es in der Wohnung warm geworden. Ich entzündete trotzdem ein Feuer im Kamin, mehr wegen der tröstenden Stimmung als der Wärme. Ich fühlte mich so niedergeschlagen wie selten, noch immer verfolgte mich das Gespenst von Ryans mysteriöser Danielle, und Bertrands bevorstehendes Begräbnis machte mich traurig.

Während ich mir Kammmuscheln und grüne Bohnen briet, klatschten erste Graupelkörner gegen die Fenster. Ich aß vor dem Kamin und dachte dabei an den Mann, dem ich in wenigen Tagen die letzte Ehre geben würde.

Im Lauf der Jahre hatten der Detective und ich öfters zusammengearbeitet, immer dann, wenn Mordopfer unsere Pfade sich kreuzen ließen, und ich hatte dabei über den Mann einiges erfahren. Völlig unfähig zu jeder Unaufrichtigkeit, hatte er die Welt in Schwarz und Weiß unterteilt gesehen, mit den Polizisten auf der einen Seite der moralischen Grenze, den Verbrechern auf der anderen. Er hatte Vertrauen in das System gehabt und nie daran gezweifelt, dass es die Guten von den Bösen trennen konnte.

Nach dem Abendessen räumte ich die Spülmaschine ein, legte Holz nach und setzte mich mit dem schnurlosen Telefon aufs Sofa. Nachdem ich im Geist aufs Französische umgeschaltet hatte, rief ich LaManches Privatnummer an.

Mein Chef sagte, er sei froh, dass ich nach Montreal gekommen sei, trotz des traurigen Anlasses. Im Institut warteten zwei Anthropologiefälle.

»Letzte Woche wurde im Parc Nicholas-Veil eine in eine Decke gewickelte, nackte und verweste Frau gefunden.«

»Wo ist dieser Park?«

»Am äußersten Nordende der Stadt.«

»CUM?«

Die *Communauté Urbaine de Montréal Police*, die Stadtpolizei von Montreal, ist für alles zuständig, was auf Montreals Insel passiert.

»Oui. Sergent-Détective Luc Claudel.«

Claudel. Die hoch geachtete Bulldogge von einem Detective, der zwar notgedrungen mit mir arbeitete, aber dennoch seiner Überzeugung treu blieb, dass weibliche forensische Anthropologen bei der Polizeiarbeit keine große Hilfe sein konnten. Genau das, was ich brauchte.

»Ist sie schon identifiziert?«

»Es gibt eine indiziengestützte Identifikation, und ein Mann wurde verhaftet. Der Verdächtige behauptet, sie wäre gestürzt, aber Monsieur Claudel ist skeptisch. Ich hätte gern, dass Sie die Schädelverletzungen untersuchen.« LaManches Französisch, immer so korrekt.

»Ich erledige das morgen.«

Der zweite Fall war weniger dringend. Vor zwei Jahren war in der Nähe von Chicoutimi ein kleines Flugzeug abgestürzt, der Kopilot wurde nie gefunden. Vor einiger Zeit wurde in dieser Gegend ein Fragment eines Röhrenknochens gefunden. Könnte ich vielleicht bestimmen, ob dieser Knochen menschlich sei? Ich versicherte ihm, dass ich das könne.

LaManche dankte mir, erkundigte sich nach den Absturzermittlungen und brachte seine Trauer um Bertrand zum Ausdruck. Er fragte mich nicht nach meinen Problemen mit den Behörden. Die Nachricht war sicher schon bis zu ihm durchgedrungen, aber er war zu diskret, um ein so unerfreuliches Thema anzusprechen.

Die Telefonverkäufer ignorierte ich einfach.

Der Student hatte den benötigten Literaturhinweis längst erhalten.

Meine Freundin Isabelle hatte am vergangenen Samstag eine ihrer Abendeinladungen veranstaltet. Ich entschuldigte mich, dass ich ihren Anruf und die Dinnerparty verpasst hatte. Sie versicherte mir, dass es bald eine neue geben werde.

Ich hatte eben das Schnurlose in die Ladestation zurückgesteckt, als mein Handy klingelte. Ich rannte durchs Zimmer und kramte es aus meiner Tasche, wobei ich mir wieder einmal schwor, einen besseren Aufbewahrungsort zu finden. Es dauerte einen Augenblick, bis ich die Stimme erkannte.

»Anne?«

»Was treibst du denn?«, fragte sie.

»Den Weltfrieden voranbringen. Habe eben mit Kofi Annan telefoniert.«

»Wo bist du?«

»In Montreal.«

»Warum bist du denn wieder in Kanada?«

Ich erzählte ihr von Bertrand.

»Ist das der Grund, warum du so niedergeschlagen klingst?«

»Zum Teil. Bist du in Charlotte? Wie war London?«

»Was soll das heißen, zum Teil?«

»Das ist für dich nicht interessant.«

»Natürlich interessiert es mich. Was ist los?«

Ich schüttete ihr mein Herz aus. Zwanzig Minuten später holte ich Atem, ich weinte zwar nicht, war aber kurz davor.

»Die Sache mit dem Arthur-Anwesen und dem nicht identifizierten Fuß hat also nicht direkt mit der Beschwerde wegen deines Ermittlungsverhaltens zu tun?«

»Kann man so sagen. Ich glaube nicht, dass der Fuß jemandem in der Maschine gehörte. Das muss ich beweisen.«

»Du glaubst, er gehört diesem Mitchell, der seit Februar verschwunden ist?«

»Ja.«

»Und die NTSB weiß noch immer nicht, was den Absturz verursacht hat?«

»Nein.«

»Und du weißt über dieses Anwesen nur, dass ein Typ namens Livingstone es einem anderen namens Arthur zur Hochzeit geschenkt hat, der es wiederum einem Kerl namens Dashwood verkaufte?«

»Mhhm.«

»Aber der Grundbucheintrag lautete auf eine Investmentgruppe, nicht Dashwood?«

»H&F. In Delaware.«

»Und einige der Namen der Teilhaber entsprechen den Namen

von Leuten, die starben, kurz bevor ältere Ortsansässige verschwanden.«

»Du bist gut.«

»Ich habe mir Notizen gemacht.«

»Klingt lächerlich, was?«

»Ja. Und du hast keine Ahnung, warum Davenport es auf dich abgesehen hat?«

»Nein.«

Stille summte zwischen zwei Ländern.

»Wir haben in England von einem Lord namens Dashwood gehört. Ein Freund von Benjamin Franklin, glaube ich.«

»Na, das dürfte meine Geschichte ja einen Riesenschritt voranbringen. Wie war denn London eigentlich?«

»Toll. Aber zu sehr die NVK-Tour.«

»NVK-Tour?«

»›Noch eine verdammte Kathedrale‹. Ted steht auf Geschichte. Er hat mich sogar durch einen Haufen Höhlen geschleift. Wann bist du wieder in Charlotte?«

»Donnerstag.«

»Wohin fahren wir an Thanksgiving?«

Anne und ich hatten uns kennen gelernt, als wir beide schwanger waren, ich mit Katy, sie mit ihrem Sohn Brad. In diesem ersten Sommer hatten wir gemeinsam unsere Sachen gepackt und waren mit den Babys für eine Woche ans Meer gefahren. Seitdem fuhren wir jeden Sommer und an Thanksgiving an irgendeinen Strand.

»Die Kinder mögen Myrtle. Ich mag Holden.«

»Ich würde gern mal Pawleys Island ausprobieren. Lass uns zum Mittagessen gehen. Dann besprechen wir das, und ich erzähle dir von meiner Reise. Tempe, das renkt sich alles wieder ein. Du wirst schon sehen.«

Zum Geräusch des Graupels schlief ich langsam ein. Ich dachte an Sand und Palmen und fragte mich, ob sich wirklich alles wieder so einrenken würde, dass ich zur Normalität zurückkehren konnte.

Das *Laboratoire de Sciences Judiciaires et de Médecine Légale* ist das gerichtsmedizinische und forensische Institut der Provinz Quebec. Es befindet sich in den zwei obersten Stockwerken des *Édifice Wilfrid-Derome*, das die Einheimischen die *Sûreté du Quebec* oder das SQ-Gebäude nennen.

Um halb zehn war ich im anthropologisch-odontologischen Labor, nachdem ich zuvor schon die Morgenbesprechung mitgemacht und von den Pathologen, die die beiden Fälle bearbeiteten, die *Demandes d'Expertise en Anthropologie*, die Formulare zur Anforderung eines anthropologischen Gutachtens, erhalten hatte. Nachdem ich festgestellt hatte, dass der dem Kopiloten zugeschriebene Röhrenknochenschaft tatsächlich von einem Maultierhirsch stammte, schrieb ich einen kurzen Bericht und wandte mich dann Claudels Dame zu.

Ich arrangierte die Knochen in anatomischer Ordnung auf meinem Arbeitstisch, erstellte ein Skelettinventar und überprüfte dann die Indikatoren für Alter, Geschlecht, Rasse und Größe in Hinblick auf Übereinstimmung mit der indiziengestützten Identifikation. Das konnte wichtig werden, da das Opfer zahnlos gewesen war und zahnärztliche Unterlagen nicht existierten.

Um halb zwei machte ich Mittagspause und aß mein Bagel mit Frischkäse, eine Banane und Chips-Ahoy-Plätzchen, während ich zusah, wie tief unter meinem Bürofenster Segelboote unter den Autos auf der Jacques-Cartier-Brücke hindurchfuhren. Um zwei beschäftigte ich mich wieder mit den Knochen, und um vier hatte ich meine Untersuchung abgeschlossen.

Das Opfer hätte sich durchaus bei einem Sturz ihren Kieferknochen, die Augenhöhle und den Wangenknochen zerschmettern und sich auch die Depressionsfrakturen in ihrer Stirn zuziehen können. Wenn sie aus einem Heißluftballon oder einem Wolkenkratzer gefallen wäre.

Ich rief Claudel an, gab ihm einen mündlichen Bericht über meine Festlegung auf Mord, schloss mein Büro ab und ging nach Hause.

Wieder brachte ich einen Abend allein zu, briet mir eine Hähnchenbrust, schaute mir eine Wiederholung einer Episode von *Ausgerechnet Alaska* an, las ein paar Kapitel aus einem Roman von James Lee Burke. Es war, als wäre Ryan vom Angesicht dieser Erde verschwunden. Um elf schlief ich bereits.

Am nächsten Tag dokumentierte ich die erschlagene Dame: Ich fotografierte meine Befunde in Hinblick auf das biologische Profil und fotografierte, skizzierte, beschrieb und erklärte die Verletzungsmuster am Schädel und im Gesicht. Bis zum späten Nachmittag hatte ich meinen Bericht fertig und brachte ihn ins Schreibbüro. Ich zog eben den Labormantel aus, als Ryan in meiner Bürotür auftauchte.

»Soll ich dich zur Beerdigung mitnehmen?«

»Hast bestimmt ein paar harte Tage hinter dir?«, sagte ich und holte meine Handtasche aus der untersten Schreibtischschublade.

»Viel Sonne gab's nicht bei uns im Revier.«

»Nein«, sagte ich und sah ihm in die Augen.

»Ich stecke bis über beide Ohren in dieser Petricelli-Sache.«

»Ja«, sagte ich, ohne den Blick abzuwenden.

»Anscheinend ist Metraux nicht mehr so sicher, dass er Pepper gesehen hat.«

»Wegen Bertrand?«

Er zuckte die Achseln.

»Die Mistkerle verkaufen für einen Nachmittag in Freiheit ihre eigene Großmutter.«

»Riskant.«

»Wie Leitungswasser in Tijuana. Soll ich dich mitnehmen?«

»Wenn es keine zu großen Umstände macht.«

»Ich hole dich um Viertel nach acht ab.«

Da Sergeant-Detective Jean Bertrand in Ausübung seiner Pflicht gestorben war, erhielt er ein offizielles Staatsbegräbnis. *La Direction des Communications* der *Sûreté du Québec* hatte mit Hilfe des CPIC-Systems in Kanada und des NCIC-Systems in den Vereinigten Staaten jede Polizeieinheit Nordamerikas informiert. Eine Ehrenwache flankierte den Sarg im Bestattungsinstitut. Von dort wurde der Leichnam zur Kirche und von der Kirche zum Friedhof begleitet.

Ich hatte zwar eine große Menge Trauergäste erwartet, war aber erstaunt über die Masse von Leuten, die kamen. Neben Bertrands Familie und Freunden, seinen Kollegen von der SQ, Angehörigen der CUM und vielen aus dem Gerichtsmedizinischen Institut hatte offensichtlich jede Polizeieinheit in Kanada und viele in den USA Vertreter geschickt. Reporter und TV-Teams waren von französischen und englischen Medien entsandt worden.

Zur Mittagszeit lagen Bertrands wenige Überreste in der Erde im Friedhof Notre-Dames-des-Neiges, und Ryan und ich fuhren den Berg hinunter in Richtung Centre-ville.

»Wann fliegst du wieder zurück?«, fragte er, während er aus der Côte-des-Neiges in die Rue St.-Mathieu einbog.

»Elf Uhr fünfzig morgen Vormittag.«

»Ich hole dich um halb elf ab.«

»Wenn du es auf eine Stelle als mein Chauffeur abgesehen hast – die Bezahlung ist lausig.«

Der Witz stürzte sich zu Tode, bevor ich ihn ganz ausgesprochen hatte.

»Ich bin in derselben Maschine.«

»Warum?«

»Gestern Abend hat die Polizei von Charlotte einen zwielichtigen Typen aus Atlanta namens Pecan Billie Holmes eingebuchtet.«

Er zog eine Packung du Maurier's aus der Tasche, klopfte sich auf dem Lenkrad eine heraus und steckte sie sich zwischen die Lippen. Nachdem er sie mit einer Hand angezündet hatte, zog er den Rauch ein und blies ihn durch die Nase wieder aus. Ich kurbelte mein Fenster herunter.

»Wie's aussieht, hat Pecan eine Menge über einen gewissen telefonischen Tipp ans FBI zu sagen.«

25

Die nächsten paar Tage fühlten sich an wie eine Fahrt auf der Riesenachterbahn. Nach Wochen langsamen Ansteigens ging es plötzlich jäh nach unten. Doch die Fahrt war alles andere als amüsant.

Es war später Nachmittag, als wir in Charlotte landeten. In unserer Abwesenheit war der Herbst hereingebrochen, und ein kräftiger Wind zerrte an unseren Jacken, als wir zum Parkhaus gingen.

Wir fuhren direkt in die Innenstadt zum FBI-Büro an der Ecke Second und Tyron. McMahon war eben von Pecan Billie Holmes' Verhör im Gefängnis zurückgekehrt.

»Holmes war randvoll mit Koks, als wir ihn gestern Abend einbuchteten, er kreischte und schrie und versprach, uns so ziemlich alles zu verraten bis hin zu einem Spiel, das seine Schulmannschaft in der vierten Klasse verpatzt hat.«

»Wer ist dieser Kerl?«, fragte Ryan.

»Ein achtunddreißigjähriger ewiger Verlierer. Hängt an den Rändern der Biker-Szene von Atlanta herum.«

»Hells Angels?«

McMahon nickte.

»Er ist kein Vollmitglied, hat weniger Hirn als ein Eis am Stiel. Der Club toleriert ihn, solange er ihnen nützt.«

»Was trieb Holmes in Charlotte?«

»War vermutlich hier für ein Mittagessen mit dem Rotary-Club«, sagte McMahon.

»Weiß Holmes wirklich, wer den anonymen Bombentipp abgegeben hat?«, fragte ich.

»Um vier in der Früh meinte Pecan, er könne durch Reden für sich was herausschinden. Deshalb rief der verhaftende Beamte uns an. Als ich ankam, hatten ein paar Stunden Schlaf seine Mitteilungsfreudigkeit schon deutlich gedämpft.«

McMahon nahm eine Tasse von seinem Schreibtisch, schwenkte sie und betrachtete den Inhalt wie andere eine Stuhlprobe.

»Zum Glück war der Mistkerl zur Zeit seiner Verhaftung auf Bewährung wegen Scheckbetrügereien in ganz Atlanta. Wir konnten ihn überzeugen, dass eine umfassende Aussage in seinem Interesse sei.«

»Und?«

»Holmes schwört, dass er dabei war, als der Plan ausgeheckt wurde.«

»Wo?«

»In der Claremont Lounge mitten in Atlanta. Das ist ungefähr sechs Blocks von der Telefonzelle entfernt, von der der Anruf kam.«

McMahon stellte die Tasse ab.

»Holmes sagt, er hätte mit zwei Angels namens Harvey Poteet und Neal Tannahill getrunken und gekokst. Die Jungs redeten über Pepper Petricelli und den Absturz, als Poteet plötzlich meinte, es wäre cool, das FBI mit einer falschen Spur an der Nase herumzuführen.«

»Warum?«

»Besoffene Genialität. Falls Petricelli noch am Leben war, würde ein solches Gerücht ihn zum Schweigen bringen. Und falls er mit der Maschine abgestürzt war, wäre es eine Botschaft an die anderen. Redet, und die Brüder löschen euch aus. Eine Freikarte.«

»Aber warum reden diese Arschlöcher über so was in Gegenwart eines Außenseiters?«

»Poteet und Holmes zogen sich die Lines in Holmes' Auto rein. Unser Held lag bewusstlos auf dem Rücksitz. Dachten sie zumindest.«

»Die ganze Sache war also ein Schwindel.«

»Sieht so aus.« McMahon schob die Tasse über den Rand der Schreibunterlage hinaus.

»Metraux hat seine Behauptung zurückgezogen, er hätte Petricelli gesehen«, fügte Ryan hinzu.

»Was für eine Überraschung.«

Irgendwo auf der Etage klingelte ein Telefon. Eine Stimme rief etwas. Schritte klapperten den Korridor entlang.

»Sieht so aus, als hätten Ihr Partner und sein Gefangener einfach die falsche Maschine erwischt.«

»Das heißt also, die Typen aus Sri Lanka sind sauber, Simington bewirbt sich als Kandidat für den Menschenfreund des Jahres, und die Angels sind nur Witzbolde. Und wir stehen wieder ganz am Anfang mit einem explodierten Flugzeug und keiner Erklärung.« Ryan.

»Kurz bevor ich Bryson City verließ, erhielt ich noch einen Anruf von Magnus Jackson. Er sagt, seine Ermittler finden Hinweise auf langsame Verbrennung.«

»Was für Hinweise?«, fragte ich.

»Geometrische Brandmuster auf Trümmern.«

»Und das bedeutet?«

»Feuer vor der Explosion.«

»Ein technisches Problem?«

McMahon zuckte die Achseln.

»Kann man Spuren von Bränden vor dem Absturz von solchen von nach dem Absturz unterscheiden?«, fragte ich weiter.

»Für mich klingt das nach Blödsinn.«

McMahon nahm seine Tasse und stand auf.

»Also ist dieser Pecan vielleicht wirklich ein Held.«

Ryan und ich standen auf.

»Und Metraux bleibt auf seiner Ware sitzen«, sagte Ryan.

»Ist das Leben nicht wunderbar?«

Ich hatte Ryan nichts von Davenports Andeutungen über ihn und Bertrand erzählt. Das tat ich jetzt, vor dem Adams Mark Hotel. Ryan hörte zu, die Hände um die Knie verkrampft, den Blick ins Leere gerichtet.

»Dieses fiese kleine Arschloch.« Scheinwerfer huschten über sein wutverzerrtes Gesicht.

»Wir wissen beide, dass das völliger Schwachsinn ist.«

»Ja.«

»Ich bin mir sicher, dass Davenports Vorwürfe gegen mich nichts mit dir oder Bertrand zu tun haben. Das war wohl eher ein Seitenhieb, mit dem er seinen eigentlichen Plan vorantreiben wollte.«

»Und der ist?«

»Ich bin fest entschlossen, das herauszufinden.«

Ryans Kiefermuskeln spannten sich an und entspannten sich wieder.

»Was glaubt der Wichser eigentlich, wer er ist?«

»Mächtige Leute.«

Er rieb mit den Händen über seine Jeans und fasste dann meine Hand.

»Und ich kann dich wirklich nicht zum Essen einladen?«

»Ich muss meinen Kater abholen.«

Ryan ließ meine Hand los, zog am Türgriff und stieg aus.

»Ich rufe dich morgen früh an«, sagte ich.

Er knallte die Tür zu und verschwand.

Im Annex zeigte mein Anrufbeantworter vier Anrufe an.

Anne.

Ron Gillman.

Zwei, die wieder aufgelegt hatten.

Ich wählte die Nummer von Gillmans Piepser. Er rief zurück, bevor ich Birdies Schüsseln gefüllt hatte.

»Krueger sagt, Sie haben bei der DNS eine Übereinstimmung.«

Mir schlug das Herz bis zum Hals.

»Ist er sicher?«

»Mit einer Fehlerwahrscheinlichkeit von eins zu siebzig Trillionen. Oder mit welchen Größenordnungen diese Jungs um sich werfen.«

»Der Zahn und der Fuß stammen von derselben Person?« Ich konnte es kaum glauben.

»Ja. Besorgen Sie sich Ihren Durchsuchungsbefehl.«

Ich wählte Lucy Crowes Nummer. Der Sheriff war nicht da, aber ein Deputy versprach, sie zu suchen.

In Ryans Zimmer meldete sich niemand.

Anne nahm nach dem ersten Läuten ab.

»Habt ihr rausgefunden, wer euer Bomber ist?«

»Wir haben herausgefunden, wer es nicht ist.«

»Auch ein Fortschritt. Wie wär's mit Abendessen?«

»Wo ist Ted?«

»Bei einer Vertreterkonferenz in Orlando.«

Mein Kühlschrank war gähnend leer. Und ich war so aufgeregt, dass ein Abend alleine zu Hause die reinste Qual gewesen wäre.

»Foster's in dreißig Minuten?«

»Ich werde dort sein.«

Foster's Tavern ist ein unterirdischer Schlupfwinkel mit dunkler Holztäfelung und gesteppter Lederbespannung bis zur halben Wandhöhe. Ein geschnitzter Holztresen füllt die eine Seite, abgenutzte Holztische die andere. Als Zwilling des Selwyn Avenue Pub ist die Kneipe klein, dunkel und makellos irisch.

Anne bestellte das Guinness-Stew und einen Chardonnay. Würde ich noch trinken, hätte ich Guinness genommen, aber Anne trank immer Chardonnay. Ich bestellte Corned Beef mit Kohl und ein Perrier mit Limone. Normalerweise nehme ich Zitrone, aber das Grün erschien mir hier angemessener.

»Also, wer wurde aus dem Kreis der Verdächtigen ausgeschlossen?«, fragte Anne und fischte sich ein Korkenstück aus ihrem Wein.

»Darüber kann ich eigentlich nicht sprechen, aber es gibt andere Fortschritte, von denen ich dir erzählen kann.«

»Du hast die Temperaturentwicklung bei der Entstehung unseres Sonnensystems herausgefunden.«

Sie schnippte das Bröselchen weg. Ihr Haare wirkten blonder als bei unserer letzten Begegnung.

»Das war letzte Woche. Hast du dir die Haare aufhellen lassen?«

»Ein Versehen. Was sind das für Fortschritte?«

Ich erzählte ihr von dem DNS-Treffer.

»Dann gehört dein Fuß also demjenigen, der innerhalb dieser Mauer verfault ist.«

»Und es war nicht irgendein Wild.«

»Wer war es?«

»Ich wette, dass es Jeremiah Mitchell war.«

»Der schwarze Cherokee?«

»Ja.«

»Und jetzt?«

»Ich warte auf einen Anruf vom Sheriff des Swain County. Mit der DNS-Übereinstimmung dürfte ein Durchsuchungsbefehl kein Problem mehr sein. Sogar bei diesem Armleuchter von Amtsrichter.«

»Nette Alliteration.«

»Danke.«

Beim Essen einigten wir uns auf Wild Dunes für Thanksgiving. Danach erzählte Anne von ihrer Reise nach England. Ich hörte zu.

»Hast du außer Kathedralen und Monumenten eigentlich noch was anderes gesehen?«

»Höhlen.«

»Höhlen?«

»Völlig bizarr. Dieser Typ namens Francis Dashwood ließ sie irgendwann im achtzehnten Jahrhundert graben. Er wollte eine gotische Atmosphäre, also hat er sich eine kitschige dreiseitige Steinkonstruktion vor den Eingang bauen lassen. Fenster, Türen und Spitzbögen wie in einer Kathedrale, ein mit Stein umrahmtes Portal in der Mitte und ein schwarzer schmiedeeiserner Zaun auf beiden Seiten. Das ergibt eine Art Hof. Gotischer Chic, natürlich mit Andenkenläden, Cafés und weißen Plastikmöbeln für den durstigen Mittelaltertouristen.«

Sie trank einen Schluck Wein.

»Man betritt die Höhlen durch einen langen, weißen Tunnel mit niedriger, gewölbter Decke.«

»Warum weiß?«

»Es ist alles nachgemacht. Die Höhlen wurden aus Kalkstein herausgemeißelt.«

»Wo liegen die?«

»In West Wycombe in Buckinghamshire. Von London aus ungefähr eine Stunde Fahrt in Richtung Nordwesten. Irgendjemand hat Ted von dem Ort erzählt, und so mussten wir auf dem Weg nach Oxford dort vorbei schauen.« Sie verdrehte die Augen. »Tempe, ich sage dir, diese Höhlen sind absolut bizarr. Überall verschlungene Gänge mit kleinen Kammern und Nischen und Abzweigungen. Und alles voll mit unheimlichen Gravuren.«

»Unheimlich?«

»Die meisten Darstellungen sehen aus, als wären sie von Kindern, aber dafür sind sie viel zu grotesk.«

»Zum Beispiel?«

»Ein Gesicht mit einem in die Stirn geritzten Kreuz, ein anderes mit einem Hexenhut und einem Mund und Augen, die perfekte Os sind.«

Sie schnitt eine Grimasse, die sie wohl für gespenstisch hielt.

»Die Tunnel teilen sich, führen dann wieder zusammen, ändern ohne Grund die Richtung. Es gibt einen Bankettsaal und einen Fluss Styx, natürlich mit falschen Stalaktiten, den man überqueren muss, um in eine Kammer mit dem Namen ›Innerer Tempel‹ zu gelangen. Mein persönlicher Liebling war ein gewundener Gang, der nirgendwohin führte und voll gestopft war mit zerlumpten Puppen, die wohl Dashwood und seine Kumpel darstellen sollten.«

»Warum ließ Dashwood diese Höhlen graben?«

»Vielleicht hatte er mehr Geld als Hirn. Das Mausoleum des Typs ist auch dort. Sieht aus wie das Kolosseum.«

Sie leerte ihr Glas und schluckte schnell, als ihr ein neuer Gedanke kam.

»Oder vielleicht war Frank ein Walt Disney des achtzehnten Jahrhunderts. Hatte vor, Millionen zu verdienen, indem er aus der Anlage eine Touristenattraktion machte.«

»Gab es denn keine Erklärungen?«

»Doch. Vor den Höhlen ist ein langer Ziegelkorridor mit Wandtafeln, die die ganze Geschichte erklären. Ich fotografierte, hatte also keine Zeit zum Lesen. Ted schon.«

Sie griff nach ihrem Glas, merkte, dass es noch immer leer war.

»Ein Stückchen weiter weg gibt es einen riesigen englischen Landsitz namens Medmenham Abbey. Erbaut wurde er im zwölften Jahrhundert von Zisterziensermönchen, aber Dashwood kaufte und renovierte ihn und benutzte ihn als ländlichen Schlupfwinkel. Gotische Mauern, ein bröckelndes Portal mit einer Inschrift über dem Torbogen.«

Sie sagte das mit gehauchter Stimme und bewegte die Hand im Halbkreis über ihren Kopf. Anne ist Immobilienmaklerin und beschreibt Dinge manchmal im Maklerjargon.

»Was für eine Inschrift?«

»Keine Ahnung.«

Der Kaffee kam. Wir gossen Sahne hinzu, rührten um.

»Nach unserem Telefongespräch gestern ging mir dieser Dashwood nicht mehr aus dem Kopf.«

»Dashwood ist nicht gerade ein seltener Name.«

»Wie häufig ist er?«

»Ich kann keine Zahlen nennen.«

»Kennst du jemand, der so heißt?«

»Nein.«

»Dann ist er selten genug.«

Das war nur schwer zu entkräften.

»Francis Dashwood lebte vor zweihundertfünfzig Jahren.«

Sie zuckte eben die Achseln, als mein Handy klingelte. Ich schaltete es schnell an und entschuldigte mich mit einer Grimasse bei den anderen Gästen. Obwohl ich Handys in Restaurants für den Gipfel der Unhöflichkeit halte, wollte ich Lucy Crowes Anruf auf keinen Fall verpassen.

Es war der Sheriff. Im Reden eilte ich nach draußen. Sie hörte mir zu, ohne mich zu unterbrechen.

»Das reicht für einen Durchsuchungsbefehl.«

»Was ist, wenn das Arschloch noch immer keinen ausstellt?«

»Ich fahre jetzt sofort zu Battles Haus. Wenn er mauert, überlege ich mir was anderes.«

Als ich an den Tisch zurückkehrte, hatte Anne ein zweites Glas Chardonnay bestellt und einen Stapel Fotos hervorgezogen. Die nächsten zwanzig Minuten lang bewunderte ich Aufnahmen von Westminster, dem Buckingham Palace, dem Tower, der Tower Bridge und jedem Museum im Großraum London.

Es war fast elf, als ich durch die Einfahrt von Carol Hall fuhr. Als ich um die Ecke des Annex bog, erfassten meine Scheinwerfer einen großen braunen Umschlag auf der Haustürschwelle. Ich parkte hinter dem Haus, stellte den Motor ab und kurbelte das Fenster herunter.

Nur Grillen und der Verkehrslärm der Queens Road.

Ich lief zur Hintertür und schlüpfte ins Haus. Wieder horchte ich und wünschte mir, Boyd wäre bei mir.

Nichts störte die Stille außer das Summen des Kühlschranks und das Ticken von Großmutters Kaminuhr.

Ich wollte eben Birdie rufen, als er in der Tür erschien. Er streckte sich genüsslich.

»War jemand hier, Birdie?«

Der Kater setzte sich und starrte mich mit runden gelben Augen an. Dann leckte er sich die Vorderpfote, fuhr sich damit übers rechte Ohr und wiederholte das Manöver.

»Offensichtlich hast du keine Angst vor Eindringlingen.«

Ich ging ins Wohnzimmer, legte mein Ohr an die Tür, trat dann einen Schritt zurück und drehte den Knauf. Birdie sah mir von der Diele aus zu. Keine Spur von irgendeinem Menschen. Ich nahm das Päckchen und verschloss dann die Tür von innen.

Birdie sah mir höflich zu.

Auf dem Umschlag stand mein Name in schnörkeliger, weiblicher Handschrift. Absender war keiner angegeben.

»Es ist für mich, Bird.«

Keine Antwort.

»Hast du gesehen, wer ihn dort abgelegt hat?«

Ich schüttelte das Päckchen.

»So würde es das Bombenkommando wahrscheinlich nicht machen.«

Ich riss eine Ecke ab und spähte hinein. Ein Buch.

Ich riss den Umschlag ganz auf und zog ein großes, ledergebundenes Tagebuch heraus. Auf der Vorderseite klebte eine Notiz: pfirsichfarbenes Briefpapier, beschriftet von derselben Hand, die auch meinen Namen auf den Umschlag geschrieben hatte.

Mein Blick schnellte zur Unterschrift.

Marion Louise Willoughby Veckhoff.

26

Dr. Brennan,

ich bin eine nutzlose alte Frau. Ich hatte nie einen Beruf oder ein Amt. Ich habe weder ein Buch geschrieben noch einen Garten entworfen. Für Poesie, Malerei oder Musik habe ich kein Talent. Aber ich war all die Jahre meiner Ehe eine treue und gehorsame Gattin. Ich liebte meinen Mann und hielt bedingungslos zu ihm. Es war die Rolle, die meine Erziehung mir vorgezeichnet hatte.

Martin Patrick Veckhoff war ein guter Ernährer, ein liebevoller Vater und ein ehrlicher Geschäftsmann. Aber während ich hier sitze, betäubt von der Stille einer weiteren schlaflosen Nacht, brennen Fragen in meinem Herzen. Hatte der Mann, mit dem ich beinahe sechs Jahrzehnte lebte, noch eine andere Seite? Gab es Dinge, die nicht recht waren?

Ich schicke Ihnen ein Tagebuch, das mein Mann immer unter Verschluss gehalten hatte. Ehefrauen kennen Mittel und Wege, Dr. Brennan, vor allem Ehefrauen, die allein sind und viel Zeit haben. Ich fand das Tagebuch schon vor Jahren, kehrte immer wieder zu ihm zurück, hörte zu, verfolgte die Nachrichten. Und schwieg.

Der Mann, der auf dem Weg zu Pats Beerdigung getötet wurde, hieß Roger Lee Fairley. Seine Todesanzeige nennt Ihnen das Datum. Lesen Sie das Tagebuch. Lesen Sie die Zeitungsausschnitte.

Ich bin mir nicht sicher, was das alles zu bedeuten hat, aber Ihr Besuch hat mir Angst gemacht. In diesen letzten Tagen habe ich tief in meine Seele geschaut. Jetzt ist es genug. Ich halte es keine Nacht mehr allein mit diesem Grauen aus.

Ich bin alt und werde bald sterben. Aber ich bitte Sie um eins. Falls mein Verdacht sich bewahrheitet, bringen Sie keine Schande über unsere Tochter.

Ich entschuldige mich für meine Unhöflichkeit am letzten Freitag.

Mit großem Bedauern,
Marion Louise Willoughby Veckhoff

Meine Neugier war nicht mehr zu zügeln. Ich kontrollierte noch einmal mein Sicherheitssystem, machte mir eine Tasse Tee und trug alles in mein Arbeitszimmer. Nachdem ich mir Notizblock und Bleistift zurechtgelegt hatte, schlug ich das Tagebuch auf und zog einen Umschlag heraus, der zwischen den Seiten klemmte. Ich leerte ihn auf den Schreibtisch.

Sauber ausgeschnittene Zeitungsartikel flatterten heraus, einige ohne Quellenangabe, andere aus dem *Charlotte Observer*, dem *Raleigh News & Observer*, dem *Winston-Salem Journal*, der *Asheville Citizen-Times*, auch als »Stimme der Berge« bekannt, und dem *Charleston Post and Courier.* Es waren fast ausschließlich Nachrufe und Todesanzeigen.

Der Dichter Kendall Rollins erlag seiner Leukämie am 12. Mai 1986. Zu seinen Hinterbliebenen gehörte sein Sohn, Paul Hardin Rollins.

Mir stellten sich die Nackenhaare auf. P. H. Rollins stand auf der Liste der H&F-Teilhaber. Ich machte mir eine Notiz.

Roger Lee Fairley starb, als sein Kleinflugzeug vor acht Monaten abstürzte. Okay, das hatte mir Mrs. Veckhoff bereits gesagt. Ich notierte mir Namen und Datum. 13. Februar.

Der älteste Artikel beschrieb den Autounfall im Jahr 1959, bei dem Anthony Allen Birkby umgekommen war.

Die anderen Namen sagten mir nichts. Ich fügte sie, zusammen mit ihren Todesdaten, meiner Liste hinzu, legte dann die Ausschnitte weg und wandte mich dem Tagebuch zu.

Der erste Eintrag stammte vom 17. Juni 1935, der letzte vom November 2000. Als ich die Seiten durchblätterte, sah ich, dass die Handschrift sich mehrfach änderte, was auf verschiedene Verfasser hindeutete. Die Einträge der letzten drei Jahrzehnte waren in einer engen, verkrampften und so winzigen Handschrift verfasst, dass sie fast unleserlich waren.

Martin Patrick Veckhoff hatte sich wirklich sehr bedeckt gehalten. In den nächsten zwei Stunden schmökerte ich in dem verblassten Manuskript, sah nur hin und wieder auf meine Uhr und dachte gelegentlich an Lucy Crowe.

Das Tagebuch enthielt keinen einzigen richtigen Namen. Durchgängig wurden Code- oder Spitznamen benutzt. Omega. Ilus. Khaffre Chac. Itzmana.

Ich erkannte hier einen ägyptischen Pharao, dort einen griechischen Buchstaben. Einige Namen kamen mir irgendwie bekannt vor, andere überhaupt nicht.

Es gab buchhalterische Einträge: Geldeingang, Geldausgang. Reparaturen. Erwerbungen. Zuerkennungen. Schulden. Es gab Beschreibungen von Ereignissen. Ein Abendessen. Eine Geschäftsbesprechung. Eine literarische Diskussion.

Anfang der Vierziger tauchten dann andere Einträge auf: Listen mit Codenamen, gefolgt von merkwürdigen Symbolen. Ich überflog einige. Jahrelang tauchten dieselben Namen auf, verschwanden dann und tauchten nie wieder auf. Wenn einer ging, kam ein neuer.

Ich zählte. Es waren nie mehr als achtzehn Namen auf diesen Aufstellungen.

Als ich mich schließlich zurücklehnte, war mein Tee kalt, und mein Nacken fühlte sich an, als hätte er zum Trocknen an einer Leine gehangen. Birdie schlief auf dem Sessel.

»Okay. Gehen wir es mal von der anderen Seite an.«

Der Kater streckte sich, öffnete aber kein Auge.

Mich an den Daten aus Mrs. Veckhoffs Ausschnitten orientierend, ging ich die Seiten noch einmal durch. Vier Tage nach Birkbys Autounfall fand ich eine Namensliste. Sinuhe tauchte zum ersten Mal auf, aber Omega fehlte. Ich überflog die folgenden Listen. Omega wurde nie wieder erwähnt.

War Anthony Birkby Omega gewesen?

Mit dieser Hypothese blätterte ich zu 1986.

Wenige Tage nach Kendall Rollins' Tod tauchte eine Liste auf. Mani ersetzte Piankhy.

Mit klopfendem Herzen machte ich mit den Daten aus den Ausschnitten weiter.

John Morgan starb 1972. Drei Tage später eine Liste. Arrigatore trat auf. Itzmana verschwand.

William Glenn Sherman starb 1979. Veckhoff schrieb eine Liste. Ometeotl gab sein Debüt. Rho war Geschichte.

Auf jede von Mrs. Veckhoff ausgeschnittene Todesanzeige folgte innerhalb von Tagen eine Liste mit Codenamen. Und jedes Mal verschwand einer der Altbekannten, und ein Neuling gesellte sich hinzu. Indem ich die Ausschnitte mit den Tagebucheinträgen verglich, konnte ich für jeden Toten seit 1959 den richtigen Namen mit einem Codenamen in Verbindung bringen.

A. A. Birkby: Omega. John Morgan: Itzmana. William Glenn Sherman: Rho. Kendall Rollins: Piankhy.

»Aber was ist mit den Jahren davor?«

Birdie wusste es nicht.

»Okay, noch mal andersherum.«

Ich blätterte zu einer leeren Seite in meinem Notizblock. Jedes Mal wenn ein Eintrag die Ersetzung eines Codenamens durch einen anderen zeigte, notierte ich mir das Datum. Es dauerte nicht lange.

1943 wurde Ilus durch Omega ersetzt. Konnte dies das Jahr gewesen sein, in dem Birkby zu H&F kam?

1949 nahm Narmer Khaffres Stelle ein.

Ein Pharao rein, ein anderer raus. War das eine Art Freimaurerloge?

Ich machte weiter und notierte mir für jede Liste das Jahr.

1959. 1972. 1979. 1986.

Ich starrte die Jahreszahlen an. Dann stürzte ich zu meiner Aktentasche, holte meine anderen Notizen heraus und sah nach.

»Ach du Scheiße!«

Ich schaute auf die Uhr: drei Uhr zwanzig. Warum meldete Lucy Crowe sich nicht?

Dass ich in dieser Nacht schlecht schlief, war so selbstverständlich wie die Tatsache, dass Quasimodo einen Buckel hatte. Ich warf mich im Bett herum, döste ab und zu ein wenig ein, schlief aber nie richtig.

Als das Telefon klingelte, war ich bereits lange auf, hatte Wäsche sortiert, die Veranda gewischt, tote Blätter abgeschnitten und Tasse um Tasse Kaffee getrunken.

»Haben Sie ihn bekommen?« Ich kreischte fast.

»Den Witz verstehe ich nicht.«

»Ich möchte die Leitung nicht blockieren, Pete.«

»Du wartest auf einen Anruf?«

»Warum rufst du um sieben Uhr morgens an?«

»Ich muss noch mal nach Indiana und wollte dir nur sagen, dass Boyd im Granbar Kennel Urlaub macht.«

»Was, in einem Hundezwinger? Waren ihm bei mir die Handtücher nicht weich genug?«

»Er wollte sich nicht aufdrängen.«

»Ist der Granbar nicht furchtbar teuer?«

»Da Boyd weiß, dass ich ein sündteurer Anwalt bin, erwartet er inzwischen einen gewissen Lebensstandard.«

»Ich könnte ihn schon noch unterbringen.«

»Du magst diesen Hund«, schmeichelte er.

»Boyd ist unmöglich. Aber warum sollst du dich in Unkosten stürzen, wenn ich noch auf fünf Pfund Hundefutter sitze?«

»Die Leute im Granbar werden am Boden zerstört sein.«

»Die kommen darüber hinweg.«

»Ich bringe ihn dir in einer Stunde vorbei.«

Ich spritzte eben meinen Abfalleimer aus, als das Telefon wieder klingelte. Lucy Crowes Stimme klang angespannt und frustriert.

»Der Amtsrichter bleibt bei seinem Nein. Ich versteh das nicht. Frank ist normalerweise recht vernünftig, aber heute Morgen wurde er so wütend, dass ich dachte, er bekommt einen Herzanfall. Ich habe dann einen Rückzieher gemacht, weil ich mir die Schuld nicht aufladen wollte.«

Ich erzählte ihr, was ich in Veckhoffs Tagebuch gefunden hatte.

»Können Sie herausfinden, wer zwischen 1972 und 1979 als vermisst gemeldet wurde?«

»Ja.«

Ein langes Schweigen rollte vom Hochland herab. Dann sagte sie: »Als wir bei diesem Anwesen waren, ist mir eine Metallstange aufgefallen, die vor der Veranda auf der Erde lag.«

»Ach ja?« Mein Einbruchswerkzeug.

Noch eine Pause.

»Wenn in angemessener Entfernung von einer Absturzstelle auf einem Privatgrundstück Wrackteile gefunden werden, ist mein Büro dafür zuständig, solange die Bergungsarbeiten laufen.«

»Verstehe.«

»Nur für Angelegenheiten, die direkt mit dem Absturz zu tun haben. Etwa für die Suche nach Überlebenden, die eventuell davongekrochen sind, zum Beispiel. Vielleicht unter dem Haus gestorben sind.«

»Oder im Hof.«

»Falls aber bei einer solchen Suche drinnen irgendetwas Verdächtiges gefunden wird, brauche ich natürlich einen offiziellen Durchsuchungsbefehl.«

»Natürlich.«

»Es werden immer noch zwei Passagiere vermisst.«

»Ja.«

»Hat die Stange für Sie nach einem Wrackteil ausgesehen?«

»Hätte ein Teil des Kabinenbodens sein können.«

»Den Eindruck hatte ich auch. Schätze, ich sollte mal besser nachsehen.«

»Ich kann um zwei bei Ihnen sein.«

»Ich warte.«

Um drei hockten Boyd und ich auf dem Rücksitz eines Jeeps, Crowe saß hinter dem Steuer und ein Deputy auf dem Beifahrersitz. Zwei andere fuhren hinter uns in einem zweiten Auto.

Der Chow-Chow war so aufgeregt wie ich, wenn auch aus anderen Gründen. Er streckte während der Fahrt den Kopf zum Fenster hinaus, und seine Nase schnellte hin und her wie eine Wetterfahne in einem Tropensturm. Ab und zu drückte ich ihn nach unten. Er setzte sich dann kurz, stand aber sofort wieder auf.

Das Funkgerät knisterte, während wir die Landstraße entlangrasten. Als wir am *Alarka Fire Department* vorbeikamen, fiel mir auf, dass nur noch ein Kühllaster und ein paar PKWs auf dem Parkplatz standen. Ein Streifenwagen aus Bryson City bewachte die Einfahrt, sein Fahrer saß über eine auf dem Lenkrad aufgeschlagene Zeitschrift gebeugt.

Crowe fuhr die Teerstraße bis zum Ende und dann die Straße des *Forest Service*, an der ich vor drei Wochen mein Auto abgestellt hatte. Sie ignorierte die Abzweigung zur Unfallstelle, fuhr noch fünfhundert Meter weiter und bog dann in einen anderen Wirtschaftsweg ein. Nachdem wir eine Anhöhe hochgekrochen waren, die mir kilometerlang vorkam, blieb sie stehen, musterte den Wald zu beiden Seiten, fuhr ein Stück vor, dann wieder zurück und schließlich querfeldein. Unsere Verstärkung folgte dicht hinter uns.

Der Jeep ruckelte und hüpfte, Äste kratzten über Dach und Seiten. Boyd zog den Kopf ein wie eine Schildkröte, und ich nahm den Arm von der Fensterkante. Bei jedem Hüpfer bespritzte der Hund uns mit Sabber. Der Deputy zog ein Taschentuch heraus und wischte sich den Nacken, sagte aber nichts. Ich versuchte, mich an seinen Namen zu erinnern. Craig? Gregg?

Die Bäume wichen zurück und machten einem schmalen Feldweg Platz. Zehn Minuten später bremste Crowe, stieg aus und öffnete etwas, das aussah wie reines Gestrüpp. Beim Durchfahren sah ich, dass es ein völlig von Kudzu und Efeu überwuchertes Tor war. Augenblicke später kam das Arthur-Haus in Sicht.

»Das gibt's doch nicht«, sagte der Deputy. »Ist das Haus überhaupt in der Notfall-Liste?«

»Wird als verlassen geführt«, sagte Crowe. »Ich wusste auch nicht, dass es existiert.«

Crowe fuhr zur Vorderseite des Hauses und hupte zweimal. Niemand zeigte sich.

»Seitlich davon ist ein ummauerter Hof.« Crowe nickte in diese Richtung. »Sagen Sie George und Bobby, sie sollen diesen Eingang bewachen. Wir gehen vorne rein.«

Sie stiegen aus und lösten dabei gleichzeitig die Sicherungsriemen ihrer Pistolenhalfter.

Während der Deputy zum zweiten Jeep ging, wandte Crowe sich an mich.

»Sie bleiben hier.«

Ich wollte widersprechen, doch ihr Blick ließ keinen Einwand zu.

»Im Jeep. Bis ich Sie rufe.«

Ich verdrehte die Augen, sagte aber nichts. Mein Herz raste, und ich rutschte noch unruhiger hin und her als Boyd.

Crowe drückte noch einmal lange auf die Hupe und musterte dabei die oberen Fenster des Hauses. Der Deputy kam wieder zu ihr, mit einer Winchester-Schrotflinte quer vor der Brust. Sie gingen zum Haus und stiegen die Stufen hoch.

»Swain County Sheriff's Department.« Ihr Ruf klang in der dünnen Luft blechern. »Polizei. Bitte melden Sie sich.«

Sie hämmerte gegen die Tür.

Niemand öffnete sie.

Crowe sagte etwas. Der Deputy stellte sich breitbeinig hin und hob seine Flinte, und der Sheriff fing an, mit den Stiefeln gegen die Tür zu treten. Doch sie gab nicht nach.

Crowe sagte wieder etwas. Der Deputy antwortete und zielte mit seiner Flinte weiter auf die Tür.

Der Sheriff kam zum Jeep zurück, und die karottenfarbene Krause, die unter ihrem Hut hervorlugte, war schweißfeucht. Sie stöberte im Kofferraum und kehrte dann mit einem Brecheisen auf die Veranda zurück.

Sie schob die Spitze zwischen zwei Fensterläden und stemmte sich dann mit der ganzen Masse ihres Körpers dagegen. Eine ernsthaftere Darbietung meines eigenen Einbruchsversuchs.

Crowe wiederholte die Aktion, diesmal mit einem Stöhnen wie Monica Seles. Ein Laden gab leicht nach. Sie schob die Stange tiefer in den Schlitz, stemmte sich noch einmal dagegen, und der Laden sprang auf und knallte gegen die Wand.

Crowe legte die Brechstange weg, stellte sich leicht seitlich zum Fenster und trat die Scheibe mit dem Stiefel ein. Glas splitterte, auf die Veranda regneten Scherben, die in der Sonne funkelten. Crowe trat immer wieder zu, bis die Öffnung groß genug war. Boyd feuerte sie mit aufgeregtem Bellen an.

Nun trat Crowe zurück und horchte. Da sie offensichtlich keine Bewegung hörte, steckte sie den Kopf durch die Öffnung und rief noch einmal. Dann zog der Sheriff die Waffe aus dem Halfter und verschwand in der Dunkelheit. Der Deputy folgte.

Ewigkeiten später ging die Haustür auf, und Crowe trat auf die Veranda. Sie winkte mir zu, ich solle kommen.

Mit zittrigen Händen legte ich Boyd die Leine an und wickelte sie mir ums Handgelenk. Dann holte ich eine Taschenlampe aus meinem Rucksack. Das Herz schlug mir bis zum Hals.

»Ganz ruhig!« Ich zielte mit dem Finger auf seine Nase.

Er zerrte mich praktisch aus dem Jeep und die Stufen hoch.

»Das Haus ist leer.«

Ich versuchte, Crowes Gesicht zu interpretieren, aber es verriet gar nichts. Keine Überraschung, keinen Abscheu, keine Unbehaglichkeit. Es war unmöglich, ihre Gefühle oder Reaktionen zu erraten.

»Den Hund sollten Sie besser hier lassen.«

Ich band Boyd ans Verandageländer. Dann schaltete ich die Taschenlampe ein und folgte ihr nach drinnen.

Die Luft, die mir entgegenschlug, war weniger muffig, als ich erwartet hatte. Es roch nach Rauch und Schimmel und etwas Süßem.

Mein Geruchszentrum ging seine Datenbank durch. Kirche.

Kirche?

Das Geruchszentrum zerlegte das Aroma in seine Komponenten. Blumen. Weihrauch.

Die Haustür öffnete sich direkt in ein Wohnzimmer, das die gesamte Breite des Hauses einnahm. Langsam ließ ich meine Lampe von rechts nach links wandern. Ich erkannte zu Gruppen angeordnete Sofas, Sessel und Beistelltische, alles mit Tüchern verdeckt. Bücherregale vom Boden bis zur Decke säumten zwei Wände.

Ein steinerner Kamin nahm die Nordwand des Zimmers ein, ein Spiegel schmückte die südliche. Im trüben Glas konnte ich sehen, wie der Strahl meiner Lampe über die verhüllten Umrisse wanderte, und auch unsere beiden Gestalten, die sich im tanzenden Licht bewegten.

Langsam arbeiteten wir uns durch das Haus vor, untersuchten einen Raum nach dem anderen. Staubflusen tanzten in dem blassgelben Strahl, und hin und wieder flatterte eine Motte hindurch wie ein aufgeschrecktes Tier in einem Scheinwerfer auf einer schmalen Landstraße. Hinter uns ging der Deputy mit erhobener Flinte. Crowe hielt ihre Pistole mit beiden Händen dicht an die Wange.

Vom Wohnzimmer gelangte man in einen schmalen Gang. Rechts eine Treppe, links ein Esszimmer, geradeaus die Küche.

Im Esszimmer stand nichts als ein auf Hochglanz polierter rechteckiger Tisch und passende Stühle. Ich zählte. Acht an jeder Breitseite. Je einer an Kopf- und Fußende. Achtzehn.

Die Küche befand sich im hinteren Teil des Hauses, die Tür stand weit offen.

Porzellanspülbecken. Pumpe. Herd und Kühlschrank, die schon mehr Jahre auf dem Buckel hatten als ich. Ich deutete auf die Geräte.

»Hier muss irgendwo ein Generator sein.«

»Wahrscheinlich unten.«

Unter mir hörte ich Stimmen und wusste, dass die anderen Deputies im Keller waren.

Im Obergeschoss teilte ein Gang von der Front bis zur Rückseite das Haus in zwei Hälften. Links und rechts dieser Mittelarterie lagen je vier kleine Schlafzimmer, jedes mit zwei selbstgezimmerten Schlafkojen. Eine schmale Wendeltreppe am Ende des Gangs führte in eine Dachkammer. Unter den Schrägen standen noch zwei weitere Kojen.

»O Mann«, sagte Crowe. »Sieht ja fast aus wie eine Jugendherberge.«

Mich erinnerte das Ganze an die Heaven's-Gate-Sekte in San Diego. Ich hielt den Mund.

Wir stiegen eben wieder nach unten, als einer der beiden Deputies – George? Bobby? – auf der Haupttreppe am anderen Ende des Gangs auftauchte. Der Mann war rot im Gesicht und schwitzte heftig.

»Sheriff, Sie müssen sich den Keller anschauen.«

»Was gibt's denn dort, Bobby?«

Schweiß triefte ihm aus dem Haaransatz und lief an seiner Wange herab. Er wischte ihn sich mit dem Handrücken weg.

»Wenn ich das nur wüsste.«

27

Eine steile Holztreppe führte von der Küche direkt in einen Keller. Der Sheriff befahl Deputy Namenlos, oben zu bleiben, während wir anderen hinabstiegen.

Bobby führte, ich folgte, Crowe bildete die Nachhut. George wartete am Fuß der Treppe auf uns, und seine Taschenlampe zuckte hin und her wie ein Scheinwerfer bei einer Premierenfeier.

Während wir nach unten stiegen, fiel die Temperatur von kühl zu kühlschrankkalt, und aus trübem Dämmerlicht wurde Pechschwarz. Ich hörte hinter mir ein Klicken, sah Crowes Lichtstrahl an meinen Füßen.

Wir versammelten uns am Fuß der Treppe und horchten.

Kein Trippeln. Kein Flügelrauschen. Ich richtete meine Lampe in die Dunkelheit.

Wir befanden uns in einem großen fensterlosen Raum mit Balkendecke und Zementboden. Drei Wände waren verputzt, die vierte der Fels des Steilhangs, an den das Haus gebaut war. In der Mitte der Felswand befand sich eine schwere hölzerne Tür.

Als ich einen Schritt zurückwich, berührte mein Arm Stoff. Ich wirbelte herum, und mein Strahl schnellte über eine Reihe von Haken, an denen identische rote Kleidungsstücke hingen. Ich gab George meine Taschenlampe, nahm eins vom Haken und hielt es in die Höhe. Es war eine Kutte mit Kapuze, wie Mönche sie tragen.

»Heilige Mutter Gottes.« Ich hörte, wie Bobby sich übers Gesicht wischte. Oder sich bekreuzigte.

Ich nahm meine Lampe wieder, und während George und Bobby uns leuchteten, erkundeten Crowe und ich den Raum.

Unsere Suche ergab nichts, was typisch wäre für einen Keller. Keine Werkbank. Kein Hängebrett mit Werkzeugen. Keine Gartengeräte. Kein Waschzuber. Keine Spinnweben, kein Mäusekot, keine toten Grillen.

»Verdammt sauber hier unten.« Meine Stimme hallte von Beton und Fels wider.

»Schauen Sie sich das an.« George richtete seine Lampe auf den Stoß zwischen Decke und verputzter Wand.

Ein bärenähnliches Monster grinste boshaft aus der Dunkelheit, sein Körper war über und über mit klaffenden, blutigen Mäulern bedeckt. Unter dem Tier stand ein Wort: *Baxbakualanuxsiwae.*

»Francis Bacon?«, fragte ich, doch eher mich selbst als die anderen.

»Bacon malte Menschen und knurrende Hunde, aber nie so etwas.« Crowes Stimme klang gedämpft.

George bewegte seine Lampe zur nächsten Wand, und auch hier starrte ein Monster auf uns herab. Löwenmähne, vorquellende Augen, das Maul aufgerissen, um ein kopfloses Kleinkind zu verschlingen, das es in seinen Klauen hielt.

»Das ist eine schlechte Kopie von einem von Goyas Schwarzen Bildern«, sagte Crowe. »Ich habe es im Prado in Madrid gesehen.«

»Was ist das für ein Fiesling?«, fragte George.

»Ein griechischer Gott.«

Ein drittes Wandbild stellte ein Floß mit geblähtem Segel dar.

Tote und sterbende Männer lagen darauf oder hingen halb ins Wasser.

»Bezaubernd«, sagte George.

Kommentarlos ging Crowe zur Felswand, der Deputy und ich folgten.

Die Tür wurde von schwarzen, schmiedeeisernen Angeln gehalten, die man in den Fels einbetoniert hatte. Eine Kette verband einen ringförmigen, schmiedeeisernen Griff mit einer vertikalen Stahlstange neben dem Türrahmen. Das Vorhängeschloss war neu und glänzend, und im Granit erkannte ich frische Kratzer.

»Das wurde erst vor kurzem angebracht.«

»Zurücktreten«, befahl Crowe.

Als wir ein paar Schritte zurückwichen, verbreiterten sich die Lichtkegel unserer Lampen und beleuchteten eine Inschrift über dem Türsturz. Ich richtete meine Lampe darauf.

Fay ce que voudras.

»Französisch?«, fragte Crowe und steckte ihre Taschenlampe in den Gürtel.

»Altfranzösisch, glaube ich …«

»Erkennen Sie diese Fratzen da?«

Zwei Figuren schmückten die Ränder des Türsturzes. Der Mann trug die Bezeichnung »Harpocrates«, die Frau »Angerona«.

»Klingt ägyptisch.«

Crowe schoss zweimal, und der Geruch von Kordit füllte den Raum. Sie trat zur Tür, riss an der Kette, und sie glitt zu Boden. Es gab keinen Widerstand, als sie den Schnappriegel anhob.

Sie zog am Griff, und die Tür öffnete sich nach außen. Kalte Luft blies uns entgegen. Sie roch nach dunklen Hohlräumen, blinden Kreaturen und Äonen unter der Erde.

»Vielleicht ist es jetzt Zeit, ihn runterzuholen.«

Ich nickte und eilte, zwei Stufen auf einmal nehmend, die Treppe hoch.

Boyd war ausgelassen wie immer, wenn er dabei sein durfte. Er sprang herum, schnappte in die Luft, leckte mir die Hand und tänzelte dann neben mir ins Haus. Im Erdgeschoss konnte noch nichts seine Freude dämpfen.

Doch als er dann die Kellertreppe hinunterstarrte, spürte ich, wie sein Körper sich neben meinem Bein anspannte.

Ich wickelte mir seine Leine noch einmal mehr ums Handgelenk und ließ mich dann von ihm die Treppe hinunter und zu Crowe ziehen.

Knapp einen Meter vor der Tür explodierte er plötzlich, er sprang an und bellte, wie er es vor der Mauer getan hatte.

»Okay, halten Sie ihn dort drüben«, sagte Crowe.

Ich packte sein Halsband mit beiden Händen, zerrte ihn zurück und gab Bobby die Leine. Boyd hörte nicht auf, laut zu knurren, und versuchte, Bobby vorwärts zu ziehen. Ich ging zu Crowe.

Meine Taschenlampe beleuchtete einen höhlenähnlichen Gang mit einer Reihe von Nischen zu beiden Seiten. Der Boden war aus Erdreich, Decke und Wände bestanden aus solidem Fels. Die Höhe bis zum Scheitel der Deckenwölbung betrug etwa eins achtzig, die Breite etwa eins zwanzig. Die Länge war nicht abzuschätzen. Nach fünf Metern begann die Schwärze.

Mein Puls raste noch immer so wie beim Betreten des Hauses. Es fühlte sich nach persönlicher Bestleistung an.

Langsam drangen wir tiefer hinein, unsere Lichtkegel tasteten Boden, Decke, Wände und Nischen ab. Einige war nur flache Einbuchtungen. Andere waren richtige Höhlen mit vertikalen Metallstangen und Gittertüren an den Öffnungen.

»Weinkeller?« Crowes Frage klang in dem engen Raum dumpf.

»Ohne Regale?«

»Schauen Sie sich das mal an.«

Crowe leuchtete einen Namen an, dann einen zweiten und einen dritten, die alle in die Tunnelwand gemeißelt waren.

Sie las sie im Gehen laut vor. »Sawney Beane. Innozenz III. Dionysos. Moctezuma ... Komische Bettgenossen. Ein Papst, ein Aztekenkönig und der Meister der Gelage höchstpersönlich.«

»Wer ist Sawney Beane?«, fragte ich.

»Keine Ahn –«

Ihr Strahl verließ die Wand und schoss ins Leere. Crowe streckte den Arm aus und traf mich vor der Brust. Ich erstarrte.

Unsere Lampen schnellten zum Erdreich zu unseren Füßen. Kein Abgrund.

Unsere Lichtkegel von einer Seite zur anderen schwenkend, bogen wir um eine Ecke und gingen langsam weiter. Am Geräusch des Luftzugs erkannte ich, dass wir eine Art größere Kammer betreten hatten. Wir gingen an der Wand entlang.

Die Namen setzten sich hier fort. Thyestes. Polyphem. Christie o' the Cleek. Kronos. Von den Namen in Veckhoffs Tagebuch war keiner dabei.

Wie in dem Gang befanden sich auch in den Wänden dieser Kammer eine Reihe von Nischen, einige mit Stangen, andere unvergittert. Dem Tunnelausgang direkt gegenüber sahen wir eine hölzerne Tür ähnlich der am Eingang des Tunnels und wie diese mit Kette und Vorhängeschloss gesichert. Crowe behandelte sie entsprechend.

Als die Tür nach innen aufging, drang übel riechende Luft heraus. Ich hörte, wie Boyd weit hinter mir bellte wie besessen.

Der Geruch der Verwesung ist nicht immer gleich. Er kann verändert werden durch die Todesart, gesüßt etwa durch gewisse Gifte oder angereichert mit Birnen-, Mandel- oder Knoblauchgeruch. Er kann durch Chemikalien abgeschwächt oder durch Insektenaktivität verstärkt werden. Aber der Grundgeruch ist unverkennbar, ein schweres, stinkendes Gemisch, das das Vorhandensein von verfaulendem Fleisch ankündigt.

Etwas Totes lag in dieser Nische. Wir traten ein und gingen linksherum an der Wand entlang, wie wir es schon in der äußeren Kammer getan hatten. Nach gut eineinhalb Metern erfasste mein Lichtkegel eine Unregelmäßigkeit auf dem Boden. Crowe sah es zur selben Zeit.

Wir richteten unsere Lampen auf einen Fleck grober, dunkler Erde.

Wortlos gab ich Crowe meine Mag-Lite und zog einen Klappspaten aus meinem Rucksack. Die linke Hand an die Wand gestützt, kauerte ich mich hin und kratzte mit dem Spatenrand an der Erde.

Crowe steckte ihre Waffe in den Halfter, hängte ihren Hut an den Gürtel und richtete beide Lampen auf den Boden vor mir.

Der Fleck war leicht abzukratzen, und darunter zeigte sich eine Grenzlinie zwischen frisch umgegrabener Erde und festgestampftem Boden. Der Verwesungsgeruch verstärkte sich, je mehr Erde ich abtrug und zur Seite legte.

Nach wenigen Minuten stieß ich auf etwas Hellblaues.

»Sieht aus wie Jeansstoff.« Crowes Augen funkelten, und ihre Haut glänzte bernsteinfarben in dem blassgelben Licht.

Eine Levi's, die ein vogelscheuchendünnes Bein umhüllte. Ich arbeitete mich vor bis zu einem verschrumpelten Fuß, der am Gelenk in einem Winkel von neunzig Grad abstand.

»Das reicht.«

»Was?«

»Das ist kein Flugzeugpassagier.«

»Nein.«

»Ich will keinen kompromittierten Verbrechensschauplatz. Wir machen hier Schluss, bis ich einen Durchsuchungsbefehl habe.«

Ich widersprach nicht. Das Opfer hatte ein Recht darauf, dass seine oder ihre Geschichte vor einem Gericht erzählt wurde. Ich würde nichts tun, was eine potenzielle Strafverfolgung beeinträchtigen konnte.

Ich stand auf, klopfte meinen Spaten an der Wand ab und entfernte sorgfältig alle anhaftende Erde. Dann klappte ich den Spaten zusammen, steckte ihn in den Rucksack und griff nach meiner Lampe.

Bei der Übergabe schoss der Strahl durch die Kammer und traf auf etwas Glänzendes im hintersten Winkel.

»Was zum Teufel ist denn das?«, fragte ich und spähte mit zusammengekniffenen Augen in die Dunkelheit.

»Gehen wir.«

»Wir sollten Ihrem Amtsrichter alles auf den Tisch knallen, was wir können.«

Ich ging in die Richtung, aus der das Aufblitzen gekommen war. Crowe zögerte kurz und folgte dann.

Ein langes Bündel lag an der Wand. Es war in Duschvorhänge eingewickelt, einer transparent, der andere durchscheinend blau, und mit mehreren Seilstücken verschnürt. Ich trat näher und ließ mein Licht über die Oberfläche wandern.

Obwohl die Plastikschichten den Blick auf den Inhalt erschwerten, konnte ich in der oberen, klaren Hälfte Details erkennen. Verfilzte Haare, ein rot kariertes Hemd, weiße, an den Gelenken gefesselte Hände. Ich zog Gummihandschuhe aus meinem Rucksack, streifte sie über und drehte das Bündel behutsam um.

Crowe hielt sich die Hand vor den Mund.

Ein purpurfarbenes, aufgedunsenes Gesicht, die Augen milchig und halb geschlossen. Aufgesprungene Lippen, eine vorquellende Zunge, die sich gegen das Plastik drückte wie ein riesiger Blutegel.

Mein Blick fiel auf etwas Ovales am Halsansatz, und ich richtete meine Lampe darauf. Ein Anhänger. Ich zog mein Taschenmesser heraus und schnitt das Plastik auf. Auf das Zischen entweichenden Gases folgte ein überwältigender Verwesungsgestank. Mein Magen hob sich, aber ich wich nicht zurück.

Mit angehaltenem Atem schob ich das Plastik mit der Messerspitze beiseite.

Auf der kleinen Silberplakette war deutlich eine männliche Silhouette zu sehen, die die Hände fromm am Hals gefaltet hatte. Gravierte Buchstaben bildeten einen Heiligenschein um den Kopf.

Der heilige Blasius.

Wir hatten den verschwundenen Angler mit den Halsbeschwerden gefunden. George Adair.

Für den Rückweg schlug ich eine andere Route vor. Crowe war einverstanden. Crowe ließ Bobby und George zur Sicherung des Schauplatzes zurück, und wir beide fuhren nach Bryson City zurück, wo wir Byron McMahon aus einem Football-Spiel rissen, das er sich im Aufenthaltsraum des High Ridge House anschaute. Gemeinsam verfassten wir eine eidesstattliche Erklärung, die der Special Agent direkt zu einem Bundesrichter in Asheville brachte.

Nach weniger als zwei Stunden rief McMahon Crowe an. Basierend auf der Möglichkeit eines Kapitalverbrechens und des wegen der Nähe zu Reservaten und Nationalparks möglichen Betroffenseins von Staatsgrund war ein Durchsuchungsbefehl ausgegeben worden.

Meine Aufgabe war es, Larke Tyrell anzurufen.

Ich erreichte den Leichenbeschauer zu Hause, und nach den Hintergrundgeräuschen zu urteilen, schaute er sich dasselbe Spiel an.

Obwohl Larkes Worte herzlich waren, spürte ich, dass mein Anruf ihn beunruhigte. Ich nahm mir nicht die Zeit, seine Befürchtungen zu zerstreuen oder mich für den späten Anruf zu entschuldigen.

Der ME hörte wortlos zu, während ich die Situation erklärte. Dann verstummte ich. Das Schweigen dehnte sich so lange, dass ich schon glaubte, die Verbindung sei unterbrochen.

»Larke?«

Als er sich wieder meldete, war sein Ton ein anderer.

»Ich will, dass Sie das übernehmen. Was brauchen Sie?«

Ich sagte es ihm.

»Können Sie es sich im Operations-Leichenschauhaus abholen?«

»Ja.«

»Brauchen Sie Personal?«

»Maggie und Stan.«

Maggie Burroughs und Stan Fryeburg waren Todesermittler vom Institut des Obersten Leichenbeschauers in Chapel Hill, die man für die Bearbeitung der TransSouth Air 228 nach Bryson City abgestellt hatte. Beide waren Absolventen meines Leichenbergungskurses an der Universität, und beide waren hervorragend.

»Sagen Sie ihnen, sie sollen um sieben fertig sein.«

»Okay.«

»Die Sache hat nichts mit dem Flugzeugabsturz zu tun, Larke.«

»Ich weiß. Aber es geht um Leichen in meinem Staat.«

Wieder entstand eine lange Pause. Ich hörte einen überdrehten Sportkommentator, eine jubelnde Menge.

»Tempe, ich –«

Ich half ihm nicht weiter.

»Das ist verdammt nochmal schon viel zu weit gegangen.«

Ich hörte das Freizeichen.

Was meinte er nur damit?

Doch es gab anderes, worüber ich mir den Kopf zerbrechen musste.

Am nächsten Tag stand ich bei Tagesanbruch auf und war um halb acht am Arthur-Haus. Die Szenerie hatte sich über Nacht verwandelt. Ein Deputy stand jetzt Wache an dem Kudzu-Tor, andere an der Haus- und der Hintertür. Ein Generator war angeworfen worden, und jede Lampe im Haus brannte.

Als ich ankam, half George McMahon gerade dabei, Bücher und Unterlagen in Kartons zu packen. Bobby bedeckte den Kaminsims mit weißem Pulver. Als ich auf dem Weg zur Küche an McMahon vorbeikam, zwinkerte er und wünschte mir viel Glück.

Die nächsten vier Tage verbrachte ich unter Tage, wie ein Bergarbeiter, stieg in der Morgendämmerung in den Keller, kam mittags für ein Sandwich und Kaffee wieder hoch und arbeitete dann unten weiter bis nach Einbruch der Dunkelheit. Ein Generator und Lampen wurden in den Keller geschafft, um meine unterirdische Welt zu erhellen, und so waren Tag und Nacht nicht mehr zu unterscheiden.

Tommy Albright traf am Morgen von Tag eins ein. Nachdem das Bündel, von dem ich sicher war, dass es George Adair enthielt, untersucht und fotografiert war, gab er die Leiche für den Transport ins Harris Regional Hospital in Sylva frei.

Während Maggie den Verwesungsfleck innerhalb der Hofmauer bearbeitete, half Stan mir, den Kellerboden zu fotografieren.

Dann exhumierten wir das Grab in der Nische, wobei wir die Leiche langsam freilegten, Körperposition und Grabumriss skizzierten und jeden Erdpartikel durchsiebten.

Das Opfer lag mit dem Gesicht nach unten auf einer Wolldecke, den einen Arm unter der Brust, den anderen über dem Kopf. Die Verwesung war fortgeschritten, die Organe nur noch Brei, Kopf und Hände größtenteils skelettiert.

Nachdem die Überreste vollständig freigelegt und dokumentiert waren, begannen wir mit den Transportvorbereitungen. Als wir die Leiche in einen Leichensack hoben, bemerkte ich, dass das linke Hosenbein zerrissen war und das Bein unterhalb des Knies fehlte.

Außerdem fielen mir konzentrische Brüche in der Schläfen-Scheitelregion des Schädels auf. Feine Risse gingen strahlenförmig von der zentralen Depressionsfraktur ab und machten aus dieser Schädelpartie ein Spinnennetz aus zersplitterten Knochen.

»Dem hat man aber einen Mordsschlag verpasst.« Stan hatte aufgehört zu sieben und schaute sich den Schädel an.

»Ja.«

Meine Empörung wuchs stündlich, wie es bei solchen Gelegenheiten immer geschah. Dem Opfer war ein schädelzertrümmernder Schlag versetzt worden, und dann hatte man es in ein Loch geworfen wie den Mulch des letzten Jahres. Was für ein Monster tat so etwas?

Ein anderer Gedanke bohrte sich durch meine Wut.

Diese Leiche war nur wenige Zentimeter tief vergraben. Trotz der Verwesung war noch eine beträchtliche Menge weiches Gewebe vorhanden, was auf einen relativ kürzlichen Tod hindeutete. Lagen darunter frühere Opfer? In anderen Nischen? Ich hielt alle meine Sinne geschärft.

Am zweiten Tag kam Maggie zu uns in den Keller, nachdem sie unter und um den Fleck im Hof herum ein Quadrat von drei Metern Kantenlänge dreißig Zentimeter tief ausgegraben hatte. Obwohl es eine mühselige Arbeit war, hatte es sich gelohnt. Noch zwei einzelne Zähne tauchten im Sieb auf.

Während Stan weiter die Erde der Grabstelle in der Nische durchsiebte, suchten Maggie und ich jeden Zentimeter des Kellerbodens ab und forschten nach Hinweisen auf vergrabene Gegenstände und nach Unterschieden in der Erdreichdichte. Wir fanden acht verdächtige Stellen, zwei in der ursprünglichen Begräbnisnische, zwei in der Hauptkammer und vier in einem toten Gang, der von der Westseite dieser Kammer abging.

Bis zum späten Nachmittag hatten wir bei jeder Stelle eine Testgrabung durchgeführt. Die verdächtigen Punkte im Hauptraum lieferten nur sterile Erde. Bei den sechs anderen fanden wir menschliche Knochen.

Ich erklärte Maggie und Stan, wie wir vorgehen würden. Für das Fotografieren und Durchsieben würde ich vom Sheriff Unterstützung anfordern. Stan würde in der Nische weiterarbeiten. Maggie und ich nahmen uns die Stellen im Gang vor.

Ich führte meine Crew mit professioneller Nüchternheit, wobei meine ruhige Stimme und mein gelassenes Gesicht so gar nicht zu meinem rasenden Herz passten. Mein schlimmster Albtraum war Realität geworden. Aber *was genau* war dieser Albtraum? Wie viele Leichen würden wir noch ausgraben, und warum waren sie hier?

Maggie und ich legten gerade die ersten beiden Gräber im Gang frei, als eine Gestalt am Eingang auftauchte und sich zwischen uns und eine Lampe in der Hauptkammer stellte. Ich konnte nicht erkennen, wer es war, und fragte mich, ob es sich um ein Mitglied des Transportteams handelte, das mir eine Frage stellen wollte.

Ein Schritt, und ich wusste es.

Larke Tyrell kam mit präzisem Schritt und kerzengeradem Rücken auf mich zu. Ich stand auf, grüßte ihn aber nicht.

»Ich habe versucht, Sie auf dem Handy anzurufen.«

»Die Presse terrorisiert mich mit Anrufen.«

»Wie viele sind es?«

»Bis jetzt zwei verweste Leichen und zwei Skelette. Aber es gibt noch Knochen an mindestens vier anderen Stellen.«

Sein Blick huschte von meinem Gesicht zu den Gruben, in denen Maggie und ich Skelette freilegten, beide mit stark angewinkelten und an den Körper gedrückten Gliedern.

»Sehen aus wie prähistorische Bündelgräber.«

»Ja, sind sie aber nicht.«

Er richtete den Blick wieder auf mich. »Sie erkennen das?«

»Ja.«

»Tommy hat die beiden Verwesten ins Harris Regional geschickt, aber die werden nicht wollen, dass ihr Autopsiesaal mit Beschlag belegt wird. Ich werde die Anweisung geben, dass alles in das Operations-Leichenschauhaus gebracht wird, und ich werde es offen halten, solange Sie es brauchen.«

Ich erwiderte nichts.

»Sie übernehmen das hier?«

»Natürlich.«

»Alles unter Kontrolle?«

»Hier schon.«

»Ich bin schon gespannt auf Ihren Bericht.«

»Ich bin bekannt für meine Schreibkünste.«

»Ich dachte, es interessiert Sie vielleicht, dass die letzten Passagiere der TransSouth Air identifiziert sind.«

»Petricelli und die Studenten auf 22A und B?«

»Petricelli, ja. Und einer der Studenten.«

»Nur einer?«

»Vor zwei Tagen rief der junge Mann, für den 22B reserviert war, seinen Vater aus Costa Rica an.«

»Er war gar nicht in der Maschine?«

»In der Abflughalle hatte ihm ein Mann tausend Dollar für seine Bordkarte angeboten.«

»Warum hat er sich nicht früher gemeldet?«

»Er war im Regenwald und völlig von der Außenwelt abgeschnitten. Von dem Absturz erfuhr er erst, als er nach San José zurückkehrte. Dann zögerte er ein paar Tage, bevor er zu Hause anrief, weil er Angst hatte, wegen des geschmissenen Semesters Probleme zu bekommen.«

»Wer war dann der Ersatzpassagier?«

»Der größte Pechvogel des Universums.«

Ich wartete.

»Ein Steuerberater aus Buckhead. Wir konnten ihn anhand eines Daumenabdrucks identifizieren.«

Nun sah er mich lange an. Ich starrte zurück. Die Spannung zwischen uns war greifbar.

»Das hier ist nicht der richtige Ort, Tempe, aber wir müssen reden. Ich bin eigentlich ein fairer Mann, aber ich habe mich unfair verhalten. Es wurde Druck ausgeübt.«

»Beschwerden.«

Obwohl Maggie den Blick gesenkt hielt, veränderte sich der Rhythmus ihrer Kelle. Ich wusste, dass sie lauschte.

»Sogar kluge Menschen treffen unkluge Entscheidungen.«

Und damit verschwand er.

Wieder fragte ich mich, was er meinte. Wer hatte unkluge Entscheidungen getroffen? Ich? Er? Jemand anders?

Die nächsten achtundvierzig Stunden verbrachte ich mit Kellen und Bürsten und menschlichen Knochen. Mein Team grub aus und dokumentierte, während Crowes Deputies die Überreste in Leichensäcke packten und Erde durchsiebten. Ryan brachte mir Kaffee und Donuts und Neuigkeiten von der Absturzermittlung. McMahon hielt mich über die oberirdischen Arbeiten auf dem Laufenden. Ich gab ihm Mrs. Veckhoffs Tagebuch und erläuterte ihm während der Mittagspausen meine Notizen und Theorien.

Ich vergaß die in Stein gemeißelten Namen. Ich vergaß die merkwürdigen Fratzen, die von Wänden und Decken herunterstarrten. Ich vergaß die bizarren unterirdischen Kammern und Höhlen, in denen ich arbeitete.

Wir bargen insgesamt acht Menschen, den letzten an Halloween.

Am Tag darauf erfuhren wir, wer die TransSouth Air in die Luft gejagt hatte.

28

»Eine Pfeife. Eine, die man sich in den Mund steckt und raucht.«

McMahon nickte.

»In einer karierten Tasche.« Ich konnte es kaum glauben.

»Ein Angestellter der Fluglinie erinnert sich, dass er diesem Kerl, der erst im letzten Augenblick ankam, sagte, seine Reisetasche sei zu groß für das Gepäckfach in der Kabine und er müsse sie abgeben. Der Kerl war verschwitzt und zerstreut, und er zog seine Sportjacke aus und stopfte sie in die Tasche, bevor er sie abgab. Es heißt, er hätte eine glühende Pfeife in der Jackentasche gehabt.«

»Was ist mit Rauchmeldern? Feuermeldern?«

»In Frachträumen gibt es so was nicht.«

Ryan, McMahon und ich saßen auf Klappstühlen in einem Besprechungszimmer der NTSB-Zentrale. Am Ende unserer Reihe konnte ich Larke Tyrell erkennen. Vorne saßen Leute der Bergungs- und Ermittlungsteams, hinter uns drängten sich Reporter.

Magnus Jackson gab eben eine Erklärung ab und projizierte Bilder auf einen Bildschirm hinter sich.

»TransSouth Air 228 wurde zum Absturz gebracht durch ein unvorhersehbares Zusammenwirken von Ereignissen, die Feuer, Explosion, Druckabfall und ein Auseinanderbrechen in der Luft zur Folge hatten. In dieser Reihenfolge. Ich gehe das jetzt Schritt für Schritt durch und beantworte Fragen erst, wenn ich fertig bin.«

Jackson tippte etwas auf einem Laptop, und eine Skizze der Passagierkabine erschien auf einem Bildschirm.

»Am vierten Oktober etwa gegen elf Uhr fünfundvierzig erschien Walter Lindenbaum bei dem TransSouth-Mitarbeiter James Sartore, um für den Flug 228 einzuchecken. Sartore hatte gerade den letzten Aufruf für die Passagiere dieses Flugs durchgegeben und erklärte, Mr. Lindenbaum sei extrem aufgeregt gewesen und habe befürchtet, wegen seiner verspäteten Ankunft seinen Platz verloren zu haben.

Mr. Lindenbaum hatte zwei Taschen, eine kleinere und eine größere Leinwandreisetasche. Sartore informierte Mr. Lindenbaum, dass in den Kabinenfächern über dem Kopf kein Platz mehr für die Reisetasche sei und dass sie auch nicht unter den Sitz passe. Er etikettierte die Tasche und sagte Mr. Lindenbaum, er müsse sie abgeben und im Frachtraum transportieren lassen. Daraufhin zog Mr. Lindenbaum eine Sportjacke aus Strickgewebe aus, steckte sie in die Reisetasche und ging an Bord der Maschine.«

Jackson präsentierte eine Kreditkartenquittung.

»Mr. Lindenbaums Kreditkartendaten weisen auf den Kauf einer Literflasche sechzigprozentigen Demerara-Rums am Abend vor dem Flug hin.«

Wieder ein paar Tastaturbefehle, und die Quittung wurde ersetzt durch verschiedene Aufnahmen einer verkohlten Leinentasche.

»Die Tasche Lindenbaums und ihr Inhalt, *und von all den an der Absturzstelle geborgenen Artefakten allein diese Gegenstände*« – er betonte dies, indem er seine Zuhörer eindringlich ansah – »zeigen geometrische Brandmuster, die Symmetrie und mehr Verbrennung innen als außen aufweisen.«

Er fuhr die Muster mit seinem Laser-Zeigestab nach.

»Gespräche mit Familienangehörigen haben ergeben, dass Walter Lindenbaum Pfeifenraucher war. Er hatte die Angewohnheit, beim Betreten von Nichtraucherzonen seine Pfeife in die Jackentasche zu stecken und sie später wieder zu entzünden. Alle Indizien deuten auf das Vorhandensein einer glimmenden Pfeife in der Tasche von Lindenbaums Jacke zu dem Zeitpunkt hin, als diese Jacke in den Gepäckraum kam.«

Im hinteren Teil des Zimmers erhob sich Murmeln. Hände schossen in die Höhe, Fragen wurden gerufen. Jackson ignorierte sie und projizierte zusätzliche Fotos von verbrannten, zuerst auseinander gebreiteten, dann zusammengelegten Kleidungsstücken auf den Bildschirm.

»Im Frachtraum rieselten glimmende Tabakbrösel und Asche aus dem Pfeifenkopf und erzeugten einen Schwelbrand im umgebenden Gewebe in der Tasche, was zu etwas führte, das wir einen Hot Spot, einen heißen Fleck also, nennen.«

Weitere Aufnahmen von verbrannter Leinwand und verkohlten Kleidungsstücken.

»Lassen Sie mich wiederholen. Geometrische Brandmuster wurden auf keinen anderen aus dem Wrack geborgenen Gegenständen gefunden. Ich werde hier nicht ins Detail gehen, aber die Pressemitteilung wird Aufschluss darüber geben, warum die Hinweise auf langsame Verbrennung zusammengelegter Kleidungsstücke innerhalb der Tasche durch nichts erklärt werden können, was *nach* einer Explosion in der Luft passierte.«

Das nächste Bild zeigte rauchgeschwärzte Glasfragmente.

»Mr. Lindenbaums Rumflasche. Innerhalb der nur locker gepackten Reisetasche breitete sich Rauch mit einer Temperatur entsprechend der des lokalen Brandherds aus, einer Temperatur, die höher war als die der Flasche und ihres Inhalts, welche an dem Brandprozess selbst nicht beteiligt waren. Die Flasche blieb intakt, Rauch legte sich darauf ab. Diese Ablagerungen, die hier auf diesem Bild zu sehen sind, wurden in unserem Labor analysiert. Die Zerfallsprodukte in diesem Rauch entsprechen dem von mir beschriebenen Ausgangspunkt. Auf der Flasche wurden, neben anderen Spuren, eindeutig Tabakspuren identifiziert, vor allem da der forensischen Analyse auch unverbrannter Tabak aus dem Pfeifenkopf zum Vergleich zur Verfügung stand.«

Jackson schaltete zu einer Skizze des Flugzeugs.

»In der Fokker-100 verlaufen Treibstoffleitungen unter dem Kabinenboden und über dem Frachtraum von den Tragflächentanks zu den Turbinen im Heck.«

Er fuhr den Verlauf mit seinem Zeigestab nach, schaltete zur Großaufnahme einer Treibstoffleitung und zoomte dann ein Verbindungsstück heran.

»Unser Strukturenteam hat Hinweise auf einen Ermüdungsriss in einer Leitungsverbindung gefunden, und zwar an der Stelle, wo diese Treibstoffleitung durch das Schott an der Rückseite des Frachtraums führt. Aller Wahrscheinlichkeit nach wurde dieser

Riss durch einen schadhaften Haltebolzen verursacht, der die Belastung der Muffe erhöhte.«

Das vergrößerte Bild eines Haarrisses füllte den Monitor.

»Die Hitze von dem Schwelbrand in Mr. Lindenbaums Reisetasche vergrößerte den Riss, und das führte dazu, dass winzige Mengen verdunsteten Treibstoffs aus der Leitung in den Frachtraum entwichen.«

Er projizierte ein schmutziges und verfärbtes Metallteil auf den Bildschirm.

»Lokale Materialschwächung durch Hitzeeinwirkung, die sich als lokale Verfärbung zeigt, ist deutlich an der Stelle der Leitung zu erkennen, wo die Hitze letztendlich zu einem Defekt führte. Ich zeige Ihnen jetzt die Simulation.«

Tasten klickten, der Bildschirm wurde schwarz und zeigte dann die Animation eines F-100-Flugs. Am oberen Rand tickte die Zeit in Sekunden.

Lindenbaums Reisetasche war hoch oben im linken hinteren Teil des Frachtraums zu erkennen, direkt unter den Sitzen 23A und B. Mit einem kalten Kloß in der Magengrube sah ich zu, wie er sich von Rosa zu Lachs und zu Rot verfärbte.

»Schwelbrand in der Reisetasche«, erläuterte Jackson. »Eine erste Entzündungssequenz.«

Hellblaue Pünktchen begannen aus der Tasche zu quellen.

»Rauch.«

»Der Frachtraum hat denselben Luftdruck wie die Passagierkabine, das heißt, er wird mit Luft versorgt, die einen entsprechenden Sauerstoffanteil enthält. Wichtig dabei ist, dass sich dort unten eine Menge warmer Luft bewegte.«

Der Dunst löste sich langsam auf. Die Ränder von Lindenbaums Tasche färbten sich rot.

»Der Rauch war zwar anfangs noch in der Tasche gefangen, doch mit der Zeit quoll er nach draußen. Schließlich drang die Hitze durch, und es entstand eine Entwicklung zu einem laminaren Aufflammen außerhalb der Tasche, was die Koffer zu beiden Seiten der Tasche entzündete und zu dichter Rauchentwicklung führte.«

Winzige schwarze Punkte zeigten sich an der Treibstoffleitung an der Innenwand des Frachtraums. Ich sah gebannt zu, wie die Punkte sich vervielfältigten und langsam nach unten sanken oder von der Luftbewegung mitgerissen wurden.

»Nun begann die zweite Entzündungssequenz. Als der Treibstoff aus der unter Überdruck stehenden Leitung zu entweichen begann, war die Menge so gering, dass er verdunstete und sich mit der Luft vermischte. Als der Treibstoff sich in gasförmigem Zustand ausdehnte, sank er nach unten, da Treibstoffdämpfe schwerer sind als die Umgebungsluft. Zu diesem Zeitpunkt muss in der Kabine ein deutlicher Geruch spürbar gewesen sein.«

In der Passagierkabine zeigten sich winzige blaue Schwaden.

»Rauch drang durch Ventilation, Heizung und Klimaanlage in die Kabine und schließlich durch das Druckausgleichsventil nach draußen.«

Ich dachte an Jean Bertrand. Hatte er den Geruch bemerkt? Den Rauch gesehen?

Nun war ein Blitz zu sehen, Rot breitete sich von Lindenbaums Tasche aus, und ein gezacktes Loch zeigte sich im hinteren Teil des Frachtraums.

»Zwanzig Minuten und einundzwanzig Sekunden nach dem Start kamen Treibstoffdämpfe in Kontakt mit einem Kabelstrang, bei dem offensichtlich Funkenüberschlag stattfand, und entzündeten sich in einer ohrenbetäubenden Explosion. Diese Explosion ist auf dem Cockpit-Stimmrekorder zu hören.«

Ich erinnerte mich an Ryans Bericht über die letzten Worte des Piloten und fühlte dieselbe Hilflosigkeit, die er beschrieben hatte.

»Der Stromkreis fiel aus.«

Ich dachte an die Passagiere. Hatten sie die Erschütterung gespürt? Die Explosion gehört? Wussten sie, dass sie sterben würden?

»Die Druckwelle dieser ersten Explosion drang aus dem unter Druck stehenden Frachtraum in den drucklosen Rumpfteil dahinter und riss Teile aus dem Flugzeug. An diesem Punkt entwich weiterer Treibstoff aus der Leitung und führte zu einem heftig lodernden Feuer im Frachtraum.«

Jackson identifizierte Teile, die aus dem Flugzeug brachen und in die Tiefe stürzten.

»Außenhaut des Hecks. Bremsklappen.«

Es war totenstill im Raum.

»Druckwellen drangen dann in das Leitwerk und rissen Höhen- und Seitenruder ab.«

Das Flugzeug in der Animation kippte mit der Nase nach unten und stürzte mit noch intakter Passagierkabine in die Tiefe. Jackson drückte auf eine Taste, und der Bildschirm wurde schwarz.

Niemand schien sich zu rühren oder nur zu atmen. Sekunden vergingen. Ich hörte ein Schluchzen, vielleicht holte auch nur jemand tief Atem. Ein Husten. Und dann redeten alle auf einmal.

»Mr. Jackson –«

»Warum gab es keine Rauchmeld –«

»Mr. Jack –«

»Ich beantworte die Fragen eine nach der anderen.«

Jackson deutete auf eine Frau mit einer Buddy-Holly-Brille.

»Wie lange hat es gedauert, bis die Hitze in der Reisetasche so groß war, dass ein Feuer entstand?«

»Lassen Sie mich eins noch einmal deutlich machen. Wir reden hier von einem Schwelbrand, eine glimmende Art der Verbrennung, die entsteht, wenn der wenige vorhandene Sauerstoff in Kontakt kommt mit einem Feststoff, Kohle etwa oder Holzscheite. Dies ist kein Aufflammen. In einem engen Raum wie etwa dem Inneren der Tasche kann ein Schwelbrand schon bei zweihundertfünfzig bis dreihundertfünfzig Grad Celsius erreicht und aufrechterhalten werden.«

Er deutete auf einen anderen Journalisten.

»Wie konnte die Rumflasche das Feuer in der Tasche überstehen?«

»Ganz einfach. Am anderen Ende des Temperaturspektrums kann ein Schwelbrand sechshundert bis sechshundertfünfzig Grad Celsius erreichen, das ist die Temperatur einer brennenden Pfeife oder Zigarette. Das reicht kaum aus, um eine Flüssigkeit enthaltende Glasflasche zu verändern.«

»Und die Rauchablagerungen bleiben auf der Flasche?«

»Ja. Außer sie wird über längere Zeit einem sehr intensiven Feuer ausgesetzt, was nicht der Fall war, da es innerhalb der Tasche passierte.«

Sein Finger wanderte weiter.

»Die Ermüdungsspuren im Metall haben das Feuer ebenfalls überstanden?«

»Um Stahl zu schmelzen, braucht man Temperaturen von weit über tausend Grad Celsius. Rissspuren, die typische Hinweise auf Ermüdung sind, überstehen im Allgemeinen Feuer der Art, wie ich sie beschrieben habe.«

Er deutete auf einen Reporter des *Charlotte Observer.*

»Bekamen die Passagiere mit, was passierte?«

»Diejenigen, die nahe am Explosionspunkt saßen, haben wahrscheinlich die Erschütterung gespürt. Aber alle dürften die Explosion gehört haben.«

»Was ist mit Rauch?«

»Rauch dürfte über die Heizung und die Klimaanlage in die Passagierkabine gelangt sein.«

»Waren die Passagiere die ganze Zeit bei Bewusstsein?«

»Die Art von Verbrennung, die ich beschrieben habe, kann giftige Gase freisetzen, die sehr schnell auf Menschen wirken.«

»Wie schnell?«

»Bei Alten und sehr Jungen vielleicht schon nach neunzig Sekunden.«

»Konnten diese Gase in die Passagierkabine gelangt sein?«

»Ja.«

»Wurden in den Opfern Spuren von Rauch oder giftigen Gasen gefunden?«

»Ja. Dr. Tyrell wird dazu gleich eine Erklärung abgeben.«

»Wie können Sie bei so viel Rauch so sicher sein in Bezug auf die Herkunft der Ablagerungen auf der Rumflasche?« Der Frager sah aus, als wäre er erst sechzehn.

»Es wurden Fragmente von Lindenbaums Pfeife geborgen, und mit Hilfe von unverbrannten Tabakkrümeln im Pfeifenkopf wurden vergleichende Untersuchungen angestellt. Die Ablagerungen auf der Flasche waren Nebenprodukte der Verbrennung dieses Tabaks.«

»Wie konnte es zu dem Treibstoffleck kommen?«

»Als das Feuer im Frachtraum ausbrach, kamen die Flammen nur mit einem Teilstück der Treibstoffleitung in Kontakt. Dies dehnte die Leitungswand oder führte zu einer Belastung, die den Haarriss ein Stückchen weiter öffnete.«

Jackson rief einen Reporter auf, der ein bisschen aussah und klang wie Dick Cavett.

»Soll das heißen, dass das ursprüngliche Feuer die Explosion nicht direkt verursachte?«

»Ja.«

»Was verursachte dann die Explosion?«, fragte er weiter.

»Ein Kurzschluss. Das ist die zweite Entzündungssequenz.«

»Wie sicher können Sie sich sein?«

»Relativ sicher. Wenn Strom eine Explosion auslöst, geht die elektrische Energie nicht verloren, sondern wird irgendwo geerdet. Schäden, die durch elektrische Erdung hervorgerufen werden, konnten an eben jenem Teilstück der Treibstoffleitung festgestellt werden. Solche Schäden findet man normalerweise an Kupfergegenständen und eher selten an Stahlteilen.«

»Ich kann nicht glauben, dass das Feuer in der Tasche die Explosion nicht ausgelöst hat.« Cavett machte nur einen schwachen Versuch, seine Skepsis zu verbergen. »Wäre das denn nicht der Normalfall?«

»Ihre Frage ist durchaus sinnvoll. Das dachten wir zunächst nämlich auch, aber sehen Sie, in einer so kurzen Entfernung von der Quelle des Entweichens sind die Dämpfe noch nicht genug mit Luft durchmischt. Die Dämpfe müssen sich mischen, bevor es zu einer Entzündung kommen kann, aber wenn sie es tun, ist die Explosion ohrenbetäubend.«

Eine andere Hand.

»Wurde die Analyse von staatlich geprüften Feuer- und Explosionsspezialisten durchgeführt?«

»Ja. Es wurden Experten von außen herangezogen.«

Der nächste Frager stand auf.

Achtundachtzig Menschen hatten ihr Leben gelassen, weil ein Mann nur mit dem einen Gedanken beschäftigt gewesen war, dass er seinen Sitzplatz verlieren könnte. Das Ganze war ein tragischer Fehler.

Ich schaute auf die Uhr. Crowe wartete sicher schon auf mich.

Wie betäubt schlich ich aus dem Zimmer. Auf mich warteten Opfer, deren Tod nicht auf schlichte Nachlässigkeit zurückzuführen war.

Die Kühllaster waren vom Parkplatz des *Alarka Fire Department* verschwunden. Jetzt standen nur die ausgelagerten Löschzüge der Feuerwehr und die Fahrzeuge meiner Mitarbeiter herum. Ein einzelner Deputy bewachte die Einfahrt.

Crowe war bereits dort, als ich ankam. Als sie mich sah, stieg sie aus ihrem Streifenwagen, nahm eine schmale Ledertasche vom Rücksitz und wartete. Der Himmel war zinngrau, ein kalter Wind blies durch die Schlucht. Böen rissen an ihrer Hutkrempe und verformten sie.

Ich ging zu ihr, und gemeinsam betraten wir das Operations-Leichenschauhaus, das jetzt allerdings einer anderen Operation diente. Stan und Maggie arbeiteten an Autopsietischen und arrangierten Knochen, wo noch vor kurzem Unfallopfer gelegen hatten. Auf vier Tischen standen ungeöffnete Kartons.

Ich begrüßte mein Team und eilte zu der Kabine, die ich als Büro benutzte. Während ich meine Jacke mit einem Labormantel vertauschte, setzte Crowe sich auf den Stuhl vor dem Schreibtisch, öffnete die Tasche und holte mehrere Ordner heraus.

»1979 war 'ne Niete. Alle Vermisstenfälle wurden aufgeklärt. 72 habe ich zwei.«

Sie öffnete den ersten Ordner.

»Mary Francis Rafferty, weiße Frau, einundachtzig Jahre alt. Lebte allein in Dillsboro. Ihre Tochter besuchte sie jeden Samstag. An einem Wochenende war Rafferty nicht zu Hause. Wurde nie wieder gesehen. Man nahm an, sie hatte sich verirrt und war an Unterkühlung gestorben.«

»Wie oft haben wir das schon gehört?«

Sie öffnete den nächsten Ordner.

»Sarah Ellen Deaver, weiße Frau, neunzehn Jahre alt. Verließ ihr Zuhause, um zu ihrer Arbeitsstelle in einem Gemischtwarenladen am Highway 74 zu gehen. Kam dort nie an.«

»Ich bezweifle, dass wir Deaver da draußen liegen haben. Was Neues von Tommy Albright?«

»George Adair ist eindeutig identifiziert«, erwiderte Crowe.

»Zahnbefund?«, fragte ich.

»Ja.« Pause. »Wissen Sie, dass der Leiche in dieser ersten Nische der linke Fuß fehlte?«

»Albright hat mich angerufen.«

»Jeremiah Mitchells Tochter glaubte, einige der Kleidungsstücke wieder zu erkennen. Wir bekommen Blut von einer Schwester.«

»Albright hat mich gebeten, Knochenproben zu entnehmen. Tyrell hat versprochen, sie zügigst zu bearbeiten. Haben Sie die anderen Daten überprüft?«

»Albert Odells Familie hat mir den Namen seines Zahnarztes genannt.«

»Ist das der Apfelfarmer?«

»Odell ist der einzige Vermisstenfall aus 86, der noch nicht geklärt ist.«

»Viele Zahnärzte heben ihre Unterlagen keine zehn Jahre lang auf.«

»Dr. Welch klang nicht gerade wie das allerhellste Licht. Ich fahre heute Nachmittag nach Lauada, um mir anzusehen, was er hat.«

»Was ist mit den anderen?« Schon als ich die Frage stellte, wusste ich, wie die Antwort lauten würde.

»Das wird schwierig. Bei Adams und Farrell ist es fünfzig Jahre her, bei Tramper vierzig.«

Sie zog noch drei weitere Ordner heraus und legte sie auf den Tisch.

»Das ist alles, was ich ausgraben konnte.« Sie stand auf. »Ich lasse Sie wissen, was ich vom Zahnarzt bekommen habe.«

Nachdem sie gegangen war, überflog ich die Ordner. Der für Tucker Adams enthielt nur die Zeitungsartikel, die ich bereits gesehen hatte.

Edna Farrells Akte war ein bisschen besser, denn sie enthielt auch handschriftliche Notizen aus der Zeit ihres Verschwindens. Es gab eine Aussage von Sandra Jane Farrell mit einem Bericht über Ednas letzte Tage und einer detaillierten körperlichen Beschreibung. Edna war als junge Frau von einem Pferd gefallen, und Sandra beschrieb das Gesicht ihrer Mutter als »schief«.

Ich nahm ein Schwarzweißfoto mit gezacktem Rand zur Hand. Das Bild war zwar unscharf, die Asymmetrie des Gesichts jedoch deutlich zu erkennen.

»Arme Edna.«

Es gab Fotos von Charlie Wayne Tramper, und über sein Verschwinden und seinen Tod wurde in mehreren Zeitungsartikeln berichtet. Ansonsten gab es an schriftlicher Information kaum etwas.

Die folgenden Tage waren wie die ersten, die ich im *Alarka Fire Department* zugebracht hatte: Ich lebte mit den Toten von morgens bis abends. Stunde um Stunde sortierte und arrangierte ich Knochen, bestimmte Geschlecht und Rasse, schätzte Größe und Alter. Ich suchte nach Hinweisen auf alte Verletzungen, angeborene Besonderheiten und Spuren ständig wiederholter Bewegungen. Für jedes Skelett erstellte ich ein so vollständiges Profil, wie es für Überreste ohne jedes weiche Gewebe möglich war.

In gewisser Weise war es wie die Bearbeitung eines Flugzeugabsturzes, bei dem die Namen aus der Passagierliste bekannt sind. Ausgehend von Veckhoffs Tagebuch war ich überzeugt, dass ich es nur mit einem eingeschränkten Personenkreis zu tun hatte, weil seine Listen präzise zum Verschwinden älterer Bürger des Swain und der angrenzenden Counties passten: 1943 Tucker Adams, 1949 Edna Farrell, 1959 Charlie Wayne Tramper, 1986 Albert Odell.

Wir fingen mit den Leichen im Gang an, weil wir sie für die ältesten hielten. Während Stan und Maggie reinigten, sortierten, nummerierten und fotografierten, untersuchte ich die Knochen.

Edna Farrell fand ich ziemlich schnell. Skelett Nummer vier stammte von einer älteren Frau, deren rechte Wangen- und Kieferknochen wegen Brüchen, die ohne angemessene Behandlung verheilt waren, deutlich von der linken Gesichtshälfte abwichen.

Skelett Nummer fünf war unvollständig, es fehlten Teile des Brustkorbs, der Arme und der unteren Beine. Verstümmelungen durch Tiere waren reichlich vorhanden. Charakteristika des Beckens sagten mir, dass die Person männlich und alt gewesen war. Ein kugelförmiger Schädel, ausladende Wangenknochen und eine schaufelförmige Verbreiterung der Schneidezähne deuteten auf indianische Herkunft hin. Die statistische Analyse wies den Schädel eindeutig dem mongoliden Lager zu. Charlie Wayne Tramper?

Nummer sechs, das am schlechtesten erhaltene Skelett, war das eines älteren kaukasoiden Mannes, der zum Zeitpunkt seines Todes zahnlos gewesen war. Die Knochen ermöglichten mir eine Größenschätzung von über eins achtzig, wiesen aber sonst keine identifikationsdienlichen Merkmale auf. Tucker Adams?

Skelett Nummer drei war das eines älteren Mannes mit verheilten Brüchen der Nase, des Kiefers, der dritten, vierten und fünften Rippen und des rechten Wadenbeins. Ein langer, schmaler Schädel, ein breiter Nasenrücken, ein glatter Nasenrand und eine vorstehende untere Gesichtshälfte deuteten darauf hin, dass der Mann schwarz gewesen war. Die Ergebnisse des Fordisc-2.0-Programmes ebenfalls. Ich nahm an, dass es das Opfer von 1979 war.

Als Nächstes untersuchte ich die Opfer, die wir in der Kammer mit Mitchell und Adair gefunden hatten.

Skelett Nummer zwei war das eines älteren Mannes. Arthritische Veränderungen in den rechten Schulter- und Armknochen deuteten auf ständig wiederholtes Strecken der Hand über den Kopf hin. Apfelpflücken? Ausgehend vom Erhaltungszustand schätzte ich, dass diese Person später als die im Gang Begrabenen gestorben war. Der Apfelfarmer Albert Odell?

Skelett Nummer eins war das einer älteren weißen Frau mit fortgeschrittener Arthritis und nur sieben Zähnen. Mary Francis Rafferty, die Frau aus Dillsboro, deren Tochter das Haus ihrer Mutter 1972 leer vorgefunden hatte?

Am späten Samstagnachmittag war ich mir ziemlich sicher, dass ich den Skeletten ihre richtigen Namen zugewiesen hatte. Lucy Crowe half mir, indem sie Albert Odells zahnärztliche Unterlagen fand, und Reverend Luke Bowman, indem er sich an Tucker Adams Größe erinnerte. Eins achtundachtzig.

Und ich hatte eine ziemlich gute Vorstellung, was die Todesart anging.

Das Zungenbein ist ein kleiner, hufeisenförmiger Knochen zwischen Unterkiefer und Kehlkopf. Bei Älteren, deren Knochen oft spröde sind, bricht das Zungenbein, wenn seine beiden Hälften zusammengedrückt werden. Die häufigste Ursache für einen solchen Druckbruch ist die Strangulierung.

Tommy Albright rief an, als ich eben Schluss machen wollte.

»Haben Sie noch weitere Zungenbeinbrüche gefunden?«

»Bei fünf von den sechs.«

»Bei Mitchell auch. Der muss sich ziemlich gewehrt haben. Als sie ihn nicht strangulieren konnten, haben sie ihm den Schädel eingeschlagen.«

»Adair?«

»Nein. Aber es gibt Petechien.«

Petechien sind winzige Blutklumpen, die als Pünktchen in Augen und Kehle auftreten und deutliche Hinweise auf eine Erstickung sind.

»Wer zum Teufel stranguliert denn alte Leute?«

Ich antwortete nicht. Ich hatte an den Skeletten auch andere Verletzungen gesehen. Verletzungen, die mich verwirrten. Verletzungen, über die ich erst reden wollte, wenn ich mehr wusste.

Nachdem ich aufgelegt hatte, ging ich zu Skelett vier, nahm die Oberschenkelknochen und hielt sie unter das Vergrößerungsglas.

Ja. Es war da. Es war real.

Nun holte ich die Oberschenkelknochen jedes Skelettes und ging damit zu einem Seziermikroskop.

Winzige Furchen umringten jeden rechten proximalen Schaft und liefen die Linea aspera entlang, die raue Knochenleiste an der Rückseite, an der die Muskeln befestigt sind. Andere Schlitze verliefen horizontal auf und unter den Gelenken. Obwohl die Anzahl der Spuren variierte, stimmte ihre Verteilung bei allen Opfern überein.

Ich stellte die höchstmögliche Vergrößerung ein.

Als ich scharf stellte, wurden aus den Furchen scharfkantige, im Querschnitt v-förmige Vertiefungen.

Schnittspuren. Aber wie konnte das sein? Ich hatte natürlich schon Schnittspuren auf Knochen gesehen, aber nur in Fällen von Verstümmelung. Bis auf Charlie Wayne Tramper und Jeremiah Mitchell waren diese Opfer intakt vergraben worden.

Warum dann? Und warum nur am rechten Oberschenkel? War es wirklich immer nur der rechte Oberschenkel?

Ich war eben dabei, jeden Knochen noch einmal zu untersuchen, als Andrew Ryan zur Tür hereinplatzte.

Maggie, Stan und ich schauten erschrocken hoch.

»Habt ihr die Nachrichten gehört?«, fragte Ryan mit hochrotem Gesicht. Er schwitzte trotz der Kälte.

Wir schüttelten den Kopf.

»Vor ungefähr drei Stunden wurde Parker Davenport tot aufgefunden.«

29

»Tot?«

Gefühle kochten in mir hoch. Schock. Mitleid. Wut. Skepsis.

»Wie?«

»Eine einzelne Kugel ins Hirn. Ein Assistent fand ihn zu Hause.«

»Selbstmord?«

»Oder jemand wollte es so aussehen lassen.«

»Macht Tyrell das Postmortem?«

»Ja.«

»Haben die Medien schon Wind bekommen?«

»O ja. Die machen sich in die Hosen, so scharf sind sie auf Informationen.«

Erleichterung. Der Druck auf mich würde jetzt aufhören. Schuldbewusstsein. Ein Mann ist tot, und du denkst zuerst an dich.

»Aber die Sache ist besser unter Verschlag als die Kriegspläne der Vereinigten Staaten.«

»Hat Davenport einen Abschiedsbrief hinterlassen?«

»Gefunden wurde keiner. Was gibt's hier?« Er deutete auf die Autopsietische.

»Hast du ein bisschen Zeit?«

»Der Absturz wurde verursacht durch Achtlosigkeit und technisches Versagen.« Er breitete die Arme aus. »Ich bin ein freier Mann.«

Die Uhr an der Wand zeigte sieben Uhr fünfundvierzig. Ich sagte Maggie und Stan, sie könnten Feierabend machen, führte dann Ryan in meinen Verschlag und erläuterte ihm Veckhoffs Tagebuch.

»Du willst damit andeuten, dass jeweils nach dem Tod prominenter Bürger wahllos ältere Menschen ermordet wurden?« Er versuchte, seine Skepsis zu unterdrücken, aber ich hörte sie trotzdem.

»Ja.«

»Und niemand ist das aufgefallen.«

»Dass Leute verschwanden kam nicht häufig genug vor, um ein System nahe zu legen, und die Auswahl älterer Leute erregte weniger Aufsehen.«

»Und dieses Oma-Morden läuft seit einem halben Jahrhundert?«

»Länger.«

Es klang absurd, und das machte mich unsicher. Und wenn ich unsicher bin, werde ich schnippisch.

»Auch Opas waren für die Freiwild.«

»Und die Täter benutzten das Arthur-Haus, um die Leichen zu entsorgen.«

»Ja, aber nicht nur für die Entsorgung.«

»Und das war eine Art Gruppe, in der jeder einen Codenamen hatte.«

»Hat«, blaffte ich.

Schweigen.

»Redest du von einer Sekte?«

»Nein. Ja. Ich weiß es nicht. Ich glaube nicht. Aber ich glaube, dass die Opfer zu einer Art Ritual benutzt wurden.«

»Wie kommst du darauf?«

»Komm mit.«

Ich führte ihn von Tisch zu Tisch, benannte die Opfer und zeigte ihm Details. Schließlich führte ich ihn zum Seziermikroskop und stellte die Linse über Edna Farrells rechtem Oberschenkelknochen scharf. Nachdem er ihn sich angeschaut hatte, legte ich Tucker Adams Oberschenkelknochen darunter. Dann Raffertys und Odells.

Das Muster war unmissverständlich. Dieselben Kerben. Dieselbe Verteilung.

»Was ist das?«

»Schnittspuren.«

»Wie von einem Messer?«

»Von etwas mit einer scharfen Klinge.«

»Was soll das heißen?«

»Ich weiß es nicht.«

Jeder Knochen gab ein leises Klappern von sich, als ich ihn auf den Edelstahl zurücklegte. Ryan sah mich mit undurchdringlicher Miene an.

Mein Absätze klackten laut, als ich zum Waschbecken ging und danach in meinen Verschlag, um den Labormantel aus- und meine Jacke anzuziehen. Als ich zurückkehrte, stand Ryan vor dem Skelett, von dem ich glaubte, dass es dem Apfelfarmer Albert Odell gehörte.

»Dann weißt du also, wer die Opfer sind.«

»Bis auf diesen Herren hier.« Ich deutete auf den älteren männlichen Schwarzen.

»Und du glaubst, sie wurden stranguliert.«

»Ja.«

»Und warum?«

»Rede mit McMahon. Das ist Polizeiarbeit.«

Ryan folgte mir auf den Parkplatz. Als ich mich hinters Steuer setzte, stellte er mir noch eine letzte Frage.

»Was für ein verdammter Perverser würde sich alte Leute schnappen, sie erwürgen und dann mit ihren Leichen spielen?«

Die Antwort sollte aus einer unerwarteten Quelle kommen.

Im High Ridge House machte ich mir ein Sandwich mit Schinken und Salat, nahm mir eine Tüte Sunchips und eine Hand voll Schokokekse und ging nach draußen, um mit Boyd zu essen. Obwohl ich mich ausführlich für die Vernachlässigung während der vergangenen Woche entschuldigte, bewegten seine Augenbrauen sich kaum, und die Zunge blieb unsichtbar. Der Hund war sauer.

Noch mehr Schuldbewusstsein. Noch mehr Selbstvorwürfe.

Nachdem ich Boyd das Sandwich, die Chips und die Kekse gegeben hatte, füllte ich seine Schüsseln mit Wasser und Hundefutter und versprach ihm für den folgenden Tag einen langen Spaziergang. Er beschnupperte das Futter, als ich mich davonschlich.

Ich machte mir noch einmal etwas zu essen und ging mit dem Teller auf mein Zimmer. Auf dem Boden lag ein Zettel. Nach der Art der Zustellung nahm ich an, dass er von McMahon stammte.

Tat er auch. Er fragte, ob ich tags darauf in der FBI-Zentrale vorbeikommen könne.

Ich verschlang mein Abendessen, nahm ein heißes Bad und rief einen Kollegen in der UNC-Chapel Hill an. Es war zwar schon nach elf, aber ich kannte Jims Gewohnheiten. Keine Vorlesungen am Vormittag. Zu Hause gegen sechs. Nach dem Abendessen ein Zehn-Kilometer-Lauf, dann zurück in sein Archäologie-Institut bis gegen zwei Uhr morgens. Sogar wenn er Ausgrabungen betrieb, blieb Jim ein Nachtmensch.

Nach der Begrüßung und einem kurzen Austausch über unsere jüngsten Erlebnisse bat ich ihn um seine Hilfe.

»Machen Sie jetzt wieder Archäologie?«

»Es macht mehr Spaß als meine übliche Arbeit«, erwiderte ich unverbindlich.

Ich beschrieb die merkwürdigen Kerben und Furchen, ohne genauer auf die Opfer einzugehen.

»Wie alt ist das Zeug?«

»Nicht sehr alt.«

»Es ist komisch, dass die Spuren sich auf einen einzelnen Knochen beschränken, aber das Muster, das Sie beschreiben, klingt verdächtig. Ich faxe Ihnen drei neuere Artikel und ein paar von meinen eigenen Fotos.«

Ich dankte ihm und gab ihm die Nummer des Leichenschauhauses.

»Wo ist das?«

»Swain County.«

»Arbeiten Sie mit Midkiff?«

»Nein.«

Als Nächstes rief ich Katy an. Wir redeten über ihr Studium, über Boyd, über einen Rock, den sie in einem Victoria's-Street-Katalog gesehen hatte. Wir machten Pläne für den Strandurlaub an Thanksgiving. Von den Morden und meiner wachsenden Beklommenheit sagte ich kein Wort.

Nach dem Anruf ging ich ins Bett, lag im Dunkeln da und führte mir die Skelette, die wir im Keller gefunden hatten, noch einmal vor Augen. Obwohl ich noch nie einen wirklichen Fall in der Richtung gesehen hatte, wusste ich in meinem Herzen, was diese merkwürdigen Spuren bedeuteten.

Aber warum?

Ich empfand Grauen. Ich spürte Ungläubigkeit. Dann fühlte ich nichts mehr, bis die Sonne um sieben Uhr früh mein Gesicht wärmte.

Jims Fotos und Artikel lagen auf dem Faxgerät, als ich im Leichenschauhaus ankam. *Nature*, *Science* und *American Antiquity.* Ich las jeden Artikel und betrachtete die Fotos. Dann untersuchte ich jeden Schädel und jeden langen Knochen noch einmal und machte Polaroids von allem, was verdächtig aussah.

Doch ich konnte es noch immer nicht glauben. In uralten Zeiten, bei uralten Völkern, ja. Aber im modernen Amerika passierte so etwas nicht.

Eine plötzliche Synapse.

Noch ein Anruf. Colorado. Nach zwanzig Minuten noch ein Fax.

Ich starrte es an, und das Blatt zitterte leicht in meiner Hand.

Großer Gott. Es war unbestreitbar.

Ich fand McMahon in seiner provisorischen Zentrale im *Bryson City Fire Department*. Wie im Leichenschauhaus hatte sich auch im FBI-Büro die Funktion geändert. McMahon und seine Kollegen ermittelten nun nicht mehr in einem Flugzeugabsturz, sondern in einem Verbrechen, und ihr Paradigma hieß nicht mehr Terrorismus, sondern Mord.

Platz, der bis vor kurzem von der NTSB beansprucht worden war, war jetzt leer, und mehrere Kabinen waren zusammengelegt worden, um eine Art Bereitschaftsraum für die Einsatztruppe zu schaffen. Anschlagtafeln, auf denen früher die Namen von Terroristengruppen und militanten Radikalen gestanden hatten, zeigten jetzt die der acht ermordeten Opfer. In einer Gruppe die eindeutig identifizierten: Edna Farrell. Albert Odell. Jeremiah Mitchell. George Adair. In einer anderen die noch Unbekannten oder noch Fraglichen: Mister X. Tucker Adams. Charlie Wayne Tramper. Mary Francis Rafferty.

Obwohl bei jedem Namen das Datum des Verschwindens stand, unterschieden sich Menge und Art der Informationen deutlich von Tafel zu Tafel.

Am anderen Ende des Raums zeigten andere Tafeln Fotos des Arthur-Hauses. Ich erkannte die Schlafkojen auf dem Dachboden,

den Tisch im Esszimmer, den offenen Kamin im großen Zimmer. Gerade betrachtete ich die Fotos der Wandgemälde im Keller, als McMahon zu mir kam.

»Fröhliche Sachen.«

»Sheriff Crowe meinte, das sei eine Kopie von Goya.«

»Sie hat Recht. Es ist *Saturn verschlingt seine Kinder.*«

Er tippte auf ein Foto der Floßszene.

»Das da ist von Théodore Géricault. Kennen Sie ihn?«

Ich schüttelte den Kopf.

»Es heißt *Das Floß der Medusa.*«

»Wie lautet die Geschichte dahinter?«

»Das überprüfen wir noch.«

»Wer ist der Bär?«

»Gleiche Antwort.«

Er zog eine Reißzwecke mit dem Fingernagel heraus und gab mir eine Liste.

»Kommt Ihnen jemand von der Besetzungsliste bekannt vor?«

»Die Namen an den Tunnelwänden?«

»Ja. Special Agent Rayner arbeitet daran.«

Drei Klapptische standen an der Rückwand des Raums. Auf einem stand ein Computer, auf den anderen Kartons, jeder mit einem Datum und der Herkunft seines Inhalts beschriftet: *Küchenschublade L3*; *Wohnzimmer, Bücherregal an der Nordwand*. Auf dem Boden stapelten sich noch andere Schachteln.

Ein junger Mann in Hemdsärmeln und Krawatte arbeitete am Computer. Ich hatte ihn schon im Arthur-Haus gesehen, aber wir waren uns noch nicht vorgestellt worden. McMahon deutete von dem Agenten zu mir.

»Roger Rayner, Tempe Brennan.«

Rayner sah hoch, lächelte und wandte sich dann wieder seinem Computer zu.

»Ein paar von den Offensichtlichen haben wir bereits identifiziert. Die griechischen und die römischen Götter zum Beispiel.«

Ich sah Bemerkungen hinter den Namen. Kronos. Dionysos. Die Töchter des Minos. Die Töchter des Pelias. Polyphem.

»Der Papst und der Aztekenkaiser waren gleich klar. Aber wer zum Teufel ist Dasakumaracita? Oder Abd al-Latif? Oder Hamatsa?« Er sprach die Namen Silbe um Silbe aus. »›Sawney Beane‹ oder ›John Gregg‹ kann ich wenigstens aussprechen.«

Er fuhr sich mit der Hand durch die Haare, und sie blieben stehen wie ein Hahnenkamm.

»Ich dachte mir, dass vielleicht ein Anthropologe irgendwelche obskuren Göttinnen oder sonst was wiedererkennt.«

Ich starrte einen Namen an, und meine Nervenzellen kribbelten. Hamatsa.

Moctezuma. Die Azteken.

Saturn, der seine Kinder verschlang.

»Können wir irgendwo ungestört reden?« Meine Stimme klang schrill und zittrig.

McMahon warf mir einen merkwürdigen Blick zu, führte mich aber in eine angrenzende Kabine.

Ich gestattete mir einen Augenblick, um meine Gedanken zu ordnen.

»Was ich jetzt sagen werde, mag lächerlich klingen, aber mir wäre es recht, wenn Sie mich bis zum Ende anhören.«

Er lehnte sich zurück und verschränkte die Finger vor dem Bauch.

»Unter den Kwakiutl des Pazifischen Nordwestens waren die Hamatsa ein Elitebund des Stammes. Junge Männer, die Hamatsa werden wollten, mussten längere Perioden der Isolation durchstehen.«

»Wie bei einem Ordensgelübde.«

»Ja. Während dieser Zeit im Wald tauchten die Initiaten hin und wieder schreiend und wie von Sinnen am Dorfrand auf, bissen Fleisch aus den Armen und der Brust der Unglücklichen, die zufällig in der Nähe waren, und verschwanden dann wieder im Wald.«

McMahon starrte seine Hände an.

»Kurz vor Beendigung dieses Exils brachte man dem Initiaten eine in Salzwasser eingeweichte, gesäuberte und aufgeschlitzte Mumie. Vom Initiaten wurde nun erwartet, dass er den Leichnam für das letzte Ritual räucherte.«

Ich schluckte.

»Während des Rituals verschlangen der Anwärter und ältere Mitglieder der Bruderschaft Teile der Leiche.«

McMahon schaute mich nicht an.

»Kennen Sie sich mit den Azteken aus?«

»Ja.«

»Sie besänftigten ihre Götter mit dem rituellen Verzehr menschlicher Wesen.«

»Kannibalismus?« Endlich schaute McMahon mich direkt an.

»In großem Maßstab. Als Cortes und seine Männer in Moctezumas Hauptstadt Tenochtitlán eindrangen, fanden sie ganze Haufen menschlicher Schädel auf dem Stadtplatz, andere waren auf Pfähle gespießt. Sie schätzten sie auf über hunderttausend.«

Schweigen. Dann: »Saturn fraß seine Kinder.«

»Polyphem nahm Odysseus gefangen und labte sich an seiner Mannschaft.«

»Warum der Papst?«

»Ich weiß es nicht.«

McMahon verschwand, kehrte gleich darauf wieder zurück.

»Rayner recherchiert das gerade.«

Er schaute auf eine Notiz, kratzte sich am Kopf.

»Rayner hat Géricaults Gemälde gefunden. Das Motiv geht zurück auf das Wrack einer französischen Fregatte mit dem Namen *La Méduse* aus dem Jahr 1816. Nach der Legende aßen die überlebenden Schiffbrüchigen die Toten.«

Ich wollte eben McMahon meine eigenen Ergebnisse zeigen, als Rayner in unserer Kabine erschien. Wir hörten zu, während er aus seinen Notizen vorlas.

»Ich schätze, die ganze Lebensgeschichte des alten Knaben wollen Sie nicht hören, ich erzähle also nur die Höhepunkte. Papst Innozenz III. ist vor allem als Initiator des Vierten Laterankonzils im Jahr 1215 bekannt. Jeder, der in der Christenheit etwas darstellte, wurde zu dieser Zusammenkunft gerufen.«

Er hob den Kopf.

»Ich formuliere jetzt frei. Als all die Eierköpfe beisammensaßen, dekretierte er, dass von nun an die Worte *hoc est corpeum meum* wörtlich zu nehmen seien, und dass die Christen an die Transsubstantiation glauben müssten. An die Vorstellung also, dass in der Messe Brot und Wein in den Leib und das Blut Christi verwandelt werden.«

Er hob wieder den Kopf, um zu sehen, ob wir ihm folgen konnten.

»Innozenz dekretiert, dass dieser Akt nicht symbolisch, sondern real sei. Anscheinend wurde über diese Frage seit ungefähr tausend Jahren diskutiert, und deshalb beschloss Innozenz, den Streit endgültig beizulegen. Von da an machte sich der Ketzerei schuldig, wer an der Transsubstantiation zweifelte.«

»Danke, Roger.«

»Kein Problem.« Er zog sich zurück.

»Wo ist da die Verbindung?«, fragte McMahon.

»Innozenz definierte die heiligste Zeremonie der Christenheit als reales Gott-Essen. Anthropologen nennen das rituelle Anthropophagie.«

Eine Kindheitserinnerung. Eine Nonne in ihrer Tracht, Kruzifix auf der Brust, Kreide in der Hand.

»Kennen Sie den Ursprung des Wortes ›Hostie‹?«

McMahon schüttelte den Kopf.

»*Hostia.* Das ist Lateinisch für ›Opfertier‹.«

»Sie glauben also, dass wir es mit irgendeiner Randgruppe zu tun haben, die dem Kannibalismus frönt.«

Ich atmete einmal tief durch. »Ich glaube, es ist noch schlimmer als das.«

»Schlimmer als was?«

Wir drehten uns beide um. Ryan stand an der Stelle, wo eben noch Rayner gestanden hatte. McMahon deutete auf einen Stuhl.

»Schlimmer als diese Begeisterung für Mythen und allegorische Darstellungen. Ich bin froh, dass du hier bist, Ryan. Du kannst bestätigen, was ich jetzt zu sagen habe.«

Ich zog Jims Fotos aus meiner Aktentasche und gab das erste McMahon.

»Das ist der rekonstruierte Beinknochen eines Rothirsches. Die Schnitte wurden mit einem scharfen Instrument ausgeführt, wahrscheinlich einem Steinmesser. Beachten Sie, wie sie sich an den Befestigungstellen von Sehnen und Bändern und an den Gelenken häufen.«

McMahon gab das Foto Ryan, und ich gab ihm einige andere.

»Das sind ebenfalls Tierknochen. Achten Sie auf die ähnlichen Verteilungen von Schnittspuren und Furchen.«

Nächstes Bild.

»Das sind Fragmente von menschlichen Knochen. Sie wurden aus derselben Höhle im südöstlichen Frankreich geborgen, in der man auch die Tierknochen fand.«

»Sieht nach demselben Muster aus.«

»Ist es auch.«

»Heißt?«

»Das sind Schlachtspuren. Die Gelenkverbindungen der Knochen wurden mit Schnitten durchtrennt oder abgedreht, das Fleisch wurde abgezogen.«

»Wie alt ist das Zeug?«

»Einhundert- bis einhundertzwanzigtausend Jahre. Die Höhle wurde von Neandertalern bewohnt.«

»Ist das für uns von Bedeutung?«

Ich gab ihm einige andere Abbildungen.

»Das sind ebenfalls menschliche Knochen. Sie wurden bei einer Ausgrabung in der Nähe von Mesa Verde im südwestlichen Colorado gefunden.«

»Anasazi?«, fragte Ryan und griff nach den Fotos.

»Ja.«

»Wer sind die Anasazi?« McMahon.

»Die Vorfahren von Stämmen wie den Hopi oder den Zuni. Dieser Ort wurde von einer kleinen Gruppe zwischen 1130 und 1150 unserer Zeit bewohnt, in einer Periode extremer Dürre. Ein Kollege aus Chapel Hill leitete die Ausgrabung. Das sind seine Fotos. Mindestens fünfunddreißig Erwachsene und Kinder wurden geschlachtet. Beachten sie die identischen Muster.«

Ich gab ihnen ein anderes Foto.

»Das sind Steinwerkzeuge, die in der Nähe der Menschenknochen gefunden wurden. Tests konnten Spuren menschlichen Bluts nachweisen.«

Ein anderes.

»Dieser Keramiktopf enthielt Überreste menschlichen Gewebes.«

»Wie kann man sicher sein, dass diese Spuren nicht durch Abschürfungen entstanden sind? Oder von Tieren stammen? Oder von einer Art ritueller Bestattung? Vielleicht haben sie die Toten zerschnippelt, um sie für das Jenseits vorzubereiten. Das könnte das Blut an den Werkzeugen und dem Topf erklären.«

»Das war genau die Theorie, bis dies hier gefunden wurde.«

Ich gab ihnen ein weiteres Foto.

»Was zum Teufel ist das?« McMahon gab Ryan das Foto.

»Nachdem in einer unterirdischen Kammer an diesem Ort sieben Menschen getötet, gekocht und gegessen worden waren, hockte sich einer der Esser hin und entleerte sich.«

»Ach du heilige Scheiße.«

»Genau. Archäologen nennen versteinerte Fäkalien Koprolithen. Biochemische Tests konnten in dieser speziellen Schönheit hier Spuren menschlichen Muskelproteins nachweisen.«

»Könnte das Protein auf anderem Wege da hineingelangt sein?«

»Nicht Myoglobin. Die Tests zeigten außerdem, dass dieser Kerl in achtzehn Stunden vor dieser großen Geste praktisch ausschließlich Fleisch gegessen hatte.«

»Das ist ja alles sehr interessant, Tempe, aber ich habe acht Leichen und eine Meute Reporter, die mir im Nacken sitzen. Mal abgesehen davon, dass unsere Täter einen morbiden Geschmack in Kunst und Literatur haben, inwieweit ist das für uns von Bedeutung? Sie zeigen mir Leute, die seit Jahrhunderten tot sind.«

Ich legte ihm noch drei Fotos auf den Schreibtisch.

»Haben Sie je von Alfred G. Packer gehört?«

Er sah auf die Uhr, dann auf die Bilder.

»Nein.«

»Alfie Packer hat Berichten zufolge im Winter 1874 in Colorado fünf Menschen getötet und gegessen. Er wurde des Mordes angeklagt und verurteilt. Vor kurzem wurden die Opfer exhumiert und analysiert.«

»Wozu denn das?«

»Um der historischen Präzision willen.«

Ryan stellte sich hinter McMahon. Während die beiden Männer die Knochen der Packer-Opfer studierten, stand ich auf und breitete meine Polaroids auf dem Tisch aus.

»Die habe ich heute Morgen im Leichenschauhaus gemacht.«

Wie bei Zuschauern eines Tennisspiels zuckten ihre Blicke zwischen den Neandertalern, den Anasazi, den Packer-Opfern und meinen Polaroids hin und her. Lange sagte keiner etwas.

McMahon brach schließlich das Schweigen.

»Jesus, Maria und Josef in einem gottverdammten Birnbaum.«

30

Dem hatte niemand etwas hinzuzufügen.

Schließlich meldete sich Ryan zu Wort. »Wer zum Teufel sind diese Wahnsinnigen?«

McMahon antwortete.

»An die H&F Investment Group heranzukommen war ein gutes Stück Arbeit. Veckhoff ist tot, er kann uns nichts mehr erzählen. Ihrem Vorschlag folgend, Tempe, haben wir Rollins und Birkby über ihre Väter aufgespürt. Rollins lebt in Greenville, unterrichtet Englisch an einem College. Birkby besitzt eine Kette von Discount-Möbelläden und hat Häuser in Rock Hill und Hilton Head. Jeder dieser Herren erzählt dieselbe Geschichte: hat seine Anteile an H&F geerbt, weiß nichts über das Anwesen, war nie dort.«

Ich hörte eine Tür aufgehen, Stimmen im Korridor.

»W. G. Davis ist ein pensionierter Investmentbanker, der in Banner Elk lebt. F. M. Payne ist Philosophieprofessor an der Wake Forest. Warren ist Anwalt in Fayetteville. Wir fanden ihn auf dem Weg zum Flughafen und mussten ihm leider seine Reise nach Antigua vermiesen.«

»Geben sie zu, einander zu kennen?«

»Jeder erzählte dieselbe Geschichte. H&F ist rein geschäftlich, sie sind einander nie begegnet. Haben nie einen Fuß auf das Grundstück gesetzt.«

»Was ist mit Fingerabdrücken im Haus?«

»Die Spurensicherung hat Unmengen gefunden. Wir lassen sie durch den Computer laufen, aber das dauert seine Zeit.«

»Irgendwelche Vorstrafen?«

»Payne, der Professor, wurde 74 einmal wegen Dope verhaftet. Ansonsten nichts. Aber wir überprüfen jede Zelle, die diese Kerle je abgestoßen haben. Falls einer von denen in Woodstock gegen einen Baum gepinkelt hat, kriegen wir eine Probe. Diese Typen haben jede Menge Dreck am Stecken, und wir kriegen sie wegen Mord dran.«

Larke Tyrell erschien in der Tür. Tiefe Falten furchten seine Stirn. McMahon begrüßte ihn und machte sich auf die Suche nach einem zusätzlichen Stuhl. Tyrell sprach mich direkt an.

»Ich bin froh, dass Sie hier sind.«

Ich sagte nichts.

McMahon kehrte mit einem Klappstuhl aus Metall zurück. Tyrell setzte sich, hielt aber seinen Rücken so gerade, dass er mit der Rückenlehne gar nicht in Kontakt kam.

»Was kann ich für Sie tun, Doc?«, fragte McMahon.

Tyrell zog ein Taschentuch heraus, wischte sich die Stirn und faltete das Leinen dann wieder zu einem perfekten Quadrat zusammen.

»Ich habe Informationen, die sehr heikel sind.«

Die Andy-Griffith-Augen wanderten von einem Gesicht zum anderen, das Offensichtliche sagte er aber nicht.

»Ich bin mir sicher, Sie alle wissen, dass Parker Davenport gestern an einer Schussverletzung starb. Die Wunde scheint er sich selbst beigebracht zu haben, aber es gibt gewisse beunruhigende Aspekte, darunter einen hohen Pegel von Trifluroperazin in seinem Blut.«

Wir alle sahen ihn verständnislos an.

»Der Handelsname ist Stelazin. Das Medikament wird verwendet zur Behandlung von psychotischen Angst- und depressiven Erregungszuständen. Davenport bekam nie Stelazin verschrieben, und sein Arzt kann sich nicht vorstellen, warum er es hätte nehmen sollen.«

»Ein Mann in seiner Position hätte doch sicher keine Schwierigkeiten zu bekommen, was er brauchte.« McMahon.

»Das stimmt, Sir.«

Tyrell räusperte sich.

»Winzige Spuren von Trifluroperazin wurden auch im Körper von Primrose Hobbs gefunden, aber das Wasser und die Verwesung hatten bei ihr das Bild kompliziert, ein eindeutiger Befund war deshalb nicht möglich.«

»Weiß Sheriff Crowe davon?«, fragte ich.

»Über Hobbs ja. Von Davenport werde ich ihr berichten, wenn ich hier weggehe.«

»In Hobbs persönlicher Habe wurde kein Stelazin gefunden.«

»Sie hatte auch kein Rezept.«

Mein Magen verkrampfte sich. Soweit ich wusste, hatte Primrose nicht einmal Aspirin genommen.

»Ähnlich beunruhigend sind die Anrufe, die Davenport am Abend seines Todes tätigte«, fuhr Larke fort.

Tyrell gab McMahon eine Liste.

»Einige der Nummern kennen Sie vielleicht.«

McMahon überflog den Ausdruck, hob dann den Kopf.

»Der Scheißkerl. Der Vizegouverneur hat die Teilhaber von H&F angerufen, kurz bevor er sich das Hirn aus dem Schädel pustete?«

»Was?«, platzte es aus mir heraus.

»Oder es sich herauspusten ließ.« Ryan.

McMahon gab mir die Liste. Sechs Nummern, fünf Namen. W. G. Davis, F. M. Payne, F. L. Warren, C. A. Birkby, P. H. Rollins.

»An wen ging der sechste Anruf?«

»Die Nummer gehört zu einer gemieteten Hütte im Cherokee-Reservat. Sheriff Crowe ist eben bei der Überprüfung.«

»Tempe, zeigen Sie Dr. Tyrell, was Sie eben mir gezeigt haben.«

McMahon griff nach seinem Handy.

»Es ist Zeit, dass wir diese Mistkerle zur Strecke bringen.«

Larke wollte die Spuren am Original untersuchen, und wir gingen deshalb direkt ins Leichenschauhaus. Obwohl ich seit meinem Kaffee um sieben nichts gegessen hatte und es jetzt nach eins war, hatte ich keinen Appetit. Immer wieder sah ich Primrose vor mir und fragte mich, was sie gesehen hatte. Was für eine Bedrohung sie für diese Typen dargestellt hatte. Und noch eine neue Frage: Hatte der Mord an ihr mit dem Tod des Vizegouverneurs zu tun?

Eine Stunde brachten Larke und ich mit den Knochen zu, wobei der ME sie untersuchte, mir konzentriert zuhörte und hin und wieder eine Frage stellte. Wir waren eben fertig, als mein Handy klingelte.

Lucy Crowe war in Waynesville, hatte aber etwas, das sie unbedingt mit mir besprechen wollte. Ob wir uns gegen neun im High Ridge House treffen könnten? Ich war einverstanden.

Ich wollte eben abschalten, als sie mir noch eine Frage stellte.

»Kennen Sie einen Archäologen namens Simon Midkiff?«

»Ja.«

»Möglicherweise hat er mit dieser H&F-Truppe zu tun.«

»Midkiff?«

»Er war die sechste Nummer, die Davenport vor seinem Tod anrief. Wenn er sich mit Ihnen in Verbindung setzen sollte, vereinbaren Sie nichts mit ihm.«

Während wir telefonierten, fotokopierte Larke die Fotos und die Artikel. Als er fertig war, berichtete ich ihm, was Crowe gesagt hatte. Er stellte mir eine einzige Frage.

»Warum?«

»Weil sie verrückt sind«, antwortete ich, noch immer abgelenkt von Crowes Bemerkung über Midkiff.

»Und Parker Davenport gehörte zu ihnen.«

Er steckte die Fotokopien in seine Aktentasche und durchbohrte mich mit müden Augen.

»Berufliche Sabotage war für ihn ein Mittel, um Sie von diesem Haus fern zu halten.« Larke deutete mit dem Arm über die Seziertische. »Sie von dieser Arbeit hier abzubringen.«

Ich erwiderte nichts.

»Und ich wurde mit hineingezogen.«

Noch immer schwieg ich.

»Gibt es irgendetwas, das ich Ihnen sagen kann?«

»Es gibt Dinge, die Sie zu meinen Kollegen sagen können.«

»Ich schreibe sofort Briefe an die AAFS, die ABFA und die NDMS.« Er griff nach meinem Handgelenk. »Ich werde gleich am Montag früh die Direktoren all dieser Organisationen anrufen und ihnen alles persönlich erklären.«

»Und die Presse?« Obwohl ich wusste, dass er litt, konnte ich keine Herzlichkeit in meine Stimme zwingen. Seine Illoyalität hatte mich verletzt, sowohl beruflich wie persönlich.

»Das kommt noch. Ich muss erst entscheiden, wie das am besten zu machen ist.«

Am besten für wen, fragte ich mich.

»Falls das ein Trost für Sie ist, Earl Bliss hat auf meinen Befehl hin gehandelt. Er glaubte nie irgendetwas, das gegen Sie vorgebracht wurde.«

»Die meisten, die mich kennen, glaubten es nicht.«

Er ließ meinen Arm los, doch sein Blick blieb auf mir ruhen. Offensichtlich nahm ihn die Sache so mit, dass er nun aussah wie ein müder alter Mann.

»Tempe, ich bin beim Militär ausgebildet worden. Ich glaube daran, dass es richtig ist, Befehlsstrukturen zu respektieren und die rechtmäßigen Anordnungen meiner Vorgesetzten auszuführen. Diese Haltung hat mich dazu verleitet, Dinge nicht zu hinterfragen, die ich hätte hinterfragen sollen. Machtmissbrauch ist etwas

Entsetzliches. Die Unfähigkeit, einem korrumpierenden Druck zu widerstehen, ist ähnlich verwerflich. Es ist Zeit, dass dieser alte Köter aufsteht und die Veranda verlässt.«

Ich empfand eine tiefe Traurigkeit, als ich ihn weggehen sah. Larke und ich waren viele Jahre lang Freunde gewesen. Ich fragte mich, ob wir je wieder Freunde sein könnten.

Während ich mir Kaffee machte, wanderten meine Gedanken zu Simon Midkiff. Natürlich. Jetzt ergab alles einen Sinn. Sein starkes Interesse an der Absturzstelle. Die Lügen in Bezug auf seine angebliche Ausgrabung im Swain County. Das Foto mit Parker Davenport bei Charlie Wayne Trampers Beerdigung. Er gehörte zu ihnen.

Eine plötzliche Rückblende. Der schwarze Volvo, der mich fast überfahren hätte. Der Mann am Steuer war mir irgendwie bekannt vorgekommen. Konnte es Simon Midkiff gewesen sein?

Ich beendete eben meinen Bericht über Edna Farrell, als mein Handy zum zweiten Mal klingelte.

»Sir Francis Dashwood war ein sehr fortpflanzungsfreudiger Kerl.«

Die Aussage kam nicht aus der Galaxie, in der mein Geist sich bewegte.

»Wie bitte?«

»Ich bin's, Anne. Ich habe eben Sachen von unserer Londonreise sortiert und bin auf eine Broschüre gestoßen, die Ted bei den Höhlen in West Wycombe gekauft hat.«

»Anne, jetzt ist nicht –«

»Von dem gibt's noch immer Kleckse.«

»Kleckse?«

»Ich meine Nachfahren von Sir Francis, später bekannt als Lord Le Despencer. Nur zum Spaß habe ich den Namen Prentice Dashwood in eine Genealogie-Internetseite, bei der ich registriert bin, eingegeben. Ich konnte gar nicht glauben, wie viele Treffer ich bekam. Einer war besonders interessant.«

Ich wartete.

Nichts.

Ich hielt es nicht mehr aus.

»Soll das ein Quiz werden?«

»Prentice Elmore Dashwood, einer von Sir Francis' vielen Nachkommen, verließ England 1921. Er eröffnete in Albany, New York, ein Kurzwarengeschäft, verdiente sich eine goldene Nase und ging dann in den Ruhestand.«

»Das ist alles?«

»Während seiner Zeit schrieb Dashwood dutzende von Pamphleten, die er im Selbstverlag herausbrachte. Eins davon erzählte Geschichten von seinem Ur-Ur-Großirgendwas, Sir Francis Dashwood dem Zweiten.«

»Und die anderen Pamphlete?« Wenn ich nicht nachfragte, würde das ewig dauern.

»Querbeet. Die Liedtexte der australischen Aborigines. Die mündlichen Überlieferungen der Cherokee. Zelten. Fliegenfischen. Griechische Mythologie. Eine kurze Ethnografie der karibischen Indianer. Prentice war so etwas wie ein Rennaissance-Mensch. Er schrieb drei Broschüren und verschiedene Artikel, die sich ausschließlich mit dem Appalachian Trail befassten. Anscheinend war der große P maßgeblich an der Gründung des Pfades in den Zwanzigern beteiligt.«

Wie bitte? Der Appalachian Trail, ein Mekka für Wanderer und Naturliebhaber, fängt am Mount Katahdin in Maine an und führt über den Kamm der Appalachen zum Springer Mountain in Georgia. Ein Großteil des Wanderpfads liegt in den Great Smoky Mountains. Und auch in Swain County.

»Bist du noch dran?«

»Ja. War Dashwood hier in North Carolina?«

»Er hat fünf Broschüren über die Great Smoky Mountains geschrieben.« Ich hörte Papier rascheln. »Bäume. Blumen. Fauna. Folklore. Geologie.«

Ich erinnerte mich an Annes Bericht über ihren Besuch in West Wycombe und dachte nun an die Höhlen unter dem H&F-Haus. Konnte dieser Kerl, von dem Anne sprach, *der* Prentice Dashwood aus Swain County, North Carolina, sein? Es war ein auffälliger Name. Konnte es eine Verbindung zu den britischen Dashwoods geben?

»Was hast du sonst noch über Prentice Dashwood herausgefunden?«

»Nichts mehr. Aber ich kann dir sagen, dass der alte Onkel Francis sich damals im achtzehnten Jahrhundert mit einem wüsten Haufen umgeben hat. Nannten sich die Mönche von Medmenham. Hör die mal die Liste an. Lord Sandwich, zeitweilig Kommandant der Royal Navy, John Wilkes –«

»Der Politiker?«

»Ja. William Hogarth, der Maler, und die Dichter Paul Whitehead, Charles Churchill und Robert Lloyd.«

»Eindrucksvolle Namensliste.«

»Sehr. Jeder war ein Mitglied des Parlaments oder des Oberhauses. Oder Dichter oder sonst was. Sogar unser Ben Franklin hat hin und wieder vorbeigeschaut, war allerdings nie offizielles Mitglied.«

»Was haben diese Kerle getrieben?«

»Einige Berichte behaupten, sie hätten satanische Riten vollzogen. Nach Aussage des jetzigen Sir Francis, dem Autor der Broschüre, die wir dort gekauft haben, waren die Mönche nur fröhliche Knaben, die zusammenkamen, um Venus und Bacchus zu feiern. Ich schätze, das heißt Weiber und Wein.«

»Sie feierten wilde Partys in diesen Höhlen?«

»Und in Medmenham Abbey. Sir Francis gesteht seinem Vorfahren zwar sexuelle Zügellosigkeit zu, leugnet aber die Teufelsanbetung. Er meint, die Satanismus-Gerüchte rührten von der ziemlich laxen Haltung der Jungs gegenüber dem Christentum her. Sie nannten sich zum Beispiel auch die Ritter des heiligen Francis.«

Ich hörte, wie sie in einen Apfel biss und dann kaute.

»Alle anderen nannten sie den Höllenfeuer-Club.«

Der Name traf mich wie ein Vorschlaghammer.

»Was hast du gesagt?«

»Der Höllenfeuer-Club. Groß in Irland in den 1730ern und 1740ern. Gleiche Geschichte. Überprivilegierte Fanatiker, die sich über die Religion lustig machen und saufen und herumvögeln.«

Anne hatte es gern drastisch.

»Es gab Versuche, den Club zu unterdrücken, aber die waren nicht sehr wirkungsvoll. Als Dashwood sein kleines Häufchen Schürzenjäger um sich scharte, lag es ziemlich nahe, dass man ihnen diesen Namen gab.«

Höllenfeuer. H&F.

Ich schluckte.

»Wie umfangreich ist diese Broschüre?«

»Vierunddreißig Seiten.«

»Kannst du mir eine Kopie faxen?«

»Klar. Ich kriege zwei Seiten auf ein Blatt.«

Ich gab ihr die Nummer und wandte mich wieder meinem Bericht zu, doch ich musste mich zwingen, mich zu konzentrieren. Nach wenigen Minuten klingelte das Fax, quietschte und ratterte und spuckte dann Seiten aus. Ich blieb bei meiner Beschreibung von Edna Farrells Gesichtsverletzungen. Einige Zeit später sprang die Maschine noch einmal an. Wieder widerstand ich dem Drang, zu dem Gerät zu stürzen und Annes Seiten zu holen.

Als ich den Farrell-Bericht abgeschlossen hatte, fing ich einen anderen an, doch eine Million anderer Gedanken drängten sich in den Vordergrund. Ich versuchte, mich zu konzentrieren, aber immer wieder brachen Bilder durch.

Primrose Hobbs. Parker Davenport. Prentice Dashwood. Sir Francis. Der Höllenfeuer-Club. H&F. Hatte das alles miteinander zu tun? Die Indizien dafür mehrten sich. Es musste eine Verbindung geben.

Hatte Prentice Dashwood seines Vorfahren Idee eines elitären Herrenclubs hier in den Bergen von Carolina wieder belebt? Waren die Mitglieder mehr gewesen als hedonistische Dilettanten? Viel mehr? Ich stellte mir die Schnittspuren vor, musste ein Schaudern unterdrücken.

Um vier kam ein Wachmann herein und sagte mir, dass der Deputy krank geworden sei und ein anderer eine Panne mit seinem Streifenwagen habe. Crowe entschuldige sich, brauche ihn aber dringend in Bryson City. Ich versicherte dem Mann, dass ich schon zurechtkommen würde.

Ich arbeitete weiter, und die Stille des leeren Leichenschauhauses umhüllte mich wie etwas Lebendiges. Die einzigen Geräusche waren das Summen eines Kühlschranks, mein Atmen, mein Herzschlag, das Klicken der Tasten unter meinen Fingern. Draußen kratzten Äste an den Fenstern hoch über meinem Kopf. Ein Zug pfiff. Ein Hund. Zirpen. Frösche.

Keine Autohupen. Keine Verkehrsgeräusche. Im Umkreis von Kilometern kein lebender Mensch.

Mein Symphatikus sorgte für Spitzenwerte beim Adrenalinspiegel. Ich machte viele Fehler, schrak bei dem kleinsten Geräusch hoch. Mehr als einmal sehnte ich mich nach Boyds Gesellschaft.

Um sieben war ich mit Farrell, Odell, Tramper und Tucker fertig. Meine Augen brannten, der Rücken schmerzte, und ein dumpfer Kopfschmerz sagte mir, dass mein Blutzucker im Keller war.

Ich kopierte meine Dateien auf Diskette, schaltete den Laptop aus und ging Annes Fax holen.

Obwohl ich neugierig war auf diesen Sir Francis aus dem achtzehnten Jahrhundert, war ich zu müde, zu hungrig und zu nervös, um objektiv sein zu können. Ich beschloss, ins High Ridge House zurückzufahren, Boyd auszuführen, mit Crowe zu reden und dann die Broschüre in der Bequemlichkeit und Sicherheit meines Betts zu lesen.

Ich sammelte eben die Seiten zusammen, als ich ein Geräusch hörte, das klang wie knirschender Kies.

Ich erstarrte und lauschte.

Reifen? Schritte?

Fünfzehn Sekunden. Dreißig.

Nichts.

»Mach dir nicht in die Hose«, sagte ich laut.

Durch die Anspannung wurden meine Bewegungen fahrig, und

ich ließ einige Blätter fallen. Als ich sie vom Boden aufhob, fiel mir auf, dass eins sich vom Rest unterschied. Die Schrift war größer, der Text in Spalten unterteilt.

Ich blätterte die anderen Seiten durch. Annes Anschreiben. Das Titelblatt der Broschüre. Der Rest war Text, jeweils zwei Broschürenseiten pro Blatt, fortlaufend durchnummeriert.

Dann fiel mir die Pause zwischen den zwei Übermittlungen wieder ein. Konnte diese einzelne Seite ein separates Fax sein? Ich schaute sie mir an, fand aber keine Absenderkennung.

Ich ging mit dem Stapel in mein Büro, steckte Annes Material in meine Aktentasche und legte das einzelne Blatt auf den Schreibtisch. Als ich es las, schnellte mein Adrenalinpegel noch weiter in die Höhe.

Die linke Spalte enthielt Codenamen, die mittlere Klarnamen. Neben einigen Namen standen Jahreszahlen, die eine unvollständige dritte Spalte bildeten.

Ilus	Henry Arlen Preston	1943
Khaffre	Sheldon Brodie	1949
Omega	A. A. Birkby	1959
Narmer	Martin Patrick Veckhoff	
Sinuhe	C. A. Birkby	
Itzmana	John Morgan	1972
Arrigatore	F. L. Warren	
Rho	William Glenn Sherman	1979
Chac	John Franklin Battle	
Ometeotl	Parker Davenport	

Nur ein Name kam mir unbekannt vor. John Franklin Battle.

Oder kannte ich ihn doch? Wo hatte ich den Namen schon gehört?

Denk nach, Brennan. Denk nach.

John Battle.

Nein. Das war es nicht.

Franklin Battle.

Keine Reaktion.

Frank Battle.

Der Amtsrichter, der uns den Durchsuchungsbefehl verweigert hatte!

Würde ein kleiner Amtsrichter als Mitglied überhaupt in Frage kommen? Hatte Battle das H&F-Anwesen geschützt? Warum?

Und warum lag das jüngste Datum mehr als zwanzig Jahre zurück? War die Liste unvollständig? Warum?

Dann ein erschreckender Gedanke.

Wer wusste, dass ich hier war?

Allein.

Wieder erstarrte ich und horchte auf den schwächsten Hinweis auf die Anwesenheit eines anderen. Ich nahm ein Skalpell zur Hand und huschte aus meinem Büro in den Autopsiesaal.

Sechs Skelette starrten in die Luft, Finger und Zehen gespreizt, die Unterkiefer stumm neben den Schädeln. Ich kontrollierte die Computer- und Röntgenabteilungen, die Personalküche, das provisorische Konferenzzimmer. Mein Herz hämmerte so laut, dass es die Stille zu übertönen schien.

Ich steckte gerade den Kopf in die Herrentoilette, als mein Handy das dritte Mal klingelte. Vor Schreck hätte ich beinahe aufgeschrien.

Eine Stimme, sanft wie ein Sommerwind.

»Du bist tot.«

Dann nichts mehr.

31

Ich rief McMahon an. Nichts. Crowe. Dasselbe. Ich hinterließ Nachrichten: sieben Uhr achtunddreißig. Fahre von *Alarka* zum High Ridge House. Rufen Sie mich an.

Dann dachte ich an den leeren Parkplatz, die einsame Landstraße und tippte Ryans Nummer ein.

Ein anderes Bild. Ryan mit dem Gesicht nach unten auf einer

eisigen Einfahrt. Damals in Quebec hatte ich ihn auch zu Hilfe gerufen. Und er wurde angeschossen.

Ryan ist hier nicht zuständig, Brennan. Und nicht verantwortlich.

Statt auf »Senden« drückte ich auf »Abbrechen«.

Meine Gedanken schnellten hin und her wie die Metallkugel in einem Flipper.

Jemand musste wissen, wo ich mich aufhielt. Jemand, den ich nicht in Gefahr bringen konnte.

Sonntagabend. Ich wählte meine alte Nummer.

»Hallo.« Eine Frauenstimme, weich wie das Schnurren einer Katze.

»Ist Pete da?«

»Er ist in der Dusche.«

Ich hörte ein Glockenspiel bimmeln. Ein Glockenspiel, das ich vor Jahren vor meinem Schlafzimmerfenster aufgehängt hatte.

»Soll ich was ausrichten?«

Ich schaltete ab.

»Scheiß drauf«, murmelte ich. »Ich schaff das alleine.«

Ich hängte mir Handtasche und Laptop über die Schultern, nahm das Skalpell wieder in die eine Hand, die Schlüssel in die andere. Dann öffnete ich die Tür einen Spalt und spähte hinaus.

Mein Mazda stand alleine zwischen den ausgelagerten Spritzen- und Leiterwagen. Im Zwielicht sah er aus wie ein Warzenschwein, das eine Herde Flusspferde herausfordert.

Ein tiefer Atemzug.

Dann rannte ich los.

Am Auto angelangt, sprang ich hinein, verriegelte sämtliche Türen, ließ den Motor an und raste vom Parkplatz.

Nach ungefähr einem Kilometer beruhigte ich mich ein wenig, und eine Wut, die kein rechtes Ziel fand, breitete sich über die Angst. Ich übte Selbstkritik.

Mein Gott, du bist wie die Heldin in einem schlechten Horrorfilm. Ein Knarzen, und du rufst nach einem großen, starken Mann.

Als ich am Straßenrand Wild bemerkte, schaute ich auf meinen Tacho. Hundertdreißig. Ich bremste und haderte weiter mit mir selbst.

Keiner kam hinter dem Gebäude hervorgesprungen, keiner lag unter dem Auto und packte dich am Knöchel.

Das stimmte natürlich. Aber das Fax war kein Witz. Wer es geschickt hatte, wusste, dass ich es kriegen würde. Wusste, dass ich allein im Leichenschauhaus war.

Auf der Fahrt durch Bryson City schaute ich immer wieder in den Rückspiegel. Die Halloween-Dekorationen wirkten jetzt eher bedrohlich als festlich, die Skelette und Grabsteine waren makabre Mahnungen an die Gräuel, die ganz in der Nähe passiert waren. Ich umklammerte das Lenkrad fester und fragte mich, ob die Seelen meiner Skelettierten die Welt auf der Suche nach Gerechtigkeit durchstreiften.

Fragte mich, ob ihre Mörder die Welt auf der Suche nach mir durchstreiften.

Am High Ridge House stellte ich den Motor ab und spähte die Straße hinunter, die ich gerade hochgekommen war. Keine Scheinwerfer schlichen den Berg hoch.

Ich wickelte das Skalpell in eine Serviette von Wendy's ein und steckte es in meine Jackentasche, um es später ins Leichenschauhaus zurückzubringen. Dann suchte ich meine Habseligkeiten zusammen und rannte zur Veranda.

Das Haus war still wie eine Kirche an einem Donnerstag. Wohnzimmer und Küche waren leer, und auf dem Weg ins Obergeschoss kam mir niemand entgegen. Hinter Ryans und McMahons Türen hörte ich weder Rascheln noch Schnarchen.

Ich hatte kaum die Jacke ausgezogen, als ein leises Klopfen mich hochfahren ließ.

»Ja.«

»Ich bin es, Ruby.«

Ihr Gesicht war blass und angespannt, und ihre Haare glänzten mehr als eine Seite in der *Vogue*.

Als ich sie einließ, gab sie mir einen Umschlag.

»Das ist heute für Sie angekommen.«

Ich warf einen Blick auf den Absender. Anthropologische Fakultät, University of Tennessee.

»Danke.«

Ich wollte die Tür wieder schließen, aber sie hob die Hand.

»Da ist noch etwas, das Sie wissen müssen. Etwas, das ich Ihnen sagen muss.«

»Ich bin sehr müde, Ruby.«

»Es war kein Eindringling, der Ihr Zimmer verwüstet hat. Es war Eli.«

»Ihr Neffe?«

»Er ist nicht mein Neffe.«

Sie zögerte kurz.

»Im Evangelium des Matthäus steht, dass derjenige, der seine Frau verstößt –«

»Warum sollte Eli meine Sachen durchwühlen?« Ich war nicht in der Stimmung für ein religiöses Gespräch.

»Mein Mann hat mich wegen einer anderen Frau verlassen. Sie und Enoch hatten ein Kind.«

»Eli.«

Sie nickte.

»Ich wünschte ihnen nur das Schrecklichste. Ich wünschte ihnen, dass sie in der Hölle schmoren. Ich dachte, wenn dein Auge dich stört, reiß es aus. Ich habe sie aus meinem Leben ausgerissen.«

Gedämpft hörte ich Boyd bellen.

»Als Enoch starb, rührte Gott mein Herz. Richtet nicht, so werdet ihr auch nicht gerichtet; verdammt nicht, so werdet ihr auch nicht verdammt, vergebt, so wird euch vergeben.«

Sie seufzte schwer.

»Elis Mutter starb vor sechs Jahren. Der Junge hatte niemanden mehr, und so nahm ich ihn zu mir.«

Sie senkte den Blick, schaute mich wieder an.

»Des Menschen Feinde werden die eigenen Hausgenossen sein. Eli hasst mich. Findet Gefallen daran, mich zu quälen. Er weiß, dass ich stolz bin auf dieses Haus. Er weiß, dass ich Sie mag. Er wollte mir nur eins auswischen.«

»Vielleicht will er einfach nur Aufmerksamkeit.«

Schau dir den Jungen doch an, dachte ich, sagte es aber nicht.

»Vielleicht.«

»Ich bin mir sicher, dass er sich irgendwann bessern wird. Und machen Sie sich keine Gedanken wegen meiner Sachen. Es kam ja nichts weg.« Ich wechselte das Thema. »Ist sonst irgendjemand hier?«

Sie schüttelte den Kopf.

»Ich glaube, Mr. McMahon ist nach Charlotte gefahren. Mr. Ryan habe ich den ganzen Tag nicht gesehen. Alle anderen sind abgereist.«

Wieder hörte ich Bellen.

»War Boyd recht lästig?«

»Der Hund war heute ziemlich schlecht gelaunt. Braucht Bewegung.« Sie strich sich den Rock glatt. »Ich gehe jetzt in die Kirche. Soll ich Ihnen vorher noch das Abendessen bringen?«

»Bitte.«

Rubys Schweinebraten mit Süßkartoffelbrei hatte eine beruhigende Wirkung. Beim Essen machte die Panik, die mich durch die Dämmerung hatte rasen lassen, einer bedrückenden Einsamkeit Platz.

Ich dachte an die Frau an Petes Telefon, fragte mich, warum ihre Stimme mich getroffen hatte wie ein Tritt in den Magen. Es war zwar sicher tatsächlich postkoitale Schläfrigkeit, die ich da gehört hatte, aber was machte das? Pete und ich waren beide erwachsen. Ich hatte ihn verlassen. Er hatte das Recht zu treffen, wen er wollte.

Verdamme nicht, und du wirst tanzen.

Ich fragte mich, was ich wirklich für Ryan empfand. Ich wusste, dass er ein Mistkerl war, aber wenigstens war er ein charmanter Mistkerl; nur sein Rauchen ging mir auf die Nerven. Er war intelligent. Er war lustig. Er war unglaublich attraktiv, hatte allerdings keine Ahnung von seiner Wirkung auf Frauen. Und er hatte ein Herz für die Menschen.

Viele Menschen.

Wie Danielle.

Warum war dann Ryans Nummer eine der ersten gewesen, die ich gewählt hatte? Nur weil er gerade in der Nähe war? Oder war er mehr als ein Kollege, ein Mensch, an den ich dachte, wenn ich Schutz oder Trost brauchte?

Ich erinnerte mich an Primrose, und wieder überfiel mich die Reue. Ich hatte meine Freundin in diese Geschichte mit hineingezogen, und jetzt war sie tot. Ich war schuld an ihrem Tod. Die Gewissensbisse waren niederschmetternd, und ich war mir sicher, dass sie mich den Rest meines Lebens plagen würden.

Genug. Lies den Brief, den Ruby gebracht hat. Er wird dir dankbar sein und sagen, es war toll.

So war es auch. Der Umschlag enthielt ein Exemplar der Studentenzeitung mit dem Foto von mir und Simon Midkiff. Die Anspannung stand mir deutlich ins Gesicht geschrieben.

Aber Simon Midkiff machte eine gute Figur. Ich betrachtete sein Gesicht, fragte mich, was er an diesem Tag wohl im Sinn gehabt hatte. Hatte man ihn geschickt, um mich auszuhorchen? War er aus eigenem Antrieb gekommen? Es kommt oft vor, dass ein Wissenschaftskollege die Vorlesungen eines anderen besucht. War er es gewesen, der mir die Liste mit den Codenamen gefaxt hatte? Falls er es getan hatte, warum verriet er so seine Komplizenschaft?

Mein Grübeln wurde unterbrochen von einem scharfen Kläffen und gleich darauf einem zweiten.

Der arme Boyd. Er war das einzige Wesen auf dem Planeten, dessen Treue nie wankte, und ich ignorierte ihn. Ich sah auf die Uhr. Zwanzig nach acht. Zeit für einen schnellen Lauf, bevor Crowe um neun ankam.

Ich schloss Computer und Aktentasche in den Schrank, für den Fall, dass Eli an eine Wiederholung seiner Aktion dachte. Dann zog ich mir die Jacke an, nahm Taschenlampe und Leine und ging nach unten.

Die Nacht hatte das Regiment übernommen und Myriaden von Sternen aufziehen lassen, aber keinen Mond. Die Verandabeleuchtung konnte gegen die Dunkelheit nur wenig ausrichten. Als ich über den Rasen ging, beschoss mein limbisches System mich mit Fragen.

Was, wenn dich jemand beobachtet?

Wie Eli, der jugendliche Rächer?

Was, wenn der Anruf kein schlechter Witz war?

Mach doch kein Drama draus, sagte ich mir. Es ist das Wochenende nach Halloween, und die Jugendlichen treiben Unfug. Du hast doch McMahon und Ryan Nachrichten hinterlassen.

Was, wenn sie sie nicht abhören?

Der Sheriff ist in vierzig Minuten hier.

Da draußen könnte jetzt jemand auf dich lauern.

Was konnte mir in der Gesellschaft eines siebzig Pfund schweren Chow-Chows schon passieren?

Der siebzig Pfund schwere Chow-Chow kläffte noch einmal, und ich lief die letzten Meter zu seinem Gehege. Als er die Schritte hörte, erhob er sich auf die Hinterläufe und stemmte die Vorderpfoten gegen den Maschendrahtzaun.

Kaum hatte Boyd mich erkannt, drehte er völlig durch, er stieß sich vom Zaun ab, machte einen Satz nach vorne, sprang hoch und stieß sich erneut vom Zaun ab. Das wiederholte er ein paar Mal, wie ein Hamster in seinem Rad, stellte sich dann wieder auf die Hinterläufe, legte den Kopf zurück und bellte anhaltend.

Hundefloskeln brabbelnd, kraulte ich ihm die Ohren und klinkte die Leine an das Halsband. Heftig zerrend sprang er aufs Tor zu.

»Wir gehen aber nur bis zum Ende des Grundstücks«, sagte ich und zielte mit dem Finger auf seine Nase.

Er legte den Kopf schief, verwirbelte die Augenbrauen und bellte einmal. Als ich den Riegel anhob, sprang er hinaus, rannte im Kreis herum und warf mich dabei beinahe um.

»Deine Energie möchte ich haben, Boyd.«

Er schleckte mir übers Gesicht, als ich seine Beine von der verwickelten Leine befreite, und dann gingen wir die Straße hoch. Das Licht der Verandabeleuchtung reichte kaum bis zum Ende des

Rasens, und nach zehn Metern schaltete ich meine Taschenlampe ein. Boyd blieb stehen und knurrte.

»Das ist nur eine Taschenlampe, Boyd.«

Ich bückte mich und klopfte ihm auf die Schulter. Er drehte den Kopf und leckte mir die Hand, machte dann kehrt, tänzelte ein wenig und drückte seinen Körper gegen mein Bein.

Ich wollte eben weitergehen, als ich spürte, wie er sich anspannte. Er senkte den Kopf, seine Atmung veränderte sich, und ein tiefes Knurren stieg ihm aus der Kehle. Auf meine Berührung reagierte er nicht.

»Was ist denn, Junge?«

Wieder Knurren.

»Nicht wieder ein totes Eichhörnchen.«

Ich streckte die Hand aus, um ihn zu streicheln, und spürte, wie sich ihm die Nackenhaare aufstellten. Ein schlechtes Zeichen. Ich riss an der Leine.

»Komm, Junge, wir kehren um.«

Er rührte sich nicht.

»Boyd.«

Das Knurren wurde noch tiefer, wilder.

Ich zielte mit meiner Lampe in die Richtung, in die Boyd starrte. Der Strahl kroch über Baumstämme und versickerte in der Schwärze dazwischen.

Ich riss fester an der Leine. Boyd drehte den Kopf nach links und bellte. Ich hielt die Lampe in diese Richtung.

»Das ist nicht lustig, Hund.«

Plötzlich glaubte ich eine Gestalt zu erkennen. Oder war es nur ein Spiel der Schatten? Ich schaute kurz zu Boyd hinunter, und in dem Augenblick war das, was ich zu sehen geglaubt hatte, verschwunden. Oder war da überhaupt etwas gewesen?

»Wer da?« Angst machte meine Stimme brüchig.

Nichts als Grillen und Frösche. Ein umgestürzter Baum, der an einem noch stehenden lehnte, ächzte und knarzte in der Stille.

Plötzlich hörte ich hinter mir eine Bewegung. Schritte. Blätterrascheln.

Boyd drehte sich um, kläffte und sprang vor, so weit die Leine es erlaubte.

»Wer da?«, wiederholte ich.

Eine Silhouette löste sich aus den Bäumen, schwärzer als die Nacht. Boyd knurrte und riss an der Leine. Die dunkle Gestalt kam auf uns zu.

»Wer sind Sie?« Keine Antwort.

Ich nahm Leine und Taschenlampe in eine Hand und griff mit der anderen nach meinem Handy. Bevor ich eine Speichertaste drücken konnte, glitt es mir aus den zitternden Fingern.

»Bleiben Sie zurück!« Es war fast ein Kreischen.

Ich hob die Lampe auf Schulterhöhe. Während ich die Leine in meiner Hand neu ordnete, um mich nach dem Handy zu bücken, lockerte sich mein Griff ein wenig. Boyd riss sich los und stürzte, mit blitzenden Zähnen und einem tiefen, kehligen Knurren, auf die Gestalt zu.

Plötzlich änderte die Silhouette ihren Umriss. Ein Arm schnellte vor.

Boyd sprang.

Ein Blitz. Ein ohrenbetäubendes Krachen.

Der Hund schnellte von der Silhouette zurück, stürzte zu Boden, wimmerte und lag dann bewegungslos da.

»Boyd!«

Tränen liefen mir über die Wangen. Ich wollte ihm sagen, dass ich mich um ihn kümmern würde. Ihm sagen, dass er wieder ganz in Ordnung kommen würde, aber mein Körper war wie gelähmt vor Angst, und ich brachte keinen Ton heraus.

Die Gestalt kam jetzt schnell auf mich zu. Ich drehte mich um und wollte davonlaufen. Hände packten mich. Ich riss mich los. Aus dem Schatten wurde ein Mann.

Er warf sich mit seinem ganzen Gewicht auf mich, seine Schulter traf mich unterhalb der Achsel. Der Aufprall warf mich seitwärts zu Boden.

Das Letzte, woran ich mich erinnerte, war Atem auf meinem Gesicht. Dann krachte mein Schädel gegen Eruptivgestein.

Der Traum war Furcht erregend. Ein luftloser Raum. Ich konnte mich nicht bewegen. Ich konnte nichts sehen. Dann berührte etwas meine Wange.

Als ich die Augen öffnete, war die Wirklichkeit teuflischer als jeder Albtraum.

Mein Mund war verstopft und mit Klebeband umwickelt. Ich hatte eine Binde vor den Augen.

Es zog mir das Herz zusammen.

Ich kann nicht atmen!

Ich versuchte, eine Hand zum Gesicht zu heben. Meine Handgelenke waren vor der Brust gefesselt.

Der Lumpen füllte meinen Mund mit einem beißenden Geschmack. Meine Zungenwurzel begann zu zittern.

Ich muss brechen. Ich werde ersticken.

Panik stieg in mir auf, ich fing an zu zittern.

Beweg dich!

Ich versuchte, mich zu bewegen, und ein Kokon aus Gewebe bewegte sich mit mir. Ich roch Staub und Moder und faulige Vegetation.

Ich trat aus, warf den Kopf hin und her.

Die Bewegung schoss Pfeile durch meinen Schädel. Ich lag bewegungslos da und wartete, bis der Schmerz nachließ.

Atme durch die Nase. Ein. Aus. Ein. Aus.

Das Pochen ließ etwas nach.

Ich steckte in einer Art Sack. Hände und Füße waren gefesselt. Aber wo war ich? Wie war ich hierher gekommen?

Unzusammenhängende Erinnerungsfetzen. Das Leichenschauhaus. Die einsame Landstraße. Rubys sorgenvolles Gesicht. Primrose Hobbs.

Boyd!

O Gott. Nicht Boyd. Hatte ich auch den Hund auf meinem Gewissen?

Ein. Aus.

Ich drehte den Kopf und spürte eine Beule von der Größe einer Pflaume. Wieder stieg Übelkeit hoch.

Ein. Aus.

Weitere Synapsen.

Der Überfall. Die gesichtslose Gestalt.

Simon Midkiff? Frank Battle? Konnte mein Häscher der Armleuchter von Amtsrichter sein?

Ich verdrehte die Handgelenke, versuchte, das Band zu lockern. Wieder Übelkeit.

Ich biss die Zähne zusammen und drehte mich auf die Seite. Wenn ich brechen musste, dann wollte ich das Erbrochene nicht einatmen.

Bei der Bewegung hob sich mir der Magen. Ich füllte die Lunge mit Luft, und die Kontraktionen ließen nach.

Ich lag starr da und lauschte. Keine Ahnung, wie lange ich bewusstlos gewesen war und wie ich zu meinem augenblicklichen Aufenthaltsort gekommen war. War ich noch immer im Wald hinter High Ridge House? Hatte man mich woanders hingebracht? War mein Angreifer ganz in der Nähe?

Mein Herzschlag beruhigte sich um eine Nanosekunde, und schlüssiges Denken kehrte langsam in mein Hirn zurück.

In diesem Augenblick kroch das Ding über meine Wange. Ich hörte trockene Insektengeräusche, spürte Bewegung in meinen Haaren und dann das Kitzeln von Fühlern auf der Haut.

Ein Schrei stieg mir in die Kehle. Ich drehte mich hin und her, fuhr mir über Gesicht und Haare. Betäubender Schmerz durchzuckte mein Hirn, wieder kam es mir fast hoch.

Ruhig!, befahl eine funktionierende Hirnzelle.

Kakerlaken!, kreischten die anderen.

Ich zerrte an meiner Jacke, versuchte, sie mir über den Kopf zu ziehen. Es ging nicht.

Lieg still!

Mein Herz hämmerte den Befehl gegen die Rippen.

Ruhig. Ruhig. Ruhig.

Langsam beruhigte ich mich, und die Vernunft kehrte zurück.

Befrei dich.

Lauf davon.

Aber nicht in die nächste Falle.

Denke.

Horche.

Das Pfeifen von Wind in kahlen Zweigen. Ein Zwitschern. Blätter, die über den Boden rascheln.

Waldgeräusche.

Ich schälte eine Geräuschschicht ab.

Wasser, das um Felsen gurgelt.

Flussgeräusche.

Die nächste Schicht.

Weit weg und kaum hörbar, ein irres Heulen, gefolgt von einem merkwürdigen Kichern.

Gänsehaut überzog Arme und Hals.

Ich wusste, wo ich war.

32

Kaum atmend lag ich da und lauschte angestrengt. Hatte ich wirklich gehört, was ich zu hören geglaubt hatte? Zuerst zweifelte ich daran. Dann erklang es wieder, schwach und unwirklich.

Ein an- und abschwellendes Stöhnen, ein schrilles Lachen.

Das elektrische Skelett.

Ich war nicht weit weg vom Riverbank Inn. Wo Primrose übernachtet hatte. Wo man sie nie wieder gesehen hatte.

Ich sah Primroses aufgedunsenes Gesicht vor mir, die Löcher, die Wassertiere gefressen hatten.

Ich lag gefesselt, geknebelt und mit verbundenen Augen in einem Sack neben dem Tuckasegee River!

Ich musste mich befreien!

Mein Schädel pochte, sicher eine Folge des Kontakts mit dem Stein. Der Lumpen nahm mir die Luft und schmeckte nach Abfall und Dreck. Das Isolierband brannte an Wangen und Lippen und jagte Lichtsplitter in meinen Sehnerv.

Und ich hörte das Rascheln von Kakerlaken auf meiner Nylonjacke, spürte ihre Bewegungen in den Haaren und auf den Jeans.

Meine Gedanken flogen in tausend Richtungen.

Wieder horchte ich. Da ich keine Anzeichen für die Nähe eines Menschen hörte, begann ich, stetig durch die Nase atmend, an meinen Fesseln zu rütteln.

Der Magen drehte sich mir um, der Mund wurde trocken.

Jahrtausende vergingen. Das Band lockerte sich um einen Millimeter.

Tränen der Frustration stiegen mir hinter den zugedrückten Lidern hoch.

Nicht weinen!

Ich arbeitete weiter mit Hand- und Fußgelenken, riss, drehte, zerrte und hielt immer wieder inne, um auf Geräusche außerhalb des Sacks zu horchen.

Kakerlaken krochen mir übers Gesicht, ihre Beine wie Federn auf meiner Haut.

Weg!, kreischte ich im Geiste. *Verschwindet!*

Ich versuchte es weiter. Schweiß nässte mir die Haare.

Mein Bewusstsein stieg in die Höhe wie ein nächtlicher Vogel, und ich schaute auf mich herab, eine hilflose Larve auf dem Waldboden. Ich sah die Schwärze um mich herum und sehnte mich nach der Sicherheit einer vertrauten nächtlichen Zuflucht.

Ein rund um die Uhr geöffnetes Café. Ein Mauthäuschen. Ein Polizeirevier. Das Schwesternzimmer einer nachtstillen Krankenstation. Eine Notaufnahme.

Dann fiel es mir wieder ein.

Das Skalpell!

Konnte ich es erreichen?

Ich zog die Knie an die Brust, um den Saum der Jacke so weit wie möglich hochzuschieben. Dann schob ich die Ellbogen über das Nylon und drückte dabei die Hüfte heraus. Blindlings schob ich die Tasche nach vorne, nur mein Tastgefühl sagte mir, wo sie sich gerade befand.

So las ich meine Kleidung wie eine Braille-Karte, fand schließlich die Nylonschlaufe am Reißverschlusshäkchen und fasste sie mit den Fingerspitzen beider Hände.

Ich hielt den Atem an und zog daran.

Meine Finger glitten am Nylon entlang und rutschten ab.

Verdammt.

Ich versuchte es noch einmal, mit demselben Ergebnis.

Mehrmals wiederholte ich das Manöver, tastete, drückte und zog, bis meine Hände sich verkrampften und ich am liebsten geschrien hätte.

Neue Taktik.

Mit dem Rücken der linken Hand drückte ich das Reißverschlusshäkchen an den Schenkel, dann bog ich das rechte Handgelenk ab und versuchte, einen Finger durch die Schlaufen zu schieben. Der Winkel war zu flach.

Ich bog die Hand noch weiter ab. Es funktionierte nicht.

Mit den Fingern meiner linken Hand drückte ich auf die rechte, um sie noch weiter nach hinten zu biegen. Schmerz schoss in die Sehnen des Unterarms.

Als ich schon dachte, gleich würden die Knochen brechen, fand mein Zeigefinger die Schlaufe und hakte sich ein. Ich zog leicht daran. Das Häkchen bewegte sich, und mit gefesselten Handgelenken zog ich den Reißverschluss ganz auf. Nun war es einfach, die Finger einer Hand in die Tasche zu stecken und das Skalpell herauszuziehen.

Behutsam meine Beute mit beiden Händen fassend, drehte ich mich auf den Rücken und drückte mir den Griff an den Bauch. Dann schälte ich die Serviette ab, indem ich das Skalpell zwischen den Händen drehte. Ich drehte die Schneide meinem Körper zu und begann, an dem Band, das meine Handgelenke fesselte, zu säbeln. Das Skalpell war rasiermesserscharf.

Langsam. Vorsichtig. Schneid dir nicht ins Handgelenk.

In weniger als einer Minute waren meine Hände frei. Mit der Rechten riss ich mir das Band von den Lippen. Flammen rasten mir übers Gesicht.

Nicht schreien!

Ich riss mir den Knebel aus dem Mund und keuchte und spuckte abwechselnd. An meinem fauligen Speichel würgend, durchschnitt ich das Band um den Kopf und riss es mir von den Augen.

Wieder loderten Flammen, als Hautfetzen und einige Augenbrauenhaare am Band kleben blieben. Mit zitternden Händen griff ich nach unten und löste das Band um meine Füße.

Ich zerschnitt gerade den Sack, als ein Geräusch meinen Arm lähmte.

Das Knallen einer Autotür!

Wie weit weg? Was tun? Mich tot stellen?

Mein Arm schnellte auf und ab, wie ein Kolben, den sein eigener Wille bewegte.

Füße raschelten im Laub. Ich schätzte die Entfernung.

Fünfzig Meter.

Ich zerschnitt die Leinwand. Auf, ab. Auf, ab.

Das Rascheln wurde lauter.

Dreißig Meter.

Ich stieß die Stiefel durch die Öffnung und trat mit all meiner Kraft aus. Das Reißen klang in der Stille wie ein Schrei.

Das Rascheln verstummte, kam wieder, schneller, unbekümmerter.

Zwanzig Meter.

Fünfzehn.

»Keine Bewegung.«

Ich stellte mir die Waffe vor, spürte Kugeln, die mir ins Fleisch drangen. Es war egal. Entweder gleich sterben oder später. Und lieber sich wehren, solange es noch eine Chance dazu gab.

»Rühren Sie sich nicht.«

Ich drehte mich um, packte die Ränder des Lochs und zerrte sie mit beiden Händen auseinander. Dann schnellte ich mit dem Kopf voran durch die Öffnung, knallte mit dem Gesicht auf die Erde, rollte mich ab und stand auf. Mit wackeligen Knien stand ich da und versuchte, etwas zu sehen.

»Madam, Sie sind tot.«

Ich rannte vor der Stimme davon.

Den gurgelnden Fluss links von mir, rannte ich, einen Arm vor dem Gesicht, durch Dunkelheit, die so dicht war wie ein endloser Tunnel. Hindernisse sprangen mich ohne Vorwarnung an und zwangen meine Füße zu einem Zickzackkurs.

Immer wieder stolperte ich über planetarischen Abraum. Ein Fels, älter als das Leben selbst. Ein umgestürzter Baumstamm. Ein toter Ast. Doch ich blieb auf den Beinen. Brennende Angst schenkte mir Kraft und Tempo.

Die Wesen der Nacht schienen zu verstummen. Ich hörte kein Summen, kein Zwitschern, kein Tapsen, nur meinen eigenen rauen Atem. Und hinter mir Schritte wie von einem riesigen Waldmonster.

Meine Kleidung war schweißfeucht. Das Blut hämmerte mir in den Ohren.

Mein Verfolger blieb hinter mir, er kam weder näher, noch fiel er zurück. Verließ er sich auf einen Heimvorteil, den ich nicht kannte? War er die Katze, ich seine Maus? Nahm er sich Zeit, weil er wusste, dass seine Beute ihm nicht entkommen konnte?

Mein Lunge brannte, sie konnte einfach nicht genug Luft aufnehmen. Ein stechender Schmerz fuhr mir in die linke Seite. Trotzdem der blinde Drang weiterzurennen.

Eine Minute. Drei. Eine Ewigkeit.

Dann verkrampften sich die Muskeln in meinem linken Oberschenkel. Ich konnte nur noch humpelnd laufen.

Auch die Katze wurde langsamer.

Ich versuchte, mich weiterzutreiben. Aber es half nichts. Arme und Beine versagten ihren Dienst.

Jetzt trabte ich nur noch, Schweiß lief mir über die Stirn und brannte in den Augen.

Direkt vor meinem Gesicht erkannte ich einen dunklen Umriss. Meine ausgestreckte Hand knallte gegen etwas Festes. Mein Ellbogen schnellte zurück, und meine Wange traf hart auf. Schmerz schoss mir durchs Handgelenk. Blut befeuchtete Handfläche und Wange.

Ich streckte die gesunde Hand aus und tastete. Massiver Fels.

Ich tastete weiter.

Noch mehr Fels.

Ich war gegen eine Felswand gerannt. Links von mir Wasser. Rechts dichter Wald.

Die Katze wusste es. Ich hatte keine Fluchtmöglichkeit mehr.

Ich zog das Skalpell heraus und versteckte es hinter dem Rücken. Dann drehte ich mich um, sodass ich mit dem Rücken zur Felswand stand, und stellte mich meinem Angreifer.

Er sprach, bevor ich ihn sah.

»Schlechte Richtungswahl.«

Er atmete schwer, und ich roch den säuerlichen Gestank von Schweiß und Wut.

»Bleiben Sie mir vom Leib!«, schrie ich mit mehr Dreistigkeit, als ich in mir spürte.

»Warum sollte ich das tun?« Höhnisch.

Ich kannte diese Stimme. Der Anrufer im Leichenschauhaus. Aber ich hatte sie von der Person direkt gehört. Wo?

Knirschen, dann tauchte eine schwarze Silhouette aus der Dunkelheit auf.

»Keinen Schritt näher«, zischte ich.

»Sie sind wohl nicht in der Position, Befehle zu geben.«

»Kommen Sie näher, und ich bringe Sie um.«

»Sie stecken sprichwörtlich zwischen Baum und Borke, würde ich mal sagen.«

Wieder Knirschen. Aus der Silhouette wurde ein Mann, der einen Arm in meine Richtung ausstreckte. Breite Schultern, dicke Arme.

Es war nicht Simon Midkiff.

»Wer sind Sie?«

»Das dürften Sie doch inzwischen wissen.«

Ich hörte das Klicken des Sicherheitshebels einer Waffe.

»Sie haben Primrose Hobbs umgebracht. Warum?«

»Weil ich es konnte.«

»Und jetzt haben Sie vor, mich umzubringen.«

»Mit dem allergrößten Vergnügen.«

»Warum?«

»Weil Ihre Einmischung etwas Heiliges zerstört hat.«

»Wer sind Sie?«

»Kulkulcan.«

Kulkulcan. Den kannte ich.

»Die Maya-Gottheit.«

»Warum sich mit einem Pharao oder irgendeiner Griechenschwuchtel begnügen?«

»Wo ist der Rest von Ihrer Gesellschaft der Perversen?«

»Wenn es nicht diesen elenden Absturz gegeben hätte, wären Sie nie über uns gestolpert. Mit Ihrer übereifrigen Neugier haben Sie Dinge enthüllt, die Sie absolut nichts angehen. Nun obliegt es Kulkulcan, Rache zu üben.«

Die melodiöse Stimme war jetzt von Wut gefärbt.

»Mit Ihrem Höllenfeuer-Club ist es aus und vorbei.«

»Es ist nie vorbei. Seit Anbeginn der Zeit haben die Massen versucht, die intellektuell Überlegenen zu unterdrücken. Doch das funktioniert nie. Die Umstände können uns zwingen, uns zu verbergen, doch wir tauchen wieder auf, wenn das Klima sich ändert.«

Was für egomanische Wahnideen hörte ich mir da an?

»Es war an der Zeit für mich, in die Reihen der Heiligen aufzusteigen«, fuhr er fort, anscheinend ohne zu merken, dass ich nicht geantwortet hatte. Vielleicht war es ihm aber auch egal. »Ich habe meine Opfergabe gefunden. Ich habe sie dargebracht. Ich habe das Ritual in Ehren gehalten, das Sie besudelt haben.«

»Jeremiah Mitchell oder George Adair?«

»Unwichtig. Ihre Namen haben keine Bedeutung. Ich wurde auserwählt. Ich war bereit. Ich habe den Weg eingeschlagen.«

Halt ihn am Reden, sagte mein Verstand. Irgendjemand weiß, wo du bist. Irgendjemand unternimmt etwas.

»Kulkulcan ist ein Schöpfergott. Sie zerstören Leben.«

»Sterbliche sind vergänglich. Weisheit währt ewig.«

»Wessen?«

»Die Weisheit der Zeiten, die denen enthüllt wird, die ihrer wert sind.«

»Und Sie sichern Ihren Weiterbestand durch rituelle Gemetzel?«

»Der Körper ist nur eine materielle Hülle, ohne dauerhaften Wert. Am Ende werfen wir ihn weg. Aber Weisheit, Stärke, die Quintessenz der Seele, das sind die Kräfte, die überdauern.«

Ich ließ ihn weiter schwadronieren.

»Die Klügsten der Art müssen genährt werden. Diejenigen, die diese Erde verlassen, müssen ihr Mana denen überlassen, die bleiben, um die Stärke und die Weisheit der Erwählten zu vermehren.«

»Wie?«

»Mit Blut, Herz, Muskeln und Knochen.«

O Gott, es stimmte also wirklich.

»Sie glauben, Sie können Ihren IQ vergrößern, indem Sie das Fleisch anderer essen?«

»Wie das Fleisch vergeht, so auch die Stärke. Aber Geist, Seele, Intellekt, diese Elemente sind mittels der Zellen unserer Körper übertragbar.«

Ich umklammerte das Skalpell so fest, dass meine Fingerknöchel schmerzten.

»Herodot erzählte vom Verzehr von Stammesgenossen bei den Issedonen in Zentralasien, die danach stark und diszipliniert wurden. Strabo fand ihn bei irischen Clans. Viele siegreiche Völker erhielten Stärke durch den Verzehr des Fleisches ihrer Feinde. Iss die Schwachen und werde stärker. Das ist so alt wie die Menschheit.«

Ich dachte an die Neandertalerknochen, an die Opfer in der Kiva bei Mesa Verde. An die Skelette in meinem Leichenschauhaus.

»Warum alte Leute?«

»Die Alten besitzen den größten Vorrat an Weisheit.«

»Oder geben Alte nur leichtere Opfer ab?«

»Meine liebe Miss Brennan. Wäre es Ihnen lieber, wenn Ihr Fleisch zur Vervollkommnung der Erwählten beiträgt oder von Maden gefressen wird?«

Wut stieg in mir hoch und verdrängte die Angst.

»Egoistisches, wahnsinniges Arschloch.«

»Ho-ho, ich rieche, rieche Menschenfleisch. Ob's lebendig ist oder tot, ich mahle die Knochen und backe draus Brot.«

In der Entfernung stöhnte und kicherte das Skelett.

Ich hatte es wirklich mit einem Wahnsinnigen zu tun! Wer war dieser Mann? Woher kannte ich ihn?

Das Skalpell in der rechten Hand und mit der linken den Fels abtastend, drückte ich mich an der Wand entlang. Doch nach ein paar Schritten schoss ein starker Lichtstrahl aus der Dunkelheit und blendete mich wie ein Scheinwerfer ein Reh. Ich hielt mir den Arm vors Gesicht.

»Wollen Sie irgendwohin, Miss Brennan?«

Im Rückstrahl der Lampe sah ich seine untere Gesichtshälfte, die Zähne waren gefletscht in mörderischer Wut.

Halt dich von ihm fern.

Ich drehte mich, um davonzurennen, stolperte und stürzte. Als ich mich wieder hochzurappeln versuchte, machte der Schatten einen Sprung und schloss die Lücke, eine Hand schnellte vor und packte mich am Knöchel. Meine Füße verloren wieder Bodenkontakt, und meine Knie knallten auf alluvialen Erdboden. Das Skalpell flog in die Dunkelheit.

»Du verdammte verräterische Kuh.«

Die honigweiche Stimme kochte jetzt vor Wut.

Ich trat aus, aber sein Griff lockerte sich nicht. Seine Finger umklammerten meinen Knöchel wie Stahl.

Noch nie in meinem Leben hatte ich so viel Angst gehabt wie jetzt, und ich stemmte meine Ellbogen in die Erde, versuchte, vorwärts zu robben, trat mit dem freien Bein aus. Plötzlich war er mit seinem ganzen Gewicht auf mir. Er rammte mir ein Knie in den Rücken, drückte mir das Gesicht mit einer Hand in die Erde. Krumen und Kleinzeug verstopften mir Nase und Mund.

Ich schlug und trat wild um mich, krallte die Finger in die Erde, um unter ihm herauszukommen. Er hatte die Taschenlampe weggeworfen, und in ihrem Licht mussten wir aussehen wie ein sich windendes zweiköpfiges Tier. Solange ich mich noch bewegen konnte, würde er es nicht schaffen, mir den Würgedraht um den Hals zu legen.

Meine Hand berührte etwas Schartiges und Hartes, und meine Finger schlossen sich darum. Ich verdrehte den Körper und schlug blindlings zu.

Ich hörte das leise Krachen von Stein auf Knochen, dann das metallische Klirren von Metall auf Granit.

»Blöde Kuh.«

Er rammte mir die Faust ans rechte Ohr. In meinem Schädel explodierte ein Blitz.

Er ließ meinen Knöchel los und tastete nach seiner Waffe. Ich riss den Ellbogen nach hinten und traf ihn am Unterkiefer. Seine Zähne krachten aufeinander, sein Kopf schnellte zurück.

Ein Kreischen wie von einem verwundeten Tier.

Ich drückte mit all meiner Kraft, und sein Knie rutschte von meinem Rücken. In weniger als einer Sekunde war ich auf den Knien und kroch auf die Taschenlampe zu. Er fand sein Gleichgewicht wieder, und wir sprangen gleichzeitig. Ich bekam die Lampe zu fassen.

Ich schwang sie, so fest ich konnte, und traf ihn an der Schläfe. Ein dumpfer Knall, ein Grunzen, und er kippte nach hinten. Ich schaltete die Lampe aus, sprang auf die Bäume zu und kauerte mich hinter eine Kiefer.

Ich rührte mich nicht. Ich blinzelte nicht. Ich versuchte, vernünftig zu denken.

Renn nicht in den Wald. Dreh ihm nicht den Rücken zu. Wenn er sich bewegt, kannst du vielleicht an ihm vorbeischlüpfen, zum Inn zurücklaufen, um Hilfe schreien.

Tödliche Stille, unterbrochen nur von seinem Keuchen. Sekunden vergingen. Vielleicht waren es Stunden. Mir war noch schwindelig von dem Schlag gegen den Kopf, ich konnte Zeit, Raum und Entfernung nicht einordnen.

Wo war er?

Eine Stimme aus Bodennähe. »Ich habe die Waffe gefunden, Miss Brennan.«

Ein einzelner Schuss zerriss die Stille.

»Aber wir beide wissen, dass ich sie jetzt, da Ihr Köter aus dem Weg ist, nicht mehr brauche.«

Seine Stimme drang wie unter Wasser zu mir.

»Ich werde Sie dafür bezahlen lassen. Wirklich bezahlen.«

Ich hörte ihn aufstehen.

»Ich habe ein Halsband, das ich Ihnen zeigen möchte.«

Ich atmete tief ein, um den Kopf klar zu bekommen. Er kam mit der Garotte auf mich zu.

Im Augenwinkel ein Funkeln. Drei Lichtsplitter tanzten auf mich zu. Oder bildete ich mir das nur ein?

»Stehen bleiben!« Eine raue, weibliche Stimme.

»Fallen lassen.« Eine männliche.

»Stopp!« Eine andere männliche Stimme.

Dicht neben mir blitzte eine Mündung in der Dunkelheit auf. Zwei Schüsse knallten.

Aus der Richtung der Stimmen wurde das Feuer erwidert. Das Klirren einer Kugel, die von einem Felsen abprallte.

Ein dumpfer Knall, das Ausstoßen von Luft. Das Geräusch eines Körpers, der an einer Felswand hinunterglitt.

Laufende Füße.

Hände an meinem Hals, meinem Handgelenk.

»– Puls ist stark.«

Über mir Gesichter, verschwommen wie eine Fata Morgana in der Sommerhitze. Ryan. Crowe. Deputy Namenlos.

»– Krankenwagen. Alles okay. Wir haben sie nicht getroffen.«

Statisches Rauschen.

Ich versuchte, mich aufzusetzen.

»Bleiben Sie liegen.« Sanfter Druck auf meine Schultern.

»Ich muss ihn sehen.«

Ein Lichtkegel wanderte zu der Felswand, an der mein Angreifer, den Rücken am Stein, die Beine ausgestreckt, bewegungslos lehnte. Langsam beleuchtete der Schein Füße, Beine, Torso, Gesicht. Ich wusste, wer er war.

Ralph Stover, der nicht mehr so glückliche Besitzer des Riverbank Inn, der mich nicht in Primroses Zimmer hatte lassen wollen. Das Kinn vorgestreckt, starrte er blicklos in die Nacht, und Hirnmasse sickerte langsam auf einen Fleck im Fels hinter seinem Kopf.

33

Am Freitag bei Tagesanbruch verließ ich Charlotte und fuhr durch dichten Nebel nach Westen. Der wabernde Dunst lichtete sich, als ich auf den Grat des Eastern Continental Divide hochfuhr, und verschwand kurz vor Asheville ganz.

In Bryson City verließ ich den Highway 74, fuhr den Veterans Boulevard hoch, vorbei an der Abzweigung zum Fryemont Inn, bog nach rechts in die Main ein und parkte vor dem alten Gerichtsgebäude, das jetzt ein Seniorenzentrum war. Einen Augenblick blieb ich noch sitzen, sah zu, wie das Sonnenlicht auf seiner kleinen, vergoldeten Kuppel glitzerte, und dachte an die Senioren, deren Knochen ich ausgegraben hatte.

Ich stellte mir einen großen, schlaksigen Mann vor, blind und fast taub; eine zerbrechliche alte Frau mit schiefem Gesicht. Ich stellte mir vor, wie sie vor vielen Jahren über genau diese Straßen gegangen waren. Ich wollte sie in den Arm nehmen, ihnen sagen, dass ihnen jetzt endlich Gerechtigkeit widerfahren würde.

Ich dachte auch an diejenigen, die in der TransSouth Air 228 umgekommen waren. So viele Lebenswege, die eben erst begonnen hatten. Abschlussprüfungen, die nicht mehr abgelegt würden. Geburtstage, die nicht mehr gefeiert würden. Leben, die ausgelöscht wurden wegen einer fatalen Reise.

Ich nahm mir Zeit auf meinem Weg zur Feuerwache. Einen Monat hatte ich in Bryson City zugebracht, hatte es ziemlich gut kennen gelernt. Jetzt war meine Arbeit getan, und ich verließ die Stadt, aber ein paar Fragen blieben noch offen.

Als ich eintrat, packte McMahon eben den Inhalt seiner Kabine in Pappkartons.

»Sie brechen die Zelte ab?«, fragte ich von der Tür aus.

»He, Mädchen, wieder in der Stadt?« Er räumte einen Stuhl frei, bot ihn mir an. »Wie geht's?«

»Zerschlagen und zerschunden, aber voll funktionstüchtig.«

Erstaunlicherweise hatte ich bei meinem Schlagabtausch im Wald mit Ralph Stover keine ernsthaften Verletzungen davongetragen. Wegen einer leichten Gehirnerschütterung musste ich ein paar Tage im Krankenhaus verbringen, und dann hatte Ryan mich nach Charlotte gefahren. Nachdem er sich versichert hatte, dass es mir gut ging, war er nach Montreal zurückgeflogen, und ich hatte den Rest der Woche mit Birdie auf der Couch verbracht.

»Kaffee?«

»Nein, danke.«

»Was dagegen, wenn ich weitermache?«

»Lassen Sie sich nicht stören.«

»Hat Ihnen schon jemand die ganze ergötzliche Geschichte erzählt?«

»Es gibt noch einige Lücken. Aber fangen Sie ganz oben an.«

»H&F war eine Art Zwitter aus MENSA und dem Club der Milliardärsjungs. Am Anfang war das nicht so, da war es nur eine Gruppe aus Geschäftsleuten, Ärzten und Professoren, die in die Berge kamen, um zu jagen und zu fischen.«

»In den Dreißigern.«

»Genau. Sie kampierten auf Edward Arthurs Land, jagten während des Tages und tranken und amüsierten sich die ganze Nacht. Applaudierten sich gegenseitig für ihre außergewöhnliche Intelligenz. Die Gruppe rückte im Lauf der Jahre ziemlich eng zusammen und bildete schließlich eine Geheimgesellschaft, die sie H&F nannten.«

»Und der Gründervater war Prentice Dashwood.«

»Dashwood war der erste Prior, was immer das heißen mag.«

»H&F steht für Höllenfeuer«, sagte ich. »Höllenfeuer-Clubs florierten im achtzehnten Jahrhundert in England und Irland, wobei der berühmteste das Geistesprodukt von Sir Francis Dashwood war. Prentice Dashwood aus Albany, New York, war ein Nachkomme von Sir Francis. Mama war eine namenlose Höllenfeuer-Dame.« Während meiner Zeit auf der Couch hatte ich viel gelesen. »Sir Francis hatte vier Söhne namens Francis.«

»Klingt ja wie George Foreman.«

»Der Mann war stolz auf seinen Namen.«

»Oder der am wenigsten kreative Ahnherr der Geschichte.«

»Wie auch immer, die ursprünglichen Höllenfeuer-Jungs besaßen einen gesunden Skeptizismus gegenüber der Religion und verspotteten mit Begeisterung die Kirche. Sie nannten sich selber die Ritter des heiligen Francis, ihre Partys ›Andachten‹ und ihren Vorstand ›Prior‹.«

»Wer waren diese Arschlöcher?«

»Die Reichen und die Mächtigen von Merry Old England. Haben Sie je vom Bohemian Club gehört?«

McMahon schüttelte den Kopf.

»Es ist ein sehr elitärer, ausschließlich männlicher Club, dem alle republikanischen Präsidenten seit Calvin Coolidge angehörten. Sie treffen sich jedes Jahr für zwei Wochen auf einem abgelegenen Lagerplatz im Sonoma County, Kalifornien, mit dem Namen Bohemian Grove.«

McMahon hielt inne, einen Ordner in jeder Hand.

»Das kommt mir bekannt vor. Die wenigen Journalisten, die es über die Jahre dorthin geschafft haben, wurden hinausgeworfen, ihre Artikel zerrissen.«

»Ja.«

»Sie wollen damit doch nicht sagen, dass unsere politischen und ökonomischen Bonzen bei diesen Treffen Morde planen.«

»Natürlich nicht. Aber das Konzept ist ähnlich: Mächtige Männer kampieren in Abgeschiedenheit. Angeblich führen Mitglieder des Bohemian Club sogar pseudo-druidische Rituale durch.«

McMahon klebte den Karton zu, schob ihn über den Boden und stellte einen neuen auf den Schreibtisch.

»Wir haben alle H&F-Mitglieder bis auf einen ausfindig gemacht, und wir setzen das Puzzle Stück für Stück zusammen, aber das dauert. Ich brauche wohl kaum zu erwähnen, dass keiner besonders begeistert ist, mit uns zu reden, und alle sind sie bestens bestückt mit Anwälten. Jeder der sechs Teilhaber hat eine Anklage wegen mehrfachen Mordes zu erwarten, aber es ist noch unklar, inwieweit der Rest dieses Haufens belangt werden kann. Midkiff behauptet, nur die Führer hätten Mord und Kannibalismus praktiziert.«

»Wurde Midkiff Immunität gewährt?«, fragte ich.

Er nickte. »Die meisten unserer Informationen kommen von ihm.«

»Hat er das Fax mit den Codenamen geschickt?«

»Ja. Er hat es aus seiner Erinnerung rekonstruiert. Midkiff verließ die Gruppe Anfang der Siebziger und behauptet, mit Tötungen hätte er nie etwas zu tun gehabt. Über Stover wusste er nicht Bescheid. Er sagte, letzte Woche sei er an einem Punkt angekommen, wo er mit sich selbst nicht mehr leben konnte.«

McMahon begann, Papiere aus einem Aktenschrank in den Karton zu stapeln.

»Und er sagte, er hätte Angst um Sie gehabt.«

»Um mich?«

»Ja, Darling.«

Das musste ich erst einmal verdauen.

»Wo ist er jetzt?«

»Der Richter war der Ansicht, weder bestehe ein Fluchtrisiko, noch sei er persönlich in Gefahr, deshalb ist er auf freiem Fuß. Er hält sich noch immer in seiner gemieteten Hütte im Cherokee-Reservat auf.«

»Warum rief Parker Davenport Midkiff an, bevor er sich erschoss?«

»Um ihn zu warnen, dass die Kacke am Dampfen sei. Anscheinend sind die beiden Freunde geblieben, nachdem Midkiff sich von H&F zurückgezogen hatte. Midkiff hatte es vorwiegend dem Vizegouverneur zu verdanken, dass er all diese Jahre unbelästigt blieb. Davenport überzeugte den Club, dass Midkiff keine Bedrohung darstellte, und als Gegenleistung hielt Midkiff den Mund.«

»Bis jetzt.«

»Bis jetzt.«

»Was hat er Ihnen gesagt?«

»H&F hatte zu jeder Zeit immer nur achtzehn Mitglieder. Von denen bildeten sechs Glückliche den inneren Zirkel. Nur wenn ein Mitglied dieses inneren Zirkels starb, wurde aus der größeren Gruppe ein Ersatz ausgewählt. Das Initiationsbankett verlangte schwarze Krawatte, roten Kapuzenumhang und ein Dessert, das vom Initiaten geliefert werden musste.«

»Menschenfleisch.«

»Ja. Wissen Sie noch, was Sie mir über die Hamatsa erzählt haben?«

Ich nickte nur, mein Ekel war zu groß, um etwas zu sagen.

»Dieselbe Geschichte. Außer dass unsere kannibalistischen Gentlemen sich darauf beschränkten, nur Fleisch von einem Schenkel des jeweiligen Opfers zu essen. Es war eine Art Blutsbrüderschaftspakt. Obwohl sich der ganze Club regelmäßig im Arthur-Haus traf, schwört Midkiff, dass nur die Mitglieder des inneren Zirkels wussten, was bei diesen Initiationen wirklich passierte.«

Ich dachte daran, was Ralph Stover zu mir gesagt hatte. »Ich habe meine Opfergabe gefunden.«

»Tucker Adams wurde 1943 getötet, als das Mitglied des inneren Zirkels Henry Arlen Preston starb und Anthony Allen Birkby in die Elite aufgenommen wurde. Als Sheldon Brodie 1949 ertrank, war Martin Patrick Veckhoff der Kandidat, und Edna Farrell wurde sein Opfer. Ein Jahrzehnt später starb Anthony Allen Birkby bei einem Autounfall, sein Sohn wurde als Neuer akzeptiert, und Charlie Wayne Tramper landete auf dem Kommunionstisch.«

»Wurde denn Tramper nicht von einem Bären getötet?«

»Vielleicht hat der junge Birkby ein bisschen geschummelt. Übrigens war Trampers Beerdigung die Gelegenheit, bei der Parker Davenport und Simon Midkiff sich kennen lernten. Midkiff kannte Tramper durch seine Recherchen über die Cherokee.«

»Wusste Midkiff, was mit Tramper passiert war?«

»Er sagte, er hätte keine Ahnung gehabt.«

»Wie kam Midkiff zu H&F?«

»1955 war der junge Professor gerade aus England angekommen, und man hatte ihm geraten, Prentice Dashwood zu besuchen, der ein alter Freund der Familie war. Dashwood warb Midkiff für H&F an.«

»Er schaffte es nie in den inneren Zirkel.«

»Nein.«

»Aber Davenport schon.«

»Nach Trampers Beerdigung machte Midkiff Davenport schrittweise mit den anderen bekannt. Die Idee einer intellektuellen Elite gefiel Davenport, und er wurde Mitglied.«

»Obwohl Davenport aus Swain County stammte, hatte er keine Ahnung von der Blockhütte?«

»Nicht, bevor er Mitglied wurde. Anscheinend kannte die kein Mensch. Diese Jungs verstanden es erstaunlich gut, sich versteckt zu halten. Sie schlichen sich immer erst nach Einbruch der Dunkelheit hinein und wieder heraus. Im Lauf der Jahre vergaßen die Leute einfach, dass dieses Anwesen überhaupt existierte.«

»Alle bis auf den alten Edward Arthur und Luke Bowmans Vater.«

»Genau.« McMahon betrachtete den Inhalt einer Schublade, als wisse er nicht so recht, ob er ihn einpacken oder wegwerfen sollte.

»Und der Club verfasste nichts Schriftliches.«

»Nur sehr wenig.«

Er leerte den Inhalt der Schublade in den Karton, schob sie wieder in den Schreibtisch und zog eine andere auf.

»Was ist denn dieser ganze Scheiß?« Er richtete sich auf und sah mich an. »Um mit der Chronologie fortzufahren: John Morgan starb 1972, Mary Louise Rafferty wurde ermordet, und F.L. Warren stieg auf. Zu dieser Zeit war Midkiff schon ziemlich desillusioniert. Er verließ den Club kurz danach.«

»Es kann also gut sein, dass er mit den Morden nichts zu tun hatte.«

»Sieht so aus. Aber Davenport hat Dreck am Stecken. 1979 wählte man ihn als Ersatz für William Glenn Sherman in den inneren Zirkel. Davenports Opfergabe war der nicht identifizierte Schwarze.«

»War es eigentlich von Bedeutung, dass die Opfer verschiedenen Rassen und beiden Geschlechtern angehörten?«

»Der Gedanke dahinter war, die Bandbreite der spirituellen Zufuhr zu maximieren.«

»O Gott.«

»1986 starb Kendall Rollins an Leukämie, und sein Sohn Paul nahm seinen Platz ein.«

»Und sein Opfer war Albert Odell?«

»Genau.«

McMahon leerte die zweite Schublade in den Karton.

»Was ist mit Jeremiah Mitchell und George Adair passiert?«

»Da ging einiges ziemlich in die Hose. Als Martin Patrick Veckhoff im letzten Februar den Löffel abgab, wurde Roger Lee Fairley der Kandidat. Er wurde über die Anforderungen informiert, schnappte sich Mitchell und tötete ihn. Fairleys plötzlicher Tod auf dem Weg zu Veckhoffs Beerdigung schuf ein Problem, und Mitchell wurde auf Eis gelegt, bis das Nachfolgerproblem gelöst war.«

»Wer erledigte das?«

»Ralph Stover erfuhr, dass er in Kürze an der Reihe sein würde, aus dem äußeren in den inneren Zirkel zu wechseln, man informierte ihn über die Bedingungen und legte ihm nahe, er müsse ein paar zusätzliche Pflichten übernehmen. Er steckte Mitchells Leiche in eine Tiefkühltruhe im Riverbank Inn.«

Ich unterdrückte ein Schaudern.

»Deshalb waren die Messwerte der volatilen Fettsäuren so merkwürdig.«

»Genau. Anfang September wurde Stover offiziell als Veckhoffs Nachfolger vorgeschlagen, und zur Vorbereitung der Initiationszeremonie wurde Mitchells Leiche auf das Anwesen gebracht und in den Hof gelegt. Und dann gingen die Probleme los. Einige im inneren Zirkel hatten etwas gegen Stovers Beförderung, weil sie ihn als zu fanatisch und zu labil betrachteten. Die Diskussion zog sich in die Länge, und die Verwesung setzte ein, was bedeutete, dass die

Leiche nicht mehr für das Ritual benutzt werden konnte und in der Höhle begraben werden musste.«

»Aber nicht bevor die Kojoten ihr einen Besuch abstatteten.«

»Die Braven.«

»Stover hat also noch einmal die Drecksarbeit erledigt?«

»Er ist unser Mann.«

McMahon kippte den nächsten Schubladeninhalt in einen Karton, klebte ihn zu und beschriftete ihn mit einem Filzstift.

»Wie auch immer, nach Wochen des Streits behielt die Stover-Fraktion die Oberhand. George Adair wurde am ersten Oktober entführt. Der Absturz passierte am vierten Oktober.«

»Und ich fand den Fuß am fünften Oktober.«

Er stapelte den Karton auf die anderen und zog eine Aktenschublade auf.

»Wie Sie wissen, hat Stover auch Primrose Hobbs getötet. Lucy Crowe fand in seiner Wohnung im Riverbank Inn Stelazin. Das Rezept wurde von einem mexikanischen Arzt für keinen anderen als Parker Davenport ausgestellt. Stover hatte am Sonntagabend vier Kapseln in seiner Tasche. Dasselbe Medikament, das er auch bei Primrose benutzte.«

Er schaute mich an.

»Außerdem fand Crowe ein Stück Draht, das zu der Garotte um Hobbs' Hals passte.«

Die kalte Faust. Es erschien mir immer noch unmöglich, dass Primrose tot war.

»Vielleicht kam ein Befehl aus dem inneren Zirkel, vielleicht hat er auf eigene Faust gehandelt. Oder er befürchtete, sie hätte etwas entdeckt. Wahrscheinlich stahl er ihren Schlüssel und ihr Passwort, um den Fuß aus dem Leichenschauhaus zu holen und die Akteneinträge zu ändern.«

»Wurde der Fuß gefunden?«

»Ich fürchte, das wird er nie. Moment mal.«

McMahon verließ das Zimmer und kehrte mit zwei leeren Kartons zurück.

»Wie kann sich nur in einem Monat so viel Schrott anhäufen?«

»Vergessen Sie die Gummischlange nicht.«

Ich deutete auf das Ding auf seinem Schreibtisch.

»Mich würde interessieren, wie Crowe mich gefunden hat.«

»Sie und Ryan kamen am Sonntagabend innerhalb von Minuten zum High Ridge House, und zwar deutlich nach der Zeit, zu der sie dort hätten eintreffen sollen. Als sie Ihr Auto auf dem Parkplatz sahen, von Ihnen aber keine Spur fanden, machten sie sich auf die Suche. Als sie den Hund fanden –«

Er sah mich kurz an, konzentrierte sich dann wieder auf seinen Karton. Ich machte ein ausdrucksloses Gesicht.

»Anscheinend bekam der Chow-Chow Stovers Handgelenk zu fassen. Ryan fand neben der Schnauze des Hundes ein Notfall-Armband mit Stovers Namen darauf. Ausgehend von etwas, das Midkiff ihr gesagt hatte, stellte Crowe die Verbindung her.«

»Der Rest ist Geschichte.«

»Der Rest ist Geschichte.«

Er warf die Schlange in den Karton, holte sie wieder heraus.

»Ryan ist schon wieder in Quebec?«

»Ja.«

Ich bemühte mich um einen neutralen Gesichtsausdruck.

»Ich kenne den Monsieur ja nicht allzu gut, aber der Tod seines Partners hat ihn wirklich mitgenommen.«

»Ja.«

»Dazu noch die Geschichte mit der Nichte, da ist es wirklich erstaunlich, dass der Kerl nicht einfach zusammengeklappt ist.«

»Ja.« Die Nichte?

»›Danielle die Dämonin‹, nannte er sie.«

McMahon ging zu seinem Sakko und steckte die Schlange in eine Tasche.

»Meinte, wahrscheinlich würden wir eines Tages von dem Mädchen in der Zeitung lesen.«

Die Nichte.

Ich spürte, wie ein Lächeln an meinen Mundwinkeln zupfte.

Manchmal fällt einem Neutralität ziemlich schwer.

Ich fand Simon Midkiff auf seiner Veranda in einem Schaukelstuhl, wo er in Mantel, Handschuhen und dickem Schal döste. Eine Schirmkappe verdeckte den Großteil seines Gesichts, und ich dachte plötzlich an eine ganz andere Frage.

»Simon?«

Er riss den Kopf hoch und blinzelte verwirrt.

»Ja?«

Er wischte sich mit der Hand über den Mund, und ein Speichelfaden glitzerte auf Wolle. Dann zog er den Handschuh aus, wühlte unter Schichten von Kleidung, zog eine Brille heraus und setzte sie sich auf die Nase.

Erst dann erkannte er mich.

»Freut mich zu sehen, dass es Ihnen gut geht.« Die Brillenkette hing ihm seitlich herab und warf zarte Schatten auf seine Wangen. Seine Haut wirkte blass und papierdünn.

»Können wir reden?«

»Natürlich. Vielleicht sollten wir nach drinnen gehen.«

Wir betraten einen kombinierten Wohn- und Küchenbereich, von dem nur eine innere Tür abging, in das Schlafzimmer und das Bad, nahm ich an. Die Einrichtung bestand aus lackierter Kiefer und sah aus, als stammte sie aus einem Baumarkt.

Bücher stapelten sich an den Scheuerleisten, und Notizbücher und Papiere bedeckten Ess- und Schreibtisch. In einer Ecke des Zimmers stand ein Dutzend Kartons, jeder beschriftet mit einer Reihe von archäologischen Gitternetz-Kennnummern.

»Tee?«

»Das wäre nett.«

Ich sah zu, wie er einen Kessel mit Wasser füllte, Tetley's-Teebeutel aus ihren Papierbriefchen zog und Tassen auf Untertassen stellte. Er wirkte zerbrechlicher, als ich ihn in Erinnerung hatte, gebeugter.

»Ich bekomme nicht viel Besuch.«

»Das ist sehr freundlich. Vielen Dank.«

Er führte mich zu einem mit einem Afghanerteppich bedeckten Sofa, stellte die beiden Tassen auf einen Tisch, der aus einer aus einem Baumstamm gesägten Scheibe gefertigt war, und zog sich einen Sessel heran.

Wir nahmen beide einen Schluck. Von draußen drang das schrille Knattern eines Außenbordmotors auf dem Oconaluftee River zu uns herein. Ich wartete, bis er so weit war.

»Ich weiß nicht, wie gut ich darüber reden kann.«

»Ich weiß, was passiert ist, Simon. Ich verstehe nur nicht, warum.«

»Ich war nicht von Anfang an dabei. Was ich weiß, habe ich von anderen gehört.«

»Sie kannten Prentice Dashwood.«

Er lehnte sich zurück, und sein Blick schien sich auf eine andere Zeit zu richten.

»Prentice war ein unersättlicher Leser mit einer verblüffenden Wissensfülle. Es gab nichts, was ihn nicht interessierte. Darwin. Lyell. Newton. Mendelejew. Und die Philosophen. Hobbes. Aenesidemus. Baumgarten. Wittgenstein. Lao-tse. Er las alles. Archäologie. Ethnologie. Physik. Biologie. Geschichte.«

Simon hielt inne, um einen Schluck zu trinken.

»Und er war ein wunderbarer Geschichtenerzähler. So fing alles an. Prentice erzählte uns Geschichten vom Höllenfeuer-Club seines Vorfahren und beschrieb die Mitglieder als wüste, aber gute Jungs, die sich zusammentaten, um ausgelassen zu feiern, zu lästern und intellektuelle Gespräche zu führen. Das Ganze schien ja recht harmlos zu sein. Und für eine Weile war es das auch.«

Seine Tasse zitterte, als er sie auf die Untertasse zurückstellte.

»Aber Prentice hatte auch eine dunklere Seite. Er glaubte, dass manche menschliche Wesen wertvoller seien als andere.« Seine Stimme verklang.

»Die intellektuell Überlegenen«, bemerkte ich.

»Ja. Je älter Prentice wurde, desto stärker wurde seine Weltsicht von seiner kulturübergreifenden Lektüre über Kosmologie und Kannibalismus bestimmt. Sein Wirklichkeitsbezug wurde immer schwächer.«

Er hielt inne, offensichtlich, um sich zu überlegen, was er alles sagen konnte.

»Angefangen hat es als frivole Blasphemie. Keiner hat wirklich daran geglaubt.«

»Woran geglaubt?«

»Dass das Essen von Toten die Endgültigkeit des Todes negiert. Dass der Verzehr des Fleisches eines anderen Menschen einem die Einverleibung von Seele, Persönlichkeit und Weisheit ermöglicht.«

»Daran hat Dashwood geglaubt?«

Eine knochige Schulter zuckte.

»Vielleicht. Vielleicht benutzte er das Konzept, und für den inneren Zirkel auch den realen Akt, um den Club beisammenzuhalten. Kollektives Frönen des Verbotenen. Das Zusammenschweißen der Eingeweihten gegenüber Außenstehenden. Prentice begriff das kulturelle Ritual als Verstärker der Einheit unter denen, die es vollzogen.«

»Wie fing das alles an?«

»Mit einem Unfall.«

Er schniefte.

»Ein gottverdammter Unfall. Eines Sommers tauchte ein junger Mann bei dem Blockhaus auf. Keine Ahnung, was er dort wollte. Es wurde viel getrunken, dann kam es zum Streit, der Junge wurde getötet. Prentice schlug vor, dass jeder –«

Er zog ein Taschentuch heraus und wischte sich damit die Augen.

»Das war vor dem Krieg. Ich erfuhr erst Jahre später davon, als ich ein Gespräch mithörte, das nicht für meine Ohren bestimmt war.«

»Ja.«

»Prentice schnitt Scheiben aus dem Oberschenkelmuskel des Jungen und verlangte von jedem, das Fleisch zu verzehren. Damals gab es noch keinen inneren Zirkel. Jeder nahm daran teil und machte sich gleich schuldig. Niemand würde über den Tod des Jungen reden. Sie verscharrten die Leiche im Wald, im Jahr darauf wurde der innere Zirkel gegründet, und Tucker Adams wurde ermordet.«

»Intelligente Männer haben diesen Wahnsinn einfach so hingenommen? Gebildete Männer mit Ehefrauen, Familien und verantwortungsvollen Positionen?«

»Prentice Dashwood war ein außergewöhnlich charismatischer Mann. Wenn er etwas sagte, ergab immer alles einen Sinn.«

»Kannibalismus?«, fragte ich mit ruhiger Stimme.

»Haben Sie eine Vorstellung, wie weit verbreitet Menschenfresserei in der westlichen Kultur ist? Menschenopfer werden im Alten Testament, im Rig-Veda erwähnt. Anthropophagie ist Kernbestandteil vieler griechischer und römischer Mythen. Schauen Sie sich die Literatur an. Jonathan Swifts *Ein bescheidener Vorschlag* und Tom Prests Geschichte von Sweeney Todd. Kinofilme wie *Soylent Grün*; *Grüne Tomaten*; *Der Koch, der Dieb, seine Frau und ihr Liebhaber*; Jean Luc Godards *Wochenende*. Wir dürfen auch die Kindermärchen nicht vergessen: *Hänsel und Gretel*, der *Gingerbread Man* und die verschiedenen Versionen von *Schneewittchen*, *Aschenputtel* und *Rotkäppchen*. ›Großmutter, warum hast du so große Zähne?‹«

Er holte zitternd Atem.

»Und natürlich gibt es die Kannibalen aus Notwendigkeit. Die Donner-Partie; das in den Anden abgestürzte Rugby-Team; die Mannschaft der Yacht *Mignonette*; Martin Hartwell, der in der Arktis gestrandete Buschpilot. Wir sind fasziniert von diesen Geschichten. Und verschlingen wir nicht förmlich Meldungen über kannibalische Serienmörder?«

Wieder atmete er tief ein und langsam wieder aus.

»Ich kann es nicht erklären, will es nicht rechtfertigen. Prentice ließ alles so exotisch klingen. Wir waren ungezogene Jungs, die ein gemeinsames Interesse an einem verruchten Thema hatten.«

»Fay ce que voudras.«

Ich zitierte den Satz, der über dem Eingang zu dem Kellertunnel eingemeißelt war. Während meiner Rekonvaleszenz hatte ich erfahren, dass dieses Rabelais-Zitat aus dem sechzehnten Jahrhundert auch den Torbogen und die Kaminsimse von Medmenham Abbey zierten.

»›Tu, was du willst‹«, übersetzte Midkiff und lachte dann freudlos. »Es ist ironisch. Die Höllenfeuer-Leute benutzten das Zitat, um ihre Ausschweifungen zu rechtfertigen, aber eigentlich schrieb Rabelais es dem heiligen Augustinus zu. ›Liebe Gott und tu, was du willst. Denn wenn ein Mensch Gott liebt mit dem Geist der Weisheit, dann wird, weil er immer danach strebt, den göttlichen Willen zu erfüllen, sein Wollen immer das Richtige sein.‹«

»Wann starb Prentice Dashwood?«

»1969.«

»Wurde jemand ermordet?« Wir hatten nur acht Opfer gefunden.

»Für Prentice konnte es keinen Ersatz geben. Nach seinem Tod wurde niemand in den inneren Zirkel gewählt. Die Anzahl reduzierte sich auf sechs und blieb dabei.«

»Warum war Dashwood nicht auf dem Fax, das Sie mir geschickt haben?«

»Ich schrieb auf, woran ich mich erinnern konnte. Die Liste war alles andere als vollständig. Ich weiß fast gar nichts über diejenigen, die nach meinem Austritt dazukamen. Was Prentice anging, da konnte ich einfach nicht –« Er wandte den Blick ab. »Es war so lange her.«

»Sie wussten wirklich nicht, was da vorging?«

»Ich habe es mir zusammengereimt, als 1972 Mary Francis Rafferty starb. Das war das Jahr, als ich austrat.«

»Aber Sie haben nichts gesagt.«

»Nein. Und das ist nicht zu rechtfertigen.«

»Warum haben Sie Sheriff Crowe den Tipp wegen Ralph Stover gegeben?«

»Stover kam nach meinem Austritt zu dem Club. Das war der Grund, warum er nach Swain County zog. Ich hatte immer gewusst, dass er labil war.«

Ich dachte an die Frage, die mir bei Midkiffs Anblick gekommen war.

»War es Stover, der versuchte, mich im Cherokee-Reservat zu überfahren?«

»Ich hatte gehört, dass es ein schwarzer Volvo war. Stover hatte einen schwarzen Volvo. Das überzeugte mich davon, dass er wirklich gefährlich war.«

Ich deutete auf die Kartons.

»Sie graben hier, nicht, Simon?«

»Ja.«

»Ohne Genehmigung aus Raleigh?«

»Die Stätte ist grundlegend für die Steingruppierungssequenz, an der ich arbeite.«

»Deshalb haben Sie mir vorgemacht, Sie würden für das *Department of Cultural Resources* arbeiten?«

Er nickte.

Ich stellte meine Tasse ab und stand auf.

»Tut mir Leid, dass die Dinge sich nicht so entwickelt haben, wie Sie gehofft hatten.« Es tat mir wirklich Leid, aber ich konnte ihm nicht verzeihen, dass er Bescheid gewusst und nichts gesagt hatte.

»Wenn das Buch veröffentlicht ist, wird man den Wert meiner Arbeit erkennen.«

Als ich nach draußen trat, war der Tag noch immer kalt und klar, und kein Dunst waberte in den Tälern und auf den Bergrücken.

Halb eins. Ich musste mich beeilen.

34

Die Zahl der Trauergäste bei Edna Farrells Beerdigung war größer, als ich erwartet hatte, wenn man bedachte, dass sie schon mehr als ein halbes Jahrhundert tot war. Neben ihren Angehörigen waren viele Bewohner von Bryson City und viele Beamte der Stadtpolizei und des *Sheriff's Department* gekommen, um die alte Frau zur letzten Ruhe zu geleiten. Lucy Crowe war da und Byron McMahon ebenfalls.

Geschichten über den Höllenfeuer-Club verdrängten jetzt die Berichte über den TransSouth-Air-Absturz, und Reporter aus dem gesamten Südosten waren vor Ort. Acht Senioren abgeschlachtet und im Keller einer Berghütte verscharrt, der Vizegouverneur diskreditiert und mehr als ein Dutzend prominente Bürger im Gefängnis; die Medien nannten sie die Kannibalenmörder. Mein eigener Fall war in Vergessenheit geraten wie der Sexskandal des letzten Jahres, und obwohl es mir Leid tat, dass ich Mrs. Veckhoff und ihrer Tochter die Publicity und die öffentliche Demütigung nicht ersparen konnte, war ich erleichtert, dass ich selbst nicht mehr im Rampenlicht stand.

Während der Zeremonie am Grab hielt ich mich im Hintergrund und dachte an die vielen Ausgänge, durch die wir unser Leben verlassen können. Edna Farrell war nicht in ihrem Bett gestorben, sondern war durch eine viel melancholischere Tür gegangen. So auch Tucker Adams, der jetzt unter einer verwitterten Grabplatte zu meinen Füßen ruhte. Ich empfand eine große Traurigkeit für diese Menschen, die schon so lange tot waren. Aber ich fand auch Trost in dem Wissen, dass ich mitgeholfen hatte, ihre Überreste auf diesen Hügel zu bringen. Und Befriedigung, dass dieses Morden nun ein Ende hatte.

Als die Trauergäste sich zerstreuten, ging ich zu Ednas Grab und legte ein kleines Bukett darauf. Ich hörte hinter mir Schritte und drehte mich um. Lucy Crowe kam in meine Richtung.

»Bin überrascht, Sie so bald wieder hier zu sehen.«

»Das ist mein harter irischer Schädel. Der bricht nicht so leicht.«

Sie lächelte.

»Es ist wunderschön hier oben.« Ich ließ den Blick über die Bäume, die Grabsteine und die Hügel und Täler schweifen, die sich wie orangefarbener Rippensamt bis zum Horizont ausbreiteten.

»Deshalb liebe ich die Berge. Es gibt einen Schöpfungsmythos der Cherokee, der erzählt, wie die Welt aus Schlamm geschaffen wurde. Ein Geier flog darüber, und wo seine Flügel sich senkten, entstanden Täler. Wo seine Flügel sich hoben, wuchsen Berge.«

»Sind Sie eine Cherokee?«

Das typische Crowe-Nicken.

Noch eine Frage beantwortet.

»Wie ist Ihr Verhältnis zu Larke Tyrell?«

Ich lachte.

»Vor zwei Tagen erhielt ich aus seinem Büro ein Belobigungsschreiben, in dem er die volle Verantwortung für das Missverständnis übernimmt, mich von jedem Verdacht des Fehlverhaltens freispricht und mir für meinen unschätzbaren Beitrag zur Bewältigung des TransSouth-Air-Absturzes dankt. Kopien davon gingen an alle bis auf die Herzogin von York.«

Wir verließen den Friedhof und gingen die Straße entlang zu unseren Autos. Ich steckte eben den Schlüssel ins Schloss, als sie mir noch eine Frage stellte.

»Konnten Sie die Fratzen am Tunneleingang identifizieren?«

»Harpocrates und Angerona waren die ägyptischen Götter der Stille, eine Mahnung für die Brüder an ihr Schweigegelübde. Auch das war eine Anleihe bei Sir Francis.«

»Die Namen?«

»Literarische und historische Verweise auf Kannibalismus. Einige sind ziemlich obskur. Sawney Beane war ein schottischer Höhlenbewohner des vierzehnten Jahrhunderts. Der Legende nach schlachtete die Familie Reisende ab und verspeiste sie. Dasselbe bei Christie o' the Cleek. Er und seine Familie lebten in einer Höhle in Angus und taten sich an vorbeikommenden Reisenden gütlich. John Gregg hielt die Tradition im achtzehnten Jahrhundert in Devon aufrecht.«

»Mr. B?«

»Baxbakualanuxsiwae.«

»Sehr gut.«

»Ein Stammesgeist der Kwakiutl, ein bärenähnliches Monster, dessen Körper mit blutigen, gefletschten Mäulern bedeckt war.«

»Der Schutzheilige der Hamatsa.«

»Genau der.«

»Und die Codenamen?«

»Pharaonen, Götter, archäologische Entdeckungen, Figuren aus uralten Legenden. Henry Preston war Ilus, der Gründer Trojas. Kendall Rollins war Piankhy, ein alter nubischer König. Aber hören Sie sich das an. Parker Davenport wählte den aztekischen Gott

Ometeotl, den Herren der Dualität. Meinen Sie, er war sich dieser Ironie bewusst?«

»Haben Sie sich das Wappen des Staates North Carolina schon einmal genauer angesehen?«

Ich musste zugeben, dass ich das nicht hatte.

»Das Motto stammt aus Ciceros Essay ›Über die Freundschaft‹: ›*Esse quam videri*‹.«

Die Colaflaschen-Augen blickten unverwandt in meine.

»›Mehr sein als scheinen.‹«

Als ich den Schoolhouse Hill hinunterfuhr, fiel mir ein Aufkleber auf der Stoßstange des vor mir fahrenden Autos auf.

Wo verbringst du die Ewigkeit?

Auch wenn die Frage sich auf eine andere Zeitdimension bezog, als ich im Kopf hatte, ging sie doch in eine Richtung, die auch mich beschäftigte. Wo würde ich die vor mir liegende Zeit verbringen? Und vor allem, mit wem?

Während meiner Rekonvaleszenz war Pete sehr fürsorglich und hilfsbereit gewesen, hatte mir Blumen gebracht, Birdie gefüttert und Suppe in der Mikrowelle aufgewärmt. Wir hatten uns alte Filme angesehen, lange Gespräche geführt. Wenn er nicht da war, dachte ich zurück an unser gemeinsames Leben. Ich erinnerte mich an die guten Zeiten. Ich erinnerte mich an die Streits, die kleineren Irritationen, die schwelten und irgendwann zu einem offenen Kampf eskalierten.

Dabei hatte ich eins erkannt: Ich liebte meinen von mir getrennten Ehemann, und in unseren Herzen würden wir immer verbunden sein. Aber im ehelichen Bett *konnten* wir nicht länger verbunden sein. Auch wenn Pete attraktiv, liebevoll, lustig und intelligent war, so hatte er doch eins gemeinsam mit Sir Francis und seinen Höllenfeuer-Kumpels: Er würde immer ein Schürzenjäger bleiben.

Pete war eine Mauer, an der ich mir ewig den Kopf würde einschlagen können. Wir waren viel bessere Freunde als Lebensgefährten, und deswegen wollte ich es auch so halten.

Am Fuß des Hügels bog ich auf die Main ein.

Ich hatte auch an Andrew Ryan gedacht.

An Ryan, den Kollegen. Ryan, den Polizisten. Ryan, den Onkel.

Danielle war keine Geliebte. Sie war seine Nichte. Das war gut.

Ich dachte an Ryan, den Mann.

Den Mann, der an meinen Zehen saugen wollte.

Das war sehr gut.

Wegen der Verletzungen, die Pete mir zugefügt hatte, zögerte ich, mich auf eine Beziehung mit Ryan einzulassen, ich wollte ihm nahe sein, gleichzeitig aber auch Abstand wahren, wie eine Motte, die von einer Flamme angelockt wird. Angezogen, aber auch ängstlich.

Brauchte ich einen Mann in meinem Leben?

Nein.

Wollte ich einen?

Ja.

Wie hieß es in diesem Lied? Lieber bedauere ich etwas, das ich getan habe, als dass ich bedauere, etwas nicht getan zu haben.

Ich beschloss, es mit Ryan zu versuchen und einfach zu schauen, wie es lief.

Noch etwas gab es, das ich in Bryson City zu erledigen hatte. Etwas, das ich kaum mehr erwarten konnte.

Ich parkte vor einem Backsteingebäude an der Ecke Slope und Bryson Walk. Als ich durch die Glastür trat, schaute ein Frau in Chirurgenkluft hoch und lächelte mich an.

»Ist er fertig?«

»Sehr. Setzen Sie sich kurz.«

Sie verschwand, und ich setzte mich auf einen Plastikstuhl im Wartebereich.

Fünf Minuten später führte sie Boyd heraus. Seine Brust war bandagiert, ein Vorderlauf rasiert. Als er mich sah, machte er einen kurzen Hüpfer, humpelte dann zu mir und legte mir den Kopf in den Schoß.

»Hat er Schmerzen?«, fragte ich die Tierärztin.

»Nur wenn er lacht.«

Boyd drehte die Augen zu mir hoch, und die violette Zunge fiel ihm aus der Schnauze.

»Na, wie geht's, großer Junge?« Ich kraulte ihm die Ohren und drückte meine Stirn an die seine.

Boyd seufzte.

Ich richtete mich auf und schaute ihn an.

»Bereit zum Heimgehen?«

Er jaulte kurz, und seine Augenbrauen tanzten.

»Dann los.«

In seinem Bellen konnte ich ein Lachen hören.

DANKSAGUNGEN

Wie immer schulde ich vielen Menschen Dank:

Ira J. Stimson, P.E., und Captain John Gallagher (a.D.) für Informationen über Flugzeugbau und Unfallforschung. Hughes Cicoine, C.F.E.I., für seine Ratschläge zur Untersuchung von Brandherden und Explosionen. Ihre Geduld war erstaunlich.

Paul Sledzik, M.S., *National Museum of Health and Medicine, Armed Forces Institute of Pathology*, für seine Ausführungen über Geschichte, Struktur und Funktionsweise des DMORT-Systems; Frank A. Ciaccio, M.P.A., *Office of Government, Public and Family Affairs, United States National Transportation Safety Board*, für Informationen über DMORT, die NTSB und den *Family Assistance Plan*, das Programm zur Unterstützung und Betreuung der Angehörigen von Unfallopfern.

Arpad Vass, Ph.D., Forscher an den *Oak Ridge National Laboratories*, für einen Schnellkurs über volatile Fettsäuren.

Special Agent Jim Corcoran von der *Charlotte Division* des *Federal Bureau of Investigation* für Einblicke in die Arbeit des FBI in North Carolina; Detective Ross Trudel (a.D.), *Communauté Urbaine de Montréal Police*, für Informationen über Explosivstoffe und die sie betreffenden gesetzlichen Vorschriften; Sergeant-Detective Stephen Rudman (a.D.), *Communauté Urbaine de Montreal Police*, für Details über Polizeibegräbnisse.

Janet Levy, Ph.D., University of North Carolina, für Einzelheiten über das *North Carolina Department of Cultural Resources*, und für ihre Antworten auf meine archäologischen Fragen; Rachel Bonney, Ph.D., University of North Carolina-Charlotte, und Barry Hipps, *Cherokee Historical Association*, für Informationen über die Cherokee.

John Butts, M.D., *Chief Medical Examiner, State of North Carolina*, Michael Sullivan, M.D., *Mecklenburg County Medical Examiner*, und Roger Thompson, Direktor des *Charlotte-Mecklenburg Police Department Crime Laboratory.*

Marilyn Steely, M.A., die mich auf den Hell Fire Club hinwies, Jack C. Morgan Jr., M.A.I., C.R.E., bei dem ich mich über Grundbücher, Karten und Steuerdaten kundig machen konnte; Irena Bacznsky, für ihre Hilfe bei den Namen von Fluggesellschaften.

Anne Fletcher, die uns bei unserem Abenteuer in den Smoky Mountains begleitete.

Ein spezieller Dank geht an die Leute von Bryson City, North Carolina, darunter Faye Bumgarner, Beverly Means und Donna Rowland von der *Bryson City Library*; Ruth Anne Sitton und Bess Ledford vom *Swain County Tax and Land Records Office*; an Linda Cable, *Swain County Administrator*; Susan Cutshaw und Dick Schaddelee vom *Swain County Chamber of Commerce*; Monica Brown, Marty Martin und Misty Brooks vom Fryemont Inn; und, vor allem, an Chief Deputy Jackie Fortner vom *Swain County Sheriff's Department.*

Merci an M. Yves St. Marie, Dr. André Lauzon und alle meine Kollegen am *Laboratoire de Sciences Judiciaires et de Médicine Légale*; an Chancellor James Woodward von der University of North Carolina-Charlotte. Ihre beständige Unterstützung weiß ich sehr zu schätzen.

An Paul Reichs für seine wertvollen Kommentare zum Manuskript.

An meine erstklassigen Lektorinnen Susanne Kirk und Lynne Drew.

Und natürlich an meine Wunder wirkende Agentin Jennifer Rudolph Walsh.

Ohne die Hilfe meiner Freunde und Kollegen könnten meine Geschichten nie das sein, was sie sind. Ich danke ihnen. Und wie immer sind sämtliche Fehler allein die meinen.

NACHWORT

Als ich damit begann, *Durch Mark und Bein* zu schreiben, hatte ich keine Ahnung davon, was für ein Grauen am 11. September über uns hereinbrechen würde. Die Wirklichkeit jenes Tages übertraf alles, was ich mir als Romanschriftstellerin hätte ausdenken können. Wie Tempe Brennan bin ich durchaus vertraut mit dem Tod und dem, was nach ihm kommt. Als forensische Anthropologin arbeite ich an zwei verschiedenen Standorten für *coroner*, für staatliche Leichenbeschauer also. Vor dem UN-Tribunal zum Genozid in Ruanda habe ich als Sachverständige ausgesagt, und ich war an den Arbeiten in einem Massengrab im Hochland Guatemalas beteiligt. Mein Interesse und mein Engagement gelten nicht nur den physischen Opfern – sprich, den Toten –, sondern auch den emotionalen Opfern, denjenigen also, die überlebt oder Angehörige verloren haben.

Wie Tempe bin ich Mitglied von DMORT, einer staatlichen Katastrophen-Einsatzgruppe. In dieser Eigenschaft wurde ich nach New York gerufen, um bei den Bergungsarbeiten am World Trade Center mitzuarbeiten. Doch obwohl ich von Berufs wegen gelernt habe, mit Trauer und Verlust umzugehen, war ich nicht vorbereitet auf die emotionale Wucht dieser Erfahrungen. Manchmal fühlte ich mich wie zerschmettert vom Ausmaß der Verwüstung, manchmal überwältigt von Traurigkeit. Trost und neue Energie kamen oft von kleinen Dingen: von der Karte einer Schülerin, von einem Gebet, das die Klasse einer Sonntagsschule verfasst hatte, vom liebevoll gezeichneten Transparent einer Pfadfindergruppe. Ich bezog Kraft aus der Kraft meiner Landsleute. Vor allem aber war ich stolz, ein kleiner Teil eines unglaublichen Teams von Männern und Frauen zu sein, die alle ihr Letztes geben, um Hilfe und Trost zu spenden und wenigstens die Chance einer Bewältigung zu schaffen – für die Familien der Opfer, für eine Stadt und eine ganze Nation.

Kathy Reichs, im Oktober 2001.